W0345171

Prefazione alla nuova edizione

Bentornati, *Viaggiatori*.

Quanto tempo è trascorso dall'ultima volta?

Siamo nel 2021, a dieci anni esatti da quando firmai il primo contratto di pubblicazione per questa saga. L'evento che dirottò la mia esistenza.

Ai tempi non sapevo su quale treno stessi salendo, mia moglie Valeria era in dolce attesa e vivevo un periodo di transizione tra due vite, due mondi, due diverse identità. Il mio passato risuonava al ritmo dei dischi della band in cui avevo militato (i *Beholder*, sciolti nel 2004), il futuro aveva l'aspetto di un nuovo, ignoto sentiero da percorrere.

Qualche anno prima, dopo l'improvvisa scomparsa di mio padre, avevo vissuto un periodo di estrema solitudine e smarrimento. Era il 2008, abitavo da solo già da diversi mesi, e lo shock aveva contribuito a erigere attorno a me altissime mura. Un giorno, non so dire perché, ho deciso di gettarmi in una storia. Amavo scrivere da sempre, ma da troppi anni non mi dedicavo più con impegno a questa passione. Dopo lo scioglimento del gruppo avevo iniziato a studiare dizione e recitazione, mi incuriosiva il mondo del doppiaggio e cominciavo a frequentarlo in maniera professionale. Ma quando tornai a scrivere, spinto da un tema affascinante e caro alla fantascienza (i mondi paralleli) e dalla paradossale comunicazione telepatica di una ragazza e un ragazzo separati da una distanza impossibile, mi resi conto che quella era davvero l'unica terapia efficace. Acerbo, grezzo ma pieno di entusiasmo, saltai nel vuoto. Fu la svolta.

Multiversum, nella sua prima edizione, mi portò ovunque, con tour in America Latina, Turchia, Francia, Spagna, Polonia… fu un tornado inarrestabile di incontri, esperienze, emozioni. La passione si travestì da mestiere. Il mio agente, Piergiorgio Nicolazzini, sarebbe diventato negli anni un prezioso confidente, un punto di riferimento, fino ad accogliermi nel suo team come responsabile di scouting e sviluppo. L'editor di Mondadori che mi aveva "scoperto", Francesco Gungui, da guida per i miei primi passi da narratore si sarebbe trasformato in compagno d'avventura, amico vero, fino a un'inversione dei ruoli per cui ora siamo l'uno il mentore dell'altro, quando si tratta di guardare al domani.

Negli anni si sono susseguiti altri romanzi: *There*, *Time Deal*, *Darkness*, e un saggio sulla costruzione delle storie, *No Spoiler*, firmato insieme a un altro guru della narrativa e grande amico, Francesco Trento.

Poi, un giorno, il nastro dei tempi si è riavvolto. DeA Planeta Libri ha deciso di acquisire i diritti della saga, ormai fuori catalogo, per un rilancio in libreria, e io ho visto i cancelli del Multiverso riaprirsi. Mi sono messo a ripercorrere le mille diramazioni di questa storia, rileggendola da cima a fondo per una necessaria revisione. Sapete, è prerogativa dell'artigiano amare e odiare le sue prime creazioni. Avrete senz'altro sentito diversi musicisti dire che i loro primi dischi erano disastrosi, o autrici e autori dichiarare che riscriverebbero da capo le loro opere d'esordio. Non sfuggo a questa tradizione, lo ammetto. Ho riconosciuto la penna fresca ma inesperta della recluta, ne ho seguito la crescita dal primo al terzo volume. Eppure, nonostante avessi la possibilità di farlo, ho deciso di non snaturare il testo. Di rispettare il più possibile quello stile, quel primo impatto con la narrativa. Genuino, a suo modo unico e inviolabile. E visto che parliamo di DeA Planeta Libri, ci tengo a ringraziare Annachiara Tassan per questa nuova vita editoriale offerta alla saga, e abbraccio Valentina Manzetti e l'intera redazione per aver lavorato alla grande al fine di dare un nuovo aspetto a questo oggetto venuto dal passato.

Dieci anni dopo, nel pensare a *Multiversum* sugli scaffali alla stregua di una novità pre-natalizia, mi rendo conto che tanti di voi saranno nuovi lettori, ragazze e ragazzi (o adulti, perché no) di *oggi* che scoprono questa trilogia e la sfogliano per la prima volta. Altri saranno nostalgici dei tempi, collezionisti, compagni di viaggio che mi seguono fin da quel primo tiro a canestro di Alex e non si sono lasciati sfuggire l'edizione speciale. Loro lo sanno già, da un pezzo: *la nostra mente è la chiave*.

Prima di lasciarvi, dunque, e mi riferisco ora alle nuove lettrici e ai nuovi lettori di quest'avventura, un avvertimento: non saprete niente di questo groviglio di linee temporali, finché non avrete raggiunto l'ultimo varco. Quando crederete di aver compreso la natura del luogo in cui vi trovate, essa vi sfuggirà dalle mani. Ed è così perché *io stesso* non sapevo dove mi avrebbero condotto i personaggi, mentre camminavo al loro fianco. Sono i due lati della medaglia di un autore alle prime armi: scarsa abilità nel pianificare e, dunque, fantasia al potere. Coltivo nel profondo del cuore l'augurio che, al di là del puro intrattenimento, questa storia possa comunicare a voi quello che insegna a me ancora oggi. È una strana consapevolezza, un'intima convinzione, la stessa che mi porta a pensare che da qualche parte, nell'infinito Multiverso, mio padre sia riuscito a leggere questi libri. In fondo, li ho scritti per partire alla ricerca di mondi alternativi in cui le cose siano andate in maniera diversa. Per ritrovarlo.

Non mi resta che lanciare il dado dalle infinite facce. Tra queste righe scoprirete cosa comporta tale gesto. A quel punto sarete in balia del vortice, e vi ritroverete nel labirinto di specchi della vostra esistenza.

Un bel respiro.

È tempo di andare.

Leonardo Patrignani
Vignate, 1 agosto 2021

MULTIVERSUM

A mio padre.
In uno degli infiniti mondi paralleli,
prima o poi, ci ritroveremo.

Capitolo 1

Alex Loria era pronto per il canestro decisivo.

La maglia giallo-blu impregnata di sudore, i capelli biondi a caschetto sulla fronte e lo sguardo di chi sapeva che avrebbe segnato.

Era il capitano. Aveva guadagnato due tiri liberi all'ultimo minuto. Il primo era entrato. Ferro-tabellone-ferro-canestro.

Mancava un solo punto. Non poteva fallire.

Alex si asciugò le mani sui pantaloncini e fissò l'arbitro mentre gli passava la palla. Una rapida occhiata glaciale all'autore del fallo, un ragazzo che frequentava la scuola di fronte alla sua, poi tornò a concentrarsi sul tiro libero.

«Infiliamo questo canestro e vinciamo la partita, dai Alex...» sussurrò a se stesso per incitarsi mentre col capo chino faceva rimbalzare il pallone. I compagni rimasero in silenzio, tesi e pronti a saltare. I tre consueti rimbalzi scaramantici fecero eco nella palestra della scuola. Era solo un'amichevole, non c'erano gli striscioni tenuti dai genitori sugli spalti e i bambini con i pop-corn a bordo campo. Ma nessuno voleva perdere, specialmente il capitano. All'improvviso, *quella* sensazione di vuoto. Le gambe molli. Un brivido lungo la schiena. La vista annebbiata. Mentre compagni e avversari osservavano stupiti la scena, Alex cadde in ginocchio, appoggiò una mano sul pavimento sintetico del campo e cominciò ad ansimare.

Lo *sentiva.*

Stava per succedere ancora.

«Vuoi venire a tavola?» gridò Clara dalla cucina.

«Un secondo, mamma!»

«Sono venti minuti che dici "un secondo", muoviti!»

Jenny Graver sbuffò e scosse la testa, mentre col mouse cominciava a chiudere le varie applicazioni in uso sul suo MacBookPro. Alzò gli occhi verso l'orologio a muro. Le otto e un quarto. Il tono di voce della madre sembrava non ammettere ulteriore ritardo.

Jenny si alzò e incrociò il suo stesso sguardo nello specchio sopra la scrivania. I capelli castani mossi cadevano sulle spalle larghe da nuotatrice professionista. Nonostante i sedici anni di età, Jenny vantava già un ricco palmares di medaglie, tutte appese alle pareti del corridoio, al primo piano della villetta dei Graver. Le sue vittorie erano l'orgoglio del padre Roger, ex campione di nuoto, ai suoi tempi molto conosciuto a Melbourne.

Jenny si lasciò la porta della camera alle spalle, poi attraversò il corridoio per andare in bagno a lavarsi le mani. Un profumo invitante di arrosto saliva su per le scale.

A un tratto, *quel* brivido. Ormai lo conosceva fin troppo bene.

La vista si annebbiò, la ragazza fece due passi in avanti e cercò di appoggiarsi ai bordi del lavandino per tenersi in piedi. Sentì il corpo cedere improvvisamente come se, escluse le braccia, tutti i muscoli non fossero più capaci di rispondere ad alcun ordine del cervello.

Stava per succedere ancora.

«Dove sei?»

La voce rimbombava, perforandole le meningi. Silenzio.

Qualche lamento in lontananza, sinistro e inquietante come l'eco di un pianto dal fondo di un abisso.

«Dimmi dove vivi…»

«Mel…» Jenny cercò di rispondere, ma la parola restò incompleta.

«Riesco a sentirti... Ho bisogno di sapere dove sei.»

Ogni sillaba proferita da Alex era come un ago piantato nella testa. Il dolore era lancinante.

La risposta arrivò accompagnata da un groviglio di grida e risate infantili.

Tutto ruotava nella testa come in un vortice, un miscuglio di emozioni indistinguibili.

Ma quel nome vi era passato attraverso ed era giunto a destinazione.

«Melbourne.»

«Ti troverò» fu l'ultima sentenza della voce maschile, prima che tutto diventasse nero.

Capitolo 2

Clara Graver si sfilò i guanti da cucina e corse al piano di sopra della villetta subito dopo aver sentito il tonfo dovuto alla caduta a peso morto di Jenny. Salì per le scale affannata, rischiando di inciampare, e quando fu di fronte alla porta socchiusa le diede un colpo con la mano aperta e la spalancò. Sua figlia era stesa per terra, la bava alla bocca e un rivolo di sangue che colava dalle labbra.

«Jenny!» si inginocchiò accanto al corpo privo di sensi.

Gli occhi della ragazza erano sbarrati. Lo sguardo perso nel vuoto.

«Amore mio… sono qui. Guardami.»

Con un paio di buffetti sulle guance Clara riuscì a risvegliare la figlia. Una tecnica semplice ma efficace, ormai divenuta consuetudine.

Roger salì i gradini a due a due e arrivò di corsa in bagno. Guardò prima la moglie, poi la figlia che stava pian piano riprendendo conoscenza.

«Come sta?»

Clara non gli rispose, si limitò a stringersi nelle spalle.

«È successo ancora?» la incalzò lui, anche se conosceva perfettamente la risposta a quella domanda.

Jenny mise a fuoco lentamente lo sguardo preoccupato del padre, poi lo rassicurò.

«Sto bene.»

«Hai battuto la testa?»

«No, credo di no.»

Roger si avvicinò e le poggiò una mano sulla nuca.

Le dita si sporcarono di rosso.

«Questo è sangue, Jennifer.» Il tono di voce di Roger non comunicava preoccupazione, piuttosto rassegnazione.

«Oh, mio Dio!» esclamò Clara.

«Stai tranquilla, è superficiale» la rassicurò lui mentre Jenny si massaggiava la testa.

«Ce la fai ad alzarti in piedi?» Clara porse una mano alla figlia. Jenny piegò il busto in avanti e una fitta di dolore le penetrò dal lato destro della fronte. Quindi si alzò.

«Adesso ti metti tranquilla sul letto e io ti preparo una tisana» disse con tono affettuoso la madre, stirando le labbra in un sorriso forzato.

Roger scosse la testa.

«Dio santo, Clara, quand'è che accetterai il fatto che con le tue tisane non cureremo di certo nostra figlia? Il dottor Coleman aveva detto che...»

«Non mi importa cosa ha detto il dottor Coleman!»

«Se tu solo prendessi in considerazione la terapia...»

«Ne abbiamo già parlato, la risposta è no!» lo interruppe lei risoluta. «Jenny sta... Jenny *starà* benissimo.»

Nel frattempo la ragazza si era spostata verso la finestra e ora stava lì, lo sguardo perso nel vuoto. Oltre la tenda ricamata a mano da sua nonna si intravedevano i tetti delle villette a schiera di Blyth Street.

Il litigio tra i suoi genitori era un copione che Jenny conosceva bene.

Gli svenimenti erano iniziati quattro anni prima. Lei aveva da poco festeggiato il suo dodicesimo compleanno e stava giocando con i regali portati da amici e parenti. Sua madre stava spolverando i mobili della sala quando lei, in piedi davanti alla televisione, era crollata a terra come un peso morto. Era riuscita a dire solo "mamma" nell'istante in cui aveva sentito la testa diventare pesante e la vista annebbiarsi all'improvviso. L'ultima immagine che aveva distinto prima di svenire era la laurea di sua madre, incorniciata e appesa alla parete della sala: Clara Mancinelli, dottoressa in Lettere con la votazione di centodieci e lode. In basso, accanto alla firma del rettore, c'era il timbro dell'Università La Sapienza di Roma. La pergamena era datata 8 Maggio 1996. Esattamente una settimana prima che Clara conoscesse Roger, in vacanza nella capitale con un amico, e decidesse di cambiare il corso del proprio destino, seguendolo in Australia. Spesso sua mamma amava ricordare che se non fosse entrata in quel caffè dell'Eur per un urgente bisogno di andare alla toilette, lei e Roger non si sarebbero conosciuti. E Jenny non sarebbe mai nata.

Tutti gli accertamenti medici ai quali Jenny era stata sottoposta non avevano dato alcun esito preoccupante. La bambina non aveva problemi cardiovascolari, era in perfetta salute e i suoi risultati sportivi ne davano ampia dimostrazione. Aveva vinto per due anni di seguito la medaglia d'oro del torneo provinciale ed era stata anche selezionata per partecipare alle Olimpiadi Scolastiche, per la gioia di Roger che la allenava personalmente quattro pomeriggi a settimana al Melbourne Sports & Aquatic Centre.

Da allora episodi di quel tipo si erano verificati sempre più di frequente. Alcune volte avevano le caratteristiche di un attacco epilettico, altre volte sembravano semplici svenimenti. A sentire i medici che Clara consultava, non c'erano i presupposti per una cura contro l'epilessia. La passione della donna per i fiori di Bach e l'omeopatia andava contro la visione tradizionale di Roger, ma fino a quel momento l'aveva spuntata lei. Niente farmaci, nessuna terapia.

Negli anni successivi, Jenny imparò a convivere con quello che chiamava "l'attacco". Le era capitato nelle situazioni più disparate. Durante la gita scolastica a Brisbane, quando era svenuta nella hall dell'albergo mentre l'insegnante faceva l'appello e decideva le coppie per sistemare i ragazzi nelle stanze. Al cinema, quando neanche le sue amiche si erano accorte che, mentre loro guardavano il film, Jenny si era accasciata sulla sedia con la testa piegata verso sinistra e le braccia penzolanti. E poi in pizzeria, quando Roger l'aveva portata a festeggiare la sua prima medaglia d'oro, e al Burger King, dove la squadra di nuoto si ritrovava il venerdì con il coach. Per non parlare di tutte le volte che le era capitato a casa, sul letto o in una qualsiasi stanza della villetta in Blyth Street. Per fortuna, lo pensava spesso, l'attacco non si era mai verificato in piscina. Avrebbe rischiato la vita.

Quello che i genitori non sapevano, che non avevano mai saputo, era ciò che accadeva durante gli svenimenti.

Capitolo 3

Il medico della scuola diede una pacca sulla spalla ad Alex e lo fece alzare dopo una breve visita. Lo studio, ricavato in fondo al corridoio dell'ultimo piano, accanto alla biblioteca, era un'anonima stanzetta dotata di scrivania, lettino e mobiletto per i medicinali. Tutto color bianco, tutto freddo e poco accogliente come il tono sarcastico e l'aria di superiorità del dottore.

«Capitano, ricordati che siamo a un passo dai playoff.»

«Me lo ricordo bene» disse Alex fissando il medico sicuro di sé.

«Il campionato ti stressa troppo?» insistette l'uomo. «O il problema sono i compiti?»

«Non mi stressa nulla» tagliò corto il ragazzo, ma sapeva bene che non era così. «Posso andare?»

Ad aspettarlo fuori dall'infermeria c'era Teo, l'allenatore della squadra di basket. Era appoggiato con la schiena al muro del corridoio, tra le mani una biografia di Michael Jordan, il campione di pallacanestro che era solito citare come esempio di sportivo perfetto.

Alex lo ignorò e imboccò il corridoio, ma l'uomo gli stette dietro.

«Alex, fermati.»

«Che c'è? Va tutto bene.»

«Non va tutto bene. Se siamo ridotti così non posso metterti in campo nei play-off.»

Alex lo fissò e per un attimo si concentrò sulla parola "siamo". Era un'abitudine del coach. Pensava sempre alla squadra. Se un ragazzo aveva un problema, riguardava tutti quanti.

«Faccia come crede.»

«Tu sei il capitano, i tuoi compagni hanno bisogno di te. Ma se mi crolli in un momento decisivo e metti a rischio anche la tua salute... abbiamo un problema.»

«Allora trovatevi un nuovo capitano. Io non so cosa farci. I medici dicono che non ho niente che non va.»

«Non è quello che dicono i tuoi genitori, però.»

Alex si fermò e fissò l'allenatore, che sostenne il suo sguardo con occhi decisi.

«I miei genitori sono troppo apprensivi.»

«Secondo me invece sei tu che mi nascondi qualcosa. Alex, porca miseria, sei il migliore, ma io non posso rischiare che... che succeda quello che è successo oggi, magari durante la finale.»

«Allora mi lasci fuori, così non ci arriveremo neanche alla finale.»

Alex scese di corsa le scale e finalmente uscì all'aria aperta. Mentre percorreva viale Porpora tirando su il colletto della giacca per difendersi dall'aria fredda e pungente di Milano, i pensieri rimbalzavano sulle pareti della testa senza dargli tregua.

Continuò a rimuginare fino a quando non fu di fronte al portone di casa. Non avrebbe mai potuto perdere la fase finale della stagione. Era il miglior marcatore del torneo, era il capitano, aveva dato il massimo fino a quel momento. Ma se il mister avesse deciso di farlo fuori, il suo parere sarebbe servito a poco.

Salì al primo piano. Una signora che abitava nell'appartamento accanto al suo lo salutò, lui si limitò a un sorriso formale e a un cenno del capo.

«Non ne posso più...» bisbigliò mentre girava le chiavi nella serratura della porta blindata.

La casa lo accolse silenziosa come sempre. A quell'ora i genitori erano al lavoro. Sul mobile, accanto all'ingresso, sua madre aveva lasciato un biglietto, come d'abitudine. Diceva: *Vicino al microonde c'è una torta salata. Mi raccomando studia! Baci, mamma.* Alex passò oltre senza guardare.

Appena fu in camera lasciò cadere lo zaino accanto alla scrivania, si tolse la giacca e si sedette sul bordo del letto. Per fortuna, pensò, non aveva battuto la testa. Ultimamente riusciva a prevedere l'arrivo dell'attacco e mettersi prima in ginocchio, per rendere la caduta meno pericolosa. Era un piccolo espediente e non ci aveva dato troppo peso, anche perché non risolveva il problema. Al massimo avrebbe potuto evitargli di spaccarsi la testa, un giorno o l'altro.

Si lasciò andare con la schiena sul letto e portò le mani dietro la nuca, gli occhi socchiusi.

Le prime volte, gli avvolgeva la testa solo un fastidioso rumore indistinto. Col tempo aveva imparato a riconoscere alcuni suoni. Quello più gradevole era lo scroscio delle onde sugli scogli. Altri somigliavano a rintocchi di campana, un frastuono continuo e odioso.

Questo accadeva durante il primo anno di svenimenti, quando Alex aveva dodici anni. In seguito c'era stata un'evoluzione: durante gli attacchi nella sua mente prendevano forma alcune immagini. Erano molto confuse, si sovrapponevano e pareva impossibile ricondurle ad alcunché di reale. Niente che avesse a che fare con la sua vita o con qualche ricordo di tempi lontani. In una delle visioni più vive e ricorrenti, Alex si trovava sdraiato su un letto. Era circondato da pareti bianche, l'arredamento della stanza era quasi inesistente. Riusciva a scorgere solo un crocefisso appeso al muro di fronte, un vaso di fiori sopra un tavolino alla sua destra e una finestra con la tapparella chiusa. Provava a muovere le mani, ma sembravano bloccate da qualcosa. Un laccio, forse. Era senza dubbio il peggiore dei suoi incubi. A un certo punto tutto diventava buio e iniziava un accavallarsi di lamenti. Voci indistinte, echi di tormenti senza fine.

Un'altra immagine che tornava piuttosto spesso nei primi anni era quella di una mano. Era piuttosto piccola e paffutella. Alex la afferrava. Provava a tirarla a sé, senza riuscirvi. Allora si limitava a sfiorarla. Non poteva vedere oltre, scorgere un lineamento, un contorno definito. Appena cercava di farlo, la piccola mano si dissolveva, si sgretolava e scivolava via come sabbia tra le dita.

Tra le tante immagini che si erano alternate nella sua testa in quei quattro anni di attacchi, ricordava bene quella di una spiaggia. Talvolta vedeva in lontananza una bambina, sempre la stessa.

Nell'ultimo anno erano comparsi altri dettagli. Il volto si confondeva nell'immagine annebbiata, ma gli occhi spiccavano e si distinguevano in maniera precisa. Erano scuri, così intensi da penetrare nella sua memoria. Tornavano ogni notte. Non ricordava quante volte li avesse incontrati e ricordati al risveglio, ma doveva essere successo almeno per un mese di fila.

Poi erano iniziate le voci.

Lo svenimento era sempre preceduto da un brivido lungo la schiena e da un senso di intorpidimento di tutti gli arti. Ma un giorno Alex aveva sentito una voce che cercava di trovare spazio tra la miriade di rumori e grida cui ormai aveva fatto l'abitudine.

Era una voce femminile, giovane, ma non si capiva cosa dicesse. Poi Alex aveva iniziato ad annotare su un diario le parole che gli sembrava di aver compreso. La prima era stata "aiuto". Lui aveva cercato di rispondere ma, nonostante si fosse sforzato di emettere dei suoni, non c'era riuscito. A quanto dicevano i suoi genitori, era capitato che, mentre era incosciente, farfugliasse qualcosa. Domande come "chi sei?" o "dove sei?".

Il ragazzo aveva deciso di non informare nessuno, mamma e papà compresi, di quello che sentiva o vedeva durante gli attacchi.

Non avrebbe saputo spiegarne il motivo, ma sentiva che il contenuto di quelle esperienze doveva essere protetto, custodito. Era il suo unico segreto.

L'episodio più significativo si era verificato tre mesi prima. Alex era appena rincasato dagli allenamenti di basket. Mancava poco al ritorno dei genitori dal lavoro. Lo svenimento era avvenuto in camera e, nei secondi di brivido che precedevano l'attacco, Alex aveva fatto in tempo a mettersi sul letto. Il consueto miscuglio di immagini e suoni si era presentato sullo schermo della sua mente dando vita a un caleidoscopio di sensazioni. Dopo i primi, confusi istanti Alex aveva scorto in lontananza il viso della ragazza.

Gli occhi erano l'unico particolare che emergeva nitidamente nella visione, come d'abitudine.

La voce però era più chiara.

«Esisti veramente?»

Per un attimo aveva indugiato, si era chiesto se avesse sentito sul serio quella domanda, così chiara e precisa. Non era mai accaduta una cosa simile, e lui era allo stesso tempo emozionato e spaventato.

«Sì.»

«Come ti chiami?»

L'eco di quelle poche parole rimbombava nella sua testa e lo trasportava in una dimensione fantastica, donandogli un immediato senso di piacere e completezza.

«Alex. E tu?»

Un groviglio di grida strazianti risuonava in lontananza.

«Jenny.»

La ragazza poi era svanita, risucchiata in una spirale di immagini confuse.

Nel diario di Alex quel giorno era sottolineato ed evidenziato. Era il 27 luglio del 2014. Aveva *sentito* la presenza dell'altra persona. Aveva percepito qualcosa di terribilmente *reale*. Non si trattava di un sogno, ne era sicuro, né di un'allucinazione o una visione.

Alex aveva *comunicato* con una ragazza che era là fuori, da qualche parte nel mondo. Non aveva idea di come fosse possibile ma ne era convinto: Jenny esisteva.

E con tutta probabilità stava facendo i conti con gli stessi pensieri.

Capitolo 4

Gliel'ho detto, pensò Jenny mentre si sedeva a tavola, cercando di dissimulare l'emozione. Suo padre le rivolse uno sguardo indagatore, per capire se la figlia stesse bene dopo l'ennesimo svenimento. L'orologio a cucù appeso accanto al frigorifero, acquistato dai Graver il Natale precedente in una bancarella all'ingresso dell'Altona Coastal Park, segnava le otto e quaranta.

«Mi sembra che tu stia meglio, Jenny» disse sua madre mentre serviva l'arrosto in tavola.

«Lascialo dire a lei se sta bene» intervenne Roger.

La donna sospirò senza replicare e si sedette a tavola come se nulla fosse.

Ma Jenny, quella sera, non si curava affatto di ciò che avevano da dire i genitori. I suoi pensieri erano tutti per Alex.

Gli ho detto dove vivo, ci sono riuscita.

Si sforzava di farlo da tanto tempo. Durante l'ultimo anno aveva provato più volte a comunicare qualcos'altro di sé oltre al nome, ma credeva di non esserne in grado. Inoltre, non aveva mai voluto ammettere del tutto con se stessa che la voce nella sua testa appartenesse a una persona reale. E c'era anche un altro motivo che la dissuadeva dal cercare di comunicare: il dolore. Forse il ragazzo che si era presentato col nome di Alex non provava la stessa sofferenza fisica durante gli attacchi, ma per lei era una tortura. Ogni singolo vocabolo le perforava il cervello, come una fitta che le trapassava la testa da tempia a tempia. Quella volta, però, era sicura di aver scandito con chiarezza il nome della sua città.

Jenny si era fatta un'idea molto vaga del suo interlocutore. Il nome era l'unico indizio da cui partire. Sembrava una voce giovane, probabilmente di un coetaneo, e durante le visioni aveva intravisto i suoi occhi, era riuscita a scorgere un ciuffo di capelli biondi sulla fronte. A volte si domandava se non stesse costruendo un gigantesco castello di carte che di lì a poco sarebbe crollato portandosi via ogni illusione. Perché era proprio questo che temeva: perdere quella sensazione che da anni la accompagnava in ogni attimo della sua vita, la speranza che quella voce appartenesse a una persona in carne e ossa.

Quella sera andò a dormire serena. Sorrideva mentre guardava il soffitto con aria sognante. Le stelline fosforescenti che suo padre aveva attaccato tanti anni prima erano ancora lì, a brillare per lei prima che si addormentasse. Cassiopea, il quadrato di Pegaso, Andromeda, e poi l'Orsa Maggiore e quella Minore separate dal sinuoso corpo della costellazione del Drago. Un firmamento tutto per lei.

Jenny chiuse gli occhi.

Alex c'era, ne era sicura. Era da qualche parte nel mondo e, in un modo o nell'altro, riuscivano a comunicare. E lei non poteva più a farne a meno.

Quel pomeriggio, dopo aver trangugiato la torta salata e aver perso un'oretta davanti alla televisione in compagnia di una bottiglia di succo di frutta alla pera, Alex decise di andare in biblioteca. Di fronte al portone di casa sua quella mattina era stato aperto un cantiere, una squadra di operai in tuta arancione stava trivellando il suolo e il frastuono rendeva impossibile concentrarsi. L'interrogazione programmata di filosofia era alle porte e lui aveva studiato sì e no un terzo di quello che la professoressa aveva assegnato.

Lo zaino in spalla, prese un paio di autobus e raggiunse la Biblioteca

Universitaria. Ci era già stato, era un posto silenzioso e popolato da ragazzi più grandi di lui che frequentavano per lo più il Politecnico. Quando entrò nella sala, cercò con lo sguardo un tavolo libero e andò a sedersi.

Iniziò a sfogliare il quaderno di appunti, svogliato, poi prese dallo zaino il manuale di filosofia.

Stava sottolineando a matita una frase di Kierkegaard quando il solito brivido paralizzò la sua schiena andando a colpire ogni terminazione nervosa.

Ma c'era qualcosa di strano.

Si guardò attorno, in attesa del momento. Sapeva che sarebbe caduto dalla sedia, ma non si stese a terra. Rimase immobile, seduto, le braccia sul tavolo. Percepì il corpo diventare sempre più pesante, però riuscì a mantenere il controllo della testa e dei muscoli del collo. All'improvviso avvertì una fortissima sensazione di vuoto. Si sentiva come sospeso nell'aria. Come se sotto i suoi piedi si fosse aperta una gigantesca voragine e lui ci galleggiasse sopra, senza precipitare. Non riusciva più a distinguere l'ambiente familiare della biblioteca. Vedeva solo fumo, nebbia. E il vuoto.

La mente però rimase vigile. Sentiva che era ancora padrone del suo corpo e che non sarebbe svenuto. Era sveglio: in parte ancorato alla realtà fisica e in parte avvolto nell'ambiente astratto della visione. Per la prima volta in quattro anni quel pomeriggio non c'erano rumori di fondo. Solo un fruscio, simile a un soffio di vento. Alex riusciva a percepire l'aria fresca che lo circondava.

«Ci sei, Jenny?»

Un momento di silenzio che sembrò interminabile.

Poi la risposta.

«Sì, Alex.»

Il ragazzo era in preda a un sentimento nuovo: un misto di incredulità, gioia, stupore e curiosità.

Dall'altra parte del mondo, anche lei per la prima volta non avvertì alcun dolore fisico durante il contatto.

«Ti prego, dimmi che sei reale» disse Alex.

«Lo sai che esisto. E io so che esisti tu» la voce di Jenny era delicata e familiare. Ad Alex sembrava di parlare con qualcuno che gli era accanto da sempre, di comunicare con lei come se le distanze non esistessero.

«Jenny, devo chiederti una cosa che ti sembrerà stupida.»

La ragazza non replicò. Alex continuò a guardare nel vuoto senza vedere altro che la nebbia.

«Ci sei, Jenny? Devo chiederti...»

La voce proveniente dalla nebbia lo interruppe.

«Clover Moore.»

Alex rimase per un attimo senza respiro. Incredulo.

«Si chiama Clover Moore» ripeté lei.

Quella risposta gli sembrava impossibile.

«Jenny... Io non te l'avevo ancora chiesto.»

Le parole iniziarono a essere seguite da un'eco. Alex ebbe la sensazione che la comunicazione si stesse affievolendo. Le voci si allontanavano a poco a poco.

«L'hai fatto eccome» replicò lei, e le parole si moltiplicarono nella testa di Alex prima di svanire da qualche parte in lontananza, dissolte nel rumore del vento. Alex spalancò gli occhi. Strinse i pugni e tirò indietro la testa, avvertendo solo il formicolio causato da un leggero intorpidimento.

Accanto a lui, nella sala, due gruppetti di studenti occupavano altrettanti tavoli mentre la bibliotecaria impilava delle risme di carta in un armadio.

Il ragazzo ripeté mentalmente quello che lui e Jenny si erano detti. Poi si alzò di scatto, rischiando di cadere. Le gambe erano ancora mezzo addormentate. Raggiunse la bibliotecaria, che nel frattempo si era seduta al suo tavolo e batteva pigramente le dita sulla tastiera di un PC.

«Mi perdoni» iniziò Alex «avrei bisogno di un piacere. Il suo computer è connesso a Internet?»

La signora, una donna sui cinquant'anni dal volto rugoso e con un enorme neo sullo zigomo destro, lo guardò fisso negli occhi. Non sembrava propensa ad aiutarlo.

«Cosa devi fare?» Abbassò gli occhiali sulla punta del naso.

«Ho solo bisogno di controllare una cosa, è importante.»

La donna fece un sospiro e alzò le sopracciglia, scocciata. Quindi acconsentì con un cenno del capo.

«Può scrivere "Sydney" su Wikipedia e dirmi che nome vede nella scheda tecnica della città, alla voce "sindaco"?»

La bibliotecaria aprì una nuova finestra di Google e con una lentezza esasperante digitò "Sydney Wikipedia" nella finestrella del motore di ricerca.

«Clover Moore.»

Alex la guardò incredulo.

«Ne è sicura?»

«Guarda tu stesso» disse la donna girando lo schermo del computer verso il ragazzo. Alex poté leggere con i propri occhi quel nome: Clover Moore.

«Esiste… esiste davvero» mormorò tra sé e sé.

«Chi esiste davvero?»

Alex sorrise e non rispose. Si voltò di scatto, tirò su lo zaino e s'incamminò rapidamente verso l'uscita, lo sguardo raggiante.

Sulla scalinata esterna che dava sulla strada, Alex Loria si lasciò andare a un grido di gioia, incurante dei passanti che lo osservavano come fosse un pazzo.

Jenny esisteva davvero.

Capitolo 5

Quando la comunicazione si interruppe, Jenny era sdraiata nel suo letto, al buio. Dal piano di sotto saliva un vociare confuso. Non si trattava dei suoi genitori, bensì della televisione. Era da poco passata la mezzanotte, il cielo di Melbourne spuntava da una finestra della camera. Limpido, senza nuvole, un manto nero impreziosito da piccoli puntini luminosi. Da quell'angolazione la Luna restava esclusa. La cintura di Orione invece era ben visibile, con le tre stelle caratteristiche allineate in fila una accanto all'altra.

«La più grande si chiama Betelgeuse» le aveva spiegato suo padre tanti anni prima. «Ed è enorme. Il suo raggio è mille volte quello del Sole!»

«Cosa significa?» aveva chiesto lei, sempre curiosa.

«Che se sostituissimo Betelgeuse al Sole… i suoi confini sfiorerebbero la Terra!»

«Papà… ma quando noi non ci siamo più, come i nonni… andiamo nell'Universo?»

«In un certo senso, sì. Quando osservi le stelle, puoi pensare al nonno e alla nonna che ti guardano da lassù.»

«E se fossero ancora vivi?»

Roger le aveva accarezzato il volto. «Questo non è possibile, tesoro.»

«Secondo me è possibile, da qualche parte.»

La ragazza sfilò un elastico dal polso, legò i capelli e si tirò su col busto. Non faceva caldo, ma Jenny amava dormire con abiti leggeri. La maglia senza maniche con la scritta SURF-MANIA e gli slip lasciavano scoperte le gambe atletiche e la pelle liscia e dorata. Al collo, come sempre, portava il suo ciondolo preferito, una catenina che terminava con il Triskell, un simbolo di origine celtica formato da tre segmenti a forma di mezzaluna intrecciati tra loro come a formare un vortice. Al centro del ciondolo, la lettera V che si fondeva col nucleo della spirale. Glielo aveva regalato sua nonna.

«Ti proteggerà» le aveva detto donandole il ciondolo. Il Triskell brillava sulla superficie morbida del suo palmo.

«Cosa significa la V?» le aveva chiesto Jenny.

«Tuo nonno me lo regalò il giorno in cui mi chiese di sposarlo. È un amuleto, che contiene la nostra storia. La tua storia.»

«Perché la mia?»

La nonna si era limitata a sorridere, stretta nelle spalle.

Jenny scosse la testa come a mandar via quel dolce ricordo. I suoi nonni non c'erano più, ma non l'avevano lasciata sola. Era rimasto quel simbolo, che raccontava l'origine gaelica della sua famiglia, dalla parte di suo padre Roger. Lo stringeva spesso tra le mani, quando aveva paura o bisogno di forza e coraggio per affrontare un'impresa, che fosse una gara di nuoto o un esame.

L'attenzione della ragazza tornò presto su Alex.

L'attacco non era avvenuto durante il sonno, nonostante l'ora. Jenny era sveglia, sdraiata in contemplazione del vuoto, la mente proiettata alla gara che l'aspettava il sabato successivo e per la quale si era allenata troppo poco, a causa dello studio. Quando era arrivato il brivido, Jenny era stata avvolta da una sensazione di calore mai provata prima. Si sentiva al sicuro. Capiva che il suo corpo non poteva rispondere agli ordini del cervello, ma avvertiva la piacevolissima sensazione di galleggiare in un limbo, protetta e serena. Gli occhi chiusi, si era abbandonata all'incontro. Quasi un sogno, ma sia lei sia Alex ormai sapevano bene che non lo era.

Per la prima volta Jenny era convinta. Aveva sempre avuto il dubbio che tutte quelle voci e immagini fossero dovute a disturbi psichici, a qualche strana forma di schizofrenia. Anche le ricerche su Internet, nei forum e nei blog, a caccia di una storia analoga alla sua, erano state vane. Alla fine ci aveva rinunciato. Aveva sospettato per quattro lunghi anni che Alex fosse solo una proiezione mentale, e anche temuto che non ci fosse nessuno *dall'altra parte*. Ora, sebbene non avesse prove scientifiche dell'esistenza di quel ragazzo, l'incontro appena avuto non lasciava dubbi. Alex le aveva fatto una precisa domanda, un evidente tentativo di appurare che lei fosse una persona reale. E lei aveva risposto.

«Ci sei» sussurrò. «Lo so che ci sei.»

Jenny restò sveglia ancora a lungo, con un unico pensiero fisso che le teneva compagnia. Qualsiasi cosa succedesse là fuori, nel mondo, non aveva più importanza rispetto all'evento sovrannaturale di cui lei e Alex erano protagonisti. Un miracolo che superava ogni umana fantasia.

Avvolta dal silenzio di quella notte di fine ottobre, Jenny non poteva neanche lontanamente immaginare che il pianeta stesse per andare incontro a un terribile destino, e che la chiave di tutto fosse custodita nella loro testa.

Capitolo 6

Il mese di novembre fu ricco di incontri, come né Alex né Jenny avrebbero mai potuto immaginare. Ogni tre o quattro giorni, per almeno una trentina di secondi, si stabiliva il contatto. Era preceduto dal consueto brivido lungo la schiena, cui seguiva uno stato di benessere psicofisico, una sensazione di pace e di serenità. Nessun rumore o lamento disturbava quella quiete. E nessun dolore, tranne un leggero mal di testa alla fine del dialogo.

Dialogo che, ormai era evidente, avveniva solo per mezzo del pensiero. Per dimostrare questa teoria, Alex prese in prestito la piccola telecamera digitale del padre e si rinchiuse in stanza per un intero week-end.

Montato su un cavalletto accanto al tavolo di studio, l'apparecchio inquadrava la zona del letto. Bastavano pochi secondi per accenderlo e far partire la registrazione. Durante uno dei soliti brividi che anticipavano la connessione con Jenny, riuscì nell'impresa.

«Alex, sei tu…»

Il ragazzo si sentì avvolgere dal calore. Qualcosa si stava schiudendo nella sua mente.

«Alex.»

Un sospiro scosse il suo petto, proprio nel momento in cui ogni sensazione fisica stava per abbandonare il corpo.

«Jenny, dobbiamo vederci.»

Ad Alex sembrò di avvertire l'accenno di un sorriso.

«Non è possibile, come possiamo incontrarci, tu… Senti, io lo so che ci sei, l'ho sempre saputo, ma tutto questo è troppo strano… mi fa paura.»

«Anch'io ho paura, ma non mi interessa. Non so come spiegartelo, la tua voce è diventata qualcosa di cui non posso più fare a meno, il tuo sorriso esiste nella mia testa e lo so che magari sarà diverso, magari tu sarai diversa, ma non posso più pensare di andare a dormire questa sera, o qualsiasi sera della mia vita, accettando che non ti vedrò mai, accettando che tu sia solo un sogno.»

Le parole di Alex rimasero sospese nel vuoto per qualche istante.

«Forse lo sono. Sono solo un sogno.»

«Sì, il sogno più bello che io abbia mai fatto.»

«Ma i sogni sono destinati a svanire.»

«Allora io non mi voglio risvegliare.»

Jenny non aggiunse nulla ma ora, oltre al suo sorriso, nella mente di Alex erano comparsi anche due grandi occhi lucidi, e l'espressione di chi cerca di nascondere la commozione mordendosi un labbro.

«Io non ho mai provato niente del genere» continuò Alex.

Nella mente di Alex quelle parole illuminarono il volto di Jenny. Il suo profilo comparve intorno agli occhi lucidi, alle labbra tremanti, alla fronte leggermente corrugata.

«Mi sembra di vederti» disse Jenny. «Il tuo viso è comparso nella mia mente.»

Era esattamente quello che stava succedendo ad Alex.

«E se fossi diverso?»

«E se io fossi diversa?»

Le due domande si inseguirono per qualche istante nei pensieri dei ragazzi.

«Tu non sei un sogno, Jenny, ormai fai parte della mia vita. Voglio incontrarti, dovessi attraversare tutto il mondo.»

Le ultime parole di Alex sembrarono vincere la resistenza della ragazza, nel cui animo stavano lottando due emozioni contrapposte.

Da una parte c'era il sentimento che aveva sempre provato, quello che le scaldava il cuore, quello che la faceva sentire sola in mezzo ai suoi amici, sola nel mondo reale in cui viveva ogni giorno. Dall'altra la paura di essersi innamorata di un sogno, il timore di svegliarsi all'improvviso vedendo scomparire quell'illusione, la spingevano a desistere.

I pensieri continuarono a inseguirsi senza che i due ragazzi potessero fare niente per trattenerli. Il dialogo mentale sfuggiva al loro controllo, dando voce ai sentimenti più profondi.

Quando poco più tardi Alex aprì gli occhi, l'immagine sfocata del soffitto della sua stanza lo riportò lentamente alla realtà. La luce nella sua testa era svanita, la voce di Jenny ora era solo un'eco lontana. Accanto a lui però, c'era la telecamera. Il led rosso luminoso segnalava che era ancora accesa.

Si alzò dal letto lentamente, gli arti intorpiditi, e collegò la telecamera al computer.

Il video iniziava con lui che compariva nell'inquadratura dopo aver premuto REC sul retro della videocamera e rapidamente si accasciava sul letto. Alex notò che le sue palpebre tremavano nei secondi prima del contatto. Poi, l'evidente caduta nello stato di trance, con i muscoli rilassati e gli occhi chiusi. Non capì bene cosa bofonchiasse nei secondi precedenti al risveglio. Distinse solo le parole "sogno" e "mondo".

In realtà, alla fine di quel dialogo, il 23 novembre 2014, Alex aveva promesso a Jenny che l'avrebbe trovata, che avrebbe fatto diventare quel sogno realtà, a costo della sua stessa vita.

Non aveva scelta. Doveva farlo. Era ciò che comandava il suo cuore. Ma non solo.

La mattina precedente, infatti, sua madre Valeria lo aveva spedito in cantina. Da anni non scendeva in quello spazio di due metri per tre, ricavato nello stretto e polveroso tunnel sotterraneo cui si accedeva dal cortile interno della palazzina.

La tradizione voleva che in casa Loria si addobbasse l'albero di

Natale esattamente un mese prima della vigilia. E così, Alex era stato spedito giù a prendere gli scatoloni con le palline e i festoni, il lungo cartone con l'albero finto e un sacchetto contenente un intricato cavo luminoso.

Il cigolio della sgangherata porta di legno lo aveva accolto in cantina. Per fortuna l'interruttore funzionava ancora. Dentro era il caos. Scatole su scatole, una vecchia asse da stiro, due stampelle, pezzi di una mountain bike che neanche ricordava di aver avuto da piccolo, e altre cianfrusaglie.

Alex individuò il cartone incastrato in un angolo. Spuntava per metà, e nella parte alta era raffigurato un albero stilizzato. Poi si concentrò sugli scatoloni, impilati uno sull'altro. Quello più in basso aveva una scritta diagonale rossa che diceva CORNICI.

Sopra, un altro aveva un adesivo bianco con uno scarabocchio blu. Era evidentemente la calligrafia di suo padre. Alex si avvicinò e lesse la parola PIASTRELLE.

Quando alzò nuovamente lo sguardo, notò che il terzo scatolone era privo di scritte. Piegò la testa per cercare di scorgere un'altra facciata del contenitore di cartone. «Eccolo qua» esclamò soddisfatto quando lesse la scritta ADDOBBI NATALE sull'altro lato.

Mentre cercava di scovare, senza troppe speranze, il sacchetto con il cavo luminoso, Alex si imbatté in una rarità che aveva rimosso dalla memoria. Si trattava di un gioco che adorava da piccolo. Era un robot alto trenta centimetri, blu con le mani e i piedi rossi, e uno stemma sul petto che riportava il ragazzo indietro di dieci anni. Faticava a ricordare dettagli di quel periodo, ma non aveva dimenticato quel robot. Una delle sue particolarità era quella di fungere da contenitore. Bastava premere un tasto dietro il collo e il torace si apriva in due.

Quando Alex lo fece, rimase di stucco.

«E questo cos'è?» disse quando vide la videocassetta all'interno del robot. La tirò fuori e lesse la scritta sull'adesivo applicato alla costa.

GUARDARE IL 22 NOV 2014

Non ha senso, pensò Alex prima di infilarsi la cassetta nella cintura, coprendola con la felpa. *È oggi*… Quando tornò in casa, lasciò gli scatoloni natalizi in sala, si chiuse in camera e prese il VHS. Gli tremavano le mani.

Non poteva aspettare. Non appena i genitori uscirono per andare a fare la spesa, Alex corse in sala per cercare il vecchio videoregistratore che negli ultimi anni era stato rimpiazzato dal lettore Blu-Ray. Lo trovò in una cassapanca dietro il divano. Era sepolto sotto un mucchio di scartoffie, ma c'era. Ed era perfettamente funzionante, da quel che ricordava. Quando lo collegò al televisore e inserì la videocassetta, però, un'espressione di delusione gli si dipinse in volto. Alzò le sopracciglia mentre sullo schermo la DeLorean di Marty McFly sfrecciava a ottantotto miglia orarie verso il 1955.

«*Ritorno al futuro*. Okay… e allora?» disse mentre cercava il tasto STOP sul videoregistratore.

Stava per premerlo quando le immagini del film si interruppero di colpo. Lo schermo si fece grigio e disturbato, come se il nastro fosse stato sovrainciso. Poi un'immagine prese forma. Il bambino di fronte ai suoi occhi era lui. Doveva avere cinque o sei anni. Alle sue spalle, la vecchia cesta in vimini dei giocattoli. Accanto a quella, un enorme orsacchiotto di peluche giaceva a testa in giù su una vecchia poltrona bordeaux. Tutte cose che non facevano più parte dell'arredamento della sua stanza da chissà quanto tempo. Alle pareti erano appesi i poster di alcuni sportivi, da Ayrton Senna a Michael Jordan. Il piccolo Alex sedeva per terra a gambe incrociate. Indossava una maglietta con l'immagine di Paperon de' Paperoni che si tuffa dal trampolino per atterrare su una montagna di monete d'oro e dei pantaloncini blu. Il caschetto biondo disegnava una cupola sulla testa, con la frangia a scendere fin quasi sugli occhi. Quando alzò lo guardo, puntandolo dritto nell'obiettivo della telecamera, il messaggio che pronunciò con la sua voce infantile fu tanto chiaro quanto agghiacciante.

«Questo messaggio è per me, per quando sarò grande. Nel

novembre del 2014 dovrò partire. Andare da lei. Prima che sia troppo tardi.»

Dopodiché il bambino si alzò e sparì dietro la telecamera. Lo schermo tornò nero. Di lì a pochi secondi riapparve Michael J. Fox in un fienile della Hill Valley degli anni Cinquanta.

Non è possibile, pensò Alex mentre riavvolgeva l'ultimo minuto di nastro. Quando lo riprodusse ancora, ebbe la conferma di aver sentito bene. Rimise tutto a posto e riportò la videocassetta in cantina, dentro il vecchio robot, prima che rincasassero i genitori.

Quel VHS portava la data del giorno in cui l'aveva ritrovato, e il messaggio che lui stesso si era mandato non era affatto ambiguo. Anzi, era fin troppo preciso. Inspiegabilmente preciso.

C'era qualcosa di assurdo in tutta quella storia, e andava decifrato. Anche se significava attraversare mezzo mondo.

Alex lo sapeva bene: c'era solo una persona che poteva aiutarlo a realizzare quell'impresa.

«Non sono certa che sia una buona idea» disse Valeria Loria mentre disponeva i piatti sulla tavola. Il profumo del soffritto di scalogno pervadeva la cucina. La mamma di Alex puntò il telecomando verso la televisione e mise l'audio su MUTE prima di versare dell'acqua in una caraffa che poggiò nel centro della tavola.

«Quanto vorresti stare via?» La voce del padre di Alex, Giorgio, era decisa e ben timbrata. «Un week-end lungo?»

Alex si limitò ad annuire con un cenno del capo.

«Non capisco che bisogno ci sia. Come se non vi vedeste già abbastanza.»

Il figlio aprì la bocca per protestare, ma la madre lo fermò con un cenno della mano.

Lui si trattenne e andò a sedersi al suo posto. L'ampia cucina di casa Loria era arredata con mobili antichi in legno scuro, con pomelli di ottone e decorazioni floreali. Un lungo tavolo in legno massello dominava la scena. Appeso al soffitto, sopra il tavolo, un lampadario di cristallo. Alla parete opposta rispetto al piano cottura, una credenza degli anni Cinquanta in rovere con ante di vetro che lasciavano intravedere il servizio d'argento riservato alle grandi occasioni.

Alex odiava quella stanza. La detestava. Così come il resto della casa. Per lui non era altro che una sofisticata prigione dorata.

«Venerdì c'è assemblea a scuola» disse titubante. «Ma non è obbligatoria. Potrei andare da Marco giovedì sera… e star lì fino a domenica.»

Il padre lo fissò qualche istante senza dire niente, quindi aprì il tovagliolo e lo adagiò sulle gambe.

Valeria guardò prima il marito e poi il ragazzo. Sapeva bene che avrebbe dovuto trovare lei una soluzione che accontentasse entrambi.

«Non hai la partita domenica?» chiese ancora la donna.

«No, domenica si salta.»

«E non ti devi allenare?» intervenne Giorgio. «Manca poco ai play-off.»

Alex non rispose. Sapeva che suo padre aveva ragione.

«Sei sempre il capitano della squadra, o sbaglio? Forse ci si aspetta che tu non passi i fine settimana a giocare alla PlayStation con quel tuo amico mezzo svitato.»

«Marco non è svitato. È un genio.»

«Sì, sì, va bene.»

Per la seconda volta si trattenne. Non poteva correre il rischio di litigare proprio in quel momento.

«Insomma, posso andare o no?»

Valeria scambiò uno sguardo con Giorgio, che aveva già riattivato il volume della televisione come a lasciare a lei il compito di dare o meno il permesso al figlio.

«Vai, vai» rispose lei mentre in sottofondo partiva il sommario del telegiornale, momento che a casa loro significava "fine delle discussioni".

Era fatta.

Il primo ostacolo era superato.

Capitolo 7

Alle 21.30 di giovedì sera, in un appartamento di viale Gran Sasso, suonò il citofono. Non era il consueto e fastidioso rumore. Era una suoneria più simile a quella di un cellulare, che riproduceva il tema centrale della colonna sonora di *Rocky IV*. Marco schiacciò un pulsante sul piccolo telecomando verde e la porta d'ingresso si aprì. Alex salì le scale di corsa ed entrò in casa con il borsone del basket a tracolla.

«Ho ricevuto il tuo messaggio» gli gridò l'amico dal bagno. «Mi vuoi spiegare che diavolo succede?»

Marco premette di nuovo il pulsante sul telecomando e la porta si richiuse. Alex era abituato a simili *tricks*, come li chiamava l'amico. Trucchetti geniali.

In casa di Marco quasi tutto veniva azionato per mezzo di pulsanti, telecomandi o addirittura ordini impartiti a voce. Porte, riscaldamento, elettrodomestici della cucina, stereo e luci rispondevano tutti a un controllo remoto, come in alcuni appartamenti moderni progettati secondo le leggi della domotica, con la particolarità che in questo caso ogni singolo microchip era stato brevettato e costruito da Marco stesso.

Nel febbraio del 2004, più di dieci anni prima, i suoi genitori avevano deciso di trascorrere qualche giorno in una località di montagna. Erano dell'idea di acquistare una casa per le vacanze e così avevano trasformato il sopralluogo in un week-end in famiglia. Il padre di Marco, ex sciatore professionista, aveva contagiato con la sua passione sia la moglie sia il figlio. Si prospettava un fine settimana di magnifiche discese libere e ricche cene al rifugio in cima alla montagna.

Una leggera pioggia aveva accompagnato la loro partenza da Milano. Entrati in Piemonte, si erano ritrovati in mezzo a un vero e proprio acquazzone. Quando erano usciti dall'autostrada per seguire la statale che li avrebbe portati verso la montagna, si erano lasciati il temporale alle spalle. Il peggio sembrava passato. Mentre salivano di quota però, il tempo era peggiorato. Una violenta tempesta di neve si era abbattuta sui tornanti che percorrevano la montagna. Il forte vento aveva iniziato a far sbandare la Jeep. Un albero si era piegato ed era piombato sul parabrezza, costringendo il fuoristrada a una brusca sterzata che l'aveva fatto precipitare giù dalla scarpata. Il ragazzo, sballottato sui sedili posteriori, non si era nemmeno reso conto di come il padre avesse perso il controllo del veicolo. Aveva sentito solo il contraccolpo dello schianto. Poi il silenzio.

La vita di Marco fu segnata per sempre. I suoi genitori morirono sul colpo. Lui si salvò per miracolo e fu affidato ai nonni materni con i quali visse fino all'età di diciannove anni. Poi decise di andare a stare da solo e trovò casa in viale Gran Sasso.

Durante i suoi primi vent'anni di vita si era dedicato a fondo allo studio dell'informatica e dell'elettronica. Amava smontare congegni, studiare i componenti, riempire la casa di sistemi ad azione meccanica. Poteva gestirne lui stesso il funzionamento da una serie di comandi elettronici sparsi in ogni stanza. C'era quello verde, che azionava porte e finestre. Il blu, i cui tasti erano dedicati a forno elettrico, microonde e fornelli. Il giallo regolava la temperatura dell'appartamento. Il rosso, invece, era progettato per gestire l'impianto luci: un pannello dai colori cangianti nella camera da letto, file di neon blu in sala per conferire un aspetto futuristico al suo "regno", come amava definirlo, e tutta una serie di piccole lampadine sparse per l'appartamento, che l'avevano trasformato in una sorta di gigantesco flipper. Marco ne andava fiero.

Da dieci anni il suo cervello correva a un ritmo notevolmente superiore alla media e gli consentiva di studiare e progettare congegni sempre più sofisticati, dai comandi per la casa ai software. Nell'informatica era una specie di mostro. Qualsiasi problema potessero avere i suoi amici, Marco era la soluzione. Come diceva sempre Alex, era "avanti anni luce".

Ma la differenza tra i due ragazzi non stava solo nei cinque anni di età che Alex aveva in meno dell'amico. Stava nelle gambe. Quelle di Marco erano rimaste in fondo alla scarpata.

La carrozzella elettrica di Marco spuntò dal bagno e svoltò in corridoio, diretta verso quella che lui stesso definiva "sala macchine".

«Ti trovo bene» commentò dando le spalle all'amico. Alex appariva radioso.

«Da un certo punto di vista, è il periodo più bello della mia vita.»

«Vuoi qualcosa da bere?» Marco ruotò la testa verso Alex che si stava guardando attorno. Ogni volta che entrava in quella sala, la prima occhiata finiva sempre sulla foto dei genitori dell'amico, sorridenti e felici nel giorno del loro matrimonio.

«Sì, grazie.»

Marco teneva un piccolo frigo bar rosso a forma di lattina di Coca-Cola accanto a uno dei tre computer che occupavano il tavolo al centro della stanza. Tirò fuori un paio di lattine e ne porse una all'amico.

«Ho bisogno del tuo aiuto» disse Alex, saltando ogni preambolo.

Marco sorrise e con un dito spinse gli occhiali sul naso. La barba incolta, i capelli neri in disordine con delle lunghe ciocche spettinate: per Alex quello era sempre stato il suo aspetto, fin dal loro primo incontro alla finale del torneo di PlayStation.

«Piantala di fissare la mia carrozzella» gli aveva detto quel giorno. «Non voglio vincere per compassione. Le mie gambe sono finte, ma le mani funzionano benissimo.»

Alex era rimasto colpito dalla sicurezza di quel ragazzo che inizialmente gli aveva fatto solo pena. Quindi si erano stretti la mano, prima di cominciare a giocare. L'aveva spuntata Marco, ai rigori. Da allora in poi una sorta di fratellanza li avrebbe legati per sempre.

Alex tentò di tornare alla realtà. Quel ricordo era impresso a fuoco nella memoria. Uno dei momenti più importanti della sua vita. Un semplice incrocio del destino aveva fatto nascere una grande amicizia. Spesso gli capitava di riflettere sul fatto che se non avesse visto la pubblicità della competizione su un quotidiano il giorno prima del torneo, per caso, non avrebbe mai conosciuto Marco.

«Sentiamo, che ti serve?»

Alex fissò la fila di neon blu sul muro di fronte e fu costretto a stropicciare gli occhi.

«Li tieni sempre accesi?» chiese indicando le luci con un cenno della testa.

«Solo quando sono qui a lavorare al PC.»

«Ah. Quindi sempre.»

«Esatto.»

Alex sorrise e iniziò a sorseggiare la Coca-Cola. Sugli scaffali attorno a lui poteva ammirare un imprecisato numero di saggi sul cosmo, libri di scienza, riviste di astronomia e fumetti fantascientifici. La sua attenzione fu rapita da un saggio di Stephen Hawking. Lo prese dalla libreria e lo sfogliò distrattamente fino alla foto dello scienziato. Per un attimo si fermò a pensare al triste declino fisico di una grande mente come quella del cosmologo britannico. Poi ripose il libro al suo posto.

«Tu sai di quei miei mal di testa» disse Alex. «Quelle mie… allucinazioni.»

Marco si fece attento e guardò l'amico con curiosità.

«Non me ne hai mai parlato…» disse titubante. «…fino in fondo.» Sapeva quanto l'argomento fosse delicato per Alex.

«Be', mi sa che è arrivato il momento di dirti qualcosa in più.»

«Ti ascolto.»

«Ci sono state delle evoluzioni.»

Marco mise in standby i tre computer, un PC, un Mac fisso e un MacBook portatile che lavoravano sempre in contemporanea.

«Ecco, vedi» iniziò Alex, sapendo che si stava confidando con l'unica persona al mondo nelle cui mani avrebbe messo la sua stessa vita, «ormai è certo che Jenny esiste.»

Raccontò ogni cosa.

Gli incontri con la ragazza, gli svenimenti, i loro dialoghi telepatici, e la certezza che anche lei desiderasse conoscerlo più di ogni altra cosa.

Raccontò di come fosse riuscito a scoprire dove viveva e di come avesse avuto modo di verificare che l'informazione che Jenny gli aveva fornito era vera.

Raccontò della videocassetta.

Di quel bambino col caschetto biondo e del suo promemoria per il futuro.

Infine tacque, esausto. Si alzò e raggiunse la finestra sotto gli occhi attenti dell'amico. Guardò fuori e si accorse che si era fatto buio. I lampioni illuminavano le strade della città, il traffico aveva lasciato il campo alla desolazione. Un senzatetto spingeva a fatica un carrello. *Chissà come è andata la vita di quest'uomo*, pensò. *Magari prima era ricco e adesso chiede l'elemosina. A volte basta un evento...*

«Alex» disse Marco «io ti credo, ti ho sempre creduto, ma il punto è che non so proprio come potrei aiutarti.»

«Devo andare in Australia. Mi devi aiutare ad andare in Australia.»

«Stai scherzando. Vuoi partire per l'Australia, così? Adesso?»

«Esattamente, non posso più aspettare. Io impazzisco se non affronto questa cosa. Mi sembra di vivere due vite, io... devo trovarla. E non su un social network. Voglio trovarla sul serio. Il me stesso bambino è stato chiaro. Devo partire.»

Marco sospirò e strinse le labbra. Quindi riattivò il Mac con un colpetto sulla barra spaziatrice e fece partire una ricerca su Internet.

«Tu hai il passaporto valido?» gli chiese.

Alex non comprese immediatamente il senso della domanda.

«Allora?» insistette Marco. «Ce l'hai 'sto passaporto valido o no?»

«Significa che mi aiuterai?»

«Ma certo che ti aiuto, che domande.»

«Ce l'ho il passaporto. L'ho usato per la gita di gennaio con la mia classe.»

«Perfetto. Vediamo che posso fare.»

Alex si avvicinò con la sedia all'amico.

«Però...» disse Marco senza staccare gli occhi dalla schermata. «Non è esattamente economico volare fino a Melbourne.»

«Vedo.»

L'elenco di voli partiva da un minimo di 1350 euro per il pacchetto di andata e ritorno. Con un preavviso maggiore, partendo di lì a tre mesi, la cifra scendeva di circa trecento euro, ma Alex non aveva alcuna intenzione di aspettare.

«Cosa intendi fare?» Marco stava prendendo sul serio la questione. Chiunque altro gli avrebbe dato del pazzo. Se si fosse confidato con i suoi genitori o con un amico qualsiasi, gli avrebbero consigliato un buon psicanalista. Ma, come Alex sapeva già, Marco era una persona speciale. L'aveva preso sul serio fin da quando gli aveva confidato il primo svenimento. Erano passati quattro anni.

«Non lo so. Non ho una somma del genere.»

«Quello non è un problema.»

«In che senso?»

Marco sorrise. Quasi fosse scontata la risposta. «Diciamo che ho le mie risorse...»

«Senti, non voglio che mi presti dei soldi.»

«Non ho alcuna intenzione di prestarteli. E comunque non sarebbero *miei*...»

Marco ridacchiò e cominciò a rovistare tra alcuni fogli sparsi dietro il Mac. Trovò un plico e lo mise tra le mani di Alex, che iniziò a sfogliarlo mentre l'amico spiegava.

«Queste sono alcune schede tecniche che con i miei lavori da hacker sono riuscito a scaricare. Si tratta di intestatari di conti sui quali posso operare con una certa tranquillità.»

«Non finirai mai di stupirmi.»

Alex passò in rassegna le pagine senza capire l'elenco di cifre e nomi che si ritrovava davanti.

«Da questa serie di fondi io posso sottrarre piccole cifre, agendo come farebbe una qualsiasi società presso la quale tu possa fare un acquisto online con carta di credito.»

«Ma è sicuro?» chiese Alex.

«Certo che no, ma ho i miei sistemi, non ti preoccupare. Innanzitutto devono essere cifre che non destino sospetti. Non voglio mica diventare miliardario con questo sistema, sarebbe impossibile e prima o poi mi scoprirebbero. E poi, queste somme non le giro sul mio conto. Le invio a una serie di carte prepagate intestate a delle società fittizie che...»

«Secondo te ci sto capendo qualcosa?» Alex corrugò la fronte e trattenne una risata.

«In poche parole, riesco a entrare in possesso di questo bel gruzzolo senza coinvolgere il mio conto bancario e posso prelevare la somma tramite le carte prepagate che tengo in quella cassaforte laggiù.» Marco indicò un piccolo cubo di metallo su una mensola, la stessa su cui aveva sistemato la foto del matrimonio dei genitori.

«Domani andrai a farti dare una carta prepagata. Ai tremila euro che ci saranno sopra entro il pomeriggio ci penso io.»

Alex rimase senza parole.

«Non devi dire niente.» Lo sguardo di Marco si posò su una fotografia appesa alla parete dietro i computer. Raffigurava una signora anziana che lavorava a maglia. «Ti ricordi il 2011?»

«Sì.» Alex sorrise malinconico. «Lo ricordo bene.»

«Se non ci fossi stato tu durante la mia depressione, io non ce l'avrei fatta. La morte di mia nonna mi aveva distrutto. Era come una seconda madre, per me.»

«Lo so.»

«Quell'anno non lo scorderò mai. Tremila euro non valgono neanche un centesimo di quello che hai fatto per me.»

Capitolo 8

Chiusa in camera, l'iPod appoggiato sulla scrivania e le enormi cuffie della Sennheiser strette sui lunghi capelli castani, Jennifer Graver trascorse mezza mattinata a fare ricerche in rete.

Voleva mettersi nei panni di Alex, cercare di capire a che tipo di impresa stesse andando incontro per raggiungerla.

Avrebbe dovuto prendere un aereo, attraversare mezzo mondo, trovarsi un albergo dove dormire la notte e sperare che al suo risveglio il suo sogno diventasse realtà. Jenny era contenta che lui avesse deciso di intraprendere quel viaggio. I suoi genitori non glielo avrebbero mai permesso. Per un attimo provò a immaginare la famiglia di Alex, il suo mondo, la sua vita, tutto ciò che circondava il volto che si era lasciato vedere per brevi istanti durante il loro ultimo dialogo.

Quindi, chiuse gli occhi e ripensò alle sue ultime frasi.

Sei il sogno più bello che io abbia mai fatto.

Io non ho mai provato niente del genere.

Voglio incontrarti, dovessi attraversare tutto il mondo. Quelle parole avevano scaldato il cuore in quei giorni, consolandola nell'attesa del momento che, nelle sue speranze, le avrebbe cambiato la vita per sempre. Quando Clara gridò il suo nome dal piano di sotto della villetta, lei non la sentì affatto. In quel momento, il ritornello di *1979* degli Smashing Pumpkins la isolava dal resto del mondo. Lo sguardo imbambolato e perso sulle pagine del diario, Jenny seguiva il testo canticchiando. Ci aveva riflettuto spesso, pensando alla malinconia delle parole con cui Billy Corgan parlava della sua adolescenza ribelle. *E non me ne frega niente di togliermi questi jeans con la cerniera, e non sappiamo proprio dove riposeranno le nostre ossa. Credo che diventeranno polvere, dimenticate, e staranno sotto la terra.*

Sua madre salì per le scale mentre finiva di infilarsi la giacca a vento e piombò in camera in tutta fretta. «Tesoro, sempre con quelle cuffie...» disse mentre tirava su la zip.

«Dimmi.»

«La spesa! Ti avevo chiesto di accompagnarmi.»

Jenny fece un cenno di assenso col capo mentre toglieva le cuffie e si sistemava i capelli.

«Ah, guarda che danno pioggia» esclamò Clara uscendo dalla stanza. Jenny finì di annotare la data dell'ultimo *incontro* con Alex sul suo diario, poi lo chiuse e si alzò.

Il diario di Jenny era testimone del rapporto tra lei e Alex sin dal 2010. Ogni singolo episodio era riportato su quello che in realtà non era altro che un raccoglitore ad anelli, sempre pronto a registrare tutti i pensieri della ragazza. Si affollavano confusi su quelle pagine, in cerca di ordine. Era uno scrigno di segreti, solo lei vi aveva accesso.

Nessuno sapeva di Alex.

Jenny aveva sempre protetto quel segreto, lo sentiva soltanto suo. Come un dono speciale, ne era gelosa e lo teneva ben stretto. Inoltre negli ultimi tempi gli svenimenti erano cessati e la comunicazione si era fatta più agevole e meno dolorosa. Tutto ciò le permetteva di custodire ancora meglio quella che stava diventando, a tutti gli effetti, una relazione.

Nel diario, Jenny si faceva mille domande. Chi era quel ragazzo? Un'allucinazione? Un amico immaginario? Era possibile innamorarsi di una sensazione? All'inizio si era rifiutata di credere a una storia a distanza così assurda, ma più passava il tempo più sentiva il bisogno di stare fisicamente vicino a quella voce che ormai suonava così familiare nella sua testa. Il sogno *doveva* trasformarsi in realtà. Jenny voleva trovarsi davanti a quegli occhi che fino a ora aveva solo intravisto, e forse i tempi erano maturi.

In una pagina datata 18 agosto 2014, il primo paragrafo del diario citava fedelmente una definizione trovata su Wikipedia:

> *La telepatia, detta anche trasmissione del pensiero, è l'ipotetica capacità di comunicare con la mente, cioè senza l'utilizzo di altri sensi o strumenti. Il termine telepatia venne introdotto nel 1882 da Frederic William Henry Myers e deriva dal greco* τηλε, *tèle (lontano) e* πάθεια, *pàtheia (sentimento). Come la precognizione e la chiaroveggenza, la telepatia fa parte delle cosiddette percezioni extrasensoriali o esp e più in generale, delle presunte facoltà paranormali. Rientra nel campo di indagine della parapsicologia.*

Era questo il potere che li legava? Era questo il loro dono? Nei film e nei romanzi Jenny aveva già incrociato il termine telepatia, ma si trattava sempre di una facoltà utilizzabile in un dato momento e luogo, con una persona presente nello stesso campo d'azione del soggetto telepatico. Nel suo caso, il mistero più difficile da spiegare era l'enorme distanza che la separava da Alex. Jenny si infilò una tuta, fece sparire il diario in un cassetto, rivolse un ultimo pensiero ad Alex e si apprestò a scendere al piano di sotto, dove sua madre la stava aspettando.

Chissà quando arriverà…

Giovedì e venerdì notte Alex dormì da Marco e sabato mattina prenotò il volo per Melbourne. Una settimana, esclusi i giorni del viaggio. Pensò che per questo primo "appuntamento" potesse bastare.

Domenica mattina ebbe un altro incontro telepatico con la ragazza, ed era ormai chiaro che qualcosa nelle loro comunicazioni era cambiato.

Alex avvertì una percezione molto particolare prima che si stabilisse il contatto con lei. Ebbe la sensazione di averla *chiamata*. Di aver colto la sua vibrazione, la frequenza del suo pensiero, come se la sua mente, o la sua anima, fosse stata una specie di antenna.

«L'hai sentito anche tu?» domandò Alex, certo che Jenny avrebbe capito a cosa si stava riferendo.

«Riconosco il tuo suono... No, non è un suono, è come una luce, qualcosa che compare dentro la mia mente. Non so nemmeno come spiegarlo.»

«Sono certo di averti chiamata.»

«Sì, lo so.»

«Tra due giorni sarò in Australia, Jenny. Atterrerò alle 10 del mattino.»

In quell'istante Alex avvertì una vibrazione nuova e il rumore di un temporale in avvicinamento. Un tuono gli esplose tra le pareti del cervello, ma non provocò dolore. Anzi, gli diede uno strano senso di potere, come se avesse espanso la mente, come se il tuono avesse scardinato i confini della sua scatola cranica.

«Dimmi dove ti posso trovare» aggiunse Alex mentre un nuovo rimbombo si sovrapponeva alla loro comunicazione.

«Non lo so.»

«Dimmi un luogo, un luogo qualsiasi dove ci possiamo incontrare.»

La ragazza esitò qualche secondo prima di rispondere. *«Altona Beach Pier.»*

«Cos'è?» chiese Alex, ma in quel momento il contatto si interruppe.

Alex spalancò gli occhi. Era sdraiato sul divano nel salotto di Marco. L'amico era a un metro da lui e lo guardava incuriosito.

«Eri con lei?» gli chiese.

Alex si guardò attorno un istante per riprendere contatto con la realtà.

«Devo controllare una cosa» disse mettendosi a sedere. «Devo verificare se esiste un posto che si chiama Altona Beach Pier. E dove si trova.»

«Vediamo subito.» Marco raggiunse il computer e digitò rapidamente il nome che gli aveva detto l'amico.

A quanto pareva, da una rapida occhiata a Google Maps, si trattava di un molo sull'oceano, in un tranquillo quartiere nella zona sud-ovest di Melbourne.

Il mattino seguente, mentre i genitori erano al lavoro, Alex mise assieme qualche vestito, un libro, il suo fedele iPod e infilò tutto nello zaino che usava per la scuola. Prima di uscire scrisse una breve lettera, che lasciò sul tavolo della cucina.

Cari mamma e papà,
sono partito per un viaggio. Non starò via molto, non preoccupatevi per me.
È tutto sotto controllo, ma non posso dirvi di che si tratta. Non capireste. Non posso più aspettare e non avrebbe avuto senso chiedervi il permesso.
Vi voglio bene, scusatemi.

Alex

Zaino in spalla, Alex tornò da Marco per trascorrere a casa sua l'ultima notte prima della partenza. Il volo era previsto per il mattino seguente alle sette.

«Ti invidio, sai?» disse Marco. Stava sistemando del prosciutto su una fetta di pane per toast.

«Perché?» chiese Alex mentre si sedeva a tavola. L'amico pigiò un tasto blu sullo schienale della sedia. In pochi secondi si aprì una fessura nel tavolo in corrispondenza del posto occupato dall'ospite. Da lì emerse un ripiano in legno su cui erano disposti un bicchiere, delle posate e un tovagliolo.

«Semplice. Qualcuno là fuori ha bisogno di te e non vede l'ora di incontrarti.»

«Sì, qualcuno che per quattro anni ha parlato con me soltanto attraverso degli attacchi epilettici...»

«Smettila. Tu lo sai che esiste» disse Marco con tono deciso. Poi abbassò lo sguardo verso le sue gambe inerti. «A me una cosa del genere non capiterà mai.»

«Non essere stupido. Prima o poi capiterà anche a te. Devi solo aspettare il momento giusto.»

Marco addentò il panino e parlò col boccone in bocca. «Io sono un handicappato.»

Alex versò dell'acqua nel suo bicchiere, scuotendo la testa. «Tu sei un genio, Marco. Sei una persona dotata di un intelletto fuori dal comune. E non hai le gambe, okay. C'è gente che le gambe le ha, ma nella vita non prende nessuna strada, se ne sta lì immobile a vegetare.»

«Forse hai ragione... Prima o poi troverò qualche povera disgraziata disposta a passare il resto della sua vita con un ragazzo a due ruote.»

Marco rise. Era sempre autoironico, Alex ci aveva fatto l'abitudine.

«Sei pronto? Per domani mattina mettiamo tre sveglie.»

«Sì.» Alex chiuse gli occhi e immaginò di sorvolare il pianeta alla volta dell'Australia. «Sono pronto. A dirla tutta, non sto più nella pelle.»

Finita la cena, i due rimasero un paio d'ore in sala a chiacchierare di fronte alla televisione prima di andare a dormire. Come era prevedibile, la madre di Alex chiamò a casa di Marco in preda all'agitazione. Lui recitò perfettamente la sua parte. Rispose che aveva provato anche lui a cercare Alex sul cellulare e che stava per chiamarlo a casa. La messinscena sembrava aver funzionato. Non sarebbero venuti a cercarlo, per il momento. O almeno così speravano.

La mattina seguente, la sveglia suonò alle 4. Il viaggio stava iniziando.

Capitolo 9

Alex decollò dall'aeroporto di Malpensa alle 7.12 del 28 novembre 2014. In meno di un'ora e mezzo era previsto l'atterraggio al Charles de Gaulle di Parigi, il primo dei due scali programmati.

Grazie a Marco, avrebbe potuto pagare tutto con la carta. Più di un terzo del budget gli era andato via alla prenotazione del volo. Di ciò che rimaneva, una parte era destinata al pernottamento in Australia, a meno che Jenny non avesse modo di ospitarlo. Ma l'idea che quella che fino a qualche giorno prima era poco più che un'allucinazione ora potesse accoglierlo a casa sua gli sembrava remota e inimmaginabile.

Il tempo di attesa prima del secondo volo era di tre ore e mezzo. Durante la prima ora Alex vagò per l'aeroporto senza meta. Si fermò in un negozio solo per comprare gli auricolari nuovi per il lettore MP3, poi si mise a sedere in un bar e tirò fuori dallo zaino un libro di Andrew Klavan, *Prima di mezzanotte.*

Si guardava attorno, di tanto in tanto. C'era un continuo via vai di persone che si abbracciavano, si salutavano commosse prima di lasciarsi o gioivano per essersi appena ritrovate dopo tanto tempo.

Sono tutte linee, pensò e cominciò a vedere ognuna di quelle persone come una riga tracciata su un'ipotetica mappa. Un gigantesco groviglio di strade che si incrociavano, si sfioravano, si univano e poi proseguivano oltre. Là fuori, nelle vie del mondo, miliardi di linee, di percorsi di vita. Miliardi di direzioni. Strade intraprese, deviate per caso, talvolta interrotte bruscamente. Pensò per un attimo che due innamorati non erano altro che due percorsi in balia del caso. Potevano disegnare i tragitti più assurdi sul mappamondo, dirigersi ovunque e mai incontrarsi. Oppure incrociarsi anche diverse volte e mai *riconoscersi.* Potevano prendere lo stesso autobus tutte le mattine, senza sapere niente l'uno dell'altro. Così fino alla fine dei loro giorni, senza mai interagire. Ma bastava così poco: uno scambio di battute, anche casuale, e le linee si sarebbero magicamente unite. Da grigi tratti di un solitario percorso sarebbero diventate un'unica strada.

A mezzogiorno, come da tabella di marcia, il volo Parigi-Kuala Lumpur decollò.

L'atterraggio era previsto per le 6.35 locali. Sull'aereo della Malaysia Airlines, Alex riuscì a dormire un po'. Quando si svegliò mancavano solo due ore all'arrivo. *Neanche con un sonnifero avrei dormito così tanto*, pensò, mentre, qualche fila dietro la sua, un bambino in braccio alla mamma non la smetteva di urlare.

L'intervallo di tempo prima dell'ultimo volo era piuttosto lungo. Si trattava di trascorrere quasi un'intera giornata nella capitale della Malaysia. Ben quindici ore tra l'atterraggio e la successiva partenza alla volta di Melbourne.

L'aeroporto stupì Alex per le sue dimensioni. Per attraversarlo tutto fino all'uscita gli ci vollero quasi venti minuti. Fu colpito dall'ordine e dalla pulizia di quel posto. Nonostante milioni di persone lo invadessero ogni giorno, non c'era l'ombra di un rifiuto per terra e le ampie vetrate che davano sulla pista sembravano scomparire da tanto erano linde.

Con lo zaino in spalla, Alex raggiunse le porte automatiche e uscì dall'aeroporto. Lo investì un'ondata di caldo imprevista. L'umidità era tanto insopportabile quanto inaspettata.

Non aveva idea di come impiegare il tempo. Si incamminò lungo una strada larga, non troppo trafficata. La prima cosa che notò furono le indicazioni per raggiungere il circuito automobilistico di Sepang, quasi attaccato all'aeroporto. Aveva visto diverse gare disputate su quella pista. Da amante di videogames, conosceva anche piuttosto bene il tracciato. Se l'era studiato in numerose occasioni, spesso a casa di Marco, durante le sfide alla PlayStation. Decise di procedere in quella direzione.

Il circuito era inaccessibile causa lavori, ma con un inglese approssimativo Alex chiese a un operaio se poteva indicargli un posto in cui mangiare e rilassarsi per qualche ora. Poi saltò su un autobus, che lo portò verso la costa. Quando vide comparire la spiaggia in fondo alla strada, scese dal mezzo. Si trovava a Bagan Lalang Beach, l'affascinante distesa di sabbia che separava il quartiere di Sepang dall'oceano Indiano. Attraversò la strada mentre una fila di bici gli passava davanti, sfrecciando su una pista ciclabile che correva lungo la carreggiata. Poi raggiunse un muretto al di là del quale si stendeva lo splendido manto sabbioso, bagnato quel giorno da onde troppo placide per rendere possibile l'allenamento dei surfisti.

Dove mi trovo... pazzesco!, pensò realizzando che stava dall'altra parte del mondo, da solo, per la prima volta nella vita.

L'atmosfera di Balan Lalang Beach era magica. Il silenzio e la tranquillità di quel posto sembravano la colonna sonora ideale per tutti i suoi pensieri. Sentiva che la sua vita stava per cambiare direzione, anche se non riusciva proprio a immaginare dove l'avrebbe portato.

Dopo un centinaio di metri, si trovò di fronte a un bar con dei tavolini all'aperto. L'insegna diceva CHUCK BERRY'S e su una colonna all'esterno era appesa la locandina di uno dei singoli più celebri del cantante statunitense, *Johnny B. Goode*.

Alex si sedette a un tavolino all'aperto, poggiò lo zaino su una sedia e attese. Quando la cameriera gli portò il menu con tanto di fotografie dei piatti, ne inquadrò subito uno chiamato *ikan baka*, che ordinò senza esitazione.

Si trattava di un pesce alla griglia, specialità locale, che Alex fece accompagnare da un contorno di patatine fritte. La ragazza che lo servì al tavolo lo prese in simpatia e gli raccontò, chissà per quale ragione, che hotel e chalet, nella zona della spiaggia e in generale della Sepang Goldcoast, erano presi d'assalto durante tutto l'anno da turisti provenienti dalle più disparate località del pianeta. Dopo pranzo Alex riprese a camminare e scovò un caratteristico Cafè sulla costa, dove rimase un paio d'ore a leggere finché il simpatico gestore, un uomo tozzo dalla pelle olivastra con grossi baffi neri, attaccò bottone.

Il sole picchiava forte e l'umidità si era fatta ancora più intensa e fastidiosa.

«*You are looking for a girl, aren't you? That's the reason why you left Italy!*» scherzò l'uomo dopo aver ascoltato l'inglese confuso del ragazzo. Il gestore del Cafè aveva tirato a indovinare e azzeccato in pieno cosa passava per la testa di Alex. Lui non rispose e si limitò a ridere, voltando il capo, lo sguardo diretto verso l'orizzonte. Di nuovo in strada, mentre stava cercando di capire che percorso fare per tornare all'aeroporto, Alex passò di fronte a un uomo seduto su una seggiola di legno sul marciapiede.

«Italiano? Ti leggo mano.»

«No, grazie» disse Alex e si allontanò in direzione opposta.

«Solo cinque minuti.»

«Non ho tempo, devo prendere un aereo» provò a bluffare Alex senza fermarsi.

«Hai tutto tempo. Tuo volo parte oggi sera.»

Alex si bloccò e tenne lo sguardo fisso di fronte a sé per alcuni istanti. Poi ruotò la testa lentamente senza dire una parola.

«Tu intelligente» disse l'uomo cercando di blandirlo. I capelli grigi scompigliati, addosso una veste maculata, le gambe accavallate sotto il tavolino e le carte già tra le mani, pronte per essere mescolate.

«Quindi sono intelligente?» chiese Alex sarcastico. «Sai proprio tutto, allora.»

«Io so tutto. Prendi una carta, su.»

Alex esitò qualche istante, poi la curiosità ebbe la meglio.

«Questa» disse indicando a caso nel mazzo.

«Tieni con te, non parlare.»

Davanti ai suoi occhi, un re di fiori. La carta era plastificata, di dimensioni maggiori rispetto a quelle che Alex conosceva, ma il fascino stava nel disegno. Sembrava quasi più un tarocco che una normale carta da gioco. Quel re pareva guardarlo dritto negli occhi.

«Vedo te fare grande salto.»

«Ah, sì?» chiese Alex scettico.

«Tu grande salto in oceano nero.»

«E tu magari vorresti dei soldi, per queste rivelazioni straordinarie» scherzò Alex pensando che stava solo sprecando il suo tempo.

Il veggente lo fissò con un sorriso enigmatico, poi tirò fuori una carta e gliela mostrò. Raffigurava un rettangolino bianco e nero tagliato da un fulmine giallo.

«Tutti noi in grande pericolo» riprese. «Tu importante.»

E tu ubriaco, pensò Alex, ma non disse nulla. Poi si alzò, afferrò una bretella dello zaino per sistemarla sulla spalla destra e si allontanò per la sua strada.

Il veggente rimase con lo sguardo fisso di fronte a sé, lo stesso sorriso stampato in volto e il sopracciglio sinistro inarcato. Non seguì il ragazzo con gli occhi. Si limitò a sussurrare: «Buon viaggio, italiano, porta mio saluto a ragazza di Melbourne».

Alex si voltò di colpo. Non poteva saperlo. Quello no. I suoi occhi fecero una rapida panoramica alla ricerca del banchetto.

Non c'era più.

«Dove diavolo...» Alex guardò in tutte le direzioni, ma l'uomo era scomparso.

Assurdo. Come ha fatto a sparire così in fretta? Scosse la testa, poi si ravviò i capelli e lasciò la zona.

Erano le sei del pomeriggio quando tornò in aeroporto.

Il decollo alla volta di Melbourne era previsto per le 21.35. Jenny era sempre più vicina e Alex fremeva nell'attesa. Cercò di dimenticare l'episodio del veggente, per non cadere in una rete di facili paranoie. Avrebbe voluto tanto addormentarsi durante il volo per risvegliarsi all'aeroporto di Tullamarine il giorno successivo. Lo stato di eccitazione aumentava col passare delle ore.

Il volo invece sembrò non finire mai. Alex vide in sequenza quattro film, uno più noioso dell'altro, nelle orecchie un paio di scomodissime cuffie della Malaysia Airlines che gli erano costate cinque dollari. Cercò anche di proseguire nella lettura del romanzo di Klavan. Nonostante fosse appassionante e coinvolgente, lo sguardo si incantava spesso a rileggere le stesse righe. Impossibile mantenere la concentrazione.

Alle 9.50 del 30 novembre 2014, due giorni dopo la sua partenza da Milano, Alex atterrò a Melbourne.

Accese il cellulare dopo aver superato il controllo doganale. Il tormentone sul display era scontato: quindici chiamate dal numero di sua mamma. Per un attimo provò del rammarico per aver fatto preoccupare i suoi, poi spense nuovamente il telefono e lo nascose in una tasca interna dello zaino.

Finalmente ci sono, pensò appena le porte automatiche dell'aeroporto si aprirono al suo passaggio.

Era arrivato. Era lì.

A un passo da Jenny.

Capitolo 10

Jenny continuava a guardarsi allo specchio. Dopo aver dormito poco e male la notte precedente, verso le otto e mezzo del mattino si era abbandonata a un rilassante bagno caldo, profumato e addolcito dal miele delle praline sciolte nell'acqua. Poi aveva trascorso mezz'ora a lisciare i capelli castani, solitamente mossi. I genitori erano usciti di casa alle otto e in quel momento si trovavano già al lavoro. Jenny aveva detto loro che sarebbe entrata un'ora dopo a causa dell'assenza dell'insegnante di inglese, ma in realtà, mentre i genitori la pensavano a scuola, lei era alle prese con la scelta del vestito più adatto per l'incontro.

Non era mai stata così emozionata, e cercava di non pensare a quanto fosse tutto assurdo.

Indossò una delle sue gonne preferite, color panna, lunga fino al ginocchio, con dei brillantini che disegnavano su un lato la forma di una cometa. Poi infilò un paio di stivali marroni e una giacchetta chiara sopra una maglietta azzurra a maniche corte. Con la coda dell'occhio continuava a guardare l'orologio a muro di camera sua. Erano quasi le 10. Alex doveva essere già atterrato, probabilmente in quel momento si stava dirigendo verso il luogo dell'appuntamento. L'aeroporto distava dalla spiaggia poco più di trenta chilometri, mentre Jenny abitava a cinque minuti dal molo, ma aveva deciso di arrivare con largo anticipo. Non stava più nella pelle. Era impossibile rimanere in casa.

Doveva uscire.

La villetta dei Graver si trovava in Blyth Street, seconda parallela rispetto alla Esplanade, la strada che costeggiava l'oceano Pacifico. A pochi passi di lì, Pier Street conduceva dritta verso il molo di Altona. Superato l'incrocio con Queen Street, Jenny iniziò a sentire le palpitazioni aumentare sempre più d'intensità e frequenza.

Una bicicletta le sfrecciò accanto e girò bruscamente sulla Esplanade facendole fare un salto indietro per lo spavento. Era tesa come una corda di violino. Fece un lungo respiro prima di attraversare la strada.

Di fronte a lei, il molo.

Era in anticipo, lo sapeva bene.

Salì quattro gradini e si trovò sull'Altona Beach Pier. Fece qualche passo in avanti, le mani sui fianchi, appoggiandosi di tanto in tanto alla ringhiera di protezione. Al di là di quella poteva osservare il vento fresco alzare la sabbia e trascinarla con sé. Percorse l'intera struttura di legno del molo e alla fine decise di tornare indietro e sedersi su un gradino della scaletta che scendeva in spiaggia. Avrebbe aspettato lì. Alex doveva essere vicino. Jenny cercò di rilassarsi, facendosi cullare dalla visione delle onde del Pacifico. Lo faceva spesso quando sentiva il bisogno di un momento di riflessione. Scendeva in spiaggia, si sdraiava vicino alla riva e si lasciava trasportare da quel magico suono, che la ipnotizzava e le rapiva la mente.

Il cuore di Jenny batteva a mille. Era quasi ora.

Il taxi che portò Alex ad Altona era guidato da un ragazzo sulla trentina che non stette zitto un attimo per tutta la durata della corsa. Lo riempì di informazioni turistiche, mentre lui non faceva altro che guardare fuori dal finestrino limitandosi a un cenno di assenso di tanto in tanto. Il tassista fece anche qualche domanda, che Alex scansò dichiarando di non sapere bene l'inglese. In realtà a scuola aveva la media del sette e se la cavava anche nella conversazione, ma non aveva nessuna voglia di perdersi in chiacchiere.

Verso le 10.40 il taxi svoltò a destra passando da Millers Road alla Esplanade e costeggiò l'oceano alla volta del molo. La vista di quell'enorme distesa blu incantò Alex.

Ormai era questione di una manciata di minuti.

La vettura accostò, il ragazzo pagò la corsa e i due si salutarono. L'uomo indicò con un cenno del capo il molo, ma lui l'aveva già puntato dal finestrino del taxi. *Ci siamo.* Alex attraversò la strada mentre il taxi ripartiva. La struttura del molo era vicina. Non restava che superare un chiosco di gelati con un'insegna che diceva ICE CREAM PARADISE. Mentre alcuni ragazzi si inseguivano in bici sfrecciando sul lungomare, Alex passò oltre il chioschetto e raggiunse l'inizio del molo. Quindi mosse i primi passi sull'Altona Beach Pier.

Riusciva solo a vedere una figura maschile che gli veniva incontro. Nessuna traccia di una ragazza della sua età. Forse Jenny non era ancora arrivata.

Alex percorse ancora qualche metro, titubante. Sulla sua destra, vicino a un lampione, notò una scaletta che scendeva dal molo alla spiaggia sottostante. Si avvicinò. Seduta su uno dei gradini c'era una figura di spalle dai lunghi capelli castani, lo sguardo rivolto verso il mare. Timoroso, col cuore che batteva a mille, Alex scese il primo dei gradini.

Poi prese coraggio e la chiamò.

«Jen… Jenny?» La sua voce era strozzata in gola. La persona si voltò di scatto.

«*What do you want?*» disse un ragazzino con i capelli mossi, lunghi fino a metà schiena, guardandolo male.

«*I'm sorry…*» si scusò Alex.

Il ragazzino si alzò e scese i gradini verso la spiaggia.

Alex lo guardò mentre si allontanava.

«*Dove sei, Jenny?*»

❃ ❃ ❃

Alle 11.15 Jenny cominciò a pensare che forse si era illusa per niente. In fondo, come poteva essere possibile?

Forse era davvero schizofrenica. Forse le voci che sentiva, le immagini che vedeva, erano solamente il frutto di una malattia mentale.

Trattenne a stento il magone. Sul molo non c'era traccia di Alex. Durante l'attesa aveva incrociato un signore che portava a spasso il suo labrador, una coppia di trentenni che si tenevano per mano, una vecchietta accompagnata da una badante e alcuni ragazzi che evidentemente avevano marinato la scuola, come lei. Neanche l'ombra di Alex.

Jenny aspettò fino alle 11.30, poi si ricordò le parole del ragazzo durante il loro ultimo dialogo. Era riuscito a chiamarla, a mettersi in comunicazione con la sola forza di volontà. Non più un attacco come i primi anni, non più uno stato di trance improvviso e passivo come negli ultimi mesi. Una vera e propria *chiamata*, ordinata dal proprio cervello.

«*Dove sei, Jenny*» chiese in quel momento una voce dentro alla sua testa. Era la voce di Alex.

In un attimo il molo scomparve e Jenny avvertì nuovamente una vibrazione potente, una forza che la avvolgeva e la trascinava via come una barca nel bel mezzo di una tempesta.

Chiuse gli occhi e fissò un punto nella sua mente.

Ogni altro pensiero svanì.

«*Alex*» pensò Jenny, timida.

Le loro parole risuonavano come rintocchi di campana. All'improvviso, il rimbombo di un tuono e lo stridio di un fulmine simile a una scarica elettrica.

Una sensazione di gelo lungo tutto il corpo. Jenny cercò di chiudere gli occhi, ma non vi riuscì. Rimase immobile a fissare l'oceano. Nel suo cervello iniziò a risuonare il rumore delle stesse onde che aveva di fronte.

«*Alex...*»

«*Ti sento, Jenny.*»

«*Alex, dove sei? Non dirmi che non esisti, ti prego.*»

«*Io ci sono*» disse Alex. «*Esisto. Sono venuto fin qui, sono venuto per te.*»

«*Dove sei*»*?*

«*Sono qui, sul molo.*»

«*Non è possibile, Alex. Sono sul molo da più di un'ora, non c'è anima viva su questa banchina. Sei sicuro di essere ad Altona, di fronte a Pier Street?*»

«*Sì, Jenny. Sono a una decina di metri dalla strada, sul primo tratto del molo. Di fronte a me c'è un lampione, e a pochi passi una scaletta che scende verso la spiaggia.*»

Alex tacque, mentre nella sua mente si affacciava una nuova paura. «*Jenny?*»

Respirò a fondo. Aveva paura di perdere il contatto da un momento all'altro.

«*Mi senti ancora?*»

«*Alex, io sono di fronte allo stesso lampione, vicino a quella scaletta. Esattamente dove dici di essere tu.*»

Capitolo 11

Lentamente, Alex si accasciò a terra. Le ultime parole di Jenny continuarono a roteare nella sua testa per alcuni interminabili secondi.

Esattamente dove dici di essere tu…

Il ragazzo appoggiò il palmo della mano sulla tempia destra, dove avvertiva un dolore acuto e penetrante. Poi si guardò attorno, confuso, strizzando in continuazione gli occhi a causa dell'emicrania.

Il molo era deserto in quel momento. Oltre la struttura, le onde stavano cominciando a incresparsi a causa del vento, ora più violento e freddo.

«Non ha senso» commentò ad alta voce. Lo ripeté tre volte. «Sto impazzendo. È l'unica spiegazione. Sto andando fuori di testa e non lo voglio accettare.»

Diede un'occhiata al suo zaino, abbandonato per terra vicino alla ringhiera.

Allungò un braccio per afferrarlo, lo portò a sé e lo aprì. Con una mano frugò e tirò fuori dalla tasca interna il cellulare, poi lo accese e selezionò MARCO dalla rubrica.

L'amico era sveglio, come sempre, nonostante in Italia fossero le tre e mezzo di notte.

«Alex!» esordì, sorpreso per l'inaspettato squillo del cellulare. Di fronte a lui, i tre computer accesi e la debole luce di una lampada montata sul tavolo di lavoro. I neon blu appesi sulla parete erano spenti, in quel momento, per evitare che si surriscaldassero.

«Scusami, Marco. Dormivi?» Il tono di voce monocorde era già un libro aperto per l'amico.

«Macché, sto craccando un sistema. Sono riuscito a entrare nella banca dati di una catena di videogiochi e se siamo fortunati riuscirò a farmi recapitare a casa la copia del nuovo *Call of Duty* entro domani mattina. Gratis, naturalm...»

«Jenny non c'è» lo interruppe Alex. «Sono nel posto in cui ci siamo dati appuntamento, ma lei non c'è.»

«Potrebbe avere avuto dei problemi. Magari sta arrivando.»

«No, la questione è un'altra. Ci siamo appena parlati.»

Marco tirò indietro la carrozzella elettrica e si allontanò dalla zona computer. Si fermò vicino a un tavolino su cui aveva lasciato una bottiglia di acqua naturale. Bevve qualche sorso mentre cercava di capire cosa intendeva Alex con quel termine.

«Parlati... nella mente?»

«Sì.»

«E che cosa ti ha detto? Ti ha spiegato perché non è lì?»

«Esattamente il contrario.»

«Non ti seguo.»

Alex si guardò attorno, come a temere che qualcuno lo sentisse, ma c'erano solo le onde che si infrangevano sotto la struttura del molo. «Lei dice di essere qui, precisamente dove sono io in questo momento.»

Marco rimase senza parole. Sin dal primo istante in cui Alex gli aveva parlato di Jenny e di quei bizzarri incontri, non aveva dubitato nemmeno per mezzo secondo della buonafede e soprattutto della salute mentale dell'amico. Era convinto che le rotelle di Alex fossero tutte al loro posto. Ma allora, che cosa si nascondeva dietro quel mancato incontro?

Lei era lì, o perlomeno lei diceva ad Alex di essere esattamente nel posto in cui gli aveva dato appuntamento. Ma non c'era nessuno, a quanto riferiva l'amico. Solo un molo deserto.

«Alex, ti rendi conto che quello che hai detto non ha senso?»

«È quello che continuo a ripetermi. Tutto questo non ha alcun senso. Sto impazzendo!» Alex batté un pugno per terra.

«Ascoltami. Cerca di stare tranquillo. Ci deve essere una spiegazione. Dammi dieci minuti. Ho bisogno di verificare una cosa. Ti richiamo.»

«Va bene» disse Alex sconfortato.

«Non ti allontanare, rimani lì, vai a mangiare un panino, buttati in spiaggia, ma non prendere iniziative fino a quando non mi senti.»

Alex mise il cellulare in tasca, poi prese lo zaino e si incamminò verso la scaletta che portava in spiaggia. Alcuni ragazzini in lontananza giocavano a pallone. Un uomo con un cane percorreva la battigia a passo spedito. Alex comprese in quel momento il significato della frase letta su Internet, quando aveva digitato il nome del quartiere e si era trovato di fronte un sito di viaggi che recitava: "La zona più tranquilla di Melbourne, un'oasi di relax".

Sbuffò e si sdraiò sulla sabbia, gli occhi persi nel cielo azzurro e limpido. L'emicrania stava passando.

Marco, nel frattempo, aveva immesso una serie di parole chiave in Seeker e stava aspettando i risultati.

Seeker era un programma di sua invenzione. Era destinato a diventare il software di ricerca più straordinario al mondo, lo ripeteva sempre. L'avrebbe potuto vendere a qualche grossa compagnia e ci avrebbe ricavato un sacco di soldi.

Peccato che, al momento, fosse completamente illegale.

L'algoritmo su cui si basava Seeker faceva sì che la sua ricerca attraversasse diversi livelli. Andava a scovare corrispondenze nei forum, negli status di Facebook, nei messaggi su Twitter, nei contenuti di MySpace e in tutte le principali piattaforme che utilizzavano software per l'interazione tra gli utenti. Il tutto veniva confrontato con i risultati dei principali motori di ricerca e delle più affidabili enciclopedie, nonché degli archivi e database online. L'idea base di questo software era quella di intrecciare i contenuti on e offline, le esperienze non verificabili con le informazioni certe. Solo in questo modo, secondo Marco, era possibile sondare le infinite possibilità, raggiungere ipotesi nuove. L'obiettivo quindi era quello di formulare ipotesi, non cercare risposte preconfezionate. Ma c'era una "zona" di ricerca, senz'altro la più interessante e quella che poteva fornire le informazioni più utili, che non era esattamente rispettosa della legge. Marco era riuscito a entrare nella banca dati dei principali gestori di telefonia nazionali, e aveva creato un algoritmo che setacciava tutti gli sms scambiati dagli utenti, cercando corrispondenze. Alla faccia della privacy, diceva sempre lui.

Il processore si mise a lavorare sui dati.

Dopo neanche dieci minuti la banda viola al centro del video raggiunse il cento per cento e iniziarono a comparire i primi risultati. La schermata cominciò a riempirsi di link, elenchi bibliografici, nomi propri di autori. Marco comprese che ci voleva più tempo per analizzare e scremare quelle informazioni. Andava aggiunto qualche input ulteriore per iniziare a eliminare le corrispondenze meno utili.

Afferrò il palmare e inviò un sms all'amico:

C'È MATERIALE, HO BISOGNO DI RAGIONARE. VAI A FARE DUE PASSI, MANGIA QUALCOSA. CI SENTIAMO PIÙ TARDI.

Alex lesse il messaggio e capì che non aveva alternative. Ora che la tensione si era un po' allentata, si accorse di essere piuttosto affamato. In un primo momento gli eventi gli avevano chiuso lo stomaco. Ma era ormai passato mezzogiorno, il consiglio dell'amico gli sembrava ragionevole. Si incamminò sulla Esplanade nella direzione opposta rispetto alla strada che aveva percorso in taxi all'andata.

Oltrepassò un paio di bar. Poi notò l'insegna di un ristorante. Si chiamava STEAK MEX! e aveva tutta l'aria di essere un posto dove si poteva mangiare dell'ottima carne a prezzi esagerati. Lo superò. A pochi passi, un chiosco di pizze al trancio faceva più al caso suo.

Si sedette a un tavolino all'ombra e appoggiò lo zaino sulla sedia accanto. Ordinò un trancio di pizza e una porzione di crocchette di patate. Mentre aspettava che lo servissero appoggiò i gomiti sul tavolo e abbandonò la testa fra le mani, affondando nel buio e rifugiandosi in quell'angolo di solitudine fino all'arrivo del cameriere. Dall'altra parte del mondo, Marco stampava pagine su pagine, evidenziava paragrafi, processava ulteriori dati sul computer, prendeva appunti su un bloc-notes di fogli A4 a quadretti. Sentiva che era molto vicino a trovare una spiegazione, per quanto incredibile, dell'evento capitato ad Alex. Si era già fatto un'idea, gli rimanevano solo da verificare alcune informazioni. Il tutto poteva non avere un fondamento credibile, poteva apparire surreale, per non dire paranormale, ma la pista portava in una sola direzione. Posto che l'amico lontano non soffrisse di problemi mentali, c'era un'unica risposta a tutto quello che stava accadendo. Una risposta nata da una domanda che Marco si era fatto anni prima, il giorno dell'incidente in cui i suoi genitori avevano perso la vita.

Lo schermo del cellulare di Alex si illuminò all'improvviso, mentre il ragazzo stava bevendo un caffè annacquato in un grosso bicchiere di cartone.

«Ho una pista. Premetto che ti sembrerà tutto assurdo. Sappi che accetterò anche una serie di insulti da parte tua. Ma, se diamo per certo il fatto che tu non soffri di turbe psichiche, c'è una sola soluzione all'enigma. L'unica sulla quale valga la pena di concentrarsi per andare avanti.»

«Ti ascolto.»

«Stiamo parlando di qualcosa che l'essere umano ancora non conosce a fondo.»

«Ho girato mezzo mondo per parlare con una ragazza con la quale comunico solo con la mente… sono pronto a tutto.»

«Allora dimmi: quando sono iniziati gli attacchi?»

«Quattro anni fa, lo sai.»

«Bene. Hai cominciato a sentire voci, vedere immagini. Il tutto era confuso, la comunicazione con *l'altra parte* era complicata e spesso incomprensibile. Giusto?»

«Sì.»

«Nel tempo, sia tu sia Jenny avete affinato la tecnica con la quale potevate comunicare, scambiarvi informazioni, sapere qualcosa in più l'uno dell'altra.»

«Perché mi dici quello che so già?»

«Stammi a sentire! Negli ultimi mesi le cose si sono evolute. Siete riusciti a comunicare senza dolori, svenimenti, senza essere vittime di interferenze da parte di voci o immagini che non c'entrano con la vostra vita. Brevi dialoghi insomma, sempre più nitidi.»

Alex ripensò alla prima volta in cui era riuscito a non svenire, quando aveva sentito la voce di Jenny alla Biblioteca Universitaria e gli era sembrato di galleggiare in un limbo, mentre il suo corpo restava rigido e piantato sulla sedia di legno.

«Dove vuoi arrivare?»

«Jenny ti ha dato conferma di esistere, dandoti un appuntamento in un luogo della Terra che non conoscevi. Inoltre, da quanto mi raccontavi, ti aveva anche comunicato un dato che tu non potevi sapere…»

«Il nome del sindaco di Sydney.»

«Precisamente. Pertanto, Jenny esiste eccome. E vive dove dice di vivere.»

«Ma non era su quel molo! Diceva di essere lì ma non c'era nessuno!»

«Alex… Jenny *era* su quel molo.»

Un ragazzino sfrecciò su uno skateboard accanto al chiosco, saltando il gradino del marciapiede con un agile balzo a tutta velocità. Alex tirò su lo zaino e si avvicinò al bancone, poi estrasse la carta prepagata e la consegnò al barista senza neanche guardare il prezzo sul display della cassa.

«Sei ancora lì?» chiese Marco.

Alex salutò con un cenno del capo e si allontanò dal chiosco. Andò ad appoggiarsi con i gomiti al muretto del lungo oceano osservando le increspature dorate del mare battuto dal sole.

«Marco… che diavolo dici?»

«Esattamente quello che ho detto. Che d'ora in poi dobbiamo vedere le cose in maniera differente, amico mio.»

«Perdona la mia ignoranza ma, che io sappia, se una persona è su un molo di fronte a un lampione e io sono sullo stesso molo di fronte allo stesso fottuto lampione, la vedo!»

Marco sorrise mentre rovistava tra le pagine di appunti sul tavolo. Le scartoffie si stavano accumulando e la tastiera del Mac era sepolta sotto una pila di fogli. Avrebbe messo tutto a posto più tardi.

«Bene, ti faccio un piccolo esempio per farti capire che cosa intendo.»

«Spara.»

«Io dieci anni fa non rimango paralizzato dalla vita in giù per colpa di quell'incidente. La macchina va giù per la scarpata ma si pianta contro un albero, che sfonda solo il blocco centrale e lascia i miei genitori in vita, e il tuo amico sano come un pesce.»

«Cosa stai farneticando?»

«Sto ipotizzando uno scenario. Riesci a immaginarlo?»

«Be', sì... lo immagino. Vorrei tanto che fosse così. Purtroppo è una fantasia.»

«Sei d'accordo con me che ci sono alcuni precisi eventi, nella vita di ognuno di noi, che cambiano per sempre il corso della nostra esistenza?»

«Certo.»

«Ce ne sono di più gravi, come il mio incidente, e altri che sembrano insignificanti, ma non lo sono affatto. Nulla è insignificante. Il concetto di gravità è relativo. Per me è cambiato tutto da quel giorno perché ho perso la mia famiglia e l'uso di metà del mio corpo. Per il Presidente degli Stati Uniti è grave lo scoppio di uno scandalo che determina la sua mancata rielezione. Per ognuno di noi esistono centinaia di differenti momenti critici.»

Alex ascoltava con attenzione le parole dell'amico. Gli venne in mente la "teoria delle linee" che aveva ipotizzato mentre osservava la gente al Charles de Gaulle. Ogni persona era un percorso. Secondo quanto diceva l'amico, il percorso di Marco aveva preso una brusca deviazione dieci anni prima, a seguito di quell'incidente. Tutto ciò che sarebbe potuto succedere nella sua vita era stato *dirottato* su un tracciato completamente diverso a causa di quella tragedia.

«Prova ora a pensare» continuò Marco «che in una realtà ipotetica io non sia rimasto paralizzato in quell'incidente, la mia famiglia non sia morta schiacciata tra le lamiere. Dove sarei ora?»

«Non lo so. Saresti a casa tua con la tua famiglia, cammineresti... Perché mi fai queste domande?»

«E se questo scenario esistesse?»

«Cosa vuoi dire?»

«Da qualche parte io sono con la mia famiglia, cammino e corro, e tu probabilmente non mi conosci.»

«Da qualche parte *dove*?»

Marco fece un respiro profondo, prima di lanciare il tema centrale della sua ricerca.

«In uno spazio-tempo alternativo.»

Alex rimase qualche secondo in silenzio. Sulla linea dell'orizzonte una nave si stava allontanando e scomparve pian piano, quasi fosse stata inghiottita dall'oceano. Alex restò in contemplazione finché l'ultimo puntino nero in lontananza sparì del tutto.

«Marco, cosa c'entra adesso questa storia? Cosa diavolo è uno spazio-tempo alternativo?»

«Una realtà parallela. Un mondo esattamente come quello in cui viviamo, con un'infinità di cose in comune con questo, ma dove potremmo aver preso... altre strade.»

Alex alzò la testa, osservò il cielo e si soffermò per un attimo sulla forma di una nuvola. Sembrava il profilo di un vecchio saggio, con la lunga barba e un sigaro in bocca.

«Sia tu sia Jenny» riprese Marco «potreste aver fatto una certa cosa, in passato. Ma anche il suo esatto contrario... in un universo parallelo. Una dimensione nella quale esisti tu, così come esiste lei, ma la sua vita ha preso direzioni completamente diverse, e così anche la tua.»

«Marco, io non so nemmeno come ti è venuta in mente una cosa del genere! E non so come questa tua assurda teoria possa aiutarmi in questo momento. Io con Jenny ci parlo, nella mia dannata testa, questo è il problema! Il motivo è che sono pazzo.»

«Alex, ascoltami! Due giorni fa sei partito per un viaggio che doveva condurti da lei. È stata lei a darti le indicazioni, il luogo dell'appuntamento. Lei stamattina era sul molo, così come c'eri tu. Tu eri di fronte a quel lampione. Lei era di fronte allo stesso lampione. Ma in una dimensione parallela.»

«Una dimensione parallela… Dai, Marco, ho capito. Bella storia, davvero, questa volta hai avuto parecchia fantasia.» Il tono di Alex era sarcastico e rassegnato allo stesso tempo.

«Non sto inventando niente, amico!» esclamò Marco sempre più concitato. «Esiste una mole di documentazione scientifica, ci sono valanghe di libri e ricerche sull'argomento. Sono cose che io seguo da anni, dal giorno dell'incidente, da quando mi sono fatto questa domanda per la prima volta.»

«Di quale domanda parli?»

Marco rimase in silenzio qualche secondo prima di rispondere. Nella sua testa, migliaia di dati si affollavano in cerca di ordine. «Esiste un mondo dove siamo rimasti a casa quel giorno, e io oggi posso camminare come una persona normale? Un mondo dove i miei genitori sono ancora vivi?»

«E ti sei dato anche una risposta?»

«Sì, me la sono data eccome.»

La voce di Marco tremava. L'emozione era troppo forte. Non aveva mai confessato a nessuno questo suo pensiero. A nessuno, nemmeno ad Alex, aveva raccontato che era stato proprio l'incidente a spingerlo per la prima volta a condurre quel tipo di studi.

«È il Multiverso, Alex.»

Capitolo 12

Dopo quel breve e indecifrabile dialogo mentale con Alex, Jenny era tornata a casa. Aveva aspettato ancora una decina di minuti, poi si era resa conto che insistere nell'attesa sarebbe stato inutile.

La villetta dei Graver era avvolta nel silenzio quando Jenny entrò. Mentre si sfilava la giacca, allungò la mano alla sua destra, tastando il muro e incontrando l'interruttore accanto alla porta d'ingresso. Le luci dell'atrio illuminarono un paio di stampe di quadri impressionisti, un portaombrelli di ferro battuto, un mobiletto antico, il tappetino sul quale stava camminando raffigurante due border collie abbracciati e le scale interne.

«Perché?» si domandò mentre saliva, diretta in camera. Quando fu dentro, sbatté dietro di sé la porta e si tolse gli stivali. Quindi si sedette sul bordo del letto.

Le lacrime avevano già cominciato a bagnarle il viso. Jenny si premette un cuscino sulla faccia, poi lo lanciò con violenza contro l'armadio.

«Non esiste niente! Sono una stupida! Nient'altro che una stupida!»

Gridava e osservava i suoi libri di scuola sulla scrivania. Aveva una serie di interrogazioni programmate per i giorni seguenti, ma l'attesa dell'arrivo di Alex le aveva fatto ignorare tutto il resto. Così ora si ritrovava indietro con lo studio, certa di aver perso troppo tempo dietro una follia e impreparata per il ritorno in classe.

Non voglio più sentire quella voce.

Jenny si alzò di scatto, afferrò il suo diario e uscì dalla stanza. Pochi passi decisi e fu sulle scale. Quando arrivò al piano di sotto, entrò in cucina e gettò rabbiosamente il diario nel contenitore per la raccolta differenziata.

«Basta!» gridò. Gli occhi erano rossi e gonfi di lacrime.

A scuola, negli ultimi giorni, era stata fin troppo distratta. La professoressa di matematica l'aveva richiamata il giorno prima quando, durante una spiegazione, l'aveva sorpresa con lo sguardo perso fuori dalla finestra. E si era presa anche una C nell'interrogazione di storia, lei che aveva tutte A.

Meglio buttarsi nello studio, pensò prima di sedersi alla scrivania. *Così eviterò di pensare di essere diventata una povera squinternata, che sente le voci e crede che esistano davvero.*

Prima di aprire il libro di matematica, Jenny diede un'ultima occhiata fuori dalla finestra, in alto, verso il cielo.

«Come ho potuto pensare che fosse reale...» disse ad alta voce mentre osservava le nuvole addensarsi e farsi minacciose.

Non poteva sapere che, oltre il vetro che dava sulla strada, l'aria fresca di Melbourne era la stessa che respirava Alex.

Multiverso. Quando Marco pronunciò quella parola, Alex decise di riattaccare il telefono, come spinto da un riflesso spontaneo. Le mani gli tremavano, il groviglio di informazioni faticava a trovare un ordine nella sua testa. L'unica cosa certa era che aveva attraversato mezzo pianeta per trovarsi da solo all'appuntamento.

Si incamminò lungo la Esplanade mentre il vento si alzava e agitava i rami degli alberi lungo la costa. Le mani in tasca, procedeva a passo spedito, senza meta. Aveva fatto tutta quella strada per dimostrare a se stesso l'esistenza di Jenny e ora doveva accettare che la ragazza abitasse in una dimensione parallela.

«Figuriamoci» esclamò ad alta voce prima di fermarsi e prendere fiato. Qualche passante lo osservò con curiosità. L'espressione del volto era un affresco della confusione che regnava dentro di lui in quel momento.

Poi, in un attimo, la vista si annebbiò di colpo.

«Mia mamma si arrabbia quando parlo di noi...»

«Perché?»

«Non lo so. Ma io ti voglio bene.»

«Anche io.»

«Non vedo l'ora di diventare grande.»

«Verrai a prendermi?»

«Certo, Jenny.»

Alex riaprì gli occhi e li spalancò ritrovandosi di fronte alla reazione stupita di un vecchio che incrociava il suo cammino. Aveva ricordato qualcosa. Ma da quali recessi aveva tirato fuori quello scambio di battute? Quanto in profondità era andato? C'erano sia lui sia Jenny, da piccoli. Era un ricordo vago di voci infantili, o forse solo una fantasia. Ma erano assieme.

Alex tirò fuori il cellulare dalla tasca e premette il tasto verde per richiamare il numero di Marco.

«Dimmi che cos'è» disse con tono deciso.

«Allora mi credi.» Marco sghignazzò soddisfatto.

«Non ho detto che ti credo.»

«La chiamano Teoria del Multiverso» riprese Marco. «È un insieme di universi alternativi al di fuori del nostro spazio-tempo.»

Alex esitò qualche istante prima di rispondere.

«Tu non ti aspetterai che io mi beva tutta questa storia, vero?»

«Te la berrai, te la berrai... ma a piccoli sorsi.»

«Fammi capire... io ero lì, lei era lì, ci parlavamo tramite il pensiero ma eravamo in due mondi diversi?»

«Più o meno... Se preferisci, due realtà differenti dello stesso mondo.»

«E quante credi ne esistano? Quanti moli di Melbourne e lampioni ci sarebbero?»

«Per quel che ne so io, le dimensioni potrebbero essere infinite. Ma siamo nel campo delle ipotesi.»

«Siamo nel campo delle *tue* ipotesi, Marco. Questa storia è una follia. Pensavo di essere impazzito, ma mi sa che adesso il pazzo sei tu.»

«Più o meno pazzo di te che te ne vai in giro per il mondo a cercare ragazze immaginarie?»

«Okay» ammise Alex cercando di mettere un freno all'agitazione. «Colpito e affondato. Vai avanti.»

«Tu e Jenny vi state parlando da due dimensioni parallele.»

Alex si passò una mano tra i capelli e tirò indietro il ciuffo biondo. Un cane gli corse incontro, senza abbaiare. Quando fu vicino ai suoi piedi alzò la testa, la inclinò su un lato e lo guardò con due occhioni teneri, come a chiedergli una carezza. Qualche metro più in là Alex vide un energumeno di due metri, palestrato e in tenuta attillata da jogging, che tirava a sé il cucciolo col guinzaglio, quasi infastidito.

«Marco, ma ti rendi conto di quello che stai dicendo? E io allora? Chi sono io nella dimensione di Jenny? O meglio, esisto?»

«Dovresti esistere, sì, anche se non possiamo darlo per scontato.»

«Quindi nella *mia* dimensione lei esiste! Lei, o un'altra versione di lei.»

«Nella tua dimensione, la vita di Jenny probabilmente ha seguito un corso diverso. E lo stesso vale per te nel *suo* mondo parallelo. Lei si aspettava di trovarti su quel molo, ma nella sua realtà tu probabilmente sei a Milano e non hai idea di chi sia Jenny. Sia nella tua dimensione sia nella sua, però, molte cose sono immutate. Evidentemente il sindaco di Sidney è lo stesso, così come lo scenario del molo di Altona non è stato modificato dall'uomo. Per questo ti è sembrato che le informazioni coincidessero e le hai dato credito.»

Alex si guardò attorno. Il molo, la spiaggia, l'oceano. Era veramente possibile che da qualche parte esistesse un mondo con un molo, una spiaggia, un oceano uguali a quelli che aveva sotto gli occhi? Magari con una sola piccola differenza: in quel mondo c'era la Jenny con la quale lui parlava.

Alex inspirò profondamente, si riempì i polmoni d'aria. Spettava a lui a quel punto scegliere cosa fare: credere alla teoria dell'amico e continuare a cercare Jenny o rinunciare a tutto e tornarsene a Milano alla sua rassicurante vita da studente.

Non aveva dubbi in proposito.

Credeva ancora nell'esistenza di Jenny, e avrebbe fatto di tutto per trovarla.

Lei, invece, non ne voleva più sapere.

Capitolo 13

Dovrei cercarla... Alex si incamminò con passo frenetico. *Se Marco ha ragione, e la vita di Jenny nella dimensione parallela non è così diversa, probabilmente in questa realtà abita nella stessa casa.*

I pensieri si aggrovigliavano e non lo lasciavano tranquillo.

Era dall'altra parte del mondo, da solo. All'appuntamento non era venuto nessuno, ma lui non voleva smettere di crederci. Jenny faceva già parte del suo passato, era presente nella sua infanzia.

A meno che anche quel ricordo sia un'allucinazione, pensò Alex mentre si allacciava una scarpa sul muretto che separava il marciapiede dalla spiaggia.

No, non poteva esserlo. Jenny doveva esistere, l'avrebbe cercata in tutta la città e con una determinazione ancora maggiore. Avrebbe pensato più tardi a un posto per dormire.

Man mano che percorreva la Esplanade, iniziò a fermare la gente per strada, a chiedere informazioni a proposito della famiglia Graver. Non gli era venuto in mente niente di meglio e in fondo credeva che se avesse continuato a fare domande a tutti i passanti fino a sera, per un semplice calcolo statistico avrebbe pur dovuto recuperare qualche dettaglio prezioso.

Interrogò prima un venditore ambulante di hot dog. Non ottenne nessuna informazione su Jenny, ma dovette ordinare un panino per tirar fuori dall'asiatico qualche risposta utile, o perlomeno comprensibile.

«Grazie tante...» disse fra sé e sé mentre si allontanava dal chiosco, con mezzo hot dog ancora fra le mani. Qualche minuto più tardi incrociò una signora che passeggiava con un bassotto al guinzaglio e la fermò. Provò a farle delle domande, ma il forte accento locale della donna rendeva le sue parole incomprensibili per Alex. Dopo qualche goffo tentativo di comunicare a gesti, ci rinunciò e proseguì lungo la Esplanade.

Un trio di ragazze che avranno avuto più o meno la sua età sembrarono prenderlo in giro in uno slang tutto loro; un uomo in giacca e cravatta lo liquidò in maniera sbrigativa; una coppia sulla trentina per un attimo credette di aver capito di chi parlava Alex, per poi scoprire che avevano confuso Graver con Braver; infine lo braccò una donna che distribuiva volantini di una Chiesa di Gesù. Non sapeva niente della famiglia di Jenny, ma in compenso si dilungò a diffondere la parola di Cristo e a invitare Alex alle riunioni della sua parrocchia.

Verso le 17 si sedette su una panchina, esausto.

«Jenny... dove sei?»

Subito dopo aver formulato quella domanda avvertì un brivido che gli serrò gli occhi e lo condusse in una dimensione più profonda della sua mente. I suoi pensieri fluttuavano nel silenzio, sganciati dalla realtà circostante.

«Mi senti?» pensò Alex. Le sue parole questa volta echeggiarono nel vuoto.

Silenzio.

«Jenny, dove sei? Puoi sentirmi?»

Silenzio totale. All'improvviso un grido.

Alex spalancò gli occhi, atterrito. Era stata lei. Seduta alla scrivania con la testa appoggiata sul palmo della mano, i libri aperti di fronte ai suoi occhi e l'evidenziatore stretto tra i denti, Jenny aveva sentito forte e chiaro il pensiero di Alex. Ma l'aveva respinto.

Si era concentrata per cercare di non pensare niente. Era difficilissimo. Dopo alcuni attimi di vuoto, non era riuscita a resistere. Aveva gridato "basta" e poi era corsa in bagno, si era spogliata di fretta e si era cacciata sotto il getto bollente della doccia cercando di concentrarsi solo sul rumore dell'acqua che scrosciava sulla sua testa.

Alex sobbalzò in preda allo spavento. Il grido echeggiò ancora qualche istante nella sua scatola cranica mentre si alzava di scatto. Poi, il ponte telepatico svanì.

«Che diavolo...» esclamò ad alta voce mentre si guardava attorno. «Che succede? Perché fa così?»

Alex si alzò a fatica dalla panchina. Gli facevano male le gambe e lo sforzo per mettersi in contatto con Jenny lo aveva indebolito. Si incamminò verso il centro della città, infilandosi in una delle vie traverse che entravano nel cuore del quartiere di Altona lasciandosi l'oceano alle spalle.

Ho attraversato il pianeta per te, Jenny... ti troverò.

«Questo dovrebbe andar bene» disse Alex dopo aver scorto l'insegna di un hotel che brillava in fondo alla strada. L'insegna diceva ST. JAMES ed era seguita da tre stelle. Si avvicinò alle porte automatiche ed entrò nella hall. Di fronte a lui, una coppia di tedeschi stava cercando di farsi capire dall'uomo di colore dietro il banco della reception. Sembravano alterati. Sulla destra, in lontananza, intravide un televisore e si avvicinò. Alcuni divani erano disposti a semicerchio di fronte a un plasma della Samsung. Alex si sedette, liberandosi finalmente del peso dello zaino. Stavano trasmettendo un telegiornale.

«Tutti noi in grande pericolo... Tu importante.»

Le parole del veggente malese gli tornarono in mente all'improvviso e fu come averlo lì accanto, con il sorriso enigmatico e le carte fra le mani.

Alex voltò la testa di scatto, come a controllare che fosse tutto a posto. Quasi temesse che quell'uomo fosse dietro di lui, che lo seguisse come un'ombra silenziosa. Osservò la sua mano destra. Stava tremando.

Quando si voltò, la coppia di tedeschi aveva appena lasciato la reception e si stava incamminando verso l'uscita. Era il suo turno.

«Calma, Alex, calma» si ripeté a bassa voce prima di presentarsi al banco e chiedere se c'era una stanza singola. Forse per la giovane età, forse perché era uno straniero, l'uomo di colore lo guardò con diffidenza. Gli chiese i documenti e la carta di credito. Accertate le generalità, gli consegnò una tessera magnetica e gli indicò gli ascensori.

Jenny chiuse il libro alle 19.15.

I genitori erano rincasati da poco. Clara stava apparecchiando la tavola mentre Roger era in bagno. La ragazza uscì dalla propria camera, ancora intontita dopo tutte quelle ore passate tra i logaritmi, e scese al piano di sotto. Si soffermò solo un istante di fronte a un quadretto appeso al muro a metà della scala. Era una foto dei suoi nonni. Ridevano di gusto, abbracciati. Lui teneva una mano sopra quella di lei. Era una foto meravigliosa, la adorava. Di solito preferiva confidarsi con loro di fronte a quel quadretto piuttosto che inginocchiarsi sulla ghiaia al St. Kilda Cemetery.

«Tesoro, vieni a darmi una mano? È quasi pronto» gridò Clara dalla cucina.

«Arrivo tra dieci minuti» rispose Jenny mentre faceva qualche passo in sala e si lasciava cadere sul divano. Si sentiva stanchissima e avrebbe dato qualsiasi cosa per poter mangiare in soggiorno, comodamente seduta con il piatto sulle ginocchia.

«Tra dieci minuti avrò già fatto tutto da sola. Non puoi venire adesso?»

«Okay okay, vengo.»

Jenny allungò le braccia per darsi uno slancio e alzarsi dal divano, ma le sentì pesanti e indolenzite. Avrebbe avuto bisogno di dormire, anche solo cinque minuti. Le palpebre erano pesanti come macigni. In un istante tutto divenne scuro. Quando riaprì gli occhi, non sapeva dire se o quanto avesse dormito.

Si alzò di scatto, pronta a ricevere i rimproveri di sua madre. Voltò la testa verso la cucina e vide che era vuota. Possibile che l'avesse lasciata dormire senza chiamarla per la cena?

Camminò lentamente verso la cucina ma la sua attenzione fu attratta da un quadro appeso al muro della sala, accanto al divano. Raffigurava un uomo in giacca e cravatta, seduto su una poltrona di pelle nera. Il volto era sicuro di sé, lo sguardo intenso, i capelli ben pettinati. Sua madre doveva averlo comprato da poco.

«E questo chi diavolo è?» si chiese ad alta voce. «Mamma, dove sei?»

Un rumore proveniente dalla porta d'ingresso la destò dalla contemplazione di quel ritratto che proprio non riusciva a ricordare. In un attimo, la porta si aprì e sua madre entrò in casa.

«Eccoci qua» disse Clara mentre appoggiava per terra tre grossi sacchetti della spesa.

«Ma… mamma?» Jenny la fissò. La donna aveva un taglio di capelli diverso. «Quanto ho dormito?»

«Non saprei, dormivi? Sono appena rincasata. Va tutto bene?»

«Ma la cena… stavi…» farfugliò Jenny confusa. «Quand'è che avete appeso quella roba? È orrendo.» Jenny indicò il quadro con un cenno della testa.

«Il ritratto di Connor? Se ti sente… Che domande mi fai? L'abbiamo messo su lo scorso Natale. Mi hai anche aiutato. Di', per caso hai bevuto?»

Jenny si guardò attorno, senza rispondere, perché nel frattempo altri particolari avevano attirato la sua attenzione. Una lampada alta due metri, un mobile bianco che occupava l'intera parete opposta a quella della porta d'ingresso, e poi un tappeto persiano e un telefono-fax nero, da ufficio, che aveva preso il posto del suo amato cordless viola. Ogni cosa era cambiata nel tempo in cui lei aveva dormito sul divano. *Non ha senso.*

«Dov'è papà?»

Clara appoggiò la borsa sul divano e si avvicinò alla figlia. Le accarezzò il volto, poi adagiò le mani sulle sue spalle.

«Tesoro, ma cosa ti prende?»

«Non mi prende niente» disse Jenny, che cominciava a sentirsi fortemente a disagio. «Dov'è papà?»

Clara si portò una mano alla bocca, come a nascondere un'improvvisa commozione.

«Tuo papà non c'è più. Lo sai, tesoro mio.»

«Come, scusa?»

«Oh, Jenny, perché mi fai questo? Anche per me è difficile, sai? Ma è una cosa che dobbiamo accettare. Ogni tanto sembra impossibile che sia accaduto. Anch'io a volte lo vedo ovunque.»

Jenny rimase immobile per qualche secondo, quasi bloccata dalla stretta di sua madre e con un groppo in gola. Poi si divincolò all'improvviso, diede le spalle a Clara e raggiunse le scale. Le salì a due a due, diretta verso la sua camera. Vi entrò e sbatté la porta dietro di sé. Prima di buttarsi a faccia in giù sul letto in preda alla disperazione, lo vide: era un quadretto con una foto di Roger, sul gradino più alto del podio dopo aver trionfato in una gara di nuoto. Sotto, in rosso, c'era scritto: *Mi manchi ogni giorno, papà. Jenny.*

Quando la ragazza riaprì gli occhi, era di nuovo sul divano.

«Insomma, vuoi venire a tavola o no?» gridava Clara dalla cucina.

Jenny si alzò di colpo respirando affannosamente. Si guardò attorno. *Il mio cordless viola...* Le immagini del sogno appena fatto si riproponevano nella sua mente come fotografie buttate alla rinfusa su un tavolo.

Jenny si alzò e cercò il ritratto di quel misterioso uomo in giacca e cravatta. Non c'era. Al suo posto, come sempre, era appesa la locandina cinematografica di *A Beautiful Mind*, uno dei film preferiti della famiglia Graver. Quindi andò in cucina.

«Papà!» esclamò Jenny quando vide Roger seduto al suo posto di capotavola. Poi corse verso di lui e lo abbracciò, stampandogli un bacio sulla guancia.

«Ehi, che succede? Hai bisogno di soldi?» scherzò il padre.

«Ho fatto un incubo tremendo» rispose lei, lo sguardo basso e pensieroso. «Tu eri...»

«Cos'ero, Jenny?» L'uomo sembrava divertito dallo strano comportamento della figlia.

«Niente, niente. Era soltanto un sogno. *Eppure era così reale...*

Alex uscì dalla doccia, si sdraiò sul letto e accese la tv. Era la prima volta che prendeva una stanza d'albergo da solo e gli sembrava di essere padrone del mondo.

Si asciugò e si vestì in pochi minuti, deciso a uscire al più presto per trovare un posto dove mangiare un boccone. Lasciò la camera verso le 20, scese al piano terra e cercò la sala ristorante. Quando la trovò, oltre un lungo corridoio pieno di quadri di grandi jazzisti del passato, vide che era quasi deserta. Un cameriere solitario stava servendo un piatto fumante a un signore anziano seduto a un tavolo in fondo alla sala.

Alex prese posto e cominciò a consultare il menu. Nell'attesa del cameriere, la sua attenzione fu rapita dal rumore che l'anziano faceva sorseggiando il brodo.

«Un tentativo non mi costa niente» si disse Alex prima di alzarsi e raggiungere il tavolo del vecchio. «*I'm sorry, sir*» cominciò, imbarazzato. «*Do you know a family...*» Alex cercò rapidamente le parole: «*...called Graver?*»

Il signore alzò lo sguardo e corrugò la fronte. Per un attimo Alex si sentì in imbarazzo, poi l'uomo iniziò a parlare, scandendo bene le parole in un inglese elegante e privo di inflessioni dialettali.

Gli disse che della famiglia non sapeva molto, ma che di certo si ricordava del bravo Roger Graver, campione di scacchi del torneo cittadino per ben tre anni di seguito. Frequentava un circolo di cui era socio. A quanto ricordava, abitavano in Blyth Street, il numero doveva essere 21 o 23, o qualcosa del genere. Se lo ricordava bene perché aveva fatto recapitare più volte a casa sua gli inviti per diversi tornei nazionali. E rammentava anche un altro dettaglio: i Graver avevano una bambina piccola.

«Grazie!» esclamò Alex raggiante, dimenticandosi di parlare in inglese. Poi fece un mezzo inchino e salutò goffamente l'uomo che gli aveva regalato l'informazione più preziosa. Aveva interrogato mezzo quartiere e perso l'intero pomeriggio senza ottenere alcun risultato, ma era bastato entrare in quell'albergo per trovare la persona giusta.

Non aveva più alcun dubbio. Il giorno seguente avrebbe parlato con Jenny.

Capitolo 14

Alex trascorse una notte priva di sogni. O, se li fece, il suo cervello era troppo stanco per ricordarli al risveglio. Alle 10 del mattino successivo, tornò sulla strada dalla quale era venuto il giorno prima e girò l'angolo passando dalla Pier alla Blyth Street. Aveva preso una cartina in albergo e, come aveva potuto verificare, la via era molto vicina alla Esplanade.

Quasi all'altezza del numero 23, il cuore cominciò a pompare nel petto con maggiore energia. Alex provò ad allungare la testa oltre il cancello, mentre sentiva il rumore di un campanello per bici provenire dal retro della villetta. Non fece in tempo a suonare. Una ragazza dai capelli lunghi e rossicci spuntò all'improvviso e si fermò di fronte all'ingresso della casa. Li separava solo il vialetto d'ingresso oltre il cancello.

«Ha la mia età... Dio... è lei» bisbigliò Alex mentre alzava timidamente un braccio per farsi notare.

La ragazza si voltò, lo vide e aggrottò la fronte.

Alex si girò di scatto verso la strada, imbarazzato. Rimase alcuni secondi con la schiena rivolta verso l'ingresso della villa, gli occhi chiusi.

Cosa mi prende? Ho attraversato il mondo per questo momento...

Timidamente, si girò di nuovo verso il cancello e scorse la figura della ragazza che scendeva dalla sella della bicicletta.

«Jen...» iniziò Alex, ma le sillabe gli rimasero in gola. Ne uscì un suono rauco, simile a un colpo di tosse. La ragazza si voltò ancora, mentre prendeva dalla tasca dei jeans una piccola chiave e la inseriva nel lucchetto della catena. Il suo sguardo era timoroso, come quello di chi si sente indifeso, osservato e minacciato. *Sto facendo la figura di un maniaco, maledizione!*

Alex distolse lo sguardo.

Con la coda dell'occhio vide la ragazza indietreggiare, mentre appoggiava la bici al muro esterno.

«*Mom?*» disse timidamente, rivolta verso una finestrella che dava sul cortile.

Di colpo si aprì la porta della villetta e uscì una donna con un grembiule giallo.

«*Susan, you're finally here!*» esclamò la signora.

La ragazza lanciò ad Alex un ultimo sguardo di diffidenza ed entrò con passo rapido.

Solo allora Alex si voltò deluso verso la cassetta delle lettere. «Weller» lesse a voce bassa. *Mi sono illuso ancora.*

L'anziano al ristorante era stato preciso sulla via, ma non ricordava bene il civico. Alex fece qualche passo verso la villetta al numero 21. Erano una in fila all'altra, come nei quartieri residenziali americani che si vedono nei telefilm.

«Thompson» lesse ad alta voce quando si trovò di fronte alla cassetta della posta. «La casa è della famiglia Thompson. Maledizione... non è nemmeno questa!» Alex ci pensò su un attimo, poi si decise che tanto valeva provare a chiedere qualche informazione a questi Thompson. Il vecchio non poteva essersi sognato tutto e se c'era qualcuno in grado di dargli notizie sui Graver, era senz'altro chi possedeva una villetta nella stessa via in cui avevano abitato.

Il cancello era spalancato. Alex fece alcuni passi incerti sul vialetto che attraversava un piccolo praticello pressoché identico a quello della villa accanto, quindi si avvicinò alla porta di legno bianco. Salì i due scalini dell'ingresso e suonò il campanello.

La famiglia Graver poteva essersi trasferita, pensò, era plausibile.

Mentre al suo pensiero facevano eco le parole di Marco sulle infinite possibilità, Alex scosse la testa e si concentrò su ciò che in maniera più pragmatica gli aveva detto il vecchio: una via e un numero civico.

Una signora sulla cinquantina, capelli rossi ricci, di bassa statura e piuttosto in carne aprì la porta e si affacciò.

«*Who are you, little boy?*»

«*I'm sorry, madam*» rispose lui, nella voce un leggero tremolio dovuto al nervosismo. «*I guess this is the wrong address.*»

Alex finse di essersi accorto di aver sbagliato indirizzo. Cercò di farsi capire in inglese ma il suo accento tradiva evidenti origini italiane. La signora gli domandò chi stesse cercando e Alex dribblò l'ostacolo improvvisando una scusa: si presentò come un vecchio compagno di scuola di una ragazza di nome Jenny Graver. Aveva conservato quell'indirizzo e sperava di trovarla lì. Si era trasferito in Italia a otto anni e non la vedeva da tanto tempo. Era la storiella più semplice che gli fosse venuta in mente per cercare di ricavare informazioni.

La signora dai capelli rossi lo fece terminare, poi gli rivolse uno sguardo sospettoso.

«Io parlo anche italiano» disse con un forte accento anglosassone, piantando due occhi indagatori addosso al ragazzo. «Perché non entri un momento?»

L'invito della donna lo intimorì. Alex sembrò perdere improvvisamente la baldanza che lo aveva condotto fin lì.

«Non vorrei disturbare… Io…» Fece un passo indietro.

La donna lo inchiodò con uno sguardo deciso.

«Io invece credo è meglio che tu entra.»

La frase della signora Thompson sembrava tutto fuorché un invito. Era un ordine.

Alex accettò, perplesso. Non era convinto di fare la cosa giusta. La donna gli voltò le spalle ed entrò in casa, dando per scontato il fatto che lui l'avrebbe seguita.

«Mio nome è Mary Thompson, accomodati in sala» disse la donna non appena Alex ebbe varcato la soglia.

Le pareti dell'ampio ingresso erano completamente tappezzate di quadri con spesse cornici dorate. Lo sguardo indugiò su una tela che raffigurava il pianeta Terra visto dalla Luna. La superficie lunare sembrava una larga strada interrotta che si affacciava sul vuoto, mentre in lontananza si stagliava il contorno terrestre, enorme e sontuoso, illuminato per tre quarti dal Sole.

«Siedi pure, ragazzo» ricominciò la donna. Alex avanzò verso il soggiorno ma rimase in piedi vicino allo stipite. «Come ti chiami?»

«Alex. Alessandro.»

«E quando vivevi… qui in Australia?»

Il tono della domanda era quello di un interrogatorio.

«Finché non ho compiuto otto anni ho sempre vissuto qui.»

«Preparo una tazza di tè. Ti piace tè?»

«Sì. La ringrazio, non deve disturbarsi…»

«Nessun disturbo, *little boy*. Erano anni che volevo tornare a *practicare* mio italiano… avevo *just*… appena messo la bustina in la teiera quando hai suonato alla porta. Quasi sei venuto apposta.»

«Che coincidenza…» disse Alex ostentando un tono amichevole, sebbene fosse spaesato dall'atteggiamento della donna, che alternava sorrisi cordiali a sguardi inquisitori che gli ricordavano la professoressa di latino durante le interrogazioni.

«Le coincidenze non esistono! Esistono numeri, segni» disse la signora Thompson con tono fermo. Alex la guardò con aria interrogativa, lei rispose con un sorriso.

«Sono un'astrologa» aggiunse. «Il cielo è un libro aperto ai miei occhi. Passo le mie notti su tetto a guardare… ho potente telescopio, sai?»

Alex annuì imbarazzato. Non sapeva più che dire.

«Ma veniamo a noi.» Il tono della signora mutò di colpo e lo sguardo si fece serio. «Ti ricordi che aspetto aveva, questa tua amica Jenny?»

Ecco qua. Sono fottuto.

«Sono trascorsi tanti anni, ricordo pochi dettagli. Era una bambina molto sveglia, simpatica… Mi avrebbe fatto piacere incontrarla di nuovo, visto che sono qui in Australia in vacanza con i miei e avevo conservato il suo indirizzo di quei tempi. Evidentemente ha cambiato casa.»

«Era molto sveglia bambina, è vero. E molto simpatica.»

«Lei la conosceva?»

«Certo.»

Il corpo di Alex si irrigidì all'improvviso. Lo sguardo iniziò a ruotare per la stanza come a cercare una via d'uscita. La donna lo stava fissando glaciale.

«Capisco…» biascicò lui.

Mary si pulì la bocca con un fazzolettino di tela ricamato, gli occhi sempre fissi sull'ospite. «Ero la sua tata.»

Perfetto. Adesso sono davvero nella merda.

«Sul serio? Allora forse lei saprà dirmi…»

«Smettila» lo interruppe secca Mary Thompson. «Stop! Dimmi perché sei qui.»

Alex era alle corde. Era evidente che la sua favoletta non aveva retto. Forse sarebbe stato più conveniente uscire allo scoperto.

«Io, signora, ero qui per salutare Jenny… pensavo che…»

«Ti do ultima opportunità per smettere di fare gioco di me, ragazzo. Vuoi prendere al volo o preferisce continuare con questo show?»

Alex pensò per un attimo di raccontarle tutto. Poi capì che non era una buona idea.

«Mi scusi, signora Thompson. Non volevo farla arrabbiare, purtroppo ho dei vaghi ricordi di quando avevamo sette… otto anni. Magari sbaglio io e…»

«Jennifer Graver è morta a sei anni» disse la donna.

Le sue parole rimbombarono nella testa di Alex. Jenny era morta? Come poteva essere morta?

La signora Thompson colse lo spaesamento nell'espressione del ragazzo e lo interpretò come una conferma dei suoi sospetti. «Io era sua tata dal giorno di nascita. I Graver mi avevano scelto perché io sapevo italiano.»

Gli occhi si arrossarono. La donna estrasse un fazzoletto dalla tasca della camicetta e si asciugò una lacrima appena scivolata lungo la guancia.

«La famiglia è abitata qui ancora per un anno» continuò con la voce commossa «e al fine ha lasciato casa a me, per muovere a Brisbane. Jenny era una bambina sveglia. Sveglia e simpatica. Sempre sorrideva. Poi un giorno è morta in fronte a miei occhi. Un secondo prima stava aiutando me a preparare dei biscotti, un secondo dopo era stesa per terra, con occhi aperti. Ora dimmi come tu fai ad avere questo indirizzo, chi sei, e smetti dicendo che a otto anni andavate a scuola assieme. Lei a otto anni non è mai arrivata.»

Alex ascoltò paralizzato le parole della donna.

Jenny era morta. Quindi Jenny esisteva, o meglio, era esistita. Con chi parlava lui, allora? Quella voce non poteva appartenere a un fantasma. Per l'ennesima volta da quando aveva deciso di intraprendere il viaggio, Alex pensò di essere completamente impazzito.

Mary prese la tazza di tè e sorseggiò quello che rimaneva, ritrovando pian piano la calma. Il ragazzo rimase in silenzio, abbassò la testa e la appoggiò sui palmi aperti.

«Ora devi dire tutto. La verità, *this time.*»

«Io…»

«Come diavolo sei arrivato in mia casa?»

«Grazie a Jenny» rispose Alex. Le parole gli uscirono dalla bocca senza che potesse farci niente. Se Jenny era morta, nulla aveva più senso e tutto era diventato troppo assurdo. «Io non l'ho mai vista. Non sono mai stato suo amico. Ho sempre vissuto a Milano, è la prima volta che vengo in Australia e non sono in vacanza con i miei. Sono qui da solo. Ho preso tre aerei, fatto scalo a Parigi e Kuala Lumpur, sono arrivato a Melbourne, diretto al molo di Altona. Tutto questo per incontrare Jenny. Avevamo un appuntamento…»

«Non ha senso quello che dici!» esclamò la donna. Ora era davvero furiosa.

«Lo so.»

«E allora prova di dire me qualcosa che ha senso! È da quando ho aperto la porta che fai gioco di me! Non accetto che si gioca quando c'è mia bambina in mezzo. Era la cosa più cara che avevo nel mondo. Graver era mia famiglia, io ero parte. È finito tutto quando Jenny è morta. Loro andati via e io vissuto da sola fino oggi. Mi vuoi spiegare come è possibile che tu vieni ora a raccontare che dovevi incontrare te con Jenny al molo, nel 2014, se lei è andata via nel 2004?»

Alex prese coraggio con un lungo respiro. Si sentiva come un animale imprigionato in una gabbia troppo stretta. Con lo sguardo incontrò una finestra che dava sulla strada e vide una bicicletta sfrecciare sull'asfalto. Quindi, con ritrovata sicurezza, tornò a fissare gli occhi della donna.

«Io parlo con lei» confessò.

Mary Thompson poggiò la tazza che aveva tenuto in mano fino a quell'istante.

«Tu parli... con Jenny?»

«Sì.»

«Che cosa sei tu, una specie di medium? Un sensitivo?» Mary alzò la voce.

«Non ne ho la più pallida idea!» Alex si alzò di scatto. «Non so cosa sono né perché mi stia capitando tutto questo. Sono sconvolto e confuso, non ho risposte. Le sto cercando. È per questo che ho suonato alla sua porta.»

Mary lo guardò perplessa mentre Alex si incantò a osservare le foto sopra una mensola in salotto. Diversi scatti ritraevano la donna da giovane, alcuni erano più recenti. Altri in bianco e nero sembravano foto d'epoca. Non c'era neanche una foto di una bambina di sei anni.

«Io devo andare» disse infine. Gli mancava l'aria, gli sembrava di essere rimasto prigioniero di un incubo, senza possibilità di risvegliarsi. Raccolse da terra lo zaino e puntò dritto verso la porta d'ingresso.

Capitolo 15

Mentre Alex usciva dalla villetta di Mary Thompson, Jenny veniva rispedita al posto dopo aver sostenuto l'interrogazione di matematica.

Un completo disastro. Tornò al banco dopo essersi resa ridicola di fronte alla classe, gli occhi lucidi, i nervi a fior di pelle. Aveva voglia di scappare, di piangere. Non era da lei fare una figura del genere davanti a tutti. La media era rovinata. L'insegnante chiamò un suo compagno alla lavagna mentre lei chiedeva il permesso di andare in bagno.

Quando fu nel corridoio, si avvicinò a una finestra che dava sul cortile della scuola e batté un pugno sul davanzale. Un gruppo di ragazzi stava giocando a pallone nello spiazzo. In teoria non era permesso, ma la maggior parte degli alunni della St. Catherine ignorava quella regola.

Jenny si incamminò verso i bagni. *Meno male che non c'è nessuno* pensò mentre gettava la faccia sotto l'acqua, di fronte allo specchio che le restituiva un'immagine terribile. Si era illusa per anni che qualcuno, oltre quel ponte telepatico, esistesse davvero. Ma non era così, e ora ne pagava le conseguenze.

Fece qualche passo indietro e appoggiò la schiena al muro, poi scivolò per terra e si coprì la faccia con le mani. Pianse. Nessuno poteva sentirla.

All'improvviso la testa si fece pesante e Jenny fu sopraffatta dalla stanchezza. Chiuse gli occhi bagnati di lacrime, ma invece del buio vide un tunnel di colori e forme indistinte. Grida e lamenti si accavallavano rapidamente senza darle il tempo di comprendere o afferrare niente.

Poi, di colpo, il silenzio.

Jenny riaprì gli occhi e scosse la testa come per scacciare quelle percezioni distorte. Avvertì una sensazione che non le era nuova.

Si alzò da terra, uscì dal bagno e si avviò verso la sua classe. Aprì la porta dell'aula e camminò con lo sguardo basso fino al suo posto.

Ma era occupato.

«Signorina, ci vuol gentilmente dire chi è?» chiese l'insegnante, una donna gracile che avrà avuto più di settant'anni. Si reggeva a mala pena in piedi con l'aiuto di un bastone.

«Che fine ha fatto il prof di matematica?» chiese Jenny, certa di poter contare sulla risposta di qualcuno dei suoi compagni. Poi si guardò attorno. Quella non era la sua classe.

«Oddio, mi scusi, ho sbagliato aula!» esclamò Jenny. La professoressa la guardò scuotendo la testa mentre Jenny si allontanava. Quando fu di nuovo in corridoio, si voltò verso la targhetta sulla porta.

«Ma questa *è* la mia aula» bisbigliò mentre si guardava attorno. Dentro di lei sentiva crescere la paura.

La sua scuola. Il corridoio dove aveva passato gli ultimi anni della sua vita. La sua classe. Ma dentro c'erano altri studenti e un'insegnante che non aveva mai visto prima.

Dove mi trovo?, pensò mentre tornava verso la finestra affacciata sul cortile. Nessun ragazzo stava giocando a pallone. Non sarebbe neanche stato possibile: in mezzo al cortile c'era una fontana.

Non appena si trovò fuori dalla casa della signora Thompson, Alex selezionò il numero di Marco dalla rubrica del cellulare. Nel cielo si stavano addensando alcune minacciose nubi nere. In lontananza si udì il rimbombo di un tuono. Il vento aveva iniziato a soffiare con maggiore intensità, agitava gli alberi in mezzo alla rotonda sul fondo della strada e faceva traballare le cassette delle lettere fuori dalle ville.

«Ehi, Alex!» esclamò felice l'amico. «Raccontami tutto!»

«Jenny è morta» esordì. Dall'altra parte del telefono trascorsero alcuni secondi di silenzio, coperti dal fruscio del vento che soffiava dentro l'auricolare.

«Intendi dire che...»

«Ho trovato la casa di Jenny» spiegò Alex alzando la voce. «È al numero 21 di Blyth Street, vicino al molo. Ci abita una signora, un'astrologa che dice di essere stata la tata di Jenny. Era in servizio dai Graver, che però si sono trasferiti lasciandole la casa molti anni fa, dopo... la morte della bambina, nel 2004.»

«Fantastico» esclamò Marco.

Non era esattamente la reazione che Alex si aspettava.

«Fantastico?»

«Ma certo, Alex, non capisci? Se Jenny è morta questo significa una cosa sola. O stai parlando con un fantasma, ipotesi che mi sento di escludere, oppure tu e Jenny...»

Marco si interruppe, l'emozione era forte. La morte di Jenny era l'evento che dimostrava ciò che da anni stava studiando. I suoi occhi si persero sui libri ammassati sugli scaffali alla sinistra del tavolo di lavoro. Una sfilza di saggi che conosceva a memoria. Quelle pagine le aveva consumate e riempite di sottolineature, appunti e angoli piegati, durante gli anni di intenso studio.

«Marco, mi vuoi dire cosa dovrei capire?» lo destò Alex.

«Tu comunichi con un'altra Jenny...» riprese l'amico. «Con la Jenny di un'altra dimensione del Multiverso. Una dimensione dove lei evidentemente è viva e vegeta.»

«È assurdo.»

«Ancora ti stupisci? Alex, la *tua* Jenny esiste e fa parte di un'altra realtà.»

Alex sentì una goccia cadere sul suo braccio destro. Alzò gli occhi al cielo e capì che di lì a poco avrebbe iniziato a piovere: «No, Marco, è troppo assurdo. Magari io… parlo con i morti».

«Non mi sembra un'ipotesi molto normale nemmeno questa, sai? Comunque la sto considerando. Ma ti garantisco che…» Marco fece una piccola pausa, tossì e si schiarì la voce: «La ritengo scientificamente molto improbabile».

«Invece, che io chiacchieri con un'altra dimensione è del tutto normale!»

Alex voltò lo sguardo verso la facciata della villetta di Mary Thompson e vide la donna immobile dietro una finestra. Lo fissava, quasi stesse cercando di capire con chi parlava al telefono.

«Marco, io sto andando fuori di testa. Tra l'altro nemmeno questa signora mi sembra del tutto a posto.»

«Fatti raccontare tutto ciò che ricorda della Jenny bambina. Potrebbe esserci un episodio particolare nel suo e nel tuo passato che ha condizionato gli eventi futuri e dal quale è scaturito lo sviluppo del vostro Io parallelo.»

Un lampo squarciò il cielo. Il temporale si stava avvicinando sempre di più.

Il ragazzo mise il cellulare in tasca e diede un'occhiata in giro. Non c'era anima viva in giro per Blyth Street, e aveva iniziato a piovere. Guardò la casa. La porta era aperta e la signora Thompson era in piedi sull'uscio. Era la sua unica possibilità di recuperare qualche informazione su Jenny.

Si avvicinò lentamente. La donna sembrava certa che lui sarebbe tornato.

«Cosa vuoi da me, ragazzo?» chiese.

«Solo vedere una foto di Jenny. Le chiedo solo questo.»

Mary sospirò. Era impossibile dire che pensieri le stessero passando per la mente e Alex per un momento ebbe paura che la donna fosse sul punto di sbattergli la porta in faccia. Invece, si girò ed entrò in casa.

«Seguimi» disse senza voltarsi.

Alex non se lo fece ripetere due volte.

Mary attraversò la sala e si diresse verso un mobile antico in legno intarsiato. Aprì un'anta, tirò fuori una scatola di cartone e la appoggiò sul tavolino basso, davanti al divano. Alex si sedette e la donna prese posto accanto a lui.

Iniziò a tirar fuori dalla scatola dei fogli di carta e delle fotografie.

«Questa era Jenny il giorno di suo quarto compleanno.»

La bambina era ritratta mentre sorrideva e guardava in camera, seduta sullo stesso divano su cui si trovava Alex in quel momento.

Lo sguardo era quello che lui già conosceva.

Gli occhi profondi, intensi, il colore uguale a quello dei capelli castani tirati indietro e tenuti fermi da un cerchietto viola. Fissavano l'obbiettivo, però in quell'istante sembravano rivolgersi direttamente a lui.

«È proprio lei» disse sottovoce, ma Mary non si lasciò sfuggire il commento.

«Oggi avrebbe sedici anni» disse la donna socchiudendo gli occhi.

«Ma di cosa è morta?» chiese lui, consapevole di essersi avventurato in un discorso pericoloso.

«Nessuno ha capito.» Mary trattenne un'improvvisa commozione. «Non aveva segni di arresto cardiaco, niente di niente… è stata cosa improvvisa.»

«Capisco.»

«Ero con mia piccola Jenny. Fino a ultimo momento. Vorrei abbracciarla così tanto… guarda, questo è uno di suoi disegni.»

Alex prese in mano il foglio e osservò il dipinto della bambina.

L'occhio gli cadde subito sulla firma in basso a destra. C'era scritto JENNIFER in maiuscolo, e sotto era riportata la data: 2004.

«È stato uno di ultimi che ha fatto» aggiunse Mary. Sul dipinto erano raffigurati dei cavalli stilizzati, circondati da tratti verdi che dovevano rappresentare l'erba. Il sole splendeva nella parte in alto a sinistra del foglio, mentre due occhi e un sorriso davano alla sfera gialla un aspetto umano e felice.

Un'altra foto ritraeva Jenny in sella a un pony. Una bambina allegra con un sorriso contagioso e la spensieratezza tipica della sua età.

«Parli con lei?» chiese a un tratto la donna, e non si poteva dire se nel tono della sua voce ci fosse più diffidenza o curiosità.

«Temo di sì…»

«Quindi tu parli con… i morti. Tu puoi sentire quello che dicono?» chiese Mary. La sua voce si era fatta più roca e profonda.

«No, non credo di parlare con i morti ma… non sono più sicuro di niente.»

Alex osservò il materiale che la signora Thompson tirava fuori dalla scatola. C'erano anche diversi bigliettini, spesso indirizzati dalla bambina alla sua *sweet Mary*. A un certo punto, tra i vari disegni della piccola Jenny, Alex si imbatté in uno schizzo che gli tolse il fiato. Raffigurava una bambina e un bambino mano nella mano. Quest'ultimo aveva un ciuffo biondo e il fumetto accanto al suo volto diceva: "Il mio amico segreto". Un brivido gli percorse la schiena. Alex rimase in silenzio e mise il foglio in fondo agli altri.

«E questo era suo ciondolo» disse la signora tirando fuori dalla scatola una collanina. «Diceva che era magico: con quello poteva chiudere gli occhi e svegliarsi in altro mondo. Triskell, questo è il nome di simbolo che pende da catenina. Vedi, le tre mezze lune… è celtico.»

«Posso?» Alex tese una mano verso il ciondolo e Mary glielo fece scivolare sul palmo. Gli sembrava familiare. Tre forme simili a delle C. La donna le aveva definite "mezze lune" perché sembravano disegnare il contorno di uno spicchio lunare. Si incastravano l'una sull'altra dando origine a una spirale.

«È molto bello. Gliel'ha regalato lei?»

«Non si separava mai da ciondolo» disse la donna sovrappensiero, ignorando la domanda di Alex. Poi scosse la testa. Sembrò destarsi da un breve sogno, perché quando ricominciò a parlare il suo tono era nuovamente secco e determinato. «Non ho altro da dirti, ragazzo. Quindi ora è meglio che ognuno va per la sua strada. Mi stai ascoltando?»

Lui era rimasto fermo col busto proteso in avanti, il ciondolo nella mano destra, la sinistra appoggiata sul divano. Lo sguardo completamente perso nel vuoto, assente.

«Alex, mi ascolti?» disse Mary alzando la voce, mentre agitava una mano di fronte al volto del ragazzo. In quel preciso istante Jennifer Graver, la bambina di sei anni deceduta nel 2004, era di fronte agli occhi di Alex, nel soggiorno.

I contorni sfumati della sagoma della piccola si confondevano con lo sfondo della sala. Una vestaglia lunga cadeva fino a terra coprendo i piedi e facendo sì che Jenny sembrasse sospesa per aria. I due si fissarono per alcuni interminabili momenti. Attorno a loro d'un tratto non esistevano più mobili, pareti, persone, città… come se fluttuassero in un limbo oltre i confini spaziotemporali, come se fossero uno davanti all'altra in mezzo al nulla. Gli occhi di lei erano spalancati e Alex se li sentiva addosso. Erano capaci di penetrare negli angoli più oscuri del suo animo.

«La nostra mente è la chiave» disse la bambina con lo sguardo inchiodato a quello di Alex. La sua era un'espressione neutra, non lasciava trasparire alcuna emozione. La figura disegnata dai contorni del suo corpo appariva sempre più trasparente agli occhi di Alex, come se lui potesse vedervi attraverso.

«Ti ricordi, Alex? Per viaggiare fissavamo la cintura.»

La visione svanì di colpo. Il ragazzo lasciò cadere il ciondolo per terra, si alzò di scatto e corse verso l'ingresso.

Mentre il temporale imperversava sulla città di Melbourne e la pioggia picchiava incessante sull'asfalto, Alex Loria sbatté la porta della villetta di Mary Thompson, superò il cancello e iniziò a correre in mezzo alla strada, il più lontano possibile dallo scrigno dei ricordi di Jenny che si era aperto per liberare i fantasmi del passato.

Capitolo 16

Quando Jenny riaprì gli occhi era per terra, di fronte ai lavandini. Le pareti bianche del bagno delle donne la circondavano. Fredde, silenziose e anonime. La cornice ideale per smarrire la propria identità senza distinguere più il delirio da ciò che era reale. Jenny si mise una mano sulla fronte, certa di avere la febbre. Quindi alzò lo sguardo e si trovò di fronte una sua compagna di classe, Olivia Stamford. Era china in avanti, una fascia sportiva sulla testa sopra ai folti capelli ricci e la montatura degli occhiali storta.

«Il prof si sta chiedendo se ti sei buttata dalla finestra per colpa della sua interrogazione» scherzò l'amica.

Jenny si sentiva esausta e faticava a trovare una qualsiasi risposta. L'idea di abbozzare un sorriso di fronte al sarcasmo di Olivia non le passava neanche per la testa.

Abbassò lo sguardo.

«Ehi, cos'hai?» L'amica la aiutò ad alzarsi e le appoggiò le mani sulle spalle. «Tutto bene? Sei pallida.»

«Sì… sì, non ti preoccupare. Andiamo in classe.»

Quando rientrò nell'aula, i suoi compagni erano al loro posto. Le solite facce di sempre. Dietro la cattedra, il professore le lanciò un'occhiata interrogativa.

Jenny si sedette al suo banco, imbambolata. Continuò per tutta la lezione a ripensare a quel vortice di emozioni, forme e suoni. Le sembrava di esserci passata attraverso.

In quei pochi minuti prima del trillo della campanella, Jenny ripensò al ritratto in sala. A suo padre morto. All'aula con i compagni sconosciuti. Alla fontana in cortile, mai vista prima.

Che cosa mi sta succedendo?

Non appena fu in casa, Jenny lasciò cadere lo zaino nell'ingresso e si gettò sul divano della sala, priva di forze. Ci rimase alcuni secondi, quasi temendo di addormentarsi ancora. Quindi salì al piano di sopra ed entrò in bagno indugiando qualche istante davanti allo specchio.

«Un bagno caldo» disse rivolta alla sua immagine riflessa. «Di questo ho bisogno. Caldo e profumato.»

Ruotò la manopola della vasca dalla parte contrassegnata con la targhetta rossa, poi iniziò a spogliarsi lentamente, appoggiando i vestiti su una cesta accanto alla lavatrice. Poi prese due praline da un barattolo di vetro che stava su una mensola. Le portò vicino al naso per sentire l'odore della lavanda e le lasciò cadere nell'acqua. Accese anche due piccole candele e spense la luce, mentre un brivido di freddo la faceva tremare.

Poco più tardi, immersa fino al collo, finalmente chiuse gli occhi. Il profumo delicato la avvolgeva e la coccolava come un abbraccio materno. Una delle terapie antistress più efficaci che conosceva.

Il bagno caldo le riportò un po' di serenità. Quando uscì dall'acqua respirò profondamente e le sembrò che il peso che avvertiva sul petto si fosse sciolto, almeno in parte.

Avvolta da un accappatoio bianco, si diresse verso la sua stanza da letto. Le fotografie delle prime vittorie da nuotatrice agonista erano appese sulla parete lungo tutto il corridoio del primo piano. "Un buon bottino di ori" amava dire in tono scherzoso. Suo padre Roger era orgoglioso di lei e questa era senza dubbio la soddisfazione maggiore.

Quando fu in camera, sistemò due cuscini contro la testata del letto, si sdraiò e ci appoggiò la testa. La sentiva ancora pesante.

Prese un piccolo telecomando dal primo cassetto del comodino e accese lo stereo. La musica iniziò a diffondersi nella stanza. Era un brano di Sarah McLachlan che lei adorava: *In the Arms of the Angel.* La pioggia batteva sulla finestra mentre la delicata voce della cantante canadese faceva da colonna sonora a quel tetro pomeriggio. Jenny si alzò e fece scivolare pian piano l'accappatoio.

Rimase nuda per qualche istante di fronte allo specchio dell'armadio, a osservare il proprio corpo atletico dalla pelle dorata. Poi iniziò a guardarsi attorno. La porta era socchiusa ed era sola in casa. Per una ragione che non sapeva spiegare, però, Jenny si sentiva osservata.

Il vortice.

Un insieme di lamenti, parole, forme indistinte e gigantesche. Milioni di voci accavallate, mescolate a immagini inafferrabili che ruotano nella testa come in una terribile centrifuga di sentimenti e visioni.

Pochi istanti.

Poi, il silenzio.

Gli occhi di Alex misero a fuoco la realtà circostante. Le villette di Blyth Street, una in fila all'altra, tutte così simili tra loro, così tradizionalmente prevedibili. La pioggia incessante batteva sui tetti e annegava le piante dei cortili interni delle case. Quando cercò di guardare in basso, verso i suoi piedi, Alex non vide niente. Solo la strada. Un cartello in prossimità dell'incrocio a cinquanta metri da lui diceva BLYTH ST. Alla fine della via, però, non c'era la rotonda con gli alberi scossi dal vento che aveva notato in precedenza. C'era solo un semaforo che regolava un normale incrocio.

Cosa significa?

Si avvicinò al cancello della villetta di Mary Thompson. Vide la cassetta delle lettere. La targhetta diceva GRAVER.

Alex sentì la paura come una lama che gli sfiorava il collo. Ma era allo stesso tempo sorpreso ed eccitato. Avanzò, sebbene non avesse alcuna percezione fisica dello spostamento. Quando si trovò di fronte al cancello, lo superò. Non c'era bisogno di aprirlo. Ugualmente fece con la porta d'ingresso. In pochi istanti fu dentro casa.

Ci sono passato attraverso…

L'arredamento era differente da quello che ricordava.

Non c'era più il quadro raffigurante la Terra vista dalla Luna, per esempio. La parete era spoglia. Alex avanzò e imboccò la rampa di scale. Al piano di sopra intravide una porta socchiusa. Le pareti del corridoio erano tappezzate di foto che raffiguravano nell'ordine: una ragazza castana con in mano un trofeo; una ragazza in costume sul gradino più alto di un podio; una ragazza con un cappellino e un uomo che si battono un cinque, i volti raggianti e due nastri colorati in mano, legati a una medaglia d'oro.

Alex proseguì verso la porta socchiusa. La tensione era alle stelle, ma non sentiva il petto esplodere dall'emozione. Non aveva alcuna sensazione corporea. L'ansia era solo un'*idea* alla quale non corrispondeva alcun sintomo fisico.

Quando raggiunse la porta, in un attimo varcò la soglia con lo sguardo.

Jenny era di fronte all'armadio, nuda. Si guardava attorno, sembrava spaventata. Era lei. Lui lo sapeva. L'accappatoio bianco era a terra, ai suoi piedi. Il corpo della ragazza era una visione allo stesso tempo stupefacente e ammaliante. La figura longilinea, le gambe atletiche, la pelle dorata e il seno sodo incantarono lo sguardo di Alex. I capelli castani, ancora bagnati, cadevano sulle spalle larghe da nuotatrice. Gli occhi non potevano tradirlo. Li aveva già visti. Li aveva già sognati.

«Sono qui…»

Non fece in tempo a pensare nient'altro. Il vortice lo riprese con sé.

Quando riaprì gli occhi era a terra, ai margini di una strada. Continuava a piovere e i suoi vestiti erano fradici. Il cielo era nero, come se fosse già sera. Alcune macchine sfrecciavano sull'asfalto. Alex si trascinò sul marciapiede fino al muro di un palazzo, poi si tirò su. L'acqua gli riempiva gli occhi, gli era difficile distinguere la realtà attorno a lui. In bocca sentiva il sapore del sangue.

Con una rapida occhiata, Alex notò lo zaino. Lo afferrò, poi aprì la tasca esterna in cerca del cellulare. Lo trovò e provò ad accenderlo. Doveva assolutamente parlare con Marco, ma il display non ne voleva sapere di riattivarsi.

«Muoviti, dannazione!» gridò. Non c'era niente da fare. Forse si era soltanto scaricata la batteria, o più probabilmente l'acqua era entrata nei circuiti danneggiandoli irrimediabilmente. Si guardò attorno sconsolato e vide un'insegna al neon azzurra e rosa, sul fondo della via. Appariva sfocata a causa del muro di pioggia, ma Alex riuscì ugualmente a leggere la scritta: INTERNET POINT.

Pochi istanti dopo stava parlando con il suo amico. Le cuffie logore sulle orecchie, un piccolo microfono scassato che doveva tenere in mano. Il gestore dell'Internet Point, un ragazzo indiano sulla trentina, lo guardava con sospetto.

«Alex, lo capisci cosa vuol dire?»

Le domande di Marco partivano sempre dal presupposto che ad Alex fosse chiaro, tanto quanto a lui, quello che stava succedendo.

«Questo fatto può significare una cosa sola» continuò Marco.

La sua voce suonava forte e chiara. Con il cellulare fuori uso, rimaneva un solo modo per comunicare con Marco: contattarlo via Skype. Alex si era seduto nella postazione d'angolo della sala, accanto a un ragazzo piuttosto grasso e a una signora dai lineamenti orientali. In Italia erano circa le 10 del mattino quando la finestrella del software si era aperta sul portatile. Marco stava leggendo le prime pagine dei quotidiani. Dalla finestra filtrava una pallida luce che andava a riflettersi sulla tazza di tè fumante poggiata sul tavolo di lavoro.

Dal PC dell'Internet Point non era possibile attivare la videochiamata, ma l'audio era perfetto. Il ragazzo notò gli sguardi delle persone sedute accanto a lui. Forse lo fissavano perché era fradicio dalla testa ai piedi. Il caschetto biondo cadeva sulla fronte e continuava a gocciolare, mentre i vestiti si erano fatti pesanti e freddi.

«Sei stato nel suo mondo, sei andato oltre la tua dimensione, con la mente.»

Alex rimase per un attimo immobile a pensare alle parole dell'amico.

«È esattamente la sensazione che ho provato. Quella di staccarmi dal corpo, esistevo solo con la mia mente.»

«Tu puoi varcare la soglia tra due mondi...» disse Marco quasi tra sé e sé. Sentiva il bisogno di ripetere ad alta voce ciò che, fino a poco tempo prima, era stata solo una sua supposizione. «Non sappiamo come ci sei riuscito, sappiamo solo che non c'era il tuo corpo dall'altra parte.»

«Il che però non c'entra niente con quanto è successo in questo mondo, nella casa che qui appartiene a Mary Thompson. Marco... ho visto Jenny, la bambina di sei anni, e mi ha parlato.»

«Come, scusa?»

Alex raccontò a Marco della visione avuta nel salotto di casa Thompson e di come fosse corso via per poi ritrovarsi nel bel mezzo della tempesta, prima di svenire. Gli riferì la frase di Jenny: *«Ti ricordi, Alex? Per viaggiare fissavamo la cintura.»*

Marco rimase qualche secondo in silenzio, mentre la comunicazione si faceva disturbata a causa di un ronzio a intermittenza.

«Non ti sento bene» furono le ultime parole che Alex riuscì a cogliere prima che il dialogo si interrompesse del tutto. Provò a ricontattarlo ma vide che il computer si era disconnesso e, guardando le altre persone presenti nella sala, comprese che non era solo un suo problema.

Si alzò, pagò e lasciò l'Internet Point. Avrebbe chiamato Marco più tardi, in un modo o nell'altro. Quando fu in strada, lo investì una folata di vento freddo. Tirò fuori il lettore MP3 e si infilò le cuffie. L'arpeggio introduttivo di *Getting Better* dei Tesla iniziò a suonare nelle sue orecchie. Le prime parole di Jeff Keith, dedicate alla pioggia, sembravano descrivere qualcosa di molto simile alla sua situazione: l'acqua scrosciava infatti senza sosta, Alex era fradicio e affamato.

❃ ❃ ❃

Jenny si vestì in fretta. Poi scese al piano di sotto. In preda all'agitazione, entrò in cucina e si sedette a riflettere su quanto era accaduto. C'era qualcuno nella stanza con lei. Ne era certa. Non era un'allucinazione. Era una presenza.

Sono qui... Le parole rimbombavano nella sua testa. Le aveva sentite in maniera nitida. Era la voce di Alex.

Jenny si alzò di nuovo, si avvicinò ai fornelli e aprì un'anta del mobile della cucina. Prese una bustina di camomilla e attivò il bollitore.

«Devo stare calma» si disse. «Non esiste niente di niente. È solo nella mia testa.»

Capitolo 17

Dopo aver chiuso la finestra di Skype, Marco prese una penna da un barattolo che in origine era stato una lattina di Sprite e afferrò un pacco di fogli dal tavolo di lavoro. Era la stampa dei risultati ottenuti grazie alla ricerca sul software di sua invenzione. Preferiva spulciarli a uno a uno sulla carta che spaccarsi gli occhi sul monitor.

Cominciò a depennare quelli che gli sembravano meno interessanti: interventi su alcuni blog, battute su Facebook, messaggi di Twitter da tutte le parti del mondo. Il software aveva elencato, catalogato e tradotto le corrispondenze straniere in italiano per tutto ciò che riguardava le dimensioni parallele e la teoria che Marco aveva spiegato ad Alex.

Robaccia inutile degna di Google, vediamo gli sms, pensò mentre col tappo stretto tra le labbra passava la penna sopra ai vari interventi. La scrematura di quei risultati poteva portare via l'intera giornata, ma Marco aveva inventato quel programma per trovare contenuti privati, che una semplice ricerca online non avrebbe potuto scovare.

Non erano molti gli sms che parlavano di Multiverso. La maggior parte di questi riguardava teorie scientifiche lette su qualche rivista del settore. Niente di interessante.

All'improvviso un messaggio lo colpì:

SÌ, LO CONOSCO. IL PROBLEMA È CHE QUESTO EBOOK È INTROVABILE. IO L'HO SCARICATO L'ANNO SCORSO, L'HO LETTO, MA DOPO UNA SETTIMANA NON SONO PIÙ RIUSCITO AD APRIRLO. IL FILE RISULTAVA CORROTTO. E NON L'HO PIÙ RITROVATO IN RETE.

Lo sguardo di Marco si illuminò.

Devo trovare l'sms che precede questa risposta. Appoggiò il plico di fogli sul tavolo e tornò nel software con un rapido click sul mouse.

Individuato il messaggio, aprì col tasto destro una finestrella e selezionò la voce "dettagli". Il numero del destinatario era sotto i suoi occhi. Marco lo evidenziò e lo copiò, poi lo incollò in un campo di ricerca del suo programma per vedere se c'era qualche corrispondenza, se il software riusciva a scovare anche il messaggio precedente della conversazione.

«Sì! È questo!» esultò mentre leggeva il contenuto. Il mittente corrispondeva. E anche il tema della discussione.

SI CHIAMA: *THOMAS BECKER'S MULTIVERSUM (DIE REALITÄT, DIE UNS UMGIBT, IST NUR EINE DER UNENDLICHEN PARALLELEN DIMENSIONEN.)*

La traduzione del sottotitolo diceva: *La realtà che ci circonda è solo una delle infinite dimensioni parallele.*

«Bene, bene...» sussurrò Marco mentre afferrava la penna e segnava su un foglio i due numeri di cellulare.

Digitò il primo sulla tastiera di Skype. Risultava inesistente. Tracciò una riga sul numero e passò al successivo. Stesso risultato. Quindi si gettò sulla tastiera del portatile e aprì tre finestre con relative pagine di negozi di libri online.

«Dannazione, non trova niente. Sarà fuori catalogo» disse mentre riapriva il suo software.

Digitò titolo e sottotitolo del libro in un campo di ricerca che avrebbe indagato tra i risultati ottenuti. Quindi non solo sms intercettati ma anche blog, post sui social network e siti Internet.

Apparve una corrispondenza.

Si trattava di un blog intitolato *The_great_web_robbery*.

La grande rapina del web, interessante… Marco sollevò un sopracciglio. Dalla ricerca sembrava che il blog citasse il libro di Thomas Becker. Ma appena Marco digitò l'indirizzo su Internet, si trovò di fronte il messaggio: "Questo blog è stato rimosso a causa di una violazione del diritto d'autore."

«Maledizione!» esclamò Marco mettendosi le mani nei capelli. Sfilò gli occhiali, li appoggiò sul tavolo da lavoro e si massaggiò la fronte. Chiuse gli occhi per farli riposare.

L'sms parlava di un ebook scomparso dalla rete. Devo trovare quel libro.

Quando riaprì gli occhi, lo schermo del monitor era nero.

Un paio di colpi sul mouse. Non successe niente. Lo schermo rimase nero. Premette la barra spaziatrice sulla tastiera, ma non accadde nulla. Controllò che la ciabatta alla quale erano attaccate le spine fosse in funzione. Il led arancione era acceso e quindi non poteva essere un problema elettrico.

Di colpo sul monitor si aprì una finestrella, in basso a destra. Un riquadro blu con un rettangolino bianco che lampeggiava in un angolo.

Ma che diavolo…? Perché è andato in modalità DOS*?* Marco rimase a osservare stupefatto. Poi prese il mouse e constatò che in quella situazione era inutilizzabile. Stava per digitare qualcosa sulla tastiera quando il rettangolino iniziò a muoversi nella finestra.

A un certo punto si fermò nel centro del riquadro. Le lettere cominciarono a prendere forma di fronte agli occhi stupiti e allo stesso tempo spaventati di Marco.

IO NON ESISTO

La frase cambiò posizione nella finestra e poi si moltiplicò invadendo ogni angolo del riquadro fino a quando la luce del processore sotto il tavolo si spense.

Il PC si arrestò con un breve sibilo.

«Cazzo, un virus!» imprecò Marco.

Qualcuno ha preso possesso del mio computer, pensò. Non gli era mai capitata una cosa simile. Che fosse veramente entrato un virus nel sistema? Difficile, vista la gamma di antivirus sempre aggiornati di cui disponeva. Ma possibile, dal momento che gli hacker di tutto il mondo ne creavano di nuovi ogni giorno e nemmeno lui poteva essere preparato a un attacco imprevisto.

Marco tentò di riavviare il processore, senza fortuna. Staccò perfino la presa di corrente, per poi reinserirla e constatare che il PC era completamente fuori uso.

Sulla destra, il Mac era ancora acceso e al massimo della sua luminosità, come piaceva a lui. Sulla sinistra, il Dell portatile era fisso sulla pagina di Amazon dove pochi minuti prima aveva cercato in catalogo il testo di Thomas Becker.

Marco poggiò la mano sul pomello di comando della carrozzella elettrica e fece retromarcia fino al corridoio. Poi ruotò di centottanta gradi e la guidò verso la cucina.

Appena fu dentro batté le mani e le luci si accesero. Il tavolo era in disordine. Un paio di piatti sporchi, uno sopra l'altro. Una bottiglia d'acqua senza tappo. Posate sparse, un bicchiere, tovaglioli usati e briciole disseminate dappertutto.

Marco aprì un'anta del mobile e tirò fuori un barattolo di caffè. Si avvicinò ai fornelli e allungò una mano verso la caffettiera che svitò per gettare il contenuto in un sacchetto appeso alla maniglia della finestra.

«Dev'essere un hacker. Uno più bravo di me. Sarà uno scherzo. O una sfida.»

Quando tornò nella sala monitor con la tazzina stretta nella mano destra, andò dritto verso la tastiera del Mac. Aprì una pagina nuova, poi digitò "Thomas Becker" nel campo di ricerca.

«Un musicista… un campione di canoa… non ci siamo» disse mentre scuoteva la testa.

Un concerto di clacson ruppe il silenzio. Provenivano dalla strada su cui era affacciata la sala. Marco alzò lo sguardo, come a seguire la direzione di quel suono. Fuori dalla finestra poteva scorgere solo la facciata del palazzo di fronte, con tutte le serrande dei vari appartamenti tirate giù, qualche abito steso sui balconi, e un gran numero di antenne paraboliche.

Prese la tazzina e bevve quel che rimaneva del caffè. Poi tornò con lo sguardo sullo schermo del Mac per andare avanti nella ricerca.

«No! Anche questo no!» esclamò davanti al monitor a ventiquattro pollici della Apple completamente nero.

Rimase immobile. Si sentiva impotente. Lui, che avrebbe potuto scrivere un manuale d'istruzioni per ognuno dei computer che aveva di fronte.

Aveva quasi *paura* che da un momento all'altro comparisse nuovamente quel riquadro blu.

Non si sbagliava.

Quando la finestra spuntò, e il rettangolino bianco iniziò a lampeggiare, Marco andò rapidamente con le mani sulla tastiera. *Stavolta giochiamo d'anticipo, non mi faccio prendere per il culo così.*

CHI SEI?, digitò. Il rettangolo andò a capo e continuò a lampeggiare per alcuni istanti. TI SEI DIVERTITO ABBASTANZA COL DOS?, aggiunse subito dopo.

La risposta del suo interlocutore virtuale arrivò secca e diretta come uno schiaffo.

IMBECILLE, SONO ENTRATO NEL TUO MACINTOSH. NON È POSSIBILE APRIRE UNA FINESTRA DI DOS SUL MACINTOSH.

Marco rimase in silenzio. Le mani bloccate, gli occhi sgranati e inchiodati allo schermo. Aveva commesso una leggerezza degna di un principiante. Lo capiva solo adesso: la finestra aperta dall'hacker era qualcosa di più inspiegabile di una semplice modalità DOS.

«Questo bastardo sta controllando i miei computer dall'interno...» sussurrò Marco mentre si mordicchiava le unghie nervosamente. Un'altra frase si compose di fronte ai suoi occhi: DIMMI PERCHÉ STAI CERCANDO INFORMAZIONI SUL MIO CONTO IN RETE. PER CHI LAVORI?

MA TU CHI SEI? CHE DIAVOLO VUOI DA ME? digitò rapidamente Marco.

IO NON ESISTO. STAI PARLANDO DA SOLO.

Marco non sapeva cosa rispondere. Non riusciva veramente a capire in che razza di assurda situazione si fosse cacciato.

IO STAVO SOLO CERCANDO UN TESTO. HO SCRITTO IL NOME DELL'AUTORE SUL CAMPO DI RICERCA E...

Marco scosse la testa in attesa della risposta, perplesso, poi lesse: L'AUTORE CHE CERCHI NON ESISTE.

SEI THOMAS BECKER?, azzardò il ragazzo.

Il rettangolino bianco lampeggiò per alcuni secondi.

Poi anche il Mac si arrestò del tutto.

Capitolo 18

«Maledizione!» urlò ripetutamente Marco, rivolto verso i due schermi neri di fronte a lui.

Mi toccherà smontarli, pensò mentre osservava il PC e il Mac, così desolatamente silenziosi. *Ma questo Becker chi diamine è? Com'è possibile che sia in grado di fare tutto questo?*

Dal cellulare appoggiato su un mobiletto in corridoio partì la suoneria associata all'arrivo di nuovi messaggi. Era l'attacco del coro "O Fortuna" dei *Carmina Burana* di Carl Orff. Marco si voltò di scatto, poi guidò la carrozzella fino in corridoio. *Sarà Alex, avrà ricaricato il telefono*, pensò prima di afferrare il dispositivo e leggere il display.

I NUOVO MESSAGGIO
MITTENTE SCONOSCIUTO

Marco lasciò andare un sospiro nervoso. Una chiamata poteva arrivare da un numero oscurato, ma per i messaggi non era così semplice. Selezionò l'sms e lesse il contenuto ad alta voce: «Ho dato un'occhiata ai tuoi file. Interessante il software che stai creando».

Marco rimase pietrificato, poi un rumore proveniente dalla sala monitor richiamò la sua attenzione.

In pochi istanti lo schermo del Mac si accese nuovamente, e partì a volume assordante un brano rock in tedesco. Marco si tappò le orecchie mentre sullo schermo comparivano una dopo l'altra tutte le cartelle di sistema. I file si spostavano da soli nel cestino e venivano eliminati.

«Bastardo!» gridò Marco mentre azionava la carrozzella elettrica verso il tavolo di lavoro.

Non ci mise molto a capire di essere sotto scacco. Il mouse non rispondeva ai comandi. La tastiera nemmeno.

Una finestra di Word si aprì all'improvviso.

C'È QUALCUNO PIÙ BRAVO DI TE, diceva il testo.

Sta eliminando tutto! Dannazione! Marco ci pensò su una frazione di secondo, quindi allungò il busto verso la ciabatta alla quale erano collegati i tre computer e staccò con forza la presa del Mac. Chiuse rapidamente la sessione sul PC portatile, unico computer rimasto a disposizione. *Becker pensa che io sia qualcuno di pericoloso*, rifletté mentre guidava la carrozzella verso il bagno. *O è un mitomane o sa davvero qualcosa e la faccenda è più grossa del previsto.*

«Devo scoprirlo» disse a voce alta.

In quell'istante, il PC portatile si riavviò da solo.

Nello stesso momento, a Melbourne, Alex era uscito dall'Internet Point, ancora fradicio dalla testa ai piedi, e aveva preso una strada parallela della Esplanade. A ogni incrocio riusciva a scorgere l'oceano oltre la fila di palme che separava le due carreggiate, mentre il suo fedele lettore MP3 lo distraeva con una playlist di brani casuali successivi a quello dei Tesla. Alex socchiuse le palpebre per cercare di vedere più in là di una ventina di metri. In lontananza brillava l'insegna luminosa di un McDonald's. Lo raggiunse, mentre ormai per strada non c'era più un'anima viva. Il temporale aveva ricacciato tutti in casa. Solo qualche auto sfrecciava di tanto in tanto sollevando l'acqua dalle pozzanghere. Alex entrò nel fast food e si avvicinò alla cassa. Un ragazzo molto alto, con pantaloni neri stretti, stivali, una collana con punte metalliche e i capelli a cresta, pagò e si allontanò con il vassoio in mano, lasciandogli il posto. Alex diede una rapida occhiata al menu, poi ordinò un panino con hamburger-più-bacon e una bibita, sempre con gli auricolari nelle orecchie. Quindi si sedette a un tavolo. Il locale era pressoché vuoto. Oltre al punk, scorse un uomo sulla cinquantina che mangiava in solitudine una coppa di gelato con un vecchio labrador accucciato accanto al tavolo e una coppia di trentenni che si guardavano negli occhi e si imboccavano con le patatine, con un sorriso da innamorati stampato in volto.

Alex allungò una mano verso lo zaino abbandonato per terra. Tirò fuori il libro di Klavan ma si rese conto che non aveva affatto voglia di leggere. Dalla tasca della giacca prese il lettore MP3 e lo appoggiò accanto al vassoio. Il display ora riportava Wildhearts – *I Wanna Go Where the People Go*.

Addentò il panino mentre il punk transitava di fronte a lui verso l'uscita. Osservò la maglietta del ragazzo. La scritta ORION'S BELT in caratteri gotici stava sopra a un simbolo tribale e ad alcuni puntini luminosi che formavano una costellazione. Tre di questi erano particolarmente grandi e vicini tra loro.

Sarà la maglietta di una band, pensò Alex. Ma quella scritta gli aveva appena sbloccato un ricordo. Improvviso come un *déjà vu*, nitido come se fosse accaduto il giorno prima. Il ragazzo chiuse gli occhi mentre la scena gli tornava alla mente.

«Mio papà mi racconta sempre tante storie sulle stelle.»

«Cosa sono le storie sulle stelle?»

«Ieri mi ha raccontato quella di un eroe. Era il più bello di tutti gli uomini. E nel cielo la sua costellazione è la più splendente.»

«Come si chiamava?»

«Orione.»

Alex spalancò gli occhi all'improvviso.

«Ma certo!» esclamò battendo un pugno sul tavolo. La commessa dietro la cassa lo guardò storto. Il labrador tenuto al guinzaglio dal signore anziano tirò su la testa di colpo e abbaiò.

Orion's belt! La cintura di Orione! Si chiamano così quelle tre stelle vicine che ho visto sulla maglietta.

Alex tirò fuori una biro dalla tasca esterna dello zaino e scrisse dietro al cartone del panino accantonato in un angolo del vassoio.

Ti ricordi, Alex? Per viaggiare fissavamo la cintura.

Continuò a rileggere la frase mentre dentro di sé prendeva coscienza di ciò che lo aspettava.

Si alzò con uno scatto, afferrò lo zaino e uscì dal McDonald's.

Fuori stava ancora imperversando la tempesta, le pozzanghere in prossimità del marciapiede erano sempre più larghe e le deboli luci delle insegne dei negozi si confondevano sullo sfondo mentre Alex camminava veloce con lo sguardo fisso di fronte a sé. La strada che conduceva all'albergo non aveva portici o tettoie sotto le quali ripararsi. Ma a lui non importava.

I suoi occhi erano raggianti.

«Ho esaminato i tuoi computer e ho capito che sei un po' troppo curioso. Cosa vuoi da me, ragazzino?»

Marco conosceva bene quel timbro. Era la voce del lettore automatico che usava sul PC. Quando si voltò di scatto verso il portatile, vide una finestra del programma aperta nel centro dello schermo. Si avvicinò con la carrozzella elettrica, poi provò a spostare il mouse. Non rispondeva agli ordini.

Il timbro femminile che Marco aveva scelto per quel software era cordiale ma monocorde, nonostante l'apprezzabile sforzo da parte dei programmatori di impostare inflessioni e cadenze in caso di incisi o punti di domanda.

«È inutile che usi mouse e tastiera. Li controllo io. Mi sono permesso di attivare la tua webcam integrata, se non ti dispiace. Ti vedo. E ti sento.»

Una pausa, accompagnata da un fruscio di sottofondo. Un crepitio simile al rumore di un vinile mentre la puntina si poggia sul bordo del disco.

«Cosa vuoi da me?» riprese.

Marco rimase sbigottito. Era Becker? Quella voce femminile robotica traduceva in parole ciò che il professore digitava da chissà dove.

«Io...» iniziò timoroso, senza capire se avesse senso guardare verso l'obiettivo o meno. «...ho solo bisogno di informazioni sul Multiverso.»

Silenzio.

«Non parlare di cose che non conosci, ragazzino.»

«Parlarne è l'unico modo per capirci qualcosa.»

«Devi essere certo di avere a che fare con le persone giuste, però.»

Marco scosse la testa. Avvertiva la difficoltà di quel dialogo così assurdo. L'uomo lo vedeva, magari a tutto schermo da una postazione sperduta chissà dove, mentre a lui toccava sentire quell'anonima traduzione vocale.

«Lei ha scritto quel libro, forse mi può aiutare... Il mio amico, si chiama Alex, io credo che lui sia nel Multiverso.»

«Non ha senso quello che stai dicendo! Tutti siamo nel Multiverso.»

«Sì, mi scusi, lo so, è che lui... ecco, lui comunica con una ragazza di un'altra dimensione... si parlano. Ma non vivono nella stessa realtà. Non mi prenda per un pazzo, la prego.»

Una pausa di alcuni secondi, rotta solo dal ronzio dei monitor. Marco alzò le sopracciglia come in attesa di una risposta.

«Memoria» disse la voce, priva di inflessioni.

«Come?»

«Memoria, è così che la chiamiamo. Devono trovare Memoria.»

«Mi scusi, ma non sto cap...»

«Se i tuoi amici possono davvero *viaggiare*, la troveranno. È la via.»

«La via per cosa?»

«Memoria è l'unica strada per la salvezza. Ciò che è già accaduto sta per accadere ancora.»

«Non ci sto capendo niente! Mi vuol dire cosa significa tutto questo?!»

La comunicazione nel frattempo si era fatta disturbata. Un ronzio sempre più forte proveniente dalle casse del computer copriva le parole dell'uomo.

«Di' al tuo amico di trovare Memoria. Se non ti sei inventato tutto, lui e la ragazza possono farlo. Quando avrà varcato i confini delle dimensioni, scoprirà il potere che appartiene da sempre solo a chi ha compiuto questa esperienza. Possono salvarsi, ma la morte li coglierà ugualmente. Non ho altro da dirti.»

«Di che cosa sta parlando? Non ha senso!»

Nessuna risposta.

La finestrella si chiuse, il fruscio di sottofondo svanì. Marco si tolse gli occhiali e li appoggiò di fronte al portatile, poi afferrò una biro e scrisse su un post-it MEMORIA. Infine piantò i gomiti sul tavolo e si mise le mani nei capelli mentre le ultime parole di Becker risuonavano nella sua testa.

«Possono salvarsi, ma la morte li coglierà ugualmente.»

Capitolo 19

Quando Alex raggiunse l'albergo, i vestiti erano ormai pesanti e appiccicosi.

L'uomo dietro il bancone della reception lo guardò storto, mentre lui lasciava le impronte delle scarpe inzuppate sui tappeti rossi stesi per terra nell'ingresso.

Si infilò di corsa nell'ascensore e prese a tossire senza sosta. Lo specchio gli restituiva l'immagine del suo volto paonazzo.

Mi ammalerò, dannazione.

Alex entrò in stanza. Lasciò cadere lo zaino accanto al letto, sfilò i jeans e la maglietta completamente fradici e li buttò a terra rimanendo in boxer. Quindi tirò fuori il cellulare dalla tasca esterna della sacca e provò ad accenderlo. Non c'era niente da fare, era fuori uso e neanche l'alimentatore servì a farlo ripartire. Non era un problema di batteria. Evidentemente l'acqua era penetrata nei circuiti. Alex tastò con la mano l'interno della tasca dello zaino e constatò che era fradicio.

«Merda!» esclamò mentre i suoi occhi individuavano il telefono fisso sul comodino. «Questa mi costerà cara, pazienza...» disse sottovoce mentre alzava la cornetta e premeva il tasto zero. La linea c'era. Ora non restava che ricordarsi il numero di Marco.

Marco me l'aveva insegnato un trucchetto per ricordare a memoria il suo numero, vediamo... Il prefisso era tre, quattro, otto... come il mio. Poi, dunque... ah, sì! L'anno della vittoria dei mondiali di Spagna al contrario: due, otto, nove, uno. E poi?

Alex si guardò attorno. L'arredamento raffinato ed elegante dell'albergo era molto lontano dai suoi gusti. Un quadro raffigurante una Madonna con un bambino in braccio dominava al centro della parete, sopra il televisore a schermo piatto. Le tende erano bianche, ricamate. La coperta del letto, color beige, era arricchita da scene di caccia stilizzate, simili ad alcuni dipinti rupestri che aveva visto in diversi noiosi documentari proiettati nell'aula magna della scuola.

Ci sono! Il numero della polizia americana: nove, uno, uno! Proviamo...

Compose il numero e rimase in attesa, lo sguardo rapito dal menu per le ordinazioni in stanza, per nulla economiche.

«Pronto?» esordì Marco con un tono di diffidenza.

«Sono io! Alex! Per fortuna ci sei!»

«Alex! Come stai? Dove sei? Non puoi immaginare cosa mi è capitato!»

«Sono in un albergo. Il mio cellulare è fottuto. Per cui, d'ora in poi, sarò irraggiungibile, però... ho capito la frase di Jenny, so cos'è la cintura. Ma che è successo?»

«Amico, qui è un casino. Credo che tu sia in pericolo, ma non so dirti molto di più, purtroppo.»

«Cosa intendi?»

«Ascoltami... Ho parlato con una persona, una persona che ha delle risposte per noi.»

«Non so nemmeno quali siano le domande.»

«Stammi a sentire, temo che la faccenda sia seria. Questa persona mi ha detto che devi trovare Memoria prima che sia troppo tardi. Non chiedermi cosa sia, non ne ho idea. Forse è un luogo. Ha detto che la troverai, ne ha parlato come se fosse un posto accessibile a quelli come te e Jenny.»

Marco raccontò di come era entrato in contatto con Thomas Becker e delle informazioni che gli aveva fornito. Secondo l'uomo, il viaggio tra le dimensioni generava un potere speciale, un potere riservato solo a chi era in grado di vivere quest'esperienza.

«Tutto questo è assurdo. Perché dovremmo trovare una via di salvezza? E da cosa? Ti ha detto altro?» chiese Alex, intontito dalle nuove informazioni.

Marco esitò qualche secondo prima di rispondere. Sì, Becker gli aveva detto che sarebbero morti. *«Possono salvarsi, ma la morte li coglierà ugualmente.»* Marco non aveva la forza di riferire quelle parole all'amico. O forse non aveva alcuna intenzione di crederci.

«Non mi ha detto nient'altro... Ma raccontami della frase di Jenny, cos'hai scoperto?1

«Si tratta della cintura di Orione, quelle tre stelle vicine che si vedono a occhio nudo... Insomma, credo voglia dire che devo aspettare la notte. E che il cielo torni sereno. Adesso sta smettendo di piovere. Forse domani... Certo che non ho idea di cosa dovrò fare.»

«"La nostra mente è la chiave" aveva detto la bambina nella visione. Forse devi trovare la concentrazione per... "viaggiare", non si era espressa così?»

«Sì. Quindi il viaggio...»

«...ti condurrà da lei!»

«Ma perché mi ha chiesto se mi ricordo, Marco? Cosa devo ricordare?»

«Evidentemente tu e Jenny siete legati da molto, moltissimo tempo.»

Alex salutò l'amico e si gettò a pancia in giù sulla morbida coperta. Seminudo, i muscoli doloranti e il collo indolenzito, allungò una mano verso l'interruttore della luce. Chiuse gli occhi, abbandonandosi al buio.

Non riuscì a riposare.

Un'immagine continuava a tornargli alla mente. Era il ciondolo di Jenny.

Il Triskell. Il suo *ciondolo magico.*

Strinse le palpebre come in uno sforzo di concentrazione, il simbolo celtico bene impresso nella mente.

«Ascoltami, ti prego!» pensò intensamente, ripetendo più volte la frase.

Jenny era seduta alla scrivania, il libro di scienze aperto di fronte agli occhi e la matita tenuta tra le labbra.

La voce di Alex arrivò con la furia di un treno in corsa, la investì in pieno e le fece dilatare le pupille mentre si teneva stretta con le mani al bordo del tavolo.

«Ancora… basta! Lasciami in pace, ti scongiuro. Tu non esisti.»

«Io esisto, Jenny!»

«Smettila! Vai via, non voglio più illudermi. Non sono malata…»

«Nessuno dei due lo è! Ascoltami, ascoltami questa volta. Ho visto il tuo ciondolo. Non so se lo porti ancora… ma l'ho visto! È un Triskell, un simbolo celtico.»

Jenny rimase stordita. Di fronte a sé, il monitor spento del computer sembrava uno specchio scuro che le restituiva un'immagine sconvolta. Al collo, come sempre, la catenina da cui pendeva il ciondolo di cui parlava Alex. Il suo amuleto portafortuna.

«Come lo sai?»

«Smettila di credere di essere pazza. Non è così. Ti chiedo di fidarti di me, e di fare una ricerca. Io mi chiamo Alessandro Loria, abito a Milano, in Italia. Devo esserci, da qualche parte nel tuo mondo. Cercami, Jenny…»

La voce di Alex si affievolì. Le ultime parole si persero in un'eco lontana.

Jenny continuò a pensare a una domanda, senza sapere se Alex l'avesse colta o meno: *Cosa vuol dire "da qualche parte nel tuo mondo"?*

Si alzò. Di scatto. Corse verso la porta della stanza, la spalancò e si diresse verso il bagno. Quando fu di fronte allo specchio, piantò le mani sui bordi del lavandino e fissò intensamente la sua immagine riflessa.

«Non sono pazza!» gridò.

Quindi tornò in camera e accese il MacBook. Cominciò a cercare il nome di Alex su Internet. *È italiano, come mia mamma*, pensava mentre cliccava ovunque, con frenesia. Trovò decine di contatti di Facebook, alcune risposte su blog sportivi, altri link che non si aprivano. La maggior parte delle immagini non corrispondevano per niente alle visioni che aveva avuto in passato, durante gli svenimenti. Altri avatar raffiguravano calciatori, personaggi del cinema o dei fumetti. Le corrispondenze sui blog invece non erano collegate ad alcun account di posta elettronica.

Dopo un'ora e mezza di vani tentativi, lo sguardo della ragazza si accese improvvisamente. Tra i vari link nella quindicesima pagina della ricerca di Google, uno conduceva al sito di una squadra di basket giovanile. Jenny lo aprì. Il cuore iniziò a batterle con forza nel petto: nella rosa dei giocatori, una delle schede diceva "Alex Loria, classe 1998". C'era anche una foto a bassa risoluzione che raffigurava il ragazzo in abbigliamento sportivo da allenamento, con quel ciuffo biondo che Jenny, in alcuni confusi momenti durante i primi attacchi, aveva visto e poteva riconoscere.

«Accidenti, questo sembra davvero lui...» Il suo sguardo era come ipnotizzato da quell'immagine. L'età e l'aspetto corrispondevano. Jenny cliccò su un riquadro con la scritta CONTATTACI e alzò il telefono, nervosa e agitata. In un attimo, compose il numero della sede della società di basket.

«Polisportiva Senna, buongiorno...» La voce gracchiante uscì all'improvviso dall'auricolare.

«Buongiorno, signora...» iniziò Jenny col suo italiano dal forte accento straniero. «Avrei bisogno di un'informazione.»

«Mi dica.»

«Cercavo il numero o l'indirizzo di un ragazzo che gioca nella vostra squadra di basket, si chiama Alex Loria.»

«Alex Loria? Il capitano? Mi spiace, non possiamo dare alcun dato personale per telefono.»

Jenny alzò lo sguardo, scocciata. «Mi può dire almeno in che città abita?»

«Ragazzina, il numero che hai digitato inizia per 02. I giocatori sono tutti di Milano, a parte qualcuno che abita in periferia. Serve altro?»

Jenny chiuse gli occhi, sicura che quell'informazione fosse sufficiente.

«Grazie infinite» disse prima di attaccare il telefono.

Non c'era bisogno di ulteriori indagini. Alex era il capitano di una squadra di basket che faceva parte di una polisportiva milanese. Aveva la sua età. I dati che le aveva fornito combaciavano alla perfezione. Non era pazza, non soffriva di turbe psichiche, non si era inventata tutto.

Alex esisteva. E ora toccava a lei raggiungerlo.

Capitolo 20

Dopo il dialogo con Jenny, Alex si buttò sotto la doccia. Mentre l'acqua calda scendeva finalmente sul suo corpo magro e atletico, il pensiero andò al suo Io parallelo verso il quale aveva spinto Jenny.

Che vita condurrà? si chiese mentre spremeva un tubetto di shampoo contro il palmo della mano.

Quanto sarà diversa dalla mia? Sarà capitano della squadra? Avrà vinto il titolo di atleta dell'anno nella scorsa stagione?

Mentre la fantasia di Alex si perdeva a immaginare il mondo alternativo della ragazza, nella sua realtà Jenny era già su un taxi, diretta all'aeroporto. Senza perdere nemmeno un istante aveva buttato alcuni vestiti nella borsa del nuoto, si era impossessata della carta di credito della madre, aveva fatto una rapida ricerca sui siti di alcune compagnie aeree australiane e aveva prenotato il volo che l'avrebbe condotta dalla sua anima gemella. Era una follia. Doveva farla immediatamente, o non ne avrebbe più avuto il coraggio. Avrebbe realizzato solo in seguito la portata di quella fuga improvvisa.

Esiste, esiste, esiste… continuò a ripetersi mentre il taxi sfrecciava per le vie di Melbourne.

Jenny giunse in aeroporto con largo anticipo rispetto all'orario di imbarco. Trascorse tutto il tempo continuando a camminare nervosamente su e giù per il Tullamarine Airport. Era la prima volta che prendeva un aereo da sola. Il tempo sembrò non passare mai. Il volto di Alex continuava a invadere i suoi pensieri.

Quando arrivò il momento dell'imbarco, Jenny prese un lungo respiro e si mise in fila tra i primi passeggeri. L'aereo era affollato. Il suo posto era in corrispondenza dell'ala, vicino al finestrino.

Mentre allacciava la cintura prima del decollo, dallo schienale del sedile di fronte a lei estrasse la rivista che la compagnia aerea forniva ai viaggiatori. Si mordicchiò le unghie e si rese conto che stava tremando. Aveva bisogno di distrarsi.

Che cosa sto facendo?, pensò mentre osservava la copertina del magazine: raffigurava una veduta di Barcellona dal parco del Montjuïc. *Barcellona...* Un dolce sorriso si disegnò sulle labbra di Jenny.

Sei mesi prima era andata con la classe in gita in Spagna. Il suo primo viaggio in Europa. Erano stati dieci giorni indimenticabili.

Una serie di flash si alternarono nella sua mente: le bizzarre forme dell'architettura di Gaudí, che spesso richiamavano la sinuosità delle onde del mare; la visita al Poble Espanyol, il villaggio con le ricostruzioni delle antiche città spagnole dove aveva comprato un braccialetto di cuoio che portava ancora al polso; le corse in riva al mare con i compagni, quando i professori li avevano lasciati liberi per un pomeriggio. La spiaggia era a portata di metropolitana. Tre fermate di linea gialla da Passeig de Gràcia, dove si trovava l'hotel, a Barceloneta. E poi l'Hard Rock Cafe di Plaça de Catalunya, dove l'intera classe aveva preso possesso di un tavolo da sedici posti e fatto un *casino tale,* così diceva la prof di matematica, da far impazzire tutti i camerieri.

Un uomo che indossava la divisa del Corpo Forestale degli Stati Uniti seduto accanto a Jenny la guardò strano, mentre lei sorrideva con gli occhi chiusi. Ricordò anche la sera in cui un suo compagno di classe, Marty, surfer e giocatore di hockey su ghiaccio, ci aveva provato con lei. Seduto accanto a Jenny sulla terrazza dell'albergo, si era avvicinato più del solito e aveva iniziato a farle dei complimenti. Poi aveva cercato di baciarla sul collo. Lei si era scansata e l'aveva respinto. Marty era un bel ragazzo. Moro, gli occhi verdi, il fisico scolpito e una certa abilità nel sedurre le sue compagne. Ma forse il problema era che Jenny, nel profondo del suo cuore, aveva sempre avuto posto solo per quella voce lontana, quel ragazzo misterioso che viveva nella sua testa.

Se non fossi andata in gita in Europa, non avrei mai avuto il passaporto valido per intraprendere questo viaggio, pensò mentre le hostess mostravano le procedure di emergenza.

Dopo venti lunghi minuti dal momento dell'imbarco, l'aereo decollò finalmente dal suolo australiano.

Lo sto facendo davvero, pensò Jenny.

Oltre il finestrino le case e le strade diventavano via via sempre più piccole.

Sto andando in Italia. Devo essere matta.

Poco dopo il decollo ripose la rivista nel vano di fronte a sé, appoggiò la testa al finestrino e cercò di assopirsi. Quando riaprì gli occhi, riuscì a fatica a mettere a fuoco la realtà circostante. Le luci la infastidivano. Non sapeva quanto tempo fosse passato. Ma il problema era un altro. Non appena inquadrò l'ambiente attorno a lei, Jenny sobbalzò.

Non si trovava in aereo.

Di fronte a lei, il mobile in legno antico sul quale erano appoggiate le foto di famiglia. C'era sua mamma, Clara, da piccola. C'erano lei e Roger, il giorno della sua prima gara di nuoto.

Sulla destra, un quadro che ricordava bene. Raffigurava una barca a vela che resisteva all'onda d'urto di una tempesta.

«Lo porti ancora...» diceva la voce di sua nonna Linda, fragile e delicata.

«Io... cosa? Sto sognando?» Jenny era agitata.

«Il Triskell, Jenny» intervenne il nonno. «Porti sempre il Triskell al collo.»

«No, aspetta... Tu hai regalato il ciondolo alla nonna, lei l'ha dato a me solo quando... Non ha senso.»

«Bambina mia, cosa c'è che non va?» chiese Linda.

Jenny si guardò attorno confusa.

Quella credenza..., pensò mentre osservava nuovamente il mobile antico. La conosceva bene. Era finita in casa sua, al primo piano, quello dove dormivano mamma e papà. Così come altri oggetti della casa di campagna, era stata trasportata nella villetta di Blyth Street quando anche la nonna era mancata, l'anno successivo alla morte del nonno.

Ma in quel momento erano entrambi di fronte a lei, con una tazza di tè in mano.

«Non mi sento bene... Credo di aver perso la memoria» mentì Jenny. «Che cosa ci fate qui?»

«Che ti prende, principessa?»

La voce di suo nonno era quella dolce e pastosa che le aveva raccontato centinaia di favole, quando era piccola. Jenny non riuscì a contenersi. Scoppiò in lacrime dopo aver ascoltato quelle parole e si alzò dalla poltrona per gettarsi addosso ai nonni.

«Mi mancate così tanto...»

«Amore della nonna, noi siamo qui. Puoi venire a trovarci quando vuoi!»

«Ma voi... siete morti!»

Linda la guardò con aria perplessa. Jenny sembrava sconvolta e... così convinta. Il nonno abbassò lo sguardo, titubante.

«Scusate, devo uscire un attimo.» La ragazza si alzò all'improvviso. La strada la conosceva bene. Salite le scale della taverna, sarebbe arrivata all'ingresso. Jenny si lasciò la pesante porta di legno alle spalle e uscì. Fece alcuni passi timidi sull'erba che circondava la villetta. Il profumo dei campi bagnati dalla pioggia era inebriante. Pochi metri e fu di fronte a un albero sul quale, nella sua realtà, alla morte dei nonni, aveva inciso la frase: DUE STELLE NUOVE NEL CIELO.

«Non c'è.» La voce di Jenny era rotta dal magone. «Non c'è più. La mia dedica. È sparita.»

Gli occhi chiusi, le mani congiunte sul Triskell, la ragazza iniziò a tremare.

Poi, in un attimo il vortice la portò via. Fu catapultata di nuovo in quel turbinio di emozioni e immagini, come se fosse stata strappata da una realtà per risvegliarsi altrove.

«Signorina, tè o caffè?»

La hostess la fissò con un vassoio fra le mani.

«Gradisce del tè o del caffè?» ripeté la ragazza con la divisa blu della compagnia di volo.

«Niente, grazie» biascicò Jenny, imbambolata.

Era di nuovo sull'aereo, in viaggio verso Alex.

Capitolo 21

Marco stava scaldando del pane nel microonde, mentre ripensava alle parole di Alex. Immaginava il suo amico sdraiato sulla spiaggia, la testa all'insù e gli occhi fissi sulla cintura di Orione.

Il rumore partì dalla sala e destò la sua attenzione, facendogli spalancare gli occhi. Un ronzio di sottofondo, continuo e fastidioso, come il segnale di una linea disturbata da interferenze.

Marco guidò in tutta fretta la carrozzella elettrica verso la sala.

«Cosa diavolo…?» esclamò non appena vide un'immagine a tutto schermo sul portatile.

La trasmissione era disturbata, interrotta da linee orizzontali bianche e nere che andavano su e giù. L'inquadratura era fissa su una poltrona in pelle nera. Al di là di quella, un'asse di legno retta da due cavalletti e invasa da scartoffie e libri.

Un vecchio spuntò di fronte all'obiettivo e andò a sedersi. La fioca luce della stanza si rifletteva sulla sua nuca calva mentre si abbottonava un maglione fino al collo.

Lo sguardo in camera, cominciò a parlare.

«Il Multiverso sta per essere distrutto.»

Ma questo è lui, pensò Marco prima che l'uomo ricominciasse a parlare.

«Memoria esiste.»

Becker fece una pausa e si guardò attorno. La trasmissione era disturbata. L'immagine compariva a scatti e si fece improvvisamente più scura.

«Nel momento in cui si annulleranno le coscienze, Memoria sarà l'unica, ultima alternativa.»

Ma che significa? si chiese Marco.

«Il giorno della fine è vicino.»

Un brivido percorse la schiena del ragazzo mentre lo schermo tornava nero dopo il breve messaggio di Becker. La finestra del lettore multimediale si chiuse e lasciò il posto allo sfondo del desktop, una foto della bandiera americana piazzata sul suolo lunare.

«Il giorno della fine...» ripeté Marco senza inflessioni, fissando il vuoto di fronte a sé. Poi afferrò il mouse e riaprì il programma, cercando nella cronologia il file appena riprodotto.

Non c'era traccia del video.

Un rapido sguardo verso il blocchetto di appunti appoggiato accanto alla tastiera del Mac gli riportò alla mente quel nome: Memoria.

Prese la penna e scrisse:

Nel momento in cui si annulleranno le coscienze, Memoria sarà l'unica, ultima alternativa.

Marco si tolse gli occhiali, li appoggiò sul tavolo e alzò lo sguardo verso il soffitto, spaventato e confuso. Non si rese nemmeno conto di essere molto più in ansia per il destino del suo amico che per la rivelazione apocalittica dell'uomo.

Come diavolo faccio ad avvertirlo?, pensò, prima di azionare la carrozzella verso la cucina. Il pane si era completamente bruciato. Marco rinunciò allo spuntino e gettò le fette nel sacchetto della spazzatura. Poi spense la luce della cucina e guidò la carrozzella fino alla stanza da letto.

Il giorno della fine... Le parole di Becker continuarono a risuonare nella testa di Marco mentre faceva forza sulle braccia per issarsi e trascinarsi sul letto. Si sentiva stanco, fiacco e impaurito. Quella di Thomas Becker suonava come una vera e propria profezia.

Seduto a gambe incrociate sulla spiaggia di Altona, Alex era chiuso in se stesso. Si stava facendo buio, il sole era un grande disco arancione sulla linea dell'orizzonte. Il mare era calmo, il cielo limpido. *Stasera vedrò di nuovo la cintura di Orione*, pensò.

Nello stesso momento Jenny teneva la testa appoggiata al finestrino dell'aereo e di tanto in tanto lanciava un'occhiata verso lo schermo. Davano *The Truman Show*, ma lo conosceva a memoria. Aveva sonno. Continuava a sbadigliare ma non riusciva ad addormentarsi. Le dolevano le gambe e non vedeva l'ora di atterrare. Marco invece era sveglio da poco. Un paio di ore di sonno erano il massimo che riusciva a concedersi. Quando si rimise sulla carrozzella, il primo pensiero andò al videomessaggio di Becker. Bisognava avvertire Alex. Ma come?

Entrò in sala con il telecomando verde in mano. Premette un pulsante e le persiane iniziarono a salire. Il cielo era grigio, sembrava una tipica giornata invernale milanese. Avvicinò la carrozzella ai computer e premette il tasto di accensione su ognuno.

Quando i sistemi furono avviati, notò che la spia relativa al wi-fi dava zero tacche su quattro di ricezione del segnale.

Che succede? Marco si spostò con la carrozzella dalla parte opposta del tavolo, dove c'era la centralina telefonica. Inarcò il busto e piegò la testa per dare un'occhiata. Le spie che indicavano il segnale wi-fi erano spente.

Sbuffando, tirò fuori il cellulare dalla tasca della felpa e compose il numero verde dell'assistenza. Una voce automatica gli rispose: «I nostri operatori sono tutti momentaneamente occupati. Si prega di riprovare più tardi».

«Dannazione!» esclamò Marco mentre premeva con forza il tasto rosso sul cellulare per chiudere la chiamata.

Una folata di vento caldo avvolse il corpo di Alex. Era seduto a gambe incrociate sulla spiaggia di Altona da ormai due giorni.

Un isolamento interrotto da pochissime pause. Il giorno precedente si era fatto preparare dei panini in un bar, aveva comprato delle bottiglie d'acqua e aveva così rifornito il suo zaino in modo da non doversi più muovere dalla spiaggia. Aveva bisogno di annullare ogni stimolo esterno, di immergersi in uno stato meditativo che, secondo lui, gli avrebbe fornito la soluzione al problema. Era dunque determinato a dedicare tutto il tempo necessario alla meditazione, anche se non era per niente facile e, a dirla tutta, non gli era nemmeno ben chiaro cosa dovesse fare e quale fosse il suo reale obiettivo. Ma una nuova sicurezza sembrava guidare le sue azioni: l'idea che ogni evento, ogni suo gesto, non fosse casuale.

Quando anche la Luna cominciò a sorgere sul mare lasciando una scia di luce sull'acqua che arrivava fino a lui, Alex iniziò a scrutare il cielo con più attenzione. Nel manto ormai nero che sovrastava l'oceano, la costellazione che aspettava di vedere iniziò a brillare di fronte ai suoi occhi. Con una forma simile a quella di una clessidra, Orione cominciò a splendere nel firmamento. La cintura costituita dalle tre stelle vicine era davanti a lui.

Mentre Jenny atterrava all'aeroporto di Malpensa, il ragazzo riuscì finalmente a trovare la chiave. Il vortice trascinò il suo pensiero lontano da quella visione. Staccò con violenza la mente dal corpo, che cadde all'indietro sulla sabbia. Fu come un viaggio attraverso una velocissima sequenza di volti e paesaggi. Sentì rimbombare un coro di grida, lamenti, pianti e risate… avvertì la sensazione di schizzare alla velocità della luce dentro un tunnel finché tutto non sparì. Il frastuono terminò di colpo. Il silenzio lo avvolse.

Attorno a lui, tutto nero. *Dove sono?*

Trascorsero alcuni minuti. Nessuna percezione della realtà circostante.

All'improvviso, una vampata di calore, sempre più vicina e insopportabile. Gli sembrava di fare tutto lo sforzo possibile per mettere a fuoco ciò che aveva di fronte, ma nessun colore, nessuna forma, niente di niente era nitido agli occhi della sua mente. In verità, non stava ancora *guardando*.

La sua prima percezione della realtà fu il suono di una campana. Proveniva da lontano. Alcuni rintocchi, uno in fila all'altro. La sua mente stava iniziando ad abituarsi alla sensazione di calore, mentre dall'esterno i primi rumori cominciavano a susseguirsi.

Di colpo, Alex aprì gli occhi. Li spalancò. Una luce accecante gli impedì di capire dove si trovasse. Cercò di mettere a fuoco, ma le sensazioni corporee arrivarono tutte assieme. Alex iniziò a *sentire* gli arti, il movimento delle braccia nello spazio circostante, mentre l'ambiente prendeva forma di fronte a lui. Davanti ai suoi occhi cominciarono a diventare nitide delle mattonelle bianche. Anche l'olfatto percepiva i primi odori e l'udito captava alcune voci in lontananza.

Una di queste si fece sempre più vicina, fino a destare l'attenzione di Alex.

«Ti muovi o no?»

Con la piena consapevolezza di spostare la testa verso la sua sinistra, Alex si voltò e vide un ragazzo dai capelli rossi, in tuta. Lo fissava con aria interrogativa.

«Abbiamo filosofia, vuoi alzare quel culo?»

Alex sgranò gli occhi e fece un cenno di assenso con la testa, poi si guardò attorno. *Sono in uno spogliatoio!* Quindi si alzò e seguì il compagno. Man mano che procedeva lungo i corridoi della scuola, la sua mente riceveva una miriade di informazioni nuove. Come se si fosse svegliato dopo un coma, o avesse recuperato la memoria in seguito a un grave incidente.

Alex percorse il tragitto per raggiungere la sua aula. Sembrava conoscere quei corridoi da una vita. Con la stessa disinvoltura si sedette al banco in fondo alla classe. Faceva tutto con naturalezza e se ne stupiva allo stesso tempo.

Mentre l'insegnante chiudeva la porta e salutava i ragazzi, Alex abbassò lo sguardo sui suoi vestiti. Indossava una tuta grigia, scarpe da ginnastica e una maglietta nera con la scritta PARENTAL ADVISORY.

Nella sua mente un pensiero lo informava del fatto che era appena finita l'ora di ginnastica. Avevano giocato una partita di pallavolo in palestra. La squadra di Alex aveva perso ma il ragazzo ricordava perfettamente un paio di muri con i quali aveva respinto la schiacciata di un compagno di classe di nome Stefano, che non gli andava affatto a genio.

Il suo sguardo andò proprio verso il rivale, mentre l'insegnante di filosofia chiedeva a una sua compagna di leggere un brano sul libro di testo. Stefano si voltò per scambiare l'occhiata di sfida.

Io… mi ricordo *questo ragazzo! Ci siamo presi a pugni in corridoio, è dovuto intervenire il bidello per separarci…*

Alex tenne gli occhi inchiodati su quelli del compagno di classe mentre la sua memoria ripescava elementi di un mondo apparentemente sconosciuto.

Provò a cercare nel suo passato in cerca di altri dettagli di una vita che evidentemente gli apparteneva solo in parte.

Non c'era traccia di Marco.

Forse non aveva preso parte al torneo di videogiochi e non si erano incontrati. O magari non c'era stato alcun torneo. I suoi genitori invece erano entrambi presenti nei ricordi e sembravano condurre un'esistenza piuttosto simile. Lui abitava sempre in viale Lombardia, praticava gli stessi sport – basket e tennis – e con un rapido esame dei suoi gusti musicali si rese conto che non c'era poi questa gran differenza tra la vita del suo alter ego e la sua. A parte Marco dunque, molti aspetti di quella dimensione parallela erano del tutto simili a quella di partenza, se non identici.

Ma c'era una differenza fondamentale, Alex lo sapeva bene.

Se il viaggio lo aveva portato nel posto giusto, in quella realtà Jenny era viva e vegeta.

Mentre Alex familiarizzava con il suo mondo alternativo, Jenny superò il controllo doganale dell'aeroporto di Malpensa.

Capitolo 22

«*Alex...*»

Il ragazzo sentì la voce penetrare nella sua testa all'improvviso, mentre l'orologio appeso sul muro dell'aula segnava quattro minuti all'una. L'ultima ora di lezione era quasi finita. La voce di Jenny risultava così chiara e limpida, così vicina...

«*Ti sento. Ci sono, Jenny. Sono qui!*»

«*Sto tremando...*»

«*Dove sei?*

«*A Milano. Sono uscita poco fa dall'aeroporto, ho preso un treno che mi porterà verso il centro della città.*»

«*Ho capito. È il collegamento con la metropolitana. Arriverai alla fermata di Cadorna. Scendi lì. Io ci sarò. Tra alcuni minuti uscirò da scuola e ti verrò incontro.*»

«*Ci riconosceremo?*»

«*Ne sono certo.*»

Mentre comunicava col pensiero, Alex continuava a fissare l'orologio. L'insegnante si voltava ogni tanto verso di lui, aggrottando le sopracciglia nel constatare la sua totale assenza. Ma l'Alex di quella dimensione aveva la media dell'otto in filosofia. Gli si poteva concedere anche una giornata di distrazione.

Appena fuori dall'edificio, Alex iniziò a correre. Continuò senza sosta fino alla fermata della metropolitana di Loreto. Salì sul primo vagone della linea verde. Sul treno, i pensieri si affollarono in maniera confusa. Stava per incontrare la ragazza che aveva vissuto nei suoi pensieri da quando aveva memoria.

Durante la corsa della metropolitana, accadde qualcosa di singolare.

Appoggiato alle porte del treno, un ragazzo dai capelli ricci con un libro di Isaac Asimov tra le mani, nell'alzare gli occhi aveva rivolto uno sguardo torvo ad Alex senza alcun motivo apparente. *Anche in questo mondo le abitudini sono le stesse, ci si guarda male senza una ragione*, pensò lui. Dopodiché, di punto in bianco, si immaginò che il libro cadesse dalle mani del giovane. Un paio di secondi dopo, il ragazzo lasciò cadere il romanzo per terra. Poi scosse la testa stupito del proprio gesto, si piegò per raccoglierlo e con aria interrogativa tornò a leggere.

Sceso dal treno alla fermata di Cadorna, Alex prese la scala mobile per salire e raggiungere la zona della stazione. Appoggiato al corrimano di gomma, notò che di fronte a lui due ragazze di spalle stavano discutendo animatamente su un tema piuttosto futile: la scelta del locale per il sabato sera. Alex chiuse gli occhi e immaginò che le due ragazze si abbracciassero. Un istante dopo le due ragazze si fermarono, si abbracciarono ma si allontanarono immediatamente una dall'altra.

Alex sentì una delle due chiedere.

«Perché l'hai fatto?»

L'altra alzò le spalle e con un'espressione del volto fece capire all'amica che non aveva idea di cosa fosse successo.

È accaduto davvero o l'ho solo pensato? Si chiese Alex. Non riusciva a comprendere se ciò che si stava verificando attorno a lui fosse reale o fosse invece un evento ricostruito dalla sua mente, come un ricordo di qualcosa che non è mai avvenuto.

Quando si trovò di fronte ai cartelloni luminosi che indicavano l'arrivo dei treni, il cuore iniziò a battere a ritmo accelerato nel petto. Quello proveniente da Malpensa era previsto per le 13.30. Mancavano dieci minuti.

Alex si diresse verso la banchina, tutto attorno a lui sembrava molto simile alla realtà dalla quale proveniva. La stazione era piuttosto affollata. Decine e decine di persone in preda ai ritmi frenetici della metropoli.

All'improvviso un uomo sulla cinquantina, nel divincolarsi tra la folla, inciampò e urtò Alex, per poi proseguire dritto senza nemmeno domandare scusa. Pochi istanti dopo il contatto fisico il ragazzo chiuse di riflesso gli occhi e vide quella stessa persona accogliere nella sua macchina una prostituta, pagarla e farsi slacciare i pantaloni. Cercò di scacciare immediatamente la visione.

«Che sta succedendo?!» esclamò mentre seguiva l'uomo con lo sguardo. La sua mente gli stava giocando qualche brutto scherzo e lui non riusciva più a distinguere tra immaginazione e realtà.

Una rapida occhiata all'orologio della stazione gli fece capire che mancavano pochi minuti all'arrivo del treno.

Seduta vicino al finestrino, Jenny guardò il cellulare che per precauzione aveva spento e pensò a sua madre. Doveva essere preoccupatissima. Le tornarono in mente le sue teorie a proposito del piano spirituale della vita, del disegno del destino che non lasciava spazio alle coincidenze. C'era una ragione superiore dietro a ogni incontro, diceva, specie dietro a quelli che potevano sembrare semplici colpi di fortuna. Eppure, Jenny era certa che le convinzioni della madre non sarebbero state un'attenuante nel momento in cui avesse scoperto che la figlia era scappata in Italia.

Jenny si voltò verso i sedili alla sua sinistra e vide una donna dare uno schiaffo a un bambino. La signora pareva su tutte le furie.

«Non azzardarti a piangere!» strillò in faccia al piccolo.

Jenny scambiò uno sguardo con il bimbo, che aveva piegato la testa verso destra, incrociando i suoi occhi.

«Mamma, chi era quella donna con papà ieri?»

«Di chi parli?»

«Quando tu eri al lavoro... papà mi ha accompagnato al campo di

calcio e poi se n'è andato con una donna bionda. Li ho visti darsi un bacio. Chi è?»

«Cosa stai dicendo? Non ti inventare storie! E ora zitto, e finisci la cena.»

Jenny scosse la testa e stropicciò gli occhi mentre un brivido la paralizzava.

«Cosa...» cominciò a dire ad alta voce, per poi bloccarsi.

Non era stata una fantasia o un pensiero strano. Aveva *visto*. Quella scena si era verificata davvero, lo sentiva, ne era certa. Come se quel bambino avesse voluto farle vedere qualcosa.

Che diavolo mi sta succedendo?

La voce metallica dell'altoparlante del treno annunciò prima in italiano e poi in inglese l'arrivo del mezzo nella stazione di Cadorna.

L'emozione era quasi insopportabile. Non era nemmeno paragonabile alla sensazione provata sul molo di Altona, quando ancora mille dubbi le affollavano la mente. Adesso era più che mai vicino. L'incontro che attendeva da quattro anni.

O che forse aveva aspettato da sempre.

Capitolo 23

«*Io sono qui, Jenny*» pensò Alex mentre il treno faceva il suo ingresso in stazione.

«*Sto arrivando… Ho paura di star male, ho paura di non reggere l'emozione. Riesci a guardarti attorno, mentre ci parliamo?*»

«*Sì… vedo la gente che scende dal treno. Il mio cuore sta impazzendo.*»

«*Anche il mio è sul punto di esplodere. Sono appena scesa. Mi trovo a metà treno. Vienimi incontro!*»

Alex avanzò titubante per alcuni metri. Quindi aumentò la velocità del passo mentre i suoi occhi esaminavano uno a uno tutti i volti che man mano si alternavano sulla banchina. Jenny fece lo stesso. Si sforzò di resettare ogni pensiero e si concentrò sulla ricerca di quel volto. La foto sul sito della squadra di basket era impressa nella sua mente. Lo avrebbe riconosciuto in mezzo a un milione di persone.

L'immaginazione di Alex volò per qualche istante sul corpo nudo di Jenny, così come lo aveva sorpreso nel suo primo viaggio mentale dall'altra parte del Multiverso. Era una visione meravigliosa, ma cercò di scacciarla in fretta.

A un certo punto, Jenny scorse il ciuffo biondo di Alex tra la folla. Era il suo, l'aveva sognato e visto già tante volte.

Era lì.

Gli occhi del ragazzo incontrarono i suoi per la prima volta. Si riconobbero a una decina di metri di distanza l'uno dall'altra. Rimasero per alcuni istanti immobili, si osservarono.

Dentro di loro, le ansie, le paure, i dubbi che avevano tormentato l'animo per quattro anni.

L'emozione e la gioia di vedere l'epilogo di una ricerca all'apparenza infinita. Di colpo iniziarono a correre, l'uno verso l'altra, come se su quella banchina ci fossero soltanto loro. Come se non esistesse nient'altro su quel pianeta per cui valesse la pena vivere. Nessuno dei due voleva rischiare di veder svanire l'immagine della persona che aveva cercato da sempre, la persona per la quale aveva dubitato della propria salute mentale, la causa o l'effetto della propria diversità.

«Alex!» gridò Jenny mentre scoppiava in lacrime e si gettava tra le braccia del ragazzo. Un brivido le percorse la schiena nel momento del contatto tra i loro corpi.

«Jenny...» sussurrò Alex.

La strinse a sé, le parole gli si strozzarono in gola dall'emozione. Una scossa gli attraversò il corpo. Una vampata di calore lo avvolse nell'accarezzare i capelli di lei, lisci e morbidi, mentre la testa di Jenny si appoggiava sulla sua spalla.

Poi, ogni cosa sembrò fermarsi attorno a loro.

Il via vai frenetico della stazione si interruppe improvvisamente come se ogni persona presente avesse di colpo dimenticato la propria destinazione. Una ragazza lasciò cadere la borsa a terra e li guardò, come incantata. Il loro abbraccio sembrava sprigionare un'energia indefinibile, un'onda che aveva investito indistintamente tutte le persone che si trovavano a passare di lì. Una bambina si avvicinò sorridente e tirò per un lembo la giacca di Alex.

«Chi sei?» gli chiese, mentre la madre si avvicinava per riprenderla.

Nessuno sapeva dire cosa stesse succedendo, ma a tutti era chiaro che qualcosa aveva alterato il normale equilibrio della realtà, proprio in quel punto, in quell'esatto momento.

Mentre Alex e Jenny si stringevano, una luce abbagliante si sprigionò dal punto della loro unione, riflettendosi sul Triskell e irradiando una scintilla che illuminava e faceva vibrare i contorni della realtà circostante. Abbracciati nel nucleo di quell'esplosione di luce, Alex e Jenny poterono solo sentire la vibrazione che emanavano e che stava contagiando ogni persona nella stazione. Molti si portarono le mani al volto, come per proteggere lo sguardo. Altri rimasero immobili, gli occhi chiusi e le bocche paralizzate in un'espressione di stupore. Tutti dimenticarono in un istante dove erano diretti, il motivo per cui si trovavano lì.

Alex e Jenny avevano abbattuto i confini spazio-temporali ed erano finalmente insieme.

Sembrava un punto di arrivo, ma era solo l'inizio.

«Dimmi che ti funziona Internet, per piacere.»

La voce di Marco tradiva preoccupazione. Era seduto sulla carrozzella elettrica, in mano una lattina di Coca-Cola, il cellulare appoggiato sul tavolo di lavoro e l'auricolare bluetooth nell'orecchio destro. Sul display del telefonino, il nome del suo interlocutore: Ricky Horses. Di due anni più grande di lui, era anch'egli un hacker esperto con il quale Marco aveva condiviso larga parte della sua esperienza informatica. Si fidavano l'uno dell'altro, dai tempi in cui erano riusciti assieme a bucare la rete dati di un importante gestore di telefonia mobile. Tra loro c'era una sorta di patto non scritto: io non faccio scherzi a te, tu non fai scherzi a me.

«No» rispose Ricky. «È da stamattina che ci provo. E pare non sia un problema isolato.»

«Il numero dell'assistenza...»

«...è bloccato, lo so.»

«Ricky, in che senso non è un problema isolato?»

«Prima ero in banca e i terminali non erano operativi. E la filiale è dall'altra parte della città rispetto a casa mia. Che è dove sono ora.»

«Maledizione... che diavolo sta succedendo qui?»

Marco rimase con lo sguardo fisso nel vuoto e le parole del professor Becker presero a ruotargli nella testa.

«Il Multiverso sta per scomparire. Il giorno della fine è vicino.»

«Richiamami non appena hai qualche notizia, okay?»

«Va bene, Marco. Hai bisogno di qualcosa? Nella tua condizione...»

«...non ho bisogno di niente, grazie. Solo che funzioni questa maledetta rete.»

Alex e Jenny lasciarono la stazione e iniziarono a camminare a passo spedito, mano nella mano, come se fosse la cosa più naturale del mondo. Per entrambi quel contatto significava la certezza che ciò che stavano vivendo era reale e non frutto della loro immaginazione. Più di ogni parola, più di ogni possibile spiegazione, erano le loro dita intrecciate a comunicare per loro.

A un tratto però Alex si girò verso Jenny e la fissò intensamente.

«Quanto tempo ho aspettato per poterti guardare negli occhi... senza che la tua immagine mi sfuggisse, senza risvegliarmi come tutte le volte nel mio mondo.»

Jenny sorrise. Aveva gli occhi lucidi. Gli appoggiò una mano sul viso, cercò i suoi lineamenti.

«Credevo di essere pazza. Ora non mi importa nemmeno. Se questo è quello che si prova a essere pazzi a me sta benissimo.»

I due ragazzi rimasero in silenzio per alcuni secondi. La città attorno a loro adesso aveva riacquistato la consueta frenesia, ma qualcosa di quell'attimo magico del loro primo contatto era rimasto. Un'atmosfera, una vibrazione che li teneva uniti come se fossero una cosa sola, come se rappresentassero il fulcro di una dimensione che apparteneva soltanto a loro.

«Non so come sarà la nostra vita adesso...» rifletté Alex. «Non so cosa ci dobbiamo aspettare.»

«Non aspettiamo niente. Siamo insieme. Era tutto quello che volevo. Del resto non mi importa.»

Alex sorrise, come per sottoscrivere le parole di Jenny. Le prese la mano e insieme ricominciarono a camminare nello stesso mondo.

La sensazione di attraversare una Milano alternativa era stranissima. La maggior parte delle vie sembrava identica, mentre di fronte ad alcuni palazzi Alex si domandò se non li avesse mai visti nel suo mondo o se fossero proprio il risultato di un diverso corso degli eventi.

«Ma tu... parli italiano. Come mai?» chiese Alex mentre attraversavano un incrocio.

«Mia mamma è nata e cresciuta a Roma. Mi parla in italiano da quando sono piccolissima.»

«Sei mai stata qui prima di oggi?» incalzò.

«Io... non lo so. Non me lo ricordo. Ma so che mi sembra di parlare con te da sempre.»

«Incredibile, le vie sono le stesse... ma quel palazzo non l'ho mai visto» disse Alex mentre osservava un grattacielo in lontananza. Aveva la forma di una C oblunga e offriva un'accattivante distesa di vetrate che riflettevano come un gigantesco specchio l'ambiente circostante. Era molto più alto dei palazzi che Alex era abituato a vedere nella *sua* Milano.

«Cosa significa? È la tua città.»

«Non proprio. Ora devo spiegarti tutto. Ti suonerà assurdo, all'inizio non volevo crederci neanche io.»

«Di cosa stai parlando? Per me è già tutto assurdo. Ho attraversato mezzo mondo per...»

«Io vivo in una dimensione parallela a questa.»

Alex raccontò a Jenny quello che sapeva a proposito del Multiverso grazie alle teorie del suo amico Marco e del professor Becker. Si rendeva conto di sembrare un pazzo agli occhi della ragazza, ma non aveva alternative. E in fondo nelle ultime ventiquattr'ore aveva cominciato a non prestare più attenzione a quello che era stato, fino a poco tempo prima, il confine tra normalità e pazzia.

«Alex, mi è già difficile accettare... tutto questo» Jenny allargò le braccia come a indicare la strada, i palazzi, la realtà intera. «Ma quello che dici per me non ha alcun senso, io...»

«Lo so che sembra assurdo, anche per me è lo stesso. Il punto è che questa assurdità comincia ad avere un senso, soprattutto visto che mi ha portato qui da te. Jenny, io credo che noi possiamo viaggiare attraverso le dimensioni del Multiverso. Credo che siamo speciali e che nella nostra vita sia scritto un destino diverso. La nostra mente… è la chiave.»

«Come hai detto, scusa?»

«La nostra mente è la chiave.»

Jenny aveva già sentito quelle parole. Non avrebbe saputo dire dove e quando, ma facevano parte del suo passato. Di colpo ripensò a quando si era svegliata in quello che sembrava il salotto di casa, dove una donna che sembrava sua madre le aveva detto che suo padre era morto. Poi le tornò alla mente la sua classe con una professoressa che non conosceva e compagni mai visti prima. Infine rivide le immagini del sogno fatto in aereo, quando si era ritrovata a casa dei nonni, ancora vivi. Erano state delle esperienze così vivide da non farle distinguere il sogno dalla realtà. Era di quello che stava parlando Alex?

«Sì» rispose lui, che aveva recepito la domanda formulata solo con il pensiero da Jenny. Lei sembrò stupirsi per un istante. Poi la chiarezza dei pensieri di Alex, la certezza e la convinzione del ragazzo cominciarono a diffondersi nella sua mente, come una luce che filtra all'improvviso attraverso una finestra. Lui se ne accorse e riprese a parlare.

«Credo che sia rimasto poco tempo» disse senza troppi giri di parole mentre continuava a camminare verso corso Venezia. «Non so dirti perché, e non è nemmeno facile spiegarti come sono arrivato a questa informazione. Ma evidentemente siamo in pericolo.»

Jenny lo guardò preoccupata.

«Ma chi siamo noi, allora? Perché ci sta capitando tutto questo?»

«Non lo so. So solo che dobbiamo trovare Memoria prima che sia troppo tardi… ma io non ho idea di cosa sia. Né di dove sia.»

«Memoria?»

«Non hai mai sentito parlare di questo luogo, vero?» chiese Alex.

Jenny si fermò di scatto, lasciando la mano del ragazzo. Lui si voltò e incrociò i suoi occhi carichi di ansia. «Alex, inizio a non sentirmi tranquilla in questa situazione. Ho paura. E non so di cosa diavolo tu stia parlando. Troppo tardi per *che cosa*?»

Lui si avvicinò, passò una mano nei capelli della ragazza, quindi tese le braccia e lasciò che lei afferrasse le sue mani. «Jenny, non lo so nemmeno io, ma è ovvio che non possiamo far finta di niente. Hai visto quello che è successo prima in stazione?»

«Sì» rispose lei, gli occhi lucidi, mentre fissava lo sguardo del ragazzo che aveva sempre sognato. Aveva dubitato della sua esistenza, aveva creduto di essere pazza. Lui aveva continuato a cercarla lo stesso, e ora le chiedeva un ulteriore atto di fiducia incondizionata. «Sembrava che il tempo si fosse fermato. Si era creato qualcosa… un'energia.»

«Non siamo pazzi, anche se chiunque potrebbe ritenerci tali se ascoltasse queste parole. È tutto vero.»

«Ma anche ammesso che tu viva in una dimensione alternativa… come ci sei arrivato qui?»

«Con la mente. Non è il corpo che si sposta. Non riesco a spiegarlo… È come chiudere gli occhi in una dimensione per attraversare un passaggio tra due mondi, una specie di vortice, e risvegliarsi in un'altra realtà. Quando riapri gli occhi sei nel tuo alter ego. Questo è quello che ho provato. Mi sono risvegliato in uno spogliatoio della mia scuola, qui, nella tua realtà. Forse anche tu sarai in grado di farlo…»

Jenny rivide il ritratto di Connor, la classe con i compagni sconosciuti e la casa dei nonni, in rapida sequenza.

«Forse sono *già* stata in grado di farlo.»

Il cancello d'ingresso dei giardini pubblici di Porta Venezia era aperto. Decisero di entrare. Una donna impellicciata che teneva al guinzaglio un barboncino incrociò il loro sguardo mentre superavano l'ingresso. Gli occhi di Jenny si persero per un istante nel viale alberato che si insinuava nel cuore del parco. Sulla sinistra, una fila di panchine, di cui un paio libere. Mano nella mano, fecero qualche passo in direzione della prima e si sedettero.

Entrambi percepivano i pensieri l'uno dell'altra, così come era sempre stato in tutti quegli anni di comunicazione telepatica. Non c'era bisogno di aprir bocca per parlarsi. Ma per Alex era magnifico sentire finalmente dal vivo il suono della voce di Jenny, così delicato e dolce.

«Non ho idea di cosa significhi, ma mi è capitato qualcosa di strano, oggi, come se leggessi dentro le persone...» disse Alex dando voce a un pensiero che vorticava in mezzo al ponte telepatico che li univa.

«È successo anche a me. In treno. Un bambino mi ha fissato ed è stato come se mi raccontasse un suo ricordo.»

«Ti sono comparse nella testa delle immagini, vero?»

«Esatto. Come se fosse una scena del mio passato, non del suo.»

«È incredibile. Marco me l'aveva detto. Becker aveva ragione... stiamo sviluppando un potere.»

«Ma questa Memoria di cui hai parlato, ammesso che esista... non sappiamo neanche da dove iniziare a cercarla, giusto? Né perché quell'uomo la chiami così.»

Lo scopriremo, pensò Alex mentre prendeva le mani della ragazza. Jenny abbassò lo sguardo e sorrise, portando le braccia intorno al suo collo.

Lui si avvicinò sempre di più, per inseguire il suo sguardo. Poi Jenny alzò il viso e si trovò occhi negli occhi con Alex.

Un attimo interminabile, Alex si sentì perso. Attorno a loro non esistevano più strade, case, città.

C'era solo il vuoto, e loro al centro. Le labbra si avvicinarono, si sfiorarono, le dita delle mani si intrecciarono. Alex e Jenny iniziarono a baciarsi, l'aria gelida arrossava le guance di lei e pungeva il viso di lui.

Mentre si baciavano, il ragazzo sfiorò con la mano il collo di Jenny e le dita toccarono la catenina che reggeva il Triskell. Alex aprì gli occhi, fissò il ciondolo magico e ricordò che lo stesso simbolo apparteneva alla piccola Jenny della sua dimensione, morta all'età di sei anni.

«Questo ciondolo...» disse Alex mentre ripensava alla visione avuta nel salotto di casa Thompson «...l'hai sempre portato, vero? Sin da piccola.»

«Apparteneva a mia nonna, era un regalo del nonno. Quando l'altro giorno mi hai detto che sapevi del Triskell, ho capito che non eri una mia allucinazione.»

«Non lo sono affatto...» Alex sorrise.

Jenny attese qualche istante, incantata da quella smorfia di complicità, poi cedette: «È così bello baciarti... non sai quante volte l'ho sognato. Non posso credere che tutto questo stia accadendo davvero».

«Ci stiamo cercando da sempre, Jenny» disse prima di baciarla ancora.

Quando Jenny aprì gli occhi, la testa appoggiata sulla spalla di Alex, intravide una fila di persone che stava entrando in una struttura a cupola a pochi passi da loro.

«Dove vanno?» chiese.

Alex si voltò di scatto. «Al Planetario...»

Jenny sorrise. «Le stelle, loro mi hanno sempre guidato.»

«Le stelle mi hanno portato da te» aggiunse Alex. Quindi si alzò.

«Che fai? Dove andiamo?» chiese Jenny.

«A vedere le stelle, no?» rispose Alex sorridendo e avviandosi verso il Planetario.

Un cartellone nell'atrio davanti alla biglietteria diceva: DESTINAZIONE STELLE – PROGETTO SCUOLE 2014 – INGRESSO GRATUITO. Sotto la scritta, un ingrandimento raffigurava la banda luminosa biancastra della Via Lattea che tagliava in diagonale la volta celeste.

Mentre le persone si sparpagliavano all'interno della sala, Alex continuò ad avvertire quel particolare senso di spaesamento, senza capire da cosa fosse generato. Jenny diede una rapida occhiata alle file di sedie rosse disposte a cerchio, in modo che ogni spettatore fosse rivolto con lo sguardo verso il palchetto del relatore situato al centro. Poi ne individuò due che sembravano più appartate e prese per mano Alex. La sala poteva ospitare fino a trecento persone, ma quel giorno ce n'erano sì e no quaranta. Jenny si sedette e guardò il ragazzo con occhi raggianti. Nel miscuglio di emozioni che tutta quell'avventura stava generando, ad Alex parve quasi assurdo potersi ritagliare un momento da persona normale. Mise un braccio attorno alle spalle di Jenny mentre le luci si spegnevano e lasciavano il pubblico in sala in contemplazione della volta celeste sopra di loro.

Il relatore si mise al suo posto e sistemò un piccolo microfono su un risvolto della giacca.

Fu in quel momento che Alex ricordò tutto.

«Ci siamo già stati...» disse a bassa voce mentre chiudeva gli occhi e ripescava, da un passato ormai sepolto, la scena che da alcuni minuti stava producendo in lui una sequenza di *déjà vu* senza precedenti.

In quel ricordo c'erano sia lui sia Jenny. Ma i contorni erano sfumati, le persone sembravano molto grandi e li guardavano dall'alto. Le stelle erano nient'altro che un'accozzaglia di luci anonime, mentre alcuni bambini facevano rumore dalla parte opposta della sala e coprivano le parole del relatore. Le spiegazioni dell'uomo erano difficili da comprendere, gli argomenti noiosi.

Alex provò a orientarsi in quel ricordo. Improvvisamente era così vivido, così ben definito da poterlo analizzare come una fotografia su un vecchio album. Jenny gli stringeva la mano. Alex si voltava verso di lei e la vedeva col naso all'insù mentre diceva: «Quella la conosco, è Andromeda. Mio papà mi racconta sempre la storia delle stelle...»

Alex cercava di scorgere i suoi tratti somatici, ma era tutto buio. Solo la volta celeste offriva una fioca luce che cadeva sulle loro teste. Ma bastava per capire che sia lei sia Alex non avevano più di quattro anni, quel giorno.

Erano due bambini, mano nella mano, seduti nello stesso Planetario in cui si trovavano ora.

Ma in un altro angolo del Multiverso..., pensò Alex non appena riaprì gli occhi. *Eravamo nella mia dimensione originaria. E quella era la Jenny che a sei anni poi...*

Si fermò. Cercò di resettare tutto. La ragazza era accanto a lui e poteva sentire ogni suo pensiero. Non aveva alcuna intenzione di farle sapere che, nella realtà da cui lui proveniva, lei era morta dieci anni prima.

Pensa ad altro, forza, pensa ad altro. Fortunatamente Jenny stava osservando le stelle riprodotte sullo schermo del Planetario e non si accorse di nulla, ma quello sforzo generò in Alex un'improvvisa vibrazione che gli percorse la schiena come un brivido di freddo. La sua testa cadde su un lato mentre il corpo si manteneva rigido al proprio posto. Come se si fosse improvvisamente addormentato nel tentativo di cancellare ogni ricordo dalla sua testa, per evitare di condividerlo con Jenny.

La mente del ragazzo fu risucchiata all'improvviso nel vortice e attraversò il tunnel di emozioni, immagini e suoni indistinti. Lontano da Jenny, lontano da quel mondo. Quando uscì dal confuso caleidoscopio, Alex riaprì gli occhi e si ritrovò a cercare nuovamente di mettere a fuoco la realtà circostante. Non ci vollero più di un paio di minuti. Nella sua realtà originaria, aveva abbandonato il corpo sulla spiaggia di Melbourne. In quel momento però, attorno a lui non c'era sabbia.

Non c'era l'oceano.

Dove diavolo sono finito?

Capitolo 24

Alex si guardò attorno.

Si trovava per strada, in uno spiazzo semideserto simile a quello che nella sua realtà era diventato da alcuni anni un campo da basket gestito dal comune. Ogni tanto si trovava lì con dei ragazzi di altre classi, nonostante il monito dell'allenatore che aveva proibito le partitelle in giro per la città, temendo di veder tornare i propri giocatori con un infortunio che avrebbe pregiudicato la stagione.

Alex piegò la testa all'ingiù e osservò il suo corpo.

Indossava un paio di jeans e una camicia strappata. Si passò una mano sulla nuca e sentì che era rasata a zero. Dalla tasca posteriore dei pantaloni estrasse un portafogli. All'interno c'erano delle banconote che non riusciva a riconoscere e alcuni documenti. Vide la sua foto su una carta d'identità che portava il nome Karl Weser. Confuso e frastornato, cercò istintivamente qualche informazione a proposito della sua vita alternativa, così come aveva fatto nello spogliatoio. Mentre faceva questo sforzo iniziò a camminare. Prese una strada e vide che in lontananza passava sotto a un cavalcavia. Tutto attorno, cumuli di macerie facevano sembrare quello scenario come il risultato dell'esplosione di una bomba. Alex notò anche alcune fessure nel terreno dalle quali fuoriusciva del fumo, come se l'asfalto si fosse spaccato in seguito a un violento terremoto. In lontananza, le macchine parcheggiate erano avvolte dalle fiamme.

Sembra la mia città… ma come è ridotta?

Alex cominciò a *ricordare* qualcosa sulla sua identità alternativa. Di colpo gli arrivarono alcune informazioni confuse a proposito di una guerra civile, di scontri nelle strade, attentati e stragi. Si ricordò di una Milano in preda a una sorta di rivoluzione popolare che aveva sconvolto la città e sovvertito il potere mediante l'assassinio dei maggiori esponenti della classe politica. Mentre camminava verso il ponte *apprese* che a Roma era stata data alle fiamme la Città del Vaticano. Ciò che stava imparando a proposito di quel mondo nel giro di pochi minuti era a dir poco scioccante. Avrebbe voluto scappare, ma non sapeva dove. All'improvviso iniziò a sentire delle voci in lontananza, dietro di lui.

Erano grida. Alex si voltò ma non vide anima viva. Una coltre di fumo ostacolava la visuale. Poteva scorgere nitidamente soltanto il ponte alle sue spalle: gli sembrava molto simile a quello della stazione di Lambrate. Quando iniziò a riconoscere alcune figure umane, si fermò di scatto. Il sangue gli si congelò nelle vene.

Un'orda di persone stava marciando nella sua direzione. Erano tutti vestiti di nero e incappucciati, tra le mani tenevano armi di tutti i tipi: fucili, bastoni, pistole, ognuno era riuscito a recuperare qualcosa. E gridavano a più non posso cori indistinguibili.

La decisione fu immediata. Alex iniziò a correre. Aveva almeno duecento metri di vantaggio. Si voltava spesso per controllare che quella specie di armata non guadagnasse terreno, ma la distanza sembrava rimanere sempre la stessa. A un certo punto avvistò una rampa di scale che scendeva a un livello inferiore. Sembrava proprio l'ingresso della metropolitana, anche se non era più segnalato. Alex ricordava che il sottopasso attraversava il piazzale e sbucava davanti alla stazione di Lambrate. Appena scese le scale, si rese conto di come stavano veramente le cose in quell'universo parallelo: il tunnel sotterraneo era invaso da decine di cadaveri.

Dovunque guardasse, Alex scorgeva corpi di persone mutilate, deturpate in volto, massacrate. Era così fino alla fine del sottopassaggio. Le voci intanto si stavano avvicinando. L'orda lo aveva quasi raggiunto, i più veloci erano già sulle scale. Alex cominciò a tremare e a sudare freddo. Sentiva le gambe bloccate, come se non rispondessero più. Era terrorizzato. Si inginocchiò, pronto al peggio.

Chiuse gli occhi e per un attimo cercò di isolarsi e pensare a Jenny, al suo splendore. Immaginò i suoi occhi, cercò di rivivere il loro primo bacio. Rivide in pochi istanti le immagini di quell'incredibile viaggio che l'aveva portato prima dall'altra parte del mondo, poi in una dimensione sconosciuta, per incontrarla. All'improvviso sentì una mano sulla spalla.

«Svegliati, Alex» sussurrò Jenny.

La testa del ragazzo era piegata di lato. Il relatore stava spiegando l'origine delle macchie solari quando Alex riaprì a fatica gli occhi, incontrando il buio della sala. La mano di Jenny era sopra la sua.

«Finalmente... Che ti è successo?» bisbigliò la ragazza.

«Chi... chi sei? Cosa vuoi?» rispose lui mentre si tirava su col busto e girava il collo come in un esercizio di stretching.

Jenny si ritrasse, stupita. «Come, scusa?»

«Dove mi trovo?»

«Alex... sono io, Jenny. Siamo al Planetario. Devi esserti addormentato.»

«Ehi, ehi, un momento. C'era educazione fisica, abbiamo giocato, poi ci siamo andati a cambiare...»

«Ma di che parli? Stai scherzando?»

Alex si alzò di scatto, sembrava agitato. Il relatore interruppe per un attimo la sua esposizione mentre il ragazzo sgattaiolava tra le sedie e usciva dalla sala. Jenny gli corse dietro. Quando fu all'esterno della cupola dell'osservatorio, lei lo raggiunse.

«Mi spieghi chi diavolo sei e cosa vuoi da me?» gridò Alex, voltandosi.

Jenny aveva un'espressione esterrefatta e spaventata.

«Possibile che non... Eravamo qui assieme, non ti ricordi? Su quella panchina» la indicò con un cenno della testa. «Ci siamo anche...»

«Io non ti conosco. E l'ultima cosa che ricordo è che mi stavo cambiando nello spogliatoio prima di tornare in classe per l'ultima ora. Adesso mi sveglio nella sala del Planetario e con una sconosciuta che sostiene di conoscermi. Che mi hai fatto? Qualcuno mi ha drogato? Cosa è successo?»

Alex si voltò di scatto e si incamminò spedito. Quindi superò il cancello che delimitava l'ingresso ai giardini pubblici di Porta Venezia.

«Alex, ti prego… non puoi farmi questo» gridò Jenny.

Lui non si voltò nemmeno.

Fu in quel momento che si sentì la prima sirena. Arrivava da piazza San Babila ed era come un ululato che si propagava in tutta la zona, attirando lo sguardo dei curiosi che dai giardini si riversarono sul marciapiede del corso. Dopo tre echi di sirena, si udì una voce metallica, forse proveniente da un altoparlante:

«I cittadini sono pregati di tornare immediatamente nelle loro case, secondo l'ordine governativo. Mantenete la calma e raggiungete le vostre abitazioni. Dalle ore 17 di questa sera è indetto il coprifuoco. Ripeto…»

Le persone si guardarono in faccia stupite. Alcuni aspettarono di sentire altre due o tre volte l'avviso, poi si incamminarono a passo spedito verso le scale della metropolitana di Palestro. Per strada si formarono capannelli di persone che si interrogavano su cosa fosse successo.

Jenny rimase immobile a osservare la scena.

Nessuno capiva la ragione di un simile avviso, ma sui volti di molte persone era evidente l'angoscia. In quei pochi minuti che servirono a sgombrare la via e renderla deserta, Jenny sentì parlare di guerra, di attentato terroristico, di un virus pandemico e di altre catastrofiche ipotesi tirate fuori dai cittadini. Nessuno aveva risposte e ognuno si lanciava in fantasiose congetture.

Quando la zona fu completamente sgombra, Jenny iniziò a camminare verso corso Buenos Aires quasi deserto. Tutti si erano diretti a casa, come ordinava il governo. Jenny non aveva idea di cosa fare o di dove andare.

Sapeva solo che doveva trovare un posto dove rifugiarsi. Proseguì nel silenzio irreale, interrotto soltanto dalla sirena cui seguiva l'avviso, finché in prossimità di piazza Lima vide un gruppo di militari dall'altra parte della strada e si fermò.

Uno di loro la vide e agitò un mitra per aria.

«Ragazzina, hai sentito l'ordine? Torna immediatamente a casa!»

Ma io, qui, non ce l'ho una casa, pensò Jenny, non sapendo cosa rispondere.

«Sono stato chiaro? Accetta il mio consiglio, torna dai tuoi genitori che tra poco ci sarà il finimondo.»

Jenny annuì col capo, ma le gambe le tremavano.

«Va bene, va bene...» rispose cambiando strada. «Ci sto andando, a casa. Abito qui vicino.»

I militari tornarono a confabulare tra loro e la ignorarono.

E adesso dove cavolo vado, si chiese mentre si infilava in una via più stretta in fondo alla quale intravedeva l'insegna luminosa di un bar.

«Ehi, amico, vuoi farti massacrare? Leviamoci di mezzo!»

Alex alzò lo sguardo e vide un ragazzo di colore, rasato a zero come lui, che indossava un paio di jeans e una felpa nera. Gli tese una mano, lui la afferrò e si alzò prima di seguirlo nella fuga. Percorsero a tutta velocità il tunnel, passando sopra a cumuli di cadaveri come in un agghiacciante videogioco splatter. Il sangue era dappertutto, mentre dietro di loro la massa indistinta di persone che sembravano inseguirli guadagnava terreno. Ogni dieci o quindici secondi, gli uomini intonavano un lugubre coro che accompagnava la loro marcia. Alex cercò di indovinare cosa stessero dicendo ma si accorse che non parlavano italiano, bensì una lingua dura e nordica. Era quasi certo che si trattasse del tedesco.

Quando Alex e il ragazzo di colore schizzarono sulle scale salendo i gradini a tre a tre e furono nuovamente all'aria aperta, lo sconosciuto gli fece un cenno con la mano come a dire "di qua". L'insegna giallorossa di una pompa di benzina era sopra le loro teste. Diceva KRAFTGAS. Si infilarono di corsa nel piccolo negozietto dove gli scaffali di accessori per cellulari e deodoranti per auto erano stati distrutti, così come il computer. La cassa era aperta e vuota, mentre ciò che restava dei prodotti era per terra.

«Cosa diavolo sta succedendo in questa città?» gridò Alex all'improvviso, mentre l'altro si inginocchiava sotto il bancone alla ricerca di qualcosa.

«Io mi chiamo Jamil. Anche tu sei dei nostri, giusto?»

«Dei nostri *chi*? Io...»

Jamil tirò fuori la testa dal mobiletto in cui stava frugando e fissò Alex con aria inquisitoria.

«Sei italiano... no?»

Alex aveva quasi paura a rispondere.

«Ma che cazzo di domande mi fai? Ti sembro cinese?»

«Di', mi prendi per il culo forse? Sei *italiano* o no? Fai finta di non capire?»

L'orda di persone incappucciate si fermò vicino alle pompe di benzina, un uomo che sembrava il leader si sganciò dalla folla per voltarsi verso gli altri e gridare delle istruzioni. A ogni suo sproloquio in tedesco seguiva una risposta che ricordava l'enfasi di un coro militare.

Alex fece uno sforzo immane per cercare nei propri ricordi qualche appiglio utile per rispondere a quella domanda, ma non c'era verso. Jamil intanto aveva ricacciato la testa dentro al mobiletto e farfugliava qualcosa tipo: «Eppure era qui, deve essere qui...»

«Senti... io... temo di aver perso la memoria. Vuoi dirmi dove diavolo sono e cosa sta succedendo?

«Questa merda di crisi» disse Jamil tra sé e sé. «Non mi importa della tua memoria. Voglio solo salvarmi il culo. Stanno ammazzando tutti, qualcuno dice che è stato assassinato il Papa, e adesso vogliono far fuori tutti gli italiani.»

«Ma perché gli italiani?»

«Gli italiani! I neutrali, così chiamano quelli come me e te. Ma che ti parlo a fare? Vai a farti ammazzare, tanto è solo questione di tempo.»

Il ragazzo riprese a cercare nell'armadio.

«Eccola, l'ho trovata! Sapevo che c'era!»

Alex rimase senza parole, immobile di fronte al bancone mentre Jamil tirava fuori una granata e la poggiava accanto al monitor del computer sfondato.

«Perché parlano tutti tedesco?»

«E che lingua dovrebbero parlare? Siamo a Milano, bello, lo sai o no?»

«E a Milano si parla il tedesco?»

«Il tedesco e l'italiano. Da più di sessant'anni.»

Jamil scosse la testa e si alzò, poi diede un'occhiata oltre le finestrelle del negozio mentre il leader del gruppo di rivoltosi si riuniva ai compagni. Sembravano pronti a un assalto.

Alex si guardò attorno ma non vide nemmeno un bagno in cui rifugiarsi. Non c'era alcuna via di fuga e tutto il discorso fatto dal ragazzo di colore non aveva alcun senso. O meglio, lo aveva soltanto se in quella dimensione parallela del Multiverso la Seconda Guerra Mondiale avesse avuto un esito diverso. Jamil fece un ghigno e strizzò l'occhio destro, poi prese la granata e uscì dal negozietto.

Alex lo vide attraverso i vetri e pregò che non stesse per fare quello che pareva proprio che stesse per fare.

«Prendete questa, luridi figli di puttana!» gridò Jamil a piena voce mentre sganciava la spoletta rimanendo con l'anello tra le dita e lanciava la granata verso la folla inferocita.

Alex era pietrificato.

Non appena l'ordigno scoppiò e le grida di dolore o di rabbia dei rivoltosi si sovrapposero in un coro assordante, lui uscì dalla porta del negozietto girando immediatamente a destra, dietro alla figura fiera e tronfia di Jamil che si godeva lo spettacolo. Se la diede a gambe, ma non era passato inosservato nonostante la coltre di fumo generata dall'esplosione.

Alcuni lo videro e iniziarono a rincorrerlo. Alex saltò una fila di cespugli come fossero un ostacolo su una pista di atletica e si lanciò in una corsa sfrenata. Si voltò solo quando sentì una scarica di mitragliatrice alle spalle e vide in lontananza il corpo di Jamil che piombava al suolo.

Corse con tutte le sue forze. Dietro di lui c'erano almeno sei rivoltosi. Più grossi, più vecchi di lui e forse meno veloci. Ma armati. Alcuni colpi di pistola rimbombavano nell'aria mentre una voce urlava: «*Wir werden dich toten*, italiano!» Suonava come un'espressione minacciosa.

Non passarono più di una manciata di secondi. Il colpo che lo prese in piena coscia tirò fuori dalle sue viscere un grido straziante di dolore. Sentiva il proiettile bruciare nella carne come un tizzone incandescente infilato nei suoi fasci di nervi.

Il gruppetto che lo stava inseguendo gli fu subito addosso mentre lui si contorceva per terra con le mani intrise di sangue premute sulla ferita.

«Maledetti! Lasciatemi stare, io non ho fatto niente!» gridò tra le lacrime, terrorizzato.

Sei uomini incappucciati lo fissarono in un attimo interminabile di silenzio. Poi uno di questi confabulò con quello accanto, piegando il cappuccio a sinistra e bisbigliando qualcosa di incomprensibile.

Quindi estrasse un lungo coltello da una fodera legata in vita.

La lama che trafisse il petto di Alex entrò lentamente. Affondò nella carne mentre lui, steso per terra, sentiva gli occhi strabuzzare fuori dalle orbite, il respiro strozzarsi in gola e vedeva il mondo diventare piatto e grigio. Il dolore alla gamba scomparve del tutto. In pochi secondi ogni sensazione corporea fu avvolta in un abbraccio gelido e tetro.

Il volto di Jenny era di fronte a lui, come una visione che copriva il cielo. Il sangue sgorgava dal suo petto e si riversava sull'asfalto mentre i sei aggressori si allontanavano. Lo scoppio di una bomba, ovattato e sordo, fu l'ultimo suono che Alex riuscì a distinguere. Il riflesso del sole sulle onde dell'oceano fu l'ultima immagine che lo accompagnò.

Poi il nulla.

Una porta alle spalle di Jenny si spalancò all'improvviso facendola sobbalzare.

«Ehi, tu, non l'hai sentito l'avviso?» chiese un uomo sulla sessantina, col grembiule ancora addosso. Doveva essere il gestore del bar.

«Sì... signore. Sto andando a casa.»

«Allora togliti dalla mia vetrina. Devo chiudere. Dobbiamo chiudere tutti.»

Jenny si allontanò senza rispondere. Iniziò a correre, senza sapere dove andare né come riuscire a rimettersi in contatto con Alex.

Provò a concentrarsi, ma non percepiva più il suo pensiero.

Tagliò per un paio di viuzze deserte che si insinuavano nel cuore del quartiere. I viali principali erano senza dubbio più battuti dai militari, avrebbe rischiato grosso a farsi trovare ancora in giro senza meta. Si guardò attorno mentre camminava. Di tanto in tanto scorgeva della gente che di corsa raggiungeva un portone e spariva all'interno. Diversi gestori di locali stavano chiudendo, mentre anche sulla facciata delle palazzine le finestre erano tutte chiuse e le tapparelle già abbassate.

Quando passò accanto alla vetrina di un negozio di elettrodomestici, vide un televisore a schermo piatto con sopra la scritta FULL HD – SUPER OCCASIONE acceso su un telegiornale. Il volume era disattivato, ma la scritta EDIZIONE STRAORDINARIA e l'inquadratura di un carro armato bastarono a Jenny per capire che era accaduto qualcosa di grave.

Cominciò a correre, mentre continuava a chiedersi cosa fosse successo ad Alex. Perché non l'aveva più riconosciuta e l'aveva trattata in quella maniera?

Adesso era sola.

Capitolo 25

La sabbia resa dorata dai raggi dell'ultimo sole del pomeriggio prese pian piano forma. Gli schiaffi delle onde sotto il molo e il soffio del vento fresco che sibilava accanto alle sue orecchie accompagnarono il risveglio. Le palpebre tremarono per qualche secondo prima di aprirsi a fatica. Il sole stava andando a nascondersi dietro la linea dell'orizzonte, il suo disco arancione si faceva inghiottire dall'acqua mentre tutt'intorno le pennellate violacee, rosse e gialle si mescolavano nella suggestiva tavolozza del tramonto australiano. Un cane schizzò davanti a lui alzando la sabbia mentre Alex si tirava su lentamente.

«Sono vivo…» sussurrò mentre si guardava attorno. «Sono vivo.»

Marco gli aveva ipotizzato lo scenario di universi alternativi nei quali le cose erano sfuggite al controllo della società, ma non avrebbe mai potuto immaginare la sua città ridotta in quello stato. Cercò di ricordare la sensazione provata quando la lama era entrata nella sua carne. Gli risultava difficile e aveva quasi paura di definire troppo i contorni di una fotografia che era meglio bruciare per sempre, sotterrando le ceneri nei più reconditi anfratti della memoria.

Era morto, non aveva alcun dubbio su questo. I rivoltosi lo avevano lasciato per terra a esalare l'ultimo respiro, con un proiettile nella coscia e un coltello piantato nel petto. Era morto, ma era sopravvissuto. E questo non aveva senso.

Il suo primo pensiero, dopo aver constatato di essere vivo, andò a Jenny. La immaginò da sola, in una città che non conosceva, sebbene nella sua dimensione. Come avrebbe fatto a tornare a Melbourne? E come avrebbero fatto loro due a incontrarsi nuovamente? Aveva bisogno di parlare con Marco.

Si guardò attorno in cerca dello zaino. Era ancora lì, accanto a lui. Dalla tasca della giacca tirò fuori il cellulare.

«Sempre spento. Dannazione!»

Risalì la scaletta che conduceva alla prima parte del molo e si incamminò lungo la Esplanade. Arrivato in prossimità di un semaforo attese qualche minuto sul marciapiede, appoggiato a una palma. Poi intravide un taxi in fondo alla strada e agitò le braccia per farsi notare.

La vettura accostò e Alex salì a bordo.

«*To the airport*» disse con decisione.

L'aereo per Abu Dhabi decollò alle 11.15 dall'aeroporto Tullamarine di Melbourne e atterrò la mattina seguente alle 6.25. Per Alex furono sette ore di sonno quasi ininterrotto. Atterrato all'aeroporto degli Emirati Arabi, prese una navetta per raggiungere il terminal dal quale partiva la sua coincidenza per Heathrow. Solo un'ora e quaranta prima della seconda tappa del viaggio.

Alex ingannò l'attesa mangiando un trancio di pizza vicino all'area del check-in, e alle 8.15 decollò in perfetto orario alla volta del Regno Unito.

Durante il volo tenne quasi sempre le cuffie dell'iPod nelle orecchie e riuscì a riposare. Si svegliò solo quando la hostess della Etihad Airways servì il pranzo: un gommoso petto di pollo accompagnato da un contorno di piselli freddi, un caffè annacquato e una tortina al cioccolato che risultò essere l'unico alimento commestibile di tutto il pasto.

Alle 12.20 l'aereo atterrò sul suolo inglese.

La coincidenza per Milano era prevista per le 17.50. Alex si incamminò lungo la galleria di negozi, lo zaino sempre in spalla e il volto stanco. Aveva bisogno di sdraiarsi e stendere le gambe, provate dal lungo volo.

Chissà se Marco ha scoperto qualcosa in più..., pensò mentre si sedeva su una panchina in un'area wi-fi. Distese le gambe e appoggiò i piedi sul tavolino di fronte. Un signore in divisa gli lanciò un'occhiataccia. Doveva essere una guardia dell'aeroporto e non sembrava gradire la postura assunta dal ragazzo. Alex però non si mosse. Era esausto. Vide in lontananza la luminosa vetrina di una compagnia di viaggi. La foto di una famiglia felice era appesa sotto la gigantesca scritta GO TO EUROPE! NOW!

Sembrava un messaggio diretto a lui.

Finalmente di fronte al portone di casa, Alex prese un lungo respiro.

Non sapeva come avrebbero reagito i genitori nel trovarselo lì di fronte come se fosse tornato da una semplice giornata di scuola.

Era ora di cena, Valeria e Giorgio erano certamente in casa. Una ragazza uscì dal portone lasciandolo aperto per lui. Alex ringraziò e salì le scale.

Mentre pregava che i suoi genitori non fossero troppo arrabbiati, suonò il campanello.

Stava aspettando che qualcuno gli aprisse la porta quando vide uscire dall'ascensore del pianerottolo un signore anziano. Il vecchio tirò fuori dalla tasca dell'impermeabile delle chiavi e aprì la porta del suo appartamento, dopo avergli lanciato uno sguardo interrogativo. In quel momento, mentre l'uomo entrava in casa e lasciava Alex solo sul pianerottolo, la porta di fronte al ragazzo si aprì.

«Sei un amico di Paolo?» chiese una signora bruna con un grembiule addosso.

Alex la guardò con aria perplessa, poi spostò lo sguardo sulla targhetta del campanello.

«Mancini...» disse prima di voltarsi nuovamente verso la signora. «Scusi, devo aver sbagliato piano.»

«Tu dove abiti?»

«Al secondo.»

«Questo *è* il secondo. Hai sbagliato anche porta, per caso?»

Alex abbassò lo sguardo, cercando di non scomporsi troppo.

«Mi scusi, signora… devo aver fatto confusione.»

Si voltò e imboccò in fretta le scale che scendevano al pian terreno.

Fuori dall'edificio, il ragazzo controllò il numero civico: 22, viale Lombardia. Casa sua. Da sedici anni.

No, di nuovo… Alex si guardò attorno.

Tutto sembrava come l'aveva lasciato. La solita città, la solita strada che aveva percorso migliaia di volte. Ma nella sua casa abitava un'altra famiglia.

Sono tornato nel mio corpo, su quella spiaggia… mi sono rialzato, ho preso tre aerei e sono arrivato qui. Qui, nel luogo da dove sono partito. Cosa diavolo significa tutto questo?

Iniziò a correre verso piazza Piola, in preda all'agitazione.

L'abitazione di Marco distava solo poche centinaia di metri, appena all'imbocco di viale Gran Sasso.

In un paio di minuti fu di fronte al citofono.

«Sì?» rispose la voce.

«Marco, sono io!»

«Alex, ciao! Che sorpresa… Dai, sali.»

Il portone si aprì e Alex entrò, ma non era del tutto tranquillo. Sembrava che l'amico non fosse in attesa del suo ritorno. Al primo piano la porta di casa Draghi era leggermente aperta. Alex la spinse ed entrò. Appena varcato l'ingresso provò un senso di spaesamento. Là dove solitamente c'era il tavolo con i tre computer, vide un divano a elle.

La griglia di neon blu appesa alla parete era scomparsa, sostituita da una mensola ricca di foto incorniciate. L'amico giunse dal corridoio dietro di lui.

«Alex!»

La visione che si ritrovò di fronte non appena si voltò lo sconvolse.

Sorridente in volto, le braccia tese verso di lui come a cercare un abbraccio, Marco era in piedi sulle proprie gambe.

«Finalmente sei riuscito a passare!» disse mentre stringeva a sé l'amico, che rispose goffamente all'abbraccio. «Non ti si vede più ormai.»

Alex non disse niente, gli occhi fissi sulle gambe dell'altro.

«Che diavolo ti prende? Stai bene?»

«Sì, io...»

«Sembra che tu abbia visto un fantasma!»

«Tu... cammini, quindi...»

«Che devo fare, mettermi in ginocchio? Va bene che sono felice di vederti, ma non esageriamo!» Marco proruppe in una sonora risata e sparì in tutta fretta diretto in cucina. Si ripresentò pochi istanti dopo con due lattine di Coca-Cola in mano.»

«Vuoi da bere?»

«Marco, sono un po' in difficoltà.»

«Ovvero?»

«Non so come spiegartelo» disse Alex confuso mentre si guardava attorno. Gli occhi caddero su uno dei quadretti appoggiati sulla mensola.

«Scusa, ma... quella lì è tua madre?»

«Certo, che domande fai? C'eri anche tu quando abbiamo scattato quella foto, l'anno scorso... La casa in Toscana, ricordi? Devi vedere com'è diventata, hanno finito di arredarla.»

Alex chiuse gli occhi e si sentì svenire. Il ragazzo che aveva di fronte sembrava vivere la vita che al suo amico Marco era stata negata.

«Che ti prende?»

«No, niente. Senti una cosa... I *miei* genitori come stanno? Non abitano più in viale Lombardia?»

Marco aggrottò le sopracciglia e scrutò il volto di Alex.

«Amico, così mi fai preoccupare... Hai perso la memoria?»

«Bella domanda. Non so neanche come risponderti.»

«Alex, ma sei serio?»

«Serissimo.»

«I tuoi vivono in Svizzera da cinque anni. Possibile che tu mi faccia una domanda del genere? Mi vuoi dire che non te lo ricordi?»

Marco appoggiò la lattina sul tavolo.

«Hai avuto un incidente? Hai battuto la testa?»

«Niente di tutto questo. È troppo complicato da spiegare. Mi sa che me ne devo andare.»

«Io invece penso che tu abbia bisogno di aiuto. Dev'esserti successo qualcosa…»

«Lascia stare. Dimentica le domande stupide che ti ho fatto.»

Alex si alzò e fece alcuni passi verso la porta.

«Ma come…» Marco rimase immobile con la lattina in mano.

«Scusa, un'ultima cosa» riprese Alex nel voltarsi verso l'amico. «Tu conosci una certa Jenny?»

Marco lo guardò perplesso. «Chi»?

Alex non rispose. Lasciò in tutta fretta il salotto di casa Draghi, chiuse energicamente la porta e scappò.

Quando fu in strada, si guardò attorno. Prese a camminare tra la gente, mentre acquisiva la consapevolezza di essere in viaggio tra le infinite strade, le miriadi di possibilità del Multiverso. In mezzo a tutte quelle persone normali si sentiva un alieno: poteva viaggiare, poteva andare ovunque, scrutare ogni scenario e ogni destino.

Ma ora aveva bisogno di ritrovare la via di casa.

Capitolo 26

Non riesco a controllare questo dannato potere!

Alex ripercorse mentalmente tutto ciò che aveva fatto dal momento in cui si era isolato sulla spiaggia, da quando aveva attraversato il vortice per risvegliarsi nello spogliatoio della scuola, nella realtà di Jenny.

Rivide ogni istante del suo incredibile viaggio. Le immagini dei cadaveri nel sotterraneo della Milano alternativa erano ancora ben impresse nella sua mente e si scontravano con i ricordi del primo bacio con Jenny. Questi andavano ad accavallarsi con l'esperienza vissuta al Planetario quando aveva ricordato che, nel suo passato, aveva già incontrato la ragazza proprio in quel posto, quando erano bambini, chissà in quale occasione.

Alex ripensò a quando aveva preso il taxi per raggiungere l'aeroporto di Tullamarine, al volo per gli Emirati Arabi e al successivo decollo per l'Inghilterra.

Milano è la stessa, ma la vita dei miei familiari e di Marco è completamente diversa. Non so neppure dove abito. A casa mia vive un'altra famiglia, i miei sono in Svizzera, Marco cammina! Devo tornare indietro… ma come?

Si rialzò da terra. Un orologio sopra un palo segnava le 22. Pochi metri più avanti, alcuni extracomunitari parlavano ad alta voce di fronte a un chiosco di kebab.

Dev'essere successo durante il viaggio. Probabilmente mentre dormivo.

Si guardò attorno e gli venne in mente un dettaglio importante. Lo zaino non c'era.

È logico. Il mio alter ego in questa dimensione non ha alcuno zaino, non sta tornando da un viaggio. L'ho agganciato mentre stava per prendere la metropolitana. Lo zaino... dove l'ho visto l'ultima volta?

«Ma certo!» esclamò, destando l'attenzione degli extracomunitari. «È successo a Heathrow!»

Iniziò a camminare e a raccogliere le idee. Doveva tornare subito a Heathrow.

Ripercorse la strada verso piazza Piola e scese le scale della metropolitana. Non aveva un soldo per comprare il biglietto, però la cabina dei controllori era deserta. C'era solo un uomo in divisa, di spalle, abbastanza lontano da non costituire un problema. Così scavalcò i tornelli e si diresse verso la banchina dei treni.

Poche persone erano in attesa del convoglio. Chi guardava insistentemente il tabellone luminoso con i tempi d'attesa, chi leggeva un libro, chi passeggiava insofferente. Alex percorse la banchina fino in fondo, si sedette su una panca e si chiuse in se stesso. *So dove devo andare... in che posto devo risvegliarmi. Devo solo riuscire a controllare il viaggio.*

Cercò di ricordare qualsiasi dettaglio potesse riportarlo con la mente a Heathrow. Si concentrò sullo zaino, che aveva visto l'ultima volta accanto alle sedie vicino al gate. Provò a ricordare qualche volto, le scritte, le insegne luminose dell'aeroporto.

Passarono un paio di treni, e lui era ancora lì.

Poi, all'improvviso, lo sguardo di un signore emerse dai meandri della sua mente. I baffi folti, gli occhi minuscoli, il mento pronunciato. Indossava una divisa.

Ma certo, era una guardia dell'aeroporto. Mi ha lanciato un'occhiataccia quando ho appoggiato i piedi sul tavolino, in sala d'attesa.

La mente di Alex agganciò quel ricordo e non lo lasciò sfuggire. Si sentiva guidato da un istinto che gli diceva cosa doveva fare. Si concentrò su alcuni particolari, gli anfibi neri del poliziotto, il manganello infilato nella cintura. Dietro l'uomo, l'insegna di un negozio di scarpe. Poi comparvero la foto della famiglia felice e la scritta GO TO EUROPE! NOW!

In un attimo, tutti i muscoli del corpo di Alex si intorpidirono e il suo corpo si accasciò di lato, facendogli sbattere la testa contro la panca.

I volti, i colori, le voci e gli odori di un universo si mescolarono con quelli di un'altra realtà. Il vortice risucchiò il pensiero trascinandolo via di lì, da quella Milano così simile e allo stesso tempo lontana. Fu come percorrere alla velocità della luce un tunnel di ricordi, senza avere il tempo di distinguerne nessuno. Non solo i *suoi* ricordi. Ma quelli di chiunque.

Quando riaprì gli occhi, era sdraiato.

Si tirò su, i muscoli indolenziti e la vista ancora annebbiata. Alcune luci confuse presero pian piano forma. Venivano dal display luminoso di fronte a lui. Le scritte erano in inglese. Alex si guardò attorno e sorrise, lasciandosi sfuggire un sospiro di sollievo. Il luogo era quello che sperava di riconoscere. Era all'aeroporto di Heathrow.

Esattamente dove si era addormentato quel pomeriggio, nell'attesa del volo per Milano. Esattamente dove voleva tornare.

Forse ho capito come funziona...

Si voltò di scatto, preso dall'urgenza di controllare un dettaglio. Guardò sotto le panchine e lo vide. «Il mio zaino!»

Con la mano frugò nella sacca e trovò uno di quei panini che si era fatto preparare a Melbourne. Stava in quel sacchetto da un paio di giorni e doveva essere immangiabile, ma la fame prese il sopravvento. Lo scartò e cominciò ad addentarlo.

L'orologio digitale sulla parete di fronte a lui segnava le 2 di notte. Una donna delle pulizie stava trascinando un carrello giallo-blu, diretta verso i bagni. I colori ricordavano ad Alex la maglia della sua squadra di basket.

Meglio rimanere vigili questa volta, pensò, mentre iniziava a vagabondare per l'aeroporto deserto. Aveva il potere di varcare il confine tra le dimensioni, non aveva più dubbi su questo, ma era un potere che controllava solo in parte e che il più delle volte si manifestava senza che lui potesse fare alcunché.

Controllò lo schermo luminoso che segnalava le partenze del mattino seguente: un volo per Linate era previsto per le sei e cinquanta. Nella tasca dello zaino aveva ancora la carta prepagata con i soldi che gli aveva dato Marco. Questa volta, quei soldi lo avrebbero riportato a casa.

Dopo aver passato in rassegna tutte le vetrine dei negozi, Alex tornò nella zona degli imbarchi e si sedette. Il suo pensiero andò subito a Jenny.

Probabilmente si trovava ancora al Planetario insieme a un Alex identico a lui ma che non era lui. Si domandò cosa sarebbe successo al risveglio dell'Alex alternativo, che con tutta probabilità, anche se non poteva dirlo con certezza, non sapeva niente né di Jenny né del Multiverso.

Verso le 6 del mattino si presentò alla biglietteria e pagò il volo, pregando che questa volta il viaggio non gli riservasse sorprese.

«Finalmente, la *mia* Milano!» esclamò Alex nel lasciare il terminal di Linate, ma subito i suoi pensieri lo guidarono verso un rinnovato timore. Non poteva essere certo di essere nel posto giusto. Doveva prima parlare con i suoi genitori. E con Marco.

Piuttosto stanco e ancora frastornato, usò gli ultimi soldi che gli rimanevano per prendere un taxi fino a casa.

«Speriamo di essere nella Milano giusta...» sussurrò tra sé e sé mentre il tassista imboccava la tangenziale e dava dei pugni contro l'autoradio, che sembrava non volersi sintonizzare su alcuna stazione, offrendo su tutte le frequenze un fastidioso ronzio.

Quando si trovò di fronte al portone del civico 22 di viale Lombardia, Alex tirò un sospiro di sollievo leggendo il cognome LORIA sul citofono.

Suonò, nonostante avesse le chiavi nello zaino.

«Sì?» rispose la voce della madre. Non si aspettava di trovare i genitori in casa, dal momento che erano quasi le 10 del mattino.

«Mamma, sono io.»

«Oh, mio Dio! Alex.»

I genitori del ragazzo lo accolsero come se fosse stato appena liberato da un rapimento. Non appena varcò la soglia di casa, Valeria gli si gettò addosso, strizzandolo in una morsa quasi soffocante. Mentre singhiozzava e bofonchiava qualcosa di incomprensibile, con una mano strinse la nuca del figlio afferrandogli i capelli, in un gesto che mescolava l'affetto e il sollievo di vederlo sano e salvo con la rabbia accumulata in quei giorni di attesa.

Giorgio assistette alla scena con le braccia conserte, in piedi, la sigaretta in bocca. Il suo sguardo era il risultato del subbuglio di emozioni che provava. La fronte corrugata, l'espressione di chi ora esigeva delle risposte. Quando Valeria liberò Alex dal suo abbraccio, il padre sbuffò il fumo dalle labbra strette in un'espressione severa.

«Adesso ci dici dove diavolo sei stato. E vedi di non inventarti storie.»

«Sì… va bene» rispose il ragazzo frastornato.

Mentre sistemava lo zaino per terra, Alex intravide una copia del *Corriere della Sera* appoggiata sul tavolo della cucina. Era del giorno precedente e un titolo si stagliava a caratteri cubitali: IL TERRORE DELL'IGNOTO. Una foto che raffigurava una rissa in Parlamento campeggiava a tutta pagina. Era preceduta da due righe in corsivo: *Dopo il blocco di Internet, sale la tensione. "Il governo dia risposte ai cittadini" chiedono le piazze. Tensioni e scontri in tutto il mondo.*

Alex si sedette al tavolo della cucina, mentre Giorgio afferrava il quotidiano e lo agitava con foga: «Dico, hai visto che cosa sta succedendo? Come pensi che ci siamo sentiti?»

«Vi chiedo scusa.»

«Non ce ne facciamo niente delle tue scuse» incalzò l'uomo. «Adesso mi dici dove sei stato!»

Alex cercò con gli occhi una via di fuga per evitare lo sguardo diretto del padre, mentre si rendeva conto di non essersi preparato uno straccio di giustificazione minimamente plausibile.

«Ho dovuto...» Alex abbassò gli occhi sulle sue mani, congiunte sopra le gambe, con le dita che premevano le une sulle altre, nervosamente. «Ho fatto un viaggio. Era necessario.»

Valeria si sedette di fronte al figlio mentre Giorgio rimaneva in piedi, le mani strette allo schienale della sedia a capotavola.

«Un viaggio? E per dove? Sei impazzito, forse?»

Alex si schiarì la voce per guadagnare qualche altro secondo.

«Non so cosa dirvi. No, non credo di essere impazzito.»

«E invece adesso parli!» Giorgio batté un pugno sul tavolo. Le sue guance si tinsero di rosso. Si allentò il nodo della cravatta e poi ricominciò: «O dobbiamo andare a interrogare il tuo amico Marco? Perché lo sappiamo bene chi ti ha coperto. Stavo per chiamare la polizia, lo avevamo capito benissimo che c'era dietro quello svitato!»

«Smettila!» sbottò Alex mentre alzava lo sguardo per sfidare quello del padre. «Marco non è uno svitato. È un genio. Voi non potete capire, non sapete niente di niente.»

«Eh, no, cerca di capire anche tu però.» Valeria si alzò in piedi a sua volta.

«Ho finito di parlare con voi. Non ho più niente da dirvi.»

«Devi darci una spiegazione» intervenne Giorgio, sbuffando dalla rabbia. «Devi darcela o, quanto è vero Iddio, ti chiudo in camera fino alla fine dell'anno scolastico.»

Alex rimase in silenzio, lo sguardo fisso nel vuoto, come a ignorare qualsiasi tipo di attacco da parte dei genitori.

«Vuoi fare il duro, eh?» riprese Giorgio. «Togliti immediatamente dalla mia vista se non vuoi vedermi alzare le mani.»

Alex si tirò su lentamente, senza rispondere. Afferrò lo zaino e abbandonò la cucina. Si diresse verso il bagno, mentre cercava di decidere quale sarebbe stata la mossa successiva.

Quando fu di fronte allo specchio, appoggiò le mani al bordo del lavandino e abbassò il capo. Gli occhi chiusi, avvertì il peso di una situazione che stava diventando più grande di lui. Ma non era il momento di abbattersi. Non era il momento di tremare o piangere. Era il momento di levarsi di torno.

Alzò la testa e incontrò il suo sguardo nello specchio.

Tornerò da te, Jenny, pensò Alex mentre faceva scorrere dell'acqua nel lavandino e se la gettava sulla faccia, come faceva sempre al mattino, appena sveglio. *Tornerò...*, continuò a ripetersi mentalmente, come in una cantilena.

«Aspettami, Jenny...» disse a bassa voce, come se parlasse con il suo riflesso.

In quel momento, dietro la porta socchiusa del bagno, gli occhi di Valeria Loria brillarono nel buio del corridoio.

Aveva sentito quel nome.

Lei e Giorgio sapevano bene di chi si trattava. Alex non poteva ricordarlo.

Dai più profondi recessi della memoria, da quella porta sprangata e inaccessibile nel corridoio più buio dei ricordi di Alex, Jenny era tornata.

Quando Alex uscì dal bagno, non c'era nessuno nell'ingresso. Lo zaino in spalla, si incamminò verso la porta blindata mentre sentiva le voci ovattate dei genitori che si erano appartati in cucina per discutere.

Alex strinse le dita con forza sulla maniglia della porta e la aprì con un gesto deciso. Quando se la lasciò alle spalle, liberò un lungo sospiro. Poi scese di corsa le scale e abbandonò la palazzina, diretto verso casa di Marco.

Capitolo 27

«Non è possibile.»

La voce di Valeria Loria tradiva incredulità e preoccupazione.

«Che stia succedendo *ancora*?» domandò Giorgio mentre si accasciava sulla poltrona in pelle della sala.

«Il dottore ci aveva detto che non si poteva escludere questa eventualità… ricordi?»

«Come se fosse ieri. Così come ricordo i muri di casa nostra, prima che li imbiancassero per cancellare le scritte, invasi da quel maledetto nome… Jenny! E quel dannato simbolo… era ovunque!»

«Dio mio, Giorgio. Quanti anni sono passati ormai? Ho pregato così tanto…»

«Dieci. Dieci anni.»

«Aspettami qui, devo fare una cosa. Torno subito.» Valeria lasciò la cucina e afferrò un piccolo portachiavi da una casetta di legno appesa vicino alla porta blindata. L'etichetta diceva CANTINA.

Mentre scendeva le scale verso il seminterrato l'aria gelida penetrava con forza nelle sue narici. I ricordi affioravano uno dopo l'altro riportando a galla una storia che avevano sepolto con tanta fatica.

Valeria ricordava perfettamente quel periodo.

Alex era in prima elementare. Gli altri bambini disegnavano paesaggi verdi, case, alberi e trasformavano il sole in una faccina sorridente. Alex dipingeva da solo, nella sua stanza, tratteggiando scenari apocalittici, città in fiamme, palazzi che si sgretolavano. Quando gli chiedevano il perché di quei disegni, rispondeva semplicemente: «Io l'ho visto».

Valeria girò le chiavi nel lucchetto ed entrò. Il loro spazio era in fondo a destra. Quando lo raggiunse, le tornò in mente il viso candido di Alex, con quel caschetto biondo da angelo, che continuava a ripetere, come in una cantilena: «Jenny esiste, Jenny esiste, Jenny esiste...»

Ogni episodio del periodo più nero della loro vita famigliare era annotato nel diario di Valeria. Aveva iniziato a scriverlo il giorno dopo il parto e lo aveva chiuso e nascosto quando era finita quella brutta storia. Quando lei e Giorgio avevano agito, perché bisognava farlo. Perché bisognava murare vivo un mostro che stava divorando l'infanzia del loro bambino.

Mentre Valeria tirava fuori uno scatolone dalla cantina, Giorgio era in sala. Aveva preso una vecchia rubrica e l'aveva aperta alla lettera C. Aveva scorso i nomi fino a trovare quello che cercava: Clinica Privata Enrico Paoli.

Nella riga sottostante era segnato a matita anche il numero privato del dottor Siniscalco, e tra parentesi c'era "neurologo".

Giorgio si sedette sul divano, prese il cordless e compose il numero dell'ufficio del dottore.

Dopo un paio di squilli la voce di una segretaria rispose alla chiamata. Qualche attimo di attesa e il dottore prese la telefonata dal suo interno.

«Pronto?»

«Dottor Siniscalco, buongiorno. Sono Giorgio Loria.»

Dall'altro capo del telefono rispose un silenzio rotto appena dal respiro profondo del dottore.

«Dieci anni fa lei ha avuto in cura mio figlio Alessandro.»

«Che tipo di cura?» La voce del neurologo era quella di una persona che fumava da prima di diventare maggiorenne.

«Ci aveva mandato da lei uno psichiatra, il dottor Moriggia.»

«Ah.»

Giorgio intuì dal monosillabo del neurologo che doveva aver appena ricordato non una parte, ma tutte le dolorose circostanze dei loro incontri. Parlare nuovamente col dottor Siniscalco, ripensare a quel periodo buio della sua vita, era come accendere una torcia in una stanza dimenticata della memoria.

I flash del passato travolsero Giorgio, investendolo con la furia di un ciclone.

Le mura di casa imbrattate con lo spray. Il pavimento della cameretta di Alex, dove il bambino aveva inciso con un coltello le tre mezzelune a spirale di cui Giorgio e Valeria ignoravano il significato. La cartelletta dei disegni, piena di scenari degni di una galleria di illustrazioni horror.

«Signor Loria, è ancora lì?»

«Sì, mi perdoni... dicevo, lo rammenta? Eravamo venuti da lei per...»

«...la terapia elettroconvulsivante» concluse il dottore.

«Già, dunque si ricorda di Alex?»

«Biondo, con un viso angelico, non è vero?»

«Sì, angelico... ma tormentato.»

«Se la memoria non mi inganna, la terapia ebbe i risultati sperati.»

Era vero, Alex aveva ricominciato a disegnare alberi, bambini e case, come tutti i suoi amici. Dopo la cura sembrava proprio che la sua vita fosse tornata quella di un normale bambino di sei anni.

«Sì, aveva anche smesso di nominare quell'amica immaginaria.»

«Non lo mandaste più dal dottor Moriggia, o sbaglio? Tutto tornò alla normalità.»

«Andò esattamente così, dottore.»

«Deduco, dal tono della sua voce, che il problema si sia ripresentato. Come sta Alex?»

«Dottor Siniscalco, ho paura che ci risiamo, è sparito per alcuni giorni... è andato a cercarla.»

«Ve l'ha detto lui?»

«Lui non ha detto niente, è tornato oggi e si è rifiutato di parlare, ma mia moglie l'ha sorpreso mentre parlava da solo allo specchio. E continua a rivolgersi a questa ragazza. Il guaio è che non si rende conto di ciò di cui parla. Non ricorda niente, non capisce che è solo nella sua mente.»

«Mi faccia capire meglio...» Il dottore accese un sigaro e si alzò dalla sedia del suo studio per avvicinarsi alla finestra e osservare la città. Per le strade che scorgeva dal sesto piano del palazzo in via Melchiorre Gioia c'era una gran confusione. I semafori sembravano spenti, però non c'era alcun vigile preposto alla direzione del traffico. Il dottore si soffermò a osservare una fila di persone spazientite di fronte a un bancomat. Alcuni agitavano le braccia, altri sbraitavano e qualcuno aveva cominciato a venire alle mani.

Giorgio, nel frattempo, gli raccontò tutto ciò che era successo.

«Com'è possibile che non ricolleghi il nome di Jenny alla sua infanzia?»

«In realtà ha senso, signor Loria. Nella maggior parte dei casi, la terapia elettroconvulsivante non produce danni a lungo termine, almeno secondo gli studi a riguardo. È anche vero che il recupero delle funzioni mnemoniche varia da individuo a individuo. Vostro figlio, a seguito della TEC effettuata da bambino, ha perso ogni frammento mnemonico riguardante i due anni precedenti quel periodo della sua vita, perlomeno per quanto concerne gli aspetti deliranti della malattia. E quindi ha dimenticato gli incubi, le visioni, e ha cancellato dalla sua memoria anche quest'amica immaginaria di cui continuava a parlare.»

«Non ne parlava soltanto... il suo nome era ovunque in casa. Lo incideva sui mobili, lo scriveva sui muri... non può capire cos'abbiamo passato.»

«Le assicuro che sento queste storie piuttosto spesso, visto il mio lavoro...»

«Certo, mi scusi. Quindi, a quanto mi diceva, dipende dai singoli casi.»

«È così. Evidentemente, nella fattispecie questo problema si è riproposto. E ha cominciato a riemergere proprio a partire dal ritorno di questa figura immaginaria.»

Una fila di rughe aprì dei solchi sulla fronte di Giorgio, che si incupì e attese qualche istante prima di riprendere a parlare con timbro secco e profondo.

«Dottore, non voglio che ricominci quel calvario. Cosa dobbiamo fare?»

La risposta del neurologo arrivò spietata come una sentenza di condanna definitiva, mentre Valeria rientrava in casa spingendo lo scatolone nel corridoio con il piede.

«Dobbiamo ripetere la terapia» disse la voce nell'auricolare del cordless, mentre gli occhi di Giorgio si chiudevano come a sbarrare le porte di fronte a quell'eventualità.

«Un altro elettroshock» rispose rassegnato dopo qualche attimo di pesante silenzio, mentre Valeria lo fissava appoggiata allo stipite che separava la sala dal corridoio, gli occhi vitrei.

Giorgio pigiò il tasto rosso del cordless e lo appoggiò sul mobile da cui aveva tirato fuori la rubrica. Si alzò, si avvicinò alla moglie, la strinse a sé e cercò di confortarla.

Mentre la abbracciava, gli occhi persi nel vuoto, tutt'intorno ricomparivano le scritte sui muri, gli agghiaccianti disegni sparsi per la casa.

Giorgio continuò a guardare di fronte a sé, incapace di distinguere la realtà dalla pellicola trasparente dei ricordi che vi si era sovrapposta. Vide il suo bambino che lo fissava dal basso verso l'alto, con uno sguardo spietato e freddo. Continuava a ripetergli, come in una allucinante cantilena: «Jenny esiste… Jenny esiste… Jenny esiste…»

Capitolo 28

«Al diavolo, voglio vedere che sta succedendo in città» esclamò Marco affacciato alla finestra della cucina prima di fare dietrofront, guidare la carrozzella elettrica verso l'ingresso e afferrare un giaccone dall'appendiabiti appeso vicino al citofono.

Lo indossò, poi tirò fuori un mazzo di chiavi e aprì la porta.

Marco azionò la carrozzella verso una rampa che affiancava i gradini e scendeva verso il portone d'ingresso, poi uscì e fu subito travolto da una folata di vento gelido che gli fece lacrimare gli occhi dietro le lenti spesse.

Il vociare della gente per strada fu il primo segnale allarmante che lo colpì. Gruppi di persone, raccolti in cerchi come a proteggere il contenuto del dibattito, discutevano ad alta voce. Ma rabbia e tensione erano ovunque. Chi non riusciva ad accedere a Internet dal cellulare, chi litigava di fronte a una banca che aveva chiuso anzitempo.

Un signore anziano senza denti agitava il bastone verso i passanti continuando a gridare: «È la Terza Guerra Mondiale, l'ho sempre detto io!»

Marco percorse il marciapiede di viale Gran Sasso fino all'incrocio con piazza Piola. I muscoli delle braccia erano rigidi, come atrofizzati.

Sono rimasto in casa troppo a lungo, mannaggia a me…

Dalle voci della gente che incrociò durante il tragitto estrapolò alcune notizie importanti: innanzitutto i quotidiani quel giorno non erano usciti. Lui stesso notò che le edicole erano serrate senza neanche un cartello appeso per giustificare la chiusura. Da un cestino verde dei rifiuti spuntava una copia del *Corriere della Sera* con la data del giorno precedente. Marco la afferrò e osservò la prima pagina. Il titolo di apertura era IL TERRORE DELL'IGNOTO. Dopo una rapida scorsa ai titoletti dell'editoriale e di altri articoli che proseguivano all'interno del giornale, piegò il quotidiano e lo infilò nel giaccone.

A quanto pareva Internet, come gli aveva già confermato Ricky, era stato oscurato in tutta la città. O meglio, in tutte *le* città. E questo, ai suoi occhi, era l'aspetto più sinistro di quella sconvolgente situazione.

Per il resto sembrava che vari negozi o istituti importanti per i cittadini, come banche e poste, avessero smesso di operare, chiudendo e disattivando perfino i terminali preposti al prelievo del denaro. Da qui le risse e le proteste davanti ai bancomat.

L'elemento chiave che stava scatenando il panico tra la gente era l'assenza di risposte.

Mentre dirigeva la carrozzella verso piazza Piola, Marco sentì parlare di guerra, di terrorismo, perfino di un attacco alieno. Di fronte all'impossibilità di accedere alla rete per indagare, i cittadini si stavano riversando nelle strade per dar voce alle loro peggiori paure, alla ricerca di spiegazioni che nessuno intendeva fornire.

Quando fu di fronte al semaforo, all'incrocio tra viale Gran Sasso e la piazza, Marco attese il verde e spinse la manopola che metteva in moto la carrozzella. Alcune macchine stavano arrivando dalla sua sinistra, dal controviale e dalla preferenziale per taxi e autobus. Esattamente a metà dell'incrocio, Marco alzò lo sguardo e vide che il semaforo era spento. Si girò in fretta a destra e a sinistra per controllare la situazione della strada. Le auto in arrivo da viale Gran Sasso non sembravano in frenata. Alcune iniziarono a suonare il clacson con insistenza.

«Fermi! Dannazione!» gridò Marco mentre vedeva un furgoncino delle Poste Italiane che dalla piazza stava per immettersi in viale Gran

Sasso senza guardare, dando per scontato che il semaforo funzionasse. Poteva prenderlo in pieno.

Avrebbe potuto azionare la carrozzella in avanti sperando che il furgoncino lo evitasse, cercando di raggiungere il semaforo prima che le macchine provenienti da viale Gran Sasso lo centrassero. Oppure avrebbe potuto andare in retromarcia, lasciando spazio al furgone ma rischiando l'impatto con le macchine.

«Porca puttana!» urlò mentre in una frazione di secondo decideva per la seconda ipotesi. L'importante non era da che parte andare: era farlo in fretta. I freni delle auto iniziarono a stridere mentre la prima inchiodava e le altre dietro facevano partire un tamponamento a catena.

Era il caos più incontrollato.

Il furgoncino svoltò in viale Gran Sasso mentre Marco indietreggiava pronto all'impatto.

Fu in quell'istante che, come in una ripresa al rallentatore, il ragazzo vide tutto in sequenza, prima di schizzare dalla carrozzella e atterrare sul cemento: il furgone delle Poste Italiane che si allontanava, la fila di tamponamenti alla sua sinistra dietro al BMW che aveva frenato di colpo, e poi il taxi che, per evitare lo scontro con un'auto di fronte a sé, aveva effettuato una manovra azzardata superando la fila e dirigendosi dritto verso l'incrocio.

L'ultima cosa che Marco vide prima dell'impatto tra il fanale del taxi e la sua carrozzella fu la sagoma di Alex dall'altra parte della strada, lo zaino in spalla mentre gridava qualcosa verso di lui.

Tutto diventò nero in un istante, quello in cui atterrò con la faccia sul cemento.

Alex attraversò di corsa l'incrocio mentre attorno era il delirio. Alcune persone scesero dalla propria vettura per protestare contro coloro che avevano inchiodato in testa alla fila. Mentre altre macchine sopraggiungevano e frenavano, il tassista usciva dalla sua Opel bianca per avvicinarsi timoroso al corpo di Marco.

«Cristo, non so come sia successo, io...» cominciò a balbettare mentre Alex si inginocchiava vicino al corpo dell'amico, sbalzato a diversi metri di distanza dalla carrozzella.

«Marco, Marco! Rispondi, ti prego!» urlò mentre provava a rianimare l'amico con degli schiaffetti sulle guance. Il sangue gli imbrattava il viso e gli occhi erano ancora chiusi.

«Dio, no! Non ti azzardare a morire, svegliati, maledizione!»

Lo sguardo gli cadde sulla mano destra di Marco: le dita avevano iniziato a muoversi. Pian piano, anche le palpebre diedero qualche segnale di vita e il ragazzo aprì gli occhi e lo vide.

«Sono qui, amico mio. Mi vuoi far prendere un colpo? Che cazzo ci facevi in mezzo alla strada? Dimmi dove ti fa male, non so se posso tirarti su.»

«Io… non lo so.»

Alex passò le braccia attorno ai fianchi di Marco e cercò di issarlo, poi se lo prese in spalla e lo portò vicino alla carrozzella.

«È fottuta» disse l'amico a fatica. «Guarda la ruota.»

«Chiamiamo un'ambulanza, Marco. Devi andare in ospedale. Il mio telefono è andato.»

«Prendi il mio cellulare, è qui, nella tasca interna. Alex frugò e tirò fuori dal giaccone il Nokia dell'amico.

«Non c'è campo» disse scuotendo la testa.

«Portami a casa. Chiameremo da lì.»

Alex mise alla meglio Marco sulla carrozzella e provò ad azionarla, ma il congegno elettrico era fuori uso. Quindi cominciò a spingerla a mano, incontrando la resistenza della ruota posteriore sinistra, completamente piegata dall'urto con il taxi.

Il tassista si era dileguato, lasciando la sua vettura in mezzo alla strada. Le proteste tra i guidatori coinvolti nel tamponamento nel frattempo erano sfociate in rissa. Il traffico si era congestionato attorno a quel punto, e il rumore del concerto di clacson era arrivato a livelli insopportabili.

Una volta giunti in casa, Alex lasciò la carrozzella in corridoio e corse a prendere il cordless.

«Ma perché? Cazzo!» sbottò. «Non c'è linea.»

«Anche questo…» commentò Marco con un filo di voce, rassegnato, quasi se lo aspettasse. «Il professore aveva ragione.»

«Cosa facciamo? Tu devi andare in ospedale.»

«Alex, vieni qui. Non sono ridotto poi così male. Ho battuto la testa, okay. Sanguino, ma posso medicarmi da solo. Poteva andare peggio.»

Si fece spingere fino in bagno e indicò all'amico quale fosse il mobiletto dei medicinali. Lui tirò fuori acqua ossigenata, alcool, cotone, garze e cerotti e iniziò a medicarlo.

«La carrozzella è fuori uso, e questo è un bel problema.»

«Dopo ti metto a posto la ruota, devi almeno poterla spingere.»

«Ma com'è che sei spuntato proprio in quel momento?»

«Adesso ti racconto tutto. Mi sono successe un sacco di cose che devi sapere.»

Alex raccontò tutto ciò che era accaduto nei suoi viaggi, mentre cercava di improvvisarsi infermiere. Tutto, tranne il suo incontro con un Marco felice e in piena forma, con entrambi i genitori vivi, come per proteggerlo da un'illusione troppo grande da sostenere. L'amico ascoltava con stupore ed entusiasmo crescente. Ogni parola di Alex sembrava una conferma a tutte le ipotesi che avevano preso corpo nella mente di Marco dal giorno dell'incidente.

Quei racconti non lasciavano spazio a fraintendimenti: il Multiverso era una realtà.

Alex sistemò alla meglio la ruota della carrozzella, raddrizzandola e rendendola utilizzabile.

Alla fine, l'amico gli chiese di tirare fuori un vecchio televisore a tubo catodico che aveva abbandonato in una cassapanca anni prima e che non ricordava quasi di possedere. Pensava che sarebbe servito in quella situazione, per avere qualche informazione in più.

Alex cercò il cavo dell'antenna che fuoriusciva dalla parete della sala, vicino al piccolo frigo bar, e lo collegò dietro all'apparecchio. Poi estrasse il telecomando da un vano sul lato dello schermo e lo passò a Marco.

«Niente da fare...» commentò Alex mentre l'amico faceva zapping tra i canali del televisore, incontrando su tutti uno sfondo blu su cui spiccava la frase:

CI SCUSIAMO PER L'INTERRUZIONE
LE TRASMISSIONI RIPRENDERANNO AL PIÙ PRESTO.

«Qualcuno sa, ma non ci informerà mai di cosa sta succedendo» Marco trattenne per qualche istante la rabbia. Le mani tremanti, si lasciò andare a un ghigno sarcastico, fissando il muro di fronte a sé. Poi prese il telecomando del televisore e lo scagliò contro la parete, frantumandolo in diversi pezzi. «Bastardi!»

«Becker te l'aveva detto, vero?»

Marco si voltò verso l'amico, poi guidò manualmente la carrozzella in avanti e frenò quando fu a pochi centimetri da lui. «Proprio così. La fine è vicina. Devi tornare da Jenny. Forse voi avete una possibilità.»

«Ma come la trovo questa Memoria? Non ho idea di cosa e dove sia. E cosa c'entra con tutto quello che sta succedendo?»

«Lo dobbiamo scoprire» rispose Marco prima di indicare con la testa la finestra della sala. «Fosse anche l'ultima cosa che farò prima di morire insieme a tutta quella gente.»

Alex scosse la testa, ma non seppe replicare. Abbracciò Marco e lo tenne stretto per qualche istante. Gli occhi chiusi, pensò a quale potesse essere la causa del panico globale, senza trovare risposta.

Grazie, amico, pensò, ma non ebbe la forza di dirlo ad alta voce.

Il silenzio che accompagnò quegli attimi di tristezza e rassegnazione era carico di significato. Non c'era bisogno di aggiungere altro. Marco si scostò dall'abbraccio e fece per asciugarsi le lacrime che avevano iniziato a bagnare i suoi occhi, e fu allora che Alex vide dentro di lui.

Il ricordo lo investì con violenza, quasi a inchiodarlo di fronte a quella scena senza che si potesse opporre alla forza delle immagini.

Vide la jeep del padre di Marco sbandare sui tornanti prima di sfondare il guardrail e precipitare nel vuoto, mentre la tormenta di neve infuriava e copriva la strada, gli alberi, le rocce. Vide tutto questo dagli occhi del suo migliore amico, intrappolato nel sedile posteriore mentre a pochi centimetri da lui si stavano per spezzare due vite. Le più importanti. Quelle che aveva sempre avuto accanto. La sensazione fortissima di vuoto dovuta alla caduta libera della jeep nella scarpata fece vacillare l'equilibrio di Alex. Le gambe iniziarono a tremargli mentre il suo corpo veniva scosso dai brividi. Era come essere lì, su quel sedile posteriore. Era come vedere la fine.

Un suono banale e stupido, ma allo stesso tempo inaspettato e sinistro, spezzò l'incanto del ricordo di Marco che stava prendendo possesso dello schermo mentale di Alex.

Era il suono del citofono, a pochi passi dai due ragazzi. Alex e Marco si guardarono intontiti per qualche istante, come se l'amico avesse subito lo stesso spaesamento mentre Alex scavava involontariamente nella sua memoria.

Marco allungò una mano verso il citofono.

«Sì?» disse con tono preoccupato, poi attese qualche istante e rivolse lo sguardo verso Alex. «È tuo padre.»

Capitolo 29

Giorgio Loria piombò nell'ingresso con passo spedito.
«Sapevo che ti avrei trovato qui.»

Il tono del padre suonò singolare. Non era di accusa. Non era nemmeno minaccioso. Era quasi più compassionevole che adirato. Alex indietreggiò senza pensarci, come se temesse che questo strano modo di fare del padre celasse intenzioni ben peggiori.

«Io... ho soccorso Marco e...»

«Adesso devi venire con me. È importante. Poi chiameremo qualcuno che aiuti il tuo amico.»

«Sì, ma...»

«Forza.»

Giorgio afferrò il braccio di Alex e lo trascinò fuori. Non aprirono bocca durante il breve tragitto a piedi che separava le due case. Si limitarono a scambiarsi uno sguardo carico di preoccupazione quando superarono la baraonda di macchine incidentate o bloccate tra viale Gran Sasso e piazza Piola.

Quando entrarono in casa, trovarono Valeria seduta sul divano, gli occhi lucidi, il viso tra le mani e i gomiti piantati sulle gambe unite.

«L'hai trovato...» Lo sguardo della madre si riaccese per un attimo.

«Già. Siediti, Alex. Per piacere.»

Alex non si oppose, andò verso la poltrona di fronte al divano e si sedette. Giorgio prese posto accanto a Valeria, di fronte allo scatolone che presentava su ogni lato la scritta CORNICI.

«Sappiamo il perché della tua bravata. Ora ascoltaci con attenzione. Probabilmente quello che sto per dirti è stato confinato nel profondo della tua coscienza. Forse verranno fuori ricordi che avevi cancellato.

Alex non aveva la minima idea di cosa intendesse il padre. Leggeva però sul suo volto e su quello della madre un profondo stato di angoscia.

«Sarebbe a dire?»

Giorgio lo fissò. «Tu non ricordi niente dei tuoi cinque… sei anni… vero?»

Il figlio scosse la testa, poi fece una smorfia come a significare "ben poco".

«Vedi, quando eri molto piccolo» intervenne Valeria «hai sofferto di una bruttissima malattia. È molto probabile che tu non conservi alcun ricordo di quel periodo, di ciò che ti turbava. Diciamo che questi brutti episodi sono stati…»

«…rimossi» concluse Giorgio.

«Che state dicendo?»

«Ecco» continuò la madre «sei stato molto male. Una fortissima depressione, accompagnata da episodi di schizofrenia e da psicosi.»

«State scherzando?» Alex corrugò la fronte e si protese in avanti col busto.

«No, affatto» rispose Giorgio. Quindi tirò fuori una forbice dal cassetto del mobile accanto al divano.

«Credevamo che certi episodi non si sarebbero più verificati. Lo abbiamo sperato con tutto il cuore… fino a oggi.»

«Perché? Cos'è successo oggi?»

«Ti ho sentito, quando eri in bagno. L'hai nominata.»

Alex rimase immobile, perplesso e confuso.

«Era la tua fissazione» continuò Valeria. «Una sorta di amica immaginaria. Scrivevi il suo nome dappertutto, parlavi solo di lei. Solitamente i bambini vivono queste cose come un gioco. Per te era una vera e propria ossessione.»

Alex rimase sconvolto dalla rivelazione. Stavano parlando di Jenny.

«La mia amica immaginaria...» bisbigliò sottovoce.

«Sostenevi che ti parlasse di continuo. Una volta hai perfino imbrattato tutta la casa con un pennarello rosso, scrivendo il nome di Jenny sui muri e disegnando uno strano simbolo.»

Alex rabbrividì. Sua mamma stava parlando del Triskell. L'amuleto dal quale Jenny non si separava mai.

Giorgio tagliò alcuni nastri adesivi e aprì lo scatolone, poi iniziò a tirare fuori delle cartellette, disegni, foto e un diario. Il diario che Valeria teneva sulla malattia.

«Guarda tu stesso.» Giorgio allungò alcuni disegni al figlio. «Questo era ciò che passava per la tua testa all'epoca.»

Alex li prese, li appoggiò sulle gambe e cominciò a passarli in rassegna.

Un molo.

Una spiaggia.

Una donna dai capelli rossi che guardava dentro un telescopio.

Un tunnel sotterraneo pieno di cadaveri.

Una serie di scenari di distruzione e morte, sangue e dolore.

Non è possibile, pensò Alex, pietrificato di fronte a quelle immagini. Un brivido gli percorse la schiena, tutto il corpo si irrigidì improvvisamente.

Era senza parole. Alcuni di quei disegni raffiguravano tutte le situazioni in cui si era imbattuto negli ultimi giorni. C'erano la spiaggia di Altona e il molo sul quale doveva incontrarsi con Jenny. C'era la signora Thompson, la tata-astrologa, con il suo fedele telescopio.

E c'era il tunnel con i cadaveri che aveva attraversato nella realtà parallela in cui Milano era teatro di una sanguinosa rivolta.

Tutto questo era già nel suo cervello anni prima di quel momento. Com'era possibile?

Sono già stato in quei posti... Ho già visto tutto.

«Io parlavo con Jenny...» disse Alex mentre sua madre sfogliava il diario.

«Tesoro, abbiamo paura che ti stia ricapitando.» Il tono di voce di Valeria era basso e quasi rassegnato.

«Non vogliamo che accada.»

«Io parlavo *già* con Jenny! Dannazione, io comunicavo con lei!»

Valeria si voltò verso il marito. «Oh, mio Dio, ci risiamo… Crede che esista davvero.»

«Mamma, Jenny esiste! Esiste eccome!» gridò Alex, agitando i disegni che teneva tra le mani.

La stessa frase che diceva da bambino, con quello sguardo di ghiaccio, pensò il padre.

«Ti rendi conto di cosa stai dicendo?»

«Non credereste mai alle mie parole. Sta succedendo qualcosa che va al di là di ogni immaginazione, quindi so che quello che vi dirò suonerà assurdo. Ma guardatevi attorno. Non è assurdo che Internet sia stato bloccato? Non è assurdo che adesso nemmeno le televisioni o i cellulari funzionino più?»

Valeria si voltò verso Giorgio con aria preoccupata.

«E questo cosa c'entra con Jenny?» sbottò l'uomo. «Il neurologo me l'ha detto che…»

Alex inarcò le sopracciglia. «Neurologo?»

«Il dottore che si è occupato del tuo caso, quando eri piccolo.»

«Cosa cazzo mi avete fatto quando avevo sei anni? Come avete portato via Jenny dalla mia mente per così tanto tempo?» chiese Alex alzandosi in piedi di scatto.

«Alex…» iniziò Valeria. «Hai preso dei medicinali per mesi. Ma la situazione è solo peggiorata. Ogni notte ti svegliavi in preda a incubi terribili. Ci parlavi di realtà catastrofiche. Ci descrivevi città in fiamme, dicevi che continuavi a vedere la Terra ridotta a un deserto di cenere fumante…»

«La terapia farmacologica non ha funzionato» proseguì Giorgio «e così il tuo psichiatra ci ha mandato da un suo collega neurologo, il dottor Siniscalco. Lui è intervenuto sul tuo problema, in maniera decisamente più efficace… e l'ha risolto.»

«Come?»

«Con una terapia elettroconvulsivante.»

Alex corrugò la fronte e avvertì un tremore alle mani

«Sarebbe a dire?»

Il padre lo guardò dritto negli occhi. Non poteva più nascondere la verità.

«Un elettroshock.»

Alex rimase ammutolito per alcuni istanti. Lo sguardo gli cadde sui disegni che spuntavano dallo scatolone. Erano tanti. Erano neri. Visioni terribili di scenari futuri, colme di sofferenza e dolore.

«State scherzando, vero?»

«*Alcune* sedute di elettroshock. È stato necessario. Dopo questa terapia sei come rinato. Non hai più parlato di Jenny, sei tornato a essere un bambino solare, hai cominciato a socializzare con i tuoi compagni...»

«Io non posso crederci! Non state parlando sul serio... Io, avevo un dono, io...»

«Di che dono parli?» lo interruppe Valeria. «Tu eri in preda a una forma gravissima di depressione e schizofrenia. Sembrava una situazione senza uscita, invece...»

«Non sapete che cosa avete fatto!»

Alex si alzò, si avvicinò allo scatolone e si inginocchiò per rovistare al suo interno.

Valeria e Giorgio non sapevano come rispondere all'accusa del loro ragazzo. Forse, pensavano, era la malattia a farlo parlare così.

«Devo andare» esclamò mentre afferrava le estremità della scatola per tirarla su.

«Alex, fermo dove sei!»

Giorgio si alzò di scatto, gli occhi gonfi e carichi di disperazione, le mani tese con le vene ingrossate che disegnavano spesse striature sulla pelle.

«Non mi toccare! Voi non siete più i miei genitori.»

«Ti prego, Alex!» gridò Valeria dal divano, con le mani tra i capelli, in preda a un attacco isterico.

Giorgio allungò un braccio verso il figlio per cercare di fermarlo. Si scambiarono uno sguardo pieno di angoscia e rabbia, poi il padre rimase immobile.

E Alex vide.

Vide il lettino bianco.

Vide i suoi polsi e le caviglie stretti in una morsa e inchiodati ai lati del letto.

Vide un largo cerotto appiccicato sulla sua bocca. Vide i camici bianchi e le luci al neon.

Quando scacciò quel ricordo, Alex guardò i suoi genitori con orrore. Loro rimasero impotenti di fronte a quello sguardo.

«Addio» disse prima di voltarsi, tirare su lo scatolone e sparire. Solo Marco avrebbe potuto aiutarlo a capirci qualcosa.

Capitolo 30

«Non ho parole» commentò Marco dopo la rivelazione dell'amico. «Tu hai *sempre* avuto questo dono! Ora si spiega il perché di quella videocassetta che hai registrato da piccolo…»

«Dobbiamo studiare i disegni. Trovare qualche altra informazione.»

«Certo. Fammi dare un'occhiata.» Marco tirò fuori dallo scatolone alcuni fogli e blocchi di appunti. Nel frattempo Alex teneva tra le mani il dipinto raffigurante Mary Thompson, con quei capelli ricci così folti e il tratto del pennarello che debordava dai contorni del corpo grassoccio e tozzo. Accanto alla donna, un divano e un quadro con il suolo lunare in primo piano. Lo stesso che aveva visto a casa della tata di Jenny.

«Quello che non riesco a capire è perché io. Cosa sono? Cosa siamo io e Jenny?»

«Alex, forse non sei tu, forse non siete voi.»

«Cosa vuoi dire?»

«Voglio dire che non è detto che siate soli. Forse ci sono altre persone così. Anzi, è ragionevole pensare che non siate soli. Becker è uno di voi.»

Alex guardò l'amico con gli occhi carichi d'ansia mentre dalla strada si udiva un rumore crescente: clacson, urla, sirene, come un'onda che stava ricoprendo la città.

«Fammi continuare a rovistare tra le tue carte» disse prendendo un altro blocco di fogli dalla scatola.

Alex invece estrasse un'agenda con la copertina viola di pelle. La aprì e riconobbe subito la calligrafia di sua madre. Era il suo diario. Cominciò a sfogliare le pagine. Al di là di alcuni appunti sulla sua nascita come il peso, le misure e i momenti più importanti dei primi mesi di vita, il diario era prevalentemente incentrato sulla malattia.

Il suo sguardo si alzò verso la finestra. La città si era tinta di grigio, una nebbia fitta era calata sulle strade come una spessa coperta. Alex intravide la sagoma di una donna nel palazzo di fronte a loro. Il busto piegato in avanti, stava ritirando i panni stesi. Un gesto quotidiano che fece pensare ad Alex come la sua vita fosse stata sconvolta nell'ultima settimana e come le vite di tutti, forse, molto presto, non sarebbero più state le stesse.

«Questo sembra interessante» commentò Marco che stava già esaminando altro materiale.

«Ho sognato che Jenny andrà via» iniziò a leggere dal foglio che teneva tra le mani «che mi abbandonerà. Ma non è colpa sua. Un giorno ci incontreremo ancora.»

Alex non poteva credere a quello che stava ascoltando. *È già accaduto tutto.*

«Marco, chi diavolo ero da piccolo?»

«Eri una persona speciale» rispose l'amico mentre continuava a rovistare tra le carte. Poi all'improvviso si fermò, come colto da un'illuminazione.

«Forse le infinite dimensioni sono simultanee» disse socchiudendo gli occhi per afferrare un pensiero sfuggente. «Come un CD.»

«Cosa c'entra un CD adesso?»

«Esistono delle teorie sull'argomento. Nel primo periodo in cui avevo cominciato a interrogarmi sul Multiverso mi ero imbattuto in una di queste. Un CD ha un inizio e una fine, se lo riproduci ha una durata. Ma se lo togli dal lettore hai l'intero arco temporale di quel disco tra le mani in un dato momento. Forse anche gli universi sono simult...» Marco si bloccò e sgranò gli occhi.

«Che c'è adesso?»

«Guarda qui» disse l'amico allungando un foglio ad Alex. Raffigurava due ragazzi, stilizzati, in una stanza. Uno era seduto su una poltrona e sotto di lui c'era scritto ALEX. L'altro era su una sedia con una grossa ruota in primo piano, e il nome MARCO scritto accanto. La figura in poltrona teneva in mano un foglio che in piccolo riproduceva lo stesso disegno. Nell'angolo in basso a destra della pagina c'era una data: dicembre 2014.

Alex era pietrificato. Non sapeva cosa dire. La sua mente era paralizzata dall'idea che qualsiasi cosa avesse detto in quel momento, con ogni probabilità l'aveva già detta.

«Ti rendi conto?» chiese Marco, mentre il frastuono proveniente dalla strada veniva sostituito dallo scroscio della pioggia che aveva cominciato a scendere insistente sulla città.

«Questi siamo noi. Siamo noi… ora! Io ho disegnato questa scena dieci anni fa!»

Alex rimase paralizzato per alcuni istanti, gli occhi fissi sul disegno profetico. Poi iniziò a scuotere la testa, lo sguardo rivolto verso il basso. Marco cominciò a sfogliare freneticamente gli altri disegni. Tra quelle carte poteva esserci scritto il loro destino e, forse, non solo il loro. Pochi istanti dopo si immobilizzò su un foglio stropicciato.

No… questo no.

«Cos'hai trovato?» chiese Alex. Marco non rispose, si limitò a porgergli il disegno perché vedesse lui stesso.

Quando lo ebbe di fronte agli occhi, impallidì.

Sulla destra del foglio, un tondo con all'interno alcune sagome marroni circondate da vaste parti blu. Il tratto del pastello a punta grossa usciva spesso fuori dal contorno ben calcato. Sembrava un pianeta, che poteva benissimo rappresentare la Terra.

Alex spostò lo sguardo sulla sinistra del foglio.

Un altro disco rotondo, di color rosso acceso, con una scia che lo precedeva come a dare l'idea della direzione verso la quale puntava: dritto verso la grande sfera azzurra.

Sotto, in basso a destra, una data.

«Domani» disse Marco «sulla Terra. È già accaduto e accadrà di nuovo.»

«Non è vero, non ci credo. È uno sbaglio.»

«Alex, non è uno sbaglio!» Marco riprese in mano i vari fogli, riproponendoli uno per uno alla vista dell'amico. «Hai disegnato le realtà parallele in cui ti sei trovato in questi ultimi giorni. E poi il molo, Mary Thompson...»

«Stiamo per morire?» chiese con un filo di voce.

Marco lo guardò negli occhi con un'espressione che si era fatta improvvisamente malinconica. «Sì, credo proprio di sì.»

In un attimo, Alex venne travolto da un'immagine che si proiettò di fronte ai suoi occhi. Lo vide come se fosse lì a pochi passi da lui, nella stanza, accanto a Marco. Era il veggente malese, seduto dietro il banchetto con le carte fra le mani.

Le parole dell'uomo battevano sulle pareti del suo cranio come una schiera di campane suonate a festa, mentre lo sguardo penetrante lo ipnotizzava.

«Tutti noi in grande pericolo... Tu importante.»

«Non può essere» sussurrò Alex mentre osservava il disegno caduto per terra. «Com'è possibile che nessuno l'abbia avvistato? Tu ne sapevi niente?»

«Un meteorite di piccole dimensioni può essere avvistato anche pochi giorni prima dell'impatto. Ma non causerebbe la fine del mondo che ha predetto Becker. Qui evidentemente si tratta di un grosso asteroide.»

«E allora? Allora c'è uno sbaglio, questo disegno non è...»

«Alex, un asteroide di grandi dimensioni può essere avvistato con largo anticipo. Ma... potrebbe essere tenuto segreto.»

«Cosa significa? Dobbiamo morire tutti e non ci dicono niente?»

«Se hanno preparato una città-bunker, o qualcosa del genere, non possono permettersi di mandare l'intero pianeta nel panico.»

«Ma il pianeta è nel panico eccome! Anche senza sapere niente a proposito di un eventuale impatto...»

«Certo. Perché si sono resi conto che nel terzo millennio è difficile che una notizia del genere non trapeli. E così, nei giorni precedenti la catastrofe, hanno pensato bene di levarci ogni mezzo di comunicazione.»

«Ma chi sono? Di chi parli?»

«Non lo so chi sono, Alex! So solo che Internet non scompare dall'oggi al domani per caso. Sta accadendo qualcosa. Qualcuno si potrà salvare, qualcuno si illude di potersi salvare. E tu... tu e Jenny, forse, avete una possibilità.»

Mentre pronunciava quelle parole, Marco ripensò a ciò che gli aveva detto il professore.

«Possono salvarsi, ma la morte li coglierà ugualmente.»

Alex fissò il vuoto. Ogni cosa che aveva visto e vissuto fino a quel giorno stava per cessare di esistere. Marco batté un pugno sul tavolo e ricominciò: «Becker non è un pazzo. Tutto torna. E se raggiungendo Memoria potete salvarvi, fatelo e basta. Devi trovare quel posto».

«Non so nemmeno da dove iniziare.»

«Torna da Jenny, allora. Quello che è certo, è che lo dovete trovare insieme. Se qualcun altro potrà salvarsi, questo non lo so dire. Di certo, io sono spacciato.»

Alex continuò a fissare il vuoto. Finché non seppe trattenere le lacrime. Si alzò, si piegò in avanti e abbracciò forte l'amico.

«No.»

«Alex, sono spacciato. Io non posso passare in un'altra dimensione. Non vedo il futuro. Sono una persona normale e morirò, come tutti.»

Alex non disse niente. Sapeva che l'amico aveva ragione. E pensava che quasi certamente il suo destino non sarebbe stato diverso. Ma ora, lui aveva una possibilità: tornare da Jenny e trovare Memoria, qualsiasi cosa fosse.

«Ti voglio bene, Marco. Ma tu potresti...»

Marco scosse la testa per fermare le sue parole.

«Lo devi fare. È la tua strada. Tu puoi andare da lei. Puoi varcare le dimensioni. Forse nella sua realtà non succederà niente di niente.

Forse è questo il senso del tuo dono: scappare da qui. Io sono condannato comunque. Vai, Alex. Non c'è tempo da perdere.»

«Non posso sopportarlo, davvero. Non ce la faccio.»

«Vattene via! Non mi far incazzare. Non voglio essere compatito!»

Alex fissò Marco, gli occhi lucidi e gonfi.

«Addio, amico mio. Qualsiasi cosa succederà domani, tu da qui non andrai mai via» gli disse appoggiando delicatamente una mano sul petto. Poi si voltò e raggiunse in silenzio la porta d'ingresso.

Marco lo osservò allontanarsi. Tutti gli anni della loro amicizia gli passarono rapidamente davanti agli occhi, lo investirono con la forza di un ciclone. Rivide le risate di fronte ai videogiochi. Rivide le nottate trascorse a leggere storie dell'orrore, circondati solo dalla luce delle candele. Rivide gli abbracci e le lacrime al funerale di sua nonna, quando Alex era al suo fianco, unico tra i suoi amici. Come sempre era stato. Quello che per lui era più di un fratello stava uscendo da casa sua per non tornare mai più.

«Aspetta!» gridò Marco mentre Alex si chiudeva la porta alle spalle. In quella singola parola c'era un'improvvisa carica di entusiasmo.

Alex si voltò di scatto, sorpreso, e tornò indietro. In un attimo fu in sala. «Ti è venuto in mente qualcosa?»

Marco lo osservava con aria risoluta e occhi raggianti.

«Forse ho capito cos'è Memoria.»

Capitolo 31

«L'hai capito così, all'improvviso?» Alex era in piedi di fronte all'amico.

Marco sospirò. «Qualcuno sapeva benissimo che eri una persona speciale. L'ha sempre saputo.»

«Ti riferisci ai miei? Loro pensavano che io fossi depresso, in realtà.»

«Ma com'è possibile? Come può una madre acconsentire a praticare l'elettroshock sul figlio di sei anni?»

Alex si guardò attorno senza rispondere, imbarazzato.

«I tuoi genitori ti hanno bruciato il cervello con l'aiuto di una terapia apparentemente corretta ed efficace, giustificando questo drastico intervento con la scusa della tua depressione. Ti sembra normale?»

Alex abbassò lo sguardo, risentito, e rifletté sulle parole dell'amico. «Dove vuoi arrivare?»

«Mentre stavi uscendo e ripensavo al nostro passato, gli occhi mi sono caduti su questa pagina del diario di tua madre. L'avevo già vista prima, ma ora ho notato un particolare che potrebbe spiegare tutto.»

«Di cosa si tratta?»

«Proprio qui Valeria parla di un posto che tu nominavi spesso. Un "posto magico", così lo chiamavi. Questa parte del diario è relativa al primo periodo post-intervento, Valeria scrive che tu hai, leggo testualmente: *Smesso di fare brutti sogni, di nominare Jenny, di pronunciare frasi apocalittiche e di disegnare simboli strani o scenari da fine del mondo.* Ma non solo… C'è una frase particolare che mi ha colpito, mi ha lanciato un segnale. È la chiave di tutto. Leggi tu stesso.» Marco porse all'amico il diario.

«Il mio bambino ha smesso di parlare di quel posto magico. Non lo vedrà più, non ci andrà più, resterà sempre qui con me» recitò Alex.

Marco sorrise soddisfatto. «Tutti i bambini parlano di posti magici, inventano e creano luoghi di fantasia. Evidentemente anche tu lo facevi. Tua madre ti aveva sentito spesso parlare di questo posto. Dopo la terapia, ha scritto: *Non ci andrà più, resterà sempre qui con me*. Non ha senso. Quale genitore potrebbe mai pensare che se il figlio parla, non so, di un castello fatato, ci possa *effettivamente* andare? È chiaramente il frutto della fantasia di un bambino. Non può essere altrimenti. A meno che…»

«A meno che questo posto non esista veramente. Memoria era il mio posto magico? È questo che vuoi dire?»

Marco non rispose. Stava inseguendo un ragionamento che da una semplice ipotesi poteva tramutarsi in certezza.

«I tuoi genitori hanno agito fingendo di operare a fin di bene, muovendosi da persone comuni. Non so perché l'hanno fatto, ma l'hanno fatto. Si sono rivolti a uno specialista che ha risolto il tuo caso. Tutto nella norma. Tutto insospettabile. Ma i tuoi genitori sanno benissimo cos'è il posto magico, ne parlavi dieci anni fa. Ora devi sapere cos'altro dicevi di questo posto. Devi chiederlo a loro, visto che i tuoi ricordi sono stati cancellati.»

Alex ci pensò su per qualche istante. La deduzione di Marco poteva essere esatta. Doveva tentare.

«D'accordo.»

«Qualsiasi cosa tu scopra, devi seguire la tua intuizione e andare da lei.»

«Ma tu cosa farai?»

«Alex, tutto è già successo. Seguirò anch'io la mia strada.»

Alex tese la mano destra verso l'amico. I loro sguardi si incrociarono per l'ultima volta, energici e decisi, mentre le mani si stringevano con forza. Non era più un triste addio, fatto di lacrime e disperazione. Era una sfida lanciata al mondo.

Quando Alex si affacciò all'entrata della sua palazzina, al civico 22 di viale Lombardia, lo colpì subito un dettaglio: l'assenza di qualsiasi rumore.

Per strada, fino a poco prima, il panico si stava diffondendo, traducendosi in episodi di violenza e protesta. Incidenti, ingorghi agli incroci, risse tra cittadini, folle di manifestanti che marciavano per strada, senza comprendere che nessuna telecamera li avrebbe mai inquadrati, nessun quotidiano avrebbe mai dato loro risalto.

Ma non appena Alex si lasciò alle spalle il pesante portone in legno, avvertì la sensazione di essere entrato in un rifugio antiatomico. Silenzio totale. Al pianterreno non si udiva nemmeno il consueto frastuono che proveniva dall'appartamento sulla destra dopo i tre gradini, quello abitato da un metallaro venticinquenne che passava la giornata ad ascoltare a tutto volume Testament, Slayer, Megadeth e gruppi simili, lasciando talvolta lo stereo acceso anche quando usciva di casa.

E non filtrava neanche il volume assordante cui la signora del primo piano era solita tenere il televisore. Non le bastavano gli apparecchi per l'udito, doveva premere il tasto "+" sul telecomando finché non raggiungeva il numero 99 sullo schermo. Il condominio era costretto a sorbirsi l'intera programmazione del canale, a qualsiasi ora del giorno e della notte.

Un ululato spezzò il silenzio irreale che avvolgeva l'androne. Era il lamento disperato di un cane che con tutta probabilità era stato lasciato da solo in casa.

Alex salì le scale mentre un fastidioso spiffero lasciava passare una leggera corrente invernale tra le pieghe della sua felpa. Passava l'aria, ma non passavano le voci. Come se il mondo all'esterno di quella palazzina fosse stato *spento*.

Di fronte alla porta blindata di casa Loria, Alex si rese conto che non aveva più le chiavi nello zaino. Doveva averle lasciate a casa durante l'ultima discussione con i genitori. Così suonò il campanello.

Nessuna risposta.

Insistette, tenendo premuto il tasto, e si rese conto che al suo gesto non corrispondeva alcun suono all'interno dell'appartamento.

Cominciò a battere con forza il palmo della mano destra sulla porta di legno, sotto lo spioncino.

«Aprite, maledizione! Sono io!»

Non rispose nessuno. Alex appoggiò l'orecchio alla porta per cercare di captare qualche rumore dall'interno. Sentì dei colpi. Uno dopo l'altro, in sequenza, abbastanza lontani per ipotizzare che provenissero dal salotto.

«Papà? Mamma? Aprite la porta!»

Alex indietreggiò e abbassò lo sguardo, pensieroso. Poi appoggiò nuovamente l'orecchio e notò che il rumore di quei colpi che sembravano martellate era cessato. Così riprovò a battere sulla porta con violenza, gridando a squarciagola.

Le chiavi ruotarono nella serratura e sbloccarono dall'interno il meccanismo che blindava l'entrata.

«Dio... sei tornato. Entra, vieni» disse sua madre sottovoce mentre apriva un varco angusto tra lo stipite e la porta. Alex vi si infilò, lo sguardo contrariato. Quindi Valeria chiuse in tutta fretta e fece quattro giri di chiave nella serratura centrale e quattro in quella in basso. Cosa che Alex le aveva visto fare solo prima delle partenze per le vacanze estive.

«Cosa diavolo state facendo?» disse il ragazzo.

«Tuo padre ha deciso così» rispose secca Valeria, mentre lui già correva in sala. Martello alla mano, Giorgio non degnò di una parola il figlio che lo guardava con occhi sgranati e riprese a colpire. Le finestre erano sprangate: quella che suo padre stava fissando era l'ultima asse.

I suoi genitori si stavano barricando in casa.

«Perché?» chiese Alex alla madre, che si alitava sulle mani disposte a coppa per poi appoggiarle, tiepide, sul naso e sulle guance.

«Ha paura che stia per scoppiare una guerra o qualcosa del genere» rispose Valeria. Poi lanciò un'occhiata verso la manopola che regolava il riscaldamento autonomo dell'appartamento. «È andato. Da ieri, forse, visto che i muri e i pavimenti sono già freddi. Ce ne siamo resi conto tardi, comunque ho preso dalla cantina tutte le coperte della nonna. E abbiamo la dispensa piena di scorte. Possiamo resistere per...»

«Io non ci rimango in questo bunker. Non sono tornato per nascondermi. Ho solo bisogno di una risposta.»

In quel preciso istante, saltò la corrente. La casa, con tutte le tapparelle giù e le assi inchiodate di fronte a ogni finestra, fu inghiottita dal buio. Valeria, Giorgio e Alex si ritrovarono immersi in un silenzio glaciale. Nessuno osò fiatare per qualche secondo. Poi fu la madre a reagire, quasi fosse preparata all'eventualità che, dopo il riscaldamento e la linea telefonica, in casa mancasse anche la luce. «Vado a prendere le candele.»

Alex fece qualche passo in corridoio, andò alla ricerca dello zaino e finì per inciamparci contro. Lo afferrò e se lo mise sulle spalle mentre Valeria iniziava a premere la testa di alcuni fiammiferi contro il bordo della scatoletta. Quando si riaffacciò in corridoio, in mano un candelabro con otto fiammelle che si agitavano per illuminare la scena, Alex vide i suoi occhi stanchi e provati. Si chiese per quale motivo lei e Giorgio avessero compiuto un tale atto di violenza nei suoi confronti, quando era solo un bambino. Forse qualcuno li aveva spinti a farlo.

Giorgio si avvicinò e un fascio di luce colpì Alex in pieno viso. Suo padre doveva aver recuperato una torcia in qualche cassetto del soggiorno. Abbassò la luce. «Tu non vai da nessuna parte» disse con tono autoritario, mentre la condensa trasformava il suo fiato in una nuvoletta bianca che si perdeva nell'aria. Fu allora che Alex lo fissò negli occhi, e non servì alcuna luce artificiale per penetrarvi.

«Che cos'è il posto magico?» chiese il ragazzo, prima di sentire un brivido che dalla nuca scendeva lungo tutta la spina dorsale. Fu come imboccare un tunnel senza uscita. Entrò nei ricordi di suo padre come spinto da una forza magnetica alla quale non poteva opporsi. Come se una mano si protendesse dalla memoria di Giorgio, lo afferrasse e lo trascinasse all'interno. Come gli era capitato alla stazione di Cadorna, quando aveva involontariamente visto nel passato di uno sconosciuto scoprendolo alle prese con una prostituta. O come era accaduto con Marco, quando Alex era stato catapultato nel terribile ricordo dell'incidente in montagna.

Valeria assistette alla scena impotente, quasi intontita dall'invisibile aura di energia che circondava il figlio mentre apriva ogni cassetto dei ricordi di suo padre, al quale cadde di mano la torcia. Tutti e tre rimasero immobili nella fioca luce che illuminava il corridoio.

Alex, intanto, era nella sua cameretta. Era un bambino, giocava con i pennarelli e con i fogli di carta. La mamma lo chiamava per la cena ma lui rispondeva che stava dipingendo il futuro e che non aveva fame. Il padre spuntava dal corridoio, tirava su il bimbo per le braccia, se lo portava al petto e dopo una bonaria sculacciata lo trascinava in cucina.

«Basta con questa storia del futuro, non ci arriverai al futuro se non mangi! Quando la mamma dice che è pronta la cena, si va a tavola!»

Alex batté involontariamente le palpebre per alcuni istanti. Non sentiva più alcun muscolo del corpo ma nonostante questo rimase dritto, saldo sui piedi, di fronte a Giorgio.

Ora c'era un giardino, alcuni cani si rincorrevano e dei bambini giocavano su un'altalena. Lui girava attorno a una giostra, sembrava felice.

Nessuna traccia di depressione. Sembrava un bambino come gli altri. Era una splendida giornata e Valeria stava leggendo una rivista di moda su una panchina. Di tanto in tanto gridava ad Alex di non allontanarsi troppo.

«Rimani dove ti posso vedere, teppistello! E stai attento a non farti male.»

Il bimbo tornava ogni tanto alla panchina, faceva spuntare il suo faccino da dietro la rivista e sorrideva alla mamma. Ora anche Giorgio sedeva accanto a lei.

«Sono stato nel posto magico e c'era anche Jenny. Io vorrei giocare qui con lei, così potreste vederla anche voi, ma lei dice che non può venire. Possiamo vederci solo noi due.»

L'espressione sul volto di Valeria si faceva improvvisamente contrariata.

«Non ti piace quando parlo del posto magico. Perché, mamma?»

Valeria non rispondeva alla domanda e guardava con occhi pieni di dolore il piccolo mentre lui continuava il suo racconto pieno di passione.

«Jenny dice che il posto magico è solo quando siamo insieme e che quindi è solo per noi, è il nostro mondo.»

«Ora basta, Alex.»

«Quando siamo insieme siamo come il sole.»

Alex chiuse gli occhi e poi li spalancò.

Scostò lo sguardo, sganciandosi da quel vagone di ricordi e immagini del passato.

«Ho avuto la risposta che cercavo» disse deciso.

Si voltò verso la porta blindata, mentre i genitori si scambiavano uno sguardo di stupore che non riusciva a trasformarsi in rabbia o in risolutezza. Come se qualcosa fermasse ogni loro istinto. Qualcosa che non avrebbero mai saputo descrivere.

«Ti prego, Alex...» disse Valeria con la voce rotta e le lacrime agli occhi, mentre allungava un braccio verso il figlio, quasi priva di forze. Giorgio continuò a scuotere la testa, impotente, fissando il vuoto.

Il figlio si voltò un'ultima volta, solo con la testa, dando le spalle ai genitori mentre girava la chiave nella serratura.

«Addio.»

In un attimo, si ritrovò fuori da quella che per troppi anni era stata la sua prigione di cristallo, pronto ad abbandonare per sempre le persone che più lo avevano amato e più lo avevano ostacolato, per ragioni che non era in grado di comprendere. Ma del resto non c'era tempo per attribuire colpe, per ricostruire quel pezzo della sua storia.

La fine era vicina. E ora Alex sapeva che cos'era Memoria.

«Ovunque siamo tu e io, Jenny. Insieme. Sto arrivando.»

Capitolo 32

Non appena si ritrovò in strada, Alex si rese conto che l'irreale silenzio all'interno della palazzina era strettamente legato a ciò che stava succedendo al di fuori.

Non c'era più alcuna rissa di fronte alle banche. Non c'erano grida.

Il panico, nella sua forma più folle e isterica, si era placato.

Ora c'era il terrore.

Alex si diresse verso piazza Piola e man mano che camminava si accorgeva di cosa stavano facendo le persone attorno a lui.

Fissavano il cielo.

Alzò lo sguardo anche lui, mentre sul volto della gente era dipinta la prima espressione di consapevolezza della fine imminente. Erano tutti per strada, i visi pallidi, gli occhi sgranati e le bocche congelate in una smorfia di stupore mentre osservavano l'ammasso deforme che incombeva sopra le loro teste.

L'asteroide era ancora lontano, ma minaccioso. Sembrava una pietra grigia piantata nel firmamento, una macchia che fendeva la volta celeste. I colori che facevano da sfondo al suo arrivo erano quelli del più affascinante dei tramonti, con squarci scintillanti che graffiavano una tela rossa e viola, mentre le nuvole attorno si aggrovigliavano incessantemente in gomitoli azzurri e grigi. Ma nessuna nube osava frapporsi tra il nuovo Signore del destino e i loro occhi. Nessuna ebbe l'ardire di oscurare la visione più straordinaria e agghiacciante che si fosse presentata dall'alba dei tempi. Gli ammassi si diradavano e si riunivano, si estendevano e si ritiravano.

Colui che stava portando il nero mantello dominava la scena. Avrebbe avvolto l'umanità in secoli e secoli di silenzio. Era l'ultimo giudice degli uomini, venuto a dettare l'ultima legge. Per la prima volta, sarebbe stata veramente uguale per tutti. Non si sarebbe salvato chi possedeva un rifugio antiatomico, non ce l'avrebbe fatta chi era rintanato in un sotterraneo. E anche le cittàbunker riservate a politici, uomini di religione, scienziati e cavie umane, gli eletti pronti a far ripartire tutto a seguito dello schianto, sarebbero state inghiottite nel nulla. Era in arrivo il più devastante impatto nella storia del pianeta Terra, non c'era scampo per nessuno.

Alex oltrepassò piazza Piola, disorientato, attraversando la folla che osservava il cielo. Sapeva che per raggiungere Jenny aveva una sola possibilità: ricostruire mentalmente la sua dimensione, così come aveva fatto per tornare a Heathrow. Ma la sua mente era come una stanza messa a soqquadro. Immagini, ricordi ed emozioni di ogni genere si avvitavano dentro di lui. C'era solo un luogo dove sperava di ritrovare il ponte che lo aveva portato da Jenny: l'osservatorio astronomico nei giardini di Porta Venezia.

Non aveva alcuna certezza che avrebbe funzionato, che questa strategia potesse portarlo da lei. Però doveva tentare.

Alex cominciò a correre tra la folla.

Percorse viale Gran Sasso, diretto verso l'incrocio con corso Buenos Aires. Le macchine abbandonate lungo la strada, le bici e i motorini lasciati a terra, i semafori spenti e le persone imbambolate dalla visione apocalittica davano vita a una cornice tetra e silenziosa. Il genere umano aveva deposto le armi.

Il vociare della gente riprese piano, timoroso e cauto. Come se le persone avessero davvero eletto quell'asteroide a loro Dio e temessero di disturbarne l'avvento.

Alex era già in piazza Argentina. Le vetrine dei negozi erano solo mute rappresentazioni della superficialità materiale dell'uomo, e si susseguivano una dopo l'altra senza avere più niente da offrire. Di fronte agli occhi di Alex sfilarono gli sguardi persi dei bambini, i volti rassegnati degli anziani, le facce atterrite degli adulti. L'isteria si stava ricaricando, come se il momento di immobilità che la città aveva appena vissuto rappresentasse la quiete prima della tempesta.

In prossimità di piazza Lima, un ragazzo a petto nudo con in mano una mazza da baseball e i capelli lunghi fino a metà schiena guardava in alto e gridava: «Vieni, figlio di puttana! Ti aspetto! Non mi fai paura!»

Alex lo evitò, schizzando alle sue spalle. Qualche metro più in là notò che alcune persone tenevano fra le mani il cellulare come una telecamera e riprendevano lo spettacolo. *Immagini memorabili*, pensò Alex, che nessun telegiornale avrebbe trasmesso nell'edizione straordinaria della sera.

Quando la gente ricominciò a far uso della voce, Alex sentì i più disparati commenti mentre continuava a correre verso Porta Venezia. Alcuni sostenevano che non ci fosse niente da temere, che gli Stati Uniti avevano certamente previsto l'arrivo dell'asteroide e che qualche missile sarebbe partito per colpirlo di lì a poco, quando fosse stato sotto tiro. Altri credevano che col passare delle ore la Terra avrebbe ruotato abbastanza da far piombare l'asteroide nell'oceano Atlantico, provocando l'inondazione dell'intera penisola iberica. «Pazienza» dicevano. «Basta che lo tsunami non arrivi fino a qui.»

Alex non arrestò la corsa. Quando giunse al cancello che delimitava l'ingresso ai giardini pubblici, lo trovò chiuso. Doveva scavalcare.

Si issò con tutte le forze che gli erano rimaste. I rami secchi di un albero oltre il muro di pietra gli si incastrarono fra i capelli. Si diede una spinta con le braccia e atterrò sulla ghiaia.

La struttura a cupola del Planetario si ergeva di fronte ai suoi occhi.

L'ingresso era aperto. Il ragazzo fece alcuni passi circospetti oltre i cartelloni che annunciavano una conferenza per le scuole che non si sarebbe mai svolta, poi superò la seconda porta lasciandosi alle spalle un piccolo sipario e fu dentro.

La sala era avvolta nel buio, ma non sembrava deserta. Oltre il palco, su tre o quattro sedie in lontananza erano sdraiati dei senzatetto. Dormivano, per fortuna.

«Ci devo riuscire» bisbigliò mentre prendeva posto, in un angolo dove i barboni non l'avrebbero visto, se anche si fossero svegliati.

Quando chiuse finalmente gli occhi per trovare la concentrazione e annullare ogni stimolo esterno, la mente gli ripropose di continuo l'immagine fredda e possente dell'asteroide. Cercò di scacciarla ma rimaneva lì, come una diapositiva incastrata che impediva all'ingranaggio di scorrere.

Poi appoggiò la nuca allo schienale e aprì leggermente le palpebre, osservando il soffitto. La ricostruzione artificiale del firmamento era disattivata, ma quello era lo stesso soffitto dove aveva visto la cintura di Orione la prima volta, da piccolo. Lo stesso che aveva ammirato con Jenny poco tempo prima, nella dimensione in cui ora cercava disperatamente di tornare.

In un attimo rivide tutto in sequenza. Gli occhi di Jenny. Il loro primo bacio. Il Triskell. La Via Lattea. Le dita della mano di lei che si intrecciavano alle sue.

Il vortice lo prese con una forza straordinaria. Lo scaraventò in un tunnel di voci e colori senza contorni, mentre migliaia di volti senza nome gli piombavano addosso e gli passavano attraverso.

Si risvegliò con una fitta acuta sulla parte destra della fronte.

Era seduto su un letto.

Quando mise a fuoco la realtà che lo circondava comprese che si trovava nella sua camera *alternativa.* Lo sguardo scattò subito sulla mensola accanto alla scrivania. Il trofeo di atleta dell'anno non c'era. In compenso, appesa al muro c'era una medaglia d'oro. Si alzò e andò a leggere l'iscrizione. Diceva: TORNEO REGIONALE DI BASKET – PRIMO POSTO.

Alex sorrise per un attimo. Nella sua dimensione, quella finale l'avevano persa per un punto, con un suo tiro da tre che sul suono della sirena aveva preso il tabellone, ed era finito fuori: questione di centimetri. Nella realtà di Jenny quei centimetri si erano leggermente spostati a loro favore.

La voce della ragazza gli perforò le meningi senza preavviso.

«Alex, ti sento! Sei tornato! Ti prego, dimmi che è così.»

«Sì, sono qui. Mi sono appena risvegliato in camera mia. Perché non siamo assieme?»

«Sono scappata. Non mi riconoscevi più, mi hai quasi aggredita al Planetario.»

«Non ero più io, Jenny. Avevo perso il controllo. Dove sei ora?»

«Sono nascosta. In città c'è una specie di coprifuoco.»

«Cioè?»

«Sono tutti chiusi in casa, non so perché, ma il cielo è diventato strano, sembra che stia per arrivare un uragano o qualcosa di peggio.»

«Succederà anche qui, dannazione. Dove posso trovarti?»

«Cosa succederà anche qui?»

«Te lo spiego dopo. Dove ti raggiungo?»

«Non lo so. Ho camminato tanto, sono arrivata di fronte a una stazione di treni. Su un cartello blu c'era scritto Lambrate. Poi ho proseguito dritto.»

«Hai visto il nome della via?»

«Sì, via Rombon. Sembra di essere in guerra, l'esercito è dappertutto...»

«L'esercito?»

«Sì, alcuni altoparlanti hanno dato l'ordine di rimanere in casa. È una decisione del governo, a quanto pare. Per la sicurezza nazionale.»

«Pazzesco...»

«Vieni, ti prego. Mi troverai sotto un ponte, vicino a un'indicazione autostradale.»

«Ho capito, sei a ridosso dell'imbocco della tangenziale.»

«Fai presto, Alex. Ho paura. Ci sono dei cespugli ai lati della strada. Se passano dei mezzi militari mi nasconderò lì.»

«Faccio più in fretta che posso.»

Alex si precipitò per strada e iniziò a correre a perdifiato. Corse verso piazza Piola e prese via Pacini, diretto a Lambrate. Il silenzio calato sulla città gli comunicava un gelido senso di morte. Alzando gli occhi al cielo vide solo nuvoloni neri che si stavano ammassando e gli impedivano di scorgere l'asteroide. Una sirena ruppe la quiete all'improvviso, seguita da un avviso incomprensibile gridato da un megafono. La voce proveniva dalle sue spalle, ma era piuttosto lontana.

Alex, intanto, intravedeva già la facciata della stazione dei treni. Quando tagliò in diagonale la piazza, notò che le tapparelle di tutte le abitazioni erano serrate. Ripensò ai genitori, barricati in casa nella sua dimensione originaria.

La città deserta gli restituiva solo il rumore dei suoi passi e del suo respiro affannato. Di tanto in tanto ripartiva la sirena, seguita dall'avviso. Alex non rallentò agli incroci, né si fermò a vedere se il semaforo era verde o rosso. Non ce n'era bisogno. Per strada non c'era l'ombra di un'auto. Quando schizzò sotto il ponte ritrovandosi in via Rombon sentì delle grida. Rallentò la corsa e cercò di guardare in lontananza, da dove sembravano provenire le urla. Alla sua sinistra poteva scorgere la via che portava in piazza Udine. La voce proveniva da lì. Riusciva a vederlo: un uomo completamente nudo, i capelli lunghi e un fucile tra le mani. Era in mezzo alla carreggiata, ad almeno duecento metri da lui. Alex si assicurò di non essere osservato, poi tornò a guardare l'uomo e si chiese cos'avesse in mente.

«E verrà il tempo del giudizio finale» gridava in preda all'isteria «e verranno i carri del Signore a prelevare le anime dannate! E verrà l'Angelo, a portare la redenzione! Accoglimi, o Gesù Cristo, accoglimi tra le tue braccia, e con me i miei fratelli, e con me le mie genti...»

Alex non fece neanche in tempo a sentire la fine di quell'appello perché un furgoncino dell'esercito sbucò fuori dal nulla e due militari aprirono il fuoco sull'uomo, che rovinò al suolo.

«Maledizione» bisbigliò Alex, prima di voltarsi e riprendere la corsa.

Continuò a correre con tutte le sue forze, superando una stazione di servizio, un mercato comunale e una serie di negozi. Alla fine arrivò al ponte di cui gli aveva parlato Jenny. Si voltò. Il furgoncino era all'inizio della via. Diretto verso di lui. Lo avevano visto.

«Jenny! Jenny! Sono qui, Jenny!» gridò con tutta la voce che aveva.

La ragazza spuntò da un cespuglio, ma Alex mise a fuoco oltre la sua figura un secondo furgoncino proveniente dalla direzione opposta.

I due si corsero incontro.

Alex strinse a sé Jenny mentre il mezzo avanzava verso di loro. La ragazza si abbandonò al suo abbraccio e oltre le spalle di Alex vide il furgoncino di militari che avevano ucciso l'uomo, a un centinaio di metri di distanza.

Erano circondati.

Non potevano più scappare.

Nello scenario deserto di quella zona della città, due ragazzi abbracciati si trovavano tra due mezzi dell'esercito pronti a far fuoco.

Un energumeno in divisa balzò fuori dal primo furgoncino e alcuni militari scesero e si disposero a semicerchio attorno ai ragazzi.

«Sparate!» ordinò l'uomo. Alex guardò Jenny negli occhi. Volevano ucciderli. Ma perché? Non erano dei pazzi fanatici che urlavano per strada. Non erano armati. Erano solo due ragazzi che cercavano un riparo. Non aveva senso. Come non aveva senso che un bambino di sei anni venisse sottoposto a un elettroshock dai propri genitori. I due pensieri si sommarono tra loro, mentre nella mente di Alex compariva una nuova verità. Che cosa avevano in comune i suoi genitori con un gruppo di militari? Nulla. E forse proprio questa era la risposta. Non esisteva un nemico, era la fine stessa che lo stava inseguendo come un buco nero che avvolge ogni cosa.

Jenny spalancò gli occhi, le ginocchia le tremavano e le sue mani si avvinghiarono al corpo del ragazzo.

«Guardami dentro...» pensò Alex.

Si fissarono negli occhi mentre i militari puntavano le armi contro di loro, le dita sui grilletti, pronti all'esecuzione.

Una luce improvvisa scaturì dal loro abbraccio e si propagò nell'area circostante. Una sequenza di fasci luminosi esplose in ogni direzione creando in pochi istanti un'enorme cupola bianca che illuminava le strade, le case e il cielo sovrastante.

«Che diavolo su-succede?» balbettò un soldato.

«Non capisco...» rispose il comandante che aveva dato l'ordine di sparare.

Il sole era già calato in quel freddo pomeriggio di inizio dicembre, ma la luce emanata dall'unione fra Alex e Jenny era in grado di illuminare l'intero quartiere.

I militari rimasero immobili, gli occhi persi nel vuoto. In un attimo tutti gli ordini ricevuti, l'addestramento, i giuramenti, i codici da rispettare, divennero solo blandi ricordi sepolti nel tempo. C'era solo quella forza incredibile che paralizzava ogni arto. Nessuno dei soldati fece fuoco e dopo pochi istanti lasciarono cadere a terra le mitragliette. Le braccia lungo i fianchi, lo sguardo smarrito nell'aura luminosa, stettero in piedi l'uno accanto all'altro senza muovere un passo. Sentivano i muscoli pesanti, bloccati. La forza che li stava pietrificando non poteva essere combattuta con alcun tipo di preparazione.

Erano nel posto magico.

Il posto magico siamo io e Jenny, insieme.

Capitolo 33

Jenny e Alex fissarono la scena surreale per alcuni secondi, poi bastò un cenno d'intesa e scattarono entrambi nella stessa direzione, allontanandosi oltre il ponte e lasciando i militari sul posto, impegnati a capire che cosa stesse succedendo.

Incredibile, sembra che li abbiamo drogati, pensò Alex mentre correva verso la zona industriale. I due tagliarono per una via a senso unico che dalla strada principale li portava dentro il quartiere e si ritrovarono presto in un'area con poche case e diversi capannoni industriali.

«Dove andiamo?» chiese Jenny mentre il respiro si faceva affannato.

«Ci nascondiamo.»

Il ragazzo ne era certo: la geografia cittadina di quella dimensione non era più di tanto diversa da quella in cui lui aveva vissuto per sedici anni. Girando in una via privata con un cartello che indicava una strada senza uscita, infatti, trovò l'imbocco di un passaggio sotterraneo che ben conosceva. Una scalinata scendeva in un tunnel colmo di graffiti che passava sotto una vecchia linea ferroviaria e sbucava in superficie duecento metri più avanti. Là sotto sarebbe stato difficile per qualsiasi furgoncino dell'esercito scovarli.

Scesero le scale, quindi si fermarono e si sedettero per terra, la schiena appoggiata alla parete del tunnel, dove uno dei graffiti recitava REBIRTH, rinascita.

«Era Memoria, Jenny! Ci siamo salvati grazie a Memoria! Memoria siamo io e te. È la nostra unione.» Alex si inginocchiò di fronte a lei. «Io… io avevo perso tutto, ogni frammento della mia infanzia, a causa di un elettroshock.»

«Un elettroshock? E chi mai…»

«I miei genitori, Jenny. Sono stati i miei genitori. Lo so che sembra impensabile, ma comincio a capire qualcosa. C'è qualcuno, o qualcosa, che vuole distruggerci.»

«Alex, io… nessuno mi ha sottoposto a elettroshock quando ero bambina. Ricordo piuttosto bene la mia infanzia, ma ho iniziato a sentire la tua voce soltanto qualche anno fa, durante i primi svenimenti.»

«Ma certo!» Lo sguardo di Alex si accese all'improvviso, gli occhi continuarono a fissare il vuoto mentre ripercorreva quell'incredibile storia riavvolgendo la pellicola dei propri ricordi. Jenny lo osservava, silenziosa, come in attesa di un verdetto.

«È chiaro» riprese lui. «Noi siamo in contatto da sempre perché io, prima dell'elettroshock, parlavo con la Jenny della *mia* dimensione. E l'avevo anche incontrata, proprio in quel Planetario, infatti ho avuto un fortissimo *déjà vu* quando ci sono entrato con te. Ma immagino che tu non sia mai stata in Italia…»

«Mai, che io sappia» rispose Jenny. «Che significa tutto questo?»

Alex attese qualche istante, fissò gli occhi persi della ragazza e comprese che era giunto il momento della verità.

«Nella mia dimensione… tu sei morta all'età di sei anni.»

Jenny guardò il ragazzo con aria attonita, come se le sue parole non avessero ancora prodotto l'effetto che quella rivelazione avrebbe dovuto suscitare.

«Ho aspettato a dirtelo, perché era già tutto così complicato…»

«Come lo sai?» rispose la ragazza con tono freddo, distaccato, guardando altrove.

«Ricordi quando ti ho detto che avevo visto il Triskell? Tu non volevi più parlarmi, ma a quel punto ti sei convinta.»

«Sì.»

«L'ho visto a casa tua. Anzi, a casa di Mary Thompson, in realtà. Nella mia dimensione adesso lì ci abita la tua tata. Tu sei morta a sei anni e la tua famiglia si è trasferita.»

«Ma che diavolo dici? Questo non è possibile! Non ha senso! E… come… come sarei morta?»

«Credimi, non mi sto inventando niente. Io da piccolo ero in contatto con lei. Non con te. So che è assurdo, sembra che io parli di due persone diverse.»

Jenny si mordicchiò le unghie, scosse il capo, poi si voltò di spalle. Sulla parete di fronte a loro un altro graffito diceva FOREVERLOVE, tutto attaccato, con le lettere gigantesche e tondeggianti.

«E io chi sono allora?» Gli occhi della ragazza erano lucidi.

«Quando ho riacquisito la facoltà telepatica, sei anni dopo l'elettroshock, non avrei potuto più mettermi in contatto con la Jenny della mia dimensione perché eri… *era* morta. Ma in qualche modo, evidentemente, in te c'è qualcosa di lei, oppure condividete qualcosa che mi ha permesso di continuare a comunicare, dopo la sua morte, con te.»

La ragazza si alzò in piedi di scatto. Sembrava che volesse andarsene.

«Jenny» la chiamò Alex indovinando la sua paura, il rifiuto di quella inconcepibile verità. «Non ci rimane molto tempo.»

Lei lo ignorò, così lui la raggiunse, la prese per le spalle e la costrinse a girarsi verso di lui più bruscamente di quanto avesse voluto. I loro occhi si incrociarono in profondità per un istante.

La vista di Alex si offuscò. Le palpebre iniziarono a tremare, mentre una foto prendeva forma. Una foto all'interno di una cornice. I contorni di una figura umana si delinearono all'interno del quadretto. C'era una ragazza. Indossava un costume intero, blu, il numero 7 sul petto. Alex guardò più in basso. C'era un podio. La ragazza era sul gradino più alto. Era Jenny.

Improvvisamente il ragazzo si sentì come trascinato dentro alla fotografia. Non si rese conto di come accadde, ma si ritrovò *sopra* il podio. Vedeva con gli occhi della vincitrice. Ammirava la folla di parenti e genitori che inneggiava il suo nome, mentre lo striscione in lontananza diceva 21ST SCHOOL CHALLENGE e dietro il gruppo di persone si intravedeva una piscina divisa in otto corsie.

Alex cercò di scuotere la testa, ma si sentì come paralizzato in quel ricordo.

Poi tutto diventò nero e dovette attendere diversi secondi prima che qualche contorno ben definito tornasse a fuoco.

C'era un albero. Una fila di alberi. Ruotando lo sguardo verso destra vide una coppia di signori di mezza età ben vestiti. Dietro di loro alcuni ragazzi, anche loro eleganti, in abiti neri, da cerimonia. Più a destra ancora, un parroco trascinava la toga sulla terra fangosa e affondava le scarpe nella melma. Tra le mani teneva un contenitore in metallo che lasciava fuoriuscire dell'incenso. Si fermò vicino a due buche. Accanto a ognuna di queste giaceva una bara, pronta a essere calata giù da un gruppetto di adulti. Una signora si avvicinò, poi si soffiò il naso e tra le lacrime disse: «I tuoi nonni ti hanno voluto tanto bene...»

Tutto diventò nero ancora. Una dopo l'altra si accavallarono alcune immagini indistinte. Paesaggi. Persone. Paesaggi sempre più vasti. Persone sempre più grandi.

Secondi di silenzio, di buio. Di niente.

Infine lo vide. Il ricordo che stava cercando. Questa volta lo osservò come fosse la scena di un film, non lo visse in prima persona. Le voci erano ovattate ma distinguibili, i colori e i contorni fin troppo realistici.

«Mary, sono pronti i biscotti?» gridò la piccola Jenny, inginocchiata in salotto con le braccia appoggiate al divano. I pennarelli erano sparsi dappertutto. Di fronte a lei c'era un foglio bianco.

«Quasi, amore mio, quasi pronti...» rispose la donna dalla cucina, mentre la piccola aveva già intonato una filastrocca che parlava di un orso e di uno scoiattolo.

«Mary?» urlò la bambina.

«Sì, piccola?»

«Sai che ieri sono stata nel posto magico?»

«Certo che lo so, cucciola mia. Me l'hai detto ieri sera prima di addormentarti.»

«Non è vero, non te l'ho detto, te lo sto dicendo ora! Sai che quel posto non è un vero posto?»

«Credo che tu me ne abbia già parlato.»

«Ma non è vero, uffa… Bugiarda, bugiarda, bugiarda! Tu non sai che cos'è il posto magico, non ci sei mai stata. E poi, con te non funzionerebbe! Devo esserci per forza io…»

«Ah, sì? E come mai?»

Mary Thompson ricomparve in sala, tra le mani un vassoio con due tazze fumanti di tè e una scodella piena di biscotti al cioccolato.

«I biscotti! Non vedo l'ora…»

«Come mai devi esserci per forza tu nel posto magico?»

«Perché il posto magico non è un posto! Vedi che non lo sai?» La bambina rise. «Vedi che devo raccontarti tutto io, perché non ne sai un bel niente.» La risata si spense e la piccola iniziò ad annegare un biscotto nel tè.

«E allora raccontami…»

«Il posto magico è tutto quello che c'è attorno a me e Alex, quando stiamo assieme. Diventa tutto bello. Succede tutto qui» Jenny indicò la propria testa.

«Capisco… è una cosa magnifica. Però me l'hai già raccontata.»

«Ma non è vero! Va be'… ti perdono. Che buoni questi biscotti, Mary.»

«Grazie, sono contenta che ti piacciano.»

«Li adoro! Però questo tè fa schifo! L'ha comprato la mamma?»

«No, principessa, questo tè è una mia specialità. E non si dicono quelle parole…»

«Sì, ma è un po'… amaro… ha un sapore strano.»

«Bevi, stellina, bevi che ti fa bene.»

«Dopo mi racconti la storia del cagnone che… che… Mary!»

«Sì, piccola?»

«Ma-ma…. Mary… non resp…» La bambina iniziò a tossire diventando viola in faccia, mentre tendeva una manina verso la tata che, sorri-

dente e compiaciuta, continuava a sorseggiare il suo tè. Quello in cui non aveva versato il veleno.

«Ecco il ricordo che ti mancava...» disse Alex esausto. Jenny lo osservò imbambolata, come sotto ipnosi. Pian piano si riprese, ma sentiva la testa pesante come un macigno e una serie di fitte lancinanti la attraversava da parte a parte.

«Proprio come pensavo.»

«Che... che cosa?»

«Ora è nei miei ricordi, Jenny» disse Alex, mentre una scossa attraversava i due corpi e gli occhi dei due ragazzi si agganciavano una volta ancora.

«Guarda tu stessa» disse lui, sottovoce. «Guardami dentro.»

Sapeva che lei avrebbe visto tutto.

Il sotterraneo divenne improvvisamente buio e la mente di Jenny fu sradicata e trascinata via, come se nei pensieri di Alex ci fosse una potentissima calamita alla cui forza non poteva opporsi. Improvvisamente vide se stessa, da piccola, soffocare e stramazzare al suolo mentre la sua tata la osservava senza muovere un dito, la tazza di tè fra le mani. Fu attraversata da una vertigine e si accasciò al suolo, in preda alla nausea. Poi riaprì gli occhi, di colpo.

«Non è possibile!»

«So che è sconvolg...»

«No! No! Non ha senso! Mary... lei mi ha sempre adorato!»

«Forse qualcuno li ha plagiati. Mary, i miei genitori... credo che ci sia qualcosa di molto più grosso dietro tutto questo.»

«Dio... è pazzesco. Nella tua realtà io sono stata uccisa. È assurdo!»

«Calmati, Jenny... sei qui con me adesso.»

Jenny si voltò di scatto quando sentì una sirena echeggiare in lontananza.

Fece per alzarsi, ma Alex le afferrò un braccio.

«Aspetta. Non hai visto tutto» disse ad alta voce. La ragazza lo guardò stupita, poi gli occhi dei due si unirono un'ultima volta.

Jenny vide il disegno.

Vide il veggente malese.

Vide Alex e Marco, seduti nella sala davanti ai computer, che discutevano della fine del mondo.

Quando Jenny riaprì gli occhi, non ebbe la forza di parlare. Non c'era più niente da dire.

«Ora sai ogni cosa. Andiamocene di qui.»

Capitolo 34

Alex e Jenny uscirono dal tunnel mentre un tuono rimbombava sopra le loro teste e la pioggia iniziava a bagnare la periferia di Milano. Tutt'intorno, file di capannoni industriali pressoché identici, con grossi cancelli a protezione di ampi parcheggi pieni di camion.

Si lasciarono il quartiere industriale alle spalle mentre un vento gelido si mischiava alla pioggia, poi corsero verso l'imbocco della strada statale che usciva dalla città. Attorno a loro, solo il rumore delle gocce d'acqua che, sempre più insistenti, cadevano sull'asfalto. Non c'erano macchine. Non c'erano persone.

A qualche centinaio di metri, la strada passava sotto un cavalcavia e proseguiva, circondata da sterpaglie e distese di campi ghiacciati.

«Dove stiamo andando?» gridò Jenny mentre con una mano si tirava indietro i capelli fradici.

«Lontano dalla città. Lì è pieno di militari.»

Alex rallentò il passo in prossimità del cavalcavia. Jenny lasciò la sua mano, poi frugò nei jeans e tirò fuori un elastico viola per capelli. Mentre li raccoglieva, i suoi occhi si bagnarono di lacrime e pioggia.

«Stiamo per morire, quindi?»

Alex tossì con forza, poi si avvicinò. I vestiti inzuppati si stavano appiccicando sulla sua pelle e iniziava a sentirsi debole ed esausto.

«Io… non lo so, Jenny. Non riesco a capire. Sono qui con te, doveva succedere qualcosa.»

«In che senso?» la ragazza lo osservò confusa.

«Memoria, il posto magico, io e te assieme… Dovrebbe cambiare qualcosa, dovrebbe accadere qualcosa… Non lo so, maledizione!»

Alex guardò oltre il cavalcavia, verso il cielo infuocato da cui cadeva quella pioggia acida e maleodorante. L'asteroide era ancora lì, ben visibile, un ammasso di roccia incandescente impegnato nel suo ultimo tratto in orbita attorno alla Terra prima dello schianto. Non era cambiato niente.

«Forse non siamo noi… forse Memoria non esiste.»

«Cominciamo a trovare un posto dove ripararci. Una casa, qualsiasi cosa. Non possiamo restare qui.»

Alex annuì, poi si avvicinò a Jenny e la baciò sulla fronte, delicatamente. Lei chiuse gli occhi e abbandonò la testa sul suo petto per alcuni istanti, mentre i tuoni si susseguivano minacciosi.

Ricominciarono a camminare, in silenzio. Proseguirono a passo spedito lungo la statale, superarono una rotonda e un autolavaggio, resettando ogni pensiero, finché alcune case presero forma in lontananza, oltre una stazione di benzina. C'era un cartello bianco con una scritta nera. Doveva essere il nome di un paese.

«Andiamo, Alex… laggiù» disse Jenny.

Non appena fecero i primi metri sulla strada che entrava in paese si resero conto che il coprifuoco doveva essere stato imposto anche lì, perché le vie erano deserte, i negozi chiusi e le finestre delle case avevano le tapparelle abbassate. Un'edicola era ancora aperta, ma non c'era traccia del proprietario.

Dal fondo della strada spuntò all'improvviso una luce.

«Cos'è?» Jenny si strinse attorno al braccio di Alex.

«Sembra girare, come un faro… come… Dannazione, è una ronda! È l'esercito, anche qui.»

Non c'era tempo da perdere. Il mezzo era piuttosto lontano e la luce del faro non li aveva ancora investiti. Mentre il fascio ruotava illuminando una fila di condomini a due piani sul lato destro della strada, Alex afferrò il braccio di Jenny e la trascinò dalla parte opposta. A pochi metri da loro, un vicolo stretto si insinuava nel cuore del paese. I due si infilarono nell'angusta stradina e corsero senza voltarsi. Sbucarono in un altro stradone. Anche lì, nessun segno di vita, e un irreale silenzio rotto soltanto dal rimbombo dei tuoni e dal temporale.

«Che facciamo?» gridò Jenny.

«Dobbiamo rifugiarci da qualche parte.»

Jenny si guardò attorno. Dall'altro lato della strada, una fila di villette a schiera. La pioggia batteva incessante sui giardini privati, picchiando sulle cassette della posta e rimbalzando sui tetti. Le tapparelle sembravano tutte abbassate.

«Quella laggiù, Alex...»

«Cosa?»

«Quella finestra! La luce all'interno è accesa. Riesci a vedere?»

Alex si tolse i capelli fradici dalla fronte, poi strizzò gli occhi per cercare di vedere in lontananza e riuscì a scorgere il punto indicato da Jenny.

«Almeno qui è rimasta l'elettricità...» commentò sottovoce.

«Andiamo!» Jenny mosse verso l'abitazione a passo svelto.

«C'è il coprifuoco, non ci apriranno!» gridò Alex mentre la ragazza si allontanava, diretta al portone d'ingresso della villetta.

In pochi istanti la vide bussare con dei pugni energici sul legno massiccio e si avvicinò.

«Chi va là?» urlò una voce dall'interno dopo alcuni attimi di silenzio.

«Signore...» rispose Jenny. «Siamo due ragazzi. La prego, diluvia, ci faccia entrare.»

Nessuna risposta.

«Signore?»

«Tornatevene da dove siete venuti! Lasciateci in pace, abbiamo fatto come volevate, ci siamo chiusi in casa!»

«Signore, per favore» insistette Alex. «Siamo solo due ragazzi, ci siamo persi, è pieno di militari. La imploro, ci aiuti.»

Di colpo si aprì una stretta fessura nella porta e Alex intravide il volto dell'uomo. Doveva avere circa ottant'anni. Quando notò che si trattava di due adolescenti, aprì lentamente la porta.

«Entrate» disse brusco, facendosi da parte per farli passare.

Non appena richiuse il portone con forza, il vecchio si voltò verso di loro. Alex e Jenny lo videro in tutta la sua imponente stazza. Era molto alto, con i baffi e le sopracciglia folte, addosso aveva un giaccone da montagna e sulla spalla destra una tracolla che reggeva una carabina.

«Ora svuotate le tasche, in fretta!» ordinò il vecchio mentre imbracciava l'arma e la puntava verso di loro.

Jenny rimase immobile, atterrita.

«Avanti!» incalzò l'uomo.

Alex si voltò verso la ragazza mentre infilava le mani in tasca e ne tirava fuori pochi spiccioli, dei biglietti dell'autobus e le chiavi di casa.

«Fa' come dice, stai tranquilla.»

Jenny non riuscì a stare tranquilla.

Scoppiò in lacrime e cadde in ginocchio, il volto tra le mani.

«Che diavolo sta succedendo qui?» chiese una voce femminile alle loro spalle. Alex alzò gli occhi e vide, al di là del vecchio, una signora sulla cinquantina con una lunga gonna verde scuro, un maglione pesante con il collo alto e i capelli ricci che incorniciavano un viso malinconico.

La donna mise una mano sulla spalla dell'uomo.

«Smettila, papà... sono solo due ragazzi. Li stai spaventando a morte.»

L'uomo abbassò la carabina, alzò le sopracciglia e sbuffò. Poi fece un passo indietro, mentre la figlia si inginocchiava vicino a Jenny.

«Che ti è successo, tesoro? Sei fradicia. Vieni con me, ti porto in bagno.»

Jenny si alzò, poi lanciò un'occhiata ad Alex che le sorrise.

«Io mi chiamo Agnese. Venite, vi trovo dei vestiti asciutti. Se non ci aiutiamo tra noi, in questi momenti...»

Alex e Jenny la seguirono al piano di sopra della villetta e si cambiarono. Agnese procurò loro pantaloni e maglioni di qualche taglia di troppo, ma in quel momento era quanto di meglio i due potessero chiedere.

Poi scese con loro al piano inferiore e li condusse in una taverna seminterrata.

Alex entrò timidamente nella sala. Alle pareti erano appesi quadri raffiguranti scene di caccia, mentre due fucili incrociati dominavano la scena sopra il camino. Al centro della taverna, un tavolo in legno massello con sei sedie. A capotavola c'era l'uomo che li aveva fatti entrare. Accanto a lui, due bambini sugli otto anni che li guardavano stupiti.

Dall'altra parte della sala, su una poltrona vicina al camino era adagiata una vecchia signora.

«Questa è la nostra famiglia» disse orgogliosa Agnese. «Paolo e Stefano, la nonna Ada, e il nonno Giovanni, che avete già... conosciuto. Ma che cosa ci fate in giro, ragazzi? Perché non siete con le vostre famiglie?»

Alex temporeggiò grattandosi la nuca, poi rispose dopo un colpo di tosse: «Ci siamo persi. Non siamo riusciti a tornare a casa e...»

«Avrete fame, immagino» lo interruppe la donna, come se non fosse veramente interessata alle sue giustificazioni.

Jenny si strinse nelle spalle e annuì timidamente.

«Stiamo aspettando papà» intervenne uno dei due bambini.

«È andato a prendere da mangiare» si unì l'altro.

Il nonno fissò Alex e Jenny con gli occhi gonfi e l'aria stanca. «Se lo trovano, nessuno di noi mangerà niente. Non avrei mai detto di riuscire a vedere un'altra guerra... perché è questo che sta succedendo. Lo sapete, vero? Siamo in guerra.»

Agnese si allontanò mentre i ragazzi prendevano posto su un divano, accanto al camino.

Quando la donna tornò in taverna, tra le mani aveva due tazze fumanti.

«Per adesso posso darvi questo. È tè, con poco tè, a dirla tutta, ma almeno vi scalderà.»

Jenny sorrise, Alex ringraziò ed entrambi afferrarono ognuno la propria tazza avvolgendola con le mani.

«Abbiamo finito anche la legna, altrimenti avrei acceso il camino. Purtroppo i caloriferi non funzionano più» cercò di scusarsi Agnese mentre i due sorseggiavano l'infuso.

Trascorsero alcuni minuti di silenzio, nessuno osava dire niente. Jenny e Alex si guardarono in faccia per un istante.

«Non abbiamo più speranze, vero?» pensò la ragazza. Nessuno poteva sentire il suo ragionamento, tranne Alex.

«Non lo so, ho paura di no. Io non ho idea di come trovare Memoria. Non so neanche se esiste davvero.»

In quel momento, alcuni colpi batterono sulla porta d'ingresso. Uno in fila all'altro, violenti.

Il vecchio si alzò di scatto, afferrò la carabina appoggiata a una sedia e passò la tracolla oltre la testa. Poi raggiunse l'ingresso in tutta fretta. Una voce gridava da fuori, senza sosta: «Aprite, svelti... sono io, Carlo!»

Quando entrò in casa, in testa un elmetto arancione, l'uomo aveva il mento e il collo sporchi di terra e sangue. Trascinava un sacco nero simile a quelli della spazzatura. Fece alcuni passi nell'ingresso, poi Agnese corse ad abbracciarlo.

«Cosa ti sei fatto?» chiese mentre singhiozzava.

«Tranquilla, qualche pezzettino di vetro, ma... missione compiuta.»

L'uomo andò a prendere posto al tavolo, in taverna, mentre Agnese gli spiegava brevemente come mai un ragazzo e una ragazza si trovassero con loro.

«Voi stasera dormirete qui» disse l'uomo senza battere ciglio. «Fuori si sta scatenando l'inferno.»

«Cioè?» chiese Alex.

«Io lavoro allo scavo per il centro commerciale, quello al chilometro ottanta della statale. Hai presente?»

«Sì, quel nuovo...» iniziò a rispondere il ragazzo, ma il suo sguardo venne catturato dal simbolo sull'elmetto che l'uomo aveva appoggiato per terra. Un rettangolino bianco e nero tagliato da un fulmine giallo. Gli ricordava qualcosa, ma non riusciva a capire dove avesse già visto quell'immagine.

«Ci siamo trovati lì, con un paio di colleghi. I lavori sono interrotti da giorni, ma noi sappiamo dove sono le chiavi delle escavatrici. Ne abbiamo guidata una verso il vecchio supermercato a duecento metri da lì e…»

Agnese lo guardava carica di ansia.

«Abbiamo sfondato l'ingresso. Era l'unico modo per portare a casa dei viveri.»

«Wow!» gridò uno dei bambini, senza capire la portata del gesto estremo e del rischio a cui suo padre si era appena sottoposto.

«Quando ho caricato il sacco in macchina» riprese l'uomo, visibilmente provato «è spuntato fuori un furgoncino dell'esercito. Sono riuscito a scappare, ma ho paura che i miei amici non ce l'abbiano fatta. Dio…»

Agnese si avvicinò all'uomo e lo abbracciò, piegandosi in avanti e stringendo la testa del marito al suo petto.

«Vai a disinfettarti, tesoro… Al cibo ci penso io. Preparerò un pasto degno del nome di questa famiglia, qualsiasi cosa stia succedendo là fuori.»

Capitolo 35

Perché queste persone devono morire?, pensava Alex mentre beveva il tè da una tazza sbeccata.

Agnese rovistò nel sacco che aveva portato il marito e tirò fuori di tutto: tubetti di salsa, verdure in scatola, pane in cassetta, sacchetti di patatine, vaschette di affettati, succhi di frutta.

Quindi si mise ad apparecchiare la tavola in grande stile, per non far cogliere ai bambini la gravità della situazione e offrire agli ospiti un pranzo decente, seppur preparato con viveri di fortuna.

«Non è giusto che finisca tutto così.»

Jenny sentiva il pensiero di Alex. Condivideva ogni singolo ragionamento. Mangiò a fatica, nonostante il buco nello stomaco. La tensione non le dava tregua. Prese alcune fette di pane e vi spalmò sopra un paté di tonno. Ogni boccone sembrava arrestare la sua corsa alla bocca dello stomaco e rifiutarsi di scendere giù.

Dopo cena, Giovanni e Agnese prepararono il caffè. Come se niente fosse, nonostante le frasi del vecchio sulla guerra. Ada, sua moglie, rimase tutto il tempo in poltrona, si rifiutò di mangiare, un sorriso dolce e rassegnato dipinto in volto.

Prima di servire il caffè in tavola, Agnese chiamò i bambini e li accompagnò al piano di sopra. Jenny era appena uscita dal bagno quando, dalla porta socchiusa della stanzetta dei fratellini, vide la donna piegarsi in avanti e rimboccare loro le coperte.

«Buonanotte, angeli miei» sussurrò prima di dar loro un bacio sulla fronte. Jenny si voltò e fece per allontanarsi, quando un disegno appeso sulla porta della cameretta la bloccò. Raffigurava, stilizzati, tutti i membri della famiglia. In basso c'era scritto: VI VOGLIAMO BENE e accanto c'erano le firme dei due bambini. Mentre tratteneva a stento le lacrime, la sua memoria visualizzò il disegno apocalittico di Alex, a ricordarle il destino che attendeva la razza umana.

Era l'ultima notte per tutti. Era la vigilia della fine.

«Buonanotte, ragazzi. Agnese vi farà vedere la stanza degli ospiti.» Carlo abbozzò un sorriso che Alex e Jenny ricambiarono.

«Domani ci invadono, me lo sento...» disse il nonno, i gomiti appoggiati sul tavolo e lo sguardo perso nel vuoto.

Agnese li condusse in camera, poi augurò loro la buonanotte e sparì.

Alex e Jenny si chiusero la porta alle spalle.

Di fronte a loro, un letto matrimoniale con una coperta marrone arrotolata al posto dei cuscini e un piumone bianco che ricopriva il materasso. Dalla parte opposta della stanza, un grosso armadio che andava quasi a sfiorare il soffitto. Tutto attorno, alle pareti, piccoli quadri con dei pennini d'epoca.

Jenny si sedette sul bordo del letto dando le spalle ad Alex e rimase in silenzio mentre lui si toglieva il maglione e lo appoggiava su una sedia vicina alla porta. Di fronte alla ragazza, la finestra con la tapparella abbassata. Dalla strada sembravano provenire delle grida. Forse qualcuno aveva iniziato a non rispettare il coprifuoco. Forse qualcun altro si era dato allo sciacallaggio dei negozi per procurarsi cibo.

«Fa freddo» disse Jenny, sottovoce. Alex appoggiò le mani sui caloriferi spenti.

«Ci hai mai pensato?»

«A cosa?» rispose Jenny senza voltarsi.

«A tutto questo. Una casa, una famiglia, dei figli. Una vita normale...»

Jenny alzò gli occhi e sorrise, sospirando: «Non lo so... sì, forse... Spegni la luce.»

Alex premette l'interruttore accanto alla porta e passò dall'altra parte del letto per andare a scrutare oltre le fessure lasciate dalla tapparella.

Jenny, intanto, si alzò e sfilò la maglia di lana che le aveva dato Agnese, poi tolse i pantaloni.

Quando lui si voltò, la ragazza era in maglietta e slip.

Il contorno del suo corpo si confondeva nel buio.

«Vedrai che andrà tutto a posto» le disse Alex tradendo una certa insicurezza, mentre appoggiava le mani sui fianchi di Jenny, che rabbrividì. «Troveremo questa Memoria.»

«E se invece questa fosse la nostra ultima notte?»

Jenny appoggiò le mani su quelle di Alex, poi le guidò dietro la sua schiena. Si avvicinarono timidamente, nell'oscurità totale.

Quando i loro corpi furono a pochi centimetri l'uno dall'altro, Alex inclinò la testa e le sue labbra andarono a incontrare quelle di Jenny. Vi si appoggiarono delicatamente, mentre le mani risalivano lungo la schiena per andare a perdersi nei capelli di lei.

«Tu credi che sia la nostra ultima notte assieme?» chiese Alex scostandosi leggermente.

Lei non rispose, si sedette sul materasso duro e si sdraiò affondando la testa nella coperta arrotolata.

Alex appoggiò le ginocchia sul bordo del letto e si lasciò scivolare in avanti, posando gli avambracci a pochi centimetri dalle spalle di Jenny. Le sfiorò la fronte, il naso e le guance con le labbra e poi la baciò.

Altre grida si susseguirono dalla strada, poi alcuni spari. Da più lontano proveniva la gracchiante voce di un altoparlante. Il caos era già diventato la colonna sonora di quel momento.

Rotolarono sul letto un paio di volte mentre il seno di Jenny, ancora fasciato dalla maglietta, premeva contro il petto di Alex e il Triskell, gelido, pendeva dal collo di lei.

Jenny si mise sopra di lui e si tolse la maglietta. Alex afferrò la coperta arrotolata dietro la sua testa e la passò oltre la schiena della ragazza creando una piccola capanna. Si nascosero sotto quella coltre continuando a baciarsi, isolati dal resto del mondo. Si spogliarono completamente e rimasero per un attimo immobili, i respiri che prendevano il ritmo di un unico respiro, i pensieri che si confondevano in un unico pensiero.

Un istante dopo erano seduti mano nella mano nel Planetario, la volta celeste sopra le loro teste.

Avevano sì e no quattro anni. La madre di Jenny era tornata in Italia per far visita ai genitori, a Roma. Il padre aveva organizzato con la figlia una giornata a Milano, dove avevano ammirato il Castello Sforzesco, i Navigli e il Duomo. Erano andati anche al Planetario, imbattendosi quasi per caso nella struttura a cupola che sorgeva all'interno dei giardini pubblici di Porta Venezia. Si erano messi in fila. Davanti a loro, Giorgio e Valeria Loria, con il piccolo Alex. Quando erano entrati, i bambini si erano ritrovati seduti uno accanto all'altro. Le loro dita, sui braccioli, si erano sfiorate per la prima volta e con innocenza infantile si erano intrecciate. Erano rimasti mano nella mano per tutto il tempo della conferenza.

Il ricordo di quel pomeriggio di tanti anni prima li trascinò per alcuni istanti lontano, nel passato, senza che riuscissero più a distinguere il sogno dalla realtà.

Quando riaprirono gli occhi erano stretti in un abbraccio, avvolti nella coperta calda e morbida.

Fecero l'amore, come avevano sempre sognato. Per la prima e forse per l'ultima volta. Se qualcuno avesse potuto osservare il paese dall'alto, avrebbe visto un bagliore fortissimo propagarsi da quella casa. Ma nel cielo, sopra di loro, c'era solo un enorme asteroide pronto a schiantarsi contro la superficie terrestre.

Si addormentarono abbracciati sotto la coperta e restarono così per tutta la notte, mentre fuori dalla villetta si moltiplicavano le grida e i colpi d'arma da fuoco.

Era l'ultima notte prima della fine del mondo.

Capitolo 36

Quando Jenny aprì gli occhi, a fatica, la stanza era ancora avvolta nel buio.

Non sapeva dire che ore fossero né quanto lei e Alex avessero dormito. Si alzò per andare a sbirciare oltre le fessure della tapparella e riuscì a vedere solo una fitta coltre di nebbia che inghiottiva la campagna attorno al paese.

«*È stato meraviglioso...*» pensò Alex, gli occhi ancora socchiusi, mentre osservava il corpo di Jenny, di spalle davanti alla finestra.

«*Anche per me...*» rispose lei al suo pensiero e si voltò. Si sedette sul bordo del letto e gli appoggiò una mano sul petto.

«Cosa succede fuori?»

«C'è solo una gran nebbia. Forse sarebbe meglio scendere giù.»

Alex si alzò e sentì i muscoli delle gambe indolenziti, poi recuperò i vestiti e li indossò. Jenny fece lo stesso. Entrambi sapevano bene che cosa stava per accadere fuori da quella stanza, ma il loro pensiero era ancora inchiodato a quello che era successo lì dentro durante la notte.

Pochi minuti dopo, Alex stampò un bacio sulla fronte di Jenny e aprì la porta.

Scesero le scale lentamente, quasi a temere di svegliare qualcuno. Non si sentivano rumori o voci, solo un profumo inaspettato che investì le loro narici quando furono a metà della scala.

«Non senti odore di bruciato?» bisbigliò Alex.

«Sì, sembra quasi...» Jenny alzò gli occhi al cielo ma scacciò immediatamente il pensiero che le si era formato in testa. «Andiamo a vedere.»

Fece strada percorrendo un piccolo corridoio, poi superò un bagno di servizio e un ripostiglio, quindi intravide le piastrelle arancione della cucina e si avvicinò circospetta.

Quello che accadde nell'istante successivo al suo ingresso in cucina le gelò il sangue e la paralizzò. Alex, dietro di lei, la vide bloccarsi come sull'orlo di un precipizio.

«Si è bruciato l'arrosto, accidenti...» disse Clara Graver mentre si voltava. Il grembiule indosso, i guanti da cucina infilati sulle mani, stava tirando fuori una teglia dal forno e aveva lo sguardo triste. «Te l'avevo detto di aiutarmi.»

Mamma, che ci fai qui?, pensò Jenny senza riuscire a dire una parola. La voce le si era strozzata in gola, come se qualcuno le avesse stretto un cappio intorno al collo.

Alex fece qualche passo in avanti, ma non appena vide la scena fu distratto da un rumore di passi alle sue spalle.

«Amico...» disse una voce familiare dal fondo del corridoio. «Ho craccato un altro sistema stanotte. Non ci crederai, un lavoro memorabile.»

Alex si voltò di scatto e lo vide, di fronte a sé.

In piedi sulle proprie gambe, lo sguardo raggiante e le braccia tese come a chiedere un abbraccio.

«Marco...»

Jenny indietreggiò in preda all'angoscia. Adesso era accanto ad Alex. «Che cosa succede? Stiamo sognando?» chiese la ragazza. Le sue mani erano gelide e tremava dalla testa ai piedi.

Alex non seppe replicare, mentre sia Clara sia Marco continuavano a fissarli.

«Ehi, amico» continuò Marco. «Non senti anche tu un gran caldo?»

Alex abbracciò Jenny e la strinse contro il suo petto, per distoglierla dalla scena che aveva di fronte. Il corpo di Marco intanto, avviluppato dalle fiamme, si stava carbonizzando. Sul viso aveva stampato un sorriso ebete, mentre brandelli di pelle e carne si staccavano dal suo corpo e cadevano a terra.

«No!» gridò Alex mentre Jenny si divincolava. La stessa cosa accadde in cucina. La teglia cadde dalle mani di Clara mentre il grembiule prendeva fuoco e la donna veniva inghiottita dalle fiamme.

Jenny rimase paralizzata, un groppo in gola le impediva di parlare. Appoggiò una mano sulle labbra, mentre con l'altra cercava Alex.

«Dimmi che è un incubo, ti prego...» farfugliò mentre i suoi occhi erano fissi sul cumulo di cenere ammucchiato sul pavimento della cucina.

«Questo è ciò che succederà tra poche ore» disse una voce rauca dietro di loro, in lontananza. Alex e Jenny si voltarono, ma il corridoio era vuoto. Lo ripercorsero aggirando i resti del corpo di Marco. Quando furono nell'atrio la voce ricominciò a parlare, più vicina: «Quella è la fine che tutti faranno, non appena la roccia si sfalderà sull'atmosfera terrestre».

Alex strinse con forza la mano di Jenny e si incamminò verso la taverna, da dove sembrava provenire la voce. Quando entrarono nella stanza, sulla sedia vicino al camino non c'era più l'anziana donna, come la sera prima.

«Lieto di vedervi, ragazzi. Il mio nome è Thomas Becker.»

Seduto a gambe incrociate, tra le mani una specie di bloc-notes e una matita, aveva l'aspetto di un vecchio professore in pensione. La luce fioca del lampadario si rifletteva sulla sua testa calva. Le guance scavate e la fronte attraversata da spessi solchi gli mettevano sulle spalle almeno un'ottantina di anni. La voce aveva un timbro profondo, caldo ed era impastata e affascinante come quella di un attore consumato.

«Ho alcune risposte, sì, ma non tutte» disse l'uomo. «La più importante dovrete trovarla da soli.»

«Ma lei...» provò a replicare Alex.

«Quando entrai per la prima volta all'Università di Dortmund, tanti anni fa, mi iscrissi alla facoltà di Astrofisica. Mio padre avrebbe desiderato per me una carriera da avvocato e io fui indeciso fino all'ultimo. Poi feci di testa mia.»

Jenny corrugò la fronte, non erano certo le risposte che cercava.

«Due anni più tardi, durante una conferenza, si sentirono degli spari fuori da un'aula. Un giovane studente aveva assassinato un compagno di corso. Finì su tutti i giornali. Io ero rimasto in aula, anche se la tentazione di uscire per la curiosità era tanta.»

«Ma che cosa significa?» lo interruppe Alex.

«State a sentire!» Becker tossì e batté il palmo della mano sul blocnotes. «Qualche anno dopo mi rifiutai di chiedere la mano a una donna che avrei potuto sposare. Kirsten era bella e intelligente, ma io ero troppo preso dai miei studi per darle retta.»

«Perché ci sta raccontando queste cose?» proruppe Jenny. «Dove siamo e cosa sta succedendo?»

«Sta finendo il mondo, non lo vedi?» Becker si guardò attorno, e non appena i ragazzi staccarono gli occhi da lui si accorsero che non erano più in una taverna. Tutt'intorno, solo un'immensa distesa di terra ghiacciata e deserta.

Becker alzò gli occhi al cielo e loro lo seguirono con lo sguardo: l'asteroide era rosso, incandescente e sempre più vicino. Si lasciava dietro una scia di detriti simile a quella di una stella cometa e pareva roteare su se stesso mentre precipitava a tutta velocità verso la Terra.

«Che diavolo…?» Alex afferrò il polso di Jenny.

«Questo non è altro che un messaggio. L'unico modo che ho per parlarvi. Quando io scomparirò dalle vostre menti, non ci rivedremo più.»

«Non abbiamo idea di come salvarci! Cos'è Memoria?» gridò Jenny.

«Non fa alcuna differenza dirvelo.»

Alex e Jenny si scambiarono un'occhiata colma di terrore e smarrimento, poi si accorsero di essere di nuovo tra le mura amiche della taverna. I fucili del nonno, appesi sopra al camino, ora li fecero sentire al sicuro.

«Perché i miei genitori mi hanno fatto l'elettroshock?» incalzò Alex. «E perché la tata di Jenny nella mia dimensione l'ha uccisa?»

«Perché in quelli come noi» rispose Becker, intento a scarabocchiare qualcosa sul bloc-notes, «risplende una luce. Chi vi ha fatto del male non ne era consapevole. L'ha fatto e basta. Esiste un'energia, nell'universo… è la stessa energia che dà la vita e la distrugge. Spesso si manifesta semplicemente nella realtà che ci circonda fluendo intorno a noi, invisibile e indefinibile, orbita intorno alle nostre vite e a volte ne prende possesso.»

«Non ci sto capendo niente!» sbottò Alex.

«Non sono stati i tuoi genitori a farti l'elettroshock. Non è stata Mary Thompson a uccidere Jenny, come tu, Alex, non sei stato ucciso da una folla inferocita.»

Il ragazzo ripensò al momento in cui era morto, trafitto da un coltello.

«Ciascuno di noi vive un numero potenzialmente infinito di vite. Poche persone ne hanno consapevolezza. Voi siete tra questi. Ma l'anima che lega ogni nostra singola esistenza… è una sola. In me convivono tutti i Thomas Becker che ho deciso di non essere. C'è quello che ha sposato Kirsten. C'è quello che ha seguito il consiglio di mio padre e ha preso la strada dell'avvocatura…»

Jenny scosse leggermente la testa, confusa. Alex continuò a fissare il vecchio.

«…e c'è quello che è deceduto da ragazzo, uscendo dall'aula dopo aver sentito il primo sparo e frapponendosi tra i due studenti. Ma ce ne sono anche tanti altri, che io non posso immaginare. O che non riesco a ricordare.»

Jenny alzò le sopracciglia e rimase senza parole, mentre ad Alex tornava in mente il ragionamento che lo aveva portato a credere che in lei albergasse parte dell'anima della piccola Jenny, assassinata da Mary Thompson.

«L'asteroide distruggerà ogni cosa, non è vero?» chiese Alex. «Ogni possibilità della nostra vita verrà distrutta?»

Il professore fece una pausa e sorrise. «La fine è parte dell'inizio. Non esistono causa ed effetto, siete voi a muovervi tra le cause e gli effetti.»

Alex guardò in basso scuotendo la testa, mentre pensava che una spiegazione del genere sarebbe potuta andar bene per un cervellone come Marco, ma a lui sembrava lo sproloquio di un pazzo.

«L'asteroide cadrà» riprese Becker. «Cadrà in ogni universo possibile. Non manca molto, ormai. Tutto ciò che conoscete è destinato a finire.»

Il professore sollevò gli occhi dal foglio e guardò i due ragazzi come se si volesse godere l'improvvisa curiosità dipinta sui loro volti.

«Senta» replicò Alex risoluto. «Se c'è un modo per salvarsi, ce lo dica finché siamo in tempo.»

Becker lo fissò negli occhi. Lo inchiodò al suo sguardo mentre tutto attorno a loro si dissolveva e scompariva, come se mura, tavoli, sedie e piastrelle venissero risucchiati in un vortice, lasciando il vecchio e i due ragazzi in un limbo etereo e impalpabile dove esistevano solo sguardi e voci. Poi girò il bloc-notes e allungò il braccio per mostrare il suo scarabocchio ad Alex e Jenny. La scritta, calcata e ripassata con violenza quasi a squarciare la carta, diceva:

MEMORIA

Capitolo 37

La scatola era sempre stata nello stesso posto.

Da quando Marco aveva preso casa lì, non era mai stata mossa. Cassettiera vicino alla finestra della camera da letto, primo cassetto in alto.

La prese, gli occhi già lucidi.

La posò sulle gambe, appoggiò le mani sulle ruote della carrozzella guidandola verso l'altra stanza. L'amata "sala monitor", un tempo il suo regno, oggi era un inutile salotto con dispositivi privi di vita a causa del taglio totale della corrente elettrica. Marco osservò i computer con un groppo che saliva a strozzargli il respiro in gola. *Grazie. Non ce l'avrei mai fatta senza di voi. Ha vinto la natura. D'altro canto, lei vince sempre…* Il ragazzo diede uno sguardo alla finestra. Osservò il cielo e fu come guardare un magnifico affresco di colori. Sembrava la macchia di Giove.

Marco fece un sorriso amaro mentre tornava in camera da letto.

«Avanti, ammettilo. Tu pensi che sia una vera e propria macchia, Alex…» aveva detto all'amico una notte, divertito e fiero dei suoi studi. «E invece non è altro che un'enorme tempesta, un uragano che si scatena da secoli sulla superficie di Giove. Noi la vediamo come se fosse ferma. In realtà è un vero e proprio cataclisma naturale! Vedi? Tutto è relativo. L'osservazione può ingannare a seconda della distanza.»

«Lo ammetto, credevo si trattasse di qualcosa di strano sulla superficie del pianeta. Tipo un disegno gigantesco sul suolo.»

«Alex, Giove non ha suolo. È un pianeta gassoso, non roccioso come la Terra.»

«Mi arrendo. Accendi la Play, così la pianti!»

Ricordava quello scambio di battute come se fosse avvenuto il giorno prima.

Quanto mi manchi, amico mio. Chissà dove sei ora.

Marco appoggiò la scatola sul letto, poi la aprì.

Le foto della sua infanzia.

I biglietti di auguri per i genitori che lui stesso progettava e disegnava da piccolo, con le finestrelle di carta che si aprivano e rivelavano sorprese.

Le foto del suo labrador, Cannone. L'aveva perso l'anno prima della morte dei suoi genitori, era stato come un fratello maggiore per lui.

Ci deve essere una dimensione in cui la mia vita è andata bene, dove ho vissuto con la mia famiglia, il mio cane, le mie gambe...

Marco si soffermò su una foto che ritraeva il padre mentre pescava, le braccia tese a reggere la canna, la testa voltata a guardare il suo bambino alle prese con dei vermicelli. Quando ancora poteva correre.

Il sorriso del papà, la felicità negli occhi della mamma intenta ad allestire il picnic. Un nodo di nostalgia. Marco strinse al petto la foto.

«Non ho mai creduto in un'entità superiore» cominciò ad alta voce, come a declamare il suo annuncio a un pubblico invisibile. «Ho sempre creduto nella scienza. Non penso che ci sarà un domani. Il nostro tempo è finito, quell'ammasso di roccia darà il via ai titoli di coda. Ma se mai ci fosse una seconda possibilità, se mai ci fosse un *dopo*... vorrei tanto riabbracciarvi.»

Le lacrime caddero dal viso di Marco sulla fotografia e si mescolarono con i volti di quella giornata di felicità, ormai sepolta negli abissi della memoria.

L'amico fraterno di Alex rimase qualche minuto con gli occhi chiusi. Pianse e singhiozzò fin quasi a perdere il fiato. Tutti gli studi che aveva condotto, tutti i miracoli tecnologici che aveva sperimentato, costruito… tutto stava per finire. Non ci sarebbe stata una nuova alba.

Non si sarebbe più svegliato domandandosi: "Cosa mi invento oggi?"

E non avrebbe potuto più aprire quella scatola, per piangere e liberarsi della sofferenza che da troppi anni ormai lo accompagnava.

Marco si portò le mani al volto e poi le passò tra i capelli. Restò ancora qualche istante con la foto premuta vicino al cuore. L'unico luogo dal quale i suoi genitori non se n'erano mai andati.

Poi, all'improvviso, un rumore mai sentito prima. Partì con un tuono, al quale seguì un suono simile a quello di un terremoto. Ma veniva dall'alto.

Marco guidò la carrozzella fino alla finestra e vide.

Per strada, il panico. La gente si era riversata nelle vie della città: alcuni erano immobili con la testa all'insù, altri correvano senza una meta precisa, qualcuno chiudeva gli occhi per non vedere. Il frastuono generato dalle grida della gente, l'ululato dei cani, il vociare di chiunque stesse guardando il cielo, era terrificante. Ma non poté sovrastare quel rimbombo agghiacciante che stava inghiottendo il pianeta.

Era sopra le loro teste.

Enorme.

Possente.

Era l'ultimo capitolo, e stava per essere scritto. Aveva l'aspetto di una striscia incandescente che tagliava in due il cielo, e neanche Marco con le sue conoscenze di fisica astronomica riusciva a prevedere dove sarebbe caduto esattamente, e che tipo di danni avrebbe generato. Sapeva che, dal momento dell'impatto, un potente sisma si sarebbe propagato tutt'intorno, nel raggio di migliaia di chilometri. Come un sasso gettato nel mare, avrebbe prodotto onde circolari pronte a investire ogni più remoto angolo del pianeta. Avrebbe generato tsunami nel mare, terremoti sulla terraferma, sconvolgimenti climatici e lo spostamento dell'asse terrestre. Marco strinse le mani con forza attorno ai braccioli della carrozzella, per tenersi stretto. Il cuore batteva a mille, gli occhi erano sgranati alla vista dell'asteroide che stava per distruggere ogni cosa.

Il vetro di fronte ai suoi occhi iniziò a tremare, mentre le pareti traballavano e i suoi preziosi libri di studio cadevano uno dopo l'altro dalle mensole. Gli alberi cominciarono a ondeggiare e agitarsi come le onde di un gigantesco mare in burrasca, mentre le antenne sui tetti volavano via, sradicate dalla furia del vento.

Dalla strada giungevano l'eco delle grida, il sovrapporsi dei pianti e dei deliri della gente. Marco osservava in silenzio, immobile, impotente. Non sarebbe sceso per le vie di Milano, non avrebbe preso parte a quell'apocalittico coro finale, che supplicava la natura di avere pietà. Avrebbe assistito alla fine dalla sua finestra.

Chiuse gli occhi.

È finita, pensò, mentre teneva stretta al petto la foto del picnic.

Capitolo 38

Alex scattò in avanti col busto, ansimando.

Le gambe ancora sotto la coperta, il petto nudo e le mani intorpidite.

Di fronte a lui, l'armadio. Sulla sinistra, la sedia su cui la sera prima aveva appoggiato i jeans e il maglione. Il tutto ancora avvolto nell'oscurità, trafitta da pochi deboli raggi di luce provenienti dalle fessure nella tapparella.

«Jenny!» gridò mentre si voltava. La ragazza, sdraiata accanto a lui nel letto in cui avevano fatto l'amore, aveva gli occhi spalancati. Si tirò su lentamente, poi lo guardò fisso senza parlare.

«Non era un sogno, vero?» iniziò lui, mentre i loro pensieri si incontravano.

«Ho visto le stesse cose. Dove siamo diretti?»

«È l'unica risposta che non ci ha dato.»

«Era l'unica che cercavamo.»

«Muoviamoci. Andiamo via di qui.»

Indossarono più in fretta che poterono i loro abiti, che nel frattempo si erano asciugati. Quando aprirono la porta e scesero di corsa per le scale, non trovarono nessuno al piano di sotto. La casa era silenziosa e sembrava che anche da fuori non provenissero le grida e gli spari della sera precedente.

Si precipitarono in cucina, ma la trovarono vuota. Nessuno nelle stanze da letto, nessuno in bagno.

La taverna, pensò Alex mentre correva verso la sala in cui la sera prima erano stati accolti.

Quando vi entrò, solo l'anziana nonna era seduta sulla sedia a dondolo come se niente fosse. Lo osservò con un sorriso enigmatico. Poi scosse la testa lentamente dall'alto in basso. Sembrava serena, lo sguardo di chi ha capito che il tempo sta per finire.

Alex tornò nell'atrio, prese per un braccio Jenny e aprì la porta d'ingresso.

Erano tutti lì fuori. Tutti gli abitanti della via. Pietrificati. Lo sguardo rivolto al cielo.

«Questo è reale» disse Alex quando alzò gli occhi. Lo stesso cielo che Marco poteva vedere nella sua dimensione originaria. Lo stesso cielo che chiunque, in ogni angolo dell'infinito Multiverso, stava osservando in quel preciso istante. Un groviglio di nuvole trascinate senza sosta dal vento, un intreccio di vapori che si scontravano nel cielo e si mescolavano ai colori vivaci di un tramonto impossibile, mentre l'asteroide era lì, al centro del confuso e variopinto affresco, con l'aspetto maestoso e possente, e una lunga scia infuocata che si perdeva nello spazio.

Jenny osservò la strada mentre iniziava ad alzarsi una violenta tempesta di polvere. Le famiglie che abitavano nelle villette del quartiere erano lì, tutti si abbracciavano e si tenevano per mano. Donne, uomini, bambini. Nessuno scappava, nessuno si lasciava prendere dall'insensato panico che si era diffuso nel cuore della metropoli. Non sarebbe servito a niente.

«Cosa facciamo?» Alex si voltò verso Jenny, impaurito, mentre un indefinito rumore in lontananza si faceva sempre più vicino, rompendo l'irreale silenzio.

«Non lo so… cosa succede laggiù?»

Dal fondo della strada una calca di persone si stava avvicinando di corsa, avvolta da vortici di polvere e detriti. Le grida si disperdevano nell'aria. Venivano dalla città, erano tanti ed erano sempre più vicini.

«Jenny, leviamoci di torno!» gridò Alex. Il suo sguardo era ancora rapito dalla disordinata folla che correva in preda al panico, ma il suo corpo era già girato dall'altra parte e pronto alla fuga.

«Di là!» esclamò la ragazza, quindi scattò in avanti. Non appena iniziarono a correre, un boato di proporzioni straordinarie investì tutta la zona, scuotendo la terra per alcuni secondi e facendo tremare ogni casa o costruzione attorno a loro. Era come un tuono, che sembrava scandire con la maestosità di un timpano da orchestra l'inizio dello spettacolo. Il vento si fece sempre più forte, mentre la polvere danzava e roteava con l'energia di un tornado. Le persone per strada si guardarono in faccia, atterrite, poi cominciarono a correre nella direzione verso la quale andavano i ragazzi, inseguiti dalla massa proveniente dalla città che si avvicinava come un'onda travolgendo ogni cosa.

Non c'era più alcuna regola. Nessun coprifuoco, nessun piano di evacuazione.

C'era soltanto il mondo in preda al delirio.

Alex e Jenny correvano a perdifiato. Ogni tanto si voltavano per gettare uno sguardo alla massa di persone dietro di loro. Qualcuno cadeva e veniva calpestato dalla folla, qualche anziano veniva travolto o restava indietro. Tutti gridavano, ma le urla si perdevano nel frastuono che aveva seguito il boato, un rumore sordo e terrificante come quello della terra che trema.

In pochi minuti Alex e Jenny si ritrovarono in aperta campagna.

«Guarda... guarda Milano!» gridò Alex, mentre i suoi occhi si perdevano oltre un cavalcavia della statale. Un mantello nero di fumo sovrastava la città, inghiottendola.

«Maledizione, è sempre più vicino! Cosa dobbiamo fare?» chiese Jenny mentre osservava la corsa dell'asteroide nel cielo.

Alex non replicò, ma arrestò per un attimo la corsa e ansimò affannato. Dentro di lui, gli occhi astuti e affamati di sapere del suo migliore amico intrappolato sotto quel fumo, imprigionato in una casa che di lì a poco sarebbe saltata per aria insieme a tutto il resto.

Marco, amico mio, pensò Alex mentre chiudeva per un istante gli occhi, cercando di non pensare alla fine che avrebbe fatto l'unica persona che aveva creduto davvero in lui.

Un'altra scossa della terra sotto i loro piedi fu accompagnata da uno straordinario boato, più assordante del precedente.

«Laggiù!» gridò Jenny allungando un braccio in direzione di una stazione di servizio che si ergeva sul lato della statale. La sua voce non poteva arrivare ad Alex. Era sovrastata dal rimbombo sordo che stava investendo i loro canali uditivi. Alex riuscì solo a vedere il labiale di Jenny e a seguire la direzione del suo dito, teso verso la stazione di servizio. Poi prese a correre insieme a lei.

In una manciata di secondi furono sul retro della struttura. Lo aggirarono e si trovarono di fronte alla porta d'ingresso dell'autogrill, mentre dal cielo cominciavano a piovere schegge di grandine impazzite che fendevano la coltre di fumo e polveri sopra le loro teste. La pioggia di grandine era accompagnata da rapidi bagliori, come se qualcuno dallo spazio stesse immortalando con un enorme flash ogni istante di quel cataclisma naturale.

Non appena Alex si chiuse la porta alle spalle, entrambi videro come stavano le cose lì dentro. Sei o sette persone erano immobili davanti alle finestre con la testa all'insù e lo sguardo ipnotizzato. Altri, soprattutto donne e anziani, si erano gettati per terra. Erano rannicchiati dietro al bancone o vicino agli scaffali, con le mani sulle orecchie nel tentativo di difendersi dall'esplosione di decibel che stava assordando tutti.

Una radio diffusa attraverso quattro speaker sui muri suonava *Moon River*, ma la voce di Frank Sinatra non riusciva a emergere, sovrastata dal rumore della tempesta di grandine che infuriava oltre le finestre.

«Che Dio vi abbia in gloria...» disse una donna afferrando un lembo del maglione di Alex e fissandolo con occhi sgranati e colmi di lacrime. Le sue parole erano quasi inudibili, mentre le finestre dell'autogrill tremavano e sembravano sul punto di scoppiare in mille pezzi.

Alex guardò Jenny con aria interrogativa, poi lei lo tirò a sé per un braccio e lo fissò intensamente.

«Non voglio morire qui dentro. Troveremo quel maledetto posto!»

Alex fece un lungo respiro, poi annuì e in un attimo furono nuovamente fuori.

I due ragazzi corsero lungo la tangenziale, nella direzione opposta a quella che portava a Milano. Ma soprattutto, nella direzione opposta alla furia del vento. Le gambe erano pesanti e sul petto spingeva in senso contrario la forza della tempesta.

Si fermarono sotto un ponte, in una zona apparentemente deserta.

«Io non ce la faccio più...» disse Alex mentre appoggiava le mani sulle ginocchia, la schiena piegata in avanti. Il suo volto era coperto di polvere, quella polvere di detriti che si era ormai sostituita all'aria, rendendo difficile anche la respirazione.

Jenny si avvicinò a lui risoluta.

«Becker ha detto che l'unica speranza di salvezza è Memoria» disse. «Ma come ci arriviamo?»

«Se solo ci avesse detto che diavolo è... Qui tra poco bruceremo tutti!»

Alex lanciò uno sguardo oltre il ponte. Sembrava di stare esattamente nel centro di un tornado. Bagliori e tuoni si susseguivano ormai uno in fila all'altro, facendo eco nell'anfratto in cui si erano rifugiati.

«Marco è laggiù. In mezzo a quel fumo. Non si salverà.»

«Non ci salveremo nemmeno noi, se non troviamo subito quel posto.»

Capitolo 39

Alex gettò uno sguardo oltre il ponte e comprese che non c'era più tempo. Nel cielo, la striscia infuocata sembrava annunciare l'imminente fine della sua corsa. Ultimo gettone, ultimo giro, signore e signori.

Fu un attimo. Gli occhi di Alex si chiusero mentre le parole del veggente malese iniziarono a vorticare nella sua testa.

«Vedo te fare grande salto… Tu grande salto in oceano nero.»

Poi un flash, che lo riportò alla sera prima, quando aveva visto il simbolo sull'elmetto del padre di famiglia che li aveva ospitati.

Quel simbolo… era sulla carta del veggente. Me l'aveva mostrato. Era il mio futuro.

«Seguimi, Jenny! Dobbiamo andare allo scavo!

Alex la afferrò per mano e presero a correre oltre il ponte, lungo la statale, mentre le distese di terra attorno alla strada venivano avvolte dalle fiamme e di tanto in tanto incrociavano macchine infuocate e gruppi di persone in fuga senza una meta. La tempesta di grandine imperversava sollevando polvere su polvere. Si resero conto che non c'era pioggia, in quel temporale. C'erano solo detriti. Milioni di piccoli frammenti che schizzavano ovunque, come l'avanzata dei pedoni che precedevano l'arrivo del Re. E il Re era sul punto di fare la sua ultima mossa.

Alex e Jenny corsero in mezzo a quel tornado di schegge impazzite, il braccio piegato sulla fronte per proteggere gli occhi. Lui conosceva la zona, identica alla sua dimensione originaria: i lavori per il nuovo centro commerciale erano distanti poche centinaia di metri, lo sapeva bene, ci era passato spesso con suo padre. Era uno di quegli aspetti che sia la sua realtà sia quella di Jenny avevano in comune. In entrambi i mondi, nello stesso punto stava per sorgere lungo la statale un nuovo megastore ricco di negozi di ogni tipo.

I due ragazzi procedettero a tutta velocità, senza fermarsi, superando un piccolo supermercato della catena Ben's Corner con la vetrata d'ingresso sfondata. La mente di entrambi andò al racconto dello sciacallaggio: realizzarono che la loro ultima cena in quella vita era stata frutto di una rapina in quello spaccio.

Quando le prime escavatrici gialle con la scritta WHITEWORKER presero forma in lontananza vicino a una gru, Alex corse ancora più forte. Jenny tenne il passo, affannata, il cuore in gola e i capelli che si agitavano nel vento mentre si riempivano di detriti e polvere.

«Ci siamo» disse il ragazzo, rallentando in prossimità di una serie di cabine blu con la scritta TOILETTE MOBILE. «Il veggente sapeva già dove ci saremmo trovati oggi. È incredibile...»

«Perché siamo qui, Alex?» chiese Jenny dopo aver superato alcune transenne, mentre di fronte a loro prendeva forma il gigantesco scavo per il centro commerciale: una cavità di almeno cento metri di larghezza, duecento di lunghezza e una cinquantina di profondità. Il muro di fuoco che avanzava dalla campagna si stava avvicinando rapidamente al cratere.

«Perché è scritto» rispose Alex fissando il vuoto.

«Vedo te fare grande salto... Tu grande salto in oceano nero.» La voce del veggente continuava a echeggiare tra le pareti del suo cranio. Anche Jenny ora poteva sentirla.

«Tutto quello che abbiamo fatto ci ha condotto qui. *Doveva* condurci qui.»

«Ho paura, Alex» pensò la ragazza.

Fu in quel momento che lo sguardo di entrambi venne rapito dal cielo: la striscia infuocata che l'asteroide stava tracciando sopra le loro teste subì una brusca deviazione verso il basso. Non ci vollero più di un paio di secondi: la scia gialla e rossa che aveva appena squarciato l'atmosfera si allargò rapidamente e andò a morire dietro le montagne della provincia di Bergamo che si stagliavano all'orizzonte. Se in precedenza si erano uditi dei boati capaci di coprire ogni altro suono, questo fu cento volte più forte. Lo schianto fu spaventoso, tale da scuotere la terra sotto i piedi come se qualcuno, nello spazio, stesse *agitando* il pianeta come fosse una palla di vetro di Natale per smuovere la neve finta all'interno. Un'enorme nube di fumo si alzò oltre le montagne e cominciò a invadere il cielo, mentre i due ragazzi osservavano attoniti la scena e si stringevano l'uno all'altra.

«Non abbiamo più tempo!» gridò Alex, voltandosi verso Jenny e fissandola negli occhi. La furia del vento sembrava il soffio potente di un gigante invisibile che dalla campagna scagliava le fiamme verso di loro.

«È la fine» sussurrò la ragazza, mentre stringeva nelle mani il Triskell e si perdeva nello sguardo di Alex.

«Ti amo, Jenny.» Alex aveva gli occhi lucidi e tremava per la paura.

«Anch'io. Da sempre...» Lei si strinse contro il suo petto, le labbra si unirono in un ultimo bacio. Un istante fuori dal tempo, una promessa di eterna unione. Si baciarono come se fosse la prima volta. Come se fossero sul molo di Altona, silenzioso e magico, da soli, con le onde del mare a fare da cornice. Ma non c'era alcuna costellazione di Orione a vegliare su di loro.

Riaprirono entrambi gli occhi di colpo.

«Bruceremo, Jenny! Dobbiamo saltare» disse Alex mentre superavano l'ultima transenna posta di fronte al ciglio del burrone. Lei strinse più forte la sua mano, non l'avrebbe lasciata andare per niente al mondo.

«Uno...»

Una vampata di calore li avvolse improvvisamente, come se l'asteroide avesse aperto una ferita nell'atmosfera terrestre tale da non riuscire più a contrastare la potenza dei raggi solari.

«Due...»

Alex e Jenny osservarono l'abisso di fronte a loro, mentre nel cielo schizzavano altre decine di palle di fuoco, come in un gigantesco spettacolo di fuochi d'artificio. Si erano separate dall'asteroide al momento dell'impatto con l'atmosfera e ora piombavano ovunque a tutta velocità: centinaia di bombe atomiche pronte a radere al suolo il continente. La manifestazione più incredibile che la natura avesse mai offerto agli occhi dell'uomo. L'ultima dimostrazione di forza del cosmo, come a ribadire la schiacciante superiorità delle leggi dell'universo sulla piccolezza della razza umana.

Alex gridò: «Tre!» mentre la mano di Jenny diventava una cosa sola con la sua.

Una breve rincorsa e saltarono nel vuoto, pochi istanti prima che una scarica di proiettili di roccia incandescente devastasse ogni cosa attorno a loro, scrivendo la parola "fine" sulla storia della civiltà.

Mentre precipitavano, le immagini e i ricordi più intensi della loro vita si proiettarono nelle loro teste.

C'era Roger Graver che raccontava alla piccola Jenny la storia delle costellazioni, impersonificando con gesti e voci buffe gli dei dell'Olimpo.

C'era Marco, un largo sorriso stampato in volto, i telecomandi di diversi colori tra le mani, mentre interrogava Alex sulle funzioni di ognuno.

C'era Clara che preparava le sue deliziose tisane quando Jenny aveva il mal di pancia, accarezzandola e facendola scoppiare a ridere ogni volta che le sfiorava l'ombelico.

C'erano Giorgio e Valeria Loria, in prima fila durante il saggio delle elementari, quando Alex aveva interpretato il ruolo di D'Artagnan meritandosi l'applauso di tutti i genitori.

Poi, in un attimo, tutto diventò nero.

Capitolo 40

La prima sensazione fu l'odore del cuoio. Penetrò nelle narici di Alex pian piano, mentre cercava di mettere a fuoco le ombre confuse attorno a lui. Era circondato da colori indistinti, voci che si accavallavano, sentiva la testa pesante e la schiena schiacciata contro il terreno. Quando ricominciò a percepire la tensione nervosa dei muscoli, tentò a fatica di tirare su il collo. Le facce preoccupate dei compagni di squadra presero forma una dopo l'altra. Il suo braccio destro cingeva il pallone, premuto contro il fianco. Lo lasciò andare e si alzò lentamente, mentre una fitta lancinante passava da una tempia all'altra.

«Capitano, stai bene?» chiese una voce alla sua destra.

Alex non rispose. I suoi occhi incontrarono quelli dell'arbitro, che lo fissava preoccupato. L'aria della palestra era viziata e il tanfo di sudore lo investì all'improvviso, riportandolo nel bel mezzo di una scena che sembrava appartenere a un passato lontanissimo. Il tiro libero. La partita. Lo svenimento.

Sono vivo… siamo tutti vivi.

Una volta in piedi si passò una mano fra i capelli, tirando indietro il ciuffo biondo, mentre l'arbitro si avvicinava e gli metteva una mano sulla spalla.

«Cosa ti è successo?»

«Non lo so.» Mentre rispondeva i lineamenti del viso di Jenny comparvero nella sua mente. I suoi occhi color nocciola, la pelle dorata e quel sorriso che forse non avrebbe più rivisto. O che forse non aveva *mai* visto.

«Non capisco...»

L'uomo in divisa nera col fischietto al collo alzò le sopracciglia, quindi raccolse il pallone da terra e lo porse ad Alex. «Te la senti? Mancano dieci secondi alla fine della partita. Poi ti porto dal medico della scuola.»

Alex annuì, afferrò il pallone e si preparò al tiro dalla lunetta. I compagni continuavano a fissarlo con un'aria strana, perplessa. La sua conclusione fu debole e sfiorò a malapena la retina sotto il ferro. La palla rimbalzò oltre il canestro e arrestò la sua corsa vicino a dei materassini blu. Alex rimase immobile a fissarla. Il capitano della squadra avversaria andò a raccoglierla, quindi riprese il gioco da fondo campo. Mentre lui restava inchiodato in zona d'attacco, i rivali infilarono un canestro da tre punti decisivo per il sorpasso e si abbracciarono esultanti. Pochi secondi dopo, l'arbitro fischiò la fine della partita. Alex abbassò il capo, stordito e confuso. I compagni lo guardarono storto mentre lasciavano la palestra. Uno di loro scosse la testa. Un altro si avvicinò con un'espressione meno contrariata in volto: «C'è qualcosa che non va, capitano?»

«Quanto sono stato per terra?» domandò lui, mentre si incamminavano verso gli spogliatoi.

«Venti, trenta secondi, boh...» L'amico corrugò la fronte. «Ti senti male?»

Non può essere stato un sogno, è assurdo...

Alex non rispose e lasciò che il compagno di squadra si allontanasse. Quando vide l'arbitro avanzare nella sua direzione tirò su la mano sinistra e guardò altrove. «Lasci stare, non ho niente.»

Mentre il resto della squadra imboccava il tunnel per gli spogliatoi, Alex scorse il suo zaino appoggiato vicino alla panchina del coach, lo tirò su e sparì dietro una porta, quindi salì le scale che portavano al primo piano. I corridoi erano deserti. *Evidentemente è ancora orario di lezione*, pensò. Alex superò i bagni, le porte di alcune classi e infine trovò la scala che scendeva verso il portone d'uscita della scuola. La percorse lentamente, mentre nella sua testa si alternavano le diapositive di tutto quello che aveva visto dal momento in cui era svenuto. Venti, trenta secondi, forse. Marco glielo diceva sempre: «Il tempo dei sogni non ha niente a che vedere con il tempo reale.»

Mary Thompson, il molo di Altona, la carta prepagata di Marco, lo scatolone con la scritta CORNICI, suo padre che inchiodava un'asse di legno alla finestra, i furgoncini dell'esercito, il Triskell al collo di Jenny, il disegno raffigurante l'asteroide, lo scavo per il centro commerciale. Ruotava tutto senza un ordine preciso nella sua mente. Riaffiorava ogni dettaglio, mentre Alex percorreva la strada verso casa. Durante il tragitto alzò gli occhi al cielo più volte. Le nuvole coprivano Milano, ma erano le consuete nuvole grigie che avvolgevano la metropoli d'inverno per abbandonarla in primavera.

Nessun asteroide, nessuna visione apocalittica.

Alex camminò guardandosi attorno, mentre una coppia di anziani lo osservava con curiosità. Indossava ancora la maglia giallo-blu della squadra e i pantaloncini, nonostante ci fossero cinque gradi. Ma non sentiva freddo. Sentiva solo un senso di spaesamento che a tratti gli faceva cedere le articolazioni. I dettagli attorno a lui erano banali quanto incredibili. Alcune vetrine di negozi esibivano già gli addobbi natalizi. Una scritta composta da led luminosi che augurava BUONE FESTE era appesa in prossimità dell'incrocio di via Porpora con viale Lombardia. Per strada c'era il consueto caos, l'immancabile concerto di clacson non appena il semaforo diventava verde. Non era niente di più e niente di meno che la solita, vecchia Milano.

Non esiste alcun Multiverso, pensò Alex di fronte al civico 22 di viale Lombardia mentre citofonava. Non rispose nessuno. Era l'ora di pranzo, i suoi dovevano essere al lavoro. Logico, rifletté mentre scuoteva la testa, non c'era alcuna fine del mondo imminente. I bancomat funzionavano. Internet non era stato oscurato. La gente andava a lavorare. E lui continuava a ripetersi la stessa frase da ormai diversi minuti: *Sono uno stupido.*

Mise una mano nella tasca esterna dello zaino e trovò le chiavi.

Al solito posto, come sempre.

Aprì il portone e salì le scale continuando a fregarsi una mano sulla fronte. Possibile che in trenta secondi si fosse sognato tutta quella storia? Forse era così, e per certi versi si trattava di una benedizione. Niente di ciò che lo circondava si era ridotto a un cumulo di macerie. Ma questo significava che Jenny non esisteva.

Da nessuna parte.

Entrò in casa e intravide il bigliettino di sua madre appoggiato sul mobile accanto all'ingresso. *Vicino al microonde c'è una torta salata, mi raccomando studia! Baci, mamma.*

Quando entrò in camera, lasciò cadere lo zaino vicino al letto e si sedette. Era nella sua stanza. Niente di diverso. Niente di nuovo. Niente di strano.

«In trenta secondi sono riuscito a sognare la ragazza più bella che io abbia mai visto, e la catastrofe più spaventosa che possa capitare» commentò mentre scuoteva la testa, un sorriso ironico disegnato in volto.

Ma ricordava ogni cosa di quel sogno. Ogni dettaglio.

Non può non esistere, pensò mentre si alzava di scatto dal letto per sedersi di fronte al PC. Lo accese, aspettò che si caricassero le applicazioni e poi digitò nel campo di ricerca di Google: "Jennifer Graver Blyth Street Melbourne".

Tra i primi link gli saltò all'occhio un indirizzo di Facebook. Il mouse ci finì sopra quasi automaticamente. Quando si aprì la foto del profilo della ragazza, Alex appoggiò un gomito sul bordo della scrivania e con la mano destra si ravviò il ciuffo biondo che gli cadeva sulla fronte.

«Lo sapevo» sentenziò, senza riuscire a capire se fosse più felice per aver scoperto che Jenny esisteva o più angosciato dal fatto che tutta quella storia non era stata affatto un incubo.

Nel campo delle informazioni personali della ragazza c'erano il numero di cellulare e la mail. Alex tirò fuori il telefono dallo zaino e compose il numero.

Silenzio.

Libero.

«*Hello*?»

Silenzio. Gli occhi di Alex chiusi. Gli occhi di Jenny spalancati, speranzosi.

«Alex, sei tu?»

«Sì, Jenny, sono io. Allora esisti.»

«Certo. E ricordo esattamente tutto quello che ci è successo.»

Un mese dopo

L'aria era fresca e il vento debole, delicato, mentre il sole andava a morire dietro l'orizzonte circondato da pennellate rosso-arancione e da stormi di uccelli che si inseguivano nel cielo di Barcellona.

Un ragazzo alto due metri sfrecciò sui rollerblade di fronte ad Alex e Jenny, mentre deviavano dal lungomare verso il molo.

«Meno male che ci hanno lasciati partire, sarà un week-end fantastico» disse Jenny, gli occhi scintillanti, la mano stretta in quella di Alex.

«E questa volta non mi sono inventato scuse, ho semplicemente chiesto il permesso. Ancora non ci credo.»

La ragazza sorrise e abbassò lo sguardo. Poi alzò gli occhi e fece una rapida panoramica. Il molo era protetto da due file di scogli e sulla destra partiva una striscia di sabbia che andava dalla zona di Vila Olímpica, dove si trovavano loro, fino al porto. Jenny aveva già visto quei luoghi durante la gita scolastica. Li ricordava bene.

«Sai, a volte mi sembra di aver sognato tutto» disse.

«Già...»

«Non sento più la tua voce nella testa. E faccio le stesse cose che facevo prima.»

Alex annuì. «In questo mese ti è capitato di... *viaggiare?* Salti in altre dimensioni, vite alternative...»

«Niente di niente. E tu?»

Il ragazzo scosse la testa, la fronte corrugata e l'aria di chi continuava a farsi mille domande.

«Se è stato un sogno, com'è possibile che abbiamo fatto lo *stesso* sogno?» chiese mentre si fermava a contemplare l'ultimo spicchio di sole che spariva tra il cielo e il mare.

Jenny lo prese per mano e si voltò, senza rispondere. Percorsero il molo in senso opposto, diretti verso il lungomare. Quando furono sulla camminata, si sedettero su una panchina e rimasero in silenzio per un paio di minuti mentre l'aria della città catalana si faceva pian piano più pungente.

«Vedi» riprese lui «ci ho riflettuto tanto in questi giorni. Se fosse vera tutta la storia dell'asteroide, come spiegheresti il fatto che la realtà in cui ci siamo ritrovati è esattamente identica a quella da cui venivamo?»

«Già. Io vado nella stessa scuola ogni mattina, al sabato ho il corso di nuoto con gli stessi compagni, i miei genitori stanno bene e l'arredamento della casa non è cambiato di una virgola.»

«Stessa cosa a Milano. In questo mese non ho notato un solo dettaglio fuori posto. Se ci siamo salvati dalla fine del mondo e siamo finiti in un universo parallelo dove l'asteroide non si è schiantato, com'è possibile che la nostra vita non sia neanche in piccola parte diversa?»

Jenny rimase con lo sguardo fisso verso un punto lontano mentre Alex incalzava: «Non ha senso… non ha… Jenny? Mi stai ascoltando?»

«Io… sì. Sì, certo. Scusa, ho avuto una specie di *déjà vu*, ma… no. Niente.»

«Cioè?»

«Ma no, dai, non è possibile.»

«Cosa?»

«Laggiù. Mi è sembrato di vedere una mia compagna di classe che dava una monetina a quell'artista di strada. Lo vedi?»

Jenny fece un cenno con il capo, Alex piegò la testa di lato e guardò oltre una fila di bambini che seguivano una maestra. Un ragazzo di colore stava plasmando una sorta di anfiteatro di sabbia appena oltre il muretto che separava la spiaggia dalla camminata.

«Lo vedo.»

«Be', magari mi sbaglio. Oppure è una specie di *déjà vu*, perché quando sono venuta qui in gita in effetti una mia amica ha dato un euro a un ragazzo come quello laggiù. Dai, lasciamo stare.»

Alex ascoltò Jenny con interesse, poi alzò gli occhi come a riflettere su un particolare di quell'episodio.

«Sai, in effetti questa cosa dei *déjà vu* è capitata anche a me da quando mi sono "risvegliato" in palestra. Tra l'altro quando ho riaperto gli occhi ero per terra, di fronte al canestro, prima di un tiro libero. Esattamente dove mi trovavo quando tu mi dicesti che abitavi a Melbourne. All'inizio di tutto quel... *sogno*.»

«Senti, Alex. Ti faccio una proposta.»

«Dimmi.»

«Smettiamo di parlarne. Che sia stato un incubo o che sia andato tutto come è andato, non fa nessuna differenza. Siamo qui, assieme. Il mondo non è finito, il cielo è splendido e se quel manifesto non mente oggi al Casinò possono entrare anche i minorenni!»

Alex sorrise e si alzò di scatto: «Hai ragione. Andiamo a spassarcela, allora!»

Jenny afferrò la mano del ragazzo e si fece tirar su, poi lo abbracciò e lasciò che le loro labbra si sfiorassero delicatamente. Potevano assaporare ogni istante senza il timore che fosse l'ultimo... Avevano tutto il tempo del mondo, nessun ammasso di roccia incandescente stava sfrecciando sopra le loro teste.

Camminarono mano nella mano in direzione del Casinò, pieni di energia vitale e curiosità.

«Quando sei venuta in gita, ti ci hanno portata?» chiese Alex mentre attraversavano la strada.

«Dove?»

«Al Casinò!»

Jenny rise goffamente. «Sì, figurati! Conoscendo i miei compagni, avrebbero provato a scassinare le slot machine. Non ce l'hanno fatto vedere neanche da lontano.»

«È di là?» chiese Alex mentre si avvicinava a un incrocio.

«Penso di sì. Con i miei amici quel giorno siamo arrivati solo fino a qui, ma se non sbaglio è vicinissimo, basta girare a sinistra, laggiù.»

Alex strinse di più la mano di Jenny mentre si avvicinavano alla fine della strada, sul lato opposto rispetto al lungomare. Lei rideva, sognante e spensierata. Lui non riusciva a smettere di guardarla negli occhi. Poi, entrambi svoltarono nella traversa.

E si ritrovarono davanti il nulla.

«Che... che cosa...?» balbettò Jenny. Di fronte a lei c'era solo uno sconfinato spazio bianco. Come un gigantesco muro su cui lo sguardo si perdeva, senza alcun appiglio prospettico. Era il vuoto. Ma era più spaventoso del vuoto. Era come se quella parte del mondo fosse stata cancellata, inghiottita da una fitta nebbia bianca. Jenny cercò di fare un passo avanti, ma sentì le gambe pesanti come macigni. Il respiro si fece affannoso, mentre davanti ai suoi occhi la realtà diventava una pagina mai bagnata dall'inchiostro. Chiuse e riaprì gli occhi più volte, ma nulla cambiò.

Accanto a lei, Alex notò anche l'assenza di suoni, oltre che di immagini. Fece un paio di passi indietro, ipnotizzato dal nulla. Una sensazione mai provata. Non sapeva dove stava camminando e aveva perso qualunque riferimento, a eccezione di due basilari quanto inspiegabili certezze.

Da una parte c'era il lungomare spagnolo, col molo che si perdeva tra le onde.

Dall'altra parte il nulla.

«Andiamo via di qui, ti prego» sussurrò Jenny, lo sguardo implorante e incredulo.

Fecero dietrofront e tornarono sul lungomare con passo lento, senza riuscire a dire alcunché. Ma entrambi stavano rivivendo tutto.

Quei trenta giorni.

La strada da casa a scuola.

La strada da casa alla piscina.

La palestra, il coach.

I genitori.

La camera da letto.

Tutto quanto esattamente come lo ricordavano prima che l'asteroide spazzasse via l'intera civiltà.

Jenny fissò Alex mentre con le dita della mano destra si avvinghiava al suo braccio.

«Quello che ho visto prima, Alex... non era un *déjà vu.* Era la stessa scena. La mia amica che dava la monetina al ragazzo. Esattamente come durante la gita.»

«La stessa scena...» ripeté lui con tono monocorde, mentre rivedeva in rapida sequenza il bigliettino lasciato da sua madre sul mobile al ritorno dalla partita di basket, gli addobbi natalizi per le strade di Milano, il suo zaino, il suo diario.

«Dio, non può essere!» urlò Jenny, le mani tra i capelli. Poi si voltò e tornò di corsa verso il niente, attraversando la strada senza neanche guardarsi attorno. Alex la vide sparire dietro l'angolo e la sentì gridare a squarciagola. Quindi si avvicinò, quasi terrorizzato all'idea di ritrovarsi di fronte quell'insensata visione. Jenny ricomparve davanti ai suoi occhi, il volto pallido, le labbra tirate in un sorriso isterico: «È un incubo».

«Se ci siamo salvati dalla fine del mondo e siamo finiti in un universo parallelo dove l'asteroide non si è schiantato, com'è possibile che la nostra vita non sia neanche in piccola parte diversa?»

La domanda che Alex si era posto ruotava come un turbine che passava dalla sua testa a quella di Jenny. Pian piano si accavallarono altre frasi, come a formare un vortice nel quale ogni ricordo dei ragazzi si mescolava e schizzava impazzito.

«La nostra mente è la chiave.»

Jenny allungò una mano verso Alex e chiuse gli occhi.

«Questa è Memoria» disse la voce dietro di loro.

Quando si voltarono, il banchetto di legno del veggente malese era lì, sul lungomare. I capelli grigi arruffati e agitati dal vento, la veste maculata, le gambe accavallate sotto il tavolino e le carte tra le mani.

I ragazzi rimasero attoniti, senza riuscire ad aprir bocca, mentre il sorriso sul volto del cartomante diventava quasi un ghigno beffardo.

«Vedete solo ciò che ricordate. Questo è il *dopo*.»

Jenny cercò di liberare la mente dalla confusione e dal panico per riflettere sulle parole dell'uomo. *Io sono stata qui in gita, ma non avevo visto la via del Casinò. Però ricordavo esattamente l'aeroporto, la strada fino a qui, il lungomare e il molo...*

«Pensateci. In questi ultimi trenta giorni avete vissuto nell'unica realtà che conoscete. Le stesse vie, la casa, la piscina, la scuola, la palestra. Questa è Memoria.»

«Dannazione, chi è lei?» sbottò Alex. «Dove diavolo siamo? Cos'è successo?»

Il veggente lo inchiodò con uno sguardo deciso e penetrante.

«Io sono solo un *messaggio*. Quando eri piccolo venivo a farti vedere come sarebbe stato il futuro. E tu disegnavi tutto. Ma non puoi ricordarti di me. Anche Thomas Becker è solo un messaggio. Il mondo, come voi lo conoscevate, è andato distrutto. Quello che vedete non è altro che l'eco dell'apocalisse, l'unico frammento rimasto dopo la distruzione. L'unico posto in cui potete vivere.»

«Ma io non sono mai stato qui, non conoscevo questa città» obiettò Alex.

«Non ne avevi bisogno. I tuoi ricordi e quelli della ragazza sono intrecciati. Da sempre. Sono le uniche mappe in cui potete muovervi.»

Alex chiuse gli occhi e non aggiunse nulla. Rivedeva come in una ripresa al rallentatore il salto nel vuoto durante lo schianto dell'asteroide. Era caduto davvero, dunque. In ogni angolo del Multiverso.

Non si trattava di un incubo. Era molto peggio.

«Perfetto. E adesso?» intervenne Jenny sarcastica, mentre il vento si alzava e sollevava da terra dei volantini rossi e blu che svolazzarono ovunque. «Siamo imprigionati qui per l'eternità?»

Il veggente lasciò cadere le carte sul tavolo, poi ruotò la mano destra mostrando il palmo, infine stese il braccio con l'eleganza di un attore teatrale, come a indicare la realtà circostante.

Sulla spiaggia c'erano i compagni di classe di Jenny che giocavano a pallone.

In fondo alla camminata, Valeria e Giorgio Loria, mano nella mano, chiacchieravano seduti su una panchina.

Dall'altra parte della strada, Roger e Clara Graver passeggiavano diretti verso il porto.

Di colpo, ogni persona presente nel loro campo visivo si tramutò in un frammento di vita passata. L'uomo di colore dietro il banco della reception del St. James. Il bambino sul treno per Cadorna. Il vecchio che mangiava solitario e ricordava dove abitavano i Graver. Mary Thompson. Il tassista di Altona. Il poliziotto che a Milano aveva intimato a Jenny di tornare a casa per via del coprifuoco. Giovanni, col suo fucile in braccio, e la famiglia che aveva ospitato i ragazzi la notte prima della fine del mondo.

Erano tutti lì. Erano l'unica realtà possibile. Erano Memoria.

Il veggente sparì, lasciando i due ragazzi persi in un labirinto di domande.

Alex e Jenny la videro comparire dal fondo della strada.

Si avvicinava lentamente, prendendo forma a poco a poco tra i colori violacei del tramonto spagnolo, mentre tutto attorno era una danza di volantini che ballavano nel vento e di personaggi del passato che si incrociavano sul lungomare.

Alex sgranò gli occhi quando la mise a fuoco e scosse leggermente la testa, incredulo. Jenny gli prese la mano e fece un respiro profondo.

Quando la carrozzella elettrica frenò di fronte a loro, videro lo sguardo schietto e radioso di Marco, accompagnato da un sorriso enigmatico. Le poche parole che disse ebbero su Alex e Jenny lo stesso effetto di una scintilla in procinto di far esplodere l'intero meccanismo. Di un passaggio segreto verso un'inspiegabile via d'uscita. Di una parola d'ordine con cui riaprire i cancelli del Multiverso.

«Forza, ragazzi. Usciamo da questa gabbia.»

MEMORIA

A Valeria
Per svegliarsi… c'è tempo.

Non c'è nulla che spaventi di più l'uomo
che prendere coscienza dell'immensità
di cosa è capace di fare e diventare.
Søren Kierkegaard

Quando anche il tempo sarà domato
anche del tempo si farà mercato.
Alberto Massari

Prologo

Era il cielo di sempre.
Erano i volti di sempre.

Era il rifugio sotterraneo, il tunnel scavato nel muro per tornare a vedere la luce, il silenzio prima della traccia nascosta alla fine del disco. Un *dove,* in un mondo in cui non esisteva più alcun luogo. Un *quando,* in una realtà senza futuro. Era il jolly spuntato dal mazzo nel momento critico della partita.

Ma per il momento, non era nient'altro che una gabbia. Un'illusione della mente. Per quanto realistica, credibile, vera.

Autentica come il soffio del vento che si levava dal lungomare di Barcellona in quel pomeriggio d'inverno, trascinando ovunque volantini rossi e blu in una danza senza coreografia.

Sincera come quel sentimento che intrecciava i destini di Alex e Jenny e che li aveva portati fino a lì. Fuori dall'incubo. Dentro una nuova prigione.

L'asteroide aveva cancellato la vita sulla Terra, questo lo ricordavano bene. In ogni possibile dimensione parallela, in ogni angolo del Multiverso. Ma loro lo sapevano, forse lo avevano sempre saputo: *La nostra mente è la chiave.* Nell'istante in cui l'apocalisse aveva decretato la fine della corsa, i loro occhi si erano spenti. Come quelli di qualsiasi altro abitante del pianeta.

Ma gli occhi del corpo non sono le uniche finestre aperte sulla realtà. Il disco era finito? O i secondi continuavano a scorrere nel silenzio, in attesa di un nuovo inizio? Alex e Jenny non sapevano dire dove si trovassero. Erano salvi, ma allo stesso tempo erano morti. Per quel che ne sapevano, stavano vagando in un luogo di ricordi, prigionieri di un frammento mentale, di un'eco della catastrofe, mentre il mondo vero era un deserto di cenere. E allora, in realtà, qual era il mondo vero? E chi erano loro? Cosa era sopravvissuto e cosa terminato per sempre?

La carrozzella di Marco era spuntata solo pochi secondi prima dal fondo della strada. Lui si era avvicinato, e di fronte agli occhi increduli di Alex e Jenny aveva pronunciato una semplice frase e riaperto la partita.

«Forza, ragazzi. Usciamo da questa gabbia.»

Poi si era alzato in piedi. In piedi, sulle proprie gambe. E aveva sorriso.

Benvenuti in Memoria.

Il luogo dove l'unico scenario possibile è il ricordo. L'interminabile silenzio tra la fine del disco e l'inizio della traccia nascosta.

Capitolo 1

Come bolle di sapone, i volantini svolazzavano nel cielo catalano. Ora leggiadri, ora più agitati, saltellavano sopra il lungomare fino ad atterrare in spiaggia, o sulla strada. Dopo il tramonto del sole, l'aria si era fatta pungente, mentre sopra il mare di Barcellona si stagliava un trionfo di tinte accese e suggestive che andavano dagli squarci viola alle pennellate rosse, dai graffi blu agli sprazzi gialli.

Neanche cinque minuti prima, un'assurda visione aveva scioccato Alex e Jenny quando avevano svoltato in una via sconosciuta a entrambi, incontrando il nulla. Era lì a pochi passi da loro, una coltre di nebbia fittissima nella quale potevano muoversi a fatica, lentamente, inghiottiti dal silenzio. Meglio starne alla larga.

Il veggente malese, l'incubo ricorrente di Alex, si era dunque manifestato e aveva scoperto le carte: quella era Memoria. La destinazione che dovevano raggiungere sin dal momento del loro primo incontro. Il destino già scritto. Certo, avevano creduto che fosse il luogo della salvezza, la Terra Promessa dove rifugiarsi per evitare le conseguenze dello schianto dell'asteroide contro il pianeta Terra. Non era andata così. Memoria non era un paradiso fortunato, lasciato intatto dall'apocalisse. Memoria era il *dopo*.

Dopo la distruzione. Dopo la fine del mondo. O meglio, di tutti i mondi.

Alex e Jenny fissarono Marco a lungo, finché il ragazzo non li raggiunse. I capelli neri, che non avevano mai incontrato un pettine, la camicia di jeans sbottonata sopra una maglietta bianca con il collo a V infilata in un paio di pantaloni di tela con le tasche larghe.

«Amico...» disse Alex, gli occhi spalancati e lucidi. Avrebbe desiderato abbracciarlo, esultare per aver ritrovato quel fratello maggiore, socio e complice fedele. L'unica persona che gli aveva sempre creduto, quando Jenny era ancora solo un'ombra senza volto in una fitta e impenetrabile caligine. Avrebbe voluto stringerlo a sé, ma si sentiva come paralizzato dall'emozione.

«Questo non ha senso... tu cammini. Come...»

Le parole gli si strozzarono in gola. L'amico si limitò ad allargare le braccia, scosse la testa e con un sorriso lo invitò ad abbracciarlo.

«Sono venuto a darti una mano» sussurrò Marco mentre lo stringeva a sé. «Altrimenti, chissà che casino mi combini...»

Jenny rimase in disparte, sul lungomare continuavano ad alternarsi i personaggi ripescati dalla sua memoria e da quella di Alex, e lei era quasi ipnotizzata da quelle presenze completamente fuori contesto. C'era perfino il coach della squadra di nuoto, appoggiato con i gomiti al muretto del lungomare, lo sguardo perso a rimirare l'orizzonte.

Vedete solo ciò che ricordate.

Le parole del veggente rimbalzavano nella testa della ragazza, ancora frastornata, le braccia conserte per combattere i brividi di freddo. Mentre Alex e Marco si tenevano stretti e si davano un paio di pacche sulle spalle, una domanda senza risposta galleggiava nella sua mente: *Se il ragazzo in sedia a rotelle è solo un ricordo, come tutti gli altri, come fa a essere consapevole di trovarsi rinchiuso in Memoria? E tra l'altro, perché ora è in grado di camminare?*

Alex si voltò verso di lei.

«Questo è Marco. Ti ho parlato a lungo di lui. Non ho idea di come sia possibile, ma... a quanto pare siamo tutti nella stessa barca.»

Jenny cercò di abbozzare un sorriso, ma le sue labbra si stirarono in una smorfia che rivelava incertezza e imbarazzo. Allungò una mano verso Marco mentre continuava a pensare a come tutto fosse assurdo. Non era morta, nonostante la razza umana si fosse estinta. Ma non poteva certo dire di essere viva. Tutto ciò che vedeva attorno a sé era una proiezione del suo passato.

Erano intrappolati in una specie di sogno? E il loro corpo dov'era in quel momento? O meglio, *cos'era*?

Strinse la mano di Marco mentre si augurava che almeno lui avesse un'idea di come tornare indietro, se mai ce ne fosse stato modo.

«E così, tu sei Jenny» disse lui, annuendo col capo mentre la squadrava. Aveva sentito così tanto parlare di quella ragazza che ora la sua bellezza poteva apparire scontata. Invece lo sorprese. Il fisico atletico, slanciato, le gambe lunghe fasciate da un paio di jeans attillati, i capelli mossi castani che cadevano sulle spalle da nuotatrice e andavano a posarsi morbidamente sulla giacca di pelle. E quegli occhi color nocciola, intensi e penetranti, che avevano incantato il suo amico per anni, durante i sogni e le visioni in cui erano stati l'unico dettaglio fisico che poteva scorgere. Quegli occhi che Alex aveva inseguito e trovato, perso e ricercato. E che lo avevano accompagnato nel salto nel vuoto, prima che tutto diventasse nero.

«E tu sei quello che sa tutto del Multiverso» rispose lei, senza riuscire a evitare un tono che poteva risultare ostile.

«Dimmi che sai dove ci troviamo.» Alex richiamò l'attenzione dell'amico dopo essersi schiarito la voce.

Marco indugiò ancora qualche istante nell'osservare Jenny, poi si voltò.

«So cos'è tutto questo, sì. So come ci sono arrivato. Ma non ho idea di come venirne fuori, ammesso che *fuori* ci sia ancora qualcosa di quello che abbiamo conosciuto dal giorno in cui siamo nati.»

Jenny scosse la testa e mise le mani sui fianchi, quindi si girò verso la spiaggia. «Il genio dei computer...»

Alex abbassò lo sguardo, Marco evitò di replicare alla battuta della ragazza. Avvertiva a pelle una certa diffidenza, un malcelato fastidio. Memoria era un tunnel di interrogativi nel quale anche lui si sentiva disorientato. A nulla valevano tutti gli anni di studio, o la sua innata e sorprendente capacità di analisi. Mancavano dei pezzi del puzzle, indispensabili per comprendere la natura di quel luogo. E la loro diversità.

«Prima dello schianto dell'asteroide, eri su una sedia a rotelle mezza distrutta, confinato in casa» ricominciò Alex, gli occhi inchiodati a quelli dell'amico. «Ti avevo lasciato lì. Quando mi sono risvegliato dopo il salto nel vuoto, la mia vita è ricominciata da quella dannata partita di basket, come se tutto ciò che avevamo vissuto nel frattempo fosse stato solo un sogno. Sono venuto a trovarti, ma tu non sapevi di cosa stessi parlando. Il mio viaggio in Australia, gli spostamenti nelle realtà parallele, Thomas Becker, la fine del mondo... Ma Jenny invece esisteva, era reale, non era più solo una visione che incontravo durante il sonno, come prima. E aveva vissuto le stesse cose. Marco, spiegami cosa sta succedendo, ti prego.»

Marco si passò una mano tra i capelli neri e arruffati, poi sfilò gli occhiali e li ripose nella tasca della camicia. Senza le lenti, il suo viso dai lineamenti marcati non sembrava quello di un ragazzo di ventun anni che trascorreva due terzi della giornata di fronte a un monitor. E poi, ora che stava in piedi sulle sue gambe, Alex lo vedeva sotto una luce diversa.

Il tono della voce di Marco si fece serio, il timbro profondo. «C'è una dimensione parallela in cui le cose, per me, sono andate diversamente. L'ho scoperto soltanto alla fine. Non mi era mai capitato, pensavo che solo tu ne fossi capace. Invece, quando l'asteroide stava per infrangersi contro l'atmosfera, ho avuto un'esperienza di *viaggio*. Esattamente com'è capitato a voi, credo.»

Jenny si avvicinò ad Alex e lo prese per mano.

«Ero davanti alla finestra» continuò Marco «e tenevo tra le mani una vecchia foto in cui c'erano i miei genitori, durante un picnic. Stavo assistendo alla fine del mondo quando, non so neanche come descriverlo, sono stato come... *risucchiato* in un altro posto.»

«Una specie di vortice, conosciamo la sensazione...» lo interruppe Alex.

«Esatto. Quando ho riaperto gli occhi, ero di nuovo in me. Ma *altrove.* Ero in piedi, sulla terrazza di una casa di campagna. Insieme ai miei genitori. Vivi, capisci? Laggiù non sono rimasti uccisi nell'incidente in montagna. Laggiù non c'è stato alcun incidente!»

«Marco, questo è fantastico, ma...»

«Lasciami finire. Anche nella dimensione in cui mi sono ritrovato, come nella nostra originaria, l'asteroide si stava per schiantare contro la Terra.»

«Allora è accaduto ovunque» aggiunse Jenny.

«Già. Ma lì... era diverso. Io ero sereno. Vedevo il terrore sui volti della gente, mentre io attendevo l'arrivo della fine senza paura.»

«Perché mai?» domandò Alex, la fronte corrugata.

Marco lo fissò con due occhi di fuoco. Raggianti, risoluti. «Ero in piedi di fronte allo spettacolo della fine del mondo, con i miei genitori accanto, e un quaderno in mano. Non chiedetemi perché il mio primo istinto, invece di correre ad abbracciare mio padre e mia madre, o di piangere di gioia perché le mie gambe mi sostenevano, è stato quello di aprire il quaderno. So solo che l'ho fatto e che poi non ho più potuto staccarmene fino all'impatto. Quello era il mio diario, il diario del mio io di quell'universo alternativo, in cui non ero solo un hacker o un appassionato di informatica. Ero uno come voi. Avevo il dono di viaggiare ed esploravo le dimensioni parallele dall'età di quattro anni. Sul diario erano annotati i dettagli di ogni singola esperienza. Naturalmente ho avuto modo di leggere solo pochi stralci... Quanto avrei voluto che ci fosse più tempo. A ogni modo, ho fugato qualche dubbio, ma ci sono ancora molti punti oscuri in tutta questa faccenda. Una cosa però mi è stata chiara sin da subito, nello sfogliare quelle pagine. Per quel motivo ero sereno.»

«Che cosa?» chiese Jenny, mentre stringeva più forte la mano di Alex nella sua.

«Ho capito che la morte non esiste.»

Capitolo 2

«Questo è un luogo di memoria condivisa.» Marco si voltò e diede le spalle agli altri due. Il transito di volti conosciuti e di semplici passanti divenne meno intenso. Molti stavano risalendo verso la zona del porto, vicino alla fermata della metropolitana di Barceloneta. Il vento si era fatto più debole, la maggior parte dei volantini ormai giaceva a terra. Nel cielo si era addensata qualche nuvola, mentre le onde si infrangevano con minor foga sugli scogli che circondavano il molo, coprendo le rocce di schiuma biancastra.

Marco attraversò la strada e si avvicinò all'incrocio oltre il quale Alex e Jenny avevano visto il nulla. Jenny fissò Alex con un'espressione tra il perplesso e il diffidente, poi si lasciò trascinare dal ragazzo. Il cuore cominciò a battere con forza nel petto dei due mentre l'amico tornava a voltarsi verso di loro.

«Nel mese trascorso dopo il risveglio, non mi sono reso subito conto di ciò che mi circondava. I primi giorni ho condotto la vita di sempre. Sulla sedia a rotelle, con le mie abitudini, la mia routine quotidiana. Ero da solo, nella mia casa. Quella in cui abbiamo passato tanto tempo assieme, Alex. Nel raccoglitore accanto al Macintosh c'erano sempre i ritagli di giornale che parlavano di quel maledetto incidente in montagna. Ho creduto di aver sognato tutto. L'asteroide, la dimensione parallela in cui i miei erano vivi… tutto.»

«È stato così anche per noi» intervenne Alex, cercando l'approvazione di Jenny, che rispose con uno sguardo contrariato.

«Poi, un giorno, è accaduto qualcosa di strano. Stavo lavorando al computer e tenevo una bottiglia d'acqua sul tavolo. A un certo punto ho spostato la tastiera e senza farlo apposta l'ho colpita, facendola cadere a terra. È stato in quel momento che mi è venuto l'istinto di alzarmi e raccoglierla. In piedi, sulle mie gambe. Un gesto assurdo... che però ha cambiato tutto.»

Alex seguì il discorso dell'amico con il cuore in gola mentre ogni tanto gli occhi, presi dalla curiosità, cercavano di andare oltre quell'incrocio che separava la città dal nulla.

«Mi sono reso conto di essere *altrove*. Ho ricordato alcune frasi che erano annotate sul diario. Allora sono sceso per strada, e a quel punto ho compreso cosa fosse Memoria. Potevo camminare lungo le vie di Milano che conoscevo, e andava tutto bene. Ma se svoltavo in una strada che non avevo mai percorso prima... c'era il vuoto.»

«È capitato anche a noi, Marco. Proprio dietro quell'angolo.»

«Fantastico.»

Sarà fantastico per te, pensò Jenny, lo sguardo fisso sul paesaggio circostante.

«Sono anche venuto a trovarti» continuò Marco, gesticolando in maniera frenetica «e tu eri lo stesso Alex di sempre... perché io ti ricordavo così! Per lo stesso motivo, quando tu sei venuto a casa mia, non sapevo niente di tutta questa storia perché in realtà tu sei andato a trovare il tuo *ricordo* di me. In pratica, abbiamo vissuto per una trentina di giorni in quello che io chiamo un *loop*. Una sorta di arco di tempo casuale del passato che la nostra memoria è andata a ripescare, per riproporcelo come unica realtà possibile nella quale muoverci. Un po' come fa con i palazzi delle città, con gli oggetti a noi familiari.»

«Assurdo. Ma credo di capire cosa intendi. Ho avuto un sacco di *déjà vu*, durante questo mese. Sembra più che logico, stando a quello che dici tu.»

«Secondo me invece ci sta andando in pappa il cervello» intervenne Jenny, gli occhi persi nel vuoto, mentre lasciava la mano di Alex.

Marco ignorò l'amara battuta e proseguì. «Anche io ho avuto numerosi *déjà vu*. Non so cosa sia accaduto oggi, e perché io sia stato risucchiato qui, su questo lungomare. Forse mi hai in qualche modo... chiamato. Fino a un'ora fa ero sdraiato sul mio letto a cercare di ricordare gli appunti del mio diario.»

«Sentite, io mi sono stufata» proruppe Jenny alzando la voce. «Mi sembra di stare al manicomio. Se volete continuare tra voi, fate pure.»

Alex si voltò, sgranò gli occhi in un'espressione di incredulità e poi la afferrò per un braccio.

«Ma che diavolo ti prende? Calmati, per favore. Siamo tutti molto agitati, non sappiamo dove ci troviamo e non è facile per nessuno.»

Jenny fece un respiro profondo, poi si divincolò e incrociò le braccia, rimanendo con lo sguardo diretto da un'altra parte, come a ignorare i due ragazzi.

«Cosa sai di questo posto?» chiese Alex nuovamente rivolto a Marco.

«Come ti dicevo, è una sorta di luogo di memoria condivisa» rispose l'amico, indicando la strada oltre l'incrocio, quella che per Jenny e Alex sembrava essere stata cancellata dall'esistenza. «Hai detto che dietro quell'angolo c'è il nulla. È così. Se nessuno di noi è mai stato in quella via, nessuno di noi la vede. Ma c'è qualcosa che possiamo fare, l'ho scoperto in questi giorni, indagando per le strade di Milano.»

«Cioè?» chiese Alex, mentre Jenny restava voltata quasi di spalle.

«State a vedere.»

Marco si guardò attorno, poi attraversò nuovamente la strada e fermò un passante sul lungomare. Alex e Jenny lo osservarono a distanza, mentre pareva chiedere informazioni in spagnolo al signore di mezza età che stava risalendo la costa in compagnia del suo labrador.

Dalla gestualità dell'uomo, sembrava che Marco gli avesse chiesto un'indicazione stradale o qualcosa di simile.

«Eccomi» disse con entusiasmo dopo aver lasciato andare il signore, riavvicinandosi ad Alex e Jenny.

«Quindi?» chiese lei, in tono asciutto.

«Quindi adesso vi do una dimostrazione empirica delle mie teorie, che ho già verificato a Milano.»

Questo parla come il mio insegnante di scienze, pensò la ragazza con un moto di insofferenza.

Marco si girò di scatto e camminò verso l'incrocio, svoltando a sinistra e sparendo dalla loro vista.

Alex si avvicinò a Jenny senza staccare gli occhi dalla strada.

Pochi secondi dopo il viso raggiante di Marco sbucò fuori dall'angolo del palazzo dove aveva appena svoltato. «Esattamente come pensavo. Siete pronti?»

«A fare cosa?» chiese Jenny.

Marco si avvicinò e la fissò dritto negli occhi, con lo sguardo radioso di chi ha appena indovinato la combinazione segreta della cassaforte di una banca. La condusse per alcuni istanti nei meandri più reconditi della sua mente, lasciandola stordita. Fu come se una mano invisibile uscisse dalla fronte di Marco e attraversasse quella di Jenny per catturare ogni suo pensiero e sradicarlo, trascinandolo con sé. La prese e la lasciò andare nel giro di pochi secondi, senza che lei potesse opporre resistenza. Poi fece lo stesso con Alex.

«A espandere la mappa.»

Capitolo 3

«Non credo ai miei occhi...» lo sguardo di Alex era rapito da quella che all'apparenza poteva sembrare una visione banale e priva di significato, ma che in realtà cambiava le carte in tavola e riapriva ogni possibile scenario. Bastò superare l'incrocio, voltare lo sguardo a sinistra e tutto fu più chiaro: una semplice strada, qualche passante, l'insegna rossa dell'entrata posteriore del Casinò che lampeggiava in lontananza, alcuni taxi parcheggiati con il led verde acceso. Là dove prima c'era il nulla, dove lo sguardo non riusciva ad andare oltre un muro di gesso impenetrabile, ora c'era un angolo di Barcellona. Vivo.

«Come diavolo è possibile?» commentò Jenny, sbalordita. I suoi occhi color nocciola erano sgranati di fronte a quella vista.

«Memoria condivisa. Ve l'ho detto» sghignazzò Marco.

La risata del ragazzo suonò completamente fuori luogo alle orecchie di Jenny. Il suo tono saccente e il modo in cui Alex pendeva dalle sue labbra la facevano infuriare. Era tutto un gioco, per lui? Li considerava topolini da laboratorio con cui poter dimostrare le sue assurde teorie riguardo a quel luogo?

Non mi piace per niente, pensò Jenny. *Eppure, ha maledettamente ragione*, dovette ammettere.

«Parlando con quel signore, ho carpito alcuni dei suoi ricordi. È stata un'operazione mirata, gli ho chiesto come potevo raggiungere il Casinò ed evidentemente lui ha ricostruito nella sua mente la strada per arrivarci. E poi me l'ha "passata". E io ho fatto lo stesso con voi. Memoria condivisa.»

«Pazzesco...» replicò Alex, ancora intontito.

«È l'unica cosa che ho capito finora di questa realtà. Le persone possono fungere da portali.»

«Portali?» ripeté Jenny, mentre lanciava uno sguardo perplesso ad Alex.

Marco si schiarì la voce e continuò: «Certo. Se siamo qui a parlare è grazie alle nostre facoltà mentali, che a quanto pare sono sopravvissute alla morte del corpo. E viviamo nei ricordi. Non solo i nostri, dunque, ma anche quelli degli altri. Non so come sia possibile, vorrei tanto scoprirlo. E la dimensione dei ricordi è tanto realistica quanto sconfinata, se possiamo interagire con chiunque ci circondi e usarlo come varco. È così che ci muoveremo».

Jenny voltò lo sguardo verso il lungomare, non del tutto convinta, e decisamente seccata. Alex notò la sua reazione e alzò le sopracciglia, scuotendo la testa e scambiando un'occhiata fugace con Marco. «Va tutto bene?» le chiese poi.

Lei si girò lentamente, e tornò a osservare quell'angolo della città che adesso era presente anche nei suoi ricordi.

«Sono sbalordita dalla tua dimostrazione, Marco» disse. «Ma non capisco a cosa ci serva tutto questo. E non mi interessa granché. Mi sembra di stare in prigione, altro che salvezza! Non ho intenzione di giocare con la mente delle persone. A che scopo, poi?»

«Ma come, non...»

«Tutto ciò che vediamo non è reale. Sbaglio? A cosa mi serve rubare dalle menti degli altri le mappe di tutto il mondo, se niente di quello che vedo esiste davvero? Quella persona là» Jenny allungò il braccio e puntò il dito verso una signora seduta a leggere un quotidiano su una panchina «non c'è. È lì perché è il ricordo di qualcuno, forse neanche nostro, forse del vecchio col cane. Cosa me ne faccio? Questo mondo non ha futuro. *Noi* non abbiamo futuro.»

Marco la fissò in silenzio per qualche istante, mentre Alex teneva lo sguardo basso. Le parole di Jenny avevano un fondo di incontestabile verità. «Cosa credi che dovremmo fare, allora?» chiese timidamente.

«Non lo so» rispose lei, scocciata. «Voi divertitevi pure con i vostri esperimenti, io vado a farmi un giro. Tanto da questo posto non possiamo certo scappare. E abbiamo tutto il tempo che vogliamo. Giusto?»

«Ma Jenny, io...» Alex allungò un braccio verso la ragazza, che si scostò.

«Ho bisogno di restare un po' da sola» sussurrò lei, senza farsi sentire da Marco. I suoi occhi rimasero per un lungo istante fissi in quelli di Alex, quasi ad accusarlo di qualcosa.

La ragazza si incamminò verso il lungomare. Alex rifletté qualche secondo sulla reazione di Jenny. Perché ce l'aveva con lui? E con Marco? Erano tutti sulla stessa barca e stavano solo cercando di capirci qualcosa. Tornò a osservare la nuova mappa generata dai ricordi del vecchio col cane, e di colpo in lontananza scorse i suoi genitori, mano nella mano, sul marciapiede opposto.

«La terapia farmacologica non ha funzionato... e così il tuo psichiatra ci ha mandato da un suo collega neurologo, il dottor Siniscalco. Lui è intervenuto sul tuo problema, in maniera decisamente più efficace... e l'ha risolto.»

«Come?»

«Con una terapia elettroconvulsivante.»

«Sarebbe a dire?»

«Un elettroshock.»

«Alex, che ti prende?» Marco lo afferrò per un braccio. L'amico scosse velocemente la testa, si stropicciò gli occhi e lo fissò.

«Niente, niente...» rispose, scostando con la mano il ciuffo biondo che gli cadeva sulla fronte. «Mi è tornato in mente il momento in cui ho scoperto che i miei genitori quando avevo sei anni mi avevano fatto bruciare il cervello.»

«La storia dell'elettroshock...»

«Esatto. Ascolta... questo è un luogo di ricordi, giusto?»

Marco si guardò attorno. Stava calando la sera e le luci artificiali iniziavano a brillare nelle vie di Barcellona, mentre l'aria si faceva più fredda e dal mare arrivava un soffio di vento pungente. Per le strade, solo qualche sporadico passante. E alcune persone che non avrebbe dovuto essere lì. Ma c'erano.

«Lo è.»

«Bene. Li vedi anche tu i miei genitori, laggiù?»

Marco si girò di scatto e osservò con attenzione oltre l'insegna del Casinò, vicino all'ingresso di un parcheggio con alcune auto di lusso in coda. «Sì.»

«Perfetto. Ora stai tu a guardare. Vado a reclamare un po' di risposte.»

Alex infilò le mani nelle tasche dei jeans e s'incamminò.

Mentre si allontanava dall'amico lungo il marciapiede, le sensazioni più disparate presero posto nel suo animo. Si sentiva vivo, pieno di energie. Avvertiva distintamente la consapevolezza della propria presenza fisica in quel posto. Come poteva essere tutto una specie di sogno? Come potevano essere lì, lui, Jenny e Marco, soltanto con la mente? I suoi piedi pestavano l'asfalto, le folate di vento fresco sibilavano accanto alle orecchie, ogni sensazione corporea era più che reale.

Avanzò verso il Casinò, notando alcuni dettagli attorno a sé. Un cartone di latte abbandonato sul marciapiede, vicino alla vetrina di un negozio di abbigliamento. Un cassonetto dell'immondizia. Alcuni taxi in sosta vicino all'ingresso del parcheggio sotterraneo, dove una BMW coupé era appena stata sistemata accanto a una Maserati da un ragazzo in divisa nera con rifiniture dorate.

Se siamo qui grazie alla condivisione con quel passante, questi devono essere i suoi ricordi, pensò Alex. Riusciva a vedere i suoi genitori in fondo alla strada, mano nella mano. *Le nostre memorie sono mescolate.*

La gita di Jenny. La carrozzella di Marco. Le persone della mia vita negli scenari di quella del vecchio. Se questo è vero, forse...

Alex si bloccò all'istante e fece un lungo respiro. Il suo cervello era quasi in tilt, come se non riuscisse a star dietro a quel turbinio di interrogativi. Troppe domande, troppi dubbi. Era meglio fare un passo indietro. Cercò di distrarsi osservando le macchine parcheggiate lungo il marciapiede, e vide alcuni di quei volantini rossi e blu che avevano invaso il lungomare, trascinati fin lì dal vento. Si piegò sulle ginocchia e ne afferrò uno. Nel rialzarsi, sentì lo scricchiolio del suo ginocchio destro, provato da anni di rimbalzi a canestro e con i legamenti a rischio da un pezzo. Era abituato a sentire quel rumore, spesso seguito da una fitta di moderata intensità. Ma non quel giorno.

Gli occhi di Alex caddero sulla scritta al centro del volantino: MÉS QUE UN CLUB. Sullo sfondo c'era una foto che ritraeva l'abbraccio di alcuni giocatori con la maglia blaugrana dopo un gol. Si trattava della famosa squadra di calcio locale, che avrebbe giocato una partita di lì a pochi giorni. Il volantino invitava ad accorrere numerosi al Camp Nou, lo stadio del Barcellona. Era scritto in catalano, ma sembrava piuttosto comprensibile. La data dell'incontro era il 27 marzo 2014.

Alex corrugò la fronte. «È passato da un pezzo...» rifletté a voce alta, poi infilò il volantino nella tasca della giacca e riprese a camminare. Avrebbe chiesto un parere a Marco più tardi.

Era tempo di indagare sul suo passato.

Capitolo 4

Le palpebre serrate, come cancelli sbarrati e dimenticati dal tempo. Il corpo immobile e sospeso, forma di non-vita costretta a un lungo e silenzioso oblio. Attorno agli occhi chiusi, il cupo abisso. Si è placata l'ira, è tornata la quiete. E durerà un attimo eterno, ignoto e senza memoria.

Dell'apocalittico frastuono si sono uditi solo echi sordi. Ma lei è altrove. La sua esistenza, ora, è una replica vibrante, una sfarzosa messinscena nel teatro dell'anima, dove ogni sguardo può condurre nell'altrui sentiero.

Che ne è del disco? È finito davvero? I secondi scorrono.

Eppure, ci si potrebbe giurare, si sente un rumore di fondo…

Una folata improvvisa di vento investì il volto di Jenny, mentre percorreva il lungomare in senso opposto rispetto al Casinò. Le luci dei lampioni disegnavano una scia che correva parallela alla costa e trascinava lo sguardo fino a quel singolare palazzo a forma di pinna di squalo che si stagliava in lontananza, imponente e maestoso nella sua originalità architettonica.

Gli occhi di Jenny tornarono sul lungomare. Doveva essere ora di cena, non c'erano più molte persone per strada. Ci rifletté per qualche istante, nel tentativo di non pensare ad Alex e Marco. Sembrava che quel luogo venisse appositamente ricreato dalla mente in modo da risultare sensato. A quell'ora la gente rincasava, così come, nell'ultimo mese, ogni persona attorno a lei si era comportata esattamente come ci si aspettava. Come se il pensiero avesse il potere di ricreare un rifugio mentale accogliente, armonioso. Da qui l'inganno, la trappola nella quale si erano ritrovati lei e Alex negli ultimi trenta giorni, vivendo in una realtà fittizia costruita sulla base dei frammenti più vividi della loro memoria. Ricordava bene le giornate passate a scuola, alle prese con un *déjà vu* dopo l'altro: l'insegnante che leggeva una pagina dell'antologia di letteratura inglese che lei ricordava benissimo, i suoi compagni che facevano battute già sentite, la sua amica Dani che inciampava nel corridoio, in prossimità dei bagni delle ragazze. Scene già viste.

Aveva scoperto da poco dove si era trovata in quel mese che era seguito all'apocalisse. E ora camminava su un lungomare ricreato dalla sua memoria, in cerca di un'identità, di un obiettivo, di un significato. Vide in lontananza un gruppo di ragazzi e li riconobbe dagli zaini. Erano i suoi compagni di classe, e anche quello era un momento che ricordava bene: durante la gita si erano riuniti in cerchio per decidere che cosa fare e avevano deciso di risalire la Rambla per arrivare all'Hard Rock Café, in Plaça de Catalunya. Le loro voci, i loro sguardi… Era tutto così reale.

È un maledetto labirinto senza uscita, pensò Jenny mentre tirava su il colletto della giacca, infastidita dall'aria pungente della serata catalana. I suoi compagni sparirono dietro un chiosco e si allontanarono dal lungomare. Lei si guardò attorno, quindi iniziò a camminare più rapidamente, diretta al porto.

«Oddio, ma è splendido…» mormorò sottovoce quando la muta schiera di imbarcazioni all'ancora nel porto di Barcellona apparve davanti ai suoi occhi. Quella visione le dava i brividi, esattamente come la prima volta che se l'era trovata di fronte, durante la gita. Un altro *déjà vu*. Un altro frammento della sua vita prima dello schianto.

Jenny distolse lo sguardo e attraversò la strada con uno scatto, poi si diresse verso un cartello con una M che indicava la fermata della metropolitana di Barceloneta, dall'altra parte della piazza. Scese le scale di fretta e percorse un tratto del sottopassaggio che portava ai tornelli. Frugando nelle tasche trovò un carnet di biglietti. *Certo*, pensò con un sorriso amaro disegnato in volto mentre inseriva il ticket nel tornello. *È il* T-10, *quello da dieci corse... L'ho comprato con la mia amica Lisa il primo giorno della gita.*

Mentre vagava per la banchina, osservò le persone in attesa del convoglio e pensò per un attimo di possedere un potere straordinario, in quella dimensione del pensiero. Tutto ciò che la circondava era frutto dei suoi più reconditi cassetti dei ricordi. Dunque, poteva spingere un passante verso i binari, col treno in arrivo? Poteva prendere a schiaffi il primo che gli capitava sotto tiro? O la realtà circostante si sarebbe comportata in maniera *armoniosa* e coerente con i valori e le regole non scritte che la sua mente ben ricordava, facendole passare un guaio? Quanto si poteva osare, in uno scenario esclusivamente mentale? Sentiva salire dentro di sé la voglia di rischiare, di provare a spezzare il delicato e fittizio equilibrio che la circondava, ma si trattenne. Scacciò quei pensieri e il volto di Alex si sovrappose a essi. Forse si era comportata male, l'aveva deluso, ma non riusciva a sopportare la presenza di Marco in quel contesto.

Era condannata a vivere il resto della sua vita in una gabbia mnemonica?

Se non potevano cambiare le cose, che almeno le fosse concesso di passare il tempo con il ragazzo dei suoi sogni, quello per cui aveva attraversato i continenti e messo in discussione la sua salute mentale. Il ragazzo che aveva tenuto per mano mentre saltava nel vuoto, durante lo schianto dell'asteroide, per andare consapevolmente incontro alla fine prima che la fine venisse incontro a loro. Se doveva restare in un non-tempo eterno che si era sostituito alla vita reale per concedere loro il lusso di sopravvivere alla fine del mondo, Jenny sperava almeno di trovarsi in quella prigione della mente assieme al ragazzo che amava da sempre.

Ma se c'è un modo di uscire da qui, dovette ammettere a se stessa, mentre il treno della linea gialla sbucava dal tunnel, *forse l'unico in grado di trovarlo è Marco.*

Mentre Jenny saliva sul vagone della linea gialla diretta a Plaça de Catalunya, Alex arrivò a pochi passi dai suoi genitori e si fermò a osservarli. Giorgio e Valeria Loria si tenevano per mano, di fronte alla vetrina di un negozio Desigual. I capi d'abbigliamento esposti offrivano tonalità di colore che andavano dal giallo al rosso, dal viola al verde scuro, spesso mescolate tra loro con gusto tipicamente spagnolo.

Rimase in disparte a scrutare i volti dei genitori. Non riusciva a sentire cosa si stessero dicendo, ma li vedeva sereni. Forse aveva di fronte il miglior ricordo dei suoi, un ritaglio di felicità che negli ultimi anni si era allontanato e perso come uno di quei volantini portati via dal vento.

Non ebbe bisogno di destare la loro attenzione. Fu Valeria a voltarsi verso di lui all'improvviso, quasi l'avesse scorto con la coda dell'occhio.

Gli occhi di sua madre tradivano imbarazzo.

«Alex… Cosa ci fai qui?»

«Quello che ci fate voi, suppongo.»

«Ma tu» si intromise Giorgio «non dovresti essere di là a studiare?»

Alex lo fissò senza rispondere. Era una conversazione assurda, insensata. Suo padre parlava come se si trovassero nella cucina della loro casa di Milano. Invece erano prigionieri di una sorta di paradosso spaziale, in un luogo di memoria condivisa, come aveva detto Marco. Si trovavano in un angolo della città che faceva parte dei ricordi del vecchio catalano interrogato dal suo amico. Eppure, Valeria e Giorgio risultavano legati alla loro realtà d'origine. *Forse*, pensò Alex, *se chiedo a mia madre cosa c'è in frigo, lei si volterà verso la vetrina di Desigual per aprirlo.*

Alex restò in silenzio alcuni secondi, riflettendo sulla prossima mossa da fare. I suoi si voltarono nuovamente verso il negozio, comportandosi come avrebbero fatto due personaggi di un videogioco: pronti a interagire solo se interpellati.

«Tu mi faresti mai del male, mamma?» chiese Alex all'improvviso, mettendole una mano sulla spalla. Valeria si girò, la fronte corrugata, lo sguardo sorpreso.

«Tesoro... Che ti salta in mente?»

«Tu mi vuoi bene, giusto? Non permetteresti mai che mi mettessero le mani addosso, che mi facessero qualcosa contro la mia volontà?»

Giorgio fece un passo in avanti, ma lo sguardo di Alex rimase fisso su Valeria. La donna, confusa, non sapeva come replicare. Scosse leggermente la testa, mentre il ragazzo la inchiodava ai suoi occhi e cercava un varco per penetrare il muro dei ricordi. Sapeva di poterlo fare. Gli era già capitato di vivere in prima persona l'incidente di Marco, di indagare nel passato dei suoi genitori quando era tornato alla sua infanzia per scoprire che Jenny aveva sempre fatto parte della sua vita.

Quello che non avrebbe mai immaginato era di poter scendere così tanto in profondità. Con una semplice domanda, scavando nei segreti sepolti nella memoria di sua madre, aveva aperto una porta su una realtà lontanissima.

Non capì come avvenne, ma vi entrò. Nel giro di pochi istanti.

Fu come attraversare un tunnel a tutta velocità, superando milioni di volti, suoni, paesaggi e voci.

Quando Alex riaprì gli occhi, di fronte a lui c'era un giornale.

Era il *Corriere della Sera* del 16 giugno 1996. Il tavolo su cui era appoggiato era quello della cucina di casa sua, in viale Lombardia, a Milano. Sulla prima pagina, si faceva riferimento alle prime elezioni libere nella federazione russa, per eleggere il Presidente della Repubblica.

Millenovecentonovantasei..., scandì mentalmente mentre si guardava attorno.

Due anni prima della sua nascita.

Capitolo 5

Marco si incamminò verso il molo, deciso a non interferire con l'incontro tra Alex e i genitori.

Il pensiero si arrovellava sulle frecciatine di Jenny. Era evidente che non le andava a genio. Forse perché, in fondo, lui era il terzo incomodo. Per il bene di Alex, se solo avesse potuto, si sarebbe defilato. Sarebbe sparito, non si sarebbe intromesso. Ma bisognava uscire da quel posto.

Ci dev'essere un modo…, pensò mentre passeggiava sulla lingua di terra tra due file di scogli che andava a morire nel mare. Uno scenario rilassante, placido.

Proprio su un molo simile a quello era cominciato tutto, lo ricordava bene. Sull'Altona Beach Pier di Melbourne dove Alex e Jenny si erano dati appuntamento e non si erano trovati, scoprendo così di vivere in due realtà parallele.

Marco si fermò, un piede appoggiato su uno scoglio, e alzò lo sguardo per ammirare le prime costellazioni notturne. L'aria fresca lo costrinse a chiudersi la giacca fino al collo. Aveva già individuato la Cintura di Orione, un vero e proprio punto di riferimento nell'infanzia di Alex e Jenny. Poi scorse l'inconfondibile forma di Giove, una piccola sfera molto più corposa rispetto ai puntini luminosi che la circondavano. A occhio nudo non riusciva a vedere i quattro satelliti, ma ricordava bene le notti trascorse di fronte alla finestra della sala, la carrozzella sistemata accanto al telescopio, la testa piegata di lato, gli occhiali infilati alla meglio nei capelli arruffati e l'occhio destro incollato all'obiettivo. Il suo "mezzo", come lo chiamava lui, in grado di effettuare ingrandimenti notevoli, di scorgere non solo i satelliti di quel pianeta ma anche straordinari affreschi del cosmo come la nebulosa di Andromeda o le Pleiadi. Era il suo terzo occhio, la finestra sull'universo che lo trascinava in giro per le galassie, nelle rare serate milanesi in cui il cielo lo permetteva.

Ricordava ogni dettaglio. Bastava chiudere gli occhi ed era come avere di fronte le ottiche, il contrappeso, il treppiede. La finestra della sala. Il tavolo di lavoro, con i tre fedeli computer schierati uno accanto all'altro. La poltrona con i braccioli consunti su cui si sedeva sempre Alex. La fila di neon blu che illuminava la parete alle sue spalle. Quando Marco riaprì gli occhi, Memoria aveva preso le sembianze di casa sua.

Il treno su cui viaggiava Jenny arrivò alla fermata di Plaça de Catalunya e la maggior parte della gente accanto a lei uscì. Cercare di origliare qualche conversazione in catalano le diede la stessa sensazione provata durante la gita, quando con un'amica si era seduta, nel convoglio della metropolitana, accanto a due signori che stavano discutendo senza dubbio di calcio.

Jenny seguì il fiume di persone e uscì finalmente all'aperto. Il suo sguardo spaziò sulla Plaça, che ricordava molto bene: l'imponente palazzo del Corte Inglés si ergeva sul lato opposto, mentre di fronte a lei alcuni bambini si rincorrevano nel parchetto al centro della piazza. Si era seduta su una di quelle panchine, con i compagni di classe. Non poteva dimenticarlo. Era stato lì che Sean ci aveva provato la prima volta, senza successo. Il suo fisico scolpito dal surf non bastava, la carnagione dorata, gli occhi chiari e il timbro caldo della sua voce non erano sufficienti. Perché lui non era Alex, anche se Alex a quei tempi esisteva solo nella sua testa.

Jenny si voltò e incontrò con lo sguardo l'insegna dell'Hard Rock Café. Lasciò passare di fronte a lei un bus turistico e scambiò un fugace sorriso con una signora bionda dai lineamenti nordeuropei seduta al piano superiore, quello scoperto e pieno di gente intenta a scattare fotografie. Quindi attraversò la strada.

Camminare in Memoria era come vivere in un continuo *déjà vu*, ormai ci aveva fatto l'abitudine. Più si guardava attorno, più saltavano fuori frammenti del suo passato. Disordinati, confusi. Ci rifletté mentre camminava verso l'entrata del locale: quella signora non l'aveva vista durante la gita, non era una turista. Era una supplente di matematica, che qualche mese prima aveva sostituito per un'ora la loro insegnante allo Scoresby Secondary College. E non era australiana. Era tedesca.

Jenny entrò nell'Hard Rock Café, decisa a scacciare quell'ennesimo ricordo. Una ragazza con i capelli rasati la accolse subito con un largo sorriso e la voce squillante: «Ciao! Sei da sola?»

Lei sorrise, imbarazzata, e annuì, fuggendo con lo sguardo verso una teca che occupava la parete vicino all'ingresso. Incorniciava un abito nero, lungo, con una fila di borchie sulle maniche e una cintura in pelle stretta all'altezza della vita. La targhetta in basso diceva:

CRISTINA SCABBIA – LACUNA COIL
DARK ADRENALINE TOUR

«Prego, se vuoi seguirmi...» le disse la ragazza.

Jenny si fece accompagnare a un tavolo. Mentre camminava dietro alla cameriera, una Mustang dorata le rapì lo sguardo, offrendosi in tutto il suo splendore. Era appesa sopra il bancone circolare del bar, e ruotava su se stessa. Un vero e proprio inno alla sgargiante e appariscente facciata che gli Stati Uniti offrivano nelle catene di ristoranti in cui trionfavano cimeli musicali e cinematografici.

La cameriera indicò a Jenny un tavolo libero, poi si allontanò. La ragazza non fece in tempo a sedersi che la voce di Lily Dover starnazzò alle sue spalle. «Ehi, asociale, vuoi unirti a noi o no?»

Avrebbe dovuto aspettarselo. Era stata in quel locale con i suoi compagni di classe, nell'unica sera in cui gli insegnanti li avevano lasciati liberi. Quando si voltò, la prima cosa che vide fu il rossetto esagerato sulle labbra di Lily. La considerava un'oca e l'aveva sempre snobbata. Detestava tutto, di lei: la smania di essere sempre al centro dell'attenzione, il tono della voce, quel continuo gesticolare, l'abbigliamento eccessivamente provocante. Ovvio che attirasse i ragazzi come il miele... Almeno la metà dei maschi della sua classe aveva combinato qualcosa con Lily Dover. Jenny la usava come una sorta di cartina tornasole: se un ragazzo dava retta a quella sgallettata finiva automaticamente nella sua lista nera. Che comprendeva la maggior parte dei suoi compagni.

Ci mancava solo questa, pensò mentre si univa controvoglia al gruppo di amici. Per un attimo desiderò tornare da Alex, di corsa, anche se questo significava dividerlo con Marco. Finché erano intrappolati in Memoria c'erano poche alternative.

Quello che Jenny non sapeva, mentre si sedeva tra Lily e Sean al tavolo dell'Hard Rock Café, era che Alex non si trovava più sul lungomare, dove l'aveva lasciato. Era seduto al tavolo della cucina, inatteso ospite di un ricordo di sua madre sepolto chissà dove, mentre Valeria e Giorgio salivano le scale di casa e si scambiavano effusioni degne di due innamorati al primo appuntamento.

Alex era lì, in cucina.

Ma non era ancora nato.

I suoi occhi erano rapiti dalla prima pagina del *Corriere della Sera* e inchiodati su quella data: 1996. Il rumore delle chiavi nella serratura lo fece sobbalzare. Si voltò di scatto, e mentre la chiave faceva quattro giri riuscì a sgattaiolare in corridoio, puntando dritto verso camera sua.

Vi si rifugiò e chiuse la porta, mentre i suoi entravano in casa e lasciavano le valigie per terra. Quando si appoggiò con la schiena alla porta di legno, cercando di non fare rumore, una rapida occhiata bastò a constatare un particolare tanto sorprendente quanto ovvio: quella non era *ancora* camera sua. Davanti a lui c'era un tavolo pieno di scartoffie, una calcolatrice Sharp di dimensioni enormi, con i tasti grandi come il display del suo cellulare, una foto incorniciata che ritraeva Valeria sotto la Tour Eiffel e alcuni raccoglitori blu accatastati.

Alle pareti, nessun poster di campioni del basket, nessun porta-CD. Solo un paio di quadretti che non aveva mai visto, raffiguranti donne paffute con le gote rosse e lo sguardo languido. In basso, sulla destra, un mobile in legno scuro con l'anta di vetro ospitava uno stereo della Marantz, col piatto per i vinili in alto e la collezione di dischi di suo padre nel ripiano sotto il sintonizzatore. Quella raccolta se la ricordava. Nella realtà da cui veniva lui era confinata in cantina da anni. In casa non c'era neanche più un giradischi per riprodurre il ricco catalogo di musica jazz e blues americana.

Alex rimase in silenzio, le voci ovattate di Giorgio e Valeria arrivavano indistinguibili dall'ingresso. Quando il rumore dei tacchi della madre si fece via via più vicino, il suo cuore iniziò a battere con violenza nel petto. Ma Valeria passò oltre, diretta con tutta probabilità in camera da letto. Alex sospirò, ma neanche un paio di secondi più tardi la voce di Giorgio tuonò nel corridoio: «Metto le valigie nello studio!»

Oh, cazzo!, pensò Alex mentre si guardava attorno in preda all'agitazione. Come avrebbe potuto spiegare la sua presenza in quel luogo? Agli occhi dei suoi genitori sarebbe stato semplicemente un ladro, un giovane malvivente che si era intrufolato in casa loro. Come potevano immaginare che fosse il loro unico figlio, piombato in una realtà temporalmente deviata?

Non c'era alcun posto in cui nascondersi, rimaneva l'unica soluzione di aprire la finestra e gettarsi di sotto. Alex chiuse gli occhi e si arrese all'inevitabile.

Ma quando la porta si aprì dietro di lui, successe qualcosa d'imprevisto: suo padre entrò nello studio e continuò a farfugliare parole incomprensibili tra sé e sé mentre sistemava le valigie accanto al Marantz, apriva la finestra e spalancava le persiane.

Dopodiché Giorgio lasciò lo studio e disse qualcosa a Valeria. Alex rimase immobile, gli occhi fissi nel vuoto. Nella sua mente una nuova consapevolezza faceva breccia come uno squarcio di luce in mezzo alle nuvole.

Non mi vedono. Non sono ancora nato, dunque non esisto.

Capitolo 6

Quando Marco mise a fuoco il telescopio di fronte a sé, le labbra si piegarono in un ghigno beffardo. «Casa dolce casa...» disse mentre si guardava attorno.

Gli scaffali invasi dai trattati scientifici gli trasmisero un accogliente senso di calore, ma il suo sorriso si tramutò in una smorfia di disappunto quando si rese conto di essere seduto sulla carrozzella elettrica. Era tornato nella realtà d'origine e le sensazioni corporee erano oltremodo fedeli. Cercò di alzarsi in piedi, ma nessun muscolo delle gambe rispondeva.

Il ricordo era così straordinariamente preciso da inchiodarlo a quella sedia nonostante fosse consapevole di trovarsi in una realtà puramente mentale?

Sembra uno di quei sogni in cui cerchi di urlare e non ci riesci, pensò mentre appoggiava una mano alla ruota destra e la accarezzava, prima di spingerla in avanti per muoversi in direzione opposta. Fece dietrofront, poi guidò la carrozzella verso la cucina, passando dallo stretto corridoio. Avrebbe potuto azionare i comandi elettrici, ma preferiva usare le braccia. Avere il controllo di quei muscoli gli era di conforto.

Quando entrò in cucina, si accorse del fuoco sotto la caffettiera. L'aroma stava già invadendo la stanza, mentre il suo sguardo passava rapidamente dal calendario appeso sul frigorifero all'orologio a muro.

Gli ci volle una frazione di secondo per capire che giorno fosse. E quale particolare momento.

La conferma arrivò pochi istanti dopo, quando da lontano si udì la colonna sonora di *Rocky IV*. Era la suoneria impostata da Marco per sostituire il fastidioso squillo del citofono condominiale. Il telecomando verde che aveva brevettato, in grado di gestire citofono, campanello e serratura della porta d'ingresso, era appoggiato su un ripiano della cucina. Lo afferrò, premette un pulsante e rispose: «Sì?»

«Marco, sono Alex, scusa l'improvvisata.»

«Alex… sali.»

Scusa l'improvvisata. Ricordava fin troppo bene quella frase. Sapeva benissimo in quale momento del suo passato era stato catapultato. Alex sarebbe entrato, dicendogli che doveva parlargli di una cosa importante. Si sarebbero seduti in sala, l'amico avrebbe fatto una battuta sulla fila di neon blu che illuminava l'ambiente, poi lui gli avrebbe offerto una Coca-Cola e Alex avrebbe iniziato a raccontargli dei suoi svenimenti.

Di lì a pochi giorni, col suo aiuto, Alex sarebbe partito alla volta di Melbourne per verificare se Jenny fosse solo un'allucinazione o una persona in carne e ossa.

So con esattezza come andranno le cose. Chissà se posso cambiare il corso degli eventi…, si chiese il ragazzo.

«Ti trovo bene…» esordì Marco quando Alex entrò in casa, il borsone del basket a tracolla, il ciuffo biondo che ricadeva sulla fronte e quasi nascondeva i suoi occhi azzurri. Gli occhi glaciali di chi sapeva nascondere un'emozione, se decideva di non lasciarla trasparire. Ma nel caso di Marco, quelle iridi all'apparenza fredde e indifferenti erano un libro aperto, da sempre. Poteva leggervi dentro ogni minimo turbamento dell'animo, ogni insicurezza. Non era un caso che l'amico si fosse rivolto a lui in quella circostanza. Sapeva che sarebbe stato l'unico a credergli. L'unico a non consigliargli di farsi vedere da uno strizzacervelli.

«Da un certo punto di vista, è il periodo più bello della mia vita.»

Le stesse parole… è un déjà vu *continuo*. Marco prese una lattina dal piccolo frigobar a forma di Coca-Cola che teneva accanto al tavolo da lavoro, in sala. L'amico lasciò cadere la sacca a terra e si sedette sulla poltrona.

«Che ti serve?» domandò Marco.

«Li tieni sempre accesi?» Lo sguardo di Alex indugiò sulla piastra applicata alla parete di destra con i sei faretti al neon che davano alla stanza un aspetto simile a quello di una sala giochi.

«Solo quando sono qui a lavorare al PC.»

«Ah, quindi sempre.»

«Esatto.»

Marco rimase in silenzio per un istante dopo lo scambio di battute. Era la stessa conversazione. La stessa scena. Un frammento di un passato talmente vicino nel tempo da presentare ogni singolo dettaglio in maniera fedele e precisa. Le parole di Alex erano le medesime, e anche lui si ritrovò a rispondere, quasi senza volerlo, alla stessa maniera.

Lasciò all'amico la possibilità di raccontare tutto, senza interromperlo. Il desiderio di vedere che cosa sarebbe accaduto se avesse spezzato il delicato equilibrio di quel momento era forte, ma si trattenne.

Finché non fu il momento di parlare del viaggio, e Marco improvvisò un fuori programma.

«Cosa intendi fare?» chiese.

«Non lo so, non ho una cifra simile.»

A quel punto, nel suo passato, aveva offerto all'amico il suo aiuto. Avrebbe prelevato tremila euro da un conto sul quale accumulava somme trafugate qua e là con le sue piccole truffe da hacker, avrebbe spedito Alex alle poste per farsi dare una carta prepagata e l'avrebbe ricaricata in modo da coprire tutte le spese del viaggio. E l'amico sarebbe potuto partire.

Non c'era occasione migliore.

«Già, capisco» disse mesto. «Non so proprio come aiutarti. Solo per arrivare a Melbourne ce ne vorranno almeno mille, mille e cinque.»

«Come minimo…»

«Più il ritorno. E l'albergo.»

«E il cibo.»

«Amico mio, mi spiace ma credo che questa ragazza, se esiste, la conoscerai quando sarai maggiorenne e ti troverai un lavoro.»

Alex abbassò lo sguardo e scosse la testa.

«Dannazione. In qualche modo farò. A costo di rubare.»

Marco sorrise e cercò di cambiare discorso. I due trascorsero ancora un'oretta a parlare di Jenny, poi Alex decise di tornare a casa.

Il passato stava prendendo una piega diversa.

Quando Alex si chiuse la porta d'ingresso alle spalle, Marco alzò le sopracciglia, guidò la carrozzella verso la finestra della sala e scrutò oltre il vetro. I grigi profili dei palazzi milanesi disegnavano geometrie a lui note, mentre le luci della sera facevano brillare le strade che parevano una serie di piste d'atterraggio. Che cosa aveva fatto? Aveva davvero impedito l'incontro tra Alex e Jenny, o il luogo in cui si trovava non era altro che una sorta di sogno lucido, una riproduzione realistica di una scena di vita vissuta ma dalla consistenza evanescente, destinata a sgretolarsi presto? Le sue azioni avrebbero avuto un effetto sul presente? C'era *ancora*, un presente?

Il suo sguardo indugiò sul cielo coperto di nuvole, mentre nella sua testa rimbalzavano gli interrogativi più disparati. Il pensiero si soffermò per un attimo sull'asteroide che nel giro di pochi giorni avrebbe decretato la fine della civiltà. Quello scintillante ammasso di terra infuocata che presto sarebbe comparso sopra le loro teste. Forse era meglio tornare più in fretta possibile nella confortante realtà fittizia di Barcellona. Ma nel silenzio della sua vecchia casa, di fronte a un mondo inconsapevole dell'imminente fine, gli interrogativi erano diventati chiari: quanto in profondità si sarebbe potuto spingere? Quali erano i confini di Memoria? Cosa nascondeva il labirinto dei ricordi in cui si trovava?

Capitolo 7

Talvolta, ululati sinistri e inquietanti la avvolgono.

Giungono dalle profondità, vengono trascinati dalle correnti e man mano che avanzano prendono corpo, si ingigantiscono, echeggiano ovunque. Quando la investono, sibilano e risuonano come la somma di mille grida strazianti. Dura poco, per fortuna. Si allontanano presto. È la voce degli abissi, spezza il silenzio per pochi istanti, passa e va. Lei può sentire ma non capire, né può vedere.

Le palpebre sono ancora serrate, come mura invalicabili oltre le quali si erge una sconosciuta città. Tutt'intorno, il gelo ha paralizzato ogni movimento.

Si può solo *essere,* senza *esistere.*

Si può *vagare* altrove, si può *pensare.*

Si potrà ancora *vivere*?

«Allora, Jenny, da quando snobbi i tuoi amici del cuore?» chiese Lily con tono sarcastico, mentre Sean rideva con gli altri maschi seduti alla sua destra.

Lei alzò gli occhi verso il soffitto del locale, sbuffò, poi si voltò verso la compagna di classe: «Io non snobbo nessuno. Non sapevo che foste qui anche voi».

«Ma se siamo venuti assieme» intervenne Gerard, seduto dalla parte opposta del tavolo, i folti capelli ricci lunghi fino al colletto di una giacca di pelle borchiata.

«Hai bevuto?»

Jenny non riuscì a rispondere. Scosse la testa, poi osservò Sean, seduto accanto a lei.

Sapeva che durante la gita ci avrebbe provato con lei e lo ricordava bene in quel momento. Lo sguardo del surfista era ammiccante, il suo sorriso malizioso era più esplicito di una dichiarazione. Con quell'atteggiamento stava anticipando ciò che avrebbe in seguito tradotto in fatti. Ma avrebbe potuto almeno difenderla, in quella situazione. Di fronte alle battute di Gerard e alle frecciatine di Lily sarebbe potuto intervenire, se davvero ci teneva a lei. Alex l'avrebbe fatto, ne era certa.

«Mi passi il menu, per piacere?» gli chiese mentre qualcuno accanto a Gerard sghignazzava.

Sean glielo porse senza distogliere lo sguardo dai suoi occhi.

«*Señorita…*»

«Grazie» rispose Jenny, un sorriso di circostanza stampato in volto.

All'interno dell'Hard Rock Café c'era molta confusione, e il suo gruppo non faceva che contribuire ad alimentarla. I tavoli erano tutti occupati, mentre i camerieri schizzavano come schegge impazzite per servire i clienti. Sul megaschermo stava passando il video di *Rock the night* degli Europe, nel quale la band entrava in un fast food e improvvisava un concerto tra i tavoli. Jenny continuava a guardarsi attorno, spaesata. Si sentiva fuori luogo, quasi un'aliena piombata in una realtà estranea e ostile, mentre i suoi amici facevano battute volgari sulle ragazze dietro il bancone e Lily continuava a stare al centro dell'attenzione. Ma non della sua.

«Vado un attimo in bagno» disse Jenny a un certo punto, dopo aver ordinato un hamburger.

«Ti accompagno?» chiese Olivia Stamford, mentre si sistemava la fascia sportiva sulla fronte per tenere su la folta chioma riccia. L'ultima immagine che ricordava di Olivia faceva parte di uno dei tanti *viaggi* in cui Jenny era stata risucchiata, finendo a confrontarsi con una realtà distorta. Era stata l'amica a soccorrerla il giorno in cui era svenuta nei bagni della scuola, dopo un'interrogazione andata male, quando ancora credeva di soffrire di allucinazioni.

«No, grazie, vado da sola» rispose lei, poi scostò la sedia e si allontanò. Un ragazzo dietro il bancone al centro del locale le indicò la toilette, con un gesto che puntava verso il piano inferiore, borbottando qualcosa in catalano. Jenny passò spedita tra i camerieri con i vassoi in mano. Si divincolò con agilità e raggiunse le scale, seguendo con lo sguardo una fila di quadri che ospitavano dischi d'oro con le firme dei musicisti che li avevano conquistati dominando le classifiche.

Quando scese i primi gradini, tutto attorno a lei iniziò a ruotare, come se fosse ubriaca. Più cercava di avanzare, più si sentiva in equilibrio precario e avvertiva un senso di intorpidimento degli arti e di annebbiamento della vista. Le pareti erano tappezzate di cimeli, dal primo contratto firmato dai membri dei Queen a uno dei dischi di platino dei Guns N' Roses, ma ai suoi occhi diventarono d'un tratto un'accozzaglia di colori indistinti, di macchie senza contorni su uno sfondo rosso che sbiadiva sempre più.

Quando prese la seconda rampa di scale, la ragione di quella sensazione fu di fronte a lei. Il nulla.

Le pareti erano sparite, i quadri e le reliquie musicali inghiottiti dagli abissi della sua memoria. Non c'era un'altra rampa di scale. C'era a mala pena quella che aveva appena percorso.

Calma, Jenny, devi stare calma. Questo posto non è nei tuoi ricordi, non lo vedi perché non ci sei mai stata. Devi solo tornare al piano di sopra, con calma…

Cercò di allungare le braccia all'indietro per appoggiarle alla parete. Perlomeno all'ultimo tratto che ricordava. Indietreggiò, un passo dopo l'altro, rischiando di inciampare, con lo sguardo perso là dove la realtà era una distesa bianca senza confini né orizzonti.

Quando ricominciò a distinguere dei contorni accanto a sé, si voltò e corse per le scale, tornando al piano superiore. Non aveva alcuna intenzione di farsi vedere sconvolta dai compagni. Con tutta probabilità l'avrebbero messa nuovamente in difficoltà o in imbarazzo.

Jenny superò il bancone e si diresse verso l'uscita, senza guardare in faccia nessuno. Sentiva il bisogno di tornare da Alex, gettarsi tra le uniche braccia che le davano conforto e rimanere lì, con gli occhi chiusi, protetta. Non si accorse che qualcuno era uscito dal locale subito dopo di lei, e la stava seguendo.

«Ti ricordi? Avevo quell'appuntamento...»

La voce di Valeria Loria lo raggiunse mentre Alex usciva dallo studio del padre e si ritrovava in corridoio. Giorgio era in cucina e armeggiava con la caffettiera. Alex si avvicinò lentamente, quasi cercando di non far rumore, anche se la sua presenza era del tutto evanescente, in quel luogo. Nessuno era in grado di vederlo, e non c'era oggetto, porta o muro che potesse ostacolarlo. Era come un ectoplasma silenzioso in viaggio tra i ricordi di sua madre.

Quando Valeria uscì dal bagno, Alex sentì i suoi passi avvicinarsi, ma rimase immobile accanto allo stipite della porta, gli occhi fissi su Giorgio che stava soffiando nel filtro del caffè per gettare gli scarti in un sacchetto appeso alla maniglia della finestra. La madre gli passò letteralmente *attraverso*. Se la vide comparire davanti, di spalle, come fosse fuoriuscita dal suo corpo. In realtà, non c'era niente di corporeo né in quel posto né altrove, in Memoria. *Forse*, pensò, *non c'è più niente di corporeo da nessuna parte*.

«Quale appuntamento?» chiese Giorgio mentre passava il filtro sotto l'acqua del lavello.

«Quello col dottore, per la visita, sai...»

Alex fece qualche passo in avanti, e come un regista girò attorno ai suoi genitori per scrutare meglio le espressioni dei loro volti. Sua madre era nel pieno della giovinezza, così come l'aveva vista in qualche vecchia foto. Si soffermò a notare la dolcezza dei suoi lineamenti, la purezza della pelle ancora priva di rughe e segni dell'età, la forma fisica straordinaria della donna che sino alla gravidanza aveva conservato una freschezza atletica invidiabile, dovuta anche a quindici anni di danza classica. Giorgio invece era piuttosto simile nell'aspetto, solo i capelli erano più folti e lucenti, e aveva una luce diversa negli occhi. Una voglia di vivere, di scoprire ancora qualcosa di nuovo, che nel corso degli anni l'aveva via via abbandonato, fino a trasformarlo in un uomo privo di passioni, con pochi e noiosi interessi. Indossava una giacchetta beige sopra una camicia aperta per metà e un paio di pantaloni di tela bianchi, da crociera. Il padre che ricordava Alex invece era quasi sempre in giacca e cravatta. Un perfetto rappresentante della società dedita al lavoro.

«Ah, già, il ginecologo.»

Giorgio alzò gli occhi e sospinse lo sguardo oltre la finestra della cucina. Il cielo era un tappeto bianco e grigio, freddo. Valeria si avvicinò e lo prese per mano, il volto sereno, disteso.

«Sarà il *nostro* bambino. Ci pensi?»

Giorgio la fissò per un istante, poi l'attirò a sé e lasciò che lei appoggiasse il viso contro il suo petto. Le sfiorò i capelli, delicatamente.

«Non raccontargli troppi affari nostri, non vorrei li infilasse nei suoi prossimi saggi.»

«Spiritoso... Stefano è un grande medico. Il mese scorso ha tenuto una conferenza a New York, lo sapevi?»

Valeria sorrise e indietreggiò, poi si voltò di scatto verso Alex e lo fissò negli occhi, come se potesse vederlo.

«Che hai?» le chiese Giorgio, la fronte corrugata. Valeria si voltò nuovamente verso di lui. Abbozzò un sorriso, poi controllò l'orologio. «Niente, niente... mi era parso di vedere un'ombra. Mi preparo, l'appuntamento è alle quattro.»

Giorgio accese il fuoco sotto un fornello. Poi con un cucchiaino riempì il filtro fino all'orlo, pescando la polvere bruna da un contenitore di ceramica con la scritta COFFEE in caratteri antichi. «Ti accompagno?»

«No, tranquillo» rispose Valeria. «Non c'è bisogno.»

«A dopo, allora» disse lui senza guardarla, mentre chiudeva la caffettiera e la posizionava sul fornello.

«Niente bacio alla tua nuova mogliettina?»

L'uomo si voltò e abbracciò Valeria, tenendola stretta per qualche istante. Il figlio che non era ancora nato stava sentendo ogni loro emozione. Avvertiva l'incertezza, l'ansia che questo nuovo progetto di vita portava con sé, ma allo stesso tempo la curiosità, la gioia, la speranza.

«Ti amo, non dimenticarlo» sussurrò Giorgio.

«Ho buona memoria, sai...» disse Valeria distendendo le labbra in un sorriso. Poi si voltò e sparì dalla cucina. Giorgio si sedette, in attesa di sentire il consueto borbottio della caffettiera. Rimase a riflettere tra sé e sé, ma nessuno dei suoi pensieri sfuggiva ad Alex. *Sarò all'altezza di questo ruolo? E se qualcosa andasse storto? E se perdessi il lavoro?*

Alex lasciò la cucina e andò verso la camera da letto.

La porta era aperta. Sua madre, con i soli slip addosso, era di fronte ai suoi occhi, un piede appoggiato al bordo del letto. Si stava infilando un paio di collant. Il seno piccolo e sodo sembrava una visione senza senso. Aveva sempre visto sua madre con un décolleté generoso, senza sapere che quella particolare caratteristica fisica era stata figlia della gravidanza.

Alex si voltò di scatto, imbarazzato all'idea di aver sbirciato il corpo nudo della madre come il peggiore dei guardoni. Poi il suo pensiero lo trascinò via per qualche istante. Gli tornò in mente di colpo che da piccolo sognava di diventare l'uomo invisibile, per poter osservare gli altri senza essere visto... Be', la situazione grottesca in cui si trovava sembrava quasi la realizzazione di quel sogno infantile.

Ma in nessuna delle sue fantasie avrebbe potuto immaginare di finire intrappolato in una realtà puramente mentale, con il mondo reale ridotto a una distesa di cenere e fumo sovrastata da nubi tossiche e gas. Uno sconfinato spazio di terra senza futuro, di acqua senza vita. Una silenziosa palla di roccia in orbita nel sistema solare, divenuta all'improvviso inospitale.

La civiltà di Alex aveva percorso l'ultimo tratto del sentiero. Si era arresa alla Natura. Aveva obbedito impotente alle leggi del cosmo, spietate e uguali per tutti i possibili universi paralleli.

Ma nelle pieghe dei ricordi, là dove tutto era già successo e il tempo non seguiva più un andamento lineare, continuava a echeggiare un rumore di fondo.

Un flebile, piccolo e insignificante crepitio.

L'eco lontana della speranza.

Capitolo 8

Mentre Valeria Loria usciva dal portone del condominio di viale Lombardia, un orologio vicino a un'edicola segnava le 15.40. Alex la seguì mentre camminava a passo spedito verso la fermata di un autobus. L'aria era afosa e umida, i raggi del sole si erano fatti strada tra le nuvole grigie aprendo uno squarcio nella tavolozza incolore sopra le loro teste. Alex si guardò attorno. La sua Milano, la città nella quale sarebbe nato di lì a un paio d'anni. Quando l'autobus arrivò, vide un manifesto sulla fiancata che diceva:

3-17 GIUGNO, TUTTI AL CINEMA A 7000 LIRE!

Settemila lire..., rimuginò Alex mentre saliva insieme a Valeria e la seguiva fino a un posto a sedere, sul fondo. Era la sua città, ma tutto sembrava così diverso. Era la cara vecchia Milano, diciotto anni prima della fine del mondo. C'erano meno macchine, ma poteva essere solo un'impressione. C'era sicuramente meno pubblicità sui mezzi di trasporto. Un ragazzino seduto qualche posto più avanti teneva tra le mani un walkman della Sony, e in testa un paio di cuffie piuttosto ingombranti. All'improvviso pigiò un tasto laterale e il vano del lettore si aprì. Ne tirò fuori un'audiocassetta, la ruotò di centottanta gradi e la reinserì. Quel walkman apparteneva alla generazione precedente, ma agli occhi di Alex sembrava un pezzo d'antiquariato, di quelli che si trovano nei musei. Non vedeva un'audiocassetta da quando aveva rovistato negli scatoloni del padre, in cantina, alla ricerca di una torcia. In casa, nel suo presente, c'erano solo CD e musica in formato digitale.

Valeria scese dopo tre fermate, Alex la seguì e la vide sostare di fronte a un bar, controllare l'ora e poi entrare. Quando fu all'interno anche lui, la radio nel locale stava suonando le ultime note di *Wonderwall* degli Oasis. Il deejay cominciò a parlare sulla chiusura del brano, annunciandolo come la novità più alta in classifica tra i singoli internazionali. Alex sorrise. Quel brano per lui era un classico.

Sua madre ordinò un caffè, lo bevve in tutta fretta e passò alla cassa con una banconota da mille lire tirata fuori da una tasca interna della giacca, come se l'avesse messa lì apposta per quello scopo.

Poi uscì, si guardò attorno con un paio di scatti rapidi della testa, e camminò verso il portone più vicino. Alex alzò gli occhi e notò che il palazzo in questione era una torre piuttosto alta, la facciata sembrava un enorme specchio composto da centinaia di vetrate. Lì si rifletteva la piazza antistante, che assumeva una grottesca forma oblunga, le sagome degli alberi e delle case stirate come ombre della sera.

Valeria pigiò un pulsante sul citofono e si presentò. Poi spinse il pesante portone ed entrò. Ad Alex non fu necessario questo sforzo. Seguì sua madre fino al bancone di una reception, poi la vide annunciarsi a una ragazza in divisa, che prese un telefono e compose un numero a tre cifre prima di indicarle l'ascensore.

Salirono al quarto piano, mentre mille dubbi affollavano la testa della donna, e Alex non poteva fare a meno di sentirli roteare tra le pareti del suo cervello. Era tanto inesistente la percezione fisica, laggiù, quanto invadente quella psicologica. Ogni turbamento, ogni momento di ansia o preoccupazione di Valeria lo investiva come un treno in corsa, in un singolare gioco di empatia e condivisione dei sentimenti cui non si poteva sottrarre.

La madre percorse un corridoio e arrivò di fronte a una porta. Bussò e attese una risposta. Fu un uomo ad aprirle, a invitarla ad accomodarsi.

Indossava un camice bianco, era piuttosto giovane nell'aspetto ma i suoi occhi comunicavano determinazione e competenza.

Ho già visto da qualche parte quest'uomo... ma dove? Alex si sforzò di ricordare, ma non ottenne una risposta. Percepì invece un accenno di timore nell'animo di sua madre, ma l'ansia stava scemando e lei sembrava finalmente serena.

«Vuoi aspettare qui in sala d'attesa, Valeria? Sei la prossima» disse l'uomo.

La madre di Alex si sedette vicino a un tavolino pieno di riviste accatastate. Nella stanzetta, arredata solo con un paio di piante e tre file di sedie, era presente un'altra donna che poteva essere sua coetanea, intenta a scarabocchiare su un'agenda.

«Forse... sei prima di me?» chiese Valeria, per rompere il ghiaccio.

«Chi? Io?» la donna alzò lo sguardo di scatto. I capelli castani scompigliati le cadevano sulla fronte dandole un aspetto trasandato, mentre gli occhiali da vista dalla montatura spessa la facevano sembrare una liceale. «No, no, non ti preoccupare. Sono arrivata in anticipo per via degli orari del treno. Il mio appuntamento è tra un'ora.»

«Capisco, d'accordo. È la prima volta che vieni in questo studio?»

«Sì, sai... sono una... come dire, un'*ammiratrice* del dottore. L'ho incontrato a una convention e ho letto tutti i suoi saggi. Io mi chiamo Clara, e tu?» chiese, tendendo la mano.

«Valeria, piacere di conoscerti. Non sei di Milano, vero?»

«Si sente, eh?» rise. «Sono di Roma. In realtà, non per molto. Ho deciso di trasferirmi.»

«Ah, sì? Vieni a stare al Nord?»

Clara sorrise e chiuse l'agenda, quindi la infilò nella borsa: «No, cambio proprio vita. Mi trasferisco in Australia».

«Splendido!» rispose Valeria, sottovoce ma con entusiasmo. «E come mai?»

«Questioni di cuore... Ho conosciuto l'uomo della mia vita. Lo so, forse è stupido dirlo ma... ho perso la testa. E tutto per essere entrata per caso in un bar. Lui era in vacanza in Italia con un amico, ma è di

Melbourne. Un bellissimo ragazzo… si chiama Roger. A te è mai capitata una cosa del genere?»

Non è possibile. Alex rimase pietrificato. Gli occhi fissi su Clara, il corpo paralizzato di fronte a quella sequenza di nomi. Clara, di Roma. Roger, australiano. Non poteva essere una coincidenza. *È assurdo, questa è la madre di Jenny!*

Valeria rise, impacciata. «Che coincidenza! A volte basta davvero entrare nel bar giusto. In bocca al lupo, Clara, è un gran bel passo.»

«Sì, lo so. E poi, be', vorremmo avere subito un bambino… Pensare che la gente non crede nei colpi di fulmine, nel destino. Io ci credo da sempre. Mi dicono che sono strana perché mi curo con l'omeopatia e credo negli oroscopi. A te sembro strana?»

«Secondo me è il mondo a essere strano. Devi fare quello che senti, Clara. Se siete convinti di volere un bambino, è inutile aspettare solo perché gli altri non sono abituati ad agire d'istinto. Speri in un maschio o una femmina?»

Clara alzò le sopracciglia, pensierosa. Poi sorrise. «Vorrei una bimba. E tu?»

«Per me è indifferente, ma mio marito preferirebbe un maschietto.»

Alex voltò le spalle e si mise le mani nei capelli. Ma non era sconvolto. Era elettrizzato. In quel frammento mnemonico di sua madre era racchiuso qualcosa di molto più importante di un semplice ricordo.

Quell'incontro era una tessera fondamentale del mosaico.

Il dottore aprì la porta e fece uscire una ragazza sulla ventina, che salutò e raggiunse l'ascensore quasi di corsa. Quindi accolse la madre di Alex nello studio.

«Sono contento di rivederti, Valeria» iniziò il dottore. «O dovrei dire "signora Loria"?»

«Oh, be'…» rispose la donna, alzando la mano sinistra e mostrando fiera la fede sull'anulare, «mi devo ancora abituare.»

«Mi auguro abbiate trascorso un sereno viaggio di nozze. Come sta Giorgio?»

«Ostenta serenità, ma sono certa che è terrorizzato all'idea di diventare padre. Ha paura di non essere pronto.»

«È normale, ci sono passato anch'io.» Il dottore si alzò, fece qualche passo verso la finestra e si tolse gli occhiali per pulirli con un panno. «Bene, cominciamo la visita. Puoi spogliarti. Intanto finisco di stampare dei fogli informativi che consegno sempre alle pazienti che desiderano avere un bambino.»

Alex rimase in un angolo, in disparte, quasi nascosto. La scena proseguì di fronte ai suoi occhi come se si trattasse di un film tridimensionale nel quale si era intrufolato. In imbarazzo di fronte alla madre che si sfilava i vestiti, si concentrò sul dottore. Non solo era certo di aver già visto quell'uomo, ma cominciava a percepire anche i suoi pensieri, come un fiume in piena che scorreva nella sua testa. Non riusciva però a concentrarsi su una singola emozione o stato d'animo, a entrare in profondità. E c'era qualcosa di strano, come una stonatura nel mezzo di un'esecuzione impeccabile, ma non capiva da quale oscuro anfratto provenisse.

«Di che si tratta?»

«Routine. Dieta da seguire, comportamenti consigliati, accorgimenti vari... come sai già, ho pubblicato diversi saggi sull'argomento. Questi sono alcuni dei temi che affronto durante le conferenze.»

«Lo so, lo so. Hai anche dei fan, sai? La donna in sala d'attesa, che visiterai dopo di me, ti ha conosciuto durante una convention a Roma e si è letta tutti i tuoi libri! Pare sia venuta apposta...»

«Sì, mi ha chiamato spesso in questo periodo e ha fatto carte false per farsi visitare.»

«Prepara la penna per gli autografi...»

Valeria si sdraiò sul lettino, la maglietta tirata su fino al seno, le gambe nude e i polpacci appoggiati sui sostegni. Il dottore prese l'ultimo foglio stampato e lo mise sopra a una pila, sulla sua scrivania, quindi indossò un paio di guanti e si avvicinò alla donna.

«Vista la tua intenzione di cercare di avere un bambino, ti parlo rapidamente di una novità in campo scientifico di cui abbiamo discusso all'ultima convention ad Atlanta. Si tratta di una vitamina del complesso B, chiamata acido folico. Gli americani sono già piuttosto avanti da questo punto di vista, qui in Italia l'assunzione non è ancora diventata prassi. Io sono convinto della sua utilità. Se sei d'accordo, richiede solo una puntura. Non in vena. Sottocutanea, sulla pancia.»

«A cosa serve?»

«Aiuta a evitare possibili malformazioni nel feto, come la spina bifida o l'anencefalia. La vitamina va assunta prima ancora di rimanere incinta, e nei tre mesi successivi. In seguito ti prescriverò delle pastiglie in modo da prenderla per via orale, ma con questa puntura ti do un abbrivio.»

Alex fissò il dottore mentre un brivido gli saliva lentamente lungo la schiena, fino a farlo tremare per alcuni istanti. Mentre l'uomo scartava una siringa e prelevava un liquido da una provetta, una sensazione di ansia investì Alex e un dubbio si insinuò in lui, come un soffio di vento gelido che filtra da uno spiffero. Nelle parole del dottore era presente una vibrazione particolare… come se l'uomo stesse mentendo. Alex avvertì l'aumentare delle sue palpitazioni, notò un rivolo di sudore vicino alla tempia destra e vide le palpebre sbattere più volte, come in un tic incontrollabile.

«Sei il mio ginecologo» disse Valeria, tranquilla. «E di fama mondiale, per giunta. Fai quello che devi fare, tutto ciò che serve al bambino per stare bene è una priorità.»

Il tuo bambino starà benissimo…

Il pensiero del dottore arrivò ad Alex come una frase scandita ad alta voce, chiara e nitida, mentre l'uomo inseriva l'ago nella pelle sotto l'ombelico di Valeria, senza fiatare, e la donna chiudeva gli occhi per rilassarsi.

Alex penetrò nelle iridi del dottore e percepì soddisfazione, compiacimento e curiosità. Il cuore dell'uomo tornò a un ritmo regolare, il sorriso si fece disteso. Non era chiaro che cosa si celasse dietro quella sorta di inganno di cui Valeria era appena stata vittima, ma una cosa era certa: quella siringa non conteneva una vitamina.

Dopo l'incontro con Alex, Marco rimase alcuni minuti a osservare la città. Seduto sulla carrozzella di fronte alla finestra, i capelli scompigliati con ciuffi ribelli che cadevano sugli occhiali, lo sguardo di chi ha mille pensieri per la testa. Mille punti di domanda. Aveva creduto di essere un ragazzo di talento, ma niente di più. Non un viaggiatore, come il suo amico. Non una persona capace di aprire gli occhi *dall'altra parte*. Poco prima dello schianto, era quasi certo che il suo momento fosse giunto, insieme a quello di tutti gli abitanti del pianeta. Alcuni di questi erano di fronte ai suoi occhi, nelle strade. Camminavano inconsapevoli lungo i sentieri della sua memoria, volti sconosciuti che ancora non sapevano quanto breve sarebbe stata la loro vita. Quanti di loro si sarebbero arrabbiati, quella sera, a casa? Quanti avrebbero litigato con i familiari, o avrebbero rinunciato a un'occasione, detto di no a un appuntamento, senza sapere che quelli erano gli ultimi giorni da vivere? L'asteroide avrebbe spazzato via miliardi di rinunce, rimpianti, desideri. Miliardi di progetti, ambizioni, sogni senza futuro e strade interrotte a metà. Marco osservò le persone con un velo di tristezza.

Se avete ancora qualche emozione da vivere, fatelo, pensò. *Non rinunciate, non perdete la vostra ultima occasione.*

Ripensò agli ultimi momenti della sua vita. Quelli prima dello schianto. Aveva tenuto tra le mani una foto speciale, uno scatto del passato che lo riportava con la memoria a una gita fatta con i genitori. Un semplice picnic, ma rappresentava uno dei più bei ricordi dell'ultimo anno assieme. Prima del tragico incidente.

Come aveva raccontato ad Alex, si era perso nel vortice di ricordi ed era stato involontariamente catapultato altrove. Per qualche minuto, senza sapere né come né perché, aveva vissuto un frammento di un'esistenza parallela. Un'altra versione di sé, in piedi sulle sue gambe, in una realtà in cui lui viaggiava sin dall'infanzia, i suoi genitori erano vivi e su un diario erano annotate le sue esperienze nelle dimensioni parallele.

Se solo avessi avuto più tempo... Marco spinse la carrozzella verso il corridoio buio, poi raggiunse la cucina. Una luce fioca penetrava dalla tenda affacciata sul cortile interno del palazzo e dava alla stanza un aspetto lugubre, freddo. Sul tavolo c'erano ancora un paio di lattine accartocciate, una tovaglietta piena di briciole, una bottiglia d'acqua senza tappo.

Grigi e silenziosi compagni di una vita che quasi faticava a ricordare. O che forse preferiva dimenticare.

La vita che aveva vissuto dal giorno dell'incidente fino allo schianto dell'asteroide. Un'esistenza travagliata, condotta su un binario che mai aveva incrociato quello della buona sorte. Solo con la sua forza d'animo e facendo ruotare a mille gli ingranaggi del suo cervello era riuscito ad andare avanti. I suoi studi, le sue passioni e le sue competenze gli erano sempre stati d'aiuto nei momenti di difficoltà. Ma ora, in una situazione come quella, in che modo potevano tornare utili?

Marco smise di osservare il tavolo, pensò che metterlo a posto sarebbe stato completamente inutile vista la natura del luogo in cui si trovava, e tornò in sala con la bottiglia d'acqua in mano. Ne bevve un sorso, quasi per prova. La sensazione del liquido che scendeva giù per la gola era fedele, credibile. Memoria era una riproduzione perfetta del mondo così come lo aveva conosciuto. Quando lasciò la bottiglia su un tavolino accanto alla poltrona, lo sguardo gli cadde su un bloc-notes appoggiato sulla mensola, davanti a un'enciclopedia scientifica. Lo prese, sfogliò alcune pagine, poi i suoi occhi furono rapiti da un appunto che doveva aver scritto qualche tempo addietro:

> Uno studio ha dimostrato che se io osservo un bicchiere, e sono collegato a un rilevatore dell'attività neuronale, nella mappatura del mio cervello si illumina la zona preposta all'osservazione di quel bicchiere. Ma se io chiudo gli occhi, e immagino lo stesso bicchiere, sul display si illuminerà la stessa zona, verrà coinvolta la medesima rete neuronale.

Marco posò il bloc-notes. Si tolse gli occhiali, si guardò attorno e poi fissò il vuoto. C'era un'idea che turbinava nella sua mente, ma non riusciva a metterla a fuoco. Picchiettò con l'asticella degli occhiali contro una tempia, ma l'idea non si palesava. Così si spostò verso i tre fedeli computer, uno accanto all'altro sul tavolo, in stand-by come d'abitudine e riattivabili con la sola pressione di un tasto.

Improvvisamente, Marco batté un pugno sul tavolo.

«La nostra mente è la chiave!» proruppe, il volto radioso e gli occhi carichi di soddisfazione, come se avesse appena risolto un intricato enigma. «Anche se non ho di fronte quel dannato bicchiere, la mente attiva la stessa rete neuronale per ricrearlo. Siamo noi a immaginare il mondo che vogliamo raggiungere!»

Il battito cardiaco accelerato, Marco azionò la carrozzella verso il corridoio, quindi entrò in camera da letto. Con uno sforzo si issò sulle braccia e si adagiò sulle lenzuola disfatte, mentre la stanza era avvolta dall'oscurità. Le tapparelle abbassate lasciavano solo qualche piccola fessura. Impossibile per la luce filtrare e illuminare la stanza.

Chiuse gli occhi nel silenzio totale, mentre con la mente tornava a quel frammento di vita alternativa, quei pochi istanti in cui, prima dello schianto dell'asteroide, era riuscito a vedere ed entrare in un mondo che non conosceva affatto. Il mondo in cui la sua vita aveva preso la biforcazione giusta di fronte al bivio delle possibilità, senza incontrare alcun incidente mortale lungo il cammino. Il mondo in cui anche lui, che credeva di non essere niente di speciale, aveva sviluppato il potere di varcare la soglia.

Immaginò la terrazza della casa in campagna, la copertina blu del diario nel quale annotava ogni dettaglio dei suoi viaggi, ricercò le sensazioni uniche del poter ancora camminare sulle proprie gambe. Poi rivide i volti dei genitori, e assieme quelli dei contadini nei campi, terrorizzati, lo sguardo rivolto al cielo a pochi minuti dalla fine del mondo. Ricreò mentalmente ogni dettaglio di cui ricordava i contorni, i colori. Gli occhi sempre chiusi, mentre ogni rumore attorno a lui si perdeva lontano, Marco tratteggiò nella sua testa lo scenario, la destinazione.

Mentre veniva risucchiato dal vortice e scivolava in quell'angolo di Multiverso, il ragazzo corrugò la fronte. Pensava di essere stato l'unico, in quella realtà, a mantenere la calma negli istanti che precedevano lo schianto dell'asteroide. L'unico ad avere la consapevolezza che un *dopo* fosse possibile, sebbene non sapesse spiegare ancora come. Ma non era il solo.

Anche suo padre stava sorridendo.

Capitolo 9

Ho visto i progetti, è tutto vero…
Come fa a saperlo?
Finirà tutto… noi sopravviveremo.
Ho visto i progetti…
Come fa a saperlo?
Questo è il suo piano…
Ho visto…

Marco spalancò gli occhi.

Il confuso groviglio di parole continuava a rimbalzare contro le pareti del suo cranio, mentre cercava di mettere a fuoco l'ambiente in cui si trovava. Non era più sdraiato nella camera da letto del suo appartamentino in viale Gran Sasso.

Era seduto, i gomiti poggiati sui braccioli di una poltrona in pelle bianca, le gambe distese una sull'altra, i piedi su un tavolino. Sentiva il peso degli arti inferiori, lo sentiva bene. Come a Barcellona, quando si era alzato dalla carrozzella per dimostrare ad Alex e Jenny che in quella realtà era in grado di camminare, anche nel luogo dove si trovava ora poteva alzarsi in piedi, ne era certo.

E si alzò.

L'ampia sala in cui si era svegliato era arredata con uno stile moderno, minimalista. A parte alcune mensole e un tavolo da ufficio, neri, il colore predominante era il bianco. Sulla sua destra c'era un divano a semicerchio, mentre un'altissima parete-armadio di fronte a lui ospitava una televisione a schermo piatto e una fila di decoder nel vano più basso.

Se è casa mia, in questa realtà parallela siamo pieni di soldi... Marco si voltò e incontrò la vetrata a scorrimento che dava sull'esterno. Si avvicinò, fece scivolare la porta e uscì. Conosceva bene quella terrazza. Era esattamente il posto che cercava. Il frammento che aveva avuto la fortuna di vivere per pochi minuti, prima della fine del mondo. Adesso era lì, e forse aveva tutto il tempo che voleva. Tornò nella sala e chiamò a gran voce sua madre e suo padre, ma evidentemente non erano in casa. Sopra le mensole però c'erano alcune foto incorniciate, la prova che da quelle parti non c'erano stati incidenti mortali. Quegli scatti erano momenti gioiosi di una vita che fino a poco tempo prima credeva fosse stata negata ai suoi genitori. Una vita che avevano vissuto solo fino a quando la Jeep era precipitata nella scarpata, portandoli via per sempre.

Ma non c'è un solo sentiero da percorrere, pensò Marco mentre osservava le immagini e una lacrima scendeva a bagnare il suo viso. *Viviamo tutti i destini possibili.*

Guardò dalla parte opposta della sala. C'era una porta. Provò a chiamare ancora suo padre, e nel farlo ricordò le strane sensazioni provate durante il passaggio tra una dimensione e l'altra. Quelle frasi... quel sorriso sul suo volto sereno.

Fece qualche passo verso la porta, titubante, poi la aprì e si ritrovò in un lungo corridoio. Ne percorse metà e arrivò a una rampa di scale che scendeva al piano di sotto, ma proseguì oltre, raggiungendo la finestra in fondo al corridoio. Rimase qualche istante a osservare la campagna al di là del vetro, poi fece dietrofront e iniziò a curiosare, aprendo qualche porta. Scoprì un paio di camere da letto, ordinate e impersonali, probabilmente stanze per gli ospiti, e due grandi bagni, uno dei quali ospitava una vasca idromassaggio circolare. Ci si poteva specchiare nei sanitari da quanto erano splendenti. L'esatto contrario di casa sua. Ma anche *quella* era casa sua, pensò, e sicuramente avevano una o più donne delle pulizie.

Ho visto i progetti... è tutto vero.

Marco cercò di scacciare le voci nella sua testa. Di nuovo in prossimità delle scale, decise di scendere. Si ritrovò in un ampio ingresso. Alle pareti erano appesi quadri moderni su tela e plexiglass. Un paio erano divisi in trittici che andavano a comporre un tramonto su una spiaggia dalla sabbia bianca, e uno skyline notturno di una città che si affacciava sul mare.

Andò alla porta d'ingresso e l'aprì. Non volava una mosca, né dentro né fuori. La visione che si ritrovò davanti confermò le sue supposizioni: in quella realtà erano davvero ricchi sfondati. Di fronte a lui c'era una piscina di almeno quindici metri per dieci, ricavata al centro di un grande giardino e circondata da sdraio e ombrelloni. L'erba era stata appena tagliata, il profumo era inebriante. Marco alzò lo sguardo al cielo: non sembrava fosse in arrivo alcun asteroide. Perfetto, aveva tempo per curiosare un altro po'. Percorse tutta la parte esterna della villa e s'imbatté in un box all'aperto con una tettoia in metallo e tre posti auto. Due erano occupati: c'erano parcheggiate una BMW X6 nera, con i vetri posteriori oscurati, i cerchi in lega da 21 pollici e una carrozzeria talmente impeccabile che pareva appena uscita dal concessionario, e un modello di Jaguar che non conosceva. Evidentemente i genitori erano usciti con l'auto che occupava il terzo spazio.

«Alla faccia...» commentò mentre proseguiva oltre, passando sul retro e osservando la terrazza dal basso. Quella terrazza su cui si era ritrovato mentre l'ammasso di roccia infuocata sfrecciava nel cielo invernale e si preparava a dichiarare la fine dei giochi, e i contadini nel campo a cento metri di distanza tremavano dalla paura. Mentre suo padre sorrideva.

Quando si ritrovò di fronte all'ingresso rientrò in casa e salì al primo piano. C'erano altre stanze che non aveva esplorato, porte che non aveva ancora aperto.

Accanto alla rampa di scale, ne aprì una che svelò uno sgabuzzino. Più ordinato della cucina del suo appartamento di Milano, constatò Marco con un sorriso beffardo in volto. I prodotti per la pulizia della casa, i panni, le scope, erano tutti in fila uno accanto all'altro. Chiuse, scosse la testa e passò oltre.

La porta successiva dava su uno studio. Forse era lo studio di suo padre. L'arredamento era più classico rispetto a quello della sala, con scrivania e mobili in legno antico e sedie in pelle nera su un parquet lucidato a dovere. Una ricca biblioteca occupava tutta la parete di destra, una cartina a tutto muro era appesa su quella di sinistra.

Un attestato in cornice appeso dietro la poltrona diceva:

STEFANO DRAGHI

DOTTORE IN MEDICINA

SUMMA CUM LAUDE

«In medicina...?» sussurrò perplesso. «Mio padre non è medico, è un avvocato.»

Poi, improvvisamente, una fugace scena proveniente dal suo passato prese forma investendolo con la violenza di uno schiaffo. In quella diapositiva mentale c'erano lui, suo padre e sua madre. Seduti in cucina, nella sua realtà di provenienza, qualche anno prima del tragico incidente. *«Sì»* diceva Stefano, con un velo di mestizia. *«Io avrei voluto, era il sogno della nonna. Desiderava vedermi col camice bianco... Ma non passai quel dannato test d'ingresso. È uno dei miei più grandi rimpianti. E così ripiegai su Giurisprudenza.»*

Marco si ridestò e i suoi occhi tornarono a mettere a fuoco la laurea incorniciata e appesa al muro.

In questa dimensione parallela deve aver passato il test d'ingresso..., pensò Marco mentre si avvicinava ai cassetti della scrivania.

Decise di aprirli, e le criptiche voci nella sua testa cominciarono ad avere un senso.

❁ ❁ ❁

Vorrei riuscire a penetrare nei suoi ricordi... ma posso farlo? Sono già in uno scenario generato dalla memoria di mia madre, che cosa rischio se provo a scavare ancora più a fondo? Alex rimase immobile di fronte alla scrivania del dottore.

Sua madre era appena uscita, di lì a poco l'uomo avrebbe chiamato la paziente successiva. Quella che sarebbe diventata la madre di Jenny.

Il dottore scrisse qualcosa su un'agenda da tavolo, larga e piatta con la copertina scura. Quindi la chiuse.

Non appena alzò lo sguardo, i suoi occhi si inchiodarono a quelli di Alex, come se fosse in grado di vederlo.

Devo almeno provarci... Alex mantenne la calma e penetrò lentamente nei pensieri dell'uomo, trafiggendo ogni barriera emozionale e scavando in profondità per riuscire a rubare qualche elemento utile alla sua piccola indagine.

Vi riuscì, ma a caro prezzo. Fu scaraventato fuori da quel mondo in pochi istanti, cacciato da quel substrato di ricordi che aveva richiesto uno sforzo e una concentrazione immani.

Fu risucchiato dal vortice e per alcuni momenti gli sembrò di essere un panno centrifugato in una lavatrice, sballottato con violenza in un tunnel di mondi sovrapposti che passavano rapidamente di fronte ai suoi occhi.

Ma in quei pochi istanti trascorsi nei ricordi del dottore, aveva trovato il tassello che collegava quel volto a qualcosa che lui conosceva bene.

Si trattava di un frammento, un fugace e indimenticabile attimo custodito nei meandri dei ricordi del dottore. In quel flash, l'uomo aveva la barba lunga, che nel ricordo di Valeria non portava più. Per questo non l'aveva riconosciuto.

In smoking, i capelli tirati all'indietro, si stava sistemando la giacca di fronte a uno specchio. Poi, quell'attimo svaniva e si sovrapponeva una diapositiva di qualche ora più tardi, quando una bella donna vestita da sposa danzava con lui in mezzo ad altre decine di coppie in una sala da ballo ornata a festa. Il dottore era felice, elegante e spensierato. Era il più bel giorno della sua vita. Di fronte a lui, nell'ultima istantanea che Alex riuscì a ricordare, un fotografo alto due metri con un fisico da rugbista.

«Sorridete, prego… Viva gli sposi!» gridava il ragazzone. Poi scattava.

Alex ricordava bene quella fotografia. Era incorniciata e tenuta in bella mostra su una mensola a casa di Marco, nella sua realtà originaria. Non avrebbe mai potuto dimenticarla. Quante volte l'amico l'aveva presa in mano e aveva strozzato il magone, imprecando contro il destino? Quante volte Alex aveva visto i suoi occhi lucidi, nell'osservare quel dolce ricordo di un tempo che non sarebbe più tornato?

Incredulo e sbigottito, ebbe solo il tempo di riconoscere il padre del suo migliore amico, prima che il vortice lo trascinasse via da lì.

Quando riaprì gli occhi, le luci sfavillanti dell'insegna del Casinò di Barcellona spezzavano l'oscurità della silenziosa notte catalana.

Capitolo 10

Quanto tempo?
Quanta *eternità* sta scivolando via?

L'abisso non conosce la luce. È un fondale profondo, spento, dove regna uno spettrale silenzio interrotto solo da sporadici ululati che la avvolgono come un velo di morte e subito la abbandonano. Lei è lì, protetta, sola. Non ha la percezione del tempo esterno, perché quello interno è un orologio conficcato nel ghiaccio. Il suo corpo è sepolto nelle profondità del mondo così come la sua mente viaggia libera e vagabonda per quelle dell'animo. Da entrambi gli abissi si dovrà uscire.

Al gelo dovrà sostituirsi il calore.

Ma quanto tempo? Quanta *eternità* deve trascorrere?

Jenny imboccò la Rambla che dall'Hard Rock Cafè portava verso il mare, divincolandosi tra la gente che affollava la camminata, ricca di chioschi e banchetti di ogni genere. Erano tutti elementi della sua memoria? Forse sì, visto che durante la gita aveva percorso quella strada con i compagni di classe, sgattaiolando tra le centinaia di turisti per arrivare di corsa dalle parti del porto di Barcellona.

Ma molta di quella gente poteva essere frutto della condivisione con i ricordi del passante catalano che Marco aveva interrogato. Come distinguere la *propria* realtà, in un luogo di memoria condivisa? Mentre camminava a passo spedito, Jenny riconobbe un artista di strada, che si esibiva uscendo dal buco di una tavola imbandita come se la sua testa fosse il piatto principale della cena. Doveva essersi fatta anche una foto accanto a quel tavolo, durante la gita. Ricordò anche un chiosco che vendeva piccole e buffe riproduzioni di politici e calciatori, con la testa enorme e il corpo in miniatura. Ma la calca di persone che la circondava poteva essere composta anche da amici e parenti del signore catalano. Chi poteva dirlo? Jenny scosse la testa, confusa, poi una consapevolezza emersa dal nulla le fece scorrere un brivido lungo la schiena.

Si fermò per pochi istanti, paralizzata da un pensiero che arrivò senza preavviso come un ospite indesiderato e le si piantò nella mente come un chiodo.

Tutte queste persone sono morte.

Chiuse gli occhi per un attimo e rivide tutto. Come in una sequenza rapida di diapositive, le immagini della sua fuga da Milano si proiettarono nel suo cervello e la riportarono indietro. Nell'orrore. La scaraventarono nelle ultime ore di vita del pianeta Terra, quando lei e Alex erano scappati dalla città sfuggendo al coprifuoco, si erano rifugiati nella villetta di una famiglia, e la notte prima della fine del mondo avevano fatto l'amore. Un sublime momento fuori dal tempo, un istante da sogno in una realtà prossima all'incubo, mentre il cielo era un infuocato groviglio di nubi e polveri, la tempesta di vento e detriti imperversava e l'asteroide entrava in scena come il più incredibile dei fuochi d'artificio in un firmamento dalle tonalità variopinte.

Jenny emise un grido acuto mentre spalancava gli occhi. Non voleva rimanere prigioniera di quel ricordo. Per niente al mondo.

Perché noi siamo sopravvissuti a tutto questo? si chiese scostandosi dal viso una ciocca di capelli.

La mano che si appoggiò sulla sua spalla le gelò il sangue nelle vene. Rimase immobile per alcuni istanti.

«Bambina mia, come sei cresciuta!»

Jenny si voltò di scatto.

Quel timbro lievemente rauco era un segno distintivo che avrebbe riconosciuto in mezzo a un milione di altre voci. La persona che amava di più quando era piccola. Di cui si fidava. La stessa che l'aveva avvelenata nella dimensione parallela da cui proveniva Alex.

Mary..., pensò mentre si voltava, il cuore tambureggiante nel petto.

Di fronte ai suoi occhi, la tata che l'aveva cresciuta. Il suo sorriso aperto, i capelli rossi, ricci, e le mani impreziosite da anelli di ogni genere. Era quasi impossibile resistere alla voglia di abbracciarla. Decise di farlo, forzandosi a sorridere. Forse poteva estorcerle una confessione, un segreto. Forse poteva capire che cosa era successo alla Mary Thompson alternativa, che cosa l'aveva spinta ad avvelenarla. In fondo, come aveva appena constatato, era circondata da persone defunte... anzi, dal *ricordo* di persone defunte. Cos'aveva da perdere?

In quelli come noi risplende una luce.

Chi vi ha fatto del male non ne era consapevole. L'ha fatto e basta.

Esiste un'energia nell'universo... è la stessa energia che dà la vita e la distrugge.

Spesso si manifesta semplicemente nella realtà che ci circonda fluendo intorno a noi, invisibile e indefinibile, orbita intorno alle nostre vite e a volte ne prende possesso.

Le parole di Thomas Becker echeggiarono nella testa di Jenny mentre i suoi occhi e quelli di Mary Thompson si univano, diventando una cosa sola. Non sapeva dove si sarebbe risvegliata alla fine di quel breve viaggio, ma nell'attraversare il tunnel dei ricordi le era venuta in mente quella criptica spiegazione che Becker, il professore tedesco che li aveva guidati a suon di enigmi verso Memoria, aveva dato in merito alla morte della Jenny alternativa e all'elettroshock subito da Alex. Parlava di energia. Di luce. Quelli "come loro" erano diversi. Cos'erano, dunque?

Quando Jenny mise a fuoco l'ambiente circostante, alcuni elementi catturarono la sua attenzione e le strapparono un sorriso malinconico.

Si trovava in una stanza da letto, seduta per terra. Gli occhi caddero immediatamente su un quadretto che ritraeva lei e i suoi genitori nel suo primo giorno di scuola. Clara e Roger erano inginocchiati accanto alla piccola Jennifer Graver, i capelli castani lunghi e la frangetta che cadeva sulla fronte, una margherita tra le mani e un sorriso incantevole che le illuminava il volto.

Che realtà era? Quale mondo?

L'arredamento della camera lo ricordava, ma qualche particolare sembrava fuori posto. Il lettino rosa era indubbiamente il suo, e c'era già la scrivania che poi sarebbe rimasta anche durante l'adolescenza. Ai tempi era ricoperta di adesivi di personaggi dei cartoni animati, che sarebbero spariti verso i dodici anni al grido di: "Sono grande, adesso!"

Sulla parete sopra il letto erano appese le fotografie di alcune vittorie di suo padre durante i campionati nazionali di nuoto. E anche quelle le ricordava bene, seppure in posizioni differenti. Al soffitto erano attaccate le stelline fosforescenti che il papà aveva fissato in modo da ricostruire parte del firmamento e farla addormentare ogni notte sotto la deliziosa ninna nanna del cosmo.

Ma su un ripiano dalla parte opposta della stanza c'era qualcosa che non ricordava affatto: un enorme acquario con cinque o sei pesci di vari colori all'interno. Non l'aveva mai avuto, poteva scommetterci. Inoltre, sopra il lato destro della scrivania non era appesa la foto dei nonni, che nella realtà da cui proveniva non si era mai mossa da lì.

Jenny decise di alzarsi e perlustrare quel luogo della memoria.

Fu allora che si rese conto di essere una bambina.

Corse verso il corridoio e arrivò in bagno. Lo specchio era alto, ma riusciva a vedersi. «Non posso crederci...» mormorò mentre osservava la sua pelle dorata e liscia, i lineamenti infantili, il corpicino esile. «Avrò sì e no cinque, sei anni...»

Aprì il rubinetto per gettarsi dell'acqua in faccia, e sentì dei passi lungo le scale.

«Tesoro? Vuoi scendere per fare merenda?» Era lei. Era la voce di Mary.

Se sono finita nella realtà dell'avvelenamento, questa merenda sarà l'ultima...

«Arrivo! Sono in bagno!» gridò Jenny mentre si asciugava il viso.

Percorse il corridoio titubante. Sentiva di non avere il coraggio di scendere e vivere quel momento, ma doveva farlo. E se non avesse bevuto quella tazza di tè? Cosa sarebbe cambiato se avesse modificato gli eventi all'interno di un ricordo? Memoria era solo un luogo di riproduzione mentale o aveva qualche effetto sullo spazio-tempo?

Anche se dovessi cambiare gli eventi del passato, non avrebbe effetto sul futuro. Non c'è alcun futuro. Siamo tutti morti lo stesso.

Jenny scese le scale, mascherando con un falso sorriso la disillusione generata da quell'ultimo pensiero.

Arrivò in salotto e si sedette per terra, vicino a un cumulo di fogli e pennarelli sparsi. Dalla cucina proveniva un rumore di stoviglie.

«Ci siamo...» disse a se stessa, poi fece un respiro profondo e attese.

Mary comparve pochi istanti dopo con un vassoio tra le mani. I biscotti fatti in casa. Il tè. L'espressione gioviale dipinta in volto, immancabile.

«Finalmente, non vedevo l'ora...» disse Jenny, allegra.

«Ci sono i biscotti caldi, appena fatti, proprio come piace a noi, sei contenta?»

«Certo! E il tuo buonissimo tè!»

Mary appoggiò il vassoio sul tavolino di fronte al divano, poi si sedette.

Jenny gattonò fino al tavolino.

«Provane uno, dimmi se ti piace» sussurrò Mary mentre allungava un biscotto alla bambina.

«Subito!» rispose lei. Affondò i denti nella pasta frolla al cacao, poi si cacciò in bocca anche la seconda parte.

«Mmm... *guonittimo!*» esclamò con la bocca piena.

«Adesso provalo nel tè e vedrai che delizia...» disse Mary, alzando le sopracciglia come a invogliare la piccola.

«Mary, ma quel mobile lì... sì è rotto?» chiese Jenny allungando il braccio verso la parete dietro la tata.

Rimase con l'indice puntato e lo sguardo curioso, mentre la tata torceva il busto e si voltava per controllare. *Ora o mai più!* Con la mano sinistra, in una frazione di secondo Jenny ruotò il vassoio, invertendo la disposizione delle tazze.

«Non credo» rispose Mary, tornando a volgersi verso di lei.

«Mi sembrava...» disse la bambina scrollando le spalle. «Voglio provare il biscotto nel tè... su! Cosa aspettiamo?»

Jenny prese la tazza fumante e la portò alla bocca. La tenne appoggiata sulle labbra, mentre anche Mary faceva lo stesso. Quindi sorseggiò il tè.

«Non è tanto buono» commentò, per tener fede al copione che la donna si aspettava di sentir recitare.

«Avanti, bevilo, altrimenti niente biscotti. Invece è buonissimo, guarda come se lo gusta la tua tata preferita!»

«Davvero ti piace?» chiese Jenny, mentre l'espressione del suo volto cambiava in una smorfia enigmatica.

«Sì, certo, perché? Ti ho mai fatto un tè cattivo, per caso?»

«Be', non lo so... dimmelo tu.» Jenny inchiodò Mary al suo sguardo e la freddò con un ghigno. «Perché la tazza da cui stai bevendo è la mia.»

Le gote rosse della tata sbiancarono di colpo e la sua fronte s'imperlò di sudore. Mentre le pupille di Mary Thompson diventavano due biglie scure prive di luce, la tazza le cadde di mano frantumandosi sul parquet.

«Tu... come hai...»

«Posso farti una domanda, Mary... prima che tu soffochi? Perché l'hai fatto? Anzi. Perché l'avresti fatto?»

«Io... io non...»

«Non hai più niente da perdere, adesso. Tra poco smetterai di respirare. Spiegami soltanto per quale motivo avresti fatto questo a me. Qualcuno ti ha obbligata? Fai questa buona azione prima di morire. Dimmelo.»

Mary cadde all'indietro con la schiena sul divano. Strabuzzò gli occhi e cominciò a tossire. Jenny poggiò la tazza sul tavolino, si alzò in piedi e si avvicinò alla donna.

Quindi le prese una mano.

Non ci fu bisogno di una risposta. Bastò chiudere gli occhi, e Jenny vide.

Vide Mary seduta sul bordo del letto, nella sua stanza al primo piano, le mani congiunte e la testa bassa.

«Non posso farlo… non posso.»

Vide le lacrime della donna, mentre sembrava parlare con… Dio? Strano, Mary non era mai stata religiosa.

«Te ne dimenticherai…» replicò una voce maschile. «Quando avrai svolto il tuo compito, dimenticherai ciò che hai fatto… penserai che sia morta per un attacco di cuore.»

Chi diavolo le stava facendo il lavaggio del cervello?

Dove si nascondeva?

«Ma io… io adoro quella bambina… come posso farlo?»

«O la tua vita, o la sua. Se non vuoi che la pazzia ti attanagli fino all'ultimo giorno della tua esistenza… fallo.»

Jenny cercò di esaminare la stanza con lo sguardo, ma c'era solo Mary Thompson in quella camera da letto. Sentiva il suo battito cardiaco, percepiva ogni singola emozione della donna. Avvertiva il terrore, la consapevolezza di non poter uscire da quel giogo, di non poter sfuggire alla condanna. Improvvisamente capì. *Non c'è nessuno in questa stanza, sta parlando da sola. La voce maschile è solo nella sua mente!*

«Promettimi che andrai via dalla mia testa, se farò quello che dici…» disse la donna all'improvviso, confermando il sospetto di Jenny.

«Così sarà. Se farai quello che devi fare.»

Jenny fu risucchiata nel vortice all'improvviso, sradicata dalla camera da letto di Mary Thompson e scaraventata via da quel covo di angoscia e terrore.

Quella voce, pensò, *era un messaggio senza volto*. Proveniva da un altrove carico di energie oscure e portatrici di morte. Era il suono distorto dell'animo di Mary che si piegava a una forza distruttrice, manipolatrice. Era la follia.

Le parole di Becker cominciavano ad avere un senso: un'energia nera, immateriale e impalpabile, pervadeva l'universo, fluiva attraverso le menti, le infettava e condizionava i comportamenti delle persone.

E *quelli come loro*, forze opposte e portatrici di luce, animi candidi in cui albergava la purezza, erano i bersagli più ricercati.

Capitolo 11

Alex avanzò con passo rapido verso il mare, lasciandosi alle spalle l'entrata posteriore del Casinò, unico angolo luminoso di una via che sembrava dimenticata dal mondo. Qualche sconosciuto, di tanto in tanto, incrociava il suo sguardo. Una signora anziana che si reggeva a fatica in piedi con l'aiuto di un bastone. Un uomo sulla quarantina, elegante, in giacca e cravatta. Un paio di ragazze in tuta sportiva che facevano jogging. Volti di memorie altrui, forse, personaggi di un passato a lui estraneo. Dei suoi genitori non c'era più traccia. Quando fu sulla camminata, si voltò verso destra. Il lungomare si perdeva in lontananza, inghiottito dal buio. A sinistra, le onde si adagiavano lentamente sulla riva, mentre il colore del mare si confondeva con le tonalità della notte. Quanto tempo era passato? Dalla parte opposta, oltre la strada, le luci delle case sembravano mille occhi puntati su di lui. Parevano dire: *"Vattene da qui, Alex… vattene via"*.

Quindi apparve una sagoma.

Venne fuori dall'oscurità, a un centinaio di metri da lui, mentre la fioca luce di un taxi, parcheggiato col motore acceso lungo il Passeig Marítim de la Barceloneta, la illuminava per metà.

«Marco!» gridò, e iniziò a corrergli incontro.

«Alex!»

L'amico si precipitò ad abbracciarlo e i due rimasero per alcuni istanti l'uno fra le braccia dell'altro, come se non ci fosse altro al mondo che potesse dar loro conforto, mentre tutt'intorno regnava il paradosso. La loro amicizia, la loro consapevolezza dell'ingannevole realtà di Memoria, erano l'unico e ultimo appiglio per riuscire a non impazzire.

«Non puoi immaginare cos'ho scoperto...» disse Marco dopo essersi scostato dall'amico, le mani appoggiate sulle sue spalle.

«A chi lo dici...» ribatté l'altro.

Marco fece due passi verso il muretto che separava il lungomare dalla spiaggia. Alzò la testa per un attimo e vide la luna, con i tre giganteschi crateri capaci di disegnare sulla faccia del satellite quell'espressione quasi umana, stupita, mentre le stelle si disponevano tutt'intorno come migliaia di damigelle sorridenti accanto alla sposa.

«Hai parlato con i tuoi genitori?»

«Non solo. Ho vissuto un ricordo di mia madre.» Alex raccontò all'amico del viaggio mentale nel 1996, due anni prima della sua nascita. Gli disse che la sua presenza in quel frammento del passato era come quella di un fantasma, invisibile a chiunque. Spiegò che ogni sensazione provata dalla madre penetrava nel suo cervello e ne prendeva possesso, facendogli percepire i sentimenti e le emozioni quasi fosse egli stesso a viverle. Quindi raccontò dello studio medico.

«La madre di Jenny e la tua erano nello stesso posto? Clara e Valeria si sono conosciute?» disse Marco, incredulo.

«Proprio così.»

«Questo cambia tutto, non può essere una coincidenza. Ascolta, nel mio flashback sono finito a casa mia, in una realtà alternativa. Quella di cui ti avevo parlato, la dimensione dove ho vissuto gli ultimi attimi prima della fine del mondo, dalla terrazza di una villa.»

«E cos'hai scoperto?»

Marco si appoggiò con la schiena al muretto.

Un ragazzo sui rollerblade sfrecciò di fronte a loro e Alex fece in tempo a vederlo in faccia. Lo ricordava: era il tassista che l'aveva portato dall'aeroporto Tullamarine di Melbourne alla spiaggia di

Altona Beach, quando stava andando all'appuntamento con Jenny. L'appuntamento in cui *non* avrebbe incontrato la ragazza che lo aspettava. Alex sorrise, piegando le labbra in una smorfia amara.

«Ho visto delle carte, delle mappe, libretti di appunti... e alcuni particolari strani. In quella realtà siamo... *eravamo* più che benestanti, e mio padre era un medico. Un luminare, da quello che ho capito mettendo sottosopra la sua scrivania.»

Alex scostò lo sguardo, fissò un punto davanti a sé, come sovrappensiero, e si passò una mano tra i capelli.

«Tutto torna. Evidentemente ho visto un frammento della stessa dimensione.»

«Com'è possibile?»

«Il ricordo di mia madre non appartiene al mio passato. Non al passato in cui io ho attraversato mezzo mondo per trovare Jenny e tu sei rimasto paralizzato per via dell'incidente in montagna. Appartiene a una realtà alternativa, anche se ha molto in comune con la nostra. Ma è un frammento della stessa dimensione in cui tu sei più che benestante, non c'è stato alcun incidente in montagna e tuo padre...»

Marco corrugò la fronte e fissò Alex con uno sguardo interrogativo.

«E mio padre?»

«Non è un avvocato, ma un famoso ginecologo.» Alex chiuse gli occhi, ripensò alla figura in camice che accoglieva Valeria nello studio. «E ha condotto una sperimentazione su Valeria e Clara, con l'inganno.»

Un tuono rimbombò in lontananza rompendo il silenzio, mentre qualche goccia di pioggia cominciava a cadere dal manto funereo del cielo sopra Barcellona. Quella zona male illuminata della città si stava trasformando in un teatro poco ospitale.

Marco continuava a scuotere la testa, ripensando a ciò che aveva visto.

«Ma allora... mio padre, gli appunti... è tutto collegato.»

«Tu cos'hai visto?» chiese Alex, mentre il vento sollevava un sacchetto di plastica a pochi metri da lui. Marco si diede una spinta con la mano e si scostò dal muretto, poi si incamminò sul lungomare, lentamente.

Alex lo seguì, le mani in tasca e lo sguardo perplesso.

«Ho cercato di memorizzare più dettagli possibili. Era l'unico modo per potertene parlare, una volta tornato in questa specie di punto di partenza.»

«Dettagli di che cosa?»

«Delle scartoffie che ho trovato nello studio di mio padre. Avevo scoperto che in quella realtà era un medico. Ho visto la sua laurea appesa dietro la scrivania. Ma non sapevo niente di questa sperimentazione, e non immaginavo che Valeria e Clara fossero state cavie inconsapevoli. Quello che mi hai raccontato combacia con ciò che ho visto. Anzi, è proprio il tassello mancante.»

«Cosa intendi?»

Marco diede un calcio a una lattina, spedendola sul ciglio della strada. Il lungomare era deserto, mentre i tuoni si susseguivano uno dopo l'altro e la pioggia cominciava a battere violenta sul terreno.

«Non riuscivamo a spiegarci il perché del dono che rende te e Jenny speciali. Poi, prima dello schianto dell'asteroide, ho scoperto che in una dimensione alternativa anch'io ero un viaggiatore. E ci siamo ritrovati in Memoria. Siamo gli unici a muoverci in una realtà fittizia con la consapevolezza di cos'è accaduto al mondo. Gli altri, tutti quelli che vediamo, sono solo proiezioni.»

«Dimmi qualcosa che non so.»

«Non c'è niente di fisico, quaggiù.»

«Dove vuoi arrivare?»

Marco si fermò e si voltò verso Alex. «L'unico elemento che unisce sia te che Jenny, che il sottoscritto… è la realtà parallela in cui mio padre è un medico e le vostre madri si sono conosciute nel suo studio. Tra gli appunti di mio padre c'erano alcune pagine dedicate a qualcosa che inizialmente ho trascurato, ma che ora si incastra con tutti gli altri tasselli del puzzle. Qualcosa riguardante un enzima.»

«Un enzima?»

«Sì, c'erano delle formule, diverse pagine di appunti… ma credevo non potessero servirmi e così non ho memorizzato granché. Però qualcos'altro invece ha colpito la mia attenzione.»

«Cioè?»

«Un disegno… la raffigurazione di un posto.»

Alex riprese a camminare mentre alcuni chicchi di grandine si mescolavano alla pioggia e rimbalzavano sull'asfalto. Diversi gli caddero in testa, senza provocargli dolore.

«Di cosa si tratta?»

«Non lo so di preciso, una specie di saletta. Ho visto degli schizzi. Una stanza con una serie di cabine orizzontali.»

«Non capisco… Che senso ha?»

«Continuo a chiedermelo anch'io. E ora che mi parli di questo farmaco, mi chiedo anche cosa diavolo sia riuscito a inventare, o a scoprire, mio padre. Dici che hai visto tua madre e quella di Jenny, insieme, nel suo studio medico. Se tanto mi dà tanto, e quella sperimentazione è all'origine del nostro *dono*, la prima persona a testarlo, prima dei vostri genitori…»

Alex si bloccò di colpo, mentre un altro tuono esplodeva minaccioso a breve distanza. «…è stata tua madre! Tu sei nato cinque anni prima! Va bene, ammettiamo che siamo tutti e tre legati da questo esperimento. Cosa sai di questo enzima?»

«Poco. Ho letto di un processo chiamato "mutagenesi inserzionale", ma non ci ho capito molto.» Marco alzò le spalle e scosse la testa, poi riprese: «Dobbiamo andarcene da qui, trovare una strada. Ci dev'essere un modo. Forse devo cercare mio padre, interrogarlo, chiedergli… Alex, mi stai ascoltando?»

«Quella è Jenny!» gridò lui, poi cominciò a correre in direzione del porto chiamando il nome della ragazza. Marco non riusciva a vedere oltre il nubifragio, affrettò il passo ma lasciò un certo vantaggio all'amico.

Appoggiata al muretto, lo sguardo diretto verso le onde increspate, Jenny stava piangendo. Si accorse dell'arrivo di Alex quando sentì il suo nome ripetuto a gran voce, in lontananza. Si voltò, allargò le braccia e attese che lui arrivasse e la stringesse a sé.

Fradicia, singhiozzante e con gli occhi gonfi, si abbandonò a quell'abbraccio quasi a corpo morto. Quando alzò la testa e furono occhi negli occhi, si avvicinò e posò le labbra su quelle di Alex, quasi con violenza.

Il ciuffo biondo inzuppato d'acqua, gli occhi chiusi, Alex la strinse a sé, mentre la grandine continuava a cadere con maggiore veemenza sulle loro teste.

«Non capisci?» chiese lei quando si separarono, lo sguardo fisso negli occhi di ghiaccio di Alex.

«Io… non capisco cosa?»

Jenny fece di no con la testa, abbassò gli occhi, sconsolata. Quindi scorse la sagoma di Marco e si divincolò dall'abbraccio di Alex.

«Non capite? Siete così persi nei vostri ragionamenti e nelle vostre teorie che non riuscite a capire?»

Marco reagì con un'espressione di stupore, mentre Alex corrugò la fronte: «Cosa dovremmo capire, Jenny?»

Lei lo guardò con occhi accusatori, poi chiuse le dita della mano destra in un pugno e glielo sferrò dritto in faccia. Marco rimase attonito di fronte al corpo di Alex che barcollava nel tentativo di riprendere l'equilibrio.

«Ma sei impazzita?» gridò Alex.

«No, affatto.»

«Che ti prende, perché mi hai colpito?»

Jenny alzò il viso e tenne gli occhi spalancati mentre la grandine continuava a cadere dal cielo. Poi fissò Marco, che sembrava pietrificato.

«Maledizione, certo» proruppe Alex. «Amico, guardati attorno. Ci sta grandinando in testa. E noi camminiamo e parliamo senza nemmeno accorgercene. E quanto al suo pugno… non ho sentito alcun dolore.»

Jenny alzò le sopracciglia, inclinò la testa e sorrise sarcastica come a dire: "Era ora."

«Cavolo» rispose Marco «è vero. Cosa succede?»

«È la fine...» sussurrò Jenny, lo sguardo basso, in segno di resa.

Marco si guardò attorno, mentre solo la luce fioca di un lontano lampione cercava uno spiraglio per penetrare in mezzo al muro d'acqua che si stava riversando sulla città. Erano tutti e tre bagnati dalla testa ai piedi, ma nessuno di loro avvertiva la minima sensazione di fastidio, o di freddo. I jeans pesanti, la maglietta appiccicata alla pelle, i capelli fradici erano solo proiezioni mentali.

«Stiamo perdendo il ricordo delle sensazioni fisiche...» disse all'improvviso Alex, mentre Jenny si asciugava il volto con le mani, un gesto del tutto privo di significato.

«Già» aggiunse lei. «Avresti dovuto capirlo dal bacio. Non dal pugno.»

Alex rimase in silenzio, mentre Marco prese la parola, la voce tremolante: «Ho paura che il nostro tempo qui non sia eterno. Se non torniamo in una realtà fisica, dimenticheremo pian piano ogni sensazione corporea. Cosa saremo, allora? Ho bisogno di riflettere, ho bisogno... ho bisogno di pensare».

«Jenny» intervenne Alex «io e Marco abbiamo scoperto qualcosa che può tornarci utile.»

«Dimmi.»

Alex la prese per mano. Il suo gesto comunicò alla ragazza una forza di volontà che non ammetteva repliche. Ma quella determinazione non era nella stretta della mano. Era scritta negli occhi.

«Vieni con me, facciamo un giro.»

Capitolo 12

«Lo vedi? Sta accadendo.»

La voce dell'uomo era ferma, consapevole. Non un accenno di panico, non un'ombra di preoccupazione. Alle sue spalle, le mensole si agitavano impazzite, i piccoli animaletti di cristallo cadevano a terra uno a uno frantumandosi in decine di schegge. I libri volavano giù uno dopo l'altro, quasi a tempo, come a scandire un conto alla rovescia coordinato da un esperto direttore d'orchestra. Armadi e scrivania della sala si erano scostati dal muro e, centimetro dopo centimetro, stavano guadagnando il centro della stanza. Oltre la vetrata che dava sulla terrazza, il caleidoscopio di colori impazziti aveva trasformato il cielo nella tavolozza da disegno di un bambino, mentre il fumoso groviglio di nuvole si era aperto nel centro come un corteo che si separa in due tronconi per liberare una via d'accesso alle autorità. E l'autorità era lui. Inarrestabile, implacabile, massiccio e letale come una palla di piombo pronta a colpire il cuore di uno scudo troppo fragile per respingerla. Non era più il tempo delle statistiche. Non avevano più senso i calcoli delle probabilità. Era arrivato. Seguito da una lunga scia luminosa come la più agghiacciante delle stelle comete, l'ultimo legislatore dell'umanità stava per schiantarsi sull'atmosfera terrestre.

L'uomo e il ragazzo uscirono in terrazza, dove la donna stava fissando la scena; nelle campagne circostanti i contadini gridavano terrorizzati e una tempesta di polvere e detriti rendeva l'aria irrespirabile. L'uomo guardò il ragazzo negli occhi, ignorò il nodo che gli serrava la gola e seppellì l'ultimo velo di malinconia. Poi, sicuro di sé, disse: «Io ho svolto il mio compito. Morirò felice».

Quindi sorrise.

«Quei disegni... quella sala, le cabine... che cosa sono?» chiese Marco.

Il padre alzò le sopracciglia, perplesso. «Dovresti dirmelo tu. Sono opera tua.»

Marco spalancò gli occhi, mentre il temporale continuava a impersare sul lungomare di Barcellona. Le mani appoggiate sul muretto, lo sguardo fisso sulle onde che si riversavano agitate sulla riva per poi ritirarsi in fretta, ripensò a quanto aveva appena ricordato. La realtà alternativa. Suo padre, il dottor Stefano Draghi. Aveva svolto "il proprio compito", che era il segreto della sua diversità, la ragione del suo dono. Per questo motivo era sereno. Per questo sorrideva.

Una lacrima solcò il volto di Marco, confondendosi con la pioggia. Aveva ricordato. Aveva visto. Quell'enzima era ciò che distingueva lui, Alex e Jenny dal resto della popolazione. Ma in che modo? Stralci di ricordi si sovrapponevano nella sua mente come confusi pezzi di un puzzle in cerca di ordine. Risuonavano di continuo frammenti di frasi rubate dal passato.

L'attivazione dell'enzima in seguito a... penetrando dunque la membrana placentare, in presenza di un elevato numero... avrà quindi effetto solo sul feto...

Marco strizzò gli occhi nel tentativo di concentrarsi e ricordare quanti più dettagli possibili, mentre i chicchi di grandine rimbalzavano sul muretto davanti a lui e i vestiti fradici erano ormai incollati alla pelle.

«Quel farmaco non ha avuto alcun effetto sulle nostre madri...» disse all'improvviso. Nessuno poteva sentirlo. Alex e Jenny si erano allontanati, e il Passeig Marítim de la Barceloneta era una striscia di asfalto deserta e impotente sotto i colpi della tempesta.

Di colpo, una scarica di flash.

Come diapositive illuminate per una frazione di secondo nel teatro della sua mente, comparvero le immagini del racconto di Alex. Lo studio del padre, la sala d'attesa. Clara e Valeria. L'iniezione. Flash di una realtà lontana che Marco non aveva visto, ma che riusciva a immaginare grazie alla descrizione dell'amico.

La mutagenesi inserzionale…

«Che ti succede, Jenny?»

Alex si sedette su una panchina e aspettò che la ragazza facesse lo stesso. I tuoni continuavano a echeggiare tutt'intorno, ma nessun chicco di grandine, per quanto violento, riusciva a scalfire l'invisibile pellicola che proteggeva i ragazzi. L'inatteso scudo dell'oblio, che non permetteva loro di accedere alle sensazioni fisiche. Tanto era potenziata la capacità mentale, in Memoria, quanto insignificante il corpo: una mera proiezione di sé, un inutile accessorio.

«Non ce la faccio più…» disse lei, e cominciò a singhiozzare. Posò la testa sulla spalla di Alex, mentre la fila di palme che separava l'area pedonale dalla strada ondeggiava senza sosta.

«Devi resistere. In qualche modo riusciremo a…»

Jenny si voltò verso di lui e lo inchiodò con uno sguardo glaciale, mentre le lacrime si confondevano con la pioggia.

«Siamo morti, Alex. Ogni attimo che passa non ricordiamo più che cos'era un bacio, che cos'era il dolore. Cos'è questo? Il purgatorio in attesa del paradiso? Un luogo di redenzione? Che cos'è?»

«Non lo so. Ma potrebbe esserci una via d'usc…»

«Stronzate! Continua a dar retta al tuo amico e trascorrerai gli ultimi attimi della tua esistenza a parlare di fisica quantistica, invece di stare con me.»

Alex aggrottò la fronte. «Tu hai smesso di crederci…»

«Io non ci ho mai creduto! Perché il mondo non esiste più. Se questa è l'eco dell'apocalisse e a quelli come noi è concesso di vivere in eterno nei ricordi… voglio che siano i nostri! Il nostro appuntamento sul molo, il nostro incontro al Planetario, la nostra fuga… voglio rivivere quelle emozioni. È l'unica cosa che ha un senso. Il resto è distruzione. Il resto è niente.»

«Jenny, io…»

«Guardati attorno, Alex. Non esiste nulla. Siamo in un sogno lucido. Ci muoviamo, ricordiamo le persone, a volte ci troviamo di fronte a personaggi fuori contesto… esattamente come in un sogno. E non soffriamo più. Né sentiamo più emozioni reali. Ti ho baciato, prima. Hai sentito niente… *dentro*?»

Alex scostò lo sguardo e fissò un manifesto appeso su un palo, tra due palme. Invitava a una serata di flamenco in una via del Barrio Gotico, il cuore della città vecchia. La foto al centro raffigurava una donna in abito rosso, le braccia alzate e le nacchere strette fra le dita, la testa piegata di lato e lo sguardo che seguiva i movimenti dei piedi nudi. Dietro di lei, i tavoli del bar. Alex indugiò nell'osservare il poster mentre pensava che no, non aveva sentito assolutamente niente. Nessuna emozione, vibrazione o eccitazione aveva percorso il suo corpo mentre Jenny lo baciava. Forse Memoria era ben peggio di un sogno.

Poi lo scorse.

Nascosto in secondo piano, sullo sfondo, dietro la ballerina di flamenco. Seduto a uno dei tavoli del bar pubblicizzato dal manifesto. Lo stava fissando.

Il suo aspetto era sempre lo stesso, lo ricordava bene. Non l'aveva mai abbandonato. Quando era piccolo compariva nella sua stanza e gli raccontava il futuro. E lui disegnava. Poi era sparito per anni, insieme a Jenny e a tutto il resto, dopo l'elettroshock. Quindi era tornato, durante il viaggio verso Melbourne. Si era manifestato per strada, a Kuala Lumpur, seduto dietro il banchetto di legno, le gambe magre come se i pantaloni avvolgessero uno scheletro, i lunghi capelli grigi scompigliati, il viso scavato e lo sguardo enigmatico. Sapeva tutto di Alex. Sapeva tutto di qualsiasi cosa. Ma anche lui era nient'altro che un frammento. Una suggestione, che compariva e scompariva nel tempo di un sospiro. Nelle sue carte era scritto il destino della Terra, il suo ghigno malizioso era il particolare più grottesco e inspiegabile che il Multiverso avesse mostrato fino a quel momento. Era stato lui, il veggente malese, ad accoglierli in Memoria. Ed era lui, ora, a sorridere nel manifesto.

«Andiamo via di qui» disse Alex, quindi afferrò la mano di Jenny e si alzò di scatto.

Non aveva risposto alla domanda della ragazza, ma sapevano bene entrambi che quel bacio era stato come un'operazione sotto anestesia totale. Stavano perdendo ogni sensazione corporea, e per quanto la mente fosse capace di viaggi straordinari in ogni luogo e tempo passato, sentivano entrambi il bisogno fisico di sfiorarsi, di toccarsi, di stringersi.

In assenza di emozioni reali, era meglio chiudere gli occhi per sempre.

Capitolo 13

Il nubifragio che stava allagando Barcellona non accennava a diminuire d'intensità, mentre Marco rimaneva con i gomiti appoggiati sul muretto e lo sguardo rapito dal mare.

L'acquazzone era di una violenza dirompente. Increspava le onde con la furia di un tornado e piegava gli alberi mentre sul lungomare, qualunque fosse la direzione intrapresa, il vento pareva sempre contrario. Le persiane dei palazzi affacciati sul Passeig Marítim de la Barceloneta erano serrate, la strada parallela alla camminata era deserta. Di tanto in tanto qualche taxi sfrecciava sulla corsia libera, il led verde difficilmente visibile nel mezzo di quella copiosa cascata d'acqua.

Quando Marco si voltò, dando le spalle al muretto, suo padre era davanti a lui.

«Che significa?»

L'uomo era seduto alla sua scrivania in legno antico, la testa bassa, intento a scarabocchiare su un foglio con la penna che solcava con foga la carta. La scrivania era al centro della camminata. La laurea *summa cum laude* in medicina era appesa al tronco di una palma.

«Papà...»

Stefano Draghi alzò gli occhi.

«Marco, non vedi che sto lavorando?»

«La mutagenesi inserzionale. Come funziona? Devo saperlo.»

Il dottore si guardò attorno, mentre la tempesta trascinava via i fogli dalla scrivania.

«Non te lo ricordi? Ho creato un enzima di restrizione. Endonucleasi del secondo tipo. Non necessita di energia e il taglio avviene in corrispondenza di sequenze molto specifiche con…»

«Cosa diavolo vuol dire?» Marco si avvicinò titubante.

L'uomo fece un mezzo sorriso. «All'aumentare del substrato, la velocità di reazione aumenta sino al livello massimo. E sai qual è il substrato?»

«Papà, ti prego! Non so di cosa stai parlando, così non mi aiuti.»

Stefano non distolse gli occhi dal figlio: «Le HCG! Le gonadotropine corioniche!»

Marco piegò leggermente il capo e scrutò il padre con aria confusa. Poi si mise le mani nei capelli, impotente di fronte all'assurda visione, mentre la pioggia mista a grandine stava facendo a brandelli ogni foglio sul tavolo di lavoro di Stefano, e il vento trascinava via penne, bloc-notes e agende.

«Cosa sono? Io non capisco…»

«Gli ormoni della gravidanza, Marco, sveglia! Quante volte ti ho raccontato la storia di quelle dieci donne… Ho iniettato nei loro corpi questo enzima, che si attiva solo in presenza di un alto numero di gonadotropine corioniche. E quando si verifica questo?»

«Ma io… non lo so!»

«Come fai a non ricordarlo? Nel caso di una gravidanza, Marco! Be', a dirla tutta, anche in presenza di alcune neoplasie.»

«Dieci donne?» chiese Marco. «Credevo che…»

«Erano tutte mie pazienti. Stavano pensando di mettere al mondo un bambino. La situazione ideale. Per l'attivazione di quell'enzima c'era bisogno di un alto numero di HCG, dunque di una gravidanza. Solo così l'endonucleasi del secondo tipo avrebbe svolto il compito per cui l'avevo progettata. Penetrare la membrana placentare e centrare il bersaglio stabilito: il vostro cervello, nelle prime settimane di vita. Nel periodo in cui si va formando.»

Prima di scorgere Alex e Jenny in lontananza, e prima che il padre si rimettesse a farneticare senza degnarlo più di uno sguardo, Marco balbettò con un filo di voce: «Il nostro… il nostro cervello?»

L'uomo alzò la testa e lo fissò. «È il miracolo della mente umana, Marco. Per questo puoi vedere quello che vedi, puoi andare dove vai e sei… *siete* diversi. È la scoperta della mia vita. Ho svolto il mio compito. Ho dato il mio contributo al progresso di questa civiltà.»

Quando Marco pensò alle pazienti su cui suo padre aveva praticato la puntura sottocutanea, il collegamento fu rapido e inevitabile. *Ce ne sono altri.*

Stefano Draghi si rimise a scrivere sull'unico foglio rimasto sulla scrivania, mentre Alex e Jenny attraversavano la strada e si avvicinavano a Marco.

«Lo vedete anche voi, vero?» chiese.

«Il tavolo con l'uomo che prende appunti? Sì, lo vedo» rispose Jenny.

«Anch'io. È tuo padre, giusto?» domandò Alex.

Marco lo guardò con occhi atterriti, mentre i fogli continuavano a svolazzare e a ondeggiare impazziti nell'aria.

«Dannazione!» gridò mentre si avvicinava alla scrivania, con il cuore che esplodeva nel petto, ma nessuna vera sensazione di ansia o paura. «Dammelo!» gridò dopo aver battuto un pugno sul tavolo di legno.

«Che diavolo fai?» gridò Alex mentre l'amico cercava di strappare un foglio dalle mani del padre.

Quando si voltò verso gli altri due, Marco aveva gli occhi di chi avrebbe dato la sua stessa vita per ottenere le risposte che cercava. Nella mano destra stringeva un brandello di carta.

«Questi sono i nomi degli altri.»

«Gli altri chi?» chiese Jenny, mentre su una panchina in lontananza i suoi nonni si tenevano per mano.

«Gli altri viaggiatori.»

«Tua madre e la mia? Nella stessa sala d'attesa di uno studio medico?»

Jenny guardava incredula Alex, il volto stirato in un'espressione di confusione e sorpresa. Marco, intanto, stava leggendo la lista di nomi strappata dalle mani del padre. C'erano i cognomi delle donne coinvolte nella sperimentazione, con una freccetta accanto e il nome del figlio su cui avrebbe avuto effetto l'enzima. Dieci madri. Quattro figli maschi, tra cui Alex. Sei figlie femmine, tra cui Jenny. E poi lui, di cinque anni più vecchio rispetto al gruppo. Quindi era vero, sua madre era stata la prima a sottoporsi alla sperimentazione.

Marco si voltò, dando le spalle ad Alex e Jenny che si stavano raccontando quanto avevano scoperto in Memoria. La strana visita ginecologica cui aveva assistito Alex, il giorno dell'avvelenamento rivissuto da Jenny. Echi di realtà parallele, di vite alternative che in Memoria si ricomponevano tutte assieme, come brandelli dello stesso abito.

Marco continuò a riflettere sulle parole del padre, mentre si allontanava di qualche passo da Alex e Jenny. Quel disegno, la saletta con la fila di cabine orizzontali… come poteva essere stato lui a realizzarlo? Che cosa aveva visto? E in quale realtà?

Sopravviveremo… ho visto i progetti… come fa a saperlo…

Le parole che ruotavano nella testa di Marco da quando aveva esplorato la realtà parallela in cui suo padre era un grande medico ripresero a echeggiare dentro di sé. Ma questa volta risplendevano di una luce nuova, figlia di un diverso percorso del ragionamento, capolinea di un sentiero mai percorso. *Non è mio padre a sapere che io, Alex e Jenny saremmo sopravvissuti*, pensò.

Era lui, a saperlo.

Suoi erano i progetti, suoi i disegni. Ma dov'era accaduto? A quale delle infinite dimensioni bisognava recedere per trovare risposta a quell'interrogativo? E che legame c'era con la sperimentazione condotta da suo padre?

«Che diavolo succede?» la voce di Alex arrivò fino alle orecchie di Marco, superando la barriera d'acqua che li separava.

Il ragazzo si voltò, si avvicinò agli altri due e rispose con un'espressione interrogativa.

«Guarda» continuò Alex, alzando gli occhi al cielo e puntando il dito verso il sole.

Marco piegò all'indietro il capo, osservò e poi scosse la testa. «Non ha senso.»

«Ho paura» disse con un filo di voce Jenny, mentre un nodo le stringeva la gola fino a strozzarle le corde vocali. «Splende il sole, e intanto piove e ci grandina addosso... laggiù ci sono i miei nonni che si tengono per mano, seduti su una panchina. Se andiamo all'Hard Rock Café forse ci troviamo la mia classe. E se salgo su quel palazzo e mi butto di sotto, con tutta probabilità non mi faccio niente. Non mi piace, ragazzi, questo posto mi mette i brividi.»

Alex si avvicinò e la abbracciò, mentre scambiava uno sguardo di preoccupazione con l'amico.

«Non mi piace!» ripeté Jenny avvinghiandosi a lui.

«Si stanno sovrapponendo i ricordi... forse non solo i nostri» disse Marco, mentre la grandine continuava a picchiettare e rimbalzare sulla sua testa. «Devo andare via. Devo sapere la verità.»

Alex lo guardò perplesso, mentre con la coda dell'occhio scorgeva l'allenatore della sua squadra di basket seduto sul muretto del lungomare, un sigaro tra i denti. Sembrava parlare da solo, e ripeteva un'unica frase in modo compulsivo: «Se siamo ridotti così, non posso metterti in campo nei play-off».

«Quanto resteremo qui, Marco?» domandò Alex.

Capitolo 14

Frammenti fluttuano nel silenzio del tempo infinito.

Rapido corre l'orologio del cosmo, i minuti diventano ere, i cicli tornano al punto di partenza. Si dirada l'oscurità padrona, ritorna a regnare la luce. L'interminabile attesa è interrotta. Una nuova scintilla innesca il motore, un'acerba voce spezza il silenzio. È il grido di un cuore pulsante, il graffiante suono della rinascita.

Il primo vagito del mondo.

Ancora girano le lancette. Il grezzo si raffina, il curvo si alza, l'albero della conoscenza restituisce il sapere, ataviche memorie suggeriscono la strada e guidano l'ignaro. Il gregge seguirà il suo pastore, incurante del percorso. Accetterà la pietanza di buon grado, non s'interrogherà sugli ingredienti. Il nuovo inizio porta con sé criptici e indecifrabili segni, millenarie domande, com'è sempre stato. Ma con forza, i denti del pignone spingono quelli della corona, e l'ingranaggio è nuovamente in movimento.

E torna tutto al suo posto.

Un passo dopo l'altro, conquista dopo conquista, mentre il giorno segue sempre la notte al di sopra del capo, e sotto è sepolta la Storia, custode di impronte e segni perduti, di tempi che non torneranno.

E mentre le lancette scattano, qualcuno ha gli occhi chiusi. Non è ancora il suo attimo, ma presto il momento verrà. Di luci abbaglianti si illuminerà nuovamente il ponte. Di note sognanti si riempirà il pentagramma.

Dall'altra parte c'è ancora una strada. Un palcoscenico pronto, perché riprenda a suonare l'orchestra.

Dall'altra parte splende e riscalda il sole.

Dall'altra parte.

È iniziata la traccia nascosta del disco.

L'interminabile silenzio è finito.

Capitolo 15

Le palpebre appena socchiuse, una lama tagliente di luce artificiale ferì il suo campo visivo, mentre i muscoli del corpo ancora non rispondevano all'appello.

Il primo istinto fu quello di richiudere gli occhi.

Jenny tentò ancora, più volte.

La luce avanzava decisa, come una mano pronta a essere afferrata, per riportarla nel mondo reale, per trascinarla fuori dall'oscurità.

Quando riuscì ad aprire completamente gli occhi, il bagliore della lastra di neon posta sul soffitto la investì con violenza, e per qualche istante fu come trovarsi in un limbo etereo. Una piazza senza palazzi né confini in un posto senza abitanti.

Poi, arrivò la prima risposta dai muscoli del collo. E via via le spalle, le anche, le ginocchia e le caviglie. Lentamente, un fascio di nervi dopo l'altro, mentre un soffio caldo iniziava ad avvolgere il suo corpo. Ma a ogni stimolo nervoso seguiva una fitta atroce. Come mille aghi piantati lungo quel corpo che cercava di tornare a vivere.

Un brusio di sottofondo arrivò ai padiglioni auricolari, ovattato e lontano. Indistinguibile, mentre pian piano nella realtà circostante iniziava a delinearsi qualche contorno e la vista trovava superfici, angoli e bordi: appigli familiari, che permettevano di riconoscere delle sagome.

La prima fu quella di un tavolino. Lo scorse piegando la testa di qualche grado verso sinistra, con un primo importante sforzo premiato dai muscoli nuovamente recettivi, ma capaci solo di piccoli e lenti movimenti. Sul ripiano erano appoggiate delle cartellette.

«Si è svegliata» disse una voce sulla sua destra, dal timbro femminile. Jenny ruotò a fatica la testa e la vide. Una donna minuta, esile. Indossava un camice azzurro, il viso era privo di espressione. Il naso poco prominente e gli occhi a mandorla avrebbero potuto suggerirne la nazionalità, ma nessuno di quei dati era presente nella memoria di Jenny, o forse era sepolto troppo in profondità per essere recuperato.

«Seguiamo il protocollo stabilito.» Dalle spalle della donna provenne un'altra voce, questa volta maschile.

«Quest'odore è nauseabondo…» commentò una voce giovane, acuta.

«Fate passare la barella» disse un altro.

Le voci si accavallarono, echeggiando nella stanza.

«Ci vede… incredibile… guardate gli occhi!»

«Signori, contegno» si impose la voce autoritaria che aveva già ordinato di far passare la barella. «Mettetele la vestaglia medica.»

Dovevano esserci almeno quattro o cinque persone nella stanza, ma Jenny non aveva ancora la forza di alzare la testa e guardarsi attorno. Ci provò con la visione periferica, rimanendo sdraiata. Riusciva solo a scorgere la donna dal naso schiacciato, mentre alle sue spalle iniziò un viavai di persone in camice azzurro.

Richiuse gli occhi.

Silenzio.

Non il silenzio delle voci. Il silenzio della mente. Nessuna risposta alle sue domande. Come sassi lanciati in un abisso di cui non si conosceva la profondità, in attesa che un rumore la indicasse. Questa volta no. Non c'era nessuno dall'altra parte. Come se non esistesse un *prima*. Come se il presente fosse una pagina bianca, sulla quale cominciavano a comparire appunti nuovi. Tavolino. Cartellette. Donna. Camici azzurri. Mi sono svegliata. Li vedo. Lo ritengono incredibile. Protocollo.

Non riusciva ad accedere a niente di precedente. Mentre due ragazzi la tiravano su con delicatezza e la adagiavano su una barella, i ripetuti tentativi di ripescare qualcosa dal passato davano sempre lo stesso risultato: tavolino, cartellette, donna. E così via.

Il suo più antico ricordo, in quel momento, era *tavolino*.

Chi fosse, dove si trovasse e perché, erano interrogativi senza risposta, come ami gettati in un mare ghiacciato e privo di pesci.

Gli occhi chiusi, Jenny sentì una voce nuova mentre le rotelle della barella cigolavano e le luci artificiali imperversavano sulle sue palpebre serrate.

«Come hanno deciso di chiamarla?»

Furono soltanto tre minuti, non rimase da sola più a lungo. I ragazzi spinsero la barella lungo un corridoio, quindi entrarono in una sala avvolta dall'oscurità, ma con un disco di luce al centro. La lasciarono lì.

Ebbe solo il tempo di tirare su il braccio destro, e sembrò uno sforzo sovrumano, come se al polso fosse stato legato un macigno. La testa leggermente piegata, scorse la propria mano. La ruotò e osservò con curiosità prima le dita affusolate, poi il palmo. Quindi l'arto crollò e sbatté contro il lettino, come se le sue poche forze si fossero già esaurite. Jenny rimase con la nuca appoggiata e gli occhi rivolti al soffitto, fissi sulla luce.

Ascoltò il proprio respiro, pesante e faticoso come un rantolo, finché una voce maschile ruppe il silenzio, accompagnata dal ronzio di una porta automatica che si richiudeva.

Riconobbe il timbro. Era lo stesso che pochi minuti prima aveva dato ordini agli altri. Le sovvenne, proveniente da chissà quali recessi della memoria, il termine *capo*.

«Ho aspettato a lungo questo momento» disse l'uomo mentre si sedeva accanto a lei e appoggiava una mano sul bordo del lettino, vicino al suo braccio. «Mi senti, vero? Puoi capire quello che dico?»

Jenny rimase immobile. Non girò la testa né lo guardò dritto in faccia, ma avvertì un tremore agli arti inferiori e sentì un brivido percorrerle tutta la spina dorsale fino a farle vibrare il collo.

«Tu sei un miracolo» continuò. «La più straordinaria scoperta dall'alba dei tempi. La mia ragione di vita e di studio. Riesci a sentire le mie parole? Sei in grado di dire qualcosa?»

Jenny mosse lentamente il capo verso destra e i suoi occhi incontrarono quelli dell'uomo. Fissò quel volto per alcuni istanti, mentre il suo cervello veniva attraversato da impulsi che non riusciva a decodificare.

Guardava l'uomo, ma vedeva un molo.

Una striscia di terra in mezzo al mare, mentre il sole tramontava annegando tra le onde. Era un'immagine piena di pace, un ricordo confortante. Ma riusciva solo a vederlo. Non a capire cosa rappresentava.

«Io mi chiamo Ben» riprese lui. «Sono stato io a trovarti. Dirigo quest'unità da diciotto anni, puoi fidarti di me. Non hai idea di cosa significhi il tuo risveglio. Non è mai accaduto niente di simile.»

Jenny continuò a fissarlo, mentre lontane e indecifrabili visioni si affacciavano minacciose. Ora c'era un burrone. Una profonda voragine nera di cui a stento si vedeva la fine. E lei era sul ciglio.

«Sono impaziente di cominciare con gli esami. Benvenuta a bordo, Alfa.»

Quando sentì quella frase, Jenny aggrottò la fronte come per un riflesso spontaneo. Riusciva a comprendere le parole dell'uomo, ma il nome con cui l'aveva chiamata generava confusione nella sua testa. Associava *alfa* a qualcosa di diverso, di lontano da sé. Ma non riusciva ad andare più in profondità. Né a manifestare il suo turbamento.

«Tra poco i ragazzi ti porteranno in un'altra stanza. Non devi aver paura. Ti sottoporranno ad alcune analisi, nessuno ti farà del male.»

Le palpebre affaticate e pesanti, Jenny chiuse gli occhi, mentre la voce dell'uomo continuava a echeggiare nella stanza, allontanandosi pian piano.

«...una scoperta sensazionale... tra qualche giorno... al sicuro qui... ho aspettato così a lungo... così a lungo... a lungo...»

Capitolo 16

Quando Jenny si addormentò, l'uomo uscì dalla stanza. La porta automatica si chiuse alle sue spalle mentre Ben imboccava un corridoio a passo spedito.

Una fila di luci al neon sotto i suoi piedi indicava la via, alle pareti erano appese alcune planimetrie e ogni quindici metri dal pavimento fuoriusciva un tubo metallico con un piccolo display posto nella parte superiore. Percorse il corridoio fino in fondo, quindi inserì il dito indice in una fessura nel muro e attese. Una manciata di secondi più tardi, la porta scorrevole di fronte a lui si aprì e l'uomo varcò la soglia.

Mentre l'elevatore lo portava al piano di sotto, Ben scambiò con la sua immagine riflessa nello specchio un sorriso di compiacimento. Nonostante la stanchezza, era raggiante. Sorrideva a se stesso, fiero dell'esito dell'operazione. In un attimo la fatica sparì. Svanì la sofferenza per quattro anni di ricerche passati lontano da casa, rinchiuso in quello che poteva sembrare un centro all'avanguardia, ma non era altro che una prigione sottomarina. Sua moglie e i bambini avevano aspettato pazienti, perché il *compito* veniva prima di ogni altra cosa, era in cima alle priorità. Quello di Ben non era un incarico qualunque. Era il mare la nuova frontiera, almeno da un centinaio di anni. Era lì che avevano recuperato i reperti. Quell'infinita distesa d'acqua custodiva la Storia.

Suo nonno glielo ripeteva fino alla noia, quando era piccolo: «Navi cariche di uomini partono ogni giorno, dal porto di Nes. Qualcuno tornerà a mani vuote. Qualcuno non tornerà affatto. Ma di tanto in tanto, ci sarà anche chi tornerà con la stiva piena. È grazie a quegli uomini che l'oscuro ieri sta diventando il fulgido domani. È grazie al loro coraggio che sappiamo chi siamo e da dove veniamo. Perfino la lingua che parliamo, figliolo... anche quella viene dal mare. Un tempo i popoli che abitavano queste terre parlavano dialetti incomprensibili, figli dello scontro tra le prime tribù. Ma la riscoperta della nostra lingua attuale ha unificato le razze. Ed è tutto merito di quegli avventurieri».

Era proprio così, da secoli. E lui sarebbe diventato uno di quegli uomini. Certo, suo nonno parlava di semplici navi, mentre Ben si imbarcava su stazioni sottomarine all'avanguardia, organizzate per far fronte a qualsiasi tipo di necessità. Quante cose erano cambiate, negli ultimi cinquant'anni... Fin troppo velocemente. Il mare non era più quell'inospitale distesa di acque ricche di insidie, grazie al mirabile progresso scientifico e tecnologico, e una *campagna* poteva durare anche anni, che desse o non desse risultati.

Ma insieme all'esaltazione per la scoperta fatta, c'era anche un pensiero che lo attanagliava.

Suo nonno non aveva mai parlato dei singoli ricercatori che avevano scoperto nei recessi dei fondali marini questa o quella chiave per l'evoluzione dell'umanità. Elogiava e ammirava il loro lavoro, il loro impegno, ma sapeva bene che nessuno di essi sarebbe passato alla Storia.

Perché le scoperte non avevano padri.

Se i padri erano nient'altro che pedine.

Le porte automatiche si aprirono e Ben uscì, lasciando il posto a un uomo e a una donna che salutarono con un impercettibile cenno del capo. Si ritrovò in un tunnel lungo un centinaio di metri, la cui struttura tubolare era costituita da una base in acciaio e da una protezione in vetro, oltre la quale si poteva osservare lo spettacolo esterno alla galleria che collegava due settori distinti della stazione sottomarina. Era impossibile non farsi rapire dall'affascinante visione, mentre si percorrevano quei cento metri che conducevano al blocco successivo. Il tunnel non era altro che un sentiero circondato dall'acqua. I fari posti sulla parte esterna della struttura illuminavano quel punto specifico dell'oceano, penetrando l'oscurità degli abissi e interrogandola.

Ben affrettò il passo, arrivò in fondo e scese lungo una pedana rivestita da un sottile tappetino gommoso color verde acqua, passando sotto un'insegna luminosa che indicava: SETTORE D. Il suo sguardo fu rapito per una frazione di secondo da una gigantografia della stazione sottomarina, appesa su una parete della sala in cui si ritrovò alla fine della rampa. *Mnemonica,* questo era il nome della sua seconda casa, impresso a caratteri cubitali su una delle facciate del settore A. Il pannello, estremamente definito e curato in ogni dettaglio, raffigurava i quattro blocchi che componevano la struttura. Ogni blocco era collegato al successivo da una serie di gallerie identiche a quella che Ben aveva appena percorso. Da un'estremità di *Mnemonica* a quella opposta c'erano circa millecinquecento metri, e l'intera stazione era scomponibile: in caso di necessità ogni blocco poteva proseguire il percorso sottomarino per conto suo, sganciandosi dal resto della nave per mezzo di un meccanismo automatizzato. Ogni settore si muoveva grazie a vere e proprie squadre di motori governati da un'unità centrale posta nel piano più basso del blocco, e popolata da decine di uomini che Ben non aveva mai conosciuto. Era la legge della sua gente, su cui non si discuteva: ognuno aveva il suo *compito,* non c'era alcun motivo per cui un timoniere dovesse entrare in contatto con un ricercatore. Si poteva viaggiare per anni sulla stessa nave senza sapere chi la conducesse. Ben si fermava spesso a riflettere sul fatto che, ai tempi di suo nonno, il timoniere era davvero un uomo posto al timone di un'imbarcazione. Soltanto due generazioni dopo, queste immense strutture venivano guidate tramite pannelli digitali.

Ma in anni e anni di servizio non aveva mai interagito con nessuno di questi timonieri. Per non andare incontro a grane bastava svolgere la propria mansione senza creare disordini. Collaborare con gli impiegati dello stesso settore era un segno di buona condotta, curiosare in reparti diversi da quello di appartenenza non lo era affatto. Ben non aveva mai sgarrato, e questo gli era valso la stima e il rispetto dei superiori. Naturalmente, neanche di quelli aveva mai saputo niente. La comunicazione avveniva tramite messaggi digitali. Non un volto, non un timbro vocale vero. I suoi datori di lavoro potevano tranquillamente essere dei processori, per quel che ne sapeva.

Eppure tutto questo aveva portato al Benessere, le rivolte popolari erano ormai solo un ricordo dei tempi di suo nonno e delle navi a timone, quindi era giusto che le cose andassero così. In fondo, alle piccole Melissa e Lara non mancava niente, e sua moglie Loren poteva andare a fare la spesa grazie al fondo famiglia. Finché lui svolgeva al meglio il suo *compito,* finché tutti lo svolgevano, le città sarebbero state ordinate e le strutture funzionanti. Bastava che ognuno stesse al suo posto.

«Quando cominciamo con le analisi?» esclamò entusiasta Ben mentre muoveva i primi passi nella sala. La squadra di colleghi in camice azzurro, abito distintivo dell'unità di ricerca di cui era a capo, stava già preparando i macchinari. Due ragazzi stavano collegando le estremità di alcuni cavi a una scatola nera posta alla base di una colonna al centro della sala, altri erano impegnati a picchiettare con i polpastrelli su una lastra multicolore proiettata su un ripiano bianco lievemente inclinato. Di fronte a loro, una fila di schermi ad alta risoluzione copriva tutta la parete.

«La ragazza ha detto qualcosa?» chiese una donna di colore mentre sistemava un plico di fogli su un banco semicircolare al centro della sala, davanti alla colonna.

«Ancora no. Le ho accennato quello che succederà adesso, e le ho detto di non aver paura. Con tutta probabilità non ha capito una parola. Mi raccomando, non spaventatela. Ha lo sguardo di una bambina appena uscita dal grembo materno, tutto ciò che la circonda è nuovo e sconvolgente. Sappiamo poco di lei, ma non credo abbia memoria del proprio passato, perlomeno non ancora.»

«Chissà da dove viene...» sussurrò sovrappensiero un ragazzo sulla ventina, il viso pulito, lo sguardo fisso nel vuoto di fronte a sé. I suoi occhi brillavano ancora della luce carica di speranza tipica delle giovani reclute che affollavano i centri di ricerca. Ma non tutti riuscivano a salire a bordo di una stazione di alto livello come *Mnemonica.* Molti, dopo il lungo corso di studi, finivano per marcire dietro un pannello in un ufficio angusto e spigoloso, chiusi in qualche anonimo palazzo del centro di una metropoli. Quella luce si sarebbe presto spenta, soffocata da un'ombra grigia come la divisa in dotazione ai ricercatori non operativi. Poco più che semplici archivisti, in realtà.

«Ora non è importante da dove venga» replicò Ben. «Dobbiamo capire come sta. Ci serve un quadro delle sue funzioni vitali, un'analisi degli organi interni e dell'apparato respiratorio e cardiovascolare. E tutto il resto, insomma. Esami motori, oculistici...»

«A proposito» intervenne la donna dai tratti asiatici che il cartellino appeso alla tasca del camice identificava come Sara. «Avevi ragione.»

«Su cosa?»

«La cabina da cui l'abbiamo estratta. È fuoriuscito un gas al momento dell'apertura. Si è disperso nella stanza, i ragazzi del C5 lo stanno analizzando.»

Amava il tono colloquiale con cui una persona rigorosa come Sara parlava degli altri reparti. I *ragazzi* erano in realtà i membri di un'unità specializzata in analisi chimiche con cui l'equipe di Ben collaborava da sempre. Si trattava di uomini e donne tra i cinquanta e i sessant'anni con un'esperienza di lungo corso nel campo della chimica e della fisica. Lavoravano nel settore C al quinto piano, da cui *i ragazzi del C5.* Con loro, nonostante fossero reparti distinti, era permesso incontrarsi per discutere dei risultati. In fondo, l'unità di Ben reperiva i materiali, l'altra li analizzava: l'esistenza di un gruppo non aveva senso senza il lavoro complementare dell'altro. Ovviamente, gli incontri dovevano essere di carattere strettamente professionale. Eppure fuori di lì, in qualche buia e dimenticata periferia, Ben aveva scorto l'insegna spenta di alcuni locali popolari che un tempo dovevano essere il punto di ritrovo di lavoratori e conoscenti, avvezzi a scaricare le tensioni della giornata lavorativa in compagnia. Si trattava di un'usanza cancellata dal tempo, di cui solo gli anziani avevano memoria. La nuova generazione era cresciuta rispettando un protocollo sociale del tutto differente.

«Dall'odore sembrava H2S, acido solfidrico» disse Ben mentre estraeva qualcosa dal taschino del camice.

«Forse il risultato ci dirà qualcosa in più sulla conservazione del corpo.»

Fece qualche passo verso Sara, poi avvicinò la sua bocca all'orecchio della donna.

«Tieni» bisbigliò. «Tra mezz'ora esatta, non farne parola.»

Quindi si girò verso gli altri. «Due di voi vadano a prendere Alfa, poi cominciate le analisi. Forza, ragazzi, al lavoro.»

Sara seguì con lo sguardo Ben che voltava le spalle al gruppo e imboccava nuovamente la rampa, mentre stringeva nella mano destra il bigliettino che l'uomo le aveva passato pochi istanti prima.

Si incamminò verso una postazione dall'altra parte della sala mentre la squadra allestiva lettini e macchinari per le analisi, poi prese posto su una sedia di fronte a un pannello luminoso. Quindi lesse l'appunto di Ben.

MAGAZZINO 3F

Da quando avevano trovato la cabina, l'uomo si comportava in maniera strana, e lei l'aveva notato. Nonostante si trattasse di atteggiamenti quasi impercettibili, li aveva riconosciuti e, poteva scommetterci, non erano un segnale benaugurante.

Dopo ventisei anni di lavoro fianco a fianco, conosceva Ben meglio di suo marito. C'era qualcosa che non andava.

Capitolo 17

La donna si sedette sul bordo del letto, poi accarezzò con dolcezza una guancia della bambina dai capelli castani. Sorrise e sospirò, quindi le diede un bacio sulla fronte.

«Andrà benissimo, tesoro.»

La bimba si asciugò una lacrima, poi rispose: «Ho paura».

«Di cosa?» chiese la donna.

«Di deludere papà» rispose lei, quindi si voltò dalla parte opposta, senza riuscire a trattenere il pianto.

«Amore, papà è fiero di te. Sei arrivata fino a questo punto, per lui è già un successo enorme, comunque vada domani.»

La piccola alzò gli occhi. Il soffitto era un brulicare di stelline fosforescenti che rendevano magica ogni notte, nella sua stanza da letto. Il suo piccolo angolo di Via Lattea, che la accompagnava sempre tra le braccia di Morfeo.

«Comunque vada?»

«Certo, tesoro mio. Perché sei una bambina terribilmente adorabile.»

Rise. Sua madre sapeva soffiare via ogni tensione. Le bastavano poche parole, uno sguardo. Era in grado di accarezzarle il cuore.

«Grazie, mamma.»

La donna sorrise e le passò una mano fra i capelli, spettinandola per scherzo.

«Comunque… guai a te se domani non vinci!»

La bambina rise di nuovo, poi si rintanò sotto le coperte. La mamma le strinse la mano e la portò alle labbra per un ultimo bacio leggero, quindi si alzò.

Quando fu sull'uscio, si voltò ancora verso di lei.

«Sarà una grande finale, Jenny. Io lo so.»

Si svegliò di soprassalto. Spalancò gli occhi, incontrò la luce al neon sopra il suo lettino e scostò lo sguardo. Il resto della stanza era immerso nel buio. Non c'era più traccia dell'uomo che le aveva parlato. Ma che cos'era la visione appena avuta? Era un sogno? Un ricordo?

Aveva percepito un'emozione reale, un affetto sincero. Era sua madre, quella? In tal caso lei si chiamava Jenny. Non ne era sicura, ma per il momento era l'unica risposta alle sue mille domande. Meglio farne tesoro.

Sarà una grande finale, Jenny…

Il ronzio delle porte automatiche ruppe il silenzio. Decise di chiudere gli occhi, lasciando aperta una sottile fessura per scrutare senza essere vista. Due ragazzi si avvicinarono, si scambiarono un cenno del capo e si misero alle due estremità della barella, pronti a spingerla.

«È davvero bella…» disse uno dei due, mentre Jenny fingeva di dormire.

Quando furono nel corridoio, un forte bagliore investì le sue palpebre, accendendole di un rosso fuoco. Jenny tenne gli occhi chiusi per tutto il tempo, mentre i pensieri cominciavano a farsi insistenti.

Che cos'è tutto questo?

Che cosa è successo prima di tutto questo?

Chi sono?

Ben tornò nel settore C dopo aver ripercorso la galleria in mezzo all'oceano, quindi raggiunse la capsula a levitazione magnetica che conduceva da una parte all'altra dell'area. Inserì l'indice in una fessura posta sulla destra della porta scorrevole e in pochi secondi questa si aprì.

Alle volte, per mantenersi in forma, Ben amava percorrere il settore a piedi, da un'estremità all'altra, a passo spedito. Altrimenti si serviva della capsula. Grazie alla sospensione elettrodinamica, che sfruttava le polarità opposte dei magneti della cabina e del binario su cui viaggiava, questo mezzo era in grado di muoversi a velocità sostenuta lungo il blocco e attraversarlo in meno di trenta secondi.

Durante il breve tragitto Ben osservò la zona circostante dal piccolo finestrino della capsula, mentre il battito del cuore si faceva più insistente e saliva fino in gola. Era giusto quello che stava per fare? Senz'altro no, era una follia. Ne era pienamente consapevole. Ma le immagini dei diligenti impiegati in camice verde del settore biotecnico che scorrevano rapide di fronte ai suoi occhi gli davano la conferma della bontà delle sue intenzioni. Non poteva continuare a sentirsi uno degli ingranaggi. E doveva agire prima che avessero il minimo sentore che qualcosa non stava andando per il verso giusto.

Quando fu dalla parte opposta, uscì dalla cabina e imboccò a piedi un altro tunnel sottomarino. Giunto in fondo, passò sotto l'insegna che recitava SETTORE B e deviò verso destra, dove una scala scendeva al piano inferiore. Attraversò un piccolo corridoio e arrivò di fronte a una porta. La targhetta diceva:

BEN RJK546T8
UNITÀ RICERCA

Con una leggera pressione del dito indice su un piccolo pannello arancione, la porta si aprì. Una volta dentro alla stanza, Ben si sbottonò il camice e lo appoggiò sullo schienale di una sedia di fronte al tavolo di lavoro. Poi si tolse la maglietta, slacciò la cintura dei pantaloni e sfilò anche quelli. Quando fu nudo, andò verso una porta scorrevole dalla parte opposta della stanza e la aprì manualmente. Quindi fece un paio di passi nel bagno, si avvicinò alla doccia e la accese premendo un tasto su un piccolo dispositivo a muro.

Quello non era solo il suo ufficio. Era la sua abitazione, da quando si era imbarcato su *Mnemonica.* Un monolocale di trenta metri quadri, composto da una stanza e un bagno. C'era spazio a sufficienza per ospitare un tavolo da lavoro color panna su cui stavano un pannello digitale, una tastiera e una piccola stampante; una cassettiera per archiviare i documenti cartacei e custodire gli effetti personali; un frigobar rifornito di bottigliette da 35 cl di *Frey,* l'acqua naturale distribuita gratuitamente a tutti i dipendenti; una poltrona in finta pelle bianca che in quindici secondi diventava letto; un armadio a muro piuttosto stretto, ma abbastanza grande per tenere i pochi vestiti di cui i dipendenti avevano bisogno. A parte il camice azzurro che ogni giorno si poteva ritirare presso la lavanderia del piano, bastava indossare un paio di pantaloni e una maglietta, oltre alle scarpe. Non c'era motivo di avere più di un paio di cambi, vista l'efficienza e rapidità delle lavanderie. Anche lì, come ovunque, ognuno svolgeva il proprio compito. E le cose funzionavano. La meravigliosa macchina del Benessere, come qualcuno aveva detto durante un discorso politico. Un senzafaccia, naturalmente, dal momento che i discorsi erano distribuiti in maniera digitale e letti da una voce automatica, così come i quotidiani e le riviste. Non era necessario che i cittadini conoscessero le fattezze di chi li governava. La gente votava il programma. Ben stesso l'aveva supportato, per l'ultima volta, quando era stato chiamato a esprimere un'opinione mediante il voto. Ma in verità, si domandava, quell'opinione aveva fatto qualche differenza? O era tutto architettato e sapientemente programmato a monte?

Che fosse o meno così, nessuno aveva alcunché da obiettare, finché il Governo ricaricava a cadenza settimanale il fondo famiglia e le donne che si occupavano della gestione della casa potevano andare a fare la spesa o a comprare i vestiti per i bambini con la semplice identificazione tramite microchip sottocutaneo. Monete e carta non si usavano più da un bel pezzo, era tutto archiviato nel profilo digitale di ciascun cittadino.

Quello era il Benessere, l'ideale programma politico che tutti avevano votato e tutti desideravano mantenere. Criminalità ridotta ai minimi storici, massima resa di ogni settore produttivo, sicurezza per il futuro dei bambini.

Che sarebbero diventati pedine, come i loro padri.

Pedine felici.

Mentre faceva scorrere l'anta della doccia alle sue spalle, Ben pensò che non aveva alcuna intenzione di restare inchiodato a quella scacchiera ancora a lungo.

Mentre l'acqua scorreva sul volto di Ben e spazzava via il velo di ipocrisia, i ricordi affioravano impietosi. Non li poteva cancellare. Colpivano come un ariete contro il portone serrato della sua disciplina, premevano insistenti sulle pareti del cervello e infettavano con la spietata violenza di un virus le sue idee.

Poteva prendere in giro il prossimo. Poteva recitare e accettare serenamente la realtà di marionette in cui viveva.

Ma non poteva prendere in giro se stesso.

Era un ricercatore, un veterano ormai. Quante storie conosceva? Quanti colleghi aveva incontrato, con quanti aveva scambiato informazioni? Non era l'unico ad aver avuto un nonno chiacchierone, non era il solo a essersi chiesto troppe volte "perché".

Questa volta no.

Non poteva fingere ancora. Non accettava l'idea di fare la pesca più incredibile della sua carriera, farla analizzare e lasciarla nelle mani di persone di cui non conosceva il volto e i fini. Succedeva da sempre. E da sempre le storie dei suoi colleghi erano avvolte dal mistero. Il padre di un ricercatore conosciuto alcuni anni prima aveva ritrovato in fondo al mare conoscenze di altissimo livello, utili per la progettazione di sistemi di localizzazione satellitare. Quindi si era impiccato a una trave di un magazzino della *Delta V*, una vecchia nave di dimensioni notevolmente inferiori a quella su cui lavorava Ben. Un sottomarino storico, grazie al quale erano stati recuperati reperti di importanza cruciale per il progresso della civiltà. Naturalmente, quella tragedia privata non era arrivata alle orecchie dei cittadini.

Un altro veterano era morto a causa di un tumore fulminante al cervello, un mese dopo aver tirato fuori dai fondali marini un'intera biblioteca di pubblicazioni ufficiali custodite in una stanza blindata, dove l'acqua non era riuscita a penetrare. Negli anni successivi, straordinarie scoperte medico-scientifiche di vario genere si erano accavallate con una frequenza sorprendente. Dalla complessa struttura del genoma umano all'interazione quantistica tra le particelle subatomiche; dalle cellule staminali adulte riprogrammate, in grado di regredire fino allo stadio embrionale e trasformarsi in tutti i tessuti del corpo umano, fino ai materiali superconduttori capaci di trasportare elettricità senza opporre resistenza a determinate temperature.

Le storie dei singoli ricercatori finite in tragedia non meritavano gli onori della cronaca, e poco interessavano alla gente comune. Il cittadino medio seguiva il progresso della scienza con distacco, curandosi solo di conservare il posto di lavoro e mantenere la propria famiglia. Ignaro ospite al banchetto della propria civiltà, si accontentava del pasto senza interrogarsi sugli ingredienti. E senza vedere mai in faccia il cuoco.

Da quel rassicurante binario, Ben ne era certo, era tempo di deragliare.

Di storie come quelle ne conosceva a bizzeffe. Chi aveva interesse a farlo, le spacciava per leggende metropolitane. O meglio, nella fattispecie, marine. Ma chiunque le raccontasse non era certo un complottista, un visionario o un sovversivo. Era qualcuno che, come lui, non accettava il ruolo di automa che la società gli aveva assegnato. E pian piano, covava nell'ombra.

La schiuma scendeva lungo il corpo di Ben, mentre l'acqua lo purificava con la sua fresca carezza. Pensò ancora al Benessere. Una vita totalmente regolata da leggi e arginata in confini, un'illusoria libertà d'azione in un mondo impostato a schemi. Certo, era vero: Melissa e Lara potevano mangiare e studiare. Ma chi erano i loro insegnanti? Quali dogmi imparavano ogni giorno? Ben ricordava alla perfezione la sede dell'Istituto di Formazione, a pochi passi da casa. Le sue figlie avrebbero frequentato quella scuola, al compimento del dodicesimo anno. Il complesso era formato da tre palazzi di quattro piani l'uno, circondati da un ampio cortile. Ben c'era stato insieme a Loren, con largo anticipo, per l'iscrizione a una particolare graduatoria che permetteva di risparmiare qualcosa al momento dell'ingresso vero e proprio delle figlie in classe. Li aveva visti, gli alunni. File di ragazzi in divisa, educati al rigore e alla disciplina, ordinati al punto da sembrare attori di una recita. Meglio, di una farsa.

Era libertà, quella? Qual era il confine tra la buona educazione e la sottomissione? Il cittadino medio della generazione delle sue figlie sarebbe stato davvero libero di scegliere? Di prendere una strada piuttosto che un'altra?

Se c'era un momento in cui aveva senso dirottare l'aereo verso mete ignote e uscire dagli schemi, era giunto. Nessuno avrebbe mai potuto pensare di ritrovare in fondo all'oceano un essere vivente. Ci si era abituati a scovare i resti delle città sommerse, le conoscenze, le testimonianze. Dal mare erano venuti fuori codici, invenzioni, testi, formule. E poi un giorno lui, proprio lui, si era imbattuto in quella cabina.

L'incisione sulla base metallica era breve quanto straordinaria: 2014.

Sapeva benissimo cosa significava. Forse la maggior parte dei cittadini lo ignorava, chissà, ma uno studioso come lui non poteva non conoscere la Storia.

Quattrocentoquarantadue anni prima, un asteroide aveva colpito il pianeta Terra, decretando l'estinzione della passata civiltà in una data che il precedente calendario segnava come 2014. Impronte e testimonianze della catastrofe erano presenti in qualsiasi reperto estratto dal mare. Nella soffitta della sua abitazione Ben conservava una mappa, presa in prestito durante il corso di studi da ricercatore e mai restituita. Mostrava il mondo prima dell'apocalisse. I continenti, gli Oceani. La vecchia geografia. Era una delle mappe più dettagliate che avesse mai visto, e negli anni si era reso conto che trovarne una simile diventava sempre più un'impresa. Forse era necessario che la gente ignorasse il passato per accettare il presente.

Il presente in cui viveva Ben era il cuore della vecchia Europa, nell'area che ai tempi era segnata sulle cartine con i nomi di Germania e Francia e che ora prendeva il nome di Gea. Tutto il resto, stando a quello che si poteva ipotizzare osservando le mappe, si era staccato come un pezzo di pane spezzato in due, ed era affondato sotto gli schiaffi di giganteschi tsunami che avevano imperversato per lungo tempo dopo lo schianto dell'asteroide. Oppure si era semplicemente allontanato creando un'isola a sé, come Oriente, quella che sulle vecchie mappe sembrava corrispondere a un grosso continente chiamato Asia, le cui coste erano inaccessibili a causa di un divieto legislativo imposto ai tempi di suo nonno a seguito della più spaventosa battaglia navale che i libri di Storia riportassero.

Per quanto ne sapeva lui, il continente in cui viveva era molto simile nella forma alla vecchia Australia: un'enorme isola in mezzo al mare, questo era Gea. Il porto di Nes di cui parlava sempre suo nonno e da cui partiva la maggior parte delle campagne, situato nella regione a sud ovest, poteva trovarsi dalle parti di quella che un tempo era Montpellier, in Francia. La capitale Domus, invece, alla cui periferia abitava la sua famiglia, era una metropoli di sei milioni di abitanti che si estendeva nella zona in cui centinaia di anni prima sorgeva Francoforte. E la lingua di cui suo nonno gli aveva raccontato l'evoluzione, che aveva unificato le genti e veniva parlata ormai da tutti, era l'italiano. Quasi tutti, in Gea, conoscevano le lingue d'origine che si imparavano a scuola nei corsi di Etimo, ovvero il latino e il greco. E quasi tutti ormai parlavano correntemente italiano, fatta eccezione per una minima percentuale di analfabeti. Eppure c'era "un buco nella Storia", come amava dire lui. Non si conosceva il momento in cui le genti erano state unificate sotto un'unica bandiera, non si sapeva quando datare la svolta culturale, sociale e politica di quel continente, e questo perché chi aveva guidato le operazioni aveva impedito che se ne facesse una cronaca. Erano gli albori di quel programma politico che avrebbe portato al Benessere. Nel giro di un paio di generazioni, erano rimasti in pochi a ricordare le proprie origini. Doveva esserci stato un momento preciso, durante il corso degli eventi, in cui le scoperte venute dal mare avevano permesso uno scatto evolutivo straordinario, e chi deteneva il potere aveva conquistato e unificato i territori imponendo un'unica lingua e un'unica legge. Da lì in poi, il progresso era avanzato con la rapidità di una valanga: non si faceva in tempo a scoprire e conoscere una tecnologia che veniva subito soppiantata da qualcosa di più efficiente. Alle barche erano subentrate le navi, alle navi i sottomarini e a questi le stazioni sottomarine come *Mnemonica.* "La memoria dell'acqua" era lo slogan ai tempi della progettazione della nave, quando ancora Ben era uno studentello sbarbato che sognava di guidare un'unità di ricerca, un giorno.

Ma com'era ricominciata la vita sulla Terra? Su questo interrogativo Ben si era arrovellato per tutta l'adolescenza. Notava con disprezzo il disinteresse dei suoi coetanei nei confronti delle origini della nuova civiltà, e accettava suo malgrado la politica di disinformazione che si faceva in merito. Gli organi di potere avevano sempre spacciato per credibile la storia di una popolazione sopravvissuta alla fine del mondo, che aveva tramandato le conoscenze e fatto ripartire la civiltà nel giro di poche centinaia di anni, ma Ben era uno studioso. Un archeologo, un conoscitore attento dei segreti del mare. E aveva interrogato i reperti per capire l'effetto di quell'apocalisse, li aveva spulciati fino a concludere che no, non poteva essere sopravvissuto nessuno. Il 2014 era stato il capolinea della precedente civiltà, senza eccezioni. Qualunque cosa dicessero in giro, per dare spiegazioni inattendibili che la massa non avrebbe mai osato contestare, non era la verità.

Com'era rifiorita la vita, dunque? Ben sapeva che c'era una sola persona capace di azzardare un'ipotesi per fornire una risposta al quesito. Presto avrebbe potuto incontrarla di nuovo, e sottoporla a una domanda che mai aveva osato farle.

Quando uscì dalla doccia e si asciugò il viso, la sua immagine riflessa nello specchio del bagno gli restituì un adulto disilluso, stanco di credere alle favole, bisognoso di risposte vere.

La sua unica possibilità era quella ragazza, che aveva chiamato Alfa quando gli era stato chiesto di redigere un verbale, secondo un'antica e consolidata usanza per cui la maggior parte delle scoperte e dei progetti veniva denominata con termini di origine greca o latina, che conferivano importanza. Lo stesso continente, Gea, prendeva il nome dall'antica denominazione della Terra.

Ma chi c'era dietro a tutto questo? Inchiodato al proprio sguardo nello specchio, Ben continuava a torturarsi con lo stesso interrogativo di sempre.

Loro sapevano. Chiunque fossero, sapevano della sua scoperta. Attendevano le analisi, forse, prima di intervenire. Quanto tempo gli rimaneva da vivere? Quando l'avrebbero appeso a una trave, o gli avrebbero iniettato qualcosa facendo scrivere "tumore fulminante al cervello" sulla cartella clinica?

Tornò nello studio, l'asciugamano stretto in vita, e lo sguardo gli cadde su un oggetto cilindrico poggiato sul tavolo, accanto al pannello di lavoro. Lo prese tra due dita e, come una pergamena arrotolata, lo stese sul ripiano. Si trattava di un piccolo pannello portatile, interattivo. Quando si accese, offrì agli occhi lucidi di Ben una foto di Melissa e Lara, le sue deliziose bambine dai capelli biondi e ricci, mentre giocavano con un cane di peluche più grande di loro. In secondo piano, la moglie Loren, i gomiti appoggiati sul divano e un sorriso incantevole.

Quattro lunghi anni erano trascorsi da quel saluto fatto di groppi in gola e palpebre gonfie. Quattro interminabili anni, durante i quali i loro unici rapporti erano messaggi scritti tramite un programma chiamato Testo, installato sul pannello di lavoro e sulla tavoletta portatile. Una corrispondenza anonima, così fredda da fargli dubitare spesso che dall'altra parte ci fosse davvero sua moglie, a raccontargli di come crescevano le bambine e di quanto le mancava. L'ultimo messaggio era lì, sullo schermo del dispositivo, di fronte al suo sguardo carico di ostilità.

LE BAMBINE SONO ORGOGLIOSE DEL LORO EROE.
TI ASPETTIAMO, LAVORA SEMPRE SERENO. QUANDO SARAI DI NUOVO A CASA VEDRAI LA NUOVA CAMERETTA DELLE PICCOLE.
TI AMO, LOREN.

Ben aprì la cronologia dei messaggi, per cercare conferma di un sospetto che si stava facendo strada nella sua mente. Ci vollero alcuni minuti, ma ne valse la pena.

«Bastardi...» imprecò sottovoce quando ritrovò un messaggio datato esattamente un anno prima:

LE BAMBINE SONO ORGOGLIOSE DEL LORO EROE.
TI ASPETTIAMO, LAVORA SEMPRE SERENO. QUANDO SARAI DI NUOVO A CASA VEDRAI LA NUOVA CAMERETTA DELLE PICCOLE.
TI AMO, LOREN.

Questa non è mia moglie, è un dannato programma automatico. Con delle falle evidenti, tra l'altro...

Ben sbuffò e fece un sorriso amaro. Avrebbe risposto a quel messaggio, certo. Sarebbe stato affettuoso, come sempre, anche se dall'altra parte probabilmente c'era solo un algoritmo. Che l'avessero preso in giro per anni, non faceva alcuna differenza. Sperava solo che non fosse successo niente ai suoi cari, e sapeva a chi chiedere notizie attendibili in merito. Prima, però, doveva uscire di lì.

Quattro lunghi anni erano trascorsi. Melissa e Lara ormai erano quasi adolescenti... Era anche per rivedere i loro occhi che Ben stava architettando la fuga.

Capitolo 18

Il magazzino 3F era un'area di stoccaggio all'interno di un vasto padiglione al piano più basso del settore C. Il piano più basso per Ben, naturalmente. Al livello ancora inferiore di ogni blocco si trovavano infatti le sale macchine, l'unità elettrica, la cabina di pilotaggio e gli alloggi dei *timonieri*, ovvero di tutto l'equipaggio responsabile della navigazione. Ma né Ben né Sara avevano mai messo piede laggiù.

Quando arrivò al magazzino, Alan lo accolse con lo sguardo basso e serio, come d'abitudine. Infrangeva spesso le regole, il ragazzone trentottenne ormai quasi del tutto calvo, obeso e dagli occhiali spessi. Ma nessuno gli poteva togliere quel posto. Alan soffriva di autismo. Per certi versi era completamente inaffidabile, però nella gestione del magazzino sapeva il fatto suo. Era capace di svolgere il *compito* nella maniera migliore possibile, e soprattutto di non discutere. Chiamava tutti "capitano", anche gli addetti alle pulizie. Il programma prevedeva l'inserimento di persone come lui nella macchina produttiva, senza compiti decisionali ma gestionali. Non si abbandonava un ragazzo in difficoltà, se ne faceva un diligente lavoratore. Gli si dava una chance. O almeno, questo era ciò che veniva comunicato alla gente per mostrare una facciata sempre lodevole.

«Capitano, hai bisogno di medicine?» esordì il ragazzone senza alzare lo sguardo, mentre svitava il tappo di una bottiglietta di acqua *Frey*.

«Che fine ha fatto il tuo pannello?»

«Non funzionava, capitano. L'ho dato a quelli dell'assistenza. Me ne portano uno nuovo.»

«Capisco. Quindi se ti chiedo dove sono le provette da 12 della *Synthesis* non puoi accedere all'archivio per rispondermi.»

Ben sapeva che aveva appena fatto una domanda dalla risposta scontata, ma era un gioco che gli piaceva ripetere ogni volta con il magazziniere, quasi una tradizione da rispettare. Non esisteva alcun archivio sul pannello. O meglio, esisteva. Ma non poteva competere con il database racchiuso nella testa di Alan.

«Capitano, le provette che cerchi sono nella fila 38, scaffale 6. Pacchetto blu con bordatura color giallo oro. Codice prodotto X3... aspetta... X3-48-AG9. Sì.»

Ben stirò le labbra in un ghigno mentre fissava Alan, che tossì. «Sei sempre il migliore» concluse, quindi si voltò e sparì in una delle corsie.

La richiesta era naturalmente un diversivo. L'unico interesse di Ben era quello di far credere al ragazzo che gli servisse qualcosa. Avrebbe fatto lo stesso anche Sara, ne era sicuro. Entrare senza un motivo preciso avrebbe insospettito anche un dipendente particolare come Alan, ben addestrato a segnalare anomalie. Per molti, il Governo era benevolo e magnanimo nell'offrire posti di lavoro a persone con disabilità di vario genere. Agli occhi di Ben invece, gente come Alan lavorava perché seguiva schemi comportamentali lineari, facili da modellare e dirigere. Se avesse visto qualcosa di strano, di diverso da ciò che gli avevano insegnato e spacciato come giusto, l'avrebbe segnalato senza perdere tempo e senza farsi scrupoli morali. Una pedina perfetta.

Sara non si fece attendere. Spuntò da dietro una fila di scaffali e incrociò lo sguardo di Ben. I due si avvicinarono, poi rimasero uno accanto all'altro, fingendo di rovistare tra gli scaffali. Parlarono a bassa voce senza guardarsi.

«Che diavolo ti succede?» bisbigliò Sara.

«La porto via. Mi devi coprire. Non posso fidarmi di altri che di te.»

La donna sgranò gli occhi mentre prendeva una scatola, fingendo di leggere la composizione di un medicinale.

«Porti via chi? La ragazza? Sei impazzito, forse?»

Ben sospirò, gli occhi chiusi, le mani appoggiate sullo scaffale. «Se rimaniamo qui, temo che le cose si metteranno male. Per tutti. Se me ne vado con lei, salverò anche il resto della squadra. Il fuggiasco sarò io, il ricercato sarà uno solo.»

«Ma cosa stai farnet...»

«Sara, quante volte nella tua carriera hai sentito parlare di intere unità di ricerca sparite nel nulla? Professionisti inghiottiti dal mare durante un'operazione in esterna, per esempio. Tu ci credi? Io no. Abbiamo tra le mani un essere umano che appartiene alla precedente civiltà. Non sappiamo come, ma è vivo e vegeto. È scampato alla fine del mondo del 2014 e ha aperto gli occhi quasi cinquecento anni dopo. Ti rendi conto? Potrebbe iniziare a parlare da un momento all'altro. Siamo al cospetto del ritrovamento più importante di tutta la nostra Storia, di un miracolo della natura o forse della tecnologia di chi ci ha preceduto. La stessa tecnologia che abbiamo ereditato nei secoli, grazie al mare, e migliorato. Faremo una brutta fine, lo sai anche tu.»

Sara ascoltò lo sfogo di Ben e poi rifletté per qualche istante: condivideva ogni parola, e la sua decennale esperienza l'aveva portata a fare gli stessi ragionamenti in più di una occasione. Quando avevano trovato la cabina il suo primo pensiero era andato al marito, che l'aveva salutata al porto di Nes quattro anni prima, trattenendo le lacrime. L'avrebbe più rivisto? In qualità di ricercatrice doveva quasi augurarsi di non trovare niente di straordinario in fondo al mare. Una carriera senza picchi di gloria l'avrebbe certamente mantenuta in vita. Anche perché quella gloria non sarebbe uscita da *Mnemonica*.

«Cosa intendi fare?» sussurrò la donna.

«Tra due settimane è previsto quell'attracco sottomarino di mezza giornata per la consegna dei materiali del settore A al porto di Marina, giusto?»

«Certo. Dunque?»

«Mi devi aiutare.»

L'attracco sottomarino era una tipologia di sosta che a volte capitava di fare, durante la campagna. Spesso l'unità continuava a lavorare e non se ne accorgeva neanche. *Mnemonica* infatti non emergeva, rimaneva completamente sott'acqua, ma il settore A puntava dritto verso la costa dove, a cinquanta metri di profondità, un tunnel scavato sottoterra che terminava con un gigantesco portellone automatico era pronto a unirsi alla struttura sulla nave. Una volta adiacenti, i due portelloni si aprivano e i camion e le macchine potevano uscire dal parcheggio della nave per imboccare il tunnel che li avrebbe portati in città. Tra quei camion e quelle macchine si sarebbe infilato il fuoristrada di Ben.

Lui conosceva il punto debole della società in cui viveva: il condizionamento etico e psicologico che le persone subivano ogni giorno non spingeva nessuno a commettere azioni scellerate o imprevedibili da ormai molto tempo. Questo aveva indebolito il sistema di controllo, ormai assuefatto alla pacifica condotta del gregge. Nessuno si sarebbe sognato di compiere un atto del genere. Forse era proprio per questo che Ben poteva farcela.

«Capitano, ho detto fila 38… non 18…» la voce di Alan echeggiò dalla parte opposta della corsia.

Ben si voltò di scatto, dissimulò la sorpresa e cercò di tenere a freno la tensione.

«Già, Alan… ecco perché non riuscivo a trovarle.»

Il magazziniere lo fissò con un'espressione spaesata, ma la fronte leggermente corrugata non era un segnale positivo. Era meglio che non si insospettisse troppo, o la missione sarebbe cominciata nel peggiore dei modi.

Ben cercò di togliersi dall'imbarazzo senza indugiare oltre: «Mi accompagni tu? Mi perdo sempre in questi dannati labirinti…»

Il ragazzone esitò, poi si avvicinò timidamente a Ben e Sara. «Ti porto io, capitano. Conosco questo magazzino meglio delle mie tasche.»

Ben lanciò un'occhiata d'intesa alla donna, che rispose con un sospiro e uno sguardo carico di preoccupazione. Non era una situazione semplice da gestire. C'era una squadra di sedici individui impegnata a condurre delle analisi sulla ragazza ritrovata, e due settimane critiche da trascorrere fino all'attracco sottomarino, facendo attenzione che nessuno sospettasse nulla. O sarebbe andato tutto a monte.

Sara era l'unica collega di cui poteva fidarsi. Una delle poche persone con cui si apriva, di tanto in tanto, lontano da occhi indiscreti. Negli ultimi quindici anni avevano passato più tempo sotto la superficie del mare che sulla terraferma. Quella a bordo di *Mnemonica* era la quinta spedizione cui prendevano parte assieme.

E in quel momento sapevano entrambi che sarebbe stata anche l'ultima.

Capitolo 19

Agli occhi di Ben, la prima settimana dal risveglio di Jenny sembrò non passare mai. I giorni trascorsero uno in fila all'altro, lenti e infiniti come l'attesa di un momento tanto importante da rendere immobili le lancette sull'orologio. Le analisi sul corpo della ragazza si susseguirono senza che lei opponesse resistenza, senza che dicesse una parola. La rieducazione motoria cominciò sin dal primo giorno dopo l'apertura della cabina, e diede risultati positivi in tempi più rapidi del previsto. Il cuore rispose bene agli esami sotto sforzo e, nonostante alcuni valori sballati, anche il sangue sembrava a posto e i numeri rientrarono presto nei parametri di riferimento.

Elettrocardiogrammi e analisi dell'apparato cardiocircolatorio furono ripetuti più volte, e si notò un miglioramento delle condizioni generali già dopo sei giorni di test. Com'era possibile che fosse rimasta centinaia di anni in uno stato di sospensione dell'esistenza, nessuno sapeva ipotizzarlo. Che funzione avesse svolto l'acido solfidrico presente nella cabina, forse qualche medico di alto livello avrebbe potuto spiegarlo. Magari i *ragazzi del C5* avrebbero fornito delle congetture attendibili, prima o poi.

Jenny cominciò da subito a nutrirsi, a bere con regolarità, a muovere arti inferiori e superiori seguendo alla lettera le indicazioni della fisioterapista. Ma continuò a non parlare. Non disse una parola.

Il neurologo si convinse che la ragazza soffrisse di un pesante stress post-traumatico, e non seppe ipotizzare quando avrebbe ricominciato a dire qualcosa.

Ben e Sara, invece, non parlarono più del folle piano dell'uomo. Fino a quando, a sei giorni dall'attracco sottomarino che avrebbe portato Ben e Jenny fuori di lì, tutti i membri della squadra di ricerca furono svegliati all'alba da un messaggio su Testo, associato a una suoneria che indicava massima priorità, come sempre accadeva in caso di avvisi dai piani alti.

ATTENZIONE
OGGI ORE 5.30 P.M. ATTRACCO SUPERFICIE PORTO DI HORUS.
CONSEGNA ANALISI SOGGETTO ALFA.

Ben attese che Sara uscisse dalla sua stanza e senza dire una parola la afferrò per un braccio e la trascinò in uno sgabuzzino a metà del corridoio.

«Hai letto anche tu?» esordì nel buio, quando furono al riparo da orecchie indiscrete.

«Qualcuno ci attende al porto per la consegna delle analisi» sussurrò lei.

«*Mi* attende al porto. Solitamente queste consegne spettano a me, in qualità di responsabile dell'unità» rispose Ben. L'espressione contrita del suo volto iniziava a prendere forma mentre gli occhi di Sara si abituavano all'oscurità.

«Ma perché non se le fanno trasmettere tramite Testo?»

«Perché evidentemente temono che gli informatici di Oriente siano in grado di navigare in incognito nei nostri sistemi e rubare informazioni. Questo tipo di consegne, per quello che ne so, s'è sempre fatto a mano. Informazioni su supporto cartaceo, chiuse in busta sigillata.»

«Sospetti qualcosa?»

Ben alzò le sopracciglia e trasse un respiro profondo mentre dava una fugace sbirciatina nel corridoio deserto. «Tutto ciò che ti ho detto si verificherà. Questo improvviso interesse per le analisi della ragazza non fa che confermare le mie convinzioni sul nostro destino. Siamo condannati a sparire nel nulla. E non verrebbe a cercarci nessuno.»

«Chi incontrerai?»

«Non ne ho idea. Probabilmente un intermediario. Ne ho già incrociati, in passato. Parlano poco, prendono la roba e se ne vanno. Non credo li assumano per fare domande.»

Sara sospirò. «Questa situazione non mi piace per niente. Fai attenzione.»

«Stai tranquilla. Nessuno ha la minima idea di quello che sto per fare. È una vita che li serviamo in silenzio. Quello di oggi è solo un contrattempo.» Ben inarcò un sopracciglio e un ghigno si dipinse sul suo volto.

«Ti dirò, fare un salto in città e respirare per l'ultima volta l'aria di Gea da uomo libero… mi farà bene. Ti porto un regalino? Ho buon gusto, sai?»

Sara lo fissò negli occhi, quindi allungò una mano e intrecciò le sue dita a quelle dell'uomo. Un gesto che, in pubblico, sarebbe stato a dir poco sconsiderato.

Quando Sara entrò in sala analisi, l'unità era già radunata e operativa. C'erano tutti, mancavano solo lei e Ben. Jenny era seduta sul bordo del lettino, con indosso la vestaglia medica che le lasciava scoperte le gambe. Alzò lentamente la testa quando vide entrare la donna, e abbozzò un sorriso piegando lievemente le labbra.

«Che fine ha fatto il capo?» chiese uno dei ragazzi.

«Non è qui?» Sara finse di esserne sorpresa. Qualcuno scosse la testa.

«Buongiorno a tutti» esclamò Ben dalla rampa di collegamento, mentre scendeva a passo spedito.

«Buongiorno» lo accolse Sara, voltandosi e scambiando con lui uno sguardo d'intesa.

«Oggi si sale in superficie, dunque?» chiese uno dei ragazzi. Era basso e con un paio di occhiali spessi sul naso pronunciato.

«Esatto. Anzi...» Ben lanciò un'occhiata verso il fondo della sala, dove una serie di monitor offriva le immagini in diretta dall'esterno della nave. «Pare che siamo *già* in superficie.»

In realtà, la metà inferiore di *Mnemonica* che ospitava il piano dei motori e le cabine di comando non usciva mai dall'acqua. Quando la stazione sottomarina attraccava in superficie, solo i livelli dal terzo in su emergevano dai flutti. Quello che la gente vedeva dalla costa era un'imponente e luccicante costruzione di metallo nero, formata da quattro grossi blocchi collegati tra loro da file di strutture tubolari che permettevano il passaggio da una sezione all'altra. Dava l'idea di essere una costruzione solida, indistruttibile. I bambini sognavano di salirvi a bordo, e avrebbero fatto carte false per riuscirvi.

«L'avviso diceva cinque e trenta pomeridiane, se non ricordo male» osservò una donna dai capelli neri corti con una frangetta sulla fronte.

«Infatti» confermò Sara. «Ben consegnerà i dati che abbiamo messo insieme fino a oggi. Perciò... forza, cominciamo a darci da fare. Entro la pausa pranzo sarà bene aver già ristampato e raccolto tutto. E intanto andiamo avanti con le analisi, la squadra rimane operativa anche durante l'attracco.»

«Quando ripartiamo?» chiese un altro ragazzo, alto e secco, con un grosso pomo d'Adamo che attirava l'attenzione prima sul suo collo che sugli occhi.

«L'appuntamento è nella zona del porto di Horus» rispose Ben. «Ho ricevuto un secondo messaggio, privato, con le coordinate. Conosco il luogo, non ci vorrà molto. Credo che la stazione si fermi solo per questa consegna, al massimo caricheranno qualche rifornimento. A mio avviso si salperà nel giro di un'ora.»

Il ragazzo annuì, una smorfia di delusione sul volto. Forse avrebbe voluto dare un'occhiata fuori, vedere il mondo, respirare l'aria fresca della sera. Probabilmente era rinchiuso lì dentro da troppo tempo. Troppo per un ragazzo di neanche venticinque anni, ancora pieno di ambizioni e speranze che la società avrebbe presto distrutto.

«Forza, al lavoro» concluse Sara, e ognuno si diresse al proprio posto. Ben si defilò e fece qualche passo verso Jenny. Quando fu di fronte a lei, lo sguardo dolce della ragazza lo rapì per un istante. Nei suoi occhi color nocciola era custodito il segreto dei tempi. Una verità di cui forse nemmeno lei era consapevole, ma che presto sarebbe potuta venir fuori. Ma non lì. E non sotto i dettami di un capo senza volto.

Ben si girò verso i monitor che riproducevano le immagini riprese dalle telecamere poste sull'esterno di *Mnemonica.* Le altissime guglie dei palazzi nel centro di Horus si stagliavano nel cielo limpido del mattino, e spiccavano autoritarie sul tappeto di palazzi tutt'intorno. Slanciate, sinuose e imponenti, erano il vanto dell'architettura moderna e lo sfoggio di una ricchezza presunta di cui la città si riempiva la bocca. Dopo Nes, quello di Horus era il porto più vasto di Gea, capace di ospitare quasi trecento imbarcazioni e dare lavoro a un quinto dei padri di famiglia del luogo. Ancora qualche ora e Ben avrebbe potuto ammirare quel panorama dalla terraferma, anziché su un piccolo schermo piatto. Non era la prima volta che faceva tappa a Horus, conosceva la zona del porto e aveva ben impressa nella mente la via Commerciale, che dalla costa portava dritta in centro, dove senz'altro avrebbe potuto comprare un regalo per le sue bambine, se ce ne fosse stato il tempo. Si voltò nuovamente verso Jenny, le poggiò una mano sulla spalla e la guardò come fosse sua figlia. Quindi si mise al lavoro.

Mnemonica entrò in porto alle 16.45 con largo anticipo rispetto a quanto annunciato dall'avviso digitale. Il plico con le analisi del *soggetto Alfa* in formato cartaceo era pronto già dalle due. L'altoparlante annunciò che, nel giro di quindici minuti, per coloro che avevano appuntamento in città sarebbe stato possibile scendere dalla nave. Ben si tolse il camice e lo appoggiò su una sedia. Raggiunse una fila di armadietti sul lato opposto della sala, ne aprì uno e tirò fuori una giacca marrone.

«A dopo, ragazzi» disse senza guardare nessuno in faccia. Jenny stava riposando su uno dei lettini, il resto dell'unità era al lavoro sui risultati delle analisi.

Il luogo dell'appuntamento era un ristoro nelle vicinanze del porto, a non più di cinque minuti a piedi dal punto in cui la nave aveva attraccato. I ristori avevano rimpiazzato nel corso degli ultimi decenni le ormai dimenticate locande, che ai tempi del nonno di Ben erano il principale luogo di ritrovo dopo un'estenuante giornata lavorativa. I locali moderni erano negozi senza personale di servizio, dotati di distributori di bevande e cibo a programmazione digitale. Su un lato c'erano gli erogatori, su quello opposto i contenitori per i rifiuti, mentre un lungo tavolo bianco al centro del negozio serviva come appoggio per mangiare. Si poteva ordinare qualsiasi genere di pietanza da un menu ricchissimo esposto all'entrata, perché i ristori non vendevano cibo in scatola o piatti confezionati. Una vera e propria cucina, inaccessibile al pubblico, lavorava a pieno ritmo, generalmente al piano inferiore. La maggior parte della gente ordinava, attendeva, ritirava e portava a casa il pasto, in perfetto accordo con il protocollo sociale che stava sgretolando sempre di più i rapporti umani. In pochi si fermavano a mangiare, ma non era vietato. Di certo il lungo tavolo al centro del locale bastava e avanzava a soddisfare i pochi che volessero consumare il pranzo sul posto.

Mentre passeggiava sul ponte di collegamento tra *Mnemonica* e la terraferma, Ben si guardò attorno e iniziò a prendere dei lunghi e profondi respiri. *Manca così poco…*, pensò mentre assaporava l'inebriante sensazione d'indipendenza che la fuga gli avrebbe offerto, di lì a una settimana. Certo, sarebbe diventato in poche ore un ricercato, ma quanto valeva la pena tentare? Quanto era ammaliante il fascino della libertà?

Ben raggiunse la fine del ponte, fece alcuni passi in avanti e alzò lo sguardo, poi si voltò verso *Mnemonica*. L'ombra degli altissimi palazzi del centro di Horus, illuminati da tergo dal sole del pomeriggio che aveva iniziato la sua discesa e sarebbe presto sparito dietro le colline, si adagiava silenziosa sull'oceano. La sola ombra del palazzo centrale, sede delle unità governative, con la sua imponente e affusolata figura copriva l'intera stazione sottomarina.

Ben si voltò nuovamente verso la città. Lo spiazzo di fronte a sé era una sorta di gigantesca area pedonale, inaccessibile alle auto. C'era un discreto viavai di persone, ma da *Mnemonica* erano usciti pochi uomini, a conferma del fatto che, probabilmente, lo scopo principale di quella tappa era il suo incontro con l'intermediario.

Gli occhi di Ben esaminarono l'area circostante. In fondo allo spiazzo, una schiera di caseggiati bassi, di tre, quattro piani al massimo. Le facciate bianche, anonime, ma in buone condizioni. Alcune vie parallele si insinuavano strette fra i palazzi e penetravano nel cuore di Horus. Una di quelle, la più larga ed elegante, era la via Commerciale, ma dal punto in cui si trovava non era visibile e il ristoro che doveva raggiungere era in direzione opposta. Ben si incamminò verso il luogo dell'appuntamento, il plico sotto braccio, una mano in tasca. Cercò di non scambiare sguardi con la gente del posto, ligio come sempre a quel codice di comportamento che suggeriva – imponeva – di non interagire con il prossimo durante le ore lavorative quando non era strettamente necessario.

Mentre attraversava lo spiazzo, lo sguardo gli cadde per un attimo su una lunga fila di persone di fronte a un pannello digitale che dava sul marciapiede. L'insegna luminosa sopra le loro teste diceva RATIO. Si trattava di un dispositivo del quale i cittadini si servivano, a cadenza mensile, per aggiornare il proprio fondo famiglia. Era attivo solo in determinati orari, dunque era facile che si creasse una coda – silenziosa e ordinata – di fronte al pannello. All'inserimento del dito indice nell'apposita fessura, il display presentava la situazione patrimoniale dell'individuo e aggiornava il suo fondo famiglia, i crediti sanitari e lo stato delle spese.

Ben distolse lo sguardo e puntò dritto verso un negozio che aveva destato la sua attenzione. Vendeva reperti del mare. L'insegna in legno diceva TESORI DELL'OCEANO. Naturalmente, e non ci voleva un veterano per capirlo, quel posto non offriva altro che riproduzioni, falsi, oggetti di varia natura che col mare c'entravano ben poco, e cianfrusaglie. La vetrina era piena di collane di pietre colorate, stelle marine, vecchie ancore arrugginite del periodo di suo nonno, braccialetti formati da piccoli sassolini e svariati tipi di coltelli.

Dovrebbero farsi un giro con noi nell'oceano, pensò Ben mentre il suo sguardo veniva catturato da un oggetto in esposizione. Mancavano due minuti all'orario dell'appuntamento, ma la puntualità non rappresentava più una delle sue priorità. In fondo, presto sarebbe diventato un fuorilegge. Poteva permettersi un leggero ritardo, per qualcosa che alle sue bambine sarebbe piaciuto un sacco.

«Buongiorno» disse Ben appena entrato nel negozio. Il commerciante era un anziano signore dai capelli bianchi scompigliati, vestito in maniera bizzarra: indossava una camicia a fiori che cadeva su un paio di pantaloni bianchi stretti. Non era un abbigliamento comunemente accettato, ma con le persone di una certa età non se la prendeva mai nessuno. Come diceva sempre il nonno di Ben: «Quando diventi vecchio non interessa più che tu sia conforme agli standard».

«Salve. Cosa desidera? Le piace il mare?» Aveva una voce stridula e nasale. Il suo tono amichevole suonava decisamente anacronistico.

Ben si guardò attorno e si districò nella totale confusione che regnava all'interno del negozio, quindi sorrise bonariamente. «Direi di sì.»

«Allora è nel posto giusto. Cosa posso offrirle?»

«Vorrei un oggetto che avete in vetrina. Le mie bambine l'hanno visto su un libro di favole antiche, e me l'hanno chiesto in regalo.»

«Delizioso… un padre innamorato delle sue bambine.»

Ben alzò le sopracciglia, mentre iniziava a pensare alle conseguenze che poteva avere il suo immotivato ritardo.

«Mi scusi… sono un po' di fretta.»

«Ma certo, certo…» L'uomo si avvicinò a Ben e proseguì verso la vetrina. «Mi dica, di quale oggetto ha bisogno?»

«Di quel ciondolo laggiù» rispose allungando un braccio e puntando l'indice verso una collanina cui era appeso un ciondolo in argento formato da tre segmenti a spirale intrecciati fra loro, con un'estremità in comune a formare una sorta di vortice.

«Oh, delizioso... le sue sono bambine fortunate. Presto avranno fra le mani un potente talismano, un antico Triskell. Lei conosce la storia di questo simbolo?»

Ben sospirò e iniziò a manifestare segni di insofferenza. Avrebbe dovuto essere nel ristoro già da qualche minuto.

«Sono costernato, purtroppo non posso trattenermi ad ascoltare la *deliziosa* storia di questo simbolo... per caso ne ha due?»

Il signore lo guardò storto, quasi offeso, mentre si allungava verso il Triskell e lo tirava fuori dall'esposizione. «Ma certo, certo, capisco. Dovrà tornare al lavoro. Ad ogni modo no, ne ho soltanto uno. Se vuole posso vedere se riesco a ordin...»

«Lasci stare» lo interruppe Ben. «E perdoni la fretta. Prendo questo.»

Il vecchio gli porse il ciondolo e si voltò per tornare al bancone, rivolgendogli le spalle e la schiena ingobbita «Vuole che lo incarti con...»

Non terminò la frase.

«Che diavolo è stato?» esclamò Ben dopo aver udito un boato. I vetri del negozio tremarono per alcuni istanti. Il titolare si voltò con gli occhi spalancati e le sopracciglia alte che disegnavano file di rughe profonde sulla sua fronte.

In pochi secondi furono entrambi sulla strada, mentre diversi passanti si riunivano in piccoli capannelli lungo il marciapiede.

«Oh, cazzo...» sussurrò Ben mentre guardava in lontananza, nella direzione da cui proveniva il fumo.

«Dannazione! Cos'era?» gridò il vecchio.

Ben si guardò attorno, mentre un brivido gli attraversava la spina dorsale. Quindi mise in tasca il Triskell e fuggì di corsa, diretto verso la stazione sottomarina.

Alle sue spalle, il ristoro dove avrebbe dovuto presentarsi per la consegna del plico era invaso dalle fiamme, e tutt'intorno si disperdeva una voluminosa nube di fumo, nera come il capolinea dell'esistenza che Ben aveva evitato per pochi minuti grazie a quella deviazione inattesa.

Dovevo entrare in quel locale per morire, pensò, mentre dal marciapiede arrivava la voce strozzata del vecchio che reclamava il pagamento del Triskell. *Contavano sulla mia puntualità. Non sono mai arrivato tardi a un appuntamento… sarei dovuto saltare per aria anch'io.*

Mentre correva verso il ponte di collegamento con la stazione sottomarina, il plico sottobraccio e il ciondolo che sobbalzava nella tasca destra della giacca, Ben comprese che le sue figlie, in maniera del tutto inconsapevole, gli avevano appena salvato la vita.

Piegò le labbra in un ghigno di sfida.

Una volta a bordo, nessuno fece parola dell'accaduto. Forse non ne sapevano nulla, la squadra era rimasta operativa e il boato non era giunto fino al loro blocco. Ben fece finta di niente, così come non aveva fiatato quando aveva scoperto che dietro ai messaggi di sua moglie c'era un generatore automatico.

Solo il pannello della sua cabina riportava una notizia dell'ultima ora, che lui lesse prima di andare a dormire. Il classico depistaggio mediatico, come era logico aspettarsi:

HORUS.

ESPLODE BOMBOLA DEL GAS NELLE CUCINE DI UN RISTORO AL PORTO.

MORTI CINQUE CUOCHI E DUE CLIENTI.

Ben si sforzò di prendere sonno. Avrebbe cercato di nascondere agli altri la sua preoccupazione, avrebbe fatto il possibile perché l'unità continuasse a lavorare serena.

Nessuno infatti si rese conto di niente, né sospettò che la propria vita potesse essere in pericolo a causa della loro incredibile scoperta. Ben riuscì a mantenere i nervi saldi e continuò a lavorare e a comportarsi con lucidità. Aveva già una soluzione alternativa, perfetta per salvaguardare anche il resto della squadra. Sperava solo che non attentassero nuovamente alla sua vita nei giorni a seguire.

Durante quell'ultima settimana da uomo libero, alcuni scambi di messaggi privati su Testo lo informarono del fatto che avrebbe potuto trasmettere le analisi tramite il pannello, grazie all'interfaccia digitale. Nessun timore che qualche esperto informatico di Oriente le intercettasse, dunque… Per Ben era la conferma che la consegna a mano serviva solo a farlo fuori.

Obbedì, come era giusto fare per non destare alcun sospetto. E continuò a lavorare in silenzio, indossando una maschera e nascondendo le sue idee al resto della squadra. Si scoprì abilissimo a mentire. Tranne in un'unica occasione ormai sepolta tra i ricordi, non era mai stato propenso alla menzogna.

Finché venne la vigilia dell'attracco sottomarino, e il cuore iniziò a battergli a ritmo serrato nel petto, mentre il volto dissimulava ogni emozione con uno straordinario autocontrollo. Ancora poche ore e la sua condizione di uomo libero, peraltro discutibile, sarebbe terminata per sempre.

Capitolo 20

L'ago penetrò nel braccio di Jenny e un brivido la attraversò da capo a piedi, facendole sgranare gli occhi. La donna che le stava prelevando un campione di sangue la guardò con aria perplessa, ma tacque. Aveva un viso dai lineamenti dolci, qualche ruga sulla fronte a indicare che non era più una ragazzina, ed era lievemente strabica. Nel momento in cui l'ago si infilò sotto la sua pelle, Jenny ebbe una visione che la trascinò altrove per alcuni istanti. Vide una persona con un camice bianco che eseguiva lo stesso tipo di prelievo, poi sorrideva e diceva: *«Complimenti, campionessa! Ero sugli spalti sabato scorso, durante la tua finale»*.

In rapida sequenza, altri frammenti si sovrapposero, confuse tessere di un mosaico in cerca di sistemazione, come le accadeva ormai da due settimane. Vide una targhetta di legno con scritto DR. MORGAN, vide un podio allestito su un tappetino di erba sintetica a pochi metri da una piscina, vide una medaglia d'oro e un uomo che, visibilmente emozionato, si inginocchiava davanti a lei e le sussurrava: *«Sono fiero di te, tesoro… un minuto e sedici secondi, ti rendi conto? Uno e sedici!»*

«Fatto. Porto le provette in laboratorio» disse la donna rivolta ai colleghi dopo averla fatta stendere su un lettino. Attorno a Jenny era un viavai di camici azzurri, ognuno con il suo tesserino identificativo appeso alla tasca. La signora che le aveva prelevato il sangue si chiamava Claudia, e prima di allontanarsi le tirò su lo schienale e abbozzò un sorriso. Sembrava un'espressione forzata, innaturale. Jenny rimase impassibile.

Qualche istante più tardi, due uomini si avvicinarono e uno le disse: «Adesso applicheremo delle piccole ventose lungo il tuo corpo, ma non devi preoccuparti, non durerà più di dieci minuti e non sentirai niente. L'abbiamo fatto anche cinque giorni fa, sei stata bravissima».

L'uomo la guardò come un veterinario guarda un cagnolino malato mentre gli pratica un'iniezione, certo di parlare una lingua incomprensibile per il paziente.

Lei non si scompose, si limitò a fissarlo negli occhi. Fu solo un attimo, ma vide qualcosa. Un ragazzo, una scrivania, una pila di libri, pacchi di fogli pieni di appunti e una foto incorniciata che raffigurava una nave con l'incisione DELTA V a caratteri cubitali. Sentì anche una vibrazione emozionale, un miscuglio di sensazioni. Tenacia, ambizione, dedizione.

Fu in quel momento che ebbe conferma di quanto era in grado di fare. Da due settimane le capitava di continuo, con chiunque. Non era empatia. Era una percezione reale. Non un'intuizione, ma una vera e propria *lettura*. Le persone con cui interagiva, le loro menti, i loro ricordi… erano come un libro da sfogliare. Occorreva concentrazione, e il ponte talvolta era fragile, evanescente. Che fosse un potere, un dono, o una semplice capacità, non sapeva dirlo. Ma le era già successo, ne era sicura. Aveva già *letto* nella gente. Aveva già camminato per sentieri non suoi. Non aveva iniziato su quella nave.

L'uomo cominciò a sbottonare la vestaglia medica che le veniva cambiata ogni mattina. Era una specie di mantella viola che si allacciava sui fianchi e si infilava al contrario, come una camicia di forza. Jenny non si oppose mentre l'uomo la denudava completamente. Abbassò solo la testa e scorse i suoi seni, con i capezzoli turgidi a causa della temperatura fredda della sala. Qualcuno si avvicinò per legarle i lunghi capelli castani, fino a quel momento sciolti. Li raccolse in un braccialettino elastico, poi si allontanò.

Pochi istanti dopo arrivò un'altra donna, tirò una leva e sistemò il lettino in posizione perfettamente orizzontale. Quando si piegò su di lei, Jenny riconobbe lo sguardo, ricordò quegli occhi a mandorla e il viso leggermente schiacciato. In un attimo le passò di fronte agli occhi un'insegna luminosa in una strada buia. Diceva CHINESE RESTAURANT – MELBOURNE'S FIRST CHOICE. Oltre l'insegna, in fondo alla strada, una fila di palme correva lungo la via traversa. Dietro le palme, una distesa d'acqua sulla quale scintillava il riflesso della luna.

«Ciao, Alfa. Chissà se riesci a comprendere le mie parole. Facciamo questo rapido esame, poi ti lasciamo in pace. Le ventose sono antipatiche ma non fanno alcun male.»

Jenny stirò lievemente le labbra, in modo da accennare un sorriso benevolo nei confronti di Sara. Ormai aveva capito che Alfa era solo un nome in codice inventato da quegli uomini e non le apparteneva davvero. Mentre la donna parlava e lei la guardava dritto negli occhi, ebbe un'altra strana e incomprensibile visione. Un foglietttino strappato, con una scritta sopra che diceva MAGAZZINO 3F. Jenny lesse, in fondo al suo sguardo, che Sara era lì per aiutarla.

Ben tornò nel suo ufficio. Si chiuse dentro, appoggiò un bloc-notes sulla scrivania e rimase immobile per qualche istante, portando una mano alla fronte per massaggiare con pollice e medio le tempie. Era il momento di agire.

Le analisi erano durate fin troppo, e gli esiti positivi non erano un buon segnale. Se qualcuno avesse voluto far chiudere bottega alla sua unità, presto si sarebbe fatto vivo. Niente coccarde per i ricercatori. Tanti applausi per i detentori dell'informazione e del potere.

Il mattino seguente era previsto l'attracco sottomarino, e quella era la sua unica occasione. Non c'era tempo da perdere. Passò dalla parte opposta della scrivania, si sedette e controllò l'orologio sullo schermo del pannello, attivandolo con una lieve pressione dell'indice su una targhetta metallica laterale.

Le 17.46.

Un'ora e un quarto e sarebbe stata ora di cena, tassativa come il protocollo imponeva a tutti i dipendenti del suo settore. Ogni reparto aveva un orario differente; il loro era 19-19.45. La sera, poi, se c'erano analisi o ricerche particolari da fare si proseguiva con il lavoro, altrimenti si poteva tornare nel proprio alloggio a riposare.

Di certo, vista l'importanza dei test in corso, molti membri della sua unità avrebbero lavorato a pieno ritmo almeno fino alla mezzanotte, orario in cui tutti dovevano rientrare nelle proprie stanze per dormire fino alle 6 del mattino. Ogni notte però era prassi che un membro della squadra, a rotazione, facesse il turno veglia, ovvero uno straordinario fino al mattino successivo per controllare i reparti e tenere gli occhi bene aperti su ciò che i rilevatori marini potevano segnalare da un momento all'altro. Del resto, *Mnemonica* continuava a muoversi sotto la superficie dell'oceano, e gli avvistamenti non davano preavvisi.

Controllò chi era di turno quella notte: Lidia.

«Perfetto...» commentò fra sé. Una ragazza di ventidue anni, timida, ligia al dovere e, soprattutto, al primo compito. Facilmente aggirabile.

Ben si alzò di scatto, spense il pannello, uscì dalla stanza e si diresse verso il blocco D, dove la squadra stava effettuando le analisi. Doveva trovare il modo di rimanere solo con Sara un'altra volta. Ora che si era confidato con la collega e si era assicurato che sarebbe stata sua complice, non restava che comunicarle orari e spostamenti previsti dal suo piano. E raccontarle quell'unica grande menzogna sepolta nel suo passato.

«Era ora, sentivamo la tua mancanza» lo accolse Jonas, un collega di qualche anno più giovane, appena Ben si palesò nella sala dove i colleghi stavano lavorando a pieno ritmo. Alto e robusto, la carnagione olivastra e gli occhi piccoli e vicini, Jonas era un veterano come lui, ma non gli era mai andato esattamente a genio. Era uno di quelli che non perdeva occasione per sottolineare che il suo modo di agire era il più conforme al protocollo, o per punzecchiare chi commetteva una leggerezza, uno sbaglio. Faceva dello zelo un vanto. Se avesse avuto un padrone in carne e ossa cui far riferimento, l'avrebbe adulato dal mattino alla sera. Non si poteva dire che non fosse un ricercatore capace, questo no. Aveva esperienza, conosceva molto bene diverse lingue preunificazione e sapeva tradurre anche i numerosi reperti marini appartenuti ad antiche nazioni del periodo che aveva preceduto lo schianto dell'asteroide. Si poteva contare sulla sua preparazione, senza alcun dubbio.

Ben fece un cenno del capo e lo salutò controvoglia: «Ti è passata la febbre?»

Se Sara era la sua complice in quel folle tentativo di fuga, Jonas era quello da cui guardarsi con maggiore attenzione. Tempo addietro aveva fatto segnalazioni ai superiori perché un collega aveva saltato una cena, o si era presentato con mezz'ora di ritardo al mattino. Tra l'altro, Ben ne era convinto, la segnalazione era davvero un atto vile, un gesto fine a se stesso. Non si sapeva *a chi* si segnalava, lo si faceva solo per apparire diligenti. A meno che si fosse sorpreso un collega a boicottare una missione, rubare o disertare mettendo gli altri in difficoltà, nessuno dei ricercatori era tenuto a fare segnalazioni. In questo sport, però, Jonas primeggiava dal giorno in cui *Mnemonica* aveva lasciato il porto di Nes. L'anomalia era rappresentata dal fatto che in quasi tutti gli ambiti lavorativi, di squallidi e viscidi personaggi come Jonas ce n'erano fin troppi. Ma tra i ricercatori, da sempre, vigeva un codice di leggi non scritte che difficilmente portava ad alimentare quel deprecabile sistema. Il ricercatore era il più delle volte un puro, un virtuoso. Svolgeva il compito con meticolosità, ma più si documentava sul passato più arrivava a comprendere le macchinazioni del presente. Sfortunatamente per loro, i ricercatori erano troppo pochi per costituire una classe sociale pericolosa o una cellula da temere. E il fatto stesso di essere costretti a passare anni e anni in mare, lontani da casa, li incatenava a una sorta di esilio forzato. Era più forte il desiderio di tornare ad abbracciare i propri cari che quello di organizzare una rivolta, e chi governava doveva saperlo bene.

«Sì, era ora. Maledetta infezione» rispose Jonas.

«Ho seguito tutti i progressi delle analisi sulla ragazza tramite gli aggiornamenti di Testo. Stupefacente... Ah, ho una notizia per te. Sono passato da C5 per saperne di più sul gas contenuto nella cabina.»

«Dunque?» Sara si inserì nella conversazione mentre Jenny, sdraiata sul lettino, poteva solo prestare attenzione alle voci.

«Si tratta di acido solfidrico, come sospettavi.»

«Ne ero certo. Ci volevano due settimane per saperlo? Quell'odoraccio di uova marce è inconfondibile» rispose Ben.

«Infatti» lo supportò Sara.

«Qui come procede?» Ben si rivolse volutamente a lei, ignorando Jonas e tagliandolo fuori dal discorso. Cosa che infastidì visibilmente il collega.

«Abbiamo fatto altre analisi. Il gruppo sanguigno di Alfa è B positivo. I valori sono nei limiti, in costante miglioramento. È qualcosa di assurdo. Se faccio lo stesso prelievo su mia nipote di quindici anni è sicuramente messa peggio.»

«Benissimo» commentò Ben mentre il suo sguardo andava oltre la donna e incontrava in lontananza il corpo nudo della ragazza stesa sul lettino, con torace, braccia e gambe ricoperti di elettrodi.

«E stiamo ripetendo alcuni test cardiovascolari» intervenne Jonas, schiarendosi la voce prima di parlare, per ottenere l'attenzione di Ben. Per quanto non corresse buon sangue tra i due, Ben era pur sempre il direttore di quell'unità, anche se Jonas non l'aveva mai considerato un capo. «Anche oggi la pressione è perfetta» aggiunse. «Centocinque su sessanta.»

«Stasera come facciamo?» chiese Sara, lanciandogli un'occhiata che diceva: "Dobbiamo parlare in privato".

«Lidia fa il turno veglia, direi di rimanere operativi fino a mezzanotte e poi lasciar riposare Alfa fino a domani. Vorrei eseguire test sotto sforzo, al ritorno dalla cena.»

Sara assentì con un lento su e giù del capo, mentre la sua immaginazione stava già figurandosi la fuga di Ben con il corpo della ragazza in spalla.

«Dite che parlerà?» chiese Jonas, un sopracciglio inarcato.

«Non lo so, ma nel caso tieniti pronto a tradurre» Ben sorrise sarcastico. «Quante ne sai di quelle lingue... quelle del vecchio continente?»

Jonas si guardò attorno, lievemente imbarazzato. La domanda sembrava un invito a vantarsi come al suo solito, ma c'era sotto un velo di ironia pungente che gli impediva di rispondere con la spavalderia di sempre.

«Qualcuna...» rispose infastidito. «Torno a lavorare, tra poco è in programma la fisioterapia in acqua, porto io Alfa in piscina. Poi ci sono un paio di *screening* prima della cena.»

Era quasi fastidioso sentir parlare Jonas, quando voleva far sfoggio delle sue conoscenze. Usava un vocabolario infarcito di termini tecnici rubati a lingue preesistenti come l'inglese e il tedesco, che a quanto diceva la Storia avevano condizionato e influenzato l'italiano fino a invadere i dizionari negli ultimi decenni prima dell'estinzione. L'inglese, peraltro, era la lingua madre di Oriente, l'antica Asia. Ma Ben non poteva esserne certo, visto che da quando era nato non c'era mai stato alcun contatto con i suoi abitanti. Glielo aveva raccontato suo nonno, che forse era il libro di Storia più credibile su cui avesse mai studiato.

Quando si sentiva in difficoltà, Jonas tirava fuori vocaboli come *screening*, o *test*, che nessuno si sognava di utilizzare in un contesto come quello. L'intera unità, che durante i corsi di archeologia aveva dovuto sostenere esami di neuroscienze, medicina generale e biologia, aveva studiato sull'Enciclopedia Medica fino a consumarla, e sapeva che si trattava di un testo fondamentale, un importantissimo reperto della civiltà preesistente. Senza quello scrigno di informazioni recuperate dal passato, non ci si sarebbe evoluti a tal punto da superare in così pochi lustri le conoscenze del mondo che aveva chiuso gli occhi nel 2014 del vecchio calendario. Era come se la vecchia civiltà si fosse fermata su un gradino della scala del progresso, interrotta dall'Apocalisse, e la nuova fosse ripartita da zero per recuperare man mano tutte le vecchie conoscenze e riuscire a raggiungere in poco tempo il gradino più alto. Quello che Ben si domandava spesso, visto che nessun testo lo riportava, era come fosse ricominciata la vita sulla Terra a seguito di decenni, forse centinaia di anni di silenzio. Non era neanche sicuro che fossero davvero quattrocentoquarantadue dalla fine del mondo precedente, ed era arrivato al punto di pensare di saperne molto di più sulla civiltà estinta che su quella cui apparteneva. I reperti non mentivano, mentre chi deteneva il potere sulla sua gente era certamente abile nell'arte della manipolazione.

Nonostante l'Enciclopedia in questione fosse in italiano, era zeppa di termini rubati ad altre lingue. Ma in Gea l'usanza – o forse sarebbe meglio dire il dogma – era di non fare commistioni. Era stata imposta una lingua sin dai tempi dell'unificazione, e quella doveva rimanere. Pura. Incontaminata.

Nei nomi propri delle persone si potevano trovare tracce di un passato più ricco di commistioni e meno vincolato ai dogmi. Di nomi inglesi e tedeschi erano pieni i registri di bordo, in merito a questo nessuna legge era mai stata promulgata. Molti bambini prendevano il nome del nonno o della nonna, tenendo così viva la musicalità di lingue che a meno di rivoluzioni socio-politiche si sarebbero, col tempo, perse per sempre.

Ben strizzò un occhio a Jonas, come a dire: "Bravo, ora levati di mezzo".

Sara abbozzò un sorriso. Avrebbe preferito portare personalmente Alfa in piscina ma, secondo l'ordine dei compiti che avevano stabilito, quell'incarico spettava al collega, assente da giorni a causa di una brutta infezione all'apparato respiratorio che l'aveva costretto a letto. Lasciò che l'uomo si allontanasse e si voltò verso Ben, lo sguardo preoccupato. «Stai rischiando grosso» bisbigliò, le spalle rivolte ai colleghi concentrati di fronte agli schermi. Sara e Ben erano sufficientemente defilati dal resto della squadra per parlare senza che nessuno li sentisse.

«Lo so. Ne esco libero, o ne esco cadavere. Alfa è l'occasione della mia vita.»

Sara lo fissò, e i suoi occhi sembravano dire: "Ti prego, non farlo". Invece chiese: «Come rimaniamo in contatto… dopo?»

Ben non si scompose, mentre con la coda dell'occhio teneva sotto controllo il resto dell'unità, per evitare di destare sospetti.

«Non rimaniamo in contatto» rispose senza guardarla in faccia.

«Vuoi sparire nel nulla?»

«So dove andare. Sarebbe troppo rischioso scambiare informazioni dopo la mia fuga. Dovrai credere in me. Se non riceverai notizie della mia cattura, significherà che è andato tutto liscio. E un giorno, forse… chissà.»

Sara abbassò lo sguardo, in segno di resa. Non aveva senso cercare di fermare Ben, e l'unica opzione era quella di coprirlo. Lui aveva ragione: l'intera squadra sarebbe stata eliminata, dopo un ritrovamento di tale importanza. Forse non avrebbero nemmeno aspettato i risultati delle analisi o il prossimo attracco in superficie. E la cosa terribile era che non sapevano di chi e di cosa aver paura. I loro capi potevano essere un branco di microchip, visto che si presentavano soltanto in forma digitale. Non sapere chi temere era la peggiore delle paure. Se Ben fosse scappato con la ragazza prima ancora di portare a termine le analisi, forse la squadra sarebbe stata risparmiata. Le autorità si sarebbero concentrate sul fuggiasco. In fondo, il ritrovamento del corpo di una giovane in perfetto stato di salute si poteva sempre spacciare per una colossale bufala marina… una storia destinata a rimanere sotto la superficie dell'oceano. I cittadini non avrebbero mai saputo niente, nessun organo di stampa avrebbe dato risalto alla notizia e l'unità avrebbe continuato a lavorare a bordo di *Mnemonica.*

«D'accordo, Ben. Qualsiasi cosa tu decida, ti coprirò. Anche se non ho idea di come tu possa riuscire a sparire senza che ti prendano.»

«Te l'ho detto, so dove andare.»

Sara lo guardò perplessa per alcuni istante. «Sarebbe a dire?» chiese poi.

«Una volta ti ho raccontato della mia prima campagna, vero?»

Sara annuì e alzò le sopracciglia, invitando Ben a continuare.

«Ero un novellino, avevo da poco terminato gli studi. Mi ritrovai catapultato in un'escursione in esterna, con altri tre colleghi. Tre veterani. Eravamo a bordo di una piccola nave, meno della metà di un blocco di questa.»

«Sì, questo me l'avevi detto. Dunque?»

Ben si guardò attorno. Nessuno li stava osservando.

«Quando con *Mnemonica* abbiamo ritrovato la cabina di Alfa, io ho riconosciuto il posto.»

Sara corrugò la fronte e strizzò gli occhi. «Come, scusa?»

«L'avevo già visto. Ci ero già stato. Quell'escursione con i veterani è il motivo della mia insubordinazione di oggi. Sono passati trent'anni. Non ne ho mai fatto parola con nessuno, ma quel giorno ritrovammo qualcosa. Ai tempi non c'era il controllo maniacale che c'è oggi. I miei colleghi lo sapevano e si misero d'accordo. Nessuno venne mai a conoscenza di quella… pesca. E quando attraccammo sull'isola di Limen i veterani fecero trasportare sulla terraferma il reperto, e lo fecero sparire.»

«Di cosa stai parlando?»

«Di un'altra cabina. Identica a quella di Alfa.»

Sara sgranò gli occhi e si portò una mano alla bocca, in un plateale gesto di sorpresa che non fu colto dal resto dell'unità, impegnato nelle ricerche.

In un attimo le passò di fronte l'intera carriera. Vide Ben sotto una luce diversa, il suo sguardo era improvvisamente enigmatico e misterioso. Non poteva sospettare che l'amico e collega di una vita custodisse un simile segreto.

«Che fine hanno fatto i veterani?» chiese con un filo di voce.

«Uno è morto, qualche anno fa. Stroncato da un infarto a settantacinque anni. Un altro credo sia ancora nel manicomio di Roden. Non ha mai parlato, non ha mai rivelato l'entità di quella scoperta, nemmeno quando è uscito di senno.»

«E il terzo?»

«E il terzo è la persona che mi ha insegnato a pensare da uomo libero. Colui che mi ha fatto aprire gli occhi, che mi ha educato a guardare la realtà da un diverso punto di vista. Un brillante ricercatore, ma anche un esperto di informatica, di lingue antiche e di medicina. Sto parlando di mio padre. Adesso ha sessantanove anni, vive sull'isola di Limen e da sempre ci scriviamo tramite messaggi cifrati su Testo. È un linguaggio che ha programmato lui, e lo conosciamo solo noi due. Ciò che voglio dirti è che quando abbiamo trovato la ragazza e abbiamo aperto la cabina, due settimane fa, lui ha fatto lo stesso con la sua. Dentro c'era un ragazzo. Non ho idea del perché abbia aspettato tutti questi anni, non ha mai voluto dirmelo. Ma so che l'ha sempre tenuto al sicuro e protetto, fino al giorno del nostro ritrovamento.»

Sara, attonita, continuò a scuotere la testa mentre fissava gli occhi sinceri di Ben. Non si sarebbe mai inventato una storia del genere, non con lei. Poteva solo fidarsi.

«Allora Alfa non è l'unica...»

«No, e credo di sapere il suo vero nome, anche se con la squadra dovrai continuare a chiamarla Alfa.»

«Qual è?»

Ben sorrise, eccitato e galvanizzato all'idea di evadere da *Mnemonica* portandosi via la sua scoperta più straordinaria prima che finisse nelle mani sbagliate.

«Vedi, da due settimane mio padre studia il ragazzo, da quando ha aperto gli occhi. Esattamente come stiamo facendo noi. È un giovane atletico, dai capelli biondi e i lineamenti delicati. Ha cominciato a parlare pochi giorni dopo il risveglio. Non ricorda ancora granché del suo passato, ma pare che continui a nominare una certa Jenny.»

Capitolo 21

Situata nella zona più estrema del blocco, la piscina dove Jonas portò Jenny per la fisioterapia in acqua era una vasca lunga venticinque metri, divisa in tre corsie da due file di galleggianti rossi. La sala era illuminata da una serie di luci soffuse dalle tonalità verdi e blu, che si riflettevano sull'acqua creando suggestivi riverberi di colore.

«Ecco la nostra piscina, Alfa» disse Jonas allargando un braccio e indicando la vasca mentre Jenny si guardava attorno, spaesata.

«Sono curioso di verificare la tua risposta motoria anche in acqua, dopo aver appurato che sei in uno stato di salute a dir poco inspiegabile» continuò l'uomo, con la veemenza di chi parla la propria lingua in terra straniera, e l'ausilio di gesti che gli consentano di farsi capire, in un modo o nell'altro.

«Puoi cambiarti in questa stanza» aggiunse mentre porgeva alla ragazza un costume viola intero e con un cenno del capo indicava lo spogliatoio. «Ti aspetto qui.»

Jenny non fiatò, prese il costume ed entrò nello stanzino. Si sfilò la vestaglia mentre da qualche parte, nei suoi ricordi, si accendeva una flebile luce. Uno spiraglio da cui filtravano scene sepolte nei meandri della sua memoria composta di frammenti, minuscoli pezzi di un puzzle impossibile da completare. Non si sentiva a suo agio con quell'uomo. Avvertiva il suo opportunismo, la sua anima viscida ed esibizionista. Ma aveva voglia di immergersi nell'acqua e nuotare. Sapeva che ne era capace. Sentiva di averne bisogno.

Indossò il costume e uscì dallo spogliatoio, quindi tirò fuori dal taschino della vestaglia un elastico e si legò i capelli. Jonas la attendeva a bordo piscina, vicino alla scaletta, con un taccuino tra le mani.

«Allora, Alfa… iniziamo con un po' di riscaldamento in acqua» disse, mimando con le braccia alcuni movimenti di stretching.

Jenny camminò fino a bordo piscina senza degnarlo di uno sguardo, quindi si voltò con le spalle rivolte allo specchio dell'acqua e scese dalla scaletta. Come se fosse un comportamento abituale, uno schema mentale che non c'era bisogno di apprendere. Si immerse e chiuse gli occhi per alcuni istanti. Un indistinto rumore ovattato premeva sulle pareti del suo cranio, nel tentativo di sfondare la resistenza e manifestarsi. Poteva trattarsi di un ricordo, un brandello del suo passato, qualcosa che non apparteneva a quel mondo in cui aveva riaperto gli occhi. Non ne era certa, ma sembrava che quel confuso frastuono echeggiasse da qualche parte nel suo cervello.

Jonas cominciò a saltellare sul posto e ad agitare le braccia, per mostrare a Jenny i movimenti da ripetere. Lei continuò a ignorarlo, e anche la voce del ricercatore si allontanò sempre più, fino a sparire. Jenny era lì con il corpo, ma era altrove col pensiero. Non sapeva ancora dove, ma era certamente un posto migliore, carico di emozioni e sensazioni esaltanti.

Guardò dritto di fronte a sé, gli occhi fermi e decisi. Quindi prese fiato, fece un piccolo saltello, con il piede destro si diede una spinta e iniziò a nuotare, di fronte allo stupore di Jonas che rimase immobile a osservare la scena.

In quell'istante, tra le pieghe dello spazio e del tempo, le immagini di un'altra vita si sovrapposero all'improvviso, il ricordo che premeva con insistenza sfondò ogni barriera e quel rumore ovattato si fece distinto, chiaro, dannatamente *vicino*.

Quando il volto era immerso nell'acqua, Jenny teneva gli occhi chiusi, le labbra serrate ed era lì, in una piscina coperta all'interno di una stazione sottomarina, quasi cinquecento anni dopo la fine del suo mondo.

Quando tirava su la testa per respirare, era in una piscina olimpionica all'aperto, il frastuono proveniente dagli spalti, le grida d'incitamento di suo padre Roger che arrivavano fino alle sue orecchie e la spingevano avanti, una bracciata dopo l'altra, dritta verso la vittoria.

E poi ancora giù, gli occhi chiusi, nel presente.

E nuovamente in superficie, mezzo millennio indietro nel tempo. Con una rapida occhiata teneva sotto controllo le rivali nelle corsie sulla sua destra, mentre sullo sfondo il palazzetto di atletica era gremito e in festa, le bandierine agitate al vento dai tifosi si mescolavano in un arcobaleno di colori.

Questa sono io... questa era la mia natura, la mia vita...

Giunta a fine vasca, Jenny si avvitò e si diede una nuova spinta con i piedi, quindi ricominciò ad alternare le bracciate e prendere velocità. Erano passate due settimane dal suo risveglio, ma solo in quell'istante, finalmente, si poteva considerare viva.

Quando tornò al punto di partenza si aggrappò con le mani al bordo della piscina, quindi alzò gli occhi. Jonas era piegato sulle ginocchia, lo sguardo meravigliato. Jenny si voltò, ripartì e fece altre due vasche, ma iniziò a fare i conti con la fatica fisica dovuta allo sforzo. Le braccia si fecero pesanti, i polpacci accennarono piccoli crampi che la spinsero a percorrere l'ultimo tratto a dorso, per distendere i muscoli. Non poteva proseguire. Tornò verso la scaletta e salì, mentre Jonas le veniva incontro con un accappatoio e un largo sorriso.

Visibilmente soddisfatto, la coprì e la accompagnò nello spogliatoio, quindi passò l'indice su un display a muro e sulla parete opposta si attivarono quattro getti d'acqua.

«Vieni...» sussurrò, quindi la prese per mano e le sfilò l'accappatoio, gettandolo su una panca.

A faccia a faccia con quell'individuo che non le ispirava alcuna fiducia, Jenny aggrottò la fronte ma non disse una parola. Sebbene desiderasse scappare, allontanarsi di lì il più presto possibile, sentiva che l'unico comportamento sensato era assecondare, obbedire e non opporre resistenza.

Jonas avvicinò le dita al corpo della ragazza e afferrò le spalline del costume, quindi lo tirò giù lentamente, scoprendole prima il seno, poi il resto del corpo. Quando fu nuda, la condusse sotto il getto d'acqua, quindi prese un flacone da un armadietto e versò del gel verdastro sulla schiena e sul petto della ragazza. Jenny la avvertiva chiaramente: era una sensazione dirompente e pericolosa, sfociava dagli occhi di Jonas e la investiva in pieno. Era eccitazione. L'uomo cominciò a sfiorarle il collo con la mano destra e passò il gel sulla sua schiena, massaggiandola con un movimento delicato. Quella sensazione aumentò ancora, salì fino a diventare una minaccia. Quando Jonas spostò la mano dalla schiena al fianco e iniziò a risalire verso il seno, Jenny gliela afferrò e la spinse via. Quindi lo fissò con uno sguardo penetrante, deciso. *Schifoso*, pensò. *Non provarci mai più.*

Ben e Sara si unirono al gruppo per lavorare fino all'ora di cena, mentre Jonas e Jenny tornavano dalla piscina. L'uomo riportò i risultati entusiasmanti della sessione di nuoto, senza accennare a quel momento di imbarazzo nello spogliatoio. Avrebbe negato, se un giorno la ragazza si fosse decisa a parlare.

Quando fu il momento di andare a mangiare, Sara accompagnò Jenny al suo lettino, la fece stendere e la coprì con un lenzuolo azzurro. Quindi abbassò l'illuminazione della sala e si diresse verso la mensa insieme a Ben. Rimase operativa soltanto Lidia, perché ci voleva qualcuno che controllasse la ragazza mentre gli altri erano assenti e l'incarico andò alla stessa che quella notte sarebbe rimasta in servizio per il turno veglia.

«Letteralmente incredibili, i valori dico» commentò Sara mentre seguiva gli altri al piano superiore. Ben era accanto a lei, annuiva col capo e rallentava il passo per rimanere in fondo al gruppo. Jonas, pensò Ben, aveva sicuramente notato tutto quel confabulare, ma lui e Sara lavoravano insieme da così tanto tempo che capitava spesso si appartassero per confrontarsi tra loro senza interpellare gli altri. Non era un'abitudine ben vista dal gruppo, ma era comprensibile. Una novellina come Lidia, per una sorta di timore reverenziale, quando li notava parlare sottovoce non si avvicinava nemmeno.

«Voglio dire... com'è possibile?» insistette la donna, mantenendo un tono basso, mentre il gruppo entrava in sala mensa.

«Mio padre ha fatto personalmente qualche analisi sul ragazzo e mi ha riferito le stesse cose. Cuore perfetto, organi interni a posto, valori del sangue nella norma, insomma un adolescente in piena salute. A proposito... Ho mentito quando ho detto che probabilmente Jenny non aveva capito una parola di quanto le avevo detto. Sai, due settimane fa, prima di iniziare con le analisi.»

«Cosa intendi?»

«Credo che possa comprendere i nostri discorsi.»

«Come fai a dirlo?»

Ben prese un vassoio da una pila e si guardò attorno furtivo.

«Il ragazzo ritrovato da mio padre dice di chiamarsi Alex. Abitava in Italia, il Paese in cui si parlava la nostra stessa lingua. Se la Jenny cui si riferisce è la ragazza che abbiamo ripescato, ci troviamo di fronte a due fidanzatini nati circa cinquecento anni fa. O a due fratelli, due amici, non lo so.»

Sara sbuffò con le sopracciglia alzate, in segno di sbigottimento, poi la buttò sul ridere: «È una fortuna che non parlino tedesco o inglese, altrimenti avremmo dovuto chiedere aiuto a Jonas».

«Già...»

I colleghi avevano già finito di riempire i vassoi e si sistemarono ai tavoli. L'ampio locale ne contava trenta da sei posti, mentre il lato sinistro era occupato dai banchi su cui erano disposte le pietanze. In fondo alla sala, un maxischermo trasmetteva ventiquattr'ore su ventiquattro contenuti di politica e approfondimenti sulla società. La diffusione di notizie edulcorate e rassicuranti era uno tra gli strumenti più efficaci per tenere sotto controllo i cittadini, che si sentivano costantemente protetti e al sicuro in uno Stato dove ogni cosa funzionava "Grazie all'impegno di tutti", come diceva lo slogan.

«Allora, come intendi muoverti?» chiese Sara, indugiando nella scelta di un secondo piatto. A disposizione c'erano filetti di sogliola, branzino, orata, fritto misto e poi menu di carne con salsicce alla griglia, manzo, pollo e tacchino.

«So come distrarre Lidia. È nuova, non mi preoccupa. Agirò prima della fine del suo turno, intorno alle cinque. L'attracco è previsto per le cinque e mezzo, e la nostra squadra ha la solita sveglia alle sei. Per le cinque e un quarto devo fare in modo di arrivare di sotto con la ragazza. La nascondo in macchina e mi accodo ai camion. La procedura porta via una mezz'ora, quindi dovrei essere nel tunnel che porta in città entro le sei.»

«Quando ci suonerà la sveglia...»

«Proprio così» Ben posò una bottiglietta di acqua *Frey* accanto al piatto di calamari e gamberi, sul vassoio. Quindi avanzò di qualche passo e tergiversò di fronte al banco della frutta. «Quando starete per iniziare le operazioni del mattino, io sarò già nel tunnel. Naturalmente verrà emesso un comunicato di emergenza, Jonas o chi per lui farà la segnalazione e...»

Sara fissò Ben negli occhi mentre fingeva di scegliere tra alcune mele.

«Anzi no, falla tu» disse lui.

«Cosa?»

«La segnalazione. Così nessuno potrà insinuare che mi hai aiutato. Nemmeno Jonas, che ci sta fissando da quando si è seduto al tavolo. Non rischi niente, e qualcuno lo farà in ogni caso. Fallo tu per prima. Segnala la scomparsa del corpo non appena scendi.»

«Va bene, lo farò. Povera Lidia, la metteranno sotto torchio.»

«A Lidia ci penso io... capiranno che non ha alcuna responsabilità.»

«Ok, ora sediamoci però. Stiamo perdendo troppo tempo e ci vedono parlare da quando siamo usciti dalla sala.»

«Be'...» Ben alzò il tono della voce mentre si voltava e cercava un tavolo con due posti liberi. «Hai proprio ragione, è stata una trovata geniale. Tutti quei posti di lavoro per la ricostruzione dello Stadio di

Atletica in periferia sono il segno che al potere ci sono le persone giuste, che sanno come ottimizzare le risorse, come coinvolgere tutte le classi sociali nella macchina produttiva.»

Sara sospirò, poi disse: «Già… non possiamo davvero lamentarci».

Quindi i due si sedettero, e la commedia proseguì al tavolo. Erano le 19.12, e nella testa di Ben il conto alla rovescia era già cominciato.

La ragazza in camice azzurro aveva un viso ovale dai lineamenti delicati, capelli biondi raccolti e un sorriso timido. Si avvicinò al lettino sul quale giaceva Jenny per abbottonarle la vestaglia medica dietro il collo. Nella sala regnava il silenzio e la maggior parte dei neon era stata spenta. Mentre Lidia si sporgeva in avanti, il suo tesserino identificativo penzolò di fronte agli occhi di Jenny. Si fissarono per un solo, fugace istante.

«Tu e questa mania di fare la ricercatrice…» L'uomo, calvo e senza sopracciglia con una vistosa cicatrice che attraversava tutta la fronte, aveva lo sguardo di pietra. «Lo sai quanto è difficile per una ragazzina? Potresti seguire l'esempio di Amanda, di Giulia… Loro sì che hanno un lavoro serio, senza rischi, con un salario onesto e…»

«Stanno dieci ore al giorno a immettere dati su un pannello. Tu vuoi questo per il mio futuro?»

«Non osare mai più rivolgerti in questa maniera a tuo padre! Chi credi di essere?» l'uomo batté un pugno sul tavolo della cucina. Quindi scosse la testa, come a esprimere tutta la sua delusione.

«Giusto, io non sono nessuno.»

«Fai come vuoi… se poi non ti prenderanno a bordo di nessuna nave, non venire a piangere da me. Lo sai dove finiscono i ricercatori non operativi. In ufficio, come le tue sorelle. Ad archiviare dati. Io ho sempre lavorato, senza rincorrere sogni inutili… se viviamo nell'era del Benessere è grazie alla buona lena di quelli della mia generazione.»

«L'era del Benessere…» ripeté lei con sarcasmo, sottovoce.

«Se hai un tetto sotto il quale dormire» continuò l'uomo, che non aveva colto la frecciatina della figlia «devi ringraziare il tuo vecchio, che non ha

mai avuto pretese fuori dalla sua portata. Lei vuole fare la ricercatrice, invece... tua madre si rivolterà nella tomba.» Lidia si alzò e voltò le spalle senza replicare.

Lasciò la cucina mentre il padre sbraitava qualcosa che lei non avrebbe ascoltato. Lo abbandonò lì, uscì di casa e fece sei chilometri a piedi sotto la pioggia, fino al Cimitero Pubblico. Le sue scarpe affondarono nel fango mentre attraversava i vialetti tra le lapidi, finché non arrivò a quella di Greta, sua madre. Si inginocchiò, chiuse gli occhi ma non pianse. Disse solo: «Sarò una ricercatrice. Costi quello che costi. Lo farò per te, mamma».

Lidia si voltò dopo aver abbottonato la vestaglia medica dietro il collo di Jenny, e fece per andarsene.

Improvvisamente lei la afferrò per un braccio. Fu un gesto spontaneo, di cui si rese conto soltanto quando la sua mano era già avvinghiata alla pelle liscia della ricercatrice. Lidia sussultò, spalancò gli occhi e la guardò con timore, mentre il cuore in una frazione di secondo aveva raddoppiato la frequenza del battito.

Ma Jenny si limitò a sorridere. Fu un sorriso sincero, un'espressione di totale empatia. Aveva visto la determinazione di una ragazza che sapeva cosa voleva e per raggiungere il suo scopo avrebbe combattuto con tutta se stessa contro il pregiudizio. In un solo istante, Jenny aveva rubato un frammento del passato di quella giovane donna, l'aveva visto come fosse la scena di un film, era entrata in sintonia con lei.

E aveva sentito di nuovo una vera emozione.

L'ultima che aveva provato, cui in quel momento non era in grado di risalire, era stata la sensazione di terrore nell'istante in cui era saltata nel vuoto, mano nella mano con Alex, mentre l'asteroide si frantumava sull'atmosfera terrestre. Gli ultimi cupi secoli di Storia, da quel momento al suo risveglio, erano durati un battito di ciglia, un'eternità mentale senza tempo.

Ma ora gli occhi erano di nuovo aperti.

Capitolo 22

La squadra tornò operativa attorno alle venti.

Lidia non fece parola dell'episodio capitato con Jenny. Sentiva che qualcosa la frenava, si convinse che non era accaduto niente di importante e tacque. In fondo, le aveva solo stretto un braccio e sorriso. Poi l'aveva lasciata andare e aveva dormito per una mezz'ora buona. Da quando aveva ottenuto quel posto, Lidia era sempre stata molto attenta al rapporto con i colleghi. Non voleva risultare la classica recluta che si impressionava per qualsiasi stranezza, o che correva dagli altri a riportare eventi in continuazione come se fossero straordinari.

Gli esami ripresero. Jonas e Ben tirarono su dal lettino quella che continuavano a chiamare Alfa, la fecero salire su una pedana e verificarono i progressi motori, tenendola per le braccia. La ragazza si reggeva ormai bene sulle proprie gambe, e quando il tapis roulant cominciò a scorrere, a velocità molto bassa, rispose camminando. Claudicante, in equilibrio precario, come se stesse sostenendo una pesante fisioterapia dopo un terribile infortunio e non fosse ben coordinata, alla fine riuscì persino a correre.

A Ben interessava particolarmente l'esito di quell'esame. Di lì a qualche ora si sarebbe trattato di fuggire. Nella migliore delle ipotesi non serviva che Jenny si muovesse da sola o potesse correre, ma se fosse stato necessario era meglio assicurarsi che riuscisse a farlo.

Al termine della prova, mentre Jonas si sedeva di fronte a un pannello per visualizzare i grafici dell'esame motorio, Ben afferrò un braccio di

Jenny e se lo portò al collo, quindi la cinse in vita e la accompagnò di nuovo al lettino. La adagiò piano, con dolcezza e rispetto. Senza parlare, si scambiarono uno sguardo lungo un attimo e un'eternità insieme, aprendo un varco senza tempo tra le anime e i mondi, tra l'infinito e la materia. Ben la fissò, emozionato, il cuore galoppante nel petto ma la mano ferma e il volto imperscrutabile. Nessuno avrebbe sospettato di lui. Sin da quel primo ritrovamento, quando il suo silenzio era stato ripagato con una promozione e i veterani, tra cui suo padre, gli avevano ordinato di non riportare mai, per nessun motivo, il segreto di quella scoperta ai suoi superiori. Quell'episodio era stato come un seme che di lì a poco avrebbe fatto germogliare la natura ribelle del suo pensiero. Era tornato in quel punto del pianeta. Ce l'aveva fatta. Nonostante ogni campagna avesse rotte predefinite dai "piani alti", nonostante un ricercatore o un timoniere non avessero alcuna libertà nella scelta dei luoghi da battere, era riuscito a ripassare di lì. Fortuna, forse. Ricordava bene quando lui e i tre veterani avevano trovato la prima cabina. L'avevano portata via di fretta, quasi stessero rubando qualcosa. Poi avevano deviato la rotta verso l'isola di Limen, e lì avevano nascosto il ritrovamento. Quando il resto dell'equipaggio si era insospettito, uno dei tre veterani aveva provveduto a ristabilire il silenzio e l'ordine. Di quel piccolo sottomarino con dodici uomini a bordo, solo tre erano tornati sani e salvi a casa. I corpi degli altri erano ormai patrimonio del mare. Ai superiori fu riportato un attacco pirata, e Ben ottenne una promozione per aver salvato la vita di due veterani, grazie alla loro testimonianza. Il terzo non ce l'aveva fatta, era stato rapito e se ne erano perse le tracce. Il terzo, ovviamente, era suo padre.

Da quel giorno, il suo vecchio era stato considerato disperso e, come prevedeva la legge, dopo dieci anni era stata disposta la cerimonia funebre. Nessuno, in tutta Gea, poteva sospettare che il padre di Ben fosse nascosto a Limen sotto falsa identità, e custodisse uno dei reperti più importanti che il mare avesse mai consegnato agli uomini. Limen non apparteneva alla giurisdizione di Gea. Non apparteneva ad alcuna giurisdizione. Era considerato un porto pirata, per alcuni un postaccio da evitare lungo qualsiasi rotta marina. Gea non era interessata al controllo di un'isola poco invitante in mezzo all'oceano, piena – stando alle leggende – di bucanieri, delinquenti e avanzi di galera. Geograficamente era situata a metà tra Gea e Oriente, infatti pareva che fosse il governo dell'ex Asia a controllare politicamente l'isola e usarla per esiliare gli indesiderati, ma nessuno ne aveva la certezza. Ben aveva qualche informazione in più grazie ai messaggi cifrati che scambiava col padre, ma nemmeno il suo vecchio era mai stato del tutto chiaro a proposito di quel luogo.

Quello che invece Ben non capiva affatto era il motivo per cui suo padre non avesse mai aperto quella cabina, in tutti gli anni che aveva trascorso a osservare e proteggere l'incredibile ritrovamento. Solo quando *Mnemonica* aveva ripescato in fondo al mare la capsula di Jenny si era deciso a sbloccare il meccanismo e tirar fuori il ragazzo. Perché?

Ben accarezzò la mano di Jenny e le sorrise, mentre ripensava ai misteri del passato e a quel segreto che nessuno era mai riuscito a scoprire. La sua macchia. La croce che la sua coscienza aveva portato sulle spalle per anni. Aveva coperto una strage e accettato una promozione intrisa di sangue. Aveva obbedito agli ordini di suo padre nella ferma convinzione che fosse *la cosa giusta,* ma quanti cadaveri avevano aleggiato nella sua stanza, da quel giorno, ogni notte? Quanto tempo sarebbe passato prima di espiare totalmente la colpa?

Ogni suo pensiero era come un sipario che si apriva nell'immaginazione di Jenny e la invitava a osservare una nuova scena. Come se l'anima di Ben stesse parlando, mostrandole chi era davvero. L'uomo si avvicinò pian piano col volto, ammirò per qualche istante la pelle liscia e dorata della ragazza, poi disse: «Ti porterò al sicuro... non ti avranno».

Lei non distolse lo sguardo, sorrise soltanto con gli occhi e poi, schiudendo appena le labbra, con un filo di voce rispose: «Lo so, Ben».

Lui non mosse un sopracciglio. Con la coda dell'occhio si assicurò che i colleghi fossero sufficientemente distanti, poi tornò a fissare la ragazza. Immobile, impassibile, come se non fosse mai accaduto. Come se quelle parole fossero solo una speranza, o se le fosse immaginate. Non era così, la ragazza le aveva pronunciate davvero: quelle tre sillabe avevano dato un senso alla sua intera carriera.

Allora era tutto vero. La scoperta che suo padre custodiva era solo metà del preziosissimo patrimonio ereditato dalla *civiltà del Duemila*, come alcuni testi la definivano. Lui aveva di fronte l'altra. Suo padre aveva portato via la cabina e non se n'era saputo più niente, lui invece aveva continuato a interrogare il mare, fino a tornare esattamente nello stesso punto e scoprire che la caccia al tesoro non era affatto conclusa.

Il filo di quale trama legava i due ragazzi, allora? Come e perché erano sopravvissuti alla fine del mondo, conservandosi per centinaia di anni in uno stato di perfetta salute e vivendo una sorta di coma, di non coscienza, di sonno apparentemente senza fine dal quale si erano improvvisamente destati, una volta schiuso il guscio che li proteggeva?

La ragazza lo guardò serena e Ben concluse sottovoce: «Ho vissuto e lavorato solo per questo, Alfa. Andrà tutto bene».

Lei sorrise, e sgranò gli occhi quando sentì pronunciare il suo nome. No, in realtà non lo aveva sentito pronunciare. Ben aveva detto *Alfa* e aveva pensato *Jenny*. Anche la donna nel sogno l'aveva chiamata così, dunque era davvero sua madre. Era un *suo* ricordo. Pensò per un attimo alla deliziosa espressione di affetto sul viso della donna. L'avrebbe mai ritrovata? Avrebbe potuto di nuovo abbracciarla? Chiuse gli occhi e sospirò, mentre dai pensieri di Ben emergeva un concetto nuovo: *Sono passati quattrocentoquarantadue anni dalla fine del mondo… e sei qui, sana e salva, di fronte ai miei occhi.*

Ben si allontanò. Jenny non avrebbe parlato, non di fronte agli altri della squadra. Ne era certo. Per chissà quale motivo, sentiva che quella ragazza conosceva i suoi pensieri, condivideva le sue emozioni più profonde ed era pronta a seguirlo, a fidarsi di lui. Non era una persona qualunque, era un messaggio dal passato. Era un ponte tra due civiltà lontane. Se lei e Alex erano stati spediti fin lì dovevano avere qualcosa di speciale. Cosa li distingueva dal resto della loro gente? Come erano sopravvissuti? L'avrebbe scoperto, con l'aiuto del padre e lontano da occhi indiscreti. Ci avrebbe dedicato il resto della sua vita.

Ma prima bisognava portare Jenny fuori di lì.

Capitolo 23

«Se volete, rimango qui io con Lidia fino a mezzanotte a tenere d'occhio Alfa» disse Jonas mentre Sara abbassava le luci per consentire a Jenny di riposare. Erano quasi le undici e la giornata di analisi poteva considerarsi conclusa, alcuni ricercatori si erano già ritirati.

La donna si voltò di scatto verso Ben, come a chiedere il suo parere.

«Certo» la spiazzò lui, annuendo con il capo. «È una buona idea.»

Sara corrugò la fronte. Non pensava che Ben avrebbe lasciato Jonas solo con Jenny e con l'inesperta collega preposta al turno veglia. Ma subito dopo capì il significato di quella scelta: l'ultimo veterano della squadra a rimanere da solo con Jenny sarebbe stato Jonas. Pertanto, in caso di indagini o accuse, Sara non avrebbe avuto alcun problema. Nel caso di Ben, ovviamente, non aveva senso preoccuparsi. Con tutti i testimoni che quel ritrovamento sensazionale contava, e le foto della cabina e di Jenny già inviate al Centro di Ricerca di Olimpia, la taglia sulla sua testa sarebbe scattata in automatico. Avrebbe avuto alle calcagna l'intera polizia continentale. Era quasi divertente pensare che avrebbero messo sotto torchio anche Jonas visto che, tra un veterano e una neo-ricercatrice come Lidia, l'unico che poteva aiutare Ben in una simile operazione era il saccentone poliglotta.

Sara e Ben uscirono dalla sala dalla parte opposta rispetto al tunnel di collegamento col settore C. In fondo c'era una porta che conduceva in un piccolo atrio con due elevatori.

«Ci siamo quasi» disse Ben mentre posava l'indice su un pannello e le porte automatiche di fronte a lui si aprivano.

«Sei sicuro di quello che stai facendo? Hai pensato a tutto?»

«Naturalmente.»

«Lo sai che se ti prendono sei un uomo morto, vero?»

«Lo sai che se non porto via la ragazza da qui saremo morti tutti, e lei con tutta probabilità finirà nelle mani di un manipolo di squilibrati, vero?»

Sara tacque. L'elevatore si arrestò al secondo piano e i due uscirono. Erano al D2, il livello riservato alle sale rilevazioni. Nella prima, due file di strumenti ottici delle dimensioni di potenti telescopi occupavano le pareti laterali. Ogni segmento dalla forma cilindrica fuoriusciva da una massiccia lastra metallica, e la stessa struttura si ripeteva speculare nella sezione esterna della nave, dove gli enormi tubi attraversati da lenti, piccoli fari e telecamere uscivano dallo scafo in acciaio per esaminare le acque. Visti da fuori potevano sembrare una serie di cannoni. In realtà erano solo decine di occhi curiosi.

Al centro della sala, numerosi tavoli da lavoro erano invasi da pannelli e tastiere, mentre in fondo un maxischermo alternava le immagini provenienti dai rilevatori come un gigantesco monitor di servizio, passando ogni cinque secondi da una camera all'altra. Alcuni membri dell'unità di Ben erano lì per una verifica di fine giornata, altri probabilmente si trovavano nelle successive quattro sale attrezzate per scrutare tra le acque e indagare il mare.

Una stazione sottomarina come *Mnemonica* era in grado di rovistare tra i fondali marini e trovare anche uno spillo. Per curiosare sotto la superficie del mare, Gea aveva le armi migliori possibili.

Come se la cavassero con le indagini dei ricercati sulla terraferma, invece, era tutto da vedere.

* * *

ORE 2.37

Sdraiato sulla sua poltrona-letto aperta, gli occhi spalancati, Ben ricostruì per la centesima volta il percorso di fuga. Non faceva altro da quando si era coricato. Non avrebbe dormito neppure un secondo, ne era più che sicuro.

Sapeva dove andare. Suo padre, col quale aveva scambiato l'ultimo messaggio cifrato verso l'una su Testo, lo avrebbe aspettato nel primo pomeriggio in un punto strategicamente perfetto: una stazione di servizio lungo l'autostrada che tagliava in due una zona disabitata dell'entroterra. Aveva alcune ore per sbrigare una faccenda. Per farlo doveva prendere il tunnel di collegamento, percorrerlo fino a risalire in superficie, quindi uscire dal tratto di autostrada e raggiungere la periferia della città di Marina, che si affacciava sulla costa. Destinazione: il negozio di Mark. Una tappa decisiva.

Pazzesco come i ritrovamenti in fondo all'oceano fossero stati cruciali per lo sviluppo della civiltà in cui viveva, rifletté. Quasi tutto era organizzato nella maniera in cui la *civiltà del Duemila* aveva insegnato. Lo scatto in più che la sua gente aveva fatto, in termini di progresso, riguardava il controllo dei cittadini e la struttura dei servizi. L'abitudine a schedare le persone esisteva da prima che nascesse suo nonno, ma dagli archivi cartacei compilati a mano si era passati alle schede digitali sui pannelli, e da quelle si era arrivati al microchip sottocutaneo. Sul profilo di ogni cittadino era caricato lo stato civile, il conto bancario, la posizione sanitaria, la proprietà di automezzi, case o tenute, il curriculum – una sorta di cronistoria degli eventi salienti della propria vita – e svariati dettagli, dal numero di scarpe al colore degli occhi. Da quando non esisteva più alcuna moneta di scambio, i soldi erano diventati ufficialmente solo numeri. Ogni servizio presente sul continente era dotato di lettore di microchip, pertanto bastava passare l'indice su un piccolo pannello per acquistare del cibo, pagare la benzina o saldare il conto di un hotel. E questo era uno dei suoi principali problemi, nel pensare alla fuga. Del carburante avrebbe avuto sicuramente bisogno, e non poteva passare il dito sul rilevatore alla pompa di benzina. Né al casello all'imbocco dell'autostrada. Avrebbero tracciato i suoi movimenti. Purtroppo non c'erano vie alternative, quindi l'unico modo per raggiungere il luogo dell'appuntamento era quello di procurarsi una falsa identità al negozio di Mark, situato nella zona sud ovest della città. La *bottega universale,* come suo padre amava chiamarla.

ORE 3.55

La testa ciondolò un paio di volte, Ben si ridestò con uno scatto rapido, spalancando gli occhi.

Era tempo di alzarsi. Aveva impostato la sveglia sul pannello per le quattro, mancavano una manciata di minuti. Disattivò l'allarme prima che si azionasse e sorrise. Un'altra trovata geniale dei suoi tempi. Qualsiasi pannello poteva essere associato al proprio profilo digitale. Questo rendeva possibili alcune bizzarre funzioni. Per esempio, nel caso di una sveglia, si poteva impostare sul pannello l'orario desiderato, selezionare il trasferimento di allarme al proprio microchip ed essere svegliati da una serie di stimolazioni sottocutanee come la pulsazione e la vibrazione del dito indice.

Aveva un'ora per prepararsi, anche se c'era poco da fare in quella stanza.

Resettò il pannello, per cancellare ogni dato personale al suo interno. Conosceva la procedura, anche se naturalmente era un'operazione vietata. *Tanto*, pensò, *qualcuno avrà sicuramente disposto un back-up automatico. Sanno tutto della mia vita fino a oggi, devo solo sparire e impedir loro di controllare il mio domani*.

Quindi mise in una borsa i suoi cambi e la tavoletta interattiva con la foto della sua famiglia impostata come sfondo dello schermo. Suo padre non aveva mai visto Melissa e Lara, e quello scatto era l'unico mezzo per presentare al nonno fuggiasco le incantevoli nipotine che chiedevano sempre di lui.

Raccolse le ultime cose, le chiavi del fuoristrada, alcune mappe cartacee, un cappellino e gli occhiali da sole.

L'eccitazione per l'imminente svolta della sua vita accelerava il battito del cuore, rendeva frenetico ogni movimento, fulmineo ogni pensiero.

ORE 5.00

La borsa a tracolla e il cappellino nero dell'acqua *Frey* in testa, Ben uscì dal suo alloggio sentendo per l'ultima volta il ronzio della porta automatica che si chiudeva alle sue spalle.

Per i corridoi di *Mnemonica* aleggiava un silenzio spettrale. Qualcuno che come Lidia stava facendo il turno veglia in altri settori lo intravide da lontano e gli fece un cenno di saluto con la mano.

Quando giunse nel tunnel sottomarino che portava alla sala dove riposava Jenny, diede un'ultima occhiata allo scenario oltre le vetrate. Aveva percorso migliaia di volte quei cento metri, circondato dal mare, ammaliato dalle profondità dell'oceano, custode dell'eternità e amico di una vita. Era un addio?

Arrivò sulla rampa a passo spedito, scese e quando fu nella sala intravide Lidia seduta di spalle dalla parte opposta, di fronte a un pannello. Al centro della stanza, avvolta da un buio quasi totale disturbato solo dalla luce degli schermi, era posizionato il lettino su cui giaceva Jenny.

«Lidia!» esclamò Ben da una trentina di metri di distanza.

La ragazza trasalì, quindi si voltò di scatto.

«Ben… non mi aspettavo di… sono… che ore sono?»

«Scusami» disse lui, avvicinandosi. Il cappellino in testa, la borsa a tracolla, la giacca e le scarpe da passeggio al posto di quelle in dotazione all'equipaggio, Ben aveva l'aspetto di chi stava per andare da qualche parte, questo l'avrebbe notato chiunque. Ma Lidia non si sarebbe mai permessa di fare domande.

«Sono le cinque. Mi serve qualcuno che controlli la sala rilevazioni. Potremmo essere vicini a un reperto, se alcuni calcoli che ho fatto stanotte sulle mappe sono esatti.»

«Capisco… vado subito allora. Ma la ragazza?»

«La tengo d'occhio io. Tra un'ora mi raggiungeranno gli altri e ti manderò dei colleghi in sostituzione, così potrai andartene a dormire. Adesso però in sala rilevazioni non c'è nessuno, preferisco avere almeno un ricercatore a monitorare la situazione. Se la ragazza si sveglia cercherò di iniziare il lavoro sul linguaggio. Oggi voglio concentrarmi su questo.»

Lidia annuì. Non avrebbe mai contraddetto Ben o chiunque fosse più esperto di lei – tutti, in quell'unità – e non avrebbe mai disobbedito, venendo meno a una richiesta. Certo, come tutti i cittadini di Gea, era tenuta a segnalare ogni anomalia. Ma Lidia era una novellina appena assunta nell'unità di ricerca che aveva sempre sognato. Quel compito era il suo riscatto, l'arma con cui dimostrare il suo valore a un padre convinto che lei dovesse sedersi in un centralino e rispondere al telefono tutto il giorno. Non avrebbe fatto alcuna segnalazione, sebbene l'abbigliamento di Ben e l'ordine impartito in un orario in cui il capitano non doveva essere operativo fossero dettagli decisamente anomali. Quindi obbedì e lasciò la sala.

Ben si avvicinò al lettino su cui riposava Jenny, appoggiò una mano sul braccio della ragazza e le sussurrò: «È il momento di andare».

Capitolo 24

Tu sei come me, ragazzo.
Nati per non avere padrone.
Per cercare sempre la verità.
Per vedere oltre.
Tu sei come me, e prima o poi anche tu sarai destinato a fuggire.

Ben prese per mano Jenny e la aiutò a scendere dal lettino, mentre le parole che il padre gli aveva detto tanto tempo addietro risuonavano come una cantilena nella sua testa.

«Mi sembra di aver capito che conosci la mia lingua. Adesso dovrai camminare» disse Ben, mentre i piedi nudi di Jenny incontravano il freddo pavimento.

«Lo so» rispose lei sottovoce, mentre con una mano si appoggiava al petto dell'uomo per tenersi in equilibrio.

Ben restò immobile per alcuni istanti, gli occhi inchiodati a quelle labbra così delicate e giovani. Quelle labbra che avevano parlato ancora, sussurrando due semplici sillabe, come se la ragazza sapesse bene in cuor suo che cosa la aspettasse e chi fosse dalla sua parte. Era certo che fosse in grado di capire e parlare la loro lingua. Ma era così emozionante vederglielo fare.

«Ti fidi di me? Se non fuggiamo ora, rischiamo che le cose si mettano molto male.»

Lei lo fissò negli occhi.

«Mi fido» si limitò a rispondere, la voce rotta, strozzata.

Ben si inginocchiò e frugò su un ripiano posto nel vano inferiore del lettino, quasi all'altezza delle ruote. Quando si rialzò, aveva tra le mani un camice azzurro.

«Indossa questo. Attraverseremo un tunnel per raggiungere il settore C, poi con un mezzo percorreremo il B e faremo lo stesso nel blocco A. Una volta lì, con un elevatore arriveremo al parcheggio.

Jenny annuì.

«Ora ti legherò i capelli. Vestita così non dovresti dare nell'occhio. A pensarci bene darò più nell'occhio io. Ma sanno chi sono. A quest'ora per fortuna c'è in giro poca gente. Qualsiasi cosa succeda, tu lascia parlare me, siamo intesi?»

«Sì.»

Ben si fermò a osservare gli occhi della ragazza per qualche istante. Erano impauriti, come quelli di un cucciolo spaventato. Ma sentiva che Jenny si fidava completamente di lui. E l'avrebbe seguito.

«Andiamo.»

Il passaggio nel tunnel fu agevole, a quell'ora nessun altro l'avrebbe imboccato. Il resto dell'unità stava ancora dormendo, e Lidia era da tutt'altra parte, in sala rilevazioni.

Ben e Jenny camminavano a passo lento, e lei ebbe modo di guardarsi attorno.

Gli oscuri anfratti dell'oceano. Le immense distese di acqua che avevano inghiottito parte del mondo. La sua unica dimora. Il profondo abisso.

Giunti in fondo, Ben fece qualche passo avanti e si affacciò nel settore C.

Un vantaggio nel tentare la fuga in un posto del genere c'era: nessuna sentinella era preposta al controllo della nave. Le uniche persone da temere erano gli addetti al turno veglia come Lidia, che di notte presidiavano le varie aree. E se la collega alla prima campagna non costituiva pericolo, lo stesso discorso non valeva per gli altri.

Un ragazzo alto in camice viola attraversò a passo lento un corridoio in lontananza e sparì dietro una porta. Via libera.

Ben prese per mano Jenny e la trascinò con sé per alcuni metri, fino alla capsula a levitazione magnetica. Aveva il cuore in gola, il respiro affannoso e una goccia di sudore gli attraversò il viso. Fatta eccezione per la sua campagna d'esordio con i veterani, era la prima volta dopo tanti anni che infrangeva la legge, anzi, che infrangeva *svariate* leggi.

Una volta avviata la capsula, Ben si voltò verso Jenny.

«Ricordi qualcosa del tuo passato?»

Lei si guardò attorno, scosse leggermente la testa. Poi alzò le sopracciglia e rispose: «L'acqua...»

«Certo. L'acqua ti ha custodito fino a oggi. Ti abbiamo tirato fuori da...»

«L'oceano... il molo...» continuò lei, guardando nel vuoto.

Ben la lasciò parlare. Lì dentro nessuno poteva sentirli, e qualcosa stava affiorando nella memoria della ragazza.

«Dove siamo...» chiese lei, ma non suonava come una domanda. I suoi occhi si perdevano oltre il vetro a osservare i reparti della nave, che scorrevano e si alternavano come paesaggi fuori dal finestrino di un treno. Ed emergevano immagini cancellate dal tempo, diapositive graffiate di un mondo che non esisteva più.

Il molo. Riusciva quasi a vederlo di fronte a sé, nella pellicola che la mente frapponeva tra i suoi occhi e la realtà circostante. Lo percorreva mentre le onde si frangevano sugli scogli sotto il pontile, e qualche goccia trascinata dal vento finiva sulla sua guancia, le strappava un sorriso malinconico e subito si asciugava sotto i raggi del sole. Cercava qualcosa, la sensazione era quella. Sentiva un vuoto, una mancanza. Cercava qualcuno.

Una voce metallica spezzò il suo viaggio e la riportò alla realtà.

«Cos'è?» chiese, ascoltando a malapena le parole.

«Tranquilla, è un avviso. Siamo in una stazione sottomarina chiamata *Mnemonica*, Jenny. Quello che hai visto prima, oltre le vetrate del tunnel che abbiamo percorso, è l'Oceano Europeo. Ti suonerà familiare, anche se non esisteva ai tempi in cui vivevi tu. Allora c'era l'Europa. A causa dello schianto dell'asteroide, gran parte delle terre che la formavano sono state inghiottite dall'acqua. La penisola iberica, l'Italia... e poi l'Inghilterra, l'Irlanda... non esistono più. Ti ricordi questi paesi? È incredibile, io li ho studiati a lungo... tu li hai vissuti. Vero? È da lì che vieni?»

«Io... credo di sì, non lo so.»

«Adesso siamo sott'acqua, ma tra poco questa nave si affiancherà alla terraferma e si aprirà un varco. Molti camion usciranno dal parcheggio dove siamo diretti, e noi ci confonderemo in mezzo a quelli.»

Jenny rimase con lo sguardo fisso su Ben. Nella sua mente continuavano a ruotare le parole *schianto dell'asteroide*. Sì, ricordava quella storia. Sentiva di averla vissuta. Ma quando? La conosceva davvero? L'aveva solo sentita raccontare?

«Chi sono...» mormorò, le palpebre socchiuse. Una volta ancora, non suonava come una domanda. Aveva ricordato un mucchio di scene diverse, durante quelle due settimane a bordo. Era entrata nella mente di Ben per capire che si trovava in una realtà lontana quattrocentoquarantadue anni dal suo mondo d'origine. Svariati volti, differenti scenari e voci sconosciute si alternavano nella sua testa. Ma ancora non aveva chiara la sua identità, che si stava ricomponendo pezzo dopo pezzo.

Ben appoggiò le mani sulle spalle della ragazza, mentre la capsula rallentava in prossimità dell'ultimo tratto. Era il momento di sorridere, di allentare la tensione.

«Chi sei? Sei una ragazza che ha quasi cinquecento anni, Jenny. Ma li porti decisamente bene.»

Percorsero la galleria tra il settore C e il B mentre l'avviso veniva ripetuto a volume decisamente alto dagli speaker:

«Manovra di aggancio in corso, cinque minuti alla chiusura porte tra

i settori A *e* B... *Manovra di aggancio in corso, non sostare nei tratti di collegamento...»*

Dovevano sbrigarsi. Era prassi che durante l'attracco venissero chiuse le porte in fondo ai tunnel, e loro dovevano ancora percorrere quello tra il settore B e il settore A.

Ben affrettò il passo, sperando che Jenny non si affaticasse troppo. Non poteva certo prenderla in braccio, avrebbe attirato l'attenzione. Proprio mentre entravano nella capsula che li avrebbe portati alla fine del settore B, un uomo col camice verde uscì da una porta e fece un cenno a Ben come a dire "Alt!".

Il sangue gli si gelò nelle vene.

L'uomo si avvicinò mentre le porte della capsula erano ancora aperte, quindi entrò.

«Grazie. Scusa, ho una consegna, non ho tempo di aspettare il prossimo.»

Ben abbozzò un sorriso e ricominciò a respirare con calma. Poi si voltò verso Jenny, e con lo sguardo cercò di farle capire di girarsi e guardare altrove. L'interazione sociale non era ben vista, quindi il comportamento di Jenny non sarebbe risultato maleducato ma soltanto rispettoso del protocollo. L'uomo, in ogni caso, non poteva riconoscere il volto della ragazza. Le immagini della cabina erano circolate solo nel settore di Ben ed erano state inviate al Centro Ricerca di Olimpia. Il camice verde dello sconosciuto lo identificava come un biologo marino. Non era tenuto a sapere niente di quel ritrovamento. Per questa volta, le ferree leggi di Gea si ritorcevano contro i loro stessi ideatori.

Il mezzo si fermò e l'uomo uscì di fretta, sparendo in un corridoio. Ben e Jenny si affrettarono a raggiungere il tunnel tra i settori, che presto sarebbe stato chiuso. L'avviso infatti fu replicato ma i minuti non erano più cinque, bensì uno.

Quando furono in fondo al tunnel, oltrepassarono le porte automatiche e furono finalmente nel blocco A. Ora non rimaneva che scendere al livello 0, quello del parcheggio. Dietro di loro le porte emisero un suono metallico e si chiusero ermeticamente. Il settore in cui si trovavano era quello preposto all'attracco e la manovra era già in corso. Ben e Jenny attraversarono un piccolo corridoio e raggiunsero la zona degli elevatori.

Ce n'erano quattro a disposizione. Ben premette un tasto per chiamare il più vicino, che stava salendo da A0. Non poteva immaginare cosa lo stesse aspettando dietro la porta automatica che di lì a pochi istanti si aprì davanti a loro.

«E tu cosa ci fai qui... con lei?» chiese Jonas, la fronte corrugata e lo sguardo al contempo sorpreso e minaccioso.

Ben fece un lungo respiro, per prendere tempo.

In un altro momento, avrebbe replicato: "Che cosa ci fai *tu* qui, a quest'ora." Ma non era nella posizione di fare polemiche.

«Entriamo» disse rivolto a Jenny, senza avere la minima idea di come uscire da quella situazione. Li avrebbe potuti incontrare tutti, i membri della sua unità, e forse se la sarebbe cavata con una scusa. Tutti, tranne Jonas.

L'elevatore partì.

«Vuoi rispondermi? Dove diavolo la stai portando?»

Jonas irrigidì i muscoli delle spalle e del collo, e si protese leggermente in avanti.

Jenny rimase immobile, mentre percepiva l'ansia di Ben e avvertiva la spietatezza dell'uomo che avevano di fronte, il cui primo pensiero – l'aveva colto come se Jonas gliel'avesse urlato in faccia – era stato: "Segnalare l'anomalia."

«La vuoi rapire, eh? Lo sapevo. La vuoi portare via sfruttando l'attracco. Non credere di poter uscire da qui senza che io urli ai quattro venti che stai scappando con la scoperta più importante da quando esiste il nostro reparto.»

L'elevatore si fermò. Fu un momento interminabile, mentre la struttura rallentava prima dell'apertura delle porte.

Fuori di lì, al piano del parcheggio, ci sarebbe stato un bel viavai di gente. Se Jonas si fosse messo a dare spettacolo, per Ben la missione sarebbe fallita prima di cominciare. Ma non aveva armi con sé, e l'idea di aggredire il collega per metterlo fuori gioco non era vincente: non aveva mai fatto a pugni neanche da giovane, senza contare che qualcuno avrebbe visto le porte aprirsi alla stregua di un sipario che si spiegava su una rissa.

Jenny afferrò un braccio di Jonas, che la fissò attonito. Lo strinse con forza, tanto che Ben vide le unghie della ragazza conficcarsi nella carne e premere fino a far uscire un rivolo di sangue.

Ne fu certo, mentre osservava la scena come uno spettatore stupito: Jenny stava combinando qualcosa di strano. Non lo stava solo fermando, non gli stava facendo del male. Sembrava che gli parlasse con gli occhi.

Quando le porte si spalancarono, Jenny mollò la presa e uscì dall'elevatore insieme a Ben.

Jonas indietreggiò, poi guardò il suo superiore con aria sorpresa.

«Buon viaggio, capitano» disse. Quindi le porte si chiusero di fronte alla sua espressione ebete.

Ben guardò incredulo Jenny, mentre alle sue spalle i motori dei camion erano già accesi e il meccanismo che avrebbe aperto il varco per uscire era in funzione.

«Come... *che cosa* gli hai fatto?» domandò con un filo di voce.

Jenny distese la fronte, addolcì lo sguardo e stirò le labbra in un sorriso.

«Io... non lo so esattamente. Ma so che quell'uomo non ci darà più fastidio.»

Capitolo 25

Il piano A0 era una vasta area parcheggio piena di macchine, furgoncini e camion. I mezzi non erano ammassati ma ordinati in file da dieci, e tra ognuna di esse correva uno spazio sufficiente per la manovra di uscita che incanalava i veicoli in una corsia laterale apposita. In fondo al parcheggio, Ben e Jenny poterono ammirare il maestoso congegno metallico che aveva l'aspetto di un enorme portellone in acciaio, al momento in fase di apertura con i due segmenti della struttura che scorrevano lateralmente per aprire il varco. Oltre quello, iniziava il tunnel sotterraneo. La comodità dell'attracco sottomarino permetteva al resto dei blocchi di continuare a operare senza dover interrompere studi e rilevazioni a causa della sosta.

L'orologio di Ben segnava le 5.26. Senza interrogarsi ulteriormente su quello che Jenny aveva fatto per liberarsi di Jonas – avrebbe approfondito in seguito la faccenda, perché qualcosa di straordinario *doveva* essere successo – prese per mano la ragazza e sgattaiolò insieme a lei tra le autovetture. Lo sguardo di Jenny era colmo di curiosità. Il mondo in cui si trovava, per certi versi, era assai simile al suo, e questo facilitava il riaffiorare di ricordi persi nel tempo.

Il rumore nel parcheggio era fastidioso.

Oltre al rombo dei motori dei camion pronti a lasciare la nave, c'era il frastuono che la struttura metallica emetteva durante la procedura di apertura. A tratti sembrava produrre un ululato sinistro, un richiamo tetro e poco rassicurante.

Superarono una fila di furgoni e giunsero di fronte al fuoristrada di Ben. Nessuno li ostacolò, là sotto. Tutti erano troppo occupati a mettersi in coda, o stavano sistemando gli ultimi carichi.

«Quando saremo nel tunnel» disse Ben mentre tirava fuori le chiavi della macchina da una tasca interna della giacca «ci sarà senz'altro uno dei passaggi controllati. Devi metterti dietro e coprirti con quel telo che vedi sul sedile posteriore.»

Le porte dell'auto si sbloccarono alla pressione di un tasto sulle chiavi. Jenny si sistemò dietro, mentre Ben tirò fuori da un vano portaoggetti un piccolo cacciavite e si mise a smontare quella che sembrava essere l'autoradio.

«Questi stereo contengono un sistema di rilevazione del segnale di localizzazione satellitare. La cosa curiosa è che la maggior parte dei cittadini non ha idea di cosa sia installato sulla propria auto.»

«Fantastico» ironizzò Jenny.

«Tanti anni fa» riprese Ben mentre staccava la placca di metallo con un gesto violento e iniziava a sconnettere tutti i cavi sul retro «c'erano detenuti che cercavano di fuggire nascondendosi nei mezzi di trasporto durante gli attracchi sottomarini. Ma quando il veicolo si avvicinava a uno dei passaggi controllati di cui ti dicevo, il display del doganiere segnalava la presenza di un individuo ricercato a bordo. Devi sapere che in questa meravigliosa società abbiamo tutti un microchip sottocutaneo nel dito indice. Alcuni detenuti riuscirono anche a evadere, in passato. Quando li ritrovarono, vivi o morti che fossero, avevano tutti l'indice mozzato. Tu, ovviamente, non hai alcun microchip sotto la cute. Quindi credo che passare dalla dogana non sarà complicato.»

«Dove stiamo andando?» chiese timidamente Jenny mentre si sdraiava sui sedili posteriori, un lembo del telo grigio stretto tra le dita della mano destra.

«Al sicuro» rispose Ben. Ma nella testa della ragazza prese forma il nome di Alex, come se l'uomo intendesse che quella era la destinazione.

Jenny si coprì con il telo, mentre un nuovo avviso invitava al rispetto delle norme e delle procedure di uscita da *Mnemonica*.

Quel nome. Alex. Quel nome stava smuovendo qualcosa dentro di lei.

Ancora non sapeva dire da quale profondissimo pozzo stava ripescando brandelli di vita passata, ma una serie di pensieri confusi iniziò a ruotarle in testa come una bizzarra giostra sfuggita al controllo.

La nostra mente è la chiave...

Era il timbro di un ragazzo a pronunciare la frase.

Bruceremo, Jenny... dobbiamo saltare...

Intravedeva due occhi azzurri e determinati.

Al mio tre...

Sì. Sapeva chi era Alex. Non ricordava ancora dove l'avesse conosciuto, non riusciva a inquadrare un luogo, a dipingere un contorno. Ma il suo sguardo, la sua voce... le sue parole. Pulsava ancora tutto con forza nel suo cuore, a distanza di secoli.

Quando il portellone fu completamente aperto, una fila di neon posti sulle pareti laterali del piano A0 passò da un acceso rosso a un bianco abbagliante.

Era il segnale di via libera.

Ben mise in moto il fuoristrada, mentre i primi camion lasciavano la nave e imboccavano il tunnel diretto in città. Jenny si era rannicchiata sui sedili posteriori ed era avvolta nel telo. Lui afferrò la borsa e la appoggiò sopra il corpo della ragazza, poi si sfilò la giacca e la sistemò accanto.

«Scusami, spero che tu riesca a respirare senza problemi. Così non sembrerà che trasporto un cadavere. Se tutto va bene dovremmo filare via lisci e senza intoppi al passaggio controllato, i carichi non li controlla nessuno da anni... Stiamo sfruttando uno dei punti deboli di questa società. Tutto bene lì sotto?»

«Sì... sì, respiro» rispose Jenny mentre stringeva le gambe al petto per cercare di occupare meno spazio possibile.

«Perfetto. Da ora in poi smetterò di parlare e ricomincerò solo quando avremo oltrepassato il varco. A quel punto potrai tirarti su.»

«Va bene» disse lei.

La fila si stava muovendo in maniera ordinata. Camion e furgoni uscivano a uno a uno dalla nave e si perdevano in lontananza come piccoli puntini luminosi inghiottiti dal tunnel. Quanta voglia di tornare a vedere il cielo. Quanta voglia di tornare a respirare. Quel lavoro, quell'incarico che aveva desiderato così tanto in passato, era ormai un cappio stretto attorno al collo. Ma che fine avrebbero fatto sua moglie Loren e le piccole Melissa e Lara? Quand'anche fosse riuscito a scappare, a incontrare suo padre e riunire Alex e Jenny per poter finalmente studiare quei due prodigi della natura, la sua famiglia sarebbe stata al sicuro? O avrebbero punito loro per la sua insubordinazione?

Mentre aspettava il suo turno per lasciare *Mnemonica*, ricordi dolci e malinconici bussavano alla porta del cuore di Ben. Le notti in bianco passate sui libri, prima dell'esame di ammissione da ricercatore. Quella prima convocazione, quando suo padre ricopriva il ruolo che adesso era il suo. La tecnologia che cambiava col passare degli anni, dalle prime missioni sui sottomarini a doppio scafo fino all'ultima campagna su una nave estremamente sofisticata come *Mnemonica,* la "memoria dell'acqua". Non avrebbe mai scordato le bandiere bianche e blu di Gea che sventolavano imperiose sulla collina di Nes, quasi a dare un fiero saluto all'equipaggio in partenza. E come dimenticare la caccia ai reperti del mare, la catalogazione, la datazione dei ritrovamenti, le ore di analisi e l'affiatamento con Sara. La Storia di una civiltà ritenuta estinta, ricostruita frammento dopo frammento, scoperta dopo scoperta, come un puzzle di informazioni e conoscenze messe assieme con pazienza e dedizione.

Cosa sapevano gli altri cittadini del mondo che li aveva preceduti?

Cosa filtrava il governo, cosa credevano le masse?

Erano poi realmente interessate a sapere cosa c'era stato prima di loro, su quel pianeta?

Lui, ora, il passato ce l'aveva sdraiato sui sedili posteriori della macchina. Ed era ancora vivo.

❋ ❋ ❋

L'ultimo furgone davanti a lui lasciò il parcheggio e Ben accelerò per stargli dietro.

Jenny era silenziosa a tal punto che lui credette per qualche istante di essere davvero solo in macchina. E di questo era meglio che si convincesse, se voleva evitare che il cuore gli scoppiasse in petto. Quello che stava facendo era talmente illegale che non riusciva nemmeno a immaginare in quale modo sarebbe stato giustiziato, nel caso l'avessero scoperto.

Ben imboccò il tunnel, un sorriso tirato disegnato sulle labbra.

Lui e Jenny erano finalmente fuori da *Mnemonica*. Alla fine di quel passaggio, che risaliva dagli abissi per emergere dove batteva il sole, la fuga sarebbe proseguita all'aria aperta.

«Sono a una decina di metri dalla strada, sul primo tratto del molo. Di fronte a me c'è un lampione, e a pochi passi una scaletta che scende verso la spiaggia.»

Silenzio.

«Jenny?»

Silenzio.

«Mi senti ancora?»

«Alex, io sono di fronte allo stesso lampione, vicino a quella scaletta. Esattamente dove dici di essere tu.»

Jenny spalancò gli occhi di colpo, incontrando il buio. La testa premuta contro lo schienale, il telo sulla faccia, il rumore del motore del fuoristrada che le rimbombava nelle tempie. Non disse niente, ma pensò: *Memoria!*

Aveva ricordato. E non era un ricordo qualsiasi.

Il molo di Altona sembrava l'inquadratura di un vecchio film in bianco e nero. E lei era lì. Sola, su quegli ottanta metri che aveva percorso e ripercorso in continuazione.

Memoria… ripeté mentalmente. Che cos'era, Memoria, non avrebbe saputo dirlo. Sembrava un luogo senza tempo, qualcosa di indefinito e bizzarro. Ma sapeva che la scena che aveva ricordato era un paradosso, un labirinto senza uscita, un limbo ricreato dalla mente. Lei e Alex avevano vissuto e rivissuto quella scena in continuazione, come un disco graffiato ripete lo stesso *loop* senza tregua. Avevano provato a modificare la scena in tutti i modi possibili. L'esito era sempre quello: si trovavano entrambi nello stesso posto, sullo stesso molo, ma in due realtà parallele del Multiverso. E non potevano incontrarsi.

Di colpo altri flash, mentre il fuoristrada di Ben sfrecciava nel tunnel alla ricerca della luce: una signora dai capelli rossi; tazze da tè; un ragazzo che si alza da una sedia a rotelle e dice qualcosa a proposito di una gabbia. E poi ancora un affollato pub con strumenti musicali e vestiti sgargianti appesi alle pareti, e un tavolo pieno di ragazzi della sua età che la invitano a unirsi al gruppo.

Tutto questo era accaduto durante la sua vita.

E poi era accaduto di nuovo in Memoria.

Ma quante volte, e per quanto tempo?

Ecco cos'era quel luogo, pensò: un labirinto di specchi, dove l'anima si perdeva per l'eternità nel gioco dei riflessi e le sfaccettature sempre differenti si accavallavano confuse.

Le aveva viste tutte, le infinite strade del Multiverso, durante quel battito di ciglia. L'attimo interminabile che l'aveva portata dallo schianto dell'asteroide al risveglio nella cabina. L'istante durato quasi cinquecento anni, che la sua mente prigioniera di Memoria aveva vissuto senza rendersi conto dello scorrere del tempo.

C'era qualcun altro, sì... si sforzava di pescare quella carta dal mazzo ma invano. C'era quasi sicuramente qualcun altro. O meglio, qualcun altro *come loro*. Perché Memoria era una piazza piena di gente, oh, sì, non mancava la compagnia. Ma erano tutte proiezioni della mente.

Eppure doveva esserci stata un'altra persona. Sarebbe riuscita a ricordare, prima o poi?

Non importa... se quest'uomo ha ragione, ti ritroverò, Alex, pensò Jenny. Unire le tessere di un mosaico così complesso era un'impresa proibitiva, al momento. Nella testa della ragazza, sovente, era ancora poco chiara la distinzione tra gli eventi accaduti durante la vita reale e quelli rivissuti nella proiezione mentale in cui si era ritrovata dopo la fine del mondo. Il sentimento che provava per Alex era un vettore costante dei suoi pensieri. Percepiva il desiderio di rivederlo, di abbracciarlo, ma non riusciva a ricordare tutte le tappe della loro conoscenza, né a ricordare i momenti più significativi.

Le vostre anime sono legate da sempre… le sovvenne improvvisamente.

Chi l'aveva detto? E quando? Era stato nella realtà, o in Memoria?

Se lo ripeté più volte, e pian piano la frase si colorava con un timbro di voce, e la voce dava forma a un volto. Un ragazzo moro, i capelli arruffati, gli occhiali spessi…

Sì… ora lo ricordo realizzò la ragazza. *Era l'amico di Alex, Marco. Lui aveva sempre una risposta a tutto…*

Il fuoristrada rallentò e la voce di Ben interruppe i suoi pensieri.

«Ci siamo, Jenny. Alla fine del tunnel c'è il passaggio controllato. Rimani in silenzio, e stai tranquilla. Se tutto va bene tra qualche minuto ti potrai tirare su.»

Jenny non rispose.

Fece solo un lungo respiro, quindi chiuse nuovamente gli occhi.

E attese.

Capitolo 26

Il furgone davanti al fuoristrada di Ben rallentò in prossimità di un arco illuminato posto all'altezza dell'uscita dal tunnel, alla fine dell'ultimo tratto di rettilineo. Oltre l'arco si intravedeva la luce del primo sole del mattino. Il camioncino passò a velocità ridotta sotto la struttura e proseguì fuori dalla galleria, mentre Ben frenava con una leggera pressione su una leva dietro il volante.

Intravide un gabbiotto dietro l'arco, sulla destra. C'era una persona seduta all'interno, con un pannello di fronte. Un controllore. Se qualcosa non andava per il verso giusto, l'uomo allertava le pattuglie armate con una segnalazione immediata e il delinquente di turno aveva i minuti contati. Non capitava spesso di vedere la polizia in azione, in Gea. Nessuna squadra faceva presidio, nessuna effettuava ronde o piantonamenti. Era una polizia esclusivamente operativa: entrava in azione, prelevava, e consegnava agli organi giudiziari. In casi estremi eliminava direttamente il soggetto, con un eccesso di violenza che veniva puntualmente insabbiato.

Ben trattenne il respiro. Lo sguardo dritto di fronte a sé, senza la minima intenzione di voltarsi verso il gabbiotto, come se non avesse niente da temere. Ridusse la velocità e guidò il fuoristrada oltre l'arco, fuori dalla galleria.

«Tutto bene, Jenny.»

La ragazza sorrise sotto il telo. Quindi si tirò su, guardò attraverso il finestrino e vide il sole di una nuova epoca splendere nel cielo azzurro e limpido. Quello che la circondava era il futuro. Aveva l'aspetto ingannevole del passato, rispondeva alle stesse leggi e sottostava ancora al dominio di quella stella che suo papà, in un ricordo ancora inaccessibile, le rammentava di non fissare troppo a lungo. *Altrimenti il sole ti ruba gli occhi* diceva.

Ma era il futuro. Talmente lontano dal suo luogo d'origine da farle venire le vertigini al solo pensiero. I raggi battevano obliqui su una campagna deserta e arida, mentre in lontananza si ergeva un piccolo promontorio. La strada, una volta fuori dal tunnel, proseguiva dritta tagliando in due i campi come un chilometrico nastro grigio su un anonimo pacco marrone. Ma qualunque aspetto avesse la natura, per lei era una promessa di vita. Una vita che credeva spezzata, giunta al capolinea. Qualcuno l'aveva tirata fuori dall'apocalisse, le aveva permesso di sopravvivere. Chi era stato? E perché?

«Quanto ti è mancato tutto questo?» le domandò Ben, scorgendo il suo sguardo sognante riflesso nello specchietto retrovisore.

«Mi sembra di vedere il mondo per la prima volta.»

«Questa è la regione di Atene. Piuttosto deserta, come puoi notare. Se si prosegue lungo l'autostrada, la città più vicina è a centoquaranta chilometri. I camion probabilmente sono diretti lì, è un importante luogo di scambio merci e commercio di materiali. Noi invece usciremo alla prima rampa, diretti alla periferia della città di Marina, la seconda città più importante di Atene.»

«Atene...» sussurrò lei, lo sguardo perso oltre il finestrino.

«Molti dei nomi che usiamo in Gea sono di derivazione latina e greca. Abbiamo studiato le due lingue grazie al ritrovamento dei reperti in mare. Erano le più affascinanti dal punto di vista etimologico. Quando questo continente si è unificato, è stata imposta la lingua italiana, che affonda le radici in quelle antiche culture. Tu lo parli, ma il tuo nome non è italiano, vero? Abitavi in un altro stato, per caso?»

«Io... non lo so...»

«Quando abbiamo recuperato la tua cabina e ti abbiamo portato all'interno della nave, abbiamo deciso di chiamarti Alfa – la prima lettera dell'alfabeto greco per celebrare il ritrovamento del primo essere umano ancora vivo trovato negli abissi marini.»

Jenny incontrò lo sguardo di Ben nello specchietto.

«La stessa stazione sottomarina si chiama *Mnemonica*, l'etimologia è greca. E la regione in cui ci troviamo è appunto Atene, dal nome dell'antica...»

«Atene... ricordo questo nome... lo ricordo! Atene, le Olimpiadi... io...»

Ben rimase in silenzio durante lo sforzo della ragazza, che sembrava impegnata a scavare con fatica nei suoi pensieri per disseppellire uno scrigno nascosto sotto metri e metri di terra.

«Il nuoto!» esclamò, lo sguardo acceso e le mani tremanti. «Le Olimpiadi, la gara... la finale...»

Sarà una grande finale, Jenny... io lo so...

«Io nuotavo! Guardavo e riguardavo le gare di nuoto alle Olimpiadi di Atene da piccola, in continuazione... e volevo diventare una professionista!»

Ben annuì sorridente, come a gioire con la ragazza. Poi tacque, e lasciò Jenny ai propri pensieri. Era un bene che tornasse pian piano tutto a galla, e rappresentava la conferma delle sue speranze. L'incontro con Alex avrebbe potuto scardinare ogni freno. Non mancava molto, ormai.

«Apri la borsa, Jenny» disse. «È lì accanto a te.»

La ragazza si voltò, vide la sacca, la prese e tirò la zip.

«Vedi quella specie di foglio di gomma arrotolato? Aprilo.»

Jenny frugò e trovò la tavoletta interattiva. La estrasse e, dopo averla srotolata, il suo sguardo si fece dolce e malinconico.

«È la tua famiglia, vero?» chiese, conoscendo già la risposta.

«Sì» disse Ben, mentre i suoi occhi fissavano la strada e la sua mente era altrove, nel salotto di casa.

«Come si chiamano?»

«Mia moglie Loren. Le bambine sono Melissa e Lara.»

Jenny chiuse gli occhi per un istante. Le emozioni di Ben la investirono come un vento caldo, abbracciandola come una coperta di lana in una gelida notte d'inverno. Sentiva di averne bisogno.

«Sono bellissime.»

«Ricordi qualcosa...» iniziò Ben, titubante. «Ricordi qualcosa della tua famiglia?»

«Ho sognato mia madre. L'ho scoperto nel sogno, che era mia madre. E poi credo di aver ricordato mio padre, a bordo piscina... mi incitava durante una gara di nuoto. Non ricordo molto altro. Ma se anche fossero stati davvero mamma e papà, sono certamente morti. Sono morti tutti.»

«Se riesci a ricordarli, ci sono ancora. Saranno sempre con te. Forse è ancora presto, e non sai esattamente dove e "quando" collocarli. Non dev'essere facile. Ma nella tua mente il tempo non esiste. E lì i tuoi genitori possono vivere in eterno.»

Jenny tacque per un po'.

Ben continuò a guidare, l'espressione serena. Quasi non ci poteva credere: era andato tutto secondo i piani, aveva davvero sfruttato il punto debole del mondo schematico e oppressivo in cui viveva. Ora non restava che raggiungere suo padre, che di certo aveva architettato un piano perfetto per portarli a Limen senza correre rischi. Uno stratega più capace del suo vecchio doveva ancora incontrarlo.

«Perché io?» chiese all'improvviso Jenny con un filo di voce.

«Come dici?»

«Tutta questa storia, dico: perché io? Se appartengo a una civiltà di quasi cinquecento anni fa, com'è possibile che sia qui, ora? Chi mi ha permesso di sopravvivere?»

Ben scosse leggermente la testa. «Questo dovresti dirmelo tu. Forse prima o poi lo ricorderai. E forse è il caso che tu mi spieghi che cosa hai combinato prima nell'elevatore. Con Jonas.»

Jenny alzò le sopracciglia e fece un respiro profondo.

«È difficile spiegarlo, mi è venuto naturale. Quell'uomo era pericoloso, e malvagio. Ci avrebbe fermati, lo sentivo. Ho avvertito una forza che cresceva dentro di me, un desiderio fortissimo, ma che non saprei definire. Dovevo impedirgli di ostacolarci. Gli ho dato un ordine. L'ho dato alla sua mente.»

Ben rifletté su quelle parole. Era evidente che la ragazza doveva avere qualcosa di speciale. Aveva fatto bene a portarla via. Forse non era soltanto un incredibile ponte tra due civiltà. Forse era molto di più. Se l'avesse lasciata nelle mani sbagliate, qualsiasi fosse la sua natura, l'avrebbero manipolata e usata a loro favore. O eliminata.

L'autostrada proseguiva dritta, Ben strinse le mani sul volante, energicamente. Quindi la rampa di decelerazione comparve in lontananza, sulla destra, preceduta da un cartello posto al lato della strada: MARINA. Ben rallentò e sterzò con prudenza, pronto a uscire. Non aveva avuto modo di avvisare Mark del suo arrivo, ma sapeva che l'uomo non lasciava il negozio nemmeno durante le festività. La bottega era come una seconda casa, per lui, mentre per Ben rappresentava una tappa fondamentale nella sua corsa verso la libertà.

Capitolo 27

«Tra poco saremo a secco» disse Ben dopo aver imboccato la rampa, quindi si voltò per incontrare lo sguardo della ragazza, che rispose con un'espressione di perplessità.

«A secco?» chiese Jenny, mentre Ben tornava a guardare la strada.

«Di carburante. Dovremo fermarci in un'area di sosta. Il problema è il microchip. Qualsiasi servizio, in questo paese, si paga con il dannato microchip. I nostri soldi sono caricati sul profilo digitale.»

«Quindi non puoi usarli.»

«Esattamente, capirebbero dove siamo diretti. Mi chiedevo...» Ben esitò un istante, mentre osservava la ragazza dallo specchietto retrovisore. «Quella cosa che hai fatto prima, con Jonas. Saresti in grado di rifarla?»

Jenny si voltò come per istinto e subito i suoi occhi si persero oltre il vetro del finestrino e si fecero trascinare via dal paesaggio. Sapeva trovare una risposta a quella domanda?

La campagna secca e infeconda continuava a scorrere rapida oltre i finestrini come un libro di illustrazioni identiche tra loro, sfogliato velocemente. Di tanto in tanto qualche costruzione interrompeva il paesaggio monotono, ma erano fredde e mute strutture cilindriche delle dimensioni di un palazzo, di cui Jenny ignorava la funzione. Pian piano, in lontananza comparvero alcune sagome, una accanto all'altra.

Era la zona industriale di Marina, fatta di fabbriche e case popolari. La periferia della città. Là dove erano diretti.

Jenny cercò di concentrarsi, di ricordare altri dettagli del suo passato, di aggrapparsi alle immagini che rapide scorrevano di fronte ai suoi occhi, pregandole di riportarla indietro.

Sentiva che ciò che aveva fatto con Jonas non era niente di speciale, anche se agli occhi di Ben pareva miracoloso. Era qualcosa che aveva imparato? Era un dono naturale?

Di colpo vide un bambino. Seduto su un treno, accanto alla mamma. La guardava con aria triste, e le raccontava qualcosa con gli occhi. Un tradimento, forse. Un problema tra i suoi genitori. Era accaduto in Memoria? Non ne era sicura.

Quindi vide Mary Thompson. Vide la mente della donna spalancarsi come il portone di una maestosa villa, e invitarla a condividere ricordi e segreti, a cercare in ogni camera e a frugare in tutti i cassetti. E tornò nel salotto della casa di Blyth Street, di fronte alla sua tazza di tè avvelenata.

La chiave era custodita lì, lo avvertiva. Fece fatica, e le costò una scarica di emicrania, dopo. Ma la trovò.

I primi tempi, in Memoria, andava a trovare Mary e si divertiva soltanto ad alterare il corso degli eventi. Si era resa conto che invertire le tazze aveva modificato il ricordo, ma non aveva avuto altri effetti. Non era a bordo di una macchina del tempo, non poteva cambiare il passato per tornare a un presente alterato. Tutto ciò che faceva era *rivivere* un ricordo in modo diverso. E una volta finito il siparietto, veniva sempre risputata sul lungomare di Barcellona, come se il meccanismo fosse inceppato. Ma nel salotto con Mary aveva anche scoperto come poteva sfruttare questo perverso meccanismo.

Era capitato una volta quasi per caso, dopo decine di volte in cui aveva rivissuto la scena dall'inizio e cambiato questo o quel dettaglio per evitare di bere dalla tazza avvelenata. Le era venuto in mente all'improvviso, lo aveva fatto senza premeditazione.

La tata era seduta sul divano mentre lei, con il suo abitino di cotone lilla, se ne stava a gambe incrociate sul tappeto della sala, i pennarelli e i fogli di carta sparsi per terra, il vassoio già pronto sul tavolino di fronte. Sapeva bene che la tazza rivolta verso di lei era quella che l'avrebbe mandata all'altro mondo.

Quella volta non aveva usato alcuno stratagemma per invertirle.

Prendi la mia tazza e bevi, Mary, aveva pensato. E lo aveva fatto con un'intensità straordinaria, con la precisione di un campione di tiro con l'arco che scocca la sua freccia mirando al piccolo disco centrale del bersaglio come unico obiettivo possibile.

Prendila... sorridi... e bevi.

La tata aveva sbattuto rapidamente le ciglia, e fissato il vuoto, come stordita.

Prendila... sorridi... e bevi.

Aveva continuato così per alcuni secondi, fissando con due occhi di ghiaccio la tata, mentre con le mani continuava a battere un pennarello rosso su uno blu con una cadenza ritmica precisa, quasi scandendo il tempo. La donna era inchiodata al suo sguardo, come in trance. Jenny aveva percepito la possibilità concreta di farle fare ciò che voleva. In fondo, si trattava di un ricordo. Di uno degli scenari eterni di Memoria. Plasmabili e modellabili come sogni lucidi. Sarebbe potuta tornare lì un'infinità di volte ancora, come già faceva con Alex quando decidevano di rivivere l'esperienza del molo.

Mary Thompson aveva fatto esattamente ciò che le aveva ordinato.

Si era piegata in avanti col busto, allungando il braccio per prendere la tazza più lontana da lei, poi si era adagiata comodamente sul divano. Aveva sorriso. E sorseggiato il tè.

In silenzio.

Lo aveva bevuto tutto, mentre lei la fissava e un ghigno spietato si apriva pian piano sul suo volto.

Jenny staccò gli occhi dal finestrino e guardò in basso. I frammenti dell'esperienza nel limbo di Memoria iniziavano a venire a galla uno dopo l'altro, e fornivano risposte confuse, distorte e parziali. Ma utili. Forse quel luogo fittizio in cui la sua mente aveva galleggiato per secoli in attesa del risveglio non era una prigione da cui uscire. Forse Memoria era stata una specie di addestramento.

«Credo di sì» rispose alzando lo sguardo verso lo specchietto retrovisore. «Credo di riuscirci.»

Un'insegna passò davanti agli occhi di Ben pochi minuti più tardi. Era un cartello quadrato, grigio, e la scritta bianca in rilievo indicava un'area di sosta. Il display del fuoristrada segnava un'autonomia di quindici chilometri, e l'area successiva con tutta probabilità ne richiedeva almeno quaranta. Questa invece era a soli duemila metri. Avrebbe potuto far benzina, finalmente. Alla modalità di pagamento – lo sperava – avrebbe pensato la ragazza.

Ben rallentò e prese l'uscita per l'area di sosta, quindi parcheggiò in una zona semideserta occupata solo da un paio di camion, mentre Jenny alzava le sopracciglia e sospirava.

«Che c'è?» disse l'uomo, voltandosi.

«Questo coso… questo camice. Esco così?» Ben scosse la testa.

«Non ci avevo pensato. No. Certo.»

«Come facciamo?»

Ben rifletté per qualche istante. Che stupida dimenticanza, pensò. Non poteva certo rischiare che qualcuno la vedesse conciata così.

«Guarda nella borsa…» disse infine indicando con un cenno del capo la sacca accanto a Jenny. «Ci sono dei pantaloni neri. Per fortuna sei piuttosto alta. C'è anche una maglietta bianca.»

«Va bene» disse la ragazza, e cominciò a frugare all'interno della borsa.

«Poi ti metterai questo» concluse Ben togliendosi il cappellino dell'acqua *Frey* e lasciandolo cadere sulle ginocchia di Jenny.

«Girati» aggiunse lei. «Per piacere.»

Ben la vide tirare fuori i pantaloni dalla sacca, quindi realizzò che il pudore doveva essere insito nell'animo umano, se neanche cinque secoli di coma potevano far dimenticare a una giovane fanciulla l'imbarazzo di essere osservata mentre si spogliava. Chissà se a bordo di

Mnemonica Jenny aveva provato lo stesso disagio, quando i suoi colleghi l'avevano spogliata per collegare gli elettrodi.

Ben tirò giù un finestrino e appoggiò un gomito sulla portiera. Dopo qualche istante, notò nello specchietto laterale qualcuno che si avvicinava. Un energumeno di due metri. Dietro l'uomo, un grosso camion in sosta con la scritta DARREN sulla fiancata. Conosceva quel nome. Era una società che progettava pannelli. La dotazione di *Mnemonica*, nello specifico, prevedeva solo pannelli Darren.

Non verrà qui…, pensò Ben, mentre l'ansia saliva e il cuore prendeva a martellargli con violenza nel petto. «Si sta avvicinando una persona. Hai fatto?» chiese a Jenny.

«S-sì… ecco qua. Mi metto il cappellino e sono a posto.»

«Tu non dire niente, se qualcuno chiede qualcosa sei mia figlia.»

Jenny sorrise e annuì, ma un velo di malinconia le adombrò per un attimo il volto. Non ricordava nemmeno come si chiamasse, il suo vero padre.

L'energumeno passò accanto al fuoristrada e si diresse verso un distributore di bevande. Lo vide mentre inseriva il grosso dito indice nell'apposita fessura e attendeva. Poi si chinò e tirò fuori una bottiglia da un litro di *K8*, una bevanda dolciastra, che a Ben non era mai piaciuta.

Quando l'uomo si incamminò di nuovo per tornare indietro, Ben cercò di deviare lo sguardo su qualcos'altro. Si mise a osservare il bagno pubblico, una specie di cabina con una porta blu accostata, posta a due metri dalla fila di cespugli. Jenny, intanto, stava piegando alla meglio il camice per infilarlo nella borsa.

Quando l'uomo fu vicino al fuoristrada, Ben non riuscì a trattenersi e lo scrutò. Incrociò i suoi occhi attraverso il parabrezza, ma distolse subito lo sguardo.

Vattene, pensò, sperando che si defilasse.

«Ehi, tu» disse l'uomo bussando sul finestrino del fuoristrada.

Ben fece un respiro profondo, quindi aprì la portiera e scese. «Dimmi, hai bisogno di qualcosa?»

«Te lo dico, uomo, te lo voglio dire… è finita la *K8*.»

Ben corrugò la fronte. «Prego?»

«L'ho finita» ripeté quello, allargando le braccia in segno di desolazione. Aveva due enormi aloni di sudore sotto le ascelle. «Ho finito la *K8,* uomo. Ho preso l'ultima. Nel caso... se la vuoi, ecco, non ce n'è più. C'è solo acqua *Frey,* e bottiglie di latte.»

Ben sorrise e le rughe sulla sua fronte si spianarono. Il gigante non era pericoloso. Aveva l'espressione inconsapevole di un bambino, i movimenti lenti e goffi. Non c'era niente da temere. Nello sguardo poco reattivo del ragazzo, Ben rivide per un istante Alan, il magazziniere. Con tutta probabilità l'uomo proveniva dalla nave, poteva essere sbarcato insieme a lui.

«Non ti preoccupare, amico» ribatté Ben, sollevato, lo sguardo amichevole. «Grazie di avermelo detto. Non mi piace tanto la *K8*, e visto che il viaggio è lungo farò scorta di *Frey.*»

Il tizio annuì, poi il suo sguardo deviò verso i sedili posteriori.

«Bella ragazza, uomo... è tua figlia? Bella ragazza, proprio.»

Jenny si voltò dall'altra parte.

«Sì» rispose Ben. «Devi scusarla, è un po' timida.»

«Ciao, bella ragazza. Ciao, uomo. Io vado.»

Ben fece un cenno con le sopracciglia come a salutare l'estraneo, che si allontanò. Lo osservò nello specchietto mentre tornava al suo camion. Era veramente grosso.

«Tutto a posto?» chiese, rivolto a Jenny.

«Sì. Io sì» rispose lei, sarcastica. «Tu, invece? Sei piuttosto pallido.»

«Facciamo bere questa macchina, adesso» glissò Ben, quindi riavviò il motore, andò in retromarcia, e guidò il veicolo fino alla pompa di benzina a venti metri da loro, oltre il distributore.

«Non c'è nessuno...» notò la ragazza.

«È così, oggi. Ognuno fa da sé. Selezioni l'importo su quella colonnina che vedi laggiù, passi l'indice nella fessura e ti servi.»

«E come intendi farlo, se non puoi usare il tuo dito?»

«L'unica possibilità è aspettare che arrivi qualcuno e... be', insomma, con le maniere buone non faremo mai benzina.»

«Ed è qui che entro in gioco io?» domandò Jenny, ironica.

Ben si voltò verso di lei. Il berrettino dell'acqua *Frey* incorniciava in maniera deliziosa il viso dai lineamenti delicati della ragazza.

«Se sai come fare, risparmiamo le cattive maniere.»

Jenny lo guardò con espressione pensierosa, mentre pian piano riaffioravano nella sua mente le immagini rubate alla vita degli altri, quando si era imbattuta nello sguardo di questo o quel membro dell'unità di Ben, Jonas compreso. Osservare e scavare nell'intimità altrui non le piaceva. Accadeva, spesso contro la sua volontà, ma non amava farlo. Tantomeno era felice di poter *manipolare* il pensiero altrui. Ma in una situazione come quella, se era capace di un tale prodigio, non poteva certo tirarsi indietro.

«Riporta qui il gigante.»

Capitolo 28

Raggirare il camionista fu piuttosto semplice. Quasi come lo era stato far credere ad Alan che Ben si era recato in magazzino solo per prendere due scatole di provette.

Non appena Ben alzò lo sguardo, prima di raggiungere lo sconosciuto, si imbatté in una vecchia telecamera arrugginita, piazzata in cima a un pilone. Era un modello Lax, uno dei più diffusi. L'obiettivo puntava dritto su di lui, come l'occhio letale del mirino di un fucile.

Per fortuna, pensò Ben, l'epoca delle telecamere era finita da un pezzo. Erano state eliminate da quando il governo aveva deciso di dotare tutti i cittadini del microchip sottocutaneo. Un tempo la popolazione era sorvegliata quasi in ogni angolo del Paese per mezzo di una costosa rete di telecamere di sorveglianza. *Troppo* costosa, in effetti. Dalle Lax, piccole e compatte, ai sistemi a circuito chiuso della Oculo di cui erano dotati tutti i palazzi governativi, nel giro di un anno era stato smontato ogni apparecchio. Si poteva ancora trovare qualche vecchio modello in periferia, nelle stazioni di servizio abbandonate al loro destino o nei ristori dove avevano dimenticato di toglierle o le tenevano come cimelio, ma nessuno degli apparecchi era funzionante.

Ben chiamò l'energumeno per chiedergli aiuto, senza specificare che tipo di problema ci fosse alla pompa di benzina. Giunto nei pressi del fuoristrada, il ragazzone si rivolse direttamente a Jenny, appoggiata con il fondoschiena alla portiera della macchina: «Hai bisogno di me, bella ragazza?»

Lei lo fissò senza rispondere, dopo aver stropicciato gli occhi a causa del sole che le batteva dritto in faccia. Quindi lo guardò bene. Il naso a patata, rasato in testa, gli occhi tondi e color nocciola. Aveva l'aspetto di un cane bastonato e il sudore gli colava copioso dalla fronte.

Ben rimase in disparte a osservare la scena. Non vide altro che uno scambio di sguardi tra i due. Dopodiché il tizio si voltò, camminò fino alla colonnina e allungò una mano verso il display.

«Uomo, tutto a posto. Ora puoi riempire il serbatoio» disse, un largo sorriso stampato in faccia. Poi si allontanò.

«Pazzesco» commentò Ben.

I due ripartirono qualche minuto più tardi e lui rimase in silenzio per un bel pezzo. Rifletteva su quanto incredibile fosse la scoperta che aveva fatto. Non aveva mai pensato che nella *civiltà del Duemila* ci fossero persone in grado di usare poteri extrasensoriali di quel livello. Nessuna cronaca scovata tra i reperti del mare testimoniava alcunché di simile. Aveva letto di sedicenti maghi, di guaritori, di studi su corpi alieni ritrovati a seguito della caduta di un'astronave venuta dallo spazio. Di tutto e di più, ma niente che riguardasse persone in grado di plagiare la mente altrui. Come fosse possibile, era per lui un mistero.

Vedere sul display l'autonomia del fuoristrada schizzata a settecentocinquanta chilometri servì a tranquillizzare Ben. Procedette lungo l'autostrada e superò un paio di uscite che conducevano nella parte sud-est della periferia. Quindi, in prossimità della terza bretella, uscì. La rampa curvava di 240 gradi, passava sotto l'autostrada e infine sbucava su un lungo rettilineo.

«Dove siamo diretti?» Jenny spezzò il silenzio e destò Ben dai suoi pensieri.

«Alla fine di questo stradone saremo nella periferia sud di Marina. È una zona industriale. In questa parte della città si producono soprattutto pezzi di ricambio per mezzi di trasporto. Gran parte dei materiali che compongono *Mnemonica* vengono assemblati qui.»

«Sì, ma… *dove siamo diretti*?» Jenny sottolineò la domanda marcando le ultime tre parole, mentre lo sguardo si perdeva oltre il finestrino, in lontananza, e incontrava una schiera di capannoni e piccole palazzine. Oltre quel tappeto di fabbriche e abitazioni fatiscenti con le facciate solcate dalle crepe spiccavano alcuni grattacieli, molto distanti ma ben visibili e di un'imponenza mozzafiato. Le cime dei palazzi sembravano perdersi oltre le nuvole, e il complesso aveva l'aspetto di una chiesa ricca di spigolose e slanciate cuspidi. In un attimo il pensiero di Jenny fu trasportato in un *altrove* più lontano di quanto potesse immaginare. Come se la sua mente avesse generato un impossibile ponte tra due civiltà lontane, i suoi occhi scivolarono da quella visione all'immagine della Sagrada Familia, l'affascinante basilica catalana opera del genio di Gaudí che aveva ammirato durante la gita a Barcellona. Vide le sue guglie affusolate che si sovrapponevano ai palazzi, e come dita oblunghe puntavano il cielo. Scacciò il ricordo, e tornò ad ammirare le facciate lucenti degli edifici colpite dalla luce del primo sole del mattino. Jenny immaginò che quello fosse il centro di Marina, ma non fece altre domande. Per il momento le bastava sapere il motivo di quella incursione in una zona abitata e potenzialmente pericolosa.

«Con la mia identità» rispose Ben, gli occhi fissi sulla strada poco trafficata, «non andiamo da nessuna parte. Devo incontrare una persona.»

«Dove?»

«Non molto lontano da qui. In un posto sicuro.»

Quando Ben si lasciò alle spalle la zona industriale e si inoltrò nel cuore della periferia, comparvero finalmente passanti, vetrine di negozi, cartelli stradali. Niente di così distante dall'immagine residua che Jenny conservava della propria civiltà di appartenenza, anche se il tutto le appariva oltremodo freddo.

«È un quartiere povero?» chiese mentre notava le insegne mezze distrutte dei negozi, l'abbigliamento trasandato della maggior parte delle persone che camminavano sul marciapiede, la carrozzeria malconcia delle auto parcheggiate.

«Sì… ma la gente non se ne accorge nemmeno» rispose Ben.

Jenny notò il suo tono amaro. «In che senso?» domandò.

L'uomo rallentò e accostò. Poi si voltò verso di lei.

«Quaggiù tutti pensano che la topaia in cui vivono sia la migliore possibile. Si illudono di essere liberi, mentre camminano con le catene ai piedi. Pur di sentirsi protetti accettano di vivere in una gabbia, di essere schedati, e si bevono lo slogan secondo cui "Un cittadino controllato è un cittadino sicuro". Schiavi felici, io li chiamo così. A qualsiasi ceto sociale appartengano.»

«Quei grattacieli che ho visto prima… è il centro della città?»

«Esatto.»

«Sembra un posto per ricchi. Anche lì la gente è schiava?»

Ben sorrise, scosse la testa e la fissò mesto.

«Finché avranno accesso a ogni informazione, che sia un acquisto, uno spostamento o una preferenza, e controlleranno le nostre relazioni sociali, gli ideali, le idee…» Ben alzò l'indice e glielo mostrò, disegnando un cerchio nell'aria. «Finché ci sarà tutto questo, non farà alcuna differenza che il profilo sia carico o meno di soldi. Ci muoveranno sempre come pedine, a loro piacimento. Compreremo quello che vogliono venderci, voteremo il programma che hanno già scelto prima di interpellarci, moriremo delle malattie con cui hanno deciso di infettarci. Forse non sono il solo ad aver aperto gli occhi, e l'ho fatto grazie a mio padre, ma di certo siamo pochi. Prova a convincere un servo che la sua è un'esistenza di condanna. Sarà capace di difendere le scelte del suo padrone piuttosto che ammettere la propria condizione.»

Jenny rimase attonita di fronte allo sfogo di Ben. Non era in grado di comprendere appieno gran parte delle sue considerazioni. Si guardò intorno e notò che avevano accostato vicino a un negozio sulla cui insegna lesse il nome OMNIA.

«Ora vieni con me» riprese Ben. «Non dobbiamo dare nell'occhio, abbassa la visiera e non fiatare.»

«Va bene.»

Scesero dalla macchina e lo sguardo di Jenny cadde sugli oggetti esposti nella vetrina del negozio. C'erano libri dalla copertina rigida, coltelli, giubbini senza maniche ma con un sacco di tasche, binocoli, bussole, scarponi, cinture... e uno slogan inciso su una targhetta di legno che recitava: TUTTO QUELLO CHE CERCATE È QUI.

Ben entrò nel negozio e l'apertura della porta fece lampeggiare una fila di luci al neon rosse poste sul soffitto. Jenny lo seguì, la visiera calcata sulla fronte, l'andatura impacciata. L'interno del locale era un guazzabuglio di scaffali, oggetti di svariata natura impilati uno sull'altro, ripiani zeppi di arnesi di cui ignorava l'esistenza o non ricordava la funzione.

Dietro il bancone, un uomo basso e tarchiato dalla pelle olivastra, i capelli neri e lucidi raccolti in una coda, salutò il cliente con cui stava parlando e si voltò verso Ben. Una brutta abrasione che iniziava alla base dell'orecchio gli attraversava tutto il lato destro del collo. Lo stupore si dipinse sul viso dell'uomo, che batté più volte le palpebre, come per essere sicuro di ciò che stava vedendo.

«Non ci posso credere...» mormorò.

Ben abbozzò un sorriso, e solo quando il cliente uscì dal negozio e i tre furono soli rispose: «Non ho molto tempo, Mark».

«Ma tu non dovresti essere... È successo qualcosa?» chiese l'uomo mentre usciva dal bancone e si avvicinava a Ben con le braccia aperte.

«Non qui» lo frenò Ben, alzando un sopracciglio che tremò per il nervosismo.

«Andiamo al piano di sotto» propose Mark senza scomporsi, e li condusse verso una scaletta dalla parte opposta del negozio. Mentre seguiva l'uomo, Jenny lanciò uno sguardo oltre la vetrina, sulla strada. C'era già una taglia sulle loro teste? O avevano ancora tempo prima che la polizia iniziasse a cercarli?

Ben e Jenny seguirono Mark lungo le scale e si ritrovarono in una stanza dominata da un lungo tavolo in legno pieno di scartoffie.

Al riparo da occhi curiosi e circospetti, i due uomini si strinsero in un caloroso abbraccio.

«Jenny» disse Ben. «Lui è Mark, il fratello di mia moglie. L'unica persona di cui possiamo fidarci in questo momento. Un uomo dalle mille risorse, tra l'altro.»

«Ciao» lo salutò Jenny con un filo di voce, sorridendo timidamente ma senza alzare la visiera.

«E questa» continuò Ben, lo sguardo rivolto al cognato «è la persona che non deve finire nelle mani sbagliate. Si chiama Jenny.»

Mark corrugò la fronte e fissò la ragazza con sguardo interrogativo, quindi si sedette su una panca, che scricchiolò ma resse il suo peso.

«Cosa ti serve, Ben? Tu dovresti essere al tuo posto, o sbaglio?»

«Un'altra identità. So che lo puoi fare. Devo raggiungere mio padre, e nel giro di poche ore sarò un ricercato. Se non lo sono già.»

«Chi devi raggiungere, scusa?»

Ben abbassò lo sguardo, senza rispondere. Era il momento di gettare la maschera, con Mark poteva e doveva farlo.

«Non è morto. Vive sull'isola di Limen da molti anni. E oggi è venuto qui per aiutarmi.»

«È qui… in Gea? Vivo? Stai scherzando?»

«No. Devo incontrarlo oggi pomeriggio. Ma posso farcela solo se mi procuri una falsa identità per superare un paio di passaggi controllati. E se puoi, anche una macchina. La mia è meglio farla sparire dalla circolazione il prima possibile.»

Mark scosse la testa, incredulo, mentre Jenny osservava la scena immobile, senza fiatare.

«Tu vuoi fare una brutta fine. Per quale causa ti stai battendo? Cosa vuoi ottenere?»

Ben alzò le sopracciglia e scambiò una rapida occhiata con Jenny. «Meno sai, meglio è. E poi non c'è tempo per le spiegazioni. Puoi procurarmi quello che mi serve o no?»

«L'identità non è un problema. Per la macchina farò un tentativo. Altro?»

Ben fissò Mark negli occhi, un nodo gli strinse all'improvviso la gola.

«Dimmi che la mia famiglia sta bene. Le comunicazioni con la nave sono certamente manipolate, potrei giurare che non era mia moglie a scrivermi su Testo.»

«La tua famiglia sta benissimo… Non capisco, perché dovrebbero farti una cosa del genere?» Mark osservò Jenny con la coda dell'occhio. «Hai scoperto qualcosa che non dovevi scoprire?»

Ben chiuse per un attimo gli occhi e sospirò, la commozione stava per prendere il sopravvento.

«Se mi succede qualcosa, ti prego, promettimi che non sarai solo un fratello per Loren, ma anche un padre per le mie figlie. E un'altra cosa...» Ben mise una mano in tasca e tirò fuori il Triskell preso al porto di Horus, lo porse a Mark mentre i suoi occhi si facevano lucidi. «Dai questo a Melissa e a Lara, di' loro che...»

Ben scoppiò in lacrime e si portò una mano al volto, coprendosi gli occhi mentre cedeva al peso delle emozioni. «...che ne ho trovato uno solo.»

Mentre il ciondolo passava da una mano all'altra, Jenny lo seguì con lo sguardo e rimase senza fiato. *Quel simbolo... io lo conosco.*

La sua mente fece il resto. Scavò senza freni negli abissi della sua memoria, vi rovistò senza che lei si potesse opporre e un istante dopo Jenny si ritrovò seduta sul divano di un salotto, di fronte a una coppia di anziani signori sorridenti, i volti solcati da file di rughe, gli occhi ancora capaci di riflettere l'amore incondizionato di cui il loro cuore era capace.

Quando Jenny abbassò lo sguardo, al suo collo era appeso lo stesso ciondolo.

«Racconta l'origine gaelica della nostra famiglia» le aveva detto il nonno.

Sì, lo ricordava bene. Lo rammentava come se fosse appena accaduto. Come se le emozioni più pure e sincere della sua vita non conoscessero l'usura del tempo, e fossero custodite in un luogo sempre accessibile della mente. Avrebbe dato qualsiasi cosa per abbracciare ancora una volta i suoi nonni, per rimanere chiusa in quel ricordo, protetta, al sicuro. Invece riaprì gli occhi, mentre Mark e Ben la osservavano stupiti.

«Cosa succede?» chiese Ben mentre si asciugava il volto.

«Niente» rispose lei. «Solo un ricordo improvviso...»

Uno dei più felici della mia vita passata.

Capitolo 29

Prima di finire a vendere oggetti di ogni tipo in quella bottega alla periferia di Marina, Mark aveva lavorato alla Lax per quindici anni. L'industria non fabbricava soltanto telecamere. Sarebbe fallita, se fosse stato così, dal momento che la produzione di sistemi di controllo era colata a picco dopo la decisione del governo di adottare i microchip. La fabbrica non solo non era caduta in miseria, ma aveva sbaragliato ogni possibile concorrenza. Anche i microchip, infatti, erano un brevetto firmato Lax.

Il cognato di Ben conosceva i brevetti ed era in grado di riprodurre un impianto con l'ausilio di un paio di materie prime e un pannello con un software specifico. In passato, Mark aveva confidato a Ben che durante un momento buio della sua esistenza, dopo il licenziamento dalla Lax, si era messo a contrabbandare microchip. Nessuno era mai risalito a lui: il negozio che aveva aperto rappresentava una copertura perfetta, e Mark era un tizio di poche parole.

«La telefonata ha avuto l'esito che speravo» disse l'uomo non appena tornò al piano di sotto, da cui si era assentato per qualche minuto. «Mi lasciano una macchina sul retro tra un quarto d'ora. Non la rivedrò più, vero Ben?»

«Non credo. Ma puoi smontare il mio fuoristrada e rivendere i pezzi. È tutto tuo.»

«Lo immaginavo. Poco male, mi dovevano un favore, e poi è un mezzo catorcio. Quanto al fuoristrada… no, troppo rischioso. Lo farò sparire.»

Ben non riuscì a trattenere una risata amara. «Dovresti ribellarti anche tu, un giorno. Tu lo vedi questo schifo. Lo riconosci! Proprio come me.»

«Ne abbiamo parlato un milione di volte» lo interruppe Mark. «Una guerra da solo contro tutti? No, non la combatterò. Non so in che casino tu ti stia infilando con questa ragazza, e hai ragione: meno ne so, meglio è. Ma una cosa è certa, e lascia che te la dica. Stai rischiando grosso.»

Ben fece un sospiro e corrugò la fronte, lo sguardo rivolto verso il basso.

«È la cosa giusta da fare, Mark. L'unica cosa giusta da fare.»

Un quarto d'ora più tardi, Ben era a bordo di una Galera grigia vecchia di otto, forse nove anni. Non se ne vedevano più molte in giro, era un modello superato e la stessa casa di produzione ormai metteva sul mercato solo furgoni e veicoli commerciali. Montava gomme con una scanalatura talmente impercettibile che al primo acquazzone, se non fosse stato attento, Ben avrebbe rischiato di finire in testacoda. Gli interni erano rovinati, con il tessuto dei sedili strappato in più punti. Anche la carrozzeria era in pessime condizioni, ammaccata e segnata ovunque.

Un mezzo catorcio, come l'aveva definita il cognato, ma era l'auto perfetta per togliersi di torno senza dare nell'occhio.

Mark aveva consegnato a Ben una scatoletta di cartone contenente un microchip. Per riuscire a renderlo utilizzabile nell'immediato, Mark l'aveva associato all'identità di una persona deceduta da meno di un mese. Gli archivi digitali di Gea quasi certamente non avevano ancora registrato la notifica, dunque i rilevatori non sarebbero stati di ostacolo.

«Ma quando sei uscito dalla nave… come hai fatto a sfuggire ai rilevatori?» aveva chiesto Mark mentre Jenny saliva in macchina.

«Ho utilizzato il mio profilo. Sanno benissimo che sono scappato, ho chiesto addirittura a una mia collega di segnalarmi in modo da scagionarla da eventuali accuse di complicità. Mi preoccupa quello che accadrà da adesso in poi. Non so che intenzioni abbia mio padre e non posso più utilizzare il mio identificativo, altrimenti scoprirebbero subito dove mi trovo. A proposito, questa macchina…»

«Non ha il localizzatore satellitare, tranquillo. Un'ultima cosa, Ben. Tuo padre… perché ha finto di essere morto tanti anni fa? Che segreto custodisce?»

Ben aveva fissato l'amico per un lungo istante. «Meno ne sai, meglio è. L'hai già dimenticato? E ti prego, non raccontare niente a Loren. Dille solo che la amo dal primo giorno in cui ci siamo incontrati all'Ateneo.»

Mark aveva annuito, e i due uomini si erano salutati stringendosi in un lungo abbraccio. Ben aveva avvertito la sensazione gelida di un silenzioso addio. Sarebbe potuta andare diversamente? Che lui fosse riuscito a portare Jenny via di lì, o che fosse stato catturato e ucciso, difficilmente si sarebbero rivisti.

Ben si era seduto al posto di guida, aveva messo in moto e si era allontanato dal negozio. Aveva lasciato il quartiere in fretta, puntando dritto verso l'ingresso autostradale.

La Galera guidata da Ben imboccò l'autostrada verso le otto e quaranta di quell'afosa mattinata estiva.

Jenny, che era rimasta in silenzio per tutto il tempo, rifletteva su quanto aveva visto e sentito mentre l'ansia continuava ad attanagliarla, e come una corda stretta al collo le toglieva il respiro. Solo il ricordo di quel vecchio ciondolo riusciva a riportare la sua mente a una realtà felice, ma lontana un'eternità.

Quando arrivò in prossimità del passaggio controllato, Ben tirò fuori dalla scatoletta che gli aveva consegnato Mark un congegno cilindrico di plastica con un'estremità tondeggiante colorata di rosa. Quello era il punto in cui era stato installato il software. Doveva infilare nel rilevatore il piccolo dispositivo, così come fino al giorno prima avrebbe fatto con il dito indice.

«Non so neanche come mi chiamo...» cercò di sdrammatizzare mentre il pannello identificava il finto profilo e sul display compariva la scritta: GRAZIE, E BUONA GIORNATA!

«Adesso andiamo da tuo padre?» chiese Jenny timidamente.

«Proprio così.»

Ben ripartì, si lasciò il passaggio alle spalle e tirò un sospiro di sollievo. L'aiuto di Mark era stato preziosissimo, e se non altro aveva la garanzia che qualcuno si sarebbe preso cura di Melissa e Lara, se le cose fossero volte al peggio.

Qualche chilometro dopo, mentre il pensiero vagava tra i ricordi dei momenti passati con Loren, e si soffermava su quello indimenticabile in cui avevano scoperto di aspettare la prima figlia, il suo cuore si fermò all'improvviso.

«Maledizione, un posto di blocco...» disse mentre i muscoli del collo si irrigidivano e le mani si stringevano con forza al volante.

Jenny si tirò su e avvicinò la faccia alla spalla di Ben.

«È normale?»

«Così presto no, affatto. Ne fanno sempre di meno, e li piazzano solo quando c'è qualcosa che non va. Questa non ci voleva, maledizione.»

«Cercano noi...»

«Jenny» disse lui mentre rallentava. Gli agenti, una decina, si erano disposti accanto a tre macchine di colore blu scuro, con due strisce bianche che percorrevano la fiancata, trama che si ripeteva sulle divise dei poliziotti. Due di loro avevano in mano una paletta luminosa alzata in segno di stop. «Non so cosa sei in grado di combinare con la mente. Ma siamo fottuti. Tutto ciò che sei capace di fare... fallo.»

Jenny chiuse gli occhi per un attimo.

La tua mente è la chiave...

L'auto di Ben frenò in prossimità di una delle macchine della polizia parcheggiate in mezzo alla strada. Un agente in divisa si avvicinò. Indossava occhiali da sole e aveva capelli ricci, brizzolati e unti di gel.

Ben abbassò il finestrino mentre Jenny, nello specchietto retrovisore, si sistemava il cappellino calando leggermente la visiera.

«Polizia di Gea» esordì l'uomo. «Divisione Atene-12. La mano, per cortesia.»

«Certo» assentì prontamente Ben, allungando il braccio oltre il finestrino. Il suo sorriso forzato era in totale contrasto con la scarica di battiti cardiaci impazziti che stava cercando di ignorare.

«Ben… RJK546T8» lesse il poliziotto sulla tavoletta elettronica che reggeva in mano, collegata da un cavo a un piccolo sensore delle dimensioni di una moneta che l'agente aveva posizionato sul dito indice dell'uomo.

«Sì…»

«Lei non dovrebbe essere a bordo della stazione sottomarina *Mnemonica*, in questo momento?»

Mentre Ben tergiversava cercando di balbettare una risposta, l'agente si voltò verso i colleghi, alzò un braccio e con un gesto della mano li invitò ad avvicinarsi. Quindi si rivolse a Jenny con tono autoritario: «Scendi dalla macchina».

Altri due uomini in divisa avanzarono e intimarono a Ben di uscire lentamente dal mezzo, mentre Jenny rimaneva seduta immobile, lo sguardo dritto di fronte a sé, quasi in trance.

Ben scese e i due lo fecero voltare, quindi lo perquisirono, mentre il primo agente, visibilmente spazientito, apriva con forza la portiera posteriore.

«Mi hai sentito, ragazzina? Scendi *subito* da questa macchina.»

Jenny non mosse un sopracciglio.

Il poliziotto la guardò per un istante, avvertendo un fremito di immotivato timore. Quindi estrasse la pistola dalla fondina e gliela puntò contro. Nello stesso momento, uno dei suoi colleghi sferrò un pugno nel fianco di Ben, che si accasciò vicino all'auto.

Quando il poliziotto armato afferrò Jenny per un braccio e la tirò fuori dalla macchina strattonandola con violenza, lei incrociò finalmente il suo sguardo.

Penetrò le nere iridi dell'uomo seguendo il richiamo della paura, rispondendo a un istinto primordiale di sopravvivenza. Non sapeva fin dove poteva spingersi, e un brivido le percorse la schiena mentre prendeva possesso delle profondità dell'animo di quell'individuo.

Fu un attimo. Il poliziotto caricò l'arma con un movimento del pollice, quindi si voltò di scatto e cominciò a sparare come in preda a un raptus mentre Ben, in ginocchio, alzava lo sguardo e vedeva i due agenti piombare a terra a peso morto.

Altri tre poliziotti caddero, colti alla sprovvista da quella mossa. Due si nascosero dietro le rispettive macchine e altri due provarono a rispondere al fuoco.

Cosa diavolo sta succedendo?, pensò Ben, stordito dalla scena insensata e a dir poco grottesca che aveva di fronte agli occhi. Ma non poteva perdere un secondo in più.

«Sali!» gridò a Jenny mentre si infilava rapidamente in macchina e avviava il motore. Partì a tutta velocità, mentre il poliziotto che aveva analizzato il suo profilo stramazzava al suolo sotto i colpi dei colleghi sopravvissuti. Ben non fece in tempo a sterzare di fronte ai corpi dei caduti. Ci passò sopra, quindi colpì con il fanale anteriore destro la fiancata di una macchina della polizia, spostandola e aprendosi un varco.

Un paio di colpi scheggiarono la fiancata mentre schizzava via. I quattro agenti sopravvissuti saltarono su due delle tre auto e si lanciarono all'inseguimento lasciando dietro di loro un lago di sangue.

«Come stai, Jenny?» chiese Ben, gli occhi fissi sulla strada.

«Mi scoppia la testa. E non è servito a niente.»

«Altroché! Li hai dimezzati. Possiamo farcela.»

«Non arriveremo mai dove dobbiamo arrivare. Lo sai, vero? Siamo fottuti, come dici tu.»

Ben si morse un labbro. Gli agenti alle sue calcagna, senza dubbio, stavano già mobilitando l'intera polizia della regione di Atene. Di lì a poco sarebbe stato circondato. Era della stessa idea di Jenny, ma non voleva ammetterlo nemmeno a se stesso.

Capitolo 30

Ben accelerò al massimo, schiacciando il pedale fino in fondo. Sapeva che non sarebbe servito a niente. Ogni veicolo in Gea era dotato di limitatore di velocità, nessuno poteva superare i centodieci chilometri all'ora e le due macchine della polizia non avrebbero impiegato molto ad affiancarsi. Era un punto di non ritorno. Di lì in poi, ogni minuto segnato sul display rappresentava un passo verso un drammatico quanto doloroso epilogo.

«Dannazione. Dannazione!» gridò, battendo un pugno sul volante.

Jenny si aggrappò ai sedili anteriori, voltandosi di tanto in tanto per controllare la posizione delle auto della polizia. Un altro paio di proiettili colpirono la fiancata del fuoristrada.

«Ci sparano ancora!» esclamò lei, il cuore in gola. Ben aveva gli occhi fissi sullo specchietto retrovisore, mentre davanti a sé l'autostrada era semideserta e il sole del mattino faceva brillare l'asfalto.

«Ci stanno mancando di proposito» disse mentre superava un camion. «Questo significa che uccideranno solo me. Come da copione.»

«Cosa stai dicendo?»

«È così che deve andare. Vincono sempre loro. I poliziotti di questa regione sono tutti tiratori scelti. Se non stanno sparando alle gomme o al lunotto posteriore è perché hanno l'ordine di tenerti in vita a tutti i costi. Sanno chi sei. La segnalazione arrivata da *Mnemonica* deve aver dato il via a un'immediata caccia all'uomo. Speravo avessimo più tempo.» Ben tacque un istante. «Jenny...» riprese poi, visibilmente agitato. «Mio padre si chiama Ian. Ci aspetta alla stazione di servizio al chilometro 481 della B47. Memorizza queste informazioni, non so cosa te ne farai una volta che ci avranno presi, ma se dovessi riuscire a scappare lo troverai lì. Sarà a bordo di una macchina a noleggio, la puoi distinguere perché tutte le altre hanno la bandiera bianca e blu di Gea vicino alla targa, la sua avrà un bollino giallo... o verde, a seconda della compagnia cui l'avrà rubata.»

«Aspetta...» lo interruppe lei, la voce tremolante.

«Non parlare come se...»

Non riuscì a finire la frase. Lo sguardo di Ben era freddo. Consapevole. Rassegnato.

«Io sono un uomo morto.»

Di lì a qualche istante le auto blu iniziarono a speronare la fiancata del fuoristrada per serrarlo tra loro e rallentarne la corsa. Non ci volle molto. Fu lo stesso Ben a desistere, togliendo il piede dall'acceleratore. Era importante che Jenny sopravvivesse, non aveva senso mettere a repentaglio la vita della ragazza.

Quanti minuti sarebbe ancora durata la sua?

Non appena le auto furono ferme, i quattro agenti uscirono e si disposero a semicerchio accanto al veicolo, quindi intimarono a Ben di scendere. Uno di loro si occupò di prelevare Jenny e la caricò su una macchina. Ben fu sbattuto sui sedili posteriori dell'altra con le mani unite dietro la schiena da quello che in gergo veniva chiamato *bloccante,* una catena metallica che si allacciava intorno ai polsi del detenuto e con la pressione di un tasto si accorciava fino a stringerli in una morsa. L'azione era irreversibile. Per liberare le mani serviva lo *sblocco,* un anello che si chiudeva attorno alla catena e nel giro di trenta secondi fondeva il metallo.

L'agente che l'aveva spinto dentro la macchina chiuse la portiera, quindi diede disposizioni agli altri: «Voi due portate la ragazza al Centro Operativo, noi ci occupiamo dell'uomo. Aggiornamento a cose fatte, ci vediamo più tardi per il rapporto».

La voce ovattata arrivò fino a Ben, che aveva già gli occhi chiusi.

A cose fatte… Mi spareranno non appena si saranno divisi, pensò. *Mi finiranno qui, in mezzo al nulla.*

La prima auto si allontanò con Jenny a bordo, proseguendo sulla B47 nella direzione che Ben stava seguendo prima di imbattersi nel posto di blocco.

L'agente alla guida era un ragazzo sulla trentina, moro, dalla pelle olivastra. Il compagno sembrava più vecchio, ma non di molto. Leggermente stempiato, con una barba incolta a incorniciare un viso segnato da diverse cicatrici. Indossava un paio di occhiali da sole, e continuava a voltarsi verso Jenny e sghignazzare.

«Vedrai» rise l'uomo «andrà tutto bene, basta che fai la brava. Ci hanno detto che hai qualcosa di speciale… cosa sarà mai?»

«Smettila, Leno» gli intimò l'altro, gli occhi fissi sulla strada. «Non possiamo fidarci, non ha neanche le mani legate.»

«Con questa mi guadagno sempre il rispetto e la fiducia di tutti, Stan…» ribatté il collega puntando la pistola in faccia a Jenny che rispose ritraendosi, un'espressione di disgusto sul viso.

«Hai visto che cosa è successo prima, o devo ricordartelo? Smettila di fare il coglione. Portiamola al Centro Operativo e basta.»

Jenny distolse lo sguardo e decise di non dare più retta al poliziotto. Quindi scambiò un'occhiata con l'agente alla guida attraverso lo specchietto centrale. Aveva un viso pulito, i suoi occhi riflettevano un animo puro. Rimase in silenzio, si concentrò, poi lo osservò ancora. Di colpo vide un palco, un giuramento di fronte a una folla. Quindi una parata, qualcosa di ufficiale, di importante. Percepì orgoglio, gratificazione, successo. Vide tanti volti giovani esultare e sparare un colpo in aria. Le divise tutte uguali, il taglio di capelli impeccabile. Furono una scarica di flash, come se il ragazzo le stesse mostrando un ricordo indelebile che conservava nella memoria e nel cuore. Il momento in cui gli era stato assegnato quel compito.

Poteva plagiarlo? Usarlo? Poteva salvarsi in qualche modo?

Il suo collega smise di fare battute, estrasse dal cruscotto di fronte a lui una tavoletta interattiva e cominciò a digitare velocemente sulla superficie con i polpastrelli delle dita.

Jenny rimase in silenzio per una buona mezz'ora.

All'improvviso l'uomo scoppiò a ridere di gusto ed esclamò: «L'hanno eliminato. Mi hanno appena dato conferma tramite aggiornamento. Hanno incluso anche l'immagine».

Leno ruotò la tavoletta verso Stan, che annuì senza commentare quando osservò la foto sullo schermo.

Anche Jenny la intravide, per pochi istanti.

Il corpo di Ben era steso su un fianco in mezzo alle sterpaglie, le mani legate dietro la schiena, gli occhi sbarrati. Il capo immerso in una pozza di sangue.

Capitolo 31

So che ci sei…

La voce di Alex risuonò nella testa di Jenny, accasciata sui sedili posteriori dell'auto della polizia che sfrecciava sull'asfalto lucente. Era svenuta di colpo alla visione del cadavere di Ben. Né Stan né Leno si accorsero che non stava semplicemente dormendo.

Ti aspetterò. Devi esserci anche tu in questo posto…

Ogni sillaba era un soffio di vento caldo, una carezza dolce al cuore. Ogni parola era un abbraccio che mancava da tempo immemore, un sogno lontano ma destinato a ricominciare. Poteva rispondere? Era in grado di farlo?

Jenny rimase per qualche istante come immersa nella bolla di beatitudine e serenità in cui quella voce la stava avvolgendo. Uno scudo capace di proteggerla dall'energia oscura che pervadeva il cosmo. Erano passati i secoli, li avevano trascorsi assieme. Mano nella mano, nel limbo di Memoria. Pian piano tutto tornava a galla. Un frammento dopo l'altro.

Sapeva chi era Alex. Una persona speciale, come lei.

I pensieri del ragazzo e i suoi erano particelle vibranti in un microcosmo di destini intrecciati, un nucleo impenetrabile, un mondo con le sue regole in contrasto con l'ambiente circostante. Poteva parlargli, dunque? Poteva spezzare la barriera invisibile che li divideva e sulla quale stavano poggiando il palmo della mano, nella speranza di sfiorarsi? Poteva ricostruire il ponte distrutto dal tempo?

Ti sento, Alex...

Jenny spalancò gli occhi di colpo. Era sdraiata sul sedile dell'auto, le voci dei poliziotti la raggiunsero.

Aveva sognato?

Alzò la testa e vide la campagna deserta scorrere rapida oltre i finestrini dell'auto. Quindi un'insegna colpì la sua attenzione:

AREA DI SOSTA
5 KM

Cercò di ricordare le parole di Ben, quindi si alzò. Leno si voltò per sghignazzarle nuovamente in faccia e fare una delle sue battute fuori luogo, ma Jenny non lo ascoltò nemmeno.

Chilometro 481, autostrada B47.

Aveva detto così, ne era sicura. I suoi occhi andarono alla ricerca di un cartello che indicasse il punto in cui si trovavano. Attese per alcuni secondi, quindi un segnale rettangolare con la scritta in bianco su verde le passò accanto, rapido ma chiaro: KM 477.

«Fatto bei sogni?» la punzecchiò Leno. Era il momento di giocare la sua carta.

«Devo andare in bagno» rispose secca.

Leno si voltò verso Stan, poi di nuovo verso di lei: «Aspetterai».

Jenny capì che in una situazione del genere non era nella condizione di dettare legge, ma poteva tentare di raggiungere l'obiettivo con l'astuzia.

«Come vuoi. La farò qui sul sedile, allora. Tanto lo faranno pulire a te, imbecille.»

Leno estrasse con furia la pistola dalla fondina, si voltò e la puntò dritta sulla fronte di Jenny. «Come ti permetti di rivolgerti a me in questo modo? Chiedi immediatamente scusa o ti sparo in faccia!» gridò, fuori di sé.

Lei lo fissò con aria di sfida, mantenendo la calma.

«Scusa… non sei un imbecille. Sei solo uno schiavo. Sparami, dai. Premi quel grilletto. Oh, già. Non puoi farlo. Non puoi fare niente che non ti sia stato ordinato.»

L'uomo continuò a guardarla negli occhi, ma la mano gli tremava. Digrignava i denti, come alla ricerca di una replica vincente che non avrebbe trovato.

«Smettila, Leno» intervenne Stan con tono autoritario. «Metti via quell'arma, maledizione!»

Il ghigno di Jenny si trasformò in un sorriso compiaciuto mentre Leno si voltava e cercava di darsi una calmata.

«C'è un'area di sosta a un chilometro» aggiunse Stan guardandola dallo specchietto centrale. «Dovremo venire in bagno con te, e su questo non si discute, capito?»

Jenny abbassò le palpebre e fece un cenno del capo come ad accettare il compromesso, quindi rimase in silenzio.

L'uomo indossava una giacchetta smanicata beige su un paio di pantaloni neri, lo sguardo celato dietro un paio di occhiali da sole a specchio. Era appoggiato con la schiena a un muro e fumava il sigaro. La fronte solcata dalle rughe, in testa pochi capelli che si agitavano al vento, il pizzetto bianco a incorniciare il viso di un quasi settantenne. Di fronte a lui era parcheggiata un'automobile nera con la portiera aperta. Tirò fuori da una tasca della giacca una specie di volantino, quindi lo agitò vicino al volto per farsi aria. Faceva molto caldo, il sole batteva spietato sull'asfalto. Ogni tanto qualche camion entrava e si fermava nell'area di sosta.

Quando l'auto della polizia spuntò dalla rampa proveniente dall'autostrada, l'uomo gettò il volantino nel cestino dei rifiuti accanto a lui, quindi camminò lentamente verso la sua macchina, il sigaro stretto tra le labbra. L'auto blu gli passò accanto e andò a terminare la corsa di fronte ai distributori di bevande e tramezzini. Fu in quel momento che la vide, oltre il finestrino posteriore destro. Il cappellino dell'acqua

Frey in testa, i capelli castani che cadevano sulle spalle larghe da nuotatrice. Indossava una maglietta bianca. Si voltò verso di lui mentre i poliziotti scendevano dalla macchina. L'aveva già vista nei file cifrati che Ben era riuscito a inviargli su Testo dal pannello del suo alloggio di *Mnemonica*. Era Jenny.

«È arrivata solo lei...» sussurrò a se stesso, deglutendo a fatica. Quindi si piegò e prese qualcosa nell'auto, le spalle rivolte ai distributori.

Dietro di lui, a una ventina di metri di distanza, Leno afferrò Jenny per un braccio, la tirò fuori dalla macchina e la trascinò verso i servizi. Stan si guardò attorno e rimase in attesa, mentre l'uomo con la giacchetta beige si voltava, le labbra storte in un'espressione spietata col sigaro penzolante all'angolo della bocca, gli occhiali da sole anonimi a coprire gli occhi lucidi, un mitragliatore nero e scintillante tra le mani.

«Uomo armato, Leno! Uomo armato!» gridò Stan mentre Ian, padre di Ben, colui che aveva tirato fuori la cabina di Alex dai fondali dell'oceano, scaricava una raffica di proiettili sul suo petto.

Leno sgranò gli occhi e rimase immobile, mentre Jenny si divincolava e scappava dietro la fila di distributori. Ian camminò lentamente verso l'agente, che aveva iniziato a tremare come una foglia al vento.

«L'avete ucciso, vero? Dimmi solo questo» disse mentre puntava il mitra contro il poliziotto.

«Chi?» gridò Leno, ansimando. «Di chi parli? Sei impazzito? Stai firmando la tua condanna a morte, vecchio.»

«No» rispose glaciale Ian. «Ho appena firmato la tua.»

La raffica di colpi che investì l'agente lo spinse indietro di tre metri, dove si accasciò. Seguì un istante di silenzio irreale, mentre il sangue si riversava sull'asfalto e si mescolava alla polvere. L'uomo sputò il sigaro per terra in segno di disprezzo, e si avvicinò al corpo di Leno. Si inginocchiò accanto al cadavere, poi estrasse da una tasca dei pantaloni un coltello e tagliò di netto l'indice della vittima.

Nessun camionista parcheggiato nell'area di sosta uscì dal proprio mezzo. Nessuno osò curiosare, mentre Ian tornava alla macchina e gettava il mitra sul sedile del guidatore.

Quando si voltò, Jenny stava spuntando dal retro del distributore. La ragazza fece qualche timido passo in avanti, quindi mise una mano nella tasca più larga dei pantaloni e tirò fuori la tavoletta arrotolata. L'aveva presa dalla borsa e nascosta, prima che le auto della polizia bloccassero il fuoristrada di Ben in autostrada.

«Lei è Ian, vero?» chiese Jenny con un filo di voce, porgendo la fotografia all'uomo. «Suo figlio avrebbe voluto farle vedere questa.»

Lui si tolse gli occhiali da sole, li infilò in tasca e osservò i volti di Loren e delle nipotine, riprodotti sullo schermo della tavoletta interattiva.

Sorrisi innocenti e lontani, che suo figlio Ben non avrebbe più rivisto.

E pianse.

Capitolo 32

Il sole di quella drammatica mattina di fine estate era un disco rovente nel cielo limpido, e batteva sul parabrezza dell'auto guidata da Ian, ostacolando la visuale, mentre l'uomo raccontava a Jenny di come era finito sull'isola di Limen, tanti anni prima, dopo aver cambiato identità, ricominciando da zero in quel posto di fuorilegge.

«Quindi è lì che stiamo andando?» chiese lei, seduta davanti, un braccio appoggiato fuori dal finestrino. Il battito del cuore finalmente regolare, Jenny osservava la campagna che rispondeva brulla e monotona. Una fila di campi aridi e deserti, come le menti dei cittadini che Ben aveva dipinto nei suoi racconti.

«No» rispose Ian. «Non possiamo.»

Jenny corrugò la fronte. L'uomo sembrava sicuro di sé.

«Non andremo sull'isola. Raggiungeremo un posto sicuro, a pochi chilometri da qui. Ma prima devo sistemare una faccenda.»

La ragazza fece un respiro profondo, quindi tornò a osservare quel paesaggio insignificante. Dov'era Alex? Era davvero riuscita a sentirlo nella sua testa o si era trattato di un sogno? Si era svegliata in un mondo che non era il suo, in un tempo che non conosceva, era una straniera in una terra più lontana di quanto si potesse immaginare. Alex rappresentava il suo unico legame con le radici della civiltà in cui era nata. Era parte di lei. C'era sempre stato, condivideva il suo stesso dono e l'aveva tenuta per mano durante i secoli di attesa in Memoria, che ora tornavano come diapositive confuse, talvolta agghiaccianti.

Jenny rimase in silenzio per un bel po', mentre Ian guidava verso una destinazione a lei ignota. Ma prima, come aveva detto, doveva *sistemare una faccenda.* Non richiese più di un paio di minuti: a un certo punto si spostò sulla corsia più a destra dell'autostrada e uscì in prossimità di un cartello che indicava un paese chiamato Sirio. Le chiese di aspettarlo in macchina, lei annuì e rimase a guardare. In prossimità di un passaggio controllato che delimitava l'uscita dall'autostrada, Ian accostò senza attraversarlo. Poi scese dal mezzo. Tutt'intorno l'unico rumore era un continuo frinire di grilli e non c'era l'ombra di un veicolo. Come la stazione di servizio, anche il passaggio non era controllato da alcun essere umano. Jenny vide Ian avvicinarsi a una colonnina poco più alta di lui. Quindi estrasse qualcosa da una tasca della giacca e lo infilò in una fessura. Sembrava un dito. *Era* un dito. Una fila di piccole strutture cilindriche oltre il passaggio rientrarono nel terreno per qualche secondo. Poi riemersero.

Quando Ian tornò al posto di guida, lei lo interrogò con uno sguardo perplesso.

«Qualcuno si metterà presto sulle nostre tracce. Nell'area di sosta c'erano dei camionisti. Non si sono sognati di intervenire, ma avranno senz'altro segnalato il mio spettacolo alle autorità. Chi arriverà sul posto noterà che ho staccato un dito a quel bastardo, e penserà che l'ho usato per passare da questo varco. Lo facevano i delinquenti tempo fa, è un'usanza che non va più di moda. Noi invece adesso facciamo dietrofront.»

Ian sorrise e una ruga di affascinante astuzia si disegnò attorno alle sua labbra. Poi aggiunse: «Un piccolo depistaggio, insomma. Sempre che siano così stupidi da caderci».

Jenny annuì e rispose all'ironia di Ian con un'eloquente alzata di sopracciglia, mentre l'uomo rimetteva in moto e faceva inversione di marcia, lasciandosi il passaggio controllato alle spalle.

❀ ❀ ❀

Il vecchio guidò per una trentina di chilometri, quindi accostò in prossimità di un'ampia area d'emergenza.

«E ora» disse alla ragazza con tono sarcastico, infilando tra i denti un nuovo sigaro. «Ci liberiamo di questo pessimo modello di utilitaria.»

Scesero dall'auto, Ian disinserì la marcia lasciando l'auto in folle, quindi la spinse dalla portiera di sinistra chiedendo a Jenny di fare lo stesso dalla parte opposta.

L'area di emergenza era delimitata da una fila di cespugli alta tre metri abbondanti, oltre i quali il terreno scendeva sconnesso e incolto fino a un fiumiciattolo. Preso l'abbrivio, l'auto scivolò senza problemi sull'asfalto, penetrò nei cespugli e a quel punto i due lasciarono la presa e si allontanarono. Dal frastuono che udirono pochi secondi più tardi, la macchina doveva essere finita dritta dove Ian sperava che arrestasse la sua corsa: nel fiume.

«E ora?» chiese Jenny mentre strofinava le mani sulla maglietta che cadeva larga sui pantaloni presi in prestito da Ben.

«E ora proseguiamo a piedi.»

Lo sguardo della ragazza si incupì. «A piedi?»

«Non preoccuparti, ci vorranno quindici, venti minuti. Ho una piccola base d'appoggio da queste parti. Per questo avevo dato appuntamento a mio figlio al chilometro 481.»

Jenny non fece altre domande. Seguì l'uomo mentre si inoltrava in un sentiero tra i cespugli con la dimestichezza di un cacciatore esperto e si infilava tra gli alberi lasciandosi l'autostrada alle spalle. Li avrebbero cercati, certo. Ma era in buone mani, a quanto pareva.

«Presto» disse Ian mentre si divincolava tra i rami «avrai le risposte che stai cercando. Non so se e come usciremo da questa situazione. Ma so come ci siamo arrivati. Conosco i nostri limiti. Ma anche i loro.»

Jenny non rispose. Lasciò parlare il vecchio, che sembrava farneticare. Che ne sapeva lui, delle risposte che lei stava cercando? Che ne sapeva del passato? Del mondo da cui provenivano lei e Alex, un mondo che aveva chiuso gli occhi in una mattina di dicembre del

2014? Quella di Ian e Ben era una famiglia di ricercatori, questo le era chiaro. Ma per quanti reperti avesse offerto il mare alla nuova civiltà che popolava il pianeta, nessuno avrebbe saputo raccontare cosa fosse la Terra prima dell'asteroide meglio di lei, o di Alex.

Camminarono per una ventina di minuti, attraversando i campi dove non si poteva certo dire che la vegetazione crescesse rigogliosa. Sembrava una zona abbandonata a se stessa, e forse era per questo che la "base d'appoggio" di Ian era situata da quelle parti.

Ti sento, Jenny...

Il pensiero di Alex la investì come una folata improvvisa di vento, come un richiamo che echeggiava nell'aria e le sibilava accanto per poi volteggiare e tornare ancora, in una cantilena che avrebbe ascoltato all'infinito.

Alex... dove sei?

Jenny si fermò, mentre Ian procedeva tra i campi. Quando il vecchio si voltò, lei aveva la testa all'insù, le braccia spalancate, gli occhi chiusi. Era come persa nella beatitudine mistica di un sogno, come vittima di un delizioso incantesimo. Le labbra stirate in un sorriso sincero, mentre respirava a pieni polmoni l'aria che trascinava i pensieri di Alex per intrecciarli con i suoi.

«Siamo quasi arrivati, Jenny» disse Ian. «Tra poco sarai al sicuro.»

Lei si destò, stropicciò gli occhi e si rimise in cammino.

Un breve tragitto, ma pareva infinito. Dovunque stessero andando, l'unico desiderio di Jenny era quello di ritrovare Alex, abbandonarsi sul suo petto e dimenticare passato, presente e futuro. Cancellare la fine del mondo, i secoli trascorsi nel limbo mentale di Memoria e il risveglio nel bel mezzo di una nuova era.

Quando Ian le indicò una cascina in lontananza, lo sguardo di lei si fece curioso.

«Eccoci qua» disse l'uomo, il braccio teso con l'indice puntato verso la costruzione. «Vai avanti. Entra pure e aspettami in sala. Io ti raggiungo subito.»

Jenny annuì. Le ginocchia doloranti, le caviglie che sembravano sul punto di spezzarsi da un momento all'altro, si incamminò verso la cascina. Quando fu di fronte alla porta di legno, la spinse con forza. La voce di Alex echeggiava nella sua testa in continuazione, premeva con insistenza sulle pareti del cranio e sembrava sempre più vicina, come se il ragazzo sussurrasse nel suo orecchio dall'interno.

Non appena Jenny entrò nell'ampia sala, il suo battito cardiaco si arrestò per un istante. Al centro della stanza, di spalle, di fronte a una parete con due fucili appesi come a formare una X, c'era lui. C'era Alex.

Quando si voltò di scatto, il ciuffo biondo spettinato sulla fronte come il primo giorno che l'aveva visto, gli occhi gonfi e lucidi e un sorriso disegnato sulle labbra, a lei mancò il respiro.

Nessuno dei due parlò. Rimasero immobili per un attimo, quindi corsero l'uno tra le braccia dell'altra. Si strinsero più forte che mai, con le unghie affondate nella carne per dimostrare a se stessi che era tutto vero. Che si erano ritrovati in una realtà fisica, che la vita aveva offerto loro una seconda possibilità e se la sarebbero giocata assieme. Finalmente il dolore era vivo. Non era la grandine fittizia di Memoria. Non il freddo o la pioggia di una simulazione mentale. Era qualcosa che faceva male sul serio. Una sensazione straordinaria, paradossalmente adorabile.

Le loro labbra si unirono e fu un attimo sospeso nel tempo, capace di trascinarli altrove, in un luogo che solo le loro anime conoscevano, una fortezza inoppugnabile e impenetrabile. Una roccaforte sperduta in un cosmo ignoto, dove nessuno sarebbe potuto mai entrare. Era la magia di un amore che aveva intrecciato i loro destini e li aveva legati per sempre. Oltre le infinite strade. Oltre i cicli della vita, l'inizio e la fine di ogni cosa.

Ora Jenny poteva ricordare.

Finalmente le sensazioni la avvolgevano e la riportavano indietro. Le restituivano il ricordo di quell'amore puro, deciso forse dal destino, forse dal caso. Adesso sapeva davvero, di nuovo, chi era Alex.

Ian entrò in sala senza far rumore e spuntò alle loro spalle senza dire nulla, nel totale rispetto di quel momento. C'era una luce diversa nella stanza. Come se i pulviscoli nell'aria fossero appena stati investiti da un bagliore fortissimo e continuassero a rifletterlo.

Come se si fosse appena sprigionata un'energia sconosciuta, impalpabile e invisibile. Una forza che agiva su un piano superiore e investiva la materia senza che l'occhio potesse riconoscerne la forma, ma fosse solo in grado di percepirne gli effetti.

Erano di nuovo uniti, quasi cinquecento anni dopo.

Di nuovo assieme.

Capitolo 33

Ian entrò nell'ampio salone. Dietro di lui, una mensola correva lungo tutta la parete. Ospitava una schiera di cornici, la maggior parte delle foto raffigurava una donna bionda, i capelli ricci, il viso tondo e paffutello, lo sguardo acceso e radioso. In alcuni ritratti era più giovane, in altri doveva avere una cinquantina d'anni. In un paio la donna posava mano nella mano con Ian.

«È magnifico vedervi assieme» commentò guardando i due ragazzi. «Vi starete facendo un mucchio di domande…» aggiunse mentre si sedeva su una poltrona e posava a terra la sacca con il mitra.

Alex e Jenny si voltarono, ancora abbracciati. Entrambi sorpresi e, forse per la prima volta, quasi spaventati da quella presenza. Cosa ne sapevano, in fondo, del vecchio? Perché ci teneva tanto a riunirli? Li avrebbe sottoposti a qualche esperimento?

«Partiremo al calar del sole» disse lui con voce rauca, quindi tossì. «È necessario che voi siate al massimo delle vostre forze.»

«Dove andremo?» Jenny si morse il labbro inferiore, la mano stretta a quella di Alex.

«Fuori da questa topaia. Venite con me.»

Ian si alzò e fece strada. I ragazzi lo seguirono lungo uno stretto corridoio ed entrarono in una camera arredata alla bell'e meglio, con una scrivania impolverata dalla parte opposta del letto matrimoniale e la tapparella abbassata con una tenda sfilacciata davanti. Solo le lenzuola sembravano nuove, o perlomeno pulite.

Gli occhi di Jenny caddero su un ritratto di donna, in bianco e nero, incorniciato e appeso sul muro sopra la scrivania.

«Quella è... *era* mia moglie» Ian precedette la domanda della ragazza.

«Come si chiamava?» chiese Alex.

«Beth. È morta quando mio figlio aveva nove anni.»

Nella stanza piombò un silenzio carico di dolore e malinconia, poi Ian riprese a parlare: «Avrete molte cose da raccontarvi. Vi prego di riposare, però. Ci aspetta una nottata impegnativa. Non possiamo aspettare domani per scappare. Agire di notte ci darà modo di attirare meno l'attenzione».

Alex annuì, mentre Jenny si sedeva sul bordo del letto.

«Vi sveglio io quando è ora» concluse l'uomo, quindi lasciò la stanza chiudendosi la porta alle spalle.

Alex si sedette accanto a Jenny, e si avvicinò fino a poggiare la testa sulla spalla della ragazza. Quindi la prese per mano e strinse forte le dita attorno alle sue, quasi volesse dimostrare che quel contatto era autentico.

«Il profumo della tua pelle... è reale. Le tue dita, il tuo viso... Non riesco ancora a crederci. Come siamo finiti qui? Me lo chiedo da quando ho riaperto gli occhi.»

«Faccio ancora molta fatica a ricordare. Avevo dimenticato anche te, al mio risveglio. Sei tornato pian piano...»

«È stato lo stesso per me. All'inizio erano come dei lampi... vedevo dei volti, sentivo delle voci che appartenevano a una vita lontana, passata. A qualcosa che non esiste più. Poi sei riaffiorata, e sapevo che ti avrei ritrovata. Lo sentivo, eri anche tu in questo posto, eri salva. Siamo ancora vivi, Jenny! Ti rendi conto?»

Lo sguardo di Jenny si fece triste. «Il figlio di quell'uomo ha sacrificato la sua vita per salvare la mia.»

«Parli di Ben?» chiese Alex, sorpreso.

«Sì. È stato lui a portarmi via dalla nave, dovevamo arrivare assieme all'appuntamento con suo padre.»

«È terribile. Ian ha parlato tantissimo di lui, negli ultimi giorni. Aveva paura che le cose andassero male. Forse se l'aspettava.»

«È un posto folle, questo…»

«Sai Jenny, è assurdo, da quello che ricordo siamo stati un'eternità in quel luogo, Memoria…»

Lei rimase con lo sguardo fisso di fronte a sé, come se il film dei ricordi le scorresse davanti mentre Alex parlava.

«Lo so» rispose. «È stato come rivivere in continuazione la nostra breve vita assieme prima dello schianto.»

«Come diavolo è possibile che siamo finiti qui?» chiese lui alzandosi di scatto. Fece qualche passo verso la scrivania piena di polvere, appoggiò le mani sul ripiano ma le tolse immediatamente.

«Non ne ho idea.»

«L'ultima cosa che ricordo del mondo prima di Memoria, è un salto in una specie di burrone. Tu eri con me.»

«Lo so. L'ho visto.»

«E allora chi ci ha messo in quelle specie di cabine? E quando l'ha fatto? Che questa sia un'ennesima illusione della mente?»

Jenny sgranò gli occhi, incredula. Scosse la testa. «No. Non può essere…»

I suoi pensieri erano un groviglio di immagini confuse, volti senza voce, citazioni prive di autore. Poi, all'improvviso, ricordò.

Stiamo gradualmente perdendo il ricordo delle sensazioni fisiche…

Finalmente. Avresti dovuto capirlo dal bacio. Non dal pugno.

«Questo posto è reale, Alex» disse poi, con tono deciso. «Il dolore è vero. Anche il nostro bacio di prima lo era.»

«Ian deve sapere qualcosa. A proposito delle cabine, intendo. È stato lui a tirarmi fuori.»

«Forse anche Ben sapeva qualcosa. Io, invece, so solo che noi siamo morti, quel giorno, nel burrone. Siamo morti tutti. Ma ora siamo qui a parlare, non si sa in quale punto del futuro.»

Alex rifletté per qualche istante, sfregandosi un dito sulla fronte e fissando il pavimento. «Nella nostra vita passata, a questo punto mi sarei rivolto a Marco.»

❃ ❃ ❃

Ian percorse il corridoio fino in fondo, quindi aprì la porta sulla destra ed entrò in una stanza da letto simile a quella degli ospiti, dove però numerosi quadretti di famiglia erano schierati uno accanto all'altro sulle mensole.

Si avvicinò e ne prese uno. Poi fece qualche passo verso la finestra che dava sul cortile deserto della cascina. I suoi occhi si persero nelle distese dell'anonimo paesaggio, mentre le mani stringevano al petto quella foto. Quando la osservò di nuovo, non fu più in grado di trattenere le lacrime. Scesero rapide, solcando il suo viso rugoso e gonfiando gli occhi, quindi caddero sull'espressione felice di Ben, che nel quadretto sorrideva spensierato mentre il vecchio labrador di nome Colt gli leccava la faccia. Era riuscito a tenere duro, a nascondere il dolore, a portare via Jenny e a fuggire mantenendo i nervi saldi. Il crollo, una volta rimasto solo nel silenzio della sua stanza, era inevitabile.

Ian si voltò, andò a sdraiarsi sul letto e rimase immobile a fissare il soffitto, la foto stretta al petto e gli occhi lucidi. Ne aveva insegnate di cose, a quel bambino sempre desideroso di imparare, di capire il senso della vita. Quanto tempo avevano passato assieme a studiare la storia del loro mondo, prima che la vita li separasse. Prima che la campagna d'esordio di Ben si trasformasse nell'ultima del veterano Ian.

Perché in fondo al mare, il vecchio non aveva trovato solo un corpo rinchiuso in una capsula e apparentemente vivo, nonostante fossero passati più di quattrocento anni.

Aveva trovato ciò che cercava da sempre.

Jenny si sdraiò sul letto e si rannicchiò portando le ginocchia al petto, le spalle rivolte ad Alex.

«Spegni la luce, è meglio se riposiamo.»

Lui si alzò e cercò l'interruttore. Con la persiana serrata, in un attimo la stanza piombò nella totale oscurità. Si sedette sul bordo del letto, quindi si stese su un fianco e appoggiò delicatamente la mano sulla spalla di Jenny. La accarezzò senza dire niente, scendendo lungo il braccio e arrivando fino al polso, per poi risalire.

«Tutte quelle storie sul Multiverso...» disse lei mentre un brivido le percorreva la schiena. «Pian piano mi è tornato in mente ogni dettaglio. Secondo te è tutto finito? Voglio dire...»

«Mi stai chiedendo se questa è l'unica realtà rimasta?»

Jenny si voltò e si ritrovò faccia a faccia con Alex, anche se nel buio non riusciva a scorgere i lineamenti delicati del suo viso. Ma sentiva il suo respiro, percepiva ogni pensiero ed emozione. Un'infinità di tempo era trascorsa dalla prima e unica volta che si erano trovati da soli in una stanza, al buio, ma non era cambiato niente. Erano condannati a vedere intrecciati i rispettivi destini e desideri, e come il cielo e il mare non sfuggivano all'incantesimo della notte, che confondeva l'uno nei colori dell'altro. Per l'eternità.

«Ti sto chiedendo se abbiamo un'alternativa.»

Alex le passò una mano nei capelli, sistemandole una ciocca dietro l'orecchio. «Hai paura di questo posto?»

«Non voglio morire. Ma non voglio nemmeno diventare una cavia da laboratorio. Se Ian fallisce come ha fatto Ben...»

«Ben ti ha portato fuori dalla nave. Non ha fallito.»

Jenny rimase in silenzio. La punta del suo naso sfiorava la spalla di Alex. Era vero: senza l'aiuto di Ben sarebbe stata ancora a bordo di *Mnemonica* con un groviglio di sensori appiccicati addosso. Ma se fosse successo qualcosa anche a Ian? Di chi si sarebbero potuti fidare, in un carcere a cielo aperto come Gea?

«Che cos'era Memoria?» chiese, mentre Alex le poggiava una mano sul fianco.

«Non lo so. Forse era l'eterna giovinezza della mente. O magari un semplice limbo, un rifugio senza tempo.»

«Potremo mai tornarci? Alex chiuse gli occhi.»

Secoli e secoli ruotarono come in un vortice di emozioni inafferrabili, rapidi come aquiloni che si librano nel cielo prima di venire trascinati via dal vento. Le dita della mano intrecciate a quelle di Jenny, il vuoto nero e senza futuro di fronte a loro, e poi giù. Giù, senza freni, mentre i volti che hanno accompagnato un'intera vita sfilano davanti per l'ultima volta, e l'umanità chiude per sempre gli occhi di fronte all'onnipotenza della Natura.

Ma non è un addio, e lo spartito torna al punto di partenza. Questa volta le note si mescolano, si aggrovigliano e procedono alla rinfusa. Non c'è più un direttore d'orchestra, gli strumenti non seguono un tempo comune. I rintocchi sul pendolo del cosmo echeggiano dagli abissi mentre il pensiero vaga alla ricerca di un perché. Ma ciò che vede non è altro che una replica. Una trottola che gira su se stessa con moto perpetuo. Ed è lì che si invecchia senza vederne i segni, ci si fa del male senza provare dolore, mentre si indaga nell'altrui universo rubando segreti, direzioni, intenzioni e sogni. È lì, nel cuore di Memoria, che il tempo non esiste più.

«Non lo so. Ma se quello che abbiamo attorno è la vita reale, per quanto pericolosa possa essere, voglio viverla fino alla fine. Ti ho baciato troppe volte senza sentire la dolcezza delle tue labbra, ti ho stretta sapendo che eravamo solo ologrammi di noi stessi, riflessi del nostro pensiero. Adesso siamo qui. Non so come ci siamo arrivati, ma c'è ancora un mondo là fuori, e non è un teatrino di marionette virtuali. È la nostra seconda possibilità.»

Gli occhi di Jenny, ormai abituati al buio, scorsero un sorriso sul volto di Alex. Non c'era bisogno che lui cercasse di convincerla. Il desiderio del ragazzo era il suo.

Jenny si avvicinò, chiuse gli occhi, appoggiò le labbra su quelle di Alex e si abbandonò completamente. Fu come lasciarsi cadere all'indietro, certi di trovare le braccia della persona che amiamo pronte a sorreggerci. In quell'attimo c'era il senso del loro viaggio infinito e della magia che li univa, c'erano la luce e il buio, il giorno e la notte. In quel bacio c'era il ciclo della natura che iniziava, si evolveva e terminava, per poi rinascere ancora. C'era il pensiero che diventava energia e scardinava ogni barriera dello spazio e del tempo.

C'era l'amore. La loro fortezza inoppugnabile. Il loro scrigno segreto. Oltre la vita, oltre l'eterno.

Capitolo 34

Quando Alex e Jenny si svegliarono, non seppero dire quanto tempo fosse passato.

Si alzarono assieme, i muscoli ancora intorpiditi, le ossa dolenti, stropicciandosi gli occhi per cercare di penetrare il buio. Alex trovò l'interruttore e accese la luce.

«Quanto abbiamo dormito?»

«Non lo so» rispose Jenny, mentre cercava di sgranchirsi collo e spalle. «Ma Ian non è venuto a svegliarci.»

«Andiamo a cercarlo.»

Uscirono dalla stanza e percorsero il corridoio, fermandosi di fronte alla porta in fondo. Decisero di bussare.

«Non risponde nessuno» disse Alex. «Sarà la sua camera da letto?»

Jenny non replicò e allungò una mano sul pomello per aprire la porta.

La stanza era vuota, il letto al centro era disfatto.

«Vieni.» Alex la prese per mano e la condusse nella sala dove si erano riabbracciati poche ore prima. Dalle finestre filtrava una luce debole. Doveva essere pomeriggio inoltrato.

«Dov'è finito?»

«Non ne ho idea.» Alex si guardò attorno.

Il bigliettino era lì in bella mostra, sulla poltrona dove Ian si era seduto quando li aveva accolti. Non lo vide subito, ma quando se ne accorse lo afferrò in tutta fretta.

«*Scendete*» lesse ad alta voce.

«Che vuol dire?»

«Che c'è un piano di sotto? Ma da dove si scende?»

«Forse nell'ingresso, mi pare di aver visto una scala.» Jenny fece strada. «Eccola!» indicò poi con un cenno del capo.

Una stretta scala a chiocciola portava di sotto. Si avvicinarono titubanti, quindi iniziarono a scendere, i passi che risuonavano nel silenzio spettrale che avvolgeva la casa.

Jenny fu la prima a vederla.

Era al centro della stanza. La struttura imponente, la protezione di vetro scintillante come la teca di una reliquia.

«La cabina... come...?» disse Alex alle sue spalle. «Cosa ci fa qui?»

Jenny gli strinse la mano e si rifugiò contro il suo petto. Tremava. Aveva paura che qualcuno la richiudesse di nuovo lì dentro, eppure non riusciva a distogliere lo sguardo.

Poi vide qualcosa. Fece un passo avanti e scrutò oltre la barriera di vetro, distinguendo una sagoma.

Alex e Jenny sobbalzarono quando la teca si spalancò e una figura emerse dall'interno. Era Ian.

Il vecchio alzò una gamba e la passò oltre il bordo della struttura. Quando fu in piedi, sul volto un ghigno compiaciuto, non indugiò oltre. Aveva atteso fin troppo a lungo quel momento.

«Ve l'avevo detto che vi avrei tirato fuori da quella gabbia.»

Né Jenny né Alex lo guardarono in faccia, dopo aver sentito quella frase. Entrambi abbassarono la testa, gli occhi persi nel vuoto, le menti alla ricerca di un appiglio, di qualcosa cui aggrapparsi prima di precipitare di nuovo in un abisso del quale non conoscevano la profondità.

Quanto dovevano tornare indietro per ritrovare quella frase che suonava così familiare, così vicina eppure quasi inaccessibile?

Forza, ragazzi. Usciamo da questa gabbia.

Poi, nel medesimo istante, gli occhi di Alex e Jenny si accesero della stessa, scintillante consapevolezza. Trovarono nei recessi del passato quella scena, fermarono il fotogramma e finalmente seppero la verità.

Alzarono gli occhi verso Ian e lo chiamarono in coro con il suo vero nome, anche se suonava assurdo pronunciarlo di fronte a un anziano.

«Marco!»

Lui li invitò a sedersi su un paio di vecchie e consunte sedie, quindi si appoggiò con il fondoschiena alla cabina.

«Che scherzi gioca il destino, eh?» disse mentre si accendeva il sigaro che aveva tirato fuori dalla tasca della giacca.

«Non è possibile...» Alex strizzò gli occhi, come a cercare di scrutare attraverso un'impenetrabile cortina di fumo.

«Io ricordo un ragazzo...» intervenne Jenny, mentre la sua mano si poggiava su quella di Alex. «Sapeva sempre tutto, e... a Barcellona, sì! A Barcellona c'era.»

Per tutti e tre, in quel momento, *Barcellona* era come una parola in codice per dire *Memoria.*

«Ho talmente tante cose da dirvi» riprese il vecchio. «Ho atteso così a lungo questo momento... Un'intera vita, di cui porto i segni.»

Alex e Jenny rimasero in silenzio, il cuore tambureggiante nel petto, gli occhi curiosi e increduli allo stesso tempo.

«Io sono Marco. Il *vostro* Marco. Forse non lo ricordate: siamo stati secoli in Memoria, quasi cinque secoli, ma ci siamo separati molto presto. C'è stato un momento in cui i ricordi sono impazziti, i nostri passati e quelli delle persone attorno a noi si sono mescolati e abbiamo conosciuto da vicino la paura, lo stesso panico che si proverebbe nel ritrovarsi in mezzo a una giostra di fantasmi senza sapere come uscirne. È cominciato tutto quando la scrivania di mio padre è apparsa in mezzo al lungomare di Barcellona, durante quella tempesta di grandine. Vi ricordate? Non sentivamo il dolore nonostante i chicchi ci colpissero in faccia.»

Alex scosse la testa e abbozzò un sorriso, mentre ripensava all'assurdità di quella scena. Era uno degli ultimi ricordi distinti che aveva di Memoria, dopodiché regnava la confusione. Se fino a quel momento aveva nutrito seri dubbi, sentir menzionare quel delirante attimo di collasso di Memoria valeva come riprova che il vecchio di fronte a lui era davvero il suo migliore amico.

«Ma... cosa significa tutto questo?» chiese Jenny, sottolineando con l'intonazione le ultime due parole, riferite evidentemente alla differenza di età.

«Dopo quell'evento ci siamo separati. Tu eri disperata, Jenny, stavi rischiando di perdere il senno. Alex ti ha portato via, io sono rimasto sul lungomare. E...»

Il vecchio si fermò per un istante, sospirò e riprese: «Non vi ho più rivisti.

Alex si alzò di scatto. «Perché? Perché parli da questo corpo? Non ha senso, Marco! Non è il tuo!»

L'amico rimase immobile, diede un tiro al sigaro ed esalò il fumo. Quindi sorrise e alzò le sopracciglia rispondendo con la sua usuale vena di sarcasmo: «Lo è eccome. Ho qualche annetto in più, certo... mi stai dicendo che li porto male?»

Alex appoggiò le mani su un tavolo, volgendo le spalle agli altri. Poi si girò, e fece cenno a Marco di continuare.

«Ho avuto tempo per indagare, per capire come fossero andate realmente le cose. Un'infinità di tempo. Ho rivissuto ogni ricordo e compreso, alla fine, come funzionava Memoria. Sicuramente anche a voi sta accadendo la stessa cosa. Ma io ho avuto a disposizione quasi cinquant'anni, qui in Gea, per far venire a galla la maggior parte dei momenti vissuti in quel posto. Voi vi siete svegliati da poco e recupererete pian piano.»

«Cinquant'anni... *reali*» commentò Alex, attonito.

«Già. Cosa ricordate di Memoria?»

«Io so solo che abbiamo rivissuto in continuazione alcuni momenti» disse Jenny. Il molo di Altona Beach le apparve dinnanzi come una visione.

«Abbiamo anche provato a cambiarli, sì...» aggiunse Alex. «Ma non serviva a niente.»

«È vero, potevamo rivivere qualsiasi ricordo della nostra vita, o di quella altrui. Ma se cercavamo di modificare qualcosa nel corso degli eventi venivamo come... risputati indietro. Il passato ci rigettava, perché le cose non erano andate in quel modo nella vita reale. Quando ho capito questo, ho lasciato che i ricordi vivessero da soli per studiarli. Solo così ho potuto indagare più a fondo e capire cos'era successo prima della fine del mondo in alcune delle mie vite alternative» disse Marco.

Jenny pensò a quante volte aveva invertito le tazze da tè e avvelenato Mary Thompson.

«E cos'hai scoperto?» domandò Alex, diretto.

«Ho trovato la dimensione in cui sono riuscito a garantire la nostra sopravvivenza. Non so neanche più quando, in fondo siamo stati quasi cinquecento anni in Memoria. Ma l'ho trovata. L'ho *ricordata.* Di mio padre sapevate già, eravamo assieme quando l'ho scoperto. Aveva messo in piedi una sperimentazione scientifica volta a inserire un enzima nei corpi delle nostre madri. Mutagenesi inserzionale, la chiamava. Si trattava di un enzima a tempo, che si sarebbe attivato solo nel passaggio attraverso la membrana placentare, in corrispondenza di un elevato numero di gonadotropine corioniche, l'ormone della gravidanza. Cioè durante la gestazione, appunto. Non avrebbe avuto alcun effetto sulle donne ma avrebbe potenziato lo sviluppo cerebrale del feto nei primi mesi di gravidanza, in cui il cervello è in via di formazione. Questo ha generato individui come noi, in grado di percepire la molteplicità dei mondi, che alle altre persone è inaccessibile. E capaci di usare facoltà di vario genere. Forse in questo siamo leggermente diversi. Che io sappia, per esempio, la vostra telepatia è unica.

Alex si voltò verso Jenny, lo sguardo concentrato e attento, mentre continuava a ripetersi mentalmente *mutagenesi inserzionale.* Lei si passò una mano nei capelli e li scosse, confusa. «Ma perché non ci dici a cosa è dovuta questa differenza d'età?»

Il sigaro appeso a un angolo della bocca, Marco infilò gli occhiali e fece qualche passo nella stanzetta, che aveva l'aspetto di un rifugio antiatomico, le pareti ricoperte da scaffali pieni di scatole di viveri e cassette di attrezzi.

«Siamo qui grazie al Multiverso. In dimensioni differenti, abbiamo compiuto gesti determinanti che hanno garantito la nostra sopravvivenza. Mi spiego: nella realtà in cui mio padre ha sperimentato l'enzima, abbiamo ottenuto questo dono. La cosa ha avuto effetto su tutte le realtà alternative, perché una volta potenziate le facoltà di un nostro alter ego, avremmo potuto *varcare la soglia* e guidare qualsiasi altra versione di noi stessi. Ho scoperto che nel Multiverso aleggiano dei messaggi. Li vediamo in forme diverse: persone, oggetti, comunicazioni vere e proprie. Io vedo da sempre la figura di un professore di nome Thomas Becker. Non sono esseri umani, sono solo messaggi, flussi di energia provenienti da chissà dove. Ma dal momento che *noi* siamo esseri umani, il nostro cervello ha la necessità di dar loro una forma, di renderli credibili.»

Alex batté un pugno contro il palmo dell'altra mano.

«Il veggente malese! Ora ricordo... avevo sempre questa visione da piccolo. Mi raccontava un futuro catastrofico e io disegnavo tutto... i miei pensavano che avessi problemi psichici.»

Marco si voltò e appoggiò la schiena alla finestra.

«Esatto, Alex. È grazie a uno di questi messaggi che ho saputo della fine del mondo, e ho capito come potevamo salvarci. Forse morirò senza capire da dove provengano. Anche perché, e questo è evidente, non mi rimane molto da vivere. Quello che so è che non rispondono ad alcuna costante di tempo. Infatti, a noi risultano il più delle volte profetici, esattamente come un *déjà vu*. O come un sogno premonitore. Mi sono convinto che vengano da una realtà temporalmente distorta, dove tutto è già accaduto. Per questo, quando diamo loro un corpo e una voce, ci svelano qualcosa che dobbiamo ancora vivere. Ma è solo un'ipotesi.»

Alex si sedette sul bracciolo della poltrona e scosse la testa. «Va bene. Ma adesso devi dirci come ti sei ridotto così.»

«Semplice. Mi hanno tirato fuori prima.»

Jenny corrugò la fronte. «In che senso?»

«Venite con me.»

Alex e Jenny seguirono Marco mentre saliva la scala a chiocciola e raggiungeva l'ingresso della cascina. Uscirono all'aperto. I raggi ancora caldi del sole estivo filtravano tra le foglie degli alberi mentre il cielo si tingeva di rosso fuoco in lontananza, sopra la linea dell'orizzonte. Era quasi il tramonto.

Marco prese un sentiero che si inoltrava in mezzo a un boschetto, i ragazzi gli stettero dietro. Jenny osservò con stupore la vegetazione che si faceva man mano più fitta e rigogliosa. La stradina si inoltrava in mezzo agli alberi con un percorso tortuoso e in pochi minuti si ritrovarono circondati dalle piante, nascosti in un rifugio della natura, diretti dove solo Marco sapeva. Agli occhi della ragazza quel posto sembrava quasi una visione, nel contesto arido e privo di vita di quel punto del nuovo mondo.

«In una delle realtà alternative» riprese «io sapevo esattamente quando il mondo sarebbe finito. E ideai il piano per la nostra salvezza. Si chiama "animazione sospesa", o *criostasi*. Con questa tecnica ho ridotto al minimo il processo di invecchiamento delle nostre cellule, in un luogo a temperature piuttosto... basse.»

Jenny lo guardò con aria perplessa mentre rifletteva su quanto appena sentito.

«Pazzesco. Ci hai... com'era quel termine... *ibernati*?»

«Non proprio. Nel 2014 sottoponevano a ibernazione i malati terminali, con la speranza di scongelarli in un futuro in cui la scienza avrebbe potuto curare le loro patologie. Ma con l'ibernazione non sarebbe stato possibile utilizzare le funzioni cerebrali. Sarebbero state bloccate, come tutto il resto del corpo. In poche parole, non sarebbe stata possibile Memoria, che dipendeva dal funzionamento del nostro cervello. Con la criostasi, invece, è stato come fare una bella dormita al fresco. Bella lunga, direi. Ma la condizione necessaria perché non si vada al creatore, con questa tecnica, è la totale assenza di ossigeno nel corpo.»

«In vita ma senza ossigeno? E com'è possibile?» chiese Alex.

«Lo è, in questo caso. Ho chiuso i nostri corpi nelle cabine, liberando all'interno una dose massiccia di acido solfidrico, una schifezza che sa di uova marce. Una volta sigillati in queste capsule a tenuta stagna in un luogo chiuso dalla temperatura molto bassa, il gas liberato ci ha portati all'anossia, diventando inerte dopo aver svolto il suo compito e mantenendo così un equilibrio che sarebbe potuto durare, teoricamente, in eterno. Con i processi metabolici ridotti quasi a zero, avremmo potuto dormire ancora parecchio a lungo. Ma qualcuno ha aperto le cabine, ha fatto fuoriuscire il gas e ci ha riportato a una temperatura accettabile, causando così il nostro risveglio.»

«Scusa un attimo» intervenne Alex, mentre Marco riprendeva fiato. «Di quanto hai rallentato il nostro invecchiamento?»

«È un rapporto di uno a trecento, più o meno. Siete invecchiati poco in questo mezzo millennio. Oggi avete circa diciassette, diciotto anni, stando alla vostra età biologica.»

«Allucinante...» commentò Alex, meravigliato dal racconto dell'amico. «E tu, invece? Quando ti hanno tirato fuori da lì?»

«E *chi* ti ha tirato fuori?» aggiunse Jenny.

Marco alzò gli occhi al cielo, sorrise, quindi li chiuse come se stesse ripescando le immagini dal passato. E raccontò.

Raccontò dell'uomo che l'aveva trovato in fondo al mare, tratto in salvo e accudito come un figlio, chiamandolo Ian. Della famiglia che lui stesso aveva messo su, mentre studiava da ricercatore e a ventinove anni partiva per la sua prima campagna. Perché sapeva che in fondo all'oceano, prima o poi, da qualche parte avrebbe ritrovato le altre cabine. O sarebbe morto cercandole.

Raccontò di suo figlio Ben, che portava il nome di un nonno che non aveva il suo stesso sangue ma che era sempre rimasto accanto a lui, finché la malattia se l'era portato via. E della moglie Beth, scomparsa prematuramente quando il figlio non aveva ancora dieci anni. Un'intera vita trascorsa in Gea, mentre gli anni avanzavano e la pelle invecchiava, gli occhi si facevano maturi e i ricordi sempre più lontani.

Aveva educato suo figlio come il padre adottivo aveva cresciuto lui, e l'aveva fatto innamorare del mare. Del mare e dei suoi segreti. E quando ormai lui era un veterano, aveva invitato Ben a prendere parte a un'escursione con alcuni compagni di lungo corso. In quell'occasione avevano trovato la cabina di Alex. Da lì in poi, la vita di Ian non era stata più la stessa. Si era rifugiato sull'isola di Limen, dove aveva atteso il momento.

«Il momento in cui avremmo aperto gli occhi...» disse Jenny.

Marco annuì. «Già. Ho sperato tutta la vita di ritrovare anche la tua capsula per svegliarvi assieme. Almeno voi sareste *rinati* nello stesso momento... Ma nel frattempo io invecchiavo e come un topo mi nascondevo in quella terra di pirati e delinquenti. Avevo messo in piedi una piccola bottega, dove preparavo medicinali. Mi facevo rispettare dagli abitanti del posto offrendo unguenti e pastiglie in caso di necessità. Con il tempo la mia è diventata l'erboristeria dell'isola, se ricordate questo termine. C'erano, ai *nostri* tempi.»

Quella parola disegnò sul volto di Alex un sorriso amaro.

I *loro* tempi erano finiti.

Il Marco che l'aveva aiutato ad attraversare mezzo pianeta per cercare Jenny, che aveva scoperto il segreto delle realtà parallele, il ragazzo che nella sua dimensione originaria non aveva più le gambe a causa di un tragico incidente d'auto, non c'era più. Al suo posto c'era un vecchio, schiavo del tempo e della Natura. Un vecchio che era stato svegliato troppo presto.

Un vecchio che gli aveva permesso di sopravvivere alla fine del mondo e di ritrovare Jenny.

Capitolo 35

I tre si inoltrarono nel bosco, e per qualche istante fu come camminare in una realtà immaginifica, fuori dal tempo. Invece era oltremodo realistica, vera e pericolosa. Cruda come l'immagine del figlio di Marco che giaceva a terra in una pozza di sangue, agghiacciante come la paura di un nemico senza volto che muoveva le sue pedine su una scacchiera truccata. Quanto tempo avevano, prima che qualcuno li scovasse? Quanto sicura poteva essere quella cascina sperduta in una campagna abbandonata a se stessa?

«Quando ho trovato la cabina di Alex» riprese Marco «sapevo che da qualche parte doveva esserci quella di Jenny. Ma c'era un intero equipaggio da gestire e sono stato costretto a lasciare la zona. E a fare… ciò che ho fatto. Hanno creduto alla storia dell'assalto pirata, e per fortuna i miei colleghi veterani non hanno mai parlato… fino a poco tempo fa.»

«In che senso?» chiese Alex mentre spostava un ramo con la mano e ci passava sotto la testa.

Marco raccontò la storia del ritrovamento e spiegò come la sua unità fosse riuscita a insabbiarlo. Quindi rivelò che l'ultimo veterano di quella squadra, rimasto in vita e rinchiuso nel manicomio di Roden per problemi di natura psichica, aveva parlato. Aveva scoperto le carte, ammesso di essere stato complice di un furto dal valore inestimabile, e aveva fatto saltare la copertura di Marco.

«Ti credevano morto» commentò Jenny.

«Per loro ero rimasto vittima del fantomatico agguato pirata. Ma ho visto un servizio su un pannello, qualche giorno fa. Quell'idiota ha spifferato tutto, e a meno che non l'abbiano preso per lo sproloquio di un pazzo, ora chiunque in questo Paese sa che mi sono rintanato per decenni sull'isola. Per quello non andremo lì. È un territorio senza giurisdizione, ma potrei scommettere che mi stanno già cercando. Per fortuna, nessuno sa di questa cascina. Apparteneva a un amico dell'uomo che mi ha adottato, il governo non l'ha mai rivendicata… forse lo farà quando deciderà di tirar su qualche altra fabbrica da queste parti. Insomma, è rimasta qui a riempirsi di ragnatele.»

«Ma Ben non sapeva che io avessi certe… *facoltà*. Come mai?» chiese Jenny.

«Perché ho sempre dosato attentamente le informazioni. Ho fatto sì che diventasse un ricercatore, l'ho aiutato a entrare nel nucleo operativo, perché se non fossi riuscito a trovarvi io, avrebbe dovuto farlo lui. Ma quando abbiamo scovato insieme la cabina di Alex io sono dovuto uscire di scena. Lui ha continuato a navigare, ha mantenuto il nostro segreto, e io ho fatto in tempo a diventare un vecchio pieno di rughe nell'attesa di quella notizia che tanto bramavo. Poi è arrivata, finalmente: il ritrovamento della tua capsula in fondo al mare, Jenny. E l'apertura del congegno da parte dell'unità di Ben, che ha causato il tuo risveglio. A quel punto ho deciso di aprire la cabina di Alex. Volevo fare in modo che almeno voi ricominciaste a vivere come coetanei.»

«Tutto questo è assurdo, noi siamo morti durante quel dannato schianto!» esclamò Alex, fermandosi in mezzo alla radura. Marco si voltò verso di lui, il volto sereno come a godersi quell'istante di quiete prima della tempesta.

«In *un* mondo, sì. Ma voi lo sapete meglio di me. Viviamo in infinite realtà, le possibilità sono molteplici. Nella sincronicità delle infinite dimensioni del Multiverso, la morte non esiste. Fortunatamente, da qualche parte, siete… *siamo* rimasti in vita grazie a quelle cabine. A ogni modo, come dicevo, non potevo rivelare a Ben troppi segreti del passato. Nella società di oggi le informazioni sono pericolose. Gli ho detto il giusto. Sapeva dove cercare. Ha aspettato la missione adatta ed è riuscito nell'impresa. Non avrei mai potuto rivelargli che suo padre, in realtà, era nato nella famosa *civiltà del Duemila*.»

Jenny aveva gli occhi lucidi, il pensiero rivolto a Ben.

«Tuo figlio ha sacrificato la sua vita per salvare la mia.»

Marco si avvicinò a lei, e non riuscì a trattenere la commozione. Tese le braccia e Jenny vi si rifugiò. Piansero assieme, mentre Alex osservava la scena in disparte, le braccia conserte, riflettendo sul legame profondo che ora univa anche la sua ragazza e il suo vecchio amico. Ricordò com'era stata scontrosa e diffidente nei suoi confronti, quando si erano incontrati in Memoria.

«Cos'era Memoria?» domandò, quando Marco e Jenny si separarono.

«Un limbo» rispose lui. «Il nostro cervello ha un sistema limbico, preposto a diverse funzioni psichiche tra cui le emozioni, il comportamento, la memoria a lungo termine… L'enzima che mio padre ha creato ci ha consentito di sviluppare la capacità di usare la nostra memoria come un campo d'azione. Solo così il nostro cervello, durante i secoli di attesa nella cabina, sarebbe potuto rimanere attivo, in funzione. Al nostro risveglio, pian piano, avremmo ricordato. E il nostro potere si sarebbe ricostituito.»

«Quindi, se ho capito bene» intervenne Alex «noi siamo *fisicamente morti* in tutte le dimensioni, tranne quella in cui tu hai chiuso i nostri corpi nelle cabine prima della fine del mondo e rallentato il processo d'invecchiamento delle nostre cellule.»

«Esatto. Era necessario che i nostri corpi fossero vivi almeno in una dimensione per riprenderne possesso quando qualcuno, un giorno, ci avesse tirato fuori di lì. Certo, non avevo garanzie sugli effetti dello schianto dell'asteroide. L'umanità avrebbe anche potuto estinguersi definitivamente. Mio figlio Ben, da bravo ricercatore, si interrogava spesso su come fosse rifiorita la civiltà umana. Ma non me l'ha mai chiesto direttamente. L'informazione, da queste parti, dice un sacco di stronzate. Parlano di popolazioni sopravvissute alla fine del mondo, figuriamoci. Secondo i miei studi, in questo posto la terra non è stata coltivabile per almeno centocinquant'anni dal giorno dello schianto. Per non parlare della tossicità dell'aria.»

«E com'è tornata la vita sul pianeta?» chiese Alex, gli occhi stirati come a scrutare nel buio.

«L'eternità trascorsa in solitudine in Memoria mi ha permesso di studiare, approfondire, farmi mille domande... quando mi sono ritrovato qui ho ripreso da dove avevo lasciato. E ho una mia teoria. Avrei dato questa risposta a Ben, se mai me l'avesse chiesto.»

«Ovvero?»

«La fine non è stato altro che un nuovo inizio. Un giorno scoprirò cosa c'è realmente là fuori» Ben alzò lo sguardo al cielo, fissando un punto tra le nuvole «e chi ci osserva, ci conosce meglio di quanto noi crediamo di conoscere la nostra Storia. Ma domandati questo: se quella palla di roccia caduta sulle nostre teste quel giorno del 2014... non fosse stato un asteroide?»

Alex rimase con la bocca aperta in un'espressione di stupore, quindi scosse la testa. Alzò lo sguardo, come se la scena si stesse riproponendo di fronte ai suoi occhi. Come se le nuvole si aggrovigliassero ancora in un infernale affresco portatore di morte. Poi fissò l'amico: «Cosa altro poteva essere?»

Marco sorrise, consapevole della natura singolare del suo pensiero: «Un pacco regalo, con il nostro indirizzo ben impresso sopra. E il seme di una nuova Era contenuto all'interno. Forse qualcuno ha voluto che voltassimo pagina. Questa è la mia idea».

«Se anche fosse così» sussurrò Jenny, come se non volesse farsi sentire «a parte noi, l'intera civiltà da cui proveniamo si è estinta in seguito alla caduta di quell'asteroide. Nessuno escluso, giusto?»

Marco si guardò attorno. Il silenzio del bosco era quasi irreale. Gli alberi che delimitavano la radura sembravano muti giudici delle loro parole, immobili maschere che osservavano ogni loro mossa. «Non è esattamente così» disse.

«Cosa intendi?» chiese Alex.

«Forse non lo ricordate, ma nell'ultimo momento che abbiamo vissuto assieme in Memoria io ho strappato un foglio di carta dalle mani di mio padre. Era una lista.»

Alex fece segno di no con la testa.

«I nomi delle dieci donne, tra cui le vostre madri, che sono state sottoposte inconsapevolmente alla sperimentazione condotta da mio padre. E dei loro figli.»

Jenny prese per mano Alex, mentre le parole di Marco andavano a formare di fronte ai suoi occhi un nuovo scenario, che aveva rimosso completamente. «Stai dicendo che...»

«Nella realtà alternativa in cui ho progettato le cabine, ho cercato uno per uno i ragazzi che sono nati in seguito all'esperimento. E li ho trovati tutti. Li ho chiusi in otto capsule, e le ho sistemate in un comparto del bunker di cui vi ho parlato. Quindi ho piazzato le nostre in una zona separata, chiudendomi dentro per ultimo. Naturalmente ho dovuto drogarli per farlo. Nessuno avrebbe creduto alla storia di un asteroide in arrivo.»

Alex sorrise in maniera beffarda e lasciò che Marco finisse di raccontare.

«Mi è toccato vivere quasi cinquant'anni in questo inferno. Ne avevo ventuno quando il nostro mondo è stato spazzato via dall'asteroide. O dal proiettile, chiamatelo come vi pare. Le cose, quaggiù in Gea, sono andate sempre peggio. Oggi la libertà è un'illusione, siamo tutti criceti in gabbia.» Marco fece una pausa e guardò dritto di fronte a lui, come se l'intera vita gli stesse passando davanti agli occhi. «E sapete perché è così? E perché questo mondo somiglia così tanto a quello da cui veniamo?»

I ragazzi rimasero in silenzio, aspettando le parole di Marco col cuore in gola.

«Perché le cabine in cui giacevano gli otto ragazzi che ho salvato dall'apocalisse sono state recuperate sul fondo dell'oceano prima che fosse ritrovata la mia. E alcuni di quei ragazzi hanno utilizzato al peggio le facoltà in loro possesso, raggiungendo posizioni di controllo e contribuendo a far diventare questo posto una lurida, schifosa e maleodorante fogna. Più simile possibile alla civiltà che conoscevano, ma mille volte più torbida.»

Capitolo 36

I tre amici ripresero a camminare in mezzo alla vegetazione e Marco affrettò il passo. Il sole, già sparito dietro l'orizzonte, aveva lasciato cadere il suo mantello blu scuro sul cielo. Un velo che avrebbe accompagnato e coperto la loro fuga, oppure avvolto e nascosto la fine di ogni speranza. Nell'ultimo tratto del bosco, più fitto di alberi e cespugli, calò una densa oscurità, ma il percorso di Marco sembrava un tragitto consapevole e diretto a un obiettivo preciso. Attraversato l'ultimo sentiero, uscirono dalla boscaglia e si ritrovarono sul ciglio di una strada.

«Stiamo già… scappando?» chiese Jenny timidamente. «Non torniamo più alla cascina?»

«Tu stai scappando dal momento in cui *Mnemonica* ha attraccato.»

«E dove andremo?» domandò Alex mentre osservava la strada asfaltata che si perdeva in lontananza oltre una curva, come una lingua di terra inghiottita da un muro di alberi.

«Fuori da questo continente. Lontano da Gea.»

Alex fissò il vecchio, scrutò quel volto che tanto, troppo tempo prima era appartenuto al suo migliore amico. Quel volto ormai così lontano dalla giovinezza, così prossimo a percorrere l'ultimo miglio di vita terrena.

«Marco… prima hai detto che forse morirai senza sapere da dove provengono i messaggi che aleggiano nel Multiverso.»

«Sì, è così.»

«Cosa vuol dire che morirai? Cosa... intendi? Non esiste alternativa? Non esiste più alcun Multiverso? Devi dircelo.»

Marco si avvicinò a lui e gli poggiò le mani sulle spalle.

«Mi stai chiedendo se in questo posto la mia morte, o la vostra, determinerà la fine di tutto?»

Alex annuì, quasi avvertendo un certo timore reverenziale nei confronti del vecchio. Nel frattempo due luci comparvero dal fondo della strada, come occhi scintillanti nell'oscurità.

«Il Multiverso esiste. È sempre esistito, o almeno questo è ciò che credo io. Infiniti mondi sono stati colpiti dall'asteroide, quel giorno. Infinite civiltà si sono spente. Poi il tempo è trascorso, le nubi tossiche si sono diradate, ed è ricominciata ovunque la vita. In ogni dimensione possibile. La Terra è un pianeta piuttosto ospitale, in fondo... Ma i nostri corpi, il veicolo indispensabile per la sopravvivenza della nostra mente, sono solo qui, in questo mondo. Li ho mantenuti in vita grazie alla criostasi. Era l'unico modo per avere una seconda chance, per sopravvivere al cataclisma. Ma l'ho fatto in una sola delle infinite realtà alternative. Quella che vedi attorno a te, in cui ci siamo svegliati per riprendere a vivere.»

Marco si voltò verso le luci, sempre più vicine, mentre nel cielo splendeva alta la luna. Quindi alzò la mano come in segno di saluto.

«L'ho capito in Memoria» riprese «quando mi avete lasciato solo. Ho avuto il tempo di rivedere il film di tutte le mie vite. E ora che ci penso, la mia versione "hacker", il Marco che ti ha aiutato a conoscere Jenny, era decisamente la più inconsapevole.»

«Quindi esistono milioni di mondi migliori di questo, probabilmente, dove non potremo andare perché laggiù il nostro corpo non esiste?» chiese Jenny mentre il veicolo si avvicinava a loro, rallentando.

«Più o meno... ma ora dobbiamo andare. Questa macchina è qui per noi.»

Alex afferrò Marco per un braccio. «Non hai risposto alla mia domanda. La nostra morte in questa fogna, come la chiami tu, sarà quindi la fine di tutto?»

«Presto lo saprai. Non c'è tempo da perdere, Alex. Devo portarvi via di qui.»

Il mezzo che aveva appena accostato era un furgoncino compatto, nero metallizzato, i finestrini oscurati. Sulla fiancata c'erano delle scritte, ma nel buio non si leggevano. La portiera anteriore si aprì e scese una donna alta, slanciata, la gambe fasciate da un paio di pantaloni in pelle su cui cadeva una giacca a vento blu. I capelli lunghi, lisci e color del fuoco ondeggiarono mossi da un'improvvisa folata di vento.

«Anna...» la salutò Marco allargando le braccia.

La donna gli strizzò un occhio, quindi osservò Alex e Jenny e si presentò alla sua maniera: «E così voi due sareste i fidanzatini? Benvenuti all'inferno. Adesso muoviamoci, se non volete che alla mensa di Marina domani mangino polpette preparate con le nostre interiora.»

Anna afferrò la maniglia della portiera laterale del furgone e la aprì facendola scorrere verso sinistra.

«Dentro, forza. Ah, siate gentili con la micia, se volete che lei sia gentile con voi.»

«Andate, tranquilli... è fatta così» commentò Marco, sorridendo. «Ma è qui per aiutarci.»

Alex e Jenny si scambiarono uno sguardo e salirono sul furgoncino. Due minuscoli occhi gialli li osservavano da un angolo vicino al portellone posteriore.

«Si chiama Diletta» disse Anna prima di chiudere e lasciare i ragazzi nel buio totale. «E prima che me lo chiediate: sì, graffia.»

Marco salì al posto di guida e avviò il motore mentre Anna si sedeva accanto a lui e chiudeva la portiera con forza.

«Tuo padre sarebbe stato fiero di te» disse il vecchio mentre ingranava la marcia e partiva, gli occhi fissi sulla strada totalmente avvolta dall'oscurità a causa dell'assenza di lampioni.

Anna non rispose. Non si voltò nemmeno. Non c'era bisogno

di guardarla per sapere che in quel momento aveva gli occhi lucidi. Avrebbe elaborato la perdita, era una donna forte. Ma era ancora presto.

Mentre guidava nel silenzio, percorrendo l'unico tratto di autostrada che somigliava alle vecchie statali che un tempo tagliavano la campagna, Marco rivolse un pensiero a quell'uomo dall'intelligenza sopraffina, di cinque anni più vecchio di lui, alto e prestante, che non usciva mai di casa senza il cappello grigio in feltro e l'impermeabile lungo.

Si chiamava Nathan, abitava nella metropoli di Domus, capitale di Gea. Era morto da pochi mesi in circostanze misteriose. L'ultimo messaggio cifrato che Marco aveva ricevuto da lui diceva: "Sanno della mutagenesi."

Anche Nathan aveva visto l'asteroide schiantarsi sull'atmosfera terrestre e radere al suolo la civiltà precedente.

Anche sua madre, come Valeria Loria e Clara Graver, era stata una paziente del dottor Stefano Draghi, una cavia inconsapevole di quell'esperimento.

Nathan era uno di quei dieci bambini.

«Ora possiamo farlo» disse Marco, voltandosi verso Anna. La strada di fronte a lui era una striscia di asfalto grigio scuro. Poteva vedere qualche metro di fronte a sé, grazie ai fari del furgoncino. Oltre, il mondo sembrava inghiottito dalle tenebre.

«Sarò costretta a lasciarvi al porto, la nave salpa tra venti minuti» disse Anna mentre apriva il vano portaoggetti e tirava fuori due boccette di plastica. «Questa è una strada secondaria, per quel che ne so stanno battendo solo le principali. Ma dobbiamo sbrigarci. Se ci trovano prima di...»

«Facciamolo subito» la interruppe Marco.

Anna fece un respiro profondo, chiuse gli occhi per un attimo, quindi si voltò e premette un pulsante tra i due poggiatesta anteriori. Una tendina elettrica si alzò e scoprì il vano di carico. Alex e Jenny erano seduti a gambe incrociate, mentre Diletta era a sdraiata a pancia in su, in cerca di coccole, in uno stato di beata inconsapevolezza in totale contrasto con la tensione drammatica della loro fuga.

«Potete avvicinarvi?» Il tono deciso di Anna fece suonare quella domanda come un ordine. I ragazzi si alzarono, la schiena curva per non battere la testa, quindi si misero sulle ginocchia tenendosi con le mani ai sedili.

Marco li osservò dallo specchietto e cominciò: «Ho aspettato cinquant'anni prima di riuscire a vedervi assieme. La mia pazienza è stata premiata.»

«Ma adesso rischiate la pelle, se non ci muoviamo» aggiunse Anna, cinica come d'abitudine.

«Se non ci muoviamo a far cosa?» chiese Jenny, lo sguardo preoccupato. «Non stiamo già scappando?»

Marco scosse la testa. «Non basta.»

Anna porse le due boccette ai ragazzi e chiese loro di aprirle.

«Che significa?» Lo sguardo di Alex era carico di diffidenza. Anna lo fissò, con un sorriso forzato.

«Vi chiedo gentilmente di fare una cosa poco educata ma piuttosto… vitale. Potete sput… lasciar cadere della saliva dentro questi contenitori? E poi richiuderli? Grazie.»

«Perché mai?» chiese Jenny, contrariata.

Marco alzò gli occhi verso lo specchietto, mentre sterzava di pochi gradi e il furgoncino sfiorava il ciglio della carreggiata, dove l'asfalto finiva e iniziava uno sterrato. Tutt'intorno era un frinire di grilli e quella strada sembrava dimenticata dal mondo. Marco si voltò per guardare in faccia i ragazzi.

«Alex, prima mi hai chiesto se questa è l'unica realtà in cui possiamo vivere.»

«E tu non mi hai risposto.»

«Tanti anni fa conobbi un uomo di nome Nathan» iniziò a raccontare il vecchio. «Una persona di gran classe, di eccellente cultura, un amabile conversatore e, col tempo, un fedele amico. La società stava cambiando, si apprestava a diventare il becero tugurio travestito da palazzo reale che è oggi. Ero giovane, ma mi ero ormai abituato a vivere in questo posto. Non avevo ancora trovato la cabina di Alex e per qualche tempo dubitai che ci saremmo incontrati tutti di nuovo. Un giorno proposi a mia moglie Beth di sperimentare l'enzima che mio padre iniettò nelle vostre madri. Avevamo il desiderio di concepire un figlio, e dal momento che conoscevo la formula non potevo non fare un tentativo. Mia moglie però si rifiutò. Ne parlai con Nathan, che al tempo era il mio unico amico e si era sposato da poco. Lui provò a convincere sua moglie. E ci riuscì. Iniettai l'enzima nella donna, la sottoposi all'esperimento di mutagenesi inserzionale che mio padre, ai *nostri* tempi, aveva condotto sulle vostre madri. Di lì a poco nacque Anna.»

Alex aveva gli occhi sgranati dallo stupore. Jenny lo teneva per mano, incredula, senza fiatare.

«Avete capito?» commentò Anna con voce squillante. «Mio padre, una mente sopraffina nata quasi cinquecento anni prima... e una donna di questa civiltà. Non poteva che nascere un genio!»

Marco sorrise, quindi riprese a raccontare: «Lei ci ride sopra, ma andò proprio così. Conosco Anna da quando è nata. Ho visto gli effetti che ha avuto l'enzima sulla figlia di un uomo le cui capacità cerebrali erano state potenziate a loro volta. È stato come elevare esponenzialmente un dono già fuori dal comune. Avete mai sentito di un ragazzino che a sedici anni ricorda alla perfezione i suoi primi mesi di vita? Lei ne era capace. Avete mai incontrato qualcuno che conosce a memoria l'intero elenco telefonico della vostra città? Lei era in grado in farlo. Col tempo divenne quasi uno sport, una sfida. Veniva a bussare alla porta di casa mia per raccontarmi i suoi prodigi. Quando mi auto-esiliai sull'isola di Limen mantenni uno scambio di messaggi cifrati con Nathan e sua figlia».

«Ci stai dicendo che Anna ha sviluppato una memoria fuori dal comune?» chiese Jenny, meravigliata.

«Esatto. Curioso come si torni sempre a questo concetto, non trovate?»

Alex lo osservò perplesso. «Perché dobbiamo sputare dentro queste boccette?»

«Perché Anna è una di noi. Può varcare la soglia tra le dimensioni. È nata in questa civiltà, il che significa che lei esiste in tutte le dimensioni parallele del Multiverso in cui sua madre ha partorito. Altrove avrà padri diversi, dal momento che Nathan è vissuto solo qui... ma può *viaggiare* e guidare i suoi alter ego esattamente come facevate voi prima dello schianto dell'asteroide. Lei lo fa da quando è nata, e ha visto decine di posti migliori di questo.»

«Pazzesco...» commentò Jenny. «Ma mi spieghi come questo può tornarci utile, se il nostro corpo è solo qui e in tutto il resto del Multiverso non esistiamo?»

Anna la prese per mano. Lo sguardo sicuro, le rispose: «Perché al momento, su questo pianeta, esistono solo due posti in cui si possono memorizzare migliaia di dati. Uno è la memoria interna di un pannello. L'altro è la mia mente. Pensaci, che differenza c'è tra i due?»

Lei rimase in silenzio, lo sguardo basso. Qualche secondo più tardi fu Alex a rispondere. «Che i pannelli non se ne vanno in giro per il Multiverso.»

«Bravo!» Marco lo guardò soddisfatto.

«Non capisco. Mi spieghi quali dati devi memorizzare per portarteli dietro nelle realtà alternative?» Jenny fissò Anna negli occhi e incontrò le sue iridi verdi come il mare.

«Quelli contenuti nella vostra saliva. Perché hai detto bene, nelle altre dimensioni voi non esistete. Non esistete *ancora.* E ora se non vi dispiace... mi servirebbe quel campione.»

I ragazzi obbedirono mentre Marco teneva gli occhi fissi sulla strada. Il vecchio spiegò loro che Anna era una dottoressa con diverse specializzazioni. Era oncologa, endocrinologa, genetista e anatomopatologa. Aveva trascorso anni a sperimentare la replicazione del DNA sugli animali. Il che era piuttosto semplice, avendo a disposizione un essere vivente da cui estrarre direttamente il patrimonio genetico. Ma diventava impossibile in assenza di esso, a meno di disporre di una banca dati e sintetizzare il DNA direttamente in laboratorio, da zero.

Marco raccontò che si era interrogato a lungo sulla possibilità di rendere di nuovo possibile il viaggio tra le dimensioni, ipotizzando e avendo quasi la certezza che, senza il corpo, la mente non sarebbe bastata. Aveva speso l'intera vita su quel progetto. Infine aveva capito: solo una persona dalle capacità mnemoniche come quelle di Anna sarebbe stata in grado di risvegliarsi in una realtà alternativa, ricordare tonnellate di dati e ricreare il loro genoma a partire da quelle informazioni altrimenti non trasportabili da una dimensione all'altra. Li avrebbe fatti rinascere in altri mondi, in modo che la loro mente potesse trovare albergo nei corpi dei loro alter ego. In modo che potessero di nuovo *viaggiare*.

«Ma... quante informazioni dovrai ricordare?» chiese Alex alla donna mentre chiudeva la boccetta con la saliva e gliela consegnava. «Se non sbaglio i cromosomi sono quaranta... o quarantadue?»

«Sono quarantasei» lo corresse Marco. «E poi ci sono i geni. E lì siamo nell'ordine delle decine di migliaia. Il patrimonio genetico di un individuo è un complesso archivio di dati.»

«E basta la saliva per conoscerli?» domandò Jenny.

«Sì, bellezza» le rispose Anna. «Sarebbe bastato anche un capello col bulbo, ma non volevo rovinarti la piega. Tra poco saremo al porto, ci separeremo e io mi porterò in laboratorio questi due campioncini. Il genoma di Marco lo conosco da un pezzo, a volte me lo canticchio come una filastrocca. Dopodiché... vediamo se l'idea del vostro amico funziona. Sarà quasi come l'esame di medicina, quando imparai a memoria qualcosa come un milione e mezzo di nozioni tra vocaboli, formule e immagini. Divertente, no?»

Alex alzò lo sguardo e sorrise, incredulo di fronte a una dimostrazione così straordinaria del potere della mente umana. *Cosa siamo?* si chiese. Se Anna era davvero in grado di archiviare un numero talmente elevato di informazioni, cos'era il cervello umano? Di cosa era capace?

«Perché il porto?» domandò.

«Perché c'è una nave che salpa stanotte, alla volta di Oriente. Nonostante i governi facciano credere che i due continenti siano in conflitto da decenni, in realtà mantengono da sempre rapporti commerciali. Gli affari sono affari...»

«E gli stupidi credono alle stupidaggini che propina la stampa» commentò Anna.

«Ci imbarcheremo su una nave mercantile» riprese Marco, con tono rassicurante. «Non vi preoccupate, so come accedere alla stiva. Una volta che avremo raggiunto l'altra parte saremo al sicuro, nessuno ci troverà più. Dobbiamo solo arrivarci in tempo.»

Una luce abbagliante giunse dal fondo della strada mentre i quattro se ne stavano in silenzio, ognuno assorto in pensieri che varcavano i confini del mondo delle possibilità. Ma non erano i fari di un'auto a investire l'oscurità e puntare dritto verso il furgoncino.

La gatta iniziò a miagolare. Anna aggrottò la fronte, mentre cercava di capire cosa ci fosse qualche centinaio di metri più avanti. Il suo cuore accelerò i battiti, lo sguardo si caricò di ansia. «Maledizione.»

Diletta non miagolava mai. L'ultima volta che aveva strillato in quel modo, una telefonata stava per annunciare la morte di suo padre.

«Scendi subito, Anna!» Marco pestò il freno e inchiodò il furgone non appena si rese conto che le luci provenivano da un imponente posto di blocco formato da una decina di furgoncini dell'esercito.

«Ma io...»

Marco le afferrò il braccio e la fissò negli occhi con uno sguardo che non ammetteva repliche. «Scendi, ho detto! Finché siamo in tempo. Hai il DNA, devi andare. Buttati tra quegli alberi, laggiù. Scappa. Levati di mezzo!»

Lei si voltò di scatto verso Alex e Jenny, mentre Diletta con un balzo saltava sul sedile e spalancava le fauci in segno di terrore. Anna la afferrò per la collottola e scambiò un ultimo sguardo con Marco.

«Se la mia idea è valida» disse l'uomo «ci incontreremo ancora.»

Anna sospirò, quindi scese dal furgoncino con un salto. Iniziò a correre e sparì in mezzo alla vegetazione che costeggiava la strada.

Marco si chiese se l'avrebbe più rivista.

«Ci ammazzeranno tutti!» gridò Alex mentre Jenny gli stringeva con forza la mano.

«No, Alex. Ammazzeranno solo me» rispose Marco, il tono freddo e distaccato.

«Ma se Anna riesce a fare quello che dici...» disse Jenny con un filo di voce. «La tua morte non sarà la fine... vero?»

Marco la guardò negli occhi. «Non lo so.»

«Cosa?» Alex inarcò le sopracciglia. «Come, non lo sai?»

«Quelli che nasceranno in una realtà parallela con la sintetizzazione del DNA, se mai Anna dovesse riuscirci, saranno nostre repliche. Cloni, esseri umani identici a noi. Ma non avranno alcuna memoria di quello che li ha preceduti, se moriamo in questo mondo. O almeno, questo è ciò che penso. In realtà non lo so con certezza.»

«Ma il genoma non ha memoria?» chiese Jenny all'improvviso.

Marco chiuse gli occhi, mentre un paio di furgoncini militari gli venivano incontro e le luci abbaglianti si facevano sempre più forti. Gli tornarono alla mente tutti i suoi studi, gli anni passati a cercare una soluzione nell'attesa di ritrovare i corpi dei suoi amici sepolti in fondo al mare. Le cene a casa di Nathan, mentre quella bambina dai capelli rossi cresceva e dimostrava giorno dopo giorno le sue straordinarie capacità cognitive. Le notti trascorse in riva all'oceano con l'amico, a discutere delle strade scientifiche che avrebbero potuto ricreare il ponte tra quella realtà e il resto del Multiverso.

La domanda di Jenny non era affatto stupida.

La domanda di Jenny era l'enigma di un'intera vita. Se lo avessero ucciso lì, in quel momento, sarebbe servito a qualcosa rinascere altrove grazie all'esperimento di clonazione di Anna? La sua morte avrebbe disintegrato ogni ponte mentale tra quella dimensione e le altre. Non avrebbe potuto guidare un alter ego di settant'anni più giovane, appena ricreato in laboratorio. Il Marco bambino, forse, sarebbe stato un essere identico a lui, ma totalmente inconsapevole. Non avrebbe più potuto raggiungerlo in alcun modo. In pratica, un'anonima fotocopia.

«Non so risponderti, purtroppo» disse Marco mentre sei uomini in tenuta mimetica scendevano dai furgoncini e puntavano i mitra contro di loro.

«Scendete immediatamente dal veicolo!» gridò una voce.

Non era il momento di fare gli eroi.

Alex fece scattare la porta scorrevole e saltò giù, seguito da Jenny. Marco obbedì a sua volta, le mani in alto come a dimostrare la propria disponibilità a collaborare.

«La ragazza… è lei!» esclamò uno dei militari.

Jenny ebbe solo il tempo di pensare che forse poteva cercare di manipolare le menti dei militari, come aveva già fatto per togliersi dai guai.

Quello che seguì fu una scarica di colpi a bruciapelo, senza alcun preavviso. Uno dietro l'altro, violenti e precisi, penetrarono nella carne emettendo un rumore sordo e ovattato.

Alex, Jenny e Marco si accasciarono a terra privi di sensi, sull'asfalto investito dai fari delle camionette dell'esercito, mentre la notte profonda avvolgeva la campagna e gli alberi lungo la strada osservavano la scena silenti.

La testa appoggiata sulla terra dura e pungente, gli occhi sbarrati e la bocca aperta in una grottesca espressione di stupore, Marco osservò il mondo capovolto una volta ancora. A pochi metri da lui, Alex e Jenny giacevano distesi, immobili.

Sopra di loro, la luna, regina malinconica del firmamento.

Epilogo

Quando anche il tempo sarà domato, anche del tempo si farà mercato.

I palloncini si librano nell'aria, danzano festosi e colorati mentre il vento li spinge sempre più in alto, sempre più lontano, oltre i tetti delle case. Si mescolano i colori, si confondono le grida e i canti. Senti il coro? Sono i tuoi amici, ti stanno festeggiando. Il tuo nome diventa un ritornello, mentre sorridi a tutti e segui il groviglio di melodie stonate cercando di andare a tempo. Qualcuno ti abbraccia, altri stringono la tua mano. Sono facce che conosci bene, compagni e amici della tua seconda adolescenza. In mezzo al giardino, sul tavolo, è appena comparsa la torta. Ci sono diciotto candeline che aspettano di essere spente.

Sei felice.

Un tuono rimbomba in lontananza mentre qualche goccia di pioggia cade sui sorrisi e sulle note che accompagnano la festa. È la vita che hai sempre desiderato, no? Di certo è la vita che meriti.

Ma non hai scordato chi eri. Non puoi dimenticare quello che sei stato, i labirinti attraverso i quali ha vagato la tua mente, scomponendo e ricomponendo di continuo la realtà. Le strade intrecciate dei destini comuni, delle memorie condivise, le imminenti fini e gli inaspettati nuovi inizi.

Oltre il cancello, in lontananza, li vedi.

All'inizio è difficile distinguere i loro volti. Alzi gli occhi al cielo. Ha cominciato a piovere sul serio, i tuoni si ripetono a distanza sempre più ravvicinata. Conosci quei visi. Fratelli scelti dal destino, che hanno varcato con te ogni possibile soglia tra i mondi.

Tu li hai sempre aiutati. Tu sapevi fin dall'inizio.

Lasci gli altri a spartirsi le fette della torta e ti allontani. Pochi passi lenti sull'erba bagnata in direzione del cancello, mentre il cielo ha inghiottito i palloncini e si arma di uno scudo fatto di nuvole nere e minacciose, e sei di fronte a loro.

Lui ti guarda con quegli occhi azzurri, di ghiaccio, da sempre fedeli compagni di viaggio. Non ha più quel ciuffo ribelle sulla fronte. Ora porta i capelli molto corti, taglio militare. Dentro le sue iridi sono nascosti tempi lontani, ricordi di cristallo conservati in un luogo sicuro.

Lei ti sorride, ma leggi nel suo sguardo il turbamento dell'animo. La chioma castana cade dolcemente sulle sue spalle, spalle che hanno saputo vincere medaglie, scalare podi, strappare applausi. Ma che vita era? Che mondo? Quanto tempo è passato?

Quando arrivi a pochi metri da loro, il tuo sguardo è deciso, consapevole. Appoggi una mano all'inferriata mentre fissi negli occhi il tuo amico. Nel silenzio, le vostre menti sono capaci di dirsi qualsiasi cosa.

«Avete ricevuto anche voi il messaggio?» chiedi. I ragazzi al di là del cancello annuiscono.

«Forse dovremmo tornare indietro» dici con tono pacato ma risoluto, quindi ti volti. Cammini a passo lento verso l'ingresso della villetta, le mani in tasca, i pensieri che ruotano nella testa come in un vortice inarrestabile.

Quella frase… quella frase non vuole andarsene.

Quando anche il tempo sarà domato, anche del tempo si farà mercato.

L'hai scritta ovunque. È su tutti i tuoi diari di scuola, nei blocchi di appunti accatastati sulla scrivania in camera da letto, fra le pagine dei libri su cui studi. In tanti ti hanno chiesto cosa significhi. Hai sempre evitato di rispondere.

Mentre sali le scale e vai verso la tua stanza, la ripeti mentalmente in continuazione. Chiudi la porta dietro di te, quindi ti imbatti nell'immagine riflessa nello specchio appeso vicino alla scrivania. I capelli sono arruffati come sempre, neri come la pece e già inzuppati, mentre le lenti a contatto oggi hanno rimpiazzato gli occhiali, perché è un giorno di festa e li non indossi mai in queste occasioni. Ti siedi sul bordo del letto, le mani sulle tempie che sembrano sul punto di esplodere. Ti viene spesso, quella fitta. Tutte le volte che l'ossessione si trasforma in agonia, che la paranoia diventa dolore.

Sul comodino accanto al letto c'è un foglietto giallo. Lo guardi per qualche istante, ormai lo conosci a memoria. Decidi di prenderlo in mano e rileggerlo, mentre la finestra si spalanca con violenza per colpa del vento e il temporale arriva fino in camera tua.

Sono stata dall'altra parte, dove vi credevo morti.
Ho saputo tutto.
Vi siete venduti per sopravvivere.
Non avete idea delle conseguenze del vostro gesto.

ANNA

Diciotto anni fa, il tuo embrione è stato creato in laboratorio, coltivato e fatto crescere in una realtà alternativa alla topaia in cui hai vissuto per mezzo secolo. Diciotto anni fa sei nato per la seconda volta, insieme ai tuoi compagni di viaggio. Hai avuto il tempo di ricordare tutte le tappe del sentiero che ti ha portato a essere quello che sei oggi, perché la tua memoria non conosce i limiti del guscio in cui ti trovi.

Di anni a disposizione ne hai avuti. Le storie, seppellite in fondo al pozzo dei ricordi, sono venute pian piano tutte a galla.

Hai ricordato le infinite strade del Multiverso.

La fine del mondo.

Gli interminabili silenzi di Memoria.

Il risveglio.

La lunga vita in una civiltà sconosciuta, in attesa di ritrovare i tuoi amici.

Il declino della società. L'esilio.

E infine la fuga insieme ai ragazzi, l'agguato, la scarica di proiettili e il duro calore dell'asfalto. L'ultima immagine di quel mondo che riesci a ricordare è una porta che si chiude di fronte ai tuoi occhi, lasciandoti in un anfratto tetro e gelido. Dentro di te, sai bene che le parole di Anna sono realtà: hai accettato un baratto.

*Quando anche il tempo sarà domato, anche del tem*po si farà mercato.

Un giorno rammenterai chi l'ha detto.

Rileggi per la centesima volta le parole sul foglietto giallo firmato da Anna. Non sai se è giusto farlo. Se è giusto tornare.

Vi siete venduti per sopravvivere. Non avete idea delle conseguenze del vostro gesto.

Ora vivi in un posto sicuro, hai i tuoi amici, la scuola, conosci il calore di un abbraccio materno. Hai finalmente una vita serena, ma cogli ogni giorno di più il senso delle infinite biforcazioni. Sai che non è l'unico posto in cui sei stato. Quanti ne hai visti? Quanti ne puoi ancora vedere?

E in un attimo il pensiero si riavvolge come un nastro impazzito, percorrendo il binario della linea del tempo a tutta velocità, in senso opposto. Indietro, senza freni. Una diapositiva dietro l'altra, la carrellata scorre a ritroso e non sai dove si fermerà. Vedi passare tutti i fotogrammi e non hai il tempo di osservarne davvero nessuno.

Quindi il meccanismo si blocca.

Sei al punto di partenza.

Vuoi lanciare il dado?

Chiunque tu sia stato prima di essere Marco, dal momento in cui il dado cadrà e offrirà la sua faccia, non avrà più importanza.

Stai pensando un numero, uno qualsiasi. Esistono tutti, dispersi nelle infinite biforcazioni del Multiverso.

Lo visualizzi nella tua mente.

Ora puoi riaprire gli occhi.

Il dado non ha una faccia.

Ha tutte le facce possibili.

All'inizio di tutto, hai lanciato il dado dalle molteplici variabili. Esso contiene qualsiasi risposta. La tua scelta ha spalancato le porte del Multiverso. Sei tu la causa, tu l'origine. Quel numero è la tua vera strada, è la vibrazione dell'anima che guida ogni altra versione di te. È la tua volontà e il tuo obiettivo. Tirando quel dado hai deciso di vedere. Hai aperto il tuo cuore all'infinito e scelto di credere. Gli altri non ti capiranno, non sono in grado. I loro occhi osservano e percorrono solo un sentiero.

Quello che hai di fronte non è altro che un po' d'inchiostro gettato su un foglio di carta. Una combinazione di linee e curve nere su sfondo bianco, insignificanti, anonime. Altrove, in questo momento esatto, si stanno alzando grattacieli, le strade prendono forma, le persone scelgono direzioni e scartano possibilità. Altrove, lo specchio riflette se stesso all'infinito. Chi è Marco? Chi sei tu?

Adesso puoi guardarti attorno e cercare di fuggire. Puoi tornare alla tua vita di sempre, puoi scendere e aprire i regali. Ma sai che c'è qualcosa che non quadra. E infatti sei ancora qui. Qui, a correre in mezzo all'inchiostro in cerca di te stesso, della tua storia, del tuo numero.

Da quando sei nato per la seconda volta, convivi con il senso di colpa. Puoi decidere se tornare indietro o restare, in fondo è la tua strada. Ma sai che quel vecchio di ottantotto anni sta marcendo in una cella di quattro metri per tre. La sopravvivenza della sua mente ha reso possibile la consapevolezza della tua.

La tua vita è un sentiero di luci e ombre.

Ci credi al mattino, quando ti svegli, ti lavi la faccia allo specchio, cammini per le vie della tua città e parli con la gente. Ne dubiti la sera, quando il buio illumina il teatro della tua immaginazione e prendono corpo gli attori di una storia che non puoi dimenticare.

Poi un battito di ciglia, un'occhiata verso la finestra, il respiro di nuovo regolare. La tempesta si sta già placando, dal giardino arrivano le grida festose dei tuoi amici.

Ma è solo un'altra faccia del dado.

UTOPIA

Per Elena e Alberto,
i custodi della mia felicità.

Verrà un giorno che l'uomo si sveglierà dall'oblio e finalmente comprenderà chi è veramente e a chi ha ceduto le redini della sua esistenza, a una mente fallace, menzognera, che lo rende e lo tiene schiavo... L'uomo non ha limiti e quando un giorno se ne renderà conto, sarà libero anche qui in questo mondo.

Giordano Bruno

I nostri successi e i nostri fallimenti sono tra loro inscindibili, proprio come la materia e l'energia. Se vengono separati, l'uomo muore.

Nikola Tesla

Prologo

Altrove, qualche tempo prima, fu il duro e freddo asfalto. Furono i fari delle camionette sbucate all'improvviso dal fondo di quella lingua di terra in mezzo alla boscaglia. Furono i freni di un fuoristrada che stridevano sul lucido strato di bitume.

E poi il grido di un uomo, l'ordine di scendere immediatamente dal veicolo. Le braccia di Alex, Jenny e Marco alzate in segno di resa, gli sguardi impotenti di fronte alla schiera di luci e armi a pochi metri da loro.

Quindi gli spari.

Sotto gli occhi stupiti della luna, in una notte che decretò la fine della corsa, una donna osservò la scena al riparo di un tronco, poi fuggì lontano dall'orrore. Nella mente il tonfo di quei tre corpi caduti non sarebbe più andato via. Avrebbe tormentato il sonno di Anna per lungo, lunghissimo tempo. Scappò il più lontano possibile, una gattina impaurita tenuta per la collottola, le provette con il genoma dei ragazzi al sicuro nella giacca.

Altrove, grazie a lei, la vita sarebbe ricominciata presto.

Nelle infinite biforcazioni del Multiverso, tra le molteplici pieghe dello spazio e del tempo, un posto in cui crescere e vivere in serenità doveva pur esserci. Un angolo protetto, sicuro, perché la giostra ricominciasse a girare.

Il primo vagito. Il primo pianto. I primi respiri in un mondo nuovo, così distante da quelle armi, dall'ipocrisia di una società di schiavi senza coscienza.

Dal gelido, spietato e letale asfalto.

Capitolo 1

Sam-en-Kar, anno 381 C.S.
Stagione del Sole, giorno 38

C'è troppa luce, oggi.

È quasi accecante, mi toccherà chiudere le imposte e tirare fuori qualche candela.

Ieri ho sentito lo zio e la mamma parlare tra loro. Di me. Erano nel campo, stavano seminando, non mi hanno visto. Da dietro la quercia, dove sedevo con il mio libro tra le mani, ho potuto sentire ogni cosa. «Com'è possibile che sia così intelligente?» diceva lo zio, con quel suo vocione greve, rauco. «Non lo so» rispondeva mia mamma. O forse dovrei dire la mia mamma adottiva, sperando che non legga mai questo diario perché, la conosco, ci rimarrebbe male. «Non ho mai visto un bambino in grado di programmare l'intero ciclo delle stagioni, dei raccolti, delle Ere. Ha una conoscenza della matematica fuori dal comune.» Poi ancora mio zio: «E l'ha calcolato fino all'anno 600…» E lei, più stranita che orgogliosa: «Più di duecento anni di calendario… e lui non ne ha ancora vissuti cinque! Come fa? È posseduto forse da qualche spirito maligno?» «Dovremmo parlare con il Confessore».

Non capisco perché la mia famiglia si vergogni o si stupisca delle mie capacità. Quando sento discorsi del genere, e non è la prima volta, mi chiedo se tutto questo sia giusto. Io non faccio niente di male. Lo so, gli altri bambini non sono come me. Forse vorrebbero avere un figlio normale, che gioca tutto il pomeriggio giù al fiume e pensa solo a tirare i sassi nell'acqua il più lontano possibile.

Sono piccolo, ai loro occhi. Sempre questo termine: piccolo. *Lo usano tutti. Ma che significa? Piccolo in statura, d'accordo. Non posso controbattere. Ma secondo me il pensiero ha profondità, non statura. Tutti gli amici di papà, che lavorano nei campi o nei negozi del paese, sono di elevata statura e di corporatura robusta, ma di scarsa capacità di analisi. Riescono al massimo a tenere a mente i conti della famiglia, i costi delle produzioni o i dati dell'ultimo raccolto. Quando osservano il cielo, pensano che le stelle che compongono una costellazione siano tutte sullo stesso piano, alla medesima distanza da noi. Credo che non si rendano nemmeno conto del progredire del tempo, dello spostamento della Terra rispetto al Sole e agli altri pianeti. Non sanno guardare più in là della prossima Stagione. Allora, dovrei essere io a definire loro piccoli? Semplicemente, si dedicano alle arti manuali. Così come io mi dedico al ragionamento e al calcolo. Non è colpa mia se in questi cinque anni sono diventato piuttosto veloce.*

Ad ogni modo sono stanco.

Vorrei vedere altri posti, sono certo che ci sono. E conoscere persone diverse. Sam-en-Kar è un bel paese, ma sono stufo di fare sempre gli stessi giochi, di incontrare le stesse facce. Non mi hanno mai portato a vedere l'oceano, per esempio. L'ho visto in numerosi dipinti, dev'essere meraviglioso. E le montagne, che osservo da lontano, e nei giorni più belli spiccano con le loro vette innevate.

Gli altri bambini passeranno presto a chiamarmi. Spero che mia madre dica loro che sto riposando. Non ho voglia di giocare. Ho solo voglia di andare.

Un giorno, spero.

Intanto, ieri notte ho fatto ancora quel sogno. Quello nel quale penso e parlo in un'altra lingua. Si ripete ormai da troppo tempo. Non lo racconto più alla mamma perché non vorrei che, oltre a farmi parlare con il

Confessore, prima o poi mi portasse pure dal medico. Me lo tengo per me, è meglio.

È cominciato come sempre, ma è proseguito diversamente questa volta. All'inizio ero nella solita stanza buia, premevo una serie di tasti per accendere una fila di tubi che sprigionavano una luce di color azzurro chiaro, artificiale. La luce andava subito a riflettersi sull'involucro di vetro di tre cabine. Dentro le prime due, i corpi di quei ragazzi che sentivo vicini come fratelli, legati da un filo invisibile, un collegamento energetico, mentale. Avevano gli occhi chiusi. Sul lato della cabina era inciso il numero 2014. *Nel sogno ero sicuro che quel numero fosse un anno. E quell'anno era l'ultimo anno. L'ultimo di un ciclo.*

Fin qui, era il solito sogno. Non ero mai riuscito a vedere oltre. Ieri sono andato avanti. Ho augurato buon viaggio ai miei amici, quindi ho aperto l'involucro della terza cabina. Quella vuota. Mi sono voltato verso un tavolino dove giaceva una siringa. L'ho afferrata. Ho alzato lo sguardo per incontrare me stesso nel piccolo specchio sopra il tavolo, illuminato dalla luce al neon. Mi sono osservato per alcuni istanti. Ero adulto, come le altre volte. Una ventina di anni, credo. Per un attimo mi è sembrato di scavare in profondità nei miei occhi e di vedere delle immagini. Confuse.

Ero seduto in una macchina, sui sedili posteriori. Attorno a me tutto si muoveva come in una ripresa al rallentatore. Vedevo la roccia, vedevo la tormenta. Sentivo le grida. Sentivo le mie grida. Poi quella terribile sensazione di cadere nel vuoto, un rumore sordo, e il ritorno alla realtà. O meglio, al sogno. Allo specchio. I miei capelli sembravano di cartapesta, i denti battevano per la temperatura glaciale di quel posto. Mi sono fissato e ho sentito il mio pensiero, come se stessi realmente parlando: Ci sveglieremo. Un giorno ci sveglieremo. E saremo ancora vivi. So che funzionerà. *Poi dicevo, o meglio pensavo qualcos'altro, in quella lingua che nel sogno mi era così familiare, ma tutto s'interrompeva. L'ultima immagine che ricordo era il primo piano della siringa tenuta tra le due dita, l'ago pronto a penetrare la mia pelle.*

A volte guardo in faccia mamma e papà e mi trattengo dall'urlare la mia rabbia. La rabbia che deriva dal non avere mai una risposta ai miei quesiti, una spiegazione per i miei mille dubbi. Ma più passa il tempo, più sogno. Più sogno, più ricordo. Ormai ne sono sicuro, da un bel pezzo: quello che vedo è realmente accaduto. In passato. In un qualche lontano e incomprensibile passato. È parte della mia vita. Di una vita precedente, come direbbe il vecchio e saggio Meuron con cui talvolta mi fermo a parlare del senso dell'esistenza. Lui non mi giudica. Non crede che io sia piccolo. Anzi, sostiene che io sia molto, molto maturo. Del resto, i miei genitori non sono i miei veri genitori. Loro non sanno che io so, ma pazienza. Da un paio d'anni ne sono consapevole: mi hanno adottato. Forse si sono lasciati sfuggire qualche parola di troppo quando credevano che io non capissi ancora bene la lingua Samen. Ma capivo. Capivo eccome. Sono stato acquistato, anche se detesto questo termine. Ma così andò: fui barattato con derrate alimentari e qualche animale bello grasso. Pare, dai racconti che ho origliato, che una donna dai capelli rossi mi abbia lasciato al Centro di Solidarietà di Garen, quando ero ancora in fasce. Di lì a poco la mia attuale famiglia mi ha preso con sé. I miei genitori adottivi non potevano avere figli, così mi acquistarono. Questo è accaduto nell'anno 376 del Calendario Sam-en, durante la Stagione della Luna. Non ho mai scritto queste cose sul diario, per paura che mamma e papà lo leggessero. Ma sento sempre di più l'esigenza di andare. E tu, inseparabile custode di ogni memoria, amico cartaceo e confidente silenzioso, verrai con me.

Sam-en-Kar, anno 388 C.S.

Marco richiuse il quaderno rilegato in pelle, indugiò con lo sguardo sul numero 8 inciso sulla copertina, poi lo ripose sotto una pila di libri che occupava una piccola mensola accanto al letto. Il suo diario, unico testimone di una vita che non gli apparteneva, che non aveva mai sentito davvero sua. Ma allo stesso tempo, preziosa raccolta di tutte le visioni, le manifestazioni e le voci in cui si era imbattuto durante la sua breve esistenza. Erano passati sette anni da quegli appunti datati 381.

Quante volte l'aveva riletto, chiedendosi che cosa ci facesse in quel posto, in mezzo a quella gente? Ma il sole sorgeva ogni mattina e scaldava un cuore ferito più volte e colmo di cicatrici. Forse, un cuore bisognoso di trovare un angolo di pace e serenità. Era questa, la sua vita nella regione di Sam-en? Un porto sicuro, un rifugio? O era solo una delle infinite facce del dado? Questa volta una gabbia dorata, un guscio protettivo. Un numero fortunato, certo. Ma non il suo numero.

La conosceva eccome, la beffarda geografia del Multiverso. Aveva avuto il tempo di ricordare quasi ogni passo, ogni volto, ogni storia. I sogni erano stati d'aiuto, da quando aveva cominciato a discernere tra la confusa materia onirica e il ricordo. Era tutto in quel diario con il numero otto inciso sulla pelle che lo rivestiva. Talvolta lo guardava da una prospettiva diversa, e l'otto diventava in un attimo il simbolo dell'infinito. No, non secondo le tradizioni di Sam-en-Kar. E neanche di Gea o degli abitanti dell'isola di Limen, della cui memoria aveva recuperato pian piano quasi ogni frammento. Quell'intreccio di due forme ovali, in realtà, lo riportava indietro di mezzo millennio, nella sua Milano, in Italia. Là dove tutto era cominciato. Anche allora, un diario con il simbolo dell'infinito in copertina era stato testimone dei suoi viaggi. La sua personale antologia del Multiverso.

Marco sfilò gli occhiali e li appoggiò sul tavolo in legno massello. Lo stesso su cui scriveva a cinque anni, quando tutti lo consideravano una sorta di prodotto infernale, vittima di qualche sortilegio, e questo solo per la bizzarra colpa di possedere un intelletto fuori dal comune.

Sam-en-Kar era un paese ancorato a superstizioni e credenze popolari, in netto contrasto con la modernità delle metropoli oltre le montagne, che guardavano con entusiasmo al futuro e vivevano un costante progresso tecnologico. C'era stato. Sia a Sam-en-Tor sia a Sam-en-Garen. A cinque anni sognava di salire su quelle montagne innevate che spiccavano in lontananza, a nove era partito e le aveva attraversate. Aveva visto oltre, aveva vissuto e capito. Quindi era tornato, quando tutti ormai lo davano per disperso. Nella sacca, solo qualche provvista e il fedele diario, con una quantità di pagine scritte che ormai occupava i due terzi del tomo. Con il tempo, i ricordi erano tornati uno per uno. Come bottiglie affiorate sulla superficie del mare e finalmente illuminate dalla luce accecante del sole, contenevano preziosi messaggi dal passato. Tasselli di un mosaico lungo la strada tortuosa e ricca di ostacoli che l'aveva condotto fino a lì. Non erano fantasie. Non erano incubi. Erano avvenimenti reali, autentici, tangibili. Aveva dubitato per anni. Si era interrogato ogni giorno, quasi dovesse risolvere un enigma secolare, senza farne parola con nessuno. Del resto né i suoi amici, né i suoi genitori adottivi, né un Confessore che estorceva denaro agli ignoranti per purificare l'anima con discutibili riti avrebbero potuto ascoltare anche solo uno dei racconti di Marco senza bollarlo come insano di mente. E gli insani di mente venivano rinchiusi nel Centro di Recupero di Garen. Un posto di cui era meglio continuare a sentir solo parlare.

Con la mano destra Marco si ravviò i capelli neri, perennemente spettinati e dai ciuffi ribelli. Quindi si stropicciò gli occhi.

Dalla finestra filtrava la luce del primo sole del mattino. Alcuni strumenti a fiato risuonavano già in lontananza, dai campi. Era in programma una delle tante feste del Paese, organizzate dai lavoratori della terra per onorare Kar, il Signore del Raccolto, secondo un'antica usanza nata nel 125 C.S., Calendario Sam-en. Il rumore di un pugno che batteva con sei colpi ritmati a serie di due contro gli infissi di legno della finestra gli fece voltare di scatto il capo. Marco andò ad aprire le ante di vetro e strizzò l'occhio in segno di saluto a quel ragazzo dai capelli biondi a spazzola. Aveva un piede poggiato su uno spuntone di ferro che usciva dal muro, l'altro incastrato tra due mattoni, la mano sinistra avvinghiata a una sporgenza irregolare della parete e la destra libera, impegnata in un gesto di saluto.

«Dal portone al piano terra mai, eh?» chiese Marco con una punta di sarcasmo mentre si voltava e tornava a sedersi sul bordo del letto. Il ragazzo scavalcò e ruzzolò dentro, inciampando in una sedia e finendo a gambe all'aria al centro della camera da letto. Poi si tirò su con un balzo atletico, diede qualche pacca ai pantaloni per liberarli dalla polvere e alzò le sopracciglia. «Troppo facile.»

«Un giorno o l'altro ti spacchi l'osso del collo, te lo dico io.» Marco lo scrutò da capo a piedi, quindi scosse la testa e sbuffò accennando un sorriso. «I tuoi genitori non partecipano alla festa?»

«Sì, per quello sono venuto da te. Non avevo voglia di stare in mezzo alla processione.»

«Tua sorella?»

«È andata. Lei ci tiene. Non se n'è mai persa una.»

«Contenta lei...»

«Che stavi facendo?»

Marco piegò leggermente la testa e gli occhi caddero sul diario sovrastato dalla pila di libri.

«Niente, rileggevo alcune cose che...»

«Ancora quel diario?»

«Ancora il mio *prezioso* diario, Alex.»

«Abbiamo dodici anni» sorrise il biondo. «Non puoi divertirti come tutti gli altri? Sei sempre lì a leggere, fare conti, parlare di cose che nessuno capisce...»

Marco si alzò di scatto, quindi gli diede le spalle. Rimase alcuni istanti in piedi di fronte alla finestra, mentre con le dita si grattava una guancia, perplesso, confuso. L'animo turbato da riflessioni e interrogativi che l'amico non sembrava poter comprendere.

«Piuttosto» riprese Alex. «Ascoltami un attimo.»

«Che c'è?» Marco si voltò, le mani nelle larghe tasche dei pantaloni scuri dalla stoffa pesante, invernale, in pieno contrasto con il clima mite del giorno 67 della Stagione del Sole.

«Devo parlarti di una cosa, un po'... privata.»

«Avanti.»

«Fa caldo a casa tua.» Alex afferrò un lembo del colletto della sua maglia e lo agitò.

«No, non fa caldo, sei tu che ti stai agitando. Forza, parla. Che hai combinato?»

Gli occhi di Alex cercarono una via di fuga. Una cassapanca in noce, con l'anta aperta e appoggiata al muro, e una pila di stoffe all'interno. Il tavolo di Marco, invaso da matite, fogli, libri e quaderni. Una cornice piena di crepe, con un dipinto che raffigurava il firmamento in un particolare momento dell'anno in cui le tre stelle della Cintura di Orione sembravano rappresentare un ideale prolungamento della Torre Edilea, situata nel punto più a sud della valle e di proprietà della ricca metropoli di Sam-en-Garen, che la utilizzava per rilevazioni astronomiche e meteorologiche. Rimirare quel dipinto gli comunicava sempre una sensazione strana, indefinibile. Un vago e lieve stordimento, quasi un incanto, che lo investiva quando ammirava la medesima costellazione, padrona indiscussa del firmamento nelle serate di cielo terso.

Alla fine dell'imbarazzante vagare per la stanza, lo sguardo di Alex finì per incontrare di nuovo quello dell'amico, ancora in attesa di una risposta.

«È inutile girarci attorno» riprese. «Sono alcune notti che faccio un sogno strano.»

«Quanto strano?»

«Insensato.»

«Racconta.»

Alex sbuffò, quindi fece un respiro profondo e prese coraggio: «Non ridere, ti prego. Mi è successo già tre o quattro volte… insomma, io… non riderai, vero?»

«Non riderò.»

«Sogno di baciare mia sorella.»

Marco rimase immobile, senza alzare un sopracciglio, senza fiatare.

«Capisci?» continuò Alex. «Non ha alcun significato.»

«Di che tipo di bacio si tratta? Come quando ci si saluta? O sulla fronte?»

«È un bacio… *bacio*.»

Alex appoggiò i gomiti sulle ginocchia e affossò la testa tra le mani, quindi si coprì la faccia con i palmi, come per nascondersi dalla vergogna. L'amico andò a sedersi accanto a lui.

«Secondo te cosa significa?» chiese Alex, ancora più rosso in volto.

«Che sei un pervertito, semplice.»

«Idiota, mi prendi in giro?» Alex incupì lo sguardo e fissò Marco negli occhi. «Non ti racconto più niente.»

«Scherzo, calmati. Ne hai parlato con lei?»

«Ma neanche per sogno!»

Marco annuì lentamente con la testa, quasi stesse traendo delle conclusioni dai pochi dati raccolti. «Capisco. Una curiosità: nel sogno... dove la baciavi?»

«Te l'ho già detto, non far finta di non capire... sulla bocca!»

«Intendo il luogo. Dove eravate?»

«Ah. Ogni volta in un posto diverso. La prima volta eravamo seduti in una specie di giardino... con un cancello davanti. La seconda volta in una stanza buia, non so dirti molto perché vedevo a mala pena lei. E poi in un posto affollato, all'aperto, con dei macchinari strani attorno a noi. Dei mezzi di trasporto lunghi, sopra dei binari, come quelli delle carrozze che usano a Tor, hai presente? Quei binari...»

«Sì, ho capito. I Locomotori di Gerber. Eravate in una sorta di stazione.»

«Bravo. Straordinari quei mezzi, non trovi? Chissà quanto vanno veloci...»

«Impressionanti, sì. Ma dimmi di questo bacio... sinceramente, cos'hai provato?»

Alex scosse la testa, non credendo alle parole che stava per pronunciare.

«Era fantastico. Un'emozione che non so spiegare. Ero, come posso dire... felice. Ma non ha senso, dannazione! È mia sorella.»

«Credimi» rispose l'amico, le labbra piegate in un mezzo sorriso, «non c'è niente di sbagliato in quello che stai sognando.»

«Sei impazzito?»

Marco si schiarì la voce, quindi rispose: «Fammi un piacere, anche se ti può sembrare assurdo. Parla con lei. Raccontale quello che hai visto».

«A te piace scherzare. Perché mai dovrei farlo?»

«Fidati di me.»

«Ma nemmeno sotto tortura.» Alex aggrottò la fronte, quindi distolse lo sguardo.

«Fai questo esperimento» insistette Marco «dammi retta.»

Alex si passò una mano nei capelli biondi, da poco tagliati e regolati con precisione da sua madre, poi si alzò e si diresse verso la finestra, mentre nella sua testa roteavano le parole dell'amico: *Non c'è niente di sbagliato in quello che stai sognando*. Quindi passò una gamba oltre il davanzale, prese un lungo respiro e si girò verso Marco.

«Scordatelo. Non glielo racconterò mai. Jenny mi prenderebbe per pazzo.»

Capitolo 2

Sam-en-Garen, anno 394 C.S.
Stagione della Luna, giorno 5

La donna scese le strette scale che conducevano dalla farmacia del piano terra all'ampio salone adibito a magazzino e laboratorio. Unì l'indice e il medio della mano destra e li passò rapidamente su una fila di interruttori, sul quadro alla fine della rampa. Uno dopo l'altro, si accesero i dieci pannelli che tappezzavano il soffitto della sala. La luce si fece più intensa nell'arco di una manciata di secondi e andò a illuminare bancali stracolmi di scatoloni, corsie di scaffali invase da prodotti di vario genere e, dalla parte opposta della stanza, lunghi tavoli su cui giacevano scartoffie, strumenti ottici, cancelleria, provette, fino all'estremità occupata da larghi lavabi in ceramica.

«Anna!» tuonò una voce dal piano di sopra, che giunse ovattata fino al magazzino. «Ho sbagliato, non è centoventuno! È duecentoventuno!»

«Va bene!» La donna si voltò leggermente verso le scale. Quindi sgattaiolò in fretta tra i tavoli e raggiunse gli scaffali. Slev, suo marito, poteva anche dirle il nome del prodotto, non c'era bisogno di recitare il numero di serie. La moglie, alta un metro e ottanta, con addosso una maglia smanicata che lasciava libere le braccia magre e i lunghi capelli rosso fuoco, ricordava a memoria l'intero catalogo, composto da sedicimilatrecentoventisei prodotti e aggiornato ogni anno per introdurne almeno tre o quattrocento nuovi, brevettati dalle varie case farmaceutiche di Garen.

Slev non conosceva del tutto la natura di Anna. L'amava, e si faceva bastare le versioni censurate dei ricordi della moglie, cercando di non metterla in difficoltà con domande insistenti sul suo passato. Perché Anna non era come tutti gli altri, di questo Slev si era reso conto dal giorno in cui avevano partecipato all'asta per aggiudicarsi il contratto dello stabile dove sarebbe sorta la loro farmacia. C'erano almeno quattro o cinque compratori più facoltosi in sala, ma Anna aveva parlato con loro prima dell'inizio delle contrattazioni. Al momento di fare sul serio, si erano ritirati tutti dopo una breve sequenza di insignificanti rilanci. Era il 382 del Calendario Sam-en, giorno 39 della Stagione del Sole, una data che Slev non si sarebbe mai dimenticato. Ma non era solo quel frammento della loro storia a convincere l'uomo, un robusto quarantacinquenne dalle spalle larghe e il volto ricoperto da una barba pungente e scura, che sua moglie custodisse gelosamente qualche segreto. Innanzitutto, non si era mai spiegato le innaturali capacità mnemoniche di Anna. Era in grado di ricordare nomi, cognomi, identificativo medico e data di nascita di qualsiasi cliente mai entrato in farmacia. E poi, la sua congenita propensione al dialogo con le persone spesso si trasformava in qualcosa di singolare e inspiegabile: Anna non chiedeva l'opinione altrui, Anna suggeriva l'opinione altrui. E questo, nel commercio, aveva marcato un vantaggio non indifferente sulla concorrenza. La farmacia di Anna e Slev era la più frequentata dell'Area 5 di Garen, capitale della Regione di Sam-en. Gli affari andavano a gonfie vele e permettevano alla coppia di dedicarsi anche alla ricerca, utilizzando il laboratorio al piano di sotto come base, e commissionando studi e indagini ad altri centri sparsi per la regione.

Anna tirò fuori dallo scaffale il prodotto di cui il marito aveva bisogno e si voltò. Gli occhi le caddero sull'oggetto in legno appeso al muro: era un calendario intagliato artigianalmente da un falegname di

Kar, acquistato durante una fiera paesana cui lei e Slev avevano partecipato tanti anni prima. Anna prese il numero 4 e lo mise al posto del 3, per comporre l'anno 394. La Stagione della Luna era la prima metà dell'anno Sam-en, coincideva con l'inizio dell'inverno e si esauriva alle prime piogge che segnavano il passaggio alla Stagione del Sole, cominciata ormai da cinque giorni. Ma né lei né Slev si erano ricordati di aggiornare il calendario. Quando Anna ebbe formato il numero 394, un'immagine si palesò all'improvviso nella sua mente.

Tre culle in bambù, una accanto all'altra, foderate con una stoffa soffice e spessa.

Tre neonati, in piena salute, gli occhi chiusi e il volto sereno, persi in qualche inconsapevole sogno.

Oltre le culle, il maestoso portone del Centro di Solidarietà, un istituto gestito da un gruppo di donne volontarie, lontane da qualsiasi credo religioso – le vallate di Sam-en vedevano fiorire nuovi culti in continuazione – e votate esclusivamente ai bisogni del prossimo. I politici di Sam-en si preoccupavano ogni anno di inserire un punto specifico del loro programma dedicato al Centro di Solidarietà, per sovvenzionare l'attività instancabile di quelle signore, alle quali bastavano vitto e alloggio per svolgere l'incarico di cui andavano assai fiere.

Un braccialettino fatto con dello spago cingeva il polso di ciascuno di quei tre bambini, il giorno in cui Amenar e Del avevano trovato le culle e le avevano portate all'interno del Centro. Su ogni braccialetto un nome, dalla pronuncia sconosciuta alle donne, inciso su una piccola pietra avvolta dallo spago. Un biglietto accompagnava l'arrivo dei tre, ed era appeso a una delle culle. Amenar l'aveva letto ad alta voce nella sala delle riunioni alle colleghe volontarie:

Vi chiedo di prendervi cura di questi bambini.
Si chiamano Alex, Jenny e Marco. Nella speranza
che rispettiate i loro nomi e possiate essere d'aiuto,
vi ringrazio con tutto il cuore.

❃ ❃ ❃

«Sono quasi diciotto anni» rifletté ad alta voce Anna.

Il Centro di Solidarietà avrebbe operato alla stregua di un orfanotrofio. Nel giro di mezza Stagione, Marco era stato adottato da una famiglia di Sam-en-Kar. Dopo un'altra mezza Stagione, anche Alex e Jenny erano stati accolti una famiglia dello stesso Paese. Anna aveva seguito queste operazioni in disparte, attenta ai bandi che circolavano in città e alle pubblicazioni ufficiali che il Centro, per legge, doveva rilasciare. Aveva sorriso con una punta di amarezza, pensando che Alex e Jenny – di cui il vecchio Ian le aveva parlato a lungo e che aveva fatto in tempo a conoscere durante la fuga finita in tragedia nella dimensione parallela – sarebbero cresciuti come fratello e sorella. Ma l'unica cosa che contava era che stessero tutti bene. Lo doveva a Ian. E lo doveva a quello che a Gea era stato suo padre, Nathan. Una volta adottati e al sicuro, Anna non si era più occupata dei ragazzi, e non aveva più osato sperimentare alcuna clonazione umana. Finalmente serena al fianco di Slev, negli anni successivi aveva perso ogni contatto con le realtà alternative. Aveva scelto di non viaggiare più.

Ma tra le infinite pieghe dello spazio e del tempo, talvolta, risuonano voci senza volto capaci di sradicare l'identità e trascinarla altrove. È un'energia dirompente, che sovrasta la forza di volontà e si impone sul pensiero. È il richiamo che ci riporta a casa.

Durante uno di questi improvvisi vortici, alcuni giorni dopo aver messo il 4 al posto del 3 sul Calendario Samen, Anna vide.

Vide un altrove che ricordava bene.

Vide lo sviluppo inatteso di una vita che sperava di dimenticare.

Vide di nuovo Gea, e capì che si era sbagliata di grosso.

Successe tutto all'improvviso. Di ritorno dal viaggio, Anna trascorse almeno un paio d'ore a chiedersi se avesse sognato o se si trattasse di uno di quei salti di campo che da bambina le accadevano senza che lei potesse esercitare un controllo. Alle volte, era difficile definire un confine, comprendere appieno la natura delle due esperienze, entrambe così vivide e in alcuni casi fugaci.

Slev non era a casa, quel giorno. Il negozio era chiuso per via di una festa regionale. Lei, come d'abitudine nei momenti in cui rimaneva sola, si stava dedicando alla scrittura. Fiabe per bambini, filastrocche, canzoni. Era un'attività che svolgeva nel tempo libero, e il più delle volte si ritrovava a confezionare e regalare le sue produzioni ai figli dei clienti della farmacia. Quello che più amava della Regione di Sam-en era la buona propensione ai rapporti sociali che animava la maggior parte delle persone, e che forse aveva costituito un elemento cardine per la scelta di quel luogo al posto di tanti altri possibili, nel momento in cui aveva dovuto dare una casa e una vita ai piccoli Marco – che lei continuava a chiamare Ian – Alex e Jenny.

Anna lo sapeva bene, grazie ai racconti di suo padre, Nathan: dopo un paio di secoli di silenzio in seguito alla totale estinzione della precedente civiltà, dopo lo schianto di un asteroide, la vita era ricominciata ovunque, in qualsiasi dimensione possibile del Multiverso. Non in tutti i posti si erano raggiunti i livelli di progresso scientifico di Gea o di Sam-en, e lei stessa aveva viaggiato a lungo durante l'adolescenza, imbattendosi in realtà parallele in cui non si era ancora scoperta neppure l'elettricità. Quello che aveva capito sin dall'inizio della sua singolare vita era un concetto molto semplice: lei esisteva in tutte le dimensioni in cui sua madre aveva partorito. Nelle altre sfaccettature della realtà contemporanea che Anna aveva esplorato, suo padre era un altro uomo. Lei stessa aveva sembianze differenti – spesso anche nomi differenti – e conservava solo una metà del patrimonio genetico di sua madre, alla quale si sommava di volta in volta una seconda metà diversa. Aveva ormai ben chiaro in mente che sia Nathan sia Ian erano esistiti solo nella realtà di Gea.

Avrebbe voluto porre un'infinità di domande a Ian, suo vero e proprio mentore in Gea. Ma il vecchio era stato freddato dai militari mentre lei fuggiva nel bosco e si allontanava da una realtà della quale, fino a quel momento, non aveva più voluto sapere niente.

Si stava sforzando di trovare una rima conclusiva a una delle sue filastrocche per bambini quando la mente, trascinata da una forza sovrana, deviò il flusso del pensiero su una tangente che l'avrebbe portata lontano da Samen, verso un luogo che il suo cuore aveva ormai sepolto e coperto di terra. Dall'altra parte del vortice infestato da milioni di voci e volti sovrapposti, c'era lei. E due occhietti verde smeraldo la fissavano nella penombra, e in un istante riagganciavano ogni ricordo alla dimensione contingente.

«Diletta...» sussurrò Anna, allungando una mano verso la micina sdraiata a pancia in su in cerca di coccole. Quella gatta esisteva solo in Gea. Era così piccola quando Anna se l'era portata dietro durante la fuga di Ben, così vecchia e stanca ora. Diletta era il segno di riconoscimento di una realtà che lei aveva cercato di dimenticare.

Ancora confusa e stordita, Anna si alzò e si incamminò verso una direzione che la sua mente di Gea dava per scontata. Si trovò a poggiare la mano su un interruttore quasi senza rendersi conto del gesto automatico e abitudinario che stava compiendo. Il suo pensiero in quel preciso istante galleggiava su un confine impalpabile, in bilico tra i ricordi di Sam-en e le consapevolezze di Gea, una terra in cui un'altra versione di sé aveva continuato a vivere, anche dopo la fuga nella boscaglia. Quando si guardò attorno, con i tavoli e i mobili illuminati a giorno, comprese di trovarsi nel suo vecchio laboratorio. Una sala circondata da ampie vetrate che davano sulla pianura arida della periferia di Marina.

Il laboratorio era la sua abitazione e il suo luogo di lavoro. Quasi un bunker in cui si era confinata tanti anni prima, nella speranza che il Governo dei senza-volto di Gea – che esercitavano il potere tramite messaggi digitali su Testo e non si mostravano mai in pubblico – la lasciasse lavorare in pace. Anna accarezzò dolcemente la gattina, che iniziò a contorcersi e fare le fusa. Quindi gli occhi le finirono su un tavolo oltre la poltroncina occupata da Diletta, e incontrarono un plico. Lo aprì: non si trattava di un plico di fogli di carta. Il raccoglitore conteneva una tavoletta interattiva, di quelle che qualsiasi professionista possedeva e che si arrotolavano su se stesse quando dovevano essere riposte. Questa era una tavoletta sottile, da un centimetro: si trattava di un messaggio. I dispositivi professionali erano spessi due centimetri e contenevano mille volte le informazioni di quelli da uno. Questi ultimi erano niente di più che rapide comunicazioni. Un incarico, un progetto, una presentazione qualsiasi venivano quasi sempre registrati su queste tavolette, di rado sulla carta. Specie quando provenivano dall'alto.

Anna attivò lo schermo con la pressione di un punto della tavoletta srotolata, quindi attese un paio di secondi. Il logo della Lax – la casa madre di tutti i pannelli e i dispositivi elettronici, nonché delle vecchie telecamere che tenevano sotto controllo la popolazione di Gea prima che si passasse al microchip sottocutaneo – brillò per alcuni istanti. Quindi lo schermo si fece nero per qualche secondo e infine partì il messaggio.

Un riquadro blu si impose al centro mentre una voce metallica e priva di intonazione recitava: «Questa comunicazione in via strettamente riservata ha come destinatario la dottoressa Anna Y758BG4. Passare il microchip sulla parte bassa dello schermo per la conferma dell'identificativo».

Anna eseguì l'ordine e la schermata lasciò il posto ad alcune immagini in sequenza. La prima fotografia offrì agli occhi della donna la facciata di un imponente palazzo. In alto, sopra l'ingresso, la scritta a caratteri cubitali diceva SYNAPTICA.

Anna ne aveva sentito parlare. Era una società di ricerca medica che operava nel campo nelle neuroscienze. Fece fatica a ricordare, o meglio aggiornare i suoi ricordi alla vita parallela di Gea, ma in qualità di biologa doveva aver prestato qualche consulenza per Synaptica in passato, non sapeva dire quanti anni prima di quel momento.

La voce automatica riprese, mentre le immagini passavano a presentare uno scorcio di alcune stanze e sale all'interno del complesso: «Dottoressa Anna, la sua figura professionale è stata attentamente esaminata e le sue comprovate competenze rendono oggi possibile una sua collaborazione continuativa all'interno di Synaptica. Troverà l'orario e la data del primo incontro con i responsabili della struttura nell'ultima immagine di questa presentazione. Le ricordiamo che questa comunicazione è strettamente riservata e la circolazione di notizie protette è passibile di segnalazione».

Lo schermo si fece di nuovo nero, per offrire infine una pagina bianca con i dati preannunciati dalla voce umanoide.

«Ma è...» Anna alzò gli occhi verso un pannello posto sul tavolo di fronte, e acceso su una griglia di numeri «...è stamattina. È tra meno di due ore.»

Con un faticoso balzo, Diletta scese dalla poltrona al pavimento, quindi sparì dietro a una fila di scatoloni. Anna chiuse gli occhi e si soffermò a riflettere sulla natura di quell'opportunità. Le veniva offerta – o forse, dalle parti di Gea, era meglio dire imposta – la possibilità di collaborare con un importante centro di ricerca medica. Non più una saltuaria consulenza esterna, ma un vero e proprio incarico continuativo. Ne aveva bisogno. Sia a livello economico sia per la sua crescita professionale. In un attimo ripercorse una vita parallela fatta di ricordi mai vissuti, una strada che aveva abbandonato il giorno in cui Ian, Alex e Jenny erano stati uccisi e lei era scappata all'ultimo istante. Si era aperto un bivio, in quel momento. Lei aveva scelto Sam-en. Era lì che voleva vivere. Era lì che sarebbe avvenuta la clonazione. Ma durante quegli ultimi diciotto anni, com'era logico che fosse, la sua versione alternativa di Gea aveva continuato a vivere. Aveva mantenuto il suo lavoro, cercato di non cacciarsi più nei guai, e si era convinta che quella brutta storia avesse già regalato troppe tragedie, dalla morte di suo padre Nathan all'agguato militare.

Ma la Anna di Sam-en, fuggita da una realtà che aveva preferito dimenticare, era in errore tanto quanto la sua versione alternativa di Gea. Entrambe si erano convinte di un epilogo che distava anni luce dal reale corso degli eventi. Fu lei stessa a comprenderlo quando, quella mattina, si presentò a colloquio con alcuni responsabili del coordinamento risorse di Synaptica, e si vide assegnare il primo incarico ufficiale.

Un'altra tavoletta, contenente l'archivio degli ultimi diciotto anni di ricerche sui corpi di due ragazzi catturati altrettanti anni prima. Anna scorse rapidamente le immagini nel suo nuovo ufficio, una stanzetta angusta e senza finestre in fondo al corridoio del primo piano del palazzo.

«Non è possibile…» riuscì soltanto a dire. E non una volta sola. Lo ripeté a bassa voce, conscia del fatto che potessero osservarla e tenerla sotto controllo in chissà quanti modi, come accadeva in numerosi posti di lavoro di rilievo.

I volti di Alex e Jenny nelle foto delle cartelle cliniche.

I loro corpi stretti in una vestaglia bianca e stesi su dei lettini, gli elettrodi collegati alle tempie, alla fronte e al petto.

I loro occhi chiusi, apparentemente senza vita.

I loro occhi spalancati, durante alcuni studi di cui la tavoletta riportava i risultati sotto forma di grafici, curve, griglie di dati. Diciotto anni dopo l'agguato durante la fuga che avrebbe dovuto portare Ian e i ragazzi su una nave diretta a Oriente, Alex e Jenny erano ancora vivi. Erano oggetto di studio da parte di una società di ricerca nel campo delle neuroscienze.

E lei, la dottoressa Anna, era stata assunta per studiarli.

La donna arrotolò la tavoletta, la ripose in un cassetto e si alzò, confusa. Si passò una mano sulla fronte, quindi la affondò nei lunghi capelli rossi mentre i suoi occhi si perdevano nel vuoto, e quel vuoto la riportava indietro nel tempo, in una vita che avrebbe desiderato cancellare. Un interrogativo prese possesso dei suoi pensieri: che fine aveva fatto Ian? Se i ragazzi erano ancora vivi, e quei colpi non erano dunque stati mortali, che destino era stato riservato al suo vecchio mentore? Anna appoggiò una mano alla vetrata che separava il piccolo ufficio dal corridoio del primo piano, quindi pensò che il vecchio Ian avrebbe potuto essere custodito in quello stesso palazzo.

All'improvviso, un desiderio fortissimo di allontanarsi da quel posto attraversò il suo corpo come un brivido di freddo, percorse l'intera spina dorsale e la fece tremare per alcuni istanti. Si concentrò su una frase cui non riusciva a dare un senso al momento: comparsa dal nulla nel teatro della sua mente, non ne voleva sapere di sparire. *Si rotolan tutti come birilli.* Volteggiò tra le tempie come una cantilena insopportabile, finché la donna non si accasciò al suolo, priva di sensi.

Dall'altra parte del vortice, Anna riaprì gli occhi e alzò la testa di scatto, sudata e agitata, come se si fosse appena svegliata da un incubo. Teneva ancora la penna tra le mani, e sul foglio di fronte a sé poteva scorgere la filastrocca incompleta. Il sole, alto nel cielo di Sam-en, batteva forte sulla finestra della cucina che ne rifletteva il bagliore accecante. Era trascorsa tutta la mattinata. Anna abbassò lo sguardo sul tavolo: l'ultimo verso della canzoncina da lei composta diceva "e dopo aver colto lamponi e mirtilli".

Scrisse la rima di chiusura, poi si portò le mani al volto e il suo cervello completò il ragionamento iniziato nella dimensione parallela, così come aveva fatto con la filastrocca.

Non sono stati uccisi, pensò. *Li studiano. Sono vivi.*

«Devo trovarli» disse Anna prima di uscire di casa in fretta e furia.

Capitolo 3

Sam-en-Kar. Anno 388 C.S.

Una pioggia leggera picchiettava sulle teste dei ragazzi mentre camminavano lungo uno stradone che si insinuava nella verde e rigogliosa campagna. Li guidava una donna di alta statura, con folti capelli neri e una mantella verde scuro, uno strascico lungo fino a terra che si inzuppava ogni minuto di più. La donna teneva a tracolla una sacca dalla quale spuntavano dei libri, mentre i ragazzi la seguivano come un gregge di pecore dietro al pastore.

«E dunque, come dicevamo l'altro giorno, il confine a Nord della nostra quasi – sempre – soleggiata Regione è delimitato da… da?» La donna si guardò attorno, gli alunni rimasero in silenzio per alcuni istanti. Erano sedici, tra gli undici e i dodici anni. Una ragazzina dai capelli castani alzò il braccio e si fece notare dall'insegnante.

«Jenny?» La maestra stese il palmo della mano verso di lei e la invitò a rispondere.

«Dal fiume Laari» disse timidamente, e subito si guardò attorno per incontrare l'appoggio di qualche compagno.

«Esatto! Ma lo sapevate anche voialtri, vero?»

La donna sorrise convinta e cominciò a descrivere il percorso del fiume Laari, che tagliava da una parte all'altra la Terra di Steir e faceva da confine tra Sam-en e, più a nord, la Regione dei Laghi.

Le lezioni a Sam-en si svolgevano così, da sempre. Quella mattina, il folto gruppetto al seguito della maestra stava percorrendo una strada di campagna a pochi minuti dalla casa in cui viveva Marco, nella zona sud del paese. Da quel punto preciso della vallata, oltre una vasta distesa d'erba, si poteva scorgere in lontananza una fila di case e, al primo piano di una di queste, la finestra spalancata della camera di Marco.

I ragazzi proseguirono la passeggiata mentre l'insegnante parlava della geografia della Regione dei Laghi. Il profumo dell'erba bagnata era inebriante; di tanto in tanto una carrozza trainata da una coppia di cavalli transitava sul sentiero, costringendo il gruppo a disporsi in fila per aprire il passaggio, e il familiare rumore degli zoccoli prima si avvicinava incalzante, quindi si allontanava, permettendo così alla maestra di proseguire la lezione.

«La sapevo anch'io, comunque...» disse Alex, dopo aver preso in disparte Jenny. Gli occhi del ragazzo fuggivano altrove, quel mattino. Le parlava ma scostava lo sguardo. Non riusciva ad affrontarlo direttamente.

«Sembri strano» iniziò lei, rallentando il passo e lasciando avanzare il resto del gruppo. La voce della maestra si perse in lontananza, mentre gli zoccoli dei cavalli continuavano a risuonare alle loro spalle e parevano ripetersi in un'eco cadenzata, ritmica, che rimbalzava per tutta la vallata.

«Nient'affatto» rispose Alex, ma i suoi occhi azzurri erano rivolti altrove, inchiodati alla facciata della villetta di Marco. *Fammi un piacere, anche se ti può sembrare assurdo. Parla con lei. Raccontale quello che hai visto*. Le parole dell'amico continuavano a tambureggiare fra le pareti del suo cranio, a spingere con la forza di un ariete alla ricerca di un pertugio. Ma quanto coraggio richiedeva un simile tentativo?

«Eppure a me sembra... devi dirmi qualcosa?»

«No.»

Jenny sorrise e annuì. Il sole spuntò dalla coltre di nubi che si stava muovendo pian piano verso ovest, regalando riverberi dorati alla sua vaporosa chioma castana.

«Va bene» riprese Jenny «visto che non mi vuoi dire perché sei strano, ti racconto io una cosa.»

Alex alzò le spalle in un gesto di abitudinario disinteresse, una provocazione più che una reale presa di posizione. Amava punzecchiare la sorella che, dal canto suo, sapeva metterlo all'angolo con le parole giuste al momento giusto. Troppe volte Jenny l'aveva coperto quando era sparito per seguire Marco in qualche escursione non autorizzata, troppe volte lei aveva dimostrato una notevole capacità di raggirare i parenti. Non era solo abile con le menzogne. Era un misto di sguardi, tono di voce, fantasia e improvvisazione.

Le credevano sempre.

«Che devi dirmi?» Alex vide il gruppetto di amici in lontananza, su uno stretto ponte che passava sopra un ruscello. L'insegnante stava raccontando qualcosa a proposito di una vecchia diga. «Tra poco la maestra ci riprenderà perché non stiamo seguendo la lezione.»

«Ho fatto dei sogni assurdi» iniziò Jenny «ma non so se posso raccontarteli.»

Alex si pietrificò. Per un attimo pensò di averla detta lui, quella frase.

«Che hai?» chiese la sorella, quindi lo guardò dritto in faccia. Le gote di Alex si tinsero di un rosso acceso, mentre lui strizzava gli occhi come per difendersi dal sole che nel frattempo era tornato padrone del cielo e aveva riportato il sereno sulla valle di Kar.

«Niente, io... niente. Be'?»

«Non sei mio fratello, in quei sogni» spiegò. «Non sei... non siamo parenti, ecco.»

«Come fai a saperlo?»

«Perché non ci comportiamo da fratelli.»

Stupito, frastornato e in piccola parte spaventato da quella confessione, Alex non seppe cosa rispondere.

«Che cosa succede in questi sogni?» chiese a un certo punto, dopo un'interminabile manciata di secondi di totale imbarazzo.

«Alex! Jenny!» gridò la maestra da lontano. «Volete cortesemente unirvi ai vostri compagni? Il ponte non vi mangia, potete attraversarlo senza paura!»

Lui sbuffò, lei allargò le braccia e liberò un sospiro. Quindi si unirono al gruppo, per fare almeno finta di seguire la lezione.

Nessuno dei due stava più pensando alla scuola. Entrambi stavano ricordando quel sogno, ripetuto più e più volte negli ultimi tempi. Avevano visto e vissuto le stesse scene. Era difficile parlarne, era impossibile considerarsi altro che fratello e sorella. Ma quelle sensazioni, quella tormenta interiore, quei sentimenti non avevano niente a che vedere con la loro vita da dodicenni, e non avevano niente a che vedere con la loro parentela.

Eppure, erano così terribilmente reali…

Trascorsero alcuni giorni di silenzio, di discorsi troncati sul nascere. Uno di questi giorni, i genitori di Alex e Jenny si dovettero assentare per qualche ora: era giunto in paese un commerciante di Tor intenzionato a discutere l'acquisto di alcune derrate alimentari. Era pomeriggio e i ragazzi avevano l'ordine di rimanere in casa.

Solitamente Alex infrangeva questo genere di regole, si faceva coprire dalla sorella e, dopo aver attraversato il paese, si intrufolava in camera di Marco dalla finestra. Ma non quel giorno.

Rimasero chiusi ognuno nella propria stanza per quasi due ore. Entrambi alla ricerca delle parole giuste per ricominciare una volta ancora lo stesso discorso, mai portato a termine nei giorni precedenti. Entrambi con la paura di essere presi in giro, sbeffeggiati.

A un certo punto, mossa dalla sete, Jenny uscì dalla camera da letto e scese al piano di sotto.

Alex, dopo aver sentito il rumore dei passi della sorella lungo le scale, si decise a raggiungerla. Quando la trovò, in piedi al centro della sala, una fortissima sensazione di aver già vissuto una situazione simile lo attraversò dalla testa ai piedi, impedendogli di aprire bocca. Lei si voltò, abbozzò un sorriso imbarazzato e la luce che filtrava dalle finestre socchiuse le illuminò il volto per metà.

«Mi chiedevo...» sembrò giustificarsi lei «mi chiedevo se c'è ancora quell'infuso che ci ha portato la zia.»

Alex alzò le sopracciglia e allargò le braccia.

«È finito?» insistette lei. «Non trovo la caraffa.»

«Jenny, non lo so. Non ho neanche fatto in tempo ad assaggiarlo.»

«Già... giusto.»

«Qualcosa non va? Mi sembri nervosa» Alex fece un passo avanti verso il centro della sala.

«Io? Che razza di domande fai?»

«No, niente... è che...»

«Non vai da Marco oggi?» Jenny si voltò verso la finestra socchiusa, quindi mise le braccia conserte in attesa di una risposta, mentre si torturava l'interno della bocca con i denti.

«No.» Alex si strinse nelle spalle. «Oggi no. Non mi va.»

«Sei sempre più strano...» Jenny scosse lievemente il capo.

«E tu sei nervosa» ribatté lui senza guardarla in faccia. «Sono giorni che sei nervosa. Da quando...»

«Da quando non ti fai gli affari tuoi.»

Alex la fissò con uno sguardo perentorio. «Lo sai benissimo che sono affari miei.»

Lei si irrigidì in un'espressione di mal celato imbarazzo, quindi fissò il fratello senza sapere che cosa rispondere. In quell'istante, la luce del sole che penetrava dalle finestre socchiuse si smorzò, lasciando la sala in penombra.

Alex tenne lo sguardo inchiodato a quello della sorella per pochi istanti, quindi sbuffò e si voltò, diretto alle scale.

«Tu che cosa ne sai?» la voce alle sue spalle spezzò il silenzio.

Alex rimase immobile, un braccio appoggiato sul corrimano in legno, il piede sul primo gradino, lo sguardo fisso di fronte a sé. Avvertì il suo cuore battere forte nel petto, e una lieve vampata di calore salire rapidamente fino alle guance. Ruotò il busto per metà e si voltò verso Jenny, nascosta nella semioscurità della sala.

«Temo di aver fatto lo stesso sogno.»

Capitolo 4

Sede di Synaptica, Marina, Gea

...pronto per essere somministrato...

...operativa a partire da oggi...

...nell'apposito vano in archivio, aggiornate con i dati...

Alex aprì a fatica gli occhi, mentre le voci andavano e venivano, come un'onda che si infrangeva sullo scoglio del suo campo uditivo per poi ritirarsi e fuggire via, e infine tornare ancora più violenta. Il discorso era frammentario, ma riuscì almeno ad associare un volto a quelle parole ovattate dallo spesso vetro che separava la stanza dal corridoio esterno. Si trattava di una donna di bassa statura, magra, i capelli neri corti e un camice addosso, color verdastro. Stava parlando con qualcuno, una colonna nascondeva l'interlocutore. Sdraiato e quasi immobile, Alex cercò di sollevare la testa ma avvertì una serie di fitte alla base del collo.

«Jenny...» disse a fatica, con un filo di voce. Quindi tossì, e a ogni colpo il petto gli doleva come se qualcuno stesse premendo con la scarpa sullo sterno.

«Sono qui» rispose una voce femminile. La voce che lo aveva accompagnato per una vita, forse per milioni di vite. Quel timbro delicato, fragile come la loro stessa esistenza, che aveva attraversato insieme a lui lo spazio e il tempo, era sul palco durante l'ultimo atto ed era tra gli attori della nuova commedia.

«Sempre… la stanza… puntura…» provò a dire Alex, ma il dolore ai muscoli del collo e il senso generale di intorpidimento degli arti e di confusione lo portavano a biascicare vocaboli senza una possibile connessione tra loro.

«Sono qui…» disse Jenny, e lo ripeté ancora. Nessuno dei due riusciva a vedere l'altro. Riconoscevano la stanza di degenza dalle piccole crepe nel muro sopra le loro teste, ma i loro sguardi non potevano incrociarsi. Non avevano il controllo degli arti superiori e anche se fossero riusciti a muovere le braccia, queste sarebbero rimaste ancorate dove si trovavano ora. Stese lungo i fianchi, con i polsi bloccati da larghi bracciali in ferro che fuoriuscivano dalla struttura del lettino. Come la volta precedente. Come ogni altra volta.

Jenny si era guardata allo specchio, qualche tempo addietro, proprio in quella stanza. Il suo volto, i suoi occhi… cos'era rimasto di quella ragazza che vinceva medaglie su medaglie nelle gare di nuoto in Australia? Che vita era? Quale brandello?

La sua immagine riflessa era bastata a delineare una realtà che forse, paragonata alla morte, rappresentava uno scenario peggiore. Le sottili rughe sulla fronte indicavano il passare degli anni – dieci? venti? – così come la sua pelle invecchiata e cerea. Gli occhi stanchi, assenti, vuoti come l'abisso di ricordi negati e inafferrabili, cui non aveva più accesso. Riusciva soltanto a recuperare diapositive scollegate tra loro, immagini e sensazioni così forti che probabilmente sarebbero rimaste nella sua memoria per sempre. Un molo. Una stazione. Un giardino. E quel ragazzo dal ciuffo biondo, ribelle, con due occhi azzurri come l'oceano battuto dal sole.

Quanti anni ho…

Questo era stato il suo primo pensiero, riconoscendosi allo specchio. Il volto impaurito e impotente, le labbra spalancate in un'espressione di sgomento, aveva guardato in faccia l'infermiere tornato a prenderla di lì a poco, e aveva visto in lui una giovinezza perduta. Mentre il ragazzo ruotava la sedia a rotelle per trascinarla fuori dalla camera, i suoi occhi erano andati alla ricerca di Alex. Ma il suo lettino era vuoto. Quindi, un altro corridoio, un'altra stanza. E un altro ago. Un'altra dose. Il ciclo completo, da capo.

«Sono qui...» ripeté ancora Jenny, mentre Alex farfugliava qualche parola dalla parte opposta della camera. A differenza del ragazzo, lei era sveglia già da un paio d'ore, e aveva sentito l'intero discorso dell'infermiera che parlava con una collega in corridoio: «L'inibitore è pronto per essere somministrato, come da protocollo. Ti comunico che è in arrivo la dottoressa Anna, è operativa a partire da oggi. Le cartelle cliniche sono state riposte nell'apposito vano in archivio, aggiornate con i dati dell'ultima estrazione».

Erano diventati questo.

Cavie. Oggetti di studio. Materiale da enciclopedia. Da diciotto anni Alex e Jenny vivevano all'interno di Synaptica. Non erano altro che fascicoli aperti su un passato sepolto, testimonianze di una civiltà estinta.

Jenny cercò ancora di alzarsi, invano. Polsi e caviglie erano bloccati alla struttura del letto. Quindi ricordò il test. L'ultimo di una serie di cui non era possibile rammentare l'inizio. La prova cui erano stati sottoposti forse una o due ore prima che li portassero su al dodicesimo piano per le iniezioni.

Il giardino. Il blocco di ghiaccio. La gabbia.

«Che senso ha...» farfugliò Jenny, lo sguardo costretto a fissare il soffitto.

«Cosa?» chiese Alex, ancora intontito, gli occhi a mezz'asta.

«Quello che ci hanno fatto fare prima. Lo ricordi?»

«S-sì. Lo... lo ricordo.»

Quel mattino, un uomo interamente protetto da una tuta bianca li aveva condotti nel giardino ricavato all'interno del sesto piano di Synaptica. Era una struttura sintetica, la riproduzione artificiale di un orto botanico, finta come tutti gli altri habitat in cui Alex e Jenny avevano condotto fino ad allora una vita da animali sotto osservazione.

Studiavano le loro interazioni. Studiavano i comportamenti. E nella fattispecie, avevano verificato la possibilità che le facoltà extrasensoriali dei ragazzi potessero avere effetto sulla materia.

Erano stati chiusi in una sorta di gabbia di ghiaccio, un gigantesco cubo dal quale avrebbero potuto fuggire soltanto se le lastre si fossero sciolte all'improvviso, per vedere se la loro mente potesse arrivare a tanto, in uno dei rari momenti in cui le loro attività neuronali non erano inibite dai farmaci. L'esperimento aveva dato esito negativo, e i medici si erano visti costretti a tirar fuori i ragazzi dalle gabbie prima che finissero in ipotermia.

Nel corso degli anni li avevano fatti interagire in centinaia di situazioni diverse. A volte anche con l'uso di figuranti in carne e ossa, lasciati soli con i due ragazzi per verificare fin dove si potesse spingere il loro controllo. Nel resto del tempo, la loro mente era schermata dal Neurex, un farmaco inibitore dell'attività sinaptica che gli esperimenti dei primi anni avevano eletto a terapia principale per tenere a bada il loro potere di manipolazione cerebrale. In assenza della dose periodica di Neurex, qualcuno li riteneva capaci di plagiare i dipendenti del centro ricerche e ordire perfino un'evasione dalla struttura.

Niente di tutto questo era mai accaduto, e le indagini sui due proseguivano ormai da troppo tempo senza che saltassero all'occhio novità eclatanti. Per questo motivo era giunto il momento di mettere il caso nelle mani di una dottoressa che ci sapesse fare con la materia mnemonica. E questa donna li avrebbe presto incontrati.

«Sento ancora il gelo di quella… cosa…» sussurrò Alex, gli occhi ora spalancati.

«Il cubo?»

«Sì, Jenny. Lo sento nelle ossa. Non avevamo già fatto qualcosa del genere tanto tempo fa?»

«Credo di sì. Forse… più di una volta. Ho dei ricordi confusi. Se chiudo gli occhi mi sembra di essere ancora lì dentro.»

La voce di un medico appena entrato nella sala di degenza troncò la conversazione.

Mentre Jenny e Alex venivano prelevati per l'ennesima somministrazione, Anna era al primo piano, chiusa nel suo nuovo ufficio, e si stava riprendendo dallo svenimento.

Il suo percorso era tornato a biforcarsi.

Lei, che aveva deciso di mettere la parola fine ai viaggi mentali da quando aveva sposato Slev nella realtà parallela, era di nuovo schiava dell'inestimabile facoltà di cui era in possesso. Da una parte era tornata a pensare alla farmacia e aveva accolto il marito leggendogli la nuova filastrocca composta quel mattino, dall'altra si era alzata ed era uscita dallo stanzino per raggiungere il dodicesimo piano del palazzo. Là dove, come indicava la presentazione sulla tavoletta interattiva, da diciotto anni Alex e Jenny vivevano come topi da laboratorio.

Capitolo 5

Sam-en-Kar, anno 390 C.S.

«Stai scherzando? Di nuovo?» l'intonazione della voce di Alex era un misto di delusione e sorpresa.

«Devo farlo» rispose Marco, mentre raccoglieva una pietra da terra e la lanciava con forza verso l'alto. Il sasso, dalla forma triangolare, volteggiò ripetutamente prima di cadere nell'acqua del fiume e generare piccole onde circolari che si propagarono tutt'intorno, per poi svanire.

«Ho paura che i tuoi genitori non la prenderanno come qualche anno fa» Alex raccolse a sua volta una pietra e cercò di lanciarla ancora più in alto. Nel seguire la traiettoria del sasso incontrò i raggi brucianti del sole di mezzogiorno, che cadevano perpendicolari sulla vallata. Entrambi vestivano leggeri, quel mattino: la maglia smanicata, i pantaloni tagliati all'altezza del ginocchio, i sandali ai piedi. Tutt'intorno era un costante frinire di grilli, e gli occhi si perdevano nella pacifica e rilassante distesa verde che circondava la vallata di Kar.

«Di' un po', hai più fatto quei… sogni strani?»

«Quali?»

«Quelli che mi avevi raccontato un po' di tempo fa… non ne hai più parlato.»

Alex tastò nell'erba mentre cercava di ricordare. Poi sollevò una pietra troppo grossa grande per essere lanciata, e subito la ripose. In un attimo la sua mente tornò nella stanza di Marco, due anni prima, quando aveva raccontato all'amico dell'incontro-scontro con la sorella a proposito di quell'assurdo sogno. Ricordava le parole di Marco con sorprendente precisione.

«I sogni che stai... che state facendo, le visioni, le sensazioni. Il mio diario ne è pieno. Ora, non mi chiedere per quale motivo voi non abbiate mai avuto esperienze simili fino a oggi. Lo scoprirò, perché dev'esserci una spiegazione. Comunque, da che ho memoria, a me sono sempre capitate. Non sono sogni, Alex. Sono ricordi.»

«Intendi la faccenda di mia sorella?» Alex si stropicciò gli occhi. «No, non mi è più capitato.»

«Neanche a lei?»

«Neanche a lei, per quanto ne so. Ricordo che ai tempi arrivammo a non parlarci più per settimane. Era una situazione imbarazzante...»

«Lo so.»

Alex si alzò all'improvviso, quindi si appoggiò le mani sui fianchi e si guardò attorno.

«Siamo stati fortunati a nascere in questo posto. Non è un gran bel posto? E tu vuoi scappare di nuovo.»

«Non siamo nati in questo posto.»

Le parole di Marco lo trascinarono ancora in quella stanza, con il sole del primo pomeriggio che si insinuava tra le imposte e batteva sul bordo del letto, disegnando un triangolo luminoso sulla spessa coperta marrone.

«Lo so per certo da un bel po': io sono stato adottato. E, Alex... anche tu e Jenny siete stati adottati.»

«Ma figurati, non è possibile...»

«Ho le prove. Quando, tre anni fa, sono stato a Garen... ricordi?»

«La tua fuga? E chi se la scorda!»

«...ho trovato il Centro di Solidarietà. Ne hai mai sentito parlare?»

«Forse, per sbaglio. Ma è assurdo. Mia mamma… mio papà… non possono aver fatto una cosa del genere.»

«Stammi a sentire. Quando sono stato al Centro mi sono intrufolato nell'archivio e ho letto i registri. Siamo stati adottati nel 376. Sono anche riuscito a parlare con una volontaria, nei giorni successivi, con una scusa. Ho scoperto che una donna dai capelli rossi era stata vista mentre fuggiva, dopo aver lasciato le nostre tre culle di fronte all'istituto.»

«Tutto questo è pazzesco, spero che tu ti sbagli.»

«Io so chi è quella donna, Alex. Quella donna è nei miei sogni, è in queste pagine. E so cos'ha fatto per noi.»

«Mi stai ascoltando, Alex?» Marco alzò lo sguardo, determinato. «Siamo nati a Garen. So che è difficile da accettare, ma ne sono sicuro.»

«Mi hai già raccontato questa storia» l'amico lo osservò dall'alto verso il basso, increspando la fronte.

«Tira un sasso, Alex.»

«Eh?»

«Tira un sasso nell'acqua.»

Alex fece spallucce. Si inginocchiò, passò in rassegna alcune pietre e optò infine per una sottile, dalla forma a rombo, perfetta per uno dei suoi lanci. La tenne tra il pollice e il medio, con l'indice pronto a dare la spinta decisiva. Quando la scagliò verso il fiume, con un movimento agile e svelto, la pietra toccò la distesa d'acqua e fece sei saltelli prima di affondare.

«Fantastico!» esclamò raggiante. «Hai visto?»

Con un cenno della mano, Marco invitò l'amico a sedersi accanto a lui. Le palpebre strizzate per impedire ai raggi del sole di accecarlo, attese che Alex fosse comodo a gambe incrociate sulla roccia scelta come base per la gara di lanci.

«Non so come, ma un giorno riuscirò a farti capire chi siamo.»

«Perché mi hai chiesto di tirare un sasso?»

Marco sorrise e fissò l'amico negli occhi. «Guarda gli effetti del tuo lancio. Osserva l'acqua.»

Alex si voltò e vide una serie di cerchi concentrici, prodotti dai rimbalzi della pietra sulla tavola immobile del placido fiume. Sembravano sei piccoli bersagli – come quelli del tiro con l'arco in cui eccelleva – in continua espansione. Dal fulcro centrale nascevano e si espandevano cerchi sempre più grandi, finché gli anelli esterni si incontravano con quelli prodotti dal rimbalzo più vicino.

«Cosa dovrei vedere?» chiese Alex.

«La nostra vita.»

Alex tornò a osservare il letto del fiume e rimase per alcuni istanti come ipnotizzato da quella sinfonia di movimenti. Poi le onde andarono a morire pian piano, e la distesa d'acqua tornò serena.

«Io ti voglio bene, Marco, e lo sai. Ho sempre creduto a ogni tuo racconto. Ma spesso... spesso sono in difficoltà. Come se tu parlassi un'altra lingua. Hai un cervello straordinario, davvero fuori dal normale, ma... aiutami a capire di cosa parli, ti prego. Quando non ti capisco mi spavento.»

«Quante volte sono venuto a sedermi su questa roccia, da solo. Quante volte...» Marco alzò la testa e fissò un punto in lontananza, oltre il fiume, là dove iniziava una zona collinare. Oltre le colline si ergeva una piccola catena montuosa, e al di là di quella sorgeva la capitale della Regione di Sam-en, la città di Garen.

«Come se non lo sapessi. Te ne stai sempre da solo a scrivere, leggere... a pensare. A volte mi chiedo perché tu sia il mio migliore amico. Ma lo sei, maledizione. Vorrei solo che ti divertissi un po' di più» sul volto di Alex si dipinse un'espressione compassionevole.

«Questo posto è incantevole» rispose Marco. «Hai ragione, siamo stati fortunati. Dall'altra parte non è andata allo stesso modo.»

«Dall'altra parte delle montagne?»

«Oh, no. Dall'altra parte delle montagne, a Garen, a Tor, nella Regione dei Laghi... si sta bene. Stanno solo un po' più stretti. Chi ci ha portato qui sapeva che questo era il luogo ideale. Che vivessimo in campagna o in città, non faceva differenza.»

«E allora di quali fantasie parli? Hai detto che dall'altra parte non è andata allo stesso modo. Ma dall'altra parte di che cosa?»

«Di noi stessi, Alex. Quegli anelli si sono confusi con l'acqua ormai. Ma quanti erano? Cinque? Sei? Lo stesso sasso, un numero potenzialmente infinito di vite. Di nascite, di crescite, di fini. Tanto tempo fa ti parlai della donna che ci portò al Centro di Solidarietà. Non mi credesti, e forse ci vorrà ancora del tempo.»

«Già...»

«Io so con certezza cosa ha fatto quella donna per aiutarci. L'ho visto. Sono stato io a darle questo compito. Dall'*altra* parte.»

«Credo che si stia facendo tardi, amico» Alex si alzò e si diede delle pacche sui fianchi per scacciare alcuni fili d'erba appiccicati ai pantaloncini. «Sei sicuro di voler partire?»

«Lo sono» rispose e lo abbracciò. «Quando sarai solo, e attenderai il mio ritorno, ogni tanto vieni a sederti qui. Respira a pieni polmoni il profumo inebriante dell'erba, pensa ai quattordici anni di vita che hai trascorso in questo rifugio sicuro e protetto... e lancia qualche sasso. Dopodiché, dammi retta, eleva all'infinito quello che vedi.»

Alex cercò di sorridere per fingere di compiacere l'amico, ma venne fuori un ghigno nervoso che mal celava il suo disagio. I ragionamenti di Marco erano una lavagna di segni confusi, ai quali difficilmente riusciva ad attribuire un significato. Avvertiva la sincerità dell'amico, ma faticava a seguirlo nei contorti ragionamenti che spesso gli sottoponeva. Però gli aveva sempre voluto bene e, non c'era alcun dubbio, lo avrebbe aspettato.

«Cosa farai?» chiese mentre lo abbracciava.

«Troverò quella donna» rispose Marco, risoluto. «La troverò. Ci deve essere, da qualche parte. Un giorno ti dimostrerò che quello che vedi attorno a te è solo uno di quei cerchi, Alex. Una tra le infinite orbite della nostra vita.»

Capitolo 6

Sam-en-Kar, anno 390 C.S.

Due giorni dopo aver rivelato ad Alex il suo intento, Marco riempì una sacca di provviste e indumenti, e partì. L'amico aveva ragione: i suoi non l'avrebbero presa bene. Quando a nove anni si era deciso a fuggire di casa, al suo ritorno aveva prevalso la commozione e la felicità di rivederlo sano e salvo.

Questa volta, poteva giurarci, la reazione sarebbe stata del tutto differente.

Prima di intraprendere il viaggio per Garen, però, decise di fare tappa alla locanda della signora Doro. Era lì che il vecchio Meuron soleva trascorrere il pomeriggio, tra un bicchiere di ligala – un liquore prodotto dalla famiglia Doro, proibito ai ragazzi dell'età di Marco – e una discussione filosofica con se stesso. Fatta eccezione per Alex, Meuron si poteva considerare il suo interlocutore preferito. Aveva quasi settant'anni, completamente calvo, la fronte solcata dalle rughe – dovute al troppo pensare, diceva lui – e il sorriso sempre in tasca. Era come un nonno, per Marco. Quello adottivo, del resto, era un instancabile lavoratore della terra, e la terra era il suo unico argomento di conversazione.

Marco attraversò il paese con la sacca in spalla, mentre il sole andava a ritirarsi dietro le alture e alcuni uomini accendevano le luci delle lanterne, accanto alle vetrine dei negozi lungo la strada. Kar era un paese composto per lo più da abitazioni in legno, anche se negli ultimi tempi, nella zona centrale del paese, era stato costruito qualche edificio in pietra. Le stesse attività commerciali del borgo antico avevano pareti di legno che non di rado prendevano fuoco. Marco poteva giurare che, cinque anni prima, quando si era perso per le strade di Garen, case e negozi della grande città oltre le montagne fossero tutti edificati in pietra o cemento. A detta di Meuron quella degli abitanti di Kar era un'ostinata volontà di mantenere le antiche tradizioni in luogo dell'evidente e costante progresso dei vicini di casa che abitavano oltre le alture. Conservava la Storia. E teneva al caldo il cuore. «Costruiscono, costruiscono» diceva sempre il vecchio parlando di Garen «e si dimenticano ogni giorno di più le loro origini.»

In prossimità del cartello con l'incisione LOCANDA DORO, Marco nascose la sacca dietro una carrozza accanto all'entrata. La signora Doro conosceva bene i suoi genitori adottivi e si sarebbe certamente insospettita nel vederlo entrare con un simile fardello in spalla. Marco non poteva saperlo con certezza, ma la padrona della locanda doveva essere in testa alla famosa fiaccolata che cinque anni prima aveva attraversato il paese come un lungo serpente di fuoco, alla ricerca di un bambino di nove anni sparito improvvisamente da casa.

Il ragazzo si affacciò nel locale. Alcuni tavoli erano disposti in ordine sparso di fronte a un bancone, mentre alle pareti erano appesi stendardi e teste di animali impagliati. La taverna era deserta, fatta eccezione per quel tavolo nell'angolo. Sempre lo stesso tavolo nell'angolo. Perché Meuron, alle tradizioni, ci teneva.

«Allora non ti sei dimenticato del tuo amico senza capelli...» gracchiò il vecchio non appena alzò lo sguardo. Di fronte a lui, sul tavolo, solo un boccale e una caraffa stracolma di ligala.

«Meuron... come stai? Scusami, negli ultimi tempi...» Marco si divincolò tra le sedie e andò a sedersi di fronte all'uomo. Neanche al bancone c'era anima viva: a quell'ora la signora Doro sbrigava le faccende private approfittando del momento in cui la locanda era pressoché vuota.

«Dove stai andando?» chiese, quindi si riempì il bicchiere.

«Come dici?»

«Ce l'hai scritto sulla fronte. Avanti, vai dritto al sodo. Dove stai andando?»

«Un giorno mi spiegherai come fai…»

«A far cosa?»

«A leggermi dentro!»

«Marco, Marco… sei entrato guardandoti attorno in maniera furtiva, è quasi l'ora della cena e non sei a casa con la tua famiglia, e inoltre hai lasciato una sacca per terra vicino alla carrozza, fuori dalla taverna.»

«E questo come lo sai?»

«Non sono un mago» sorrise Meuron. «Ero in piedi, accanto a quella finestra laggiù, ti ho visto arrivare. E ti consiglio di andare a riprenderla, prima che il cavallo digerisca l'ultima razione di biada sulla tua bisaccia.»

«Mannaggia a te, Meuron…» Marco contraccambiò il sorriso, quindi uscì dal locale per recuperare la sacca.

«La signora non c'è, giusto?» chiese mentre tornava al tavolo.

«Se sei entrato qui prima di fuggire dal paese, sapevi benissimo già da solo che non c'è. Ormai a quest'ora bado io al locale, in sua assenza, e lei si toglie qualche impiccio. Conti, ordini, roba del genere. Tanto, prima della cena non entra mai nessuno, qui le prime anime iniziano a vagare da metà serata in avanti…»

«Dovrebbe pagarti per fare la guardia.»

«Credi che io abbia tirato fuori dei soldi per questa caraffa di ligala?» Meuron sghignazzò e bevve un sorso. Marco alzò le sopracciglia e sospirò, quindi gettò lo sguardo altrove. Nella sua testa cominciava a prendere forma l'imminente viaggio.

«Forza, adesso puoi dirmelo. Dove stai andando?» insistette il vecchio, la voce impastata dal liquore ma gli occhi vispi e la mente lucida.

«A Garen.»

«Di nuovo?»

«Non inizierai anche tu...»

«Frena, ragazzo. Non ho certo intenzione di giudicarti.»

«Questo mi rincuora.»

«Anzi, a proposito di Garen...»

«Sì?» Marco indugiò con lo sguardo sulla caraffa, mentre Meuron lo fissava con un'espressione curiosa e lasciava trascorrere alcuni istanti di silenzio.

«Per caso vuoi del ligala?» chiese, prima di continuare.

«Vai avanti... a proposito di Garen?»

«Ci sono stato, qualche tempo fa, e ti volevo parlare di una cosa. Mi è capitato di trascorrere una serata in una locanda simile a questa, solo più... moderna.»

«E dove si trova?»

«A Sud. Ma quello che voglio dirti è che... ho avuto una... discussione filosofica... con il padrone della taverna.»

«Che strano» ironizzò Marco, soffocando una risata.

«Dovresti parlare con quel tizio.» La fronte di Meuron si increspò e conferì autorità a quanto appena detto. «Sono stato nel locale fino alla chiusura, e oltre a degustare un prodotto che loro chiamano fraccato, un sublime estratto di uva misto a erbe che crescono nei pressi di Tor... ho conosciuto un uomo dalla mente eccelsa. La cosa che mi ha più colpito è che ogni tanto mi sembrava di parlare con te.»

«In che senso? Cosa diceva?»

«Non è quello che diceva, ma come. Siete molto simili. Nel modo di pensare, intendo.»

«Come si chiama?»

«Si chiama Jastel, la locanda porta il suo nome. Buca di Jastel, Covo di Jastel, non ricordo. È piuttosto piccola, ma rinomata in zona. È a pochi passi da una piazza che ogni dieci giorni organizza un mercato al quale partecipano anche i commercianti di Kar. Non ti sarà difficile trovarla. Si chiama appunto Rotonda del Mercato.»

«Va bene. Tu intanto, mi raccomando, stasera non mi hai visto.»

«Perché, ho parlato con qualcuno per caso, stasera? Io sono qui con la mia caraffa di ligala, rifletto sulle cose umane… scrivo nella mia testa una storia di popoli e guerre…»

Marco sorrise, gli occhi carichi di entusiasmo e il cuore colmo di gratitudine per quel complice, amico e confidente che era sempre lì, pronto ad ascoltarlo e aiutarlo.

«Passami quel boccale, dai, faccio un assaggio» concluse Marco.

Il viaggio era appena iniziato.

Capitolo 7

Sede di Synaptica, Marina, Gea.

Anna finì di abbottonarsi il camice grigio scuro, identificativo del suo reparto di ricerca, mentre attendeva che si aprisse la porta a scorrimento dell'elevatore, appena sceso al primo piano. Quando fu dentro, passò il dito indice su una lastra metallica sulla quale lampeggiava una fila orizzontale di numeri dall'1 al 16. Sfiorò il numero 12 e chiuse gli occhi mentre saliva. Conosceva le leggi di Gea. Quelle regole con le quali sperava di non doversi più confrontare: rapporti sociali ridotti ai minimi termini, interazione limitata con gli altri reparti e un'esistenza vincolata a quel minuscolo chip installato sotto la pelle del dito indice. Un dispositivo in grado di tradurre ogni singola vita in un profilo digitale, che aveva sostituito le telecamere come principale strumento di controllo della popolazione. Ma era un punto cardine del mirabile programma politico denominato Benessere che lei stessa, di fronte all'assenza di alternative credibili, aveva votato. *Come se questo voto contasse qualcosa* aveva pensato mentre esprimeva la sua scelta, tanti anni prima. Ecco cosa le era rimasto. Il pensiero. La possibilità di rifugiarsi in quella dimensione agli altri inaccessibile, di fare buon uso della ragione, di comprendere la reale natura di quel luogo. Aveva sempre rispettato le leggi, del resto sarebbe stato stupido infrangerle.

Dalle parti di Gea si rischiava una segnalazione anche solo a causa di un saluto troppo gioioso rivolto a un collega di un altro reparto.

Mi riconosceranno? Dopo tutti questi anni... si chiese Anna mentre il led mostrava il numero 9 e l'elevatore si apriva per far entrare due colleghi di un reparto diverso, in camice arancione. *In fondo mi hanno vista una volta sola...*

Osservò la sua immagine riflessa e distorta dalla lastra metallica sulla quale lampeggiavano i numeri. I riflessi argentati dei suoi lunghi capelli rossi erano un segno evidente del tempo trascorso dal giorno del suo patto con Ian. Ma sebbene avesse più di cinquant'anni, la donna era determinata e decisa come allora.

Devono fidarsi di me, pensò Anna mentre l'elevatore ricominciava a salire e le due persone accanto a lei parlavano fra loro senza degnarla di uno sguardo. Anna rimase in silenzio, decisa a svolgere il suo compito senza fare domande, per non correre il rischio di insospettire qualcuno.

«Ho letto sulla scheda del giorno che il tuo orario termina in anticipo, oggi» disse il primo, mentre l'elevatore si fermava al dodicesimo piano e Anna si apprestava a uscire. «Confermi?»

«È corretto. Ho avuto un permesso speciale. Stasera i miei figli tornano dalla visita guidata a Lender, la nave attracca tra un paio d'ore.» La voce del secondo uomo si perse alle spalle di Anna, che stava già attraversando il corridoio del piano dopo essere uscita senza salutare, come si conveniva al protocollo sociale di Gea.

Una parte del suo animo non era turbata da quella conversazione appena udita. Era la parte di lei che aveva continuato a vivere in Gea in quegli anni, mentre uno dei suoi molteplici alter ego era altrove, a Garen, accanto al marito Slev. Quello che l'Anna di Sam-en ignorava, ma che in quel momento il suo pensiero affrontava con sorpresa e circospezione, era una consapevolezza inattesa quanto assurda. Ci pensò mentre attraversava il corridoio diretta verso la stanza 129, che la tavoletta interattiva riportava come stanza di degenza dei due ragazzi: i continenti spaccati e divisi di Gea e Oriente erano in guerra fredda da decenni, nonostante alcune attività commerciali proseguissero nell'ombra, all'insaputa del popolo. E Lender, questo lo ricordava bene, era la città più popolata di Oriente, il continente che le antiche mappe di cui le parlava spesso Ian chiamavano Asia e dove il regime politico aveva imposto la lingua inglese così come in Gea si era comandato l'utilizzo dell'italiano. Com'era possibile, dunque, che i figli di un cittadino di Marina fossero stati a Lender, e che il padre ne parlasse come se si trattasse di una visita di piacere?

Anna giunse di fronte alla porta della stanza 129 e sospirò, ben conscia del fatto che in quegli ultimi diciotto anni, laggiù, doveva essere successo qualcosa di grosso. Ma se fino ad allora aveva mantenuto un rigoroso e disciplinato autocontrollo, senza cadere nell'errore di far trasparire la più insignificante emozione di fronte agli occhi estranei dei dipendenti di Synaptica, non appena fu di fronte alla vetrata che separava la stanza 129 dal corridoio Anna rimase come pietrificata.

Attorno alla sua figura immobile brulicavano camici grigi e arancioni, cartelle cliniche, tavolini con le rotelle occupati da scatole di provette e flebo, in un viavai ordinato ma costante. Nessuno sembrava prestare attenzione a lei, così come lei non aveva scambiato uno sguardo con alcun dipendente della struttura.

Quando si avvicinò al vetro, con passo lento e quasi timoroso, il senso di meraviglia la fece prima sussultare e poi la congelò in un'espressione a metà tra lo stupore e la soddisfazione. Come se una parte di sé non avesse mai smesso di crederci.

Come se il richiamo verso quella realtà parallela, che considerava ormai remota, fosse stato lanciato da se stessa. Per un attimo pensò che la sua versione alternativa di Gea avesse letto la comunicazione spedita al suo laboratorio, avesse capito che stava per succedere qualcosa di sconvolgente, e si fosse messa in contatto con l'Anna di Sam-en per ristabilire il ponte, prima di presentarsi di fronte ai nuovi colleghi di Synaptica.

Oltre quel vetro, i corpi di Alex e Jenny giacevano placidi nei rispettivi lettini, posti l'uno dirimpetto all'altro, mentre dalle finestre filtrava un tenue bagliore.

Erano loro.

Diciotto anni dopo.

Gli occhi chiusi, i tratti del viso così lontani dall'adolescenza travagliata che la vita aveva loro imposto, i corpi inermi, forse addormentati a causa di qualche sedativo.

Ma erano vivi.

Anna rimase a osservare la scena per svariati secondi, le braccia distese lungo i fianchi, il volto all'apparenza impassibile. Ma un osservatore attento avrebbe notato il lieve velo di commozione che, quasi impercettibile, copriva gli occhi della donna. Perché i corpi dei ragazzi ancora in vita, a distanza di così tanti anni da quella che a lei era sembrata una brutale esecuzione, significavano speranza.

E a quella stessa speranza era legata a filo doppio la possibilità che anche Ian fosse stato risparmiato.

Anna abbassò lo sguardo e fece qualche passo verso la porta d'ingresso della stanza. Con la coda dell'occhio si accertò che i suoi movimenti non fossero più interessanti del viavai che la circondava. Quindi prese un lungo respiro, si sistemò il colletto del camice e poggiò la mano destra sulla maniglia.

Non appena entrò, ebbe la conferma che non era stato il caso a rispedirla a Gea. Non era stato un incidente, né un evento fortuito. Avvertì la fortissima sensazione di trovarsi esattamente dove era necessario che si trovasse. Di aver risposto a una chiamata. Di aver accettato una missione che aveva appena avuto inizio. Di essere tornata al punto di partenza.

Sentì una scarica di energia diffondersi in ogni centimetro del suo corpo e penetrare la mente con la forza di un lampo che spacca in due la volta celeste.

Comprese così che il ponte tra i mondi si era finalmente ristabilito.

E che il futuro era ancora tutto da scrivere.

Capitolo 8

Sam-en-Garen, anno 390 C.S.
Stagione del Sole, giorno 179

Sono in viaggio da quindici giorni ormai.

Sono stato costretto a rubare un paio di scarpe nuove, appena arrivato a Garen. Le suole delle mie erano quasi completamente scollate. Nonostante il sentiero sia sempre allo stesso posto e io sia riuscito ad attraversare la piccola catena montuosa in molto meno tempo rispetto a cinque anni fa, il viaggio ha lasciato i suoi segni. Per fortuna Meuron mi ha regalato una borraccia piena di ligala. Dannazione, perché non lo vendono ai ragazzi? È spaventosamente buono, dovevo assaggiarlo prima. La sua notevole gradazione alcolica lo rende la bevanda perfetta per un viaggio in mezzo al gelo delle montagne. Chissà se lo producono anche a Garen, un intruglio simile. Non ricordo come si chiamava quell'altra bevanda di cui parlava il vecchio. Traccato, fraccato… Non importa. Lo scoprirò presto. Ho trascorso la mia prima notte nei pressi della Grande Biblioteca di Sam-en-Garen. Fortunatamente non ha ancora iniziato a fare freddo sul serio. Tra poco la Stagione del Sole finirà, ed entreremo nell'anno 391 del Calendario Sam-en. Nel giro di una quarantina di giorni il caldo sarà solo un ricordo, ma dovrei già essere a casa. Non so dove dormirò stasera, ma so dove sono diretto. Sto scrivendo queste righe seduto per terra sotto dei portici. Mi trovo nella piazza indicata da Meuron, la Rotonda del Mercato. Qui vicino dovrebbe esserci il locale di cui mi parlava il vecchio.

Ieri notte ho fatto un altro sogno dei miei... strappavo dalle mani di un uomo un foglio di carta con una lista di nomi. Nel sogno sapevo che quell'uomo era mio padre. Il mio vero padre. Ma l'ambientazione era strana: mi trovavo su una strada che costeggiava il mare, e in mezzo a questa camminata c'era un tavolo di legno simile a quello che ho a Kar. L'uomo era seduto dietro a questa cattedra. E diluviava. Ma se alzavo lo sguardo, vedevo il sole. Dev'essere un ricordo confuso.

Ci rifletterò. Adesso è tempo di andare.

Marco chiuse il diario, lo ripose nella sacca insieme a una matita dalla punta consumata e si alzò. Era metà mattina, e da alcuni minuti aveva cominciato a soffiare un vento insistente, mentre il cielo si era fatto più scuro e del sole non v'era più traccia. La vasta piazza era deserta, ma alcuni cartelli indicavano la data del prossimo mercato regionale. Era previsto di lì a una decina di giorni. Marco si guardò attorno. I portici seguivano il perimetro della piazza, dalla quale si dipartivano quattro ampi stradoni. Al centro dello slargo c'era una piccola fontana con una statua nel mezzo. Chi fosse l'uomo scolpito, lo ignorava. Ma ammirava il vigore e la prestanza del soggetto, che impugnava una lancia e mostrava le braccia nerborute e i pettorali estesi. I polpacci affondavano nella fontana, mentre in vita portava una cortissima veste che, idealmente, svolazzava come investita dal vento.

Marco rimase qualche minuto a osservare la gente di Garen, così ordinata nel vestire e dall'aspetto curato, a differenza dei suoi compaesani. Una donna con un cappello ornato di fiori spingeva una carrozzina. Un paio di uomini, forse colleghi di lavoro, gli passarono accanto, impeccabili nelle loro divise verde scuro, tipiche di chi svolgeva una mansione importante presso la stazione. L'aveva vista, la stazione, non troppo distante dalla Grande Biblioteca di Sam-en-Garen. Aveva sgranato gli occhi di fronte all'entrata a forma di arco e si era stupito nell'osservare la coda di fronte alla biglietteria. Galvanizzato dall'elettrica frenesia di quel luogo di partenze e incontri, aveva trascorso una buona mezz'ora nella contemplazione dei nuovissimi Locomotori di Gerber, il vanto ferroviario della terra di Steir. Erano imponenti, così lunghi che non se ne vedeva la fine, e i finestrini investiti dal sole parevano le squame lucenti di un enorme serpente, immobile e silenzioso.

Marco vide avvicinarsi un giovane – non doveva avere più del doppio dei suoi anni – dal viso pulito e dalla camminata lenta. Così si fece coraggio, lo fermò e disse: «Mi perdoni, signore, un'informazione... lei sa dove si trova la locanda di Jastel?»

Il ragazzo rispose negativamente con un cenno della testa, si strinse nelle spalle e proseguì per la sua strada. Marco camminò allora fino all'imbocco di uno dei quattro stradoni e decise di entrare in un negozio sotto i portici. Si trattava di un fruttivendolo, uno dei pochi esercizi che riportava la sua memoria a Kar, dove coltivare la terra era da sempre considerato arte sacra.

«Mi scusi» chiese. «La locanda di Jastel... sapete dove...»

«Dalla parte opposta della piazza» rispose una donna, e lo scrutò dalla testa ai piedi con un'espressione di curiosità. «La Strada Nuova. Un centinaio di passi.»

«Grazie» rispose lui, prima di fare dietrofront e attraversare la piazza.

Tre carrozze trainate da cavalli neri gli passarono davanti una dietro l'altra mentre imboccava la Strada Nuova, un largo viale costeggiato da edifici in pietra. Non fu necessario contare i passi. Un'insegna in legno con incisa la scritta COVO DI JASTEL, affissa in verticale su una facciata, era ben visibile anche a distanza.

L'atmosfera che si respirava a Garen era la stessa che aveva conosciuto durante il primo viaggio. Una vibrante energia che fluiva per ogni strada, sgorgava dagli occhi di ogni persona. Ammirava l'inclinazione progressista della gente di Garen, sebbene fosse affezionato al tradizionalismo carico di valori e preziose virtù di Kar. Ma Kar non aveva una stazione all'avanguardia. Le case erano quasi tutte in legno. E la gente non era solita vestire in maniera decorosa.

❁ ❁ ❁

Quando Marco entrò nella locanda, la trovò piuttosto affollata. A dispetto del nome, quel posto era ricco di tavoli e poteva ospitare almeno un centinaio di persone. In comune con la taverna della signora Doro aveva l'arredamento, con tutto ciò che questo comportava: teste di animali appese alle pareti, ma anche asce, lance e fucili intrecciati, e una fila di stemmi che, per quanto ne sapeva Marco, dovevano rappresentare alcune casate che si sfidavano ogni anno in un torneo chiamato Girone di Garen. Il torneo era il motivo principale per cui il Covo di Jastel era piuttosto gremito, quel mattino. Uomini e donne seduti attorno a svariati tavoli, sui quali campeggiavano caraffe e taglieri di carni alla brace, stavano discutendo animatamente riguardo a chissà quale punto del regolamento che pareva essere stato modificato di recente. Marco passò in mezzo a un paio di tavoli e raggiunse il bancone. Lo accolse un uomo sulla sessantina. Statura media, brizzolato con la fronte spaziosa e le basette lunghe, gli occhi grandi e color nocciola, gli regalò un largo sorriso che lasciò presto il posto a uno sguardo perplesso.

«Di' un po', ragazzo, ma tu non dovresti essere a scuola, a quest'ora?»

«Sì... signore. Dovrei. Ma io vado a scuola a Kar. Sono di Kar.»

«Ah. E come mai non sei a Kar, in questo momento?»

«Non si preoccupi, sono qui con la mia famiglia... i miei genitori sono andati a discutere di alcune cose che non mi riguardano, o almeno dicono così. A proposito di un mercato, una fiera, non so...»

«Ah! Potevi dirlo subito, i tuoi sono commercianti. Certo, si staranno organizzando per il prossimo ritrovo dei venditori presso la Rotonda...»

«Ecco, sì. Una cosa del genere. Scusi se glielo chiedo, ma... lei è Jastel?»

«Puoi dirlo forte» tuonò l'uomo, alzando verso la sala uno sguardo pieno di soddisfazione. «Dietro questo bancone vedrai sempre e solo me. Ho alcuni cuochi alle mie dipendenze, certo, e qualche cameriere... ma il bancone è il mio regno. Sai, ho tirato su io questo posto, tanti anni fa. Da solo! E sai qual è il mio motto?»

«Qual è?»

«Conosco una sola persona in grado di provvedere alla mia libertà. E quella persona sorride ogni mattina nel mio specchio!»

Marco rimase fisso con gli occhi inchiodati a quelli del gestore del locale, che presto si mise a sciacquare dei boccali mentre lui, impietrito, non riusciva ad aprire bocca.

E la sensazione era tanto forte quanto inspiegabile. Sentì indebolirsi i muscoli delle gambe, gli sembrò di galleggiare nel vuoto e dovette aggrapparsi al bancone con le mani per non finire per terra. Cercò di fare dei respiri profondi. Stava svenendo? Era forse un effetto collaterale del ligala? Magari era per questo motivo che non lo vendevano ai ragazzi. Jastel tirò fuori da sotto il bancone una bottiglia la cui etichetta recitava FRACCATO – PRODUZIONE ARTIGIANALE, e ne versò il contenuto a due uomini dalle fronti sudate e le gote paonazze.

Mentre i due brindavano biascicando qualcosa di incomprensibile, Marco riprese il controllo del proprio corpo e tornò in sé. Si guardò attorno con circospezione e le voci assordanti dei clienti gli rimbombarono in testa. In breve non riuscì più a sopportare la sua stessa presenza in quel locale. Le timbriche, sovrapposte in un coro di grida confuse e intervallate di tanto in tanto da qualche sporadica risata, erano fastidiose come aghi piantati nelle tempie. Una dietro l'altra, senza un attimo di sosta. «Da quando esiste il Girone di Garen, quella regola è sempre stata ritenuta sacrosanta! Che senso ha cambiarla ora?»; «Il tuo cavallo ha recuperato dall'infortunio, Olem? Correrà?»; «Quest'anno non ce n'è per nessuno, la mia squadra è imbattibile!»; «Tuo figlio è uno dei migliori in circolazione, è un vero peccato che si sia rotto la caviglia a una ventina di giorni dal Girone… chi lo sostituirà?»

«Basta» Marco agguantò la sacca e scappò fuori dal Covo di Jastel senza voltarsi indietro.

Quel pomeriggio, dopo aver lasciato la locanda, Marco si mosse verso nord-est, diretto verso il Centro di Solidarietà. Ci era già stato, ricordava bene la strada. Sgattaiolò per un paio d'ore tra vicoli stretti e larghe piazze, e al sopraggiungere della sera si diede da fare per trovare un luogo sicuro in cui rifugiarsi. Aveva camminato a lungo e sentiva le gambe pesanti, ma dormire per strada – come aveva fatto quando si era rintanato in un anfratto dalle parti della Grande Biblioteca – era troppo rischioso. Garen era un posto tranquillo, ma le guardie esistevano e giravano a piedi o a cavallo anche di notte per tenere sotto controllo le strade. E lui era pur sempre un quattordicenne.

Finalmente, dopo ore di vana ricerca, Marco trovò un maneggio, e si ricavò un letto di paglia in una stalla vuota. Nell'intrufolarsi aveva intravisto da lontano le teste di un paio di meravigliosi purosangue spuntare dalle altre stalle. Cavalli da corsa che con tutta probabilità sarebbero stati protagonisti nell'imminente Girone di Garen. Per fortuna l'orario di lavoro era passato da un pezzo e non si vedevano custodi da quelle parti. Se anche fossero venuti fuori, questo era certo, se la sarebbe data a gambe.

Il mattino seguente, mentre cercava di ricomporre i pezzi di alcuni sogni assurdi che aveva fatto – uno, ne era sicuro, lo aveva visto in sella a uno di quei cavalli che mentre galoppava gli parlava in una lingua sconosciuta – Marco si intrufolò nel maneggio alla ricerca di una pompa d'acqua. Aveva la bocca secca, impastata, non beveva da almeno mezza giornata e l'ultimo liquido introdotto nel suo corpo era il ligala. Quando si ritrovò di fronte a un abbeveratoio, tirò un sospiro di sollievo ed estrasse dalla sacca la bottiglia ormai vuota che Meuron gli aveva regalato. Tolse il tappo, la posizionò sotto una pompa e azionò una leva per far scorrere l'acqua.

«E tu da dove *fbuchi*?» gridò una voce rauca alle sue spalle.

Maledizione, pensò, quindi chiuse la bottiglia piena per metà e si voltò. «Mi scusi… avevo sete» balbettò mentre squadrava il ragazzone che l'aveva sorpreso all'interno del maneggio. Era un giovane alto, muscoloso e con la mascella larga. I capelli castani ricci, gli occhi verdi e la fronte aggrottata, teneva fra le mani un lungo rastrello.

«Non hai una *cafa*?» chiese, con una pronuncia goffa che trasformava tutte le esse in effe.

«Veramente, io...» temporeggiò Marco, quindi provò a cavarsela facendo lui una domanda, pur conoscendo bene la risposta «per caso tu sai indicarmi la strada per il Centro di Solidarietà?»

Il ragazzo appoggiò il rastrello a un muro, quindi abbozzò un sorriso accompagnato da uno sguardo malinconico.

«*Fcusami*, tu *fei*... un orfano?»

«In un certo senso.»

«Mi *fpiace*. *Forfe* non *fai* che... mannaggia.»

«Cosa?»

«Il Centro di *Folidarietà*. È *ftato*, come *fi* dice... *fmantellato*. Tanto tempo fa. Tre *ftagioni*, *forfe* quattro.»

Marco chiuse gli occhi per un istante e abbassò la testa. La sua unica possibilità di reperire informazioni. Smantellata.

«Che cosa significa? Non... non esiste più?»

«*Efatto*. Nuovo programma politico, dicevano che non c'erano fondi a *fufficienza*.»

«Ho capito. Scusa se sono entrato nel tuo maneggio senza chiedere il permesso. Posso riempire il resto della bottiglia e andarmene?»

Il ragazzo si avvicinò e gli diede una pacca sulla spalla, con un largo e magnanimo sorriso stampato sul volto.

«*Fembri* affamato. Vuoi delle *provvifte*? Produciamo dell'ottima carne qui, abbiamo maiale, manzo...»

«Ti ringrazio...» Marco si voltò e finì di versare l'acqua nella bottiglia di ligala. «Ma non ho soldi.»

L'estraneo alzò le spalle, quindi afferrò nuovamente il rastrello e salutò con un cenno del capo, prima di sparire dentro una stalla. Marco avvicinò la canna alla bocca e trangugiò acqua a volontà, prima di rimettere la sacca in spalla e allontanarsi dal maneggio.

E adesso? si chiese quando fu sulla strada che conduceva a nord-est, dove cinque anni prima aveva trovato il Centro di Solidarietà. Il cielo era sereno, l'aria ancora calda. Era il giorno 180 della Stagione del Sole, presto il clima sarebbe cambiato. Un nuovo anno era alle porte, e Marco sentiva il bisogno di trovare delle risposte.

Si incamminò senza meta, i pensieri confusi alla ricerca di una chiave, la sua esistenza frantumata in mille schegge. Uno specchio da ricomporre, un'identità da ricreare. Eppure, qualcosa di strano era successo. Qualcosa cui aveva cercato di non prestare più di tanta attenzione, ma che ora tornava a galla dopo il misero fallimento dell'obiettivo principale del suo viaggio a causa di un nuovo programma politico.

La frase tornò con prepotenza ed echeggiò nella sua testa di continuo, mentre cercava di camminare in direzione sud e la città pian piano si risvegliava e si riversava per le strade: *Conosco una sola persona in grado di provvedere alla mia libertà. E quella persona sorride ogni mattina nel mio specchio!*

Marco appoggiò la sacca accanto a un muretto e si sedette a gambe incrociate nella lingua d'erba che costeggiava la strada periferica di Garen, diretta a sud, verso le montagne. Chiuse gli occhi, il corpo immobile, e si lasciò trasportare da quelle parole. Quella frase era una mano che lo accompagnava in una stanza, lontana, dimenticata.

Era tutto in quella cameretta in penombra, murata nei suoi ricordi. Vi trovò due persone. Lui stesso – adulto – e un bambino. L'aveva già visto, in alcuni sogni più frammentati, durante i suoi quattordici anni di vita a Sam-en-Kar. Riconosceva quegli occhi, l'espressione dolce ma determinata di un ragazzino per cui lui era guida ed eroe, maestro e punto di riferimento. Quel bambino che sarebbe cresciuto e, ancora giovanissimo, l'avrebbe seguito in mare, durante la spedizione che aveva segnato il suo auto-esilio sull'isola di Limen. La spedizione in cui Marco, da quelle parti chiamato Ian, aveva trovato la cabina di Alex in fondo ai flutti. E quel bambino divenuto ragazzo, di nome Ben, aveva mantenuto il segreto.

Erano entrambi in quella stanza.

«Cosa ti ha insegnato papà? Lo ripetiamo assieme?»

«Mi ha insegnato la nostra filosofia di vita: "Conosco una sola persona

in grado di provvedere alla mia libertà. E quella persona sorride ogni mattina nel mio specchio!"»

«Bravissimo, tesoro mio. Bravissimo. Non scordarlo mai. Ti voglio bene.»

Marco spalancò gli occhi e sentì un'energia nuova attraversarlo dalla testa ai piedi. Jastel aveva più o meno l'età che anche Ben avrebbe avuto in Gea, se fosse stato vivo in quel preciso momento nella realtà alternativa. Il gestore della locanda aveva fattezze diverse, da quelle parti. Ma qualcosa in lui apparteneva a un passato che lui stesso ignorava. Qualcosa che era rimasto, oltre l'indefinibile barriera fra i mondi. C'era una ragione dietro al fatto che Meuron avesse spinto Marco a trovare il Covo di Jastel, dietro al fatto che il vecchio avesse trovato l'uomo così simile a quel ragazzino, così vicino nei ragionamenti, nei modi di esprimersi. C'era una ragione figlia di un assurdo quanto logico paradosso del Multiverso.

Che sia davvero..., pensò Marco mentre ricordava l'entusiasmo di Jastel, mentre ripensava alla tempra di Ben. Mentre gli occhi maturi del primo diventavano gli occhi carichi di energia del secondo.

«Devo tornare alla locanda» disse tra sé e sé. Quindi gli si formò un groppo in gola, quando riaffiorarono alla mente gli svariati sogni in cui la sensazione di aver perso per sempre il suo unico figlio era stata così forte, così cruda.

Ma forse, la morte non era altro che un'onda solitaria che andava a spegnersi a riva, mentre infinite altre continuavano a solcare il mare.

Marco tornò al Covo di Jastel quello stesso pomeriggio, all'ora in cui le strade soleggiate di Garen erano semideserte e la gente del posto aveva appena finito di pranzare, o stava riposando. Il silenzio, talvolta interrotto dagli zoccoli di qualche cavallo, era un velo delicato che avvolgeva la città e le conferiva un aspetto austero, quasi solenne. Le facciate color ocra di alcuni palazzi in cemento, con le loro finestre oblunghe e i portoni stretti, sembravano file di enormi volti impietosi le cui ombre incombevano sul suo cammino. L'animo in subbuglio, da una parte deluso per la fallita ricerca, dall'altra turbato per l'imminente incontro, Marco procedette senza sosta fino alla Rotonda del Mercato. Quindi, dopo essersi dissetato alla fontana, riprese la strada che l'avrebbe condotto al Covo.

Jastel era impegnato a lavare i boccali, quando Marco entrò nella locanda. Non c'era nessuno ai tavoli. Nessuno al bancone. Le teste degli animali appese alle pareti sembravano imbalsamate in un'espressione di singolare stupore.

«Posso… entrare?» azzardò il ragazzo, e la domanda echeggiò nella sala vuota.

Jastel alzò lo sguardo mentre riponeva un paio di bicchieri sopra un panno bianco.

«Tu sei il ragazzo di ieri» disse.

«Sì, signore. Sono io.»

«Devo dirti che sto chiudendo, giovanotto, perciò…»

«Vado via subito» Marco si avvicinò al bancone, il cuore tambureggiante nel petto. Quindi montò su uno sgabello. Dietro la figura dell'uomo era appesa una tavoletta di legno con un'incisione in rima: SE PER PAGARE NON HAI MONETE, DOVRAI TENERTI LA TUA GRAN SETE.

«Di che cosa hai bisogno?»

«Di passare qualche momento qui… di capire.»

L'uomo aggrottò la fronte. Ma non sembrava diffidente. Sembrava curioso.

«Le capita mai» iniziò Marco, lo sguardo basso, «di fare sogni strani?»

«Prego?»

«Sogni in cui… è una persona diversa. Il mondo è diverso. I nomi delle cose, la lingua parlata dalla gente… Le succede?»

Jastel alzò le sopracciglia e rimase alcuni istanti in silenzio, le braccia conserte. Poi passò dall'altra parte del bancone e si sedette su uno sgabello, accanto a Marco.

«Faccio tanti sogni strani. Come tutti, credo. Perché mi fai questa domanda?»

«Me lo dica, la prego.» Marco alzò lo sguardo e incontrò gli occhi profondi di Jastel, mentre lui inclinava di poco il capo nel tentativo di comprendere la natura di quel discorso.

«Le capita? Di essere un'altra persona in questi sogni?»

«Non mi pare» disse l'uomo, scuotendo infine la testa.

«Certo, capisco. Perdoni la mia irriverenza.»

Marco fece per alzarsi, ma non appena poggiò un piede a terra, l'uomo mise una mano sul suo braccio.

«Però» disse «forse posso contribuire alla tua ricerca. Cosa sei, un giovane studioso di filosofia? Perché in realtà un sogno strano lo faccio, ora che ci penso… l'ho sempre fatto.»

Marco montò nuovamente sullo sgabello.

«Sogno il mare» continuò Jastel. «Una distesa sconfinata d'acqua, come… come un oceano. È un sogno ricorrente, ed è strano perché io, al mare, non ci sono mai stato. Ho sempre abitato qui, a Garen. Non so neanche com'è fatto, il mare. L'ho visto solo in alcuni dipinti. A volte, nel sogno mi immergo addirittura fino a vederne i fondali. È affascinante…»

Quello che seguì non era premeditato. Marco non si sarebbe mai sognato di farlo. Ma fu un gesto spontaneo, una reazione automatica al racconto dell'uomo. Con un balzo scese dallo sgabello, quindi si gettò tra le sue braccia. Questi rimase bloccato per qualche istante in una posizione plastica, con le braccia aperte. Poi, mentre il ragazzo affondava la testa sul suo largo petto, lo strinse a sé.

Rimasero così per un paio di minuti, quanto bastava per cadere nel vuoto di un precipizio di cui non si vedeva il fondo, per trascinare la mente di Marco lontano da Sam-en, lontano dalla vita da adolescente in cui non si era mai riconosciuto. Non seppe dire che cosa provò Jastel durante quell'abbraccio, e mai glielo chiese. Ma vide i suoi occhi lucidi, quando indietreggiò con il busto. Gli occhi di un adulto. Quelli di un bambino.

Poteva essere, la persona che si trovava di fronte, una versione alternativa di Ben, il figlio che Marco aveva avuto nella realtà di Gea? L'uomo che dall'altra parte aveva sacrificato la sua stessa vita per portare in salvo Jenny, totalmente ignaro delle sue molteplici identità sparse per gli infiniti mondi?

Il viaggio del ragazzo poteva dirsi concluso. L'indomani avrebbe ripreso la strada per Kar. Ma quella notte, nonostante la stanchezza, Marco non riuscì a chiudere occhio. Il sorriso di quel bambino mentre ripeteva il motto sulla libertà era una dolce e malinconica cantilena, un richiamo senza tempo che in un istante univa ogni storia, ogni percorso. Era la risposta a una domanda che Marco si era fatto tanti anni prima, quando ancora i suoi pensieri erano fragili ipotesi. Un ponte finalmente solido, pronto per essere attraversato.

Capitolo 9

Sam-en-Garen, anno 391 C.S.
Stagione della Luna, giorno 1

Oggi mi rimetterò in viaggio.

Quello che ho scoperto nei giorni trascorsi a Garen è molto distante da quanto mi aspettassi di sapere, ma altrettanto prezioso.

Avrei potuto fare tante domande a quella donna di nome Anna, ma non ho alcuna possibilità di incontrarla. Garen conta quasi duecentomila abitanti. Non so niente di lei, non ho indizi. Ma sono certo che la troverò, un giorno. O magari, sarà lei a trovare me. In fondo, è stata lei a rendere possibile la nostra sopravvivenza. Solo non riesco a ricordare da cosa diavolo stavamo scappando, che cosa o chi ci desse la caccia…

Ho conosciuto invece quell'uomo di nome Jastel. Ho sentito la sua voce, ascoltato il suo cuore. Ho capito chi è. Lui è la conferma che aspettavo.

Jastel si guarda attorno da quando è nato, e vede la terra di Sam-en, conosce queste strade, questa gente… non sa che i sentieri sono da sempre biforcati. Non sa niente di Gea, non sa niente di tutti i suoi sé alternativi. È questo che accade ogni giorno, agli abitanti del pianeta. Se c'è una cosa che ho capito, da quando ho cominciato a sognare, è la straordinaria occasione che ci è stata data. Tempo al tempo, un giorno ricorderò il perché e il come. Rammenterò le origini, e il motivo della nostra diversità.

So che nel mio passato questa consapevolezza è ben presente, ma il mio passato è un sotterraneo buio e pieno di cunicoli. Alcune porte sono ancora sprangate, ma ho tempo. Devo crescere, e forse insieme al mio corpo cresceranno i ricordi, riaffiorerà la mia storia. E magari avrò una risposta alla domanda che mi pongo da tempo: perché Alex e Jenny, fatta eccezione per quell'incestuoso sogno, non riescono a vedere?

Chiudo qui il diario, e mi rimetto in moto. C'è il sentiero tra le montagne da oltrepassare, e al di là di quelle mi aspettano la valle di Kar e una famiglia adottiva che sarà in pena per me ormai da giorni.

È tempo di tornare a casa.

Sam-en-Kar, anno 393 C.S.

«Ti rendi conto?» disse Alex, il mento tremolante, gli occhi lucidi. Seduto per terra accanto al letto della stanza di Marco, il diario dell'amico tra le mani, stava leggendo ad alta voce da parecchio tempo.

«È tutto così strano» rispose Jenny, in piedi accanto alla finestra. I suoi occhi si perdevano oltre le montagne, a immaginare il secondo viaggio di Marco così come lo aveva raccontato nei suoi appunti. E quelle incredibili fantasie su vite parallele, esistenze alternative, e storie che riguardavano anche lei e suo fratello. Racconti che Alex conosceva da tempo e che, nonostante gli sforzi, non riusciva a comprendere.

«Questa pagina è datata 391... sono passati due anni. Ricordo ancora la punizione che gli inflissero i suoi genitori, quando tornò a casa sano e salvo.»

«Alex, hai letto quasi per intero il suo diario ormai. Marco è l'unico in tutta Sam-en ad avere queste visioni. Se è vero che noi due siamo in molte di queste, perché non ricordiamo niente di niente?»

«In realtà, secondo Marco, quei sogni strani che avevamo fatto...»

«Sì, va bene, a parte quelli. Non è più ricapitato, e poi fu un episodio unico. Qui ce n'è un diario intero! Adesso abbiamo diciassette anni, e io non credo che...»

«Tu ci pensi mai?» Alex si alzò lentamente, chiuse e poggiò il diario sul tavolo di legno massello e si avvicinò alla finestra. Dietro di lui, il corpo di Marco giaceva silenzioso sotto un lenzuolo ricamato, le palpebre serrate da quasi due Stagioni.

«A cosa?» rispose Jenny, timida, mentre passava una mano nei lunghi capelli castani e scioglieva un paio di nodi.

Alex fece un altro passo avanti. Quindi si appoggiò con la schiena alla finestra.

«A quei sogni, Jenny» gli occhi azzurri del fratello la inchiodarono senza darle la possibilità di fuggire altrove con lo sguardo. Da quando avevano superato quel periodo di imbarazzo, lei non era più riuscita a guardarlo in faccia allo stesso modo. Qualcosa era cambiato. Eppure, non c'era stato più alcun confronto. Erano andati avanti con la vita di sempre, avevano preferito lasciar correre.

«Senti, Alex...»

«Marco era convinto che fosse giusto così.»

«Cosa?»

«Lo sai benissimo, Jenny.»

«Non ne abbiamo mai parlato. Perché lo stiamo facendo ora?»

Alex si voltò verso l'amico. I capelli neri erano arruffati sulla fronte, le mani intrecciate sotto il lenzuolo. L'espressione del volto era sempre sembrata serena, sin dal primo giorno.

«Dannazione» Alex dovette mordersi un labbro per evitare di scoppiare in lacrime, ma il tentativo fu vano.

«E se non si svegliasse più? Ho paura, Jenny. Ho una paura tremenda.»

«Si sveglierà. Ci dobbiamo credere.»

Alex scosse la testa, poi si coprì il volto con le mani e si lasciò andare al pianto.

«Non può morire» disse, mentre la sorella si avvicinava a lui e lo abbracciava. Alex affondò il viso sulla sua spalla e continuò a singhiozzare, mentre nella sua testa prendevano forma immagini terribili di processioni in paese e discorsi di commiato da parte del Confessore.

Jenny chiuse per un istante le palpebre e lo strinse a sé, quindi entrambi rimasero in silenzio a lungo, ognuno assorto nei pensieri più diversi, uniti dallo stesso dolore e legati da radici piantate in un terreno dimenticato, vecchio cinquecento anni. Non ebbero il coraggio di dire una parola, finché una singolare vibrazione li attraversò come una fitta improvvisa fra le costole. Furono le loro menti a intrecciarsi e camminare assieme sul piano dell'inconscio.

E si dispiegò una tavola azzurra tutt'intorno, e il profumo della salsedine penetrò nelle narici. E si alzarono le onde, mentre i gabbiani volavano alti nel cielo e il vento fresco soffiava da est. Un passo dopo l'altro, su quella lingua di terra che tagliava l'oceano, quel molo sul Pacifico che aveva rappresentato un mancato inizio, un appuntamento tradito, un'illusione. Ma che in realtà era stato il punto di partenza. Tutto questo era inaccessibile. Di tutto quello che avevano vissuto non era possibile ricordare niente, in quel momento.

Niente tranne un bacio.

Una nota fuori dallo spartito, un momento sfuggito all'oblio con il quale si confrontavano ormai da troppe stagioni. Un miraggio onirico che avevano preferito dimenticare. Troppo distante dalla vita di due fratelli, troppo proibito per essere più di un'involontaria fantasia. Marco sembrava saperne qualcosa, ma nessuno di loro gli aveva mai dato davvero ascolto. E ora giaceva lì, immobile, assente.

Alex rimase abbracciato alla sorella con la testa curva sulla sua spalla e le mani delicatamente appoggiate dietro i capelli, mentre un rumore di passi veniva su dalle scale. Prima che la porta della camera da letto si aprisse, tirò indietro la testa e aprì gli occhi. Jenny fece lo stesso, e i due si fissarono una volta ancora mentre si tenevano stretti. Spaventati. Ansiosi. Inquieti.

Il rumore della porta li fece trasalire e li riportò alla realtà. La madre di Marco, una donna magrolina di nome Tesse, con il viso segnato dalle notti insonni trascorse al capezzale del figlio, li fissò con un'espressione cupa:

«Devo chiedervi di andare adesso, ragazzi. Mi dispiace. Sta per arrivare il medico da Garen.»

Alex e Jenny si scostarono di colpo. Lui afferrò il diario di Marco e lo allungò alla donna.

«Questo…»

«Puoi tenerlo, se vuoi» lo interruppe lei. «Non l'ho mai letto, e mai lo farò.»

«Va bene, signora, lo porto con me.»

«Sapete» continuò Tesse, come se non avesse nemmeno ascoltato la risposta di Alex «a volte farfuglia qualcosa.»

Jenny increspò la fronte. «Non credevo fosse possibile.»

«Il dottore sostiene che è normale, che sono come dei… deliri.»

«Se posso chiederglielo, Tesse… che cosa dice?» domandò Alex.

La donna prese un lungo respiro, quindi appoggiò una mano allo stipite.

«Il più delle volte sono frasi incomprensibili. Le pronuncia in maniera convinta, come se fosse un'altra lingua, ma non hanno alcun significato. Invece, altre volte… non capisco, negli ultimi giorni ha parlato spesso di una lista. Una lista di nomi. E poi ha ripetuto più volte una specie di filastrocca.»

«Una filastrocca?» disse Jenny.

«Una frase in rima… l'unica cosa sensata che abbia detto da quando è in coma: *quando anche il tempo sarà domato, anche del tempo si farà mercato.*»

Alex e Jenny si guardarono in faccia per alcuni istanti, perplessi, mentre dal piano di sotto la voce del padre di Marco annunciava l'arrivo del medico. Entrambi rivolsero un ultimo sguardo all'amico, salutarono Tesse e lasciarono la stanza.

Mentre si allontanavano, il loro pensiero tornò al periodo in cui Marco aveva scritto quell'ultimo appunto sul diario. Il suo ritorno a casa, la punizione, poi la ricomparsa a scuola, e infine il coma. Senza evidenti segni di traumi cerebrali o di violenze di alcun tipo su cui indagare. Nessuno era stato in grado di individuare la causa di quell'inarrestabile stato di incoscienza, sta di fatto che Marco stava dormendo da quasi due Stagioni. Inizialmente, una vera e propria squadra medica era partita da Garen per verificare le condizioni del ragazzo, che risultò sin da subito fuori pericolo: le funzioni vitali primarie erano nella norma, ma nessuno sapeva dire con certezza se il ragazzo si sarebbe svegliato, né quale tipo di malattia avesse provocato il coma. Nel primo periodo, un'infermiera si era fatta carico di somministrare periodiche flebo al paziente, per la sua nutrizione. In seguito, vista la buona risposta generale dell'organismo, per mantenere l'equilibrio degli organi interni si era passati all'uso di un sondino nasogastrico capace di pompare direttamente il cibo nello stomaco. Il dottore responsabile del caso faceva visita una volta alla settimana, per verificare di persona quello che aveva definito un caso da enciclopedia. La famiglia di Marco sapeva con certezza che, senza i giganteschi passi avanti fatti dalla medicina negli ultimi anni – da questo punto di vista Garen era una vera e propria città all'avanguardia, modello di riferimento per tutta la Regione – per il loro ragazzo non ci sarebbe stato niente da fare. Ma nonostante il progresso scientifico, nessuna analisi era riuscita a far luce sulla malattia all'origine della condizione di Marco.

Alex e Jenny tornarono a casa e nessuno dei due aprì bocca lungo il tragitto, mentre il sole tramontava dietro le alture e la valle di Kar veniva coperta dal manto blu della sera. Camminarono in preda all'imbarazzo, una sensazione fastidiosa quanto pericolosa.

Confusi e agitati, alla ricerca di un perché. Bisognosi di un perché.

Irrimediabilmente legati l'uno all'altra da un sentimento senza nome che valicava ogni confine dello spazio e del tempo, guidava il loro animo e si imponeva sulla ragione. Non potevano scordare quanto avevano visto durante quell'abbraccio a casa dell'amico. Il dolore per lo stato di salute di Marco non aveva niente a che vedere con quel fugace attimo di reale e indefinibile serenità. Il dolore aveva solo sbloccato qualcosa. Il resto apparteneva alla loro natura, alle radici più intime di un'esistenza dimenticata.

Quel bacio. Quel molo. La sensazione di completezza dovuta al solo fatto di camminare mano nella mano, persi nell'incanto di un istante.

Questo era quello che erano, e stavano iniziando a farci i conti sul serio.

Fratello e sorella.
Amici.
Amanti.
Anime gemelle.

Mentre i due rincasavano, Marco giaceva immobile sotto le coperte appena rimboccate da Tesse. Le sue palpebre, serrate, talvolta iniziavano a tremare in maniera quasi impercettibile. Rimanevano chiuse come se il loro compito fosse quello di proteggere ciò che accadeva sotto di esse. Ma vibravano, lontano dallo sguardo di chi non poteva capire. Di chi non sapeva leggere le coordinate di un viaggio impensabile.

Capitolo 10

Me li racconterai eccome. Altrimenti ti porterò le teste di quei due bambocci e te le farò salutare per l'ultima volta, prima di farti tagliare la tua.

I lineamenti marcati, spigolosi, le iridi cristalline, specchi ingannevoli di un animo cupo, portatore di dolore e sofferenza. Il ghigno dell'uomo. I suoi capelli argentati, tirati all'indietro, che luccicano sotto il bagliore artificiale.

Lo vedi sorridere, ma la parziale paralisi del suo volto contorce le labbra in una smorfia grottesca. Il tono di voce, invece, non ammette repliche. È sicuro di sé. È a un passo dallo scacco matto.

Puoi rifiutare.

Puoi portarti il tuo segreto nella tomba.

Puoi preferire la morte.

No.

Non andrà così.

Tu sai che non può finire tutto in quella cella. Sotto una luce finta, nelle segrete di un gelido penitenziario, mentre fuori si alternano le stagioni.

Tu hai varcato la soglia, hai trovato il trucco, ti sei messo in salvo prima della fine del mondo. Ma solo in una realtà. Sai che se muori adesso, la missione di Anna sarà inutile. Rinascerai altrove, ma non avrai alcuna consapevolezza di ciò che sei stato. Sarai una persona come tante altre, ignara degli infiniti percorsi della vita umana. Non può andare così. È per questo che stai per accettare un baratto, pur di sopravvivere.

Poi un lampo. Un lampo che squarcia il buio nella tua mente, e ti suggerisce una strada. In una frazione di secondo capisci che tutto quello che ti circonda è solo una replica. È tutto già accaduto. Ora sai che cosa puoi rispondere all'uomo che ti sghignazza in faccia.

«Vai a farti fottere, bastardo» il tono della tua voce è disteso, pacato, come se tu avessi appena dato un consiglio fraterno a un amico.

Il ghigno si congela.

L'uomo non ride più.

Le rughe sulla sua fronte si fanno più spesse.

«Che cosa hai detto?»

«Che se vuoi sapere la formula della mutagenesi hai solo una possibilità: uccidermi, poi farti fuori, e infine sperare che esista l'Inferno per venire a cercarmi ancora. Perché è lì che me la sto portando.»

Silenzio. Lui ti fissa con disprezzo. L'hai spiazzato? L'hai davvero lasciato in un vicolo cieco?

«Te la strapperò insieme alle budella, quella dannata formula. Puoi contarci.»

E in un attimo, tutto ricomincia. Avevi ragione tu. Non era altro che una replica.

Me li racconterai eccome. Altrimenti ti porterò le teste di quei due bambocci e te le farò salutare per l'ultima volta, prima di farti tagliare la tua.

Il nastro si è riavvolto. Si riparte dalle stesse rughe, dallo stesso ghigno, dalle stesse parole. Ora è tutto chiaro. Se modifichi questa scena, se cerchi di cambiare il ricordo, vieni risputato all'inizio.

Mentre il tuo corpo giace immobile sul lenzuolo del tuo letto a Sam-en-Kar, e tua madre invoca un miracolo, tu vaghi per le strade dei tuoi ricordi.

Sei in Memoria.

«Potresti almeno dirmi come ti chiami» improvvisi, in preda a un delirio di onnipotenza.

«Il mio nome è Ivan. Ma dovresti saperlo, visto che mi hai messo tu stesso dentro a una di quelle cabine.»

«Oh, certo.» Ora sei tu a sghignazzare. «Ma avevi sedici anni, stava per finire il mondo, eravamo in Italia. Ora sei un lurido vecchio, come pensi che io possa ricordarmi le tue fattezze?»

«Senti, brutto figlio di puttana, o mi dai la formula adesso, o i tuoi amichetti muoiono. E tu fai la stessa fine, ma solo dopo aver visto le loro teste rotolare per terra.»

«Ah, sì?»

«Puoi giurarci.»

«Bene. Uccidili.»

L'uomo si lascia andare a una goffa risata, sbuffa e infine pianta una manata contro il muro alla sua sinistra, disegnando una crepa nella parete.

«Ma che cosa cazzo stai dicendo? Ti sei bevuto il cervello?»

Sorridi. Pausa. Il nastro si riavvolge ancora.

È così che accade, da queste parti. Lo sai bene. Hai passato cinquecento anni a navigare in mezzo a esperimenti del genere. Allora, se modificavi il ricordo tornavi sempre sullo stesso lungomare: Passeig Marítim, Barcellona, Spagna. Prima della fine del mondo. Ora pare che lo scenario di partenza sia diverso. Tutto ricomincia dal baratto.

A questo punto non resta altro che dare il via alle indagini. Sai come si fa. È così che hai trovato la realtà parallela in cui hai salvato i reduci della sperimentazione e te stesso grazie alle cabine e all'acido solfidrico, ai tempi. È così che tu e Alex avete scoperto l'esperimento condotto da tuo padre che ha reso te e gli altri dei viaggiatori.

Sei in Memoria, ogni persona è un portale. Non hai di fronte un uomo che ti minaccia in una cella, hai di fronte un ricordo. Un varco. Stai per entrare, lui non potrà opporre resistenza.

Mentre Tesse è inginocchiata al tuo capezzale e piange disperata, pregando che tu possa un giorno riaprire gli occhi, tu stai per sapere.

❁ ❁ ❁

Ivan si alza in piedi e sogghigna nell'ombra. Sei tornato all'inizio di quella conversazione. Decidi di ascoltarlo, di assecondarlo.

«Mio padre diceva sempre: "quando anche il tempo sarà domato, anche del tempo si farà mercato". Ti piace? È esattamente quello che hai fatto tu, se ci pensi. Hai domato il tempo: hai ingannato il destino permettendoci di sopravvivere all'estinzione dell'umanità e ora ne hai fatto mercato per sopravvivere. Curioso che ora tu non conti niente, che tu non abbia più alcun potere…»

«Il potere è pericoloso» abbassi lo sguardo sul pavimento della stanza dalle pareti avvolte nell'ombra. Lapidaria come un epitaffio, da quel giorno in poi la beffarda citazione del tuo carceriere sarà condanna e maledizione, giudizio ed eterna pena.

«Nient'affatto, mio caro» Ivan tira indietro la testa e osserva un imprecisato punto in alto, quasi per mettersi in posa e sfoggiare la sua autorità. «Il potere è la più inebriante delle condizioni umane. L'amore? Una perdita di tempo, buona per rimbambire i ragazzini. La famiglia? Un groviglio di catene. Ma il potere, il dominio mentale e politico sulle persone…» Non finisce la frase. Fa un cenno a una guardia e questi gli consegna una pistola, che ti punta dritta in faccia.

«Cosa ti salta in testa?» gridi. «Avevamo un accordo!»

«E se invece ti sparassi in faccia? Cosa credi che conti il nostro accordo, quaggiù?»

Lo fissi negli occhi per alcuni istanti, consapevole di non poter esercitare alcuna influenza sulla mente di una persona che possiede le tue stesse facoltà. Quindi giochi l'unica carta utile del mazzo: «Cinquecento anni fa io ti ho salvato dalla fine del mondo. Hai avuto tutto ciò che desideravi. Ti sto solo chiedendo di farci rimanere in vita. Alle condizioni che preferisci».

Ed è così che sarà. L'uomo ordina alla guardia alle sue spalle di sbatterti nella più angusta cella del Penitenziario. In isolamento, per il resto dei tuoi giorni, così che l'influenza del tuo pensiero si scontri quotidianamente con i gelidi muri di pietra attorno a te.

La sequenza temporale è distorta, si interrompe e ricomincia da un punto casuale, qualche minuto prima.

L'uomo si avvicina al tuo viso, i solchi sulla fronte tagliati dalla cicatrice e investiti dalla luce della lampada sopra la tua testa. Il volto del carceriere sembra scolpito nella roccia. I lineamenti marcati, duri. Non un filo di barba. L'argento dei suoi capelli è quasi accecante. La sua voce ti avvolge come una morsa letale: «Il tuo amico Nathan, prima di morire, mi ha parlato della mutagenesi inserzionale. Il motivo per cui siamo così. Voglio la formula. Voglio la ricetta che tuo padre sperimentò sulle nostre madri e che ci rese una sorta di razza superiore. Ma non solo. Voglio anche sapere come diavolo hai fatto a conservarci vivi nelle cabine per tutto quel tempo».

«Pensavo proprio di raccontarti i dettagli...» tergiversi guardandoti attorno, ben conscio del fatto che quello in cui ti trovi è un vicolo senza uscita.

L'uomo stira le labbra in un ghigno e una larga fossetta si spiega nella guancia destra. La sua risposta è una sentenza che già conosci: «*Me li racconterai eccome. Altrimenti ti porterò le teste di quei due bambocci e te le farò salutare per l'ultima volta, prima di farti tagliare la tua*».

Capitolo 11

L'uomo cammina con passo spedito, a testa alta.

Il sole sta cercando un varco tra le nuvole, mentre un vento fastidioso e pungente solleva detriti dai marciapiedi del centro di Marina. Alcuni sfiorano il suo impermeabile lungo, color marrone scuro.

Sei dietro di lui.

Sei accanto a lui.

Gli occhiali da sole ti impediscono di vedere i suoi occhi, ma riconosceresti quella cicatrice in mezzo a un milione. È l'uomo che organizzerà la tua cattura e ti imporrà il baratto. Ma in questo frammento di Memoria è più giovane. E ti passa attraverso senza accorgersi della tua presenza. Quindi procede svelto e con un paio di spallate si fa largo in mezzo a un gruppo di persone che attende un mezzo di trasporto sul ciglio della strada. Nessuno osa dirgli niente. Del resto siamo nel continente di Gea, e il mirabile programma politico chiamato Benessere ha garantito a tutti una vita serena e protetta all'interno di un guscio.

L'uomo arresta la sua camminata militaresca e si ferma di fronte a un dispositivo. Con uno sforzo ripeschi in qualche angusto anfratto della tua memoria l'immagine di quei marchingegni; la città ne è piena. Sono i terminali predisposti alla verifica del proprio profilo, gli stessi grazie ai quali la moglie di tuo figlio Ben può ricevere a cadenza regolare l'aggiornamento del fondo famiglia. Ed è grazie a questo sistema che le tue nipotine Melissa e Lara, che non hai mai conosciuto, possono studiare e mangiare ogni giorno. È il Benessere. Quanto basta per rimanere all'interno dello schema. Il necessario per continuare a muoversi sulla scacchiera, senza alcuna possibilità di sconfinare fuori dai bordi.

L'uomo appoggia il dito indice su una placca metallica e lo schermo si illumina.

Nessuno può vederti, e questo è il tuo vantaggio. Sei all'interno di una scena appartenente al passato di Ivan 5BC77D9D, come recita il monitor. Il tuo futuro carceriere. Non potrai cambiare il suo passato, logicamente. E questo è il tuo svantaggio.

La data in alto a destra sullo schermo fa affiorare una nuova consapevolezza: in quegli anni tu non ti trovi nel continente di Gea. Ti sei rifugiato sull'isola di Limen. Hai sporadici contatti con la tua famiglia, ridotti a uno scambio di messaggi cifrati su Testo con tuo figlio Ben, che ti racconta di una moglie e di due incantevoli bambine che vorresti tanto poter abbracciare.

Ma ora sei lì, al seguito dell'uomo che incontrerai ancora, prima che inizi la tua prigionia in isolamento. Gli stai dietro come un'ombra, e come un'ombra non hai una consistenza fisica in quel posto.

Ivan si allontana dal dispositivo e riprende a camminare a testa alta. Non si volta mai, non interagisce con nessuno. Come un militare durante una parata, procede sicuro lungo uno dei viali principali del centro di Marina, finché un rumore lo fa voltare di scatto. Ti giri anche tu. È una bambina, non avrà più di dieci, dodici anni. Una frangia nera sulla fronte, gli occhi di chi sa che sta facendo qualcosa di sbagliato, il corpicino gracile dentro una tuta nera.

«Che cosa ci fai qui?» la voce di Ivan è minacciosa, ma modulata su toni bassi per non farsi udire dai passanti.

«Lo sai» dice lei, improvvisamente risoluta. «Voglio vedere.»

«Tornatene a casa. Sto lavorando.»

«E io sto imparando.»

Ivan le volta le spalle e riprende a camminare, avanza a passo deciso fino a fermarsi di fronte a una porta a vetri. Il suo indice scorre su una targhetta luminosa affissa sul muro accanto all'entrata del palazzo di quattro piani. Quindi digita qualcosa.

La porta si apre automaticamente.

Ivan entra. Anche la bambina entra. E tu con loro.

Di fronte all'uomo c'è una scala, sulla destra una porta socchiusa lascia intravedere alcuni bidoni della spazzatura colmi di sacchetti. Il muro sulla tua sinistra è occupato da una fila di generatori di corrente. Qualche luce rossa lampeggia.

Ivan sale.

Primo piano. Si sentono in lontananza le grida di un neonato, provenienti da una porta in fondo al corridoio che si dispiega di fronte ai tuoi occhi. Quindi la voce della madre del piccolo, in preda a una crisi isterica: «Per quanto ancora piangerai? Dannazione!» Ivan si guarda attorno, ignora la bambina dallo sguardo attento e imbocca nuovamente le scale.

Secondo piano. Un cane sta ululando. La finestra in fondo alla fila di porte è attraversata da lunghe crepe. Ivan sale ancora.

Terzo piano. L'uomo fa alcuni passi lungo il corridoio: sembra controllare i numeri sulle porte di ingresso degli appartamenti. Infila una mano all'interno dell'impermeabile e si sente un *clack*. Poi si ferma di fronte a una porta con il numero 9.

Regna ora un innaturale silenzio.

Non un filo d'aria dalla finestra – intatta questa volta – in fondo al corridoio.

Non una voce dall'interno delle abitazioni.

«Rimani dove sei» intima alla bambina alle sue spalle. «Fai un passo e non tornerai più a casa.»

Lei annuisce con un cenno del capo. Ivan si volta e bussa alla porta, poi attende senza fiatare.

«Sì?» risponde una voce ovattata, maschile, adulta. Ivan muove la testa verso sinistra, quindi verso destra, facendo scrocchiare il collo.

«Sono la persona che le ha scritto in privato stamattina» dice con un timbro profondo ma sereno.

La porta si apre. L'inquilino porta un paio di pantaloncini corti, sportivi, e una canottiera. I suoi capelli sono scompigliati e il viso è sporcato da una barba incolta. Non è giovane. Avrà l'età di Ivan, una cinquantina d'anni, non più di cinquantacinque.

«Posso entrare?» chiede Ivan con educazione.

«Certamente. Prego.»

Qualcosa non quadra. Questi sono atteggiamenti non previsti dal protocollo sociale di Gea. Perché tutta questa confidenza?

Entri anche tu. La porta si richiude alle tue spalle mentre Ivan fa il suo ingresso nella piccola sala. Un tavolo al centro è invaso da scartoffie, le pareti sono occupate da librerie colme di grossi faldoni. Su alcuni leggi termini quali BILANCIO, RESOCONTO, PROSPETTO.

Il tizio si siede al tavolo e invita Ivan a fare lo stesso.

«All'inizio, quando ho letto il messaggio su Testo, non ho creduto alle sue parole. Ma nessuno conosce quella storia. Anch'io ogni tanto faccio fatica ad accettare il fatto che sia realmente accaduta. È incredibile trovarsi qui… lei, io…»

«Già, ha proprio ragione.»

«Eravamo dei ragazzi. Era un'altra vita…»

Di cosa diavolo sta parlando? ti chiedi mentre giri attorno all'uomo e lo fissi in volto, senza che lui avverta minimamente la tua eterea presenza in quel luogo. Quindi osservi Ivan. Infine capisci, prima che l'uomo di fronte a lui faccia lo stesso.

«Lei è il numero nove» dice il tuo futuro carceriere mentre si toglie gli occhiali da sole e li appoggia sul tavolo. I suoi occhi sono freddi, spietati. Nelle iridi è racchiusa la volontà ferma e inarrestabile di chi ha deciso di rimanere il solo uomo al comando. Leggi dentro di lui la sete di dominio. Il bisogno di esercitare il potere.

«Il numero nove?»

«Già…» Ivan infila una mano all'interno dell'impermeabile. Sembra il gesto di chi sta per estrarre un'arma. Ti viene da gridare, un istinto insensato in una situazione simile. Gridi. Invano.

Ivan estrae invece un biglietto e lo porge all'altro. Poi la sua mano torna a frugare all'interno dell'impermeabile. Il suo interlocutore ha solo il tempo di alzare lo sguardo dalla lista di nomi scritta a penna sul foglietto. Tu gridi ancora, ma è un urlo che si perde nei corridoi della tua mente.

Lo sparo ovattato da un silenziatore risuona sordo nel piccolo appartamento del centro di Marina. Prima che Ivan afferri la lista, mentre l'inquilino crolla a terra con un foro nel bel mezzo della fronte, riesci a leggere. Sono dieci nomi. I primi due sono quelli di Alex e Jenny. Dal terzo all'ottavo sono tutti depennati con un paio di tratti rossi. Il nono è il padrone di quell'appartamento, al momento agonizzante al suolo.

Il decimo si chiama Nathan.

Lo conosci.

Lo ricordi. È il padre di Anna.

È il prossimo.

Capitolo 12

Sede di Synaptica, Marina, Gea.

Anna si chiuse alle spalle la porta di vetro della stanza 129 e restò qualche minuto in contemplazione dei due corpi stesi nei lettini. Un groviglio di pensieri confusi le impediva di concentrarsi sull'incarico ricevuto.

Chiunque fosse a capo di Synaptica e responsabile di quell'assunzione, evidentemente ignorava la sua storia. Ma nel vestire quel camice grigio e camminare per i corridoi della struttura, Anna si era chiesta se il suo ingaggio fosse stato figlio di una coincidenza, o se si trattasse di una trappola.

Sono ancora vivi… confermò a se stessa mentre si avvicinava al corpo di Jenny e scrutava il suo viso. L'aveva già scoperto dalla tavoletta interattiva, sapeva ormai con certezza che i militari non li avevano uccisi quel giorno, ma forse solo storditi. Certo che vederli sdraiati in quella stanza con i propri occhi era tutt'altra cosa.

Sedati, sonnolenti, fuori combattimento. Ma vivi. Se Ian fosse stato risparmiato…

Un rumore alle spalle di Anna la destò da quel pensiero, forse assurdo.

«Dottoressa…» Una voce femminile, squillante e accogliente, fece eco nella stanza.

«Salve.» Anna si voltò e rispose con deferenza, ligia come sempre al protocollo sociale che prevedeva conversazioni piatte e formali.

«Benvenuta in Synaptica. Sono la direttrice di questo istituto di ricerca, mi chiamo Dana.»

«Piacere di conoscerla» Anna allungò la mano. L'aspetto della donna, a prima vista sui quarantacinque anni, era affascinante. Un viso dai lineamenti dolci, la pelle olivastra, i capelli lisci neri con una leggera frangia sulla fronte. Gli occhi grandi, accesi, determinati come la sua stretta di mano. Il fisico, avvolto in un camice arancione, sembrava formoso, dalle curve pronunciate, e offriva un generoso décolleté che si intravedeva dalla piega a V del camice. Anche la voce era suadente, con quella punta di raucedine che rendeva la timbrica particolare e ammaliante. Anna non sapeva dire se era tutto l'insieme di queste caratteristiche, o la semplice sorpresa di non trovarsi di fronte un uomo in qualità di responsabile di quella struttura, ma in pochi istanti Dana l'aveva letteralmente conquistata.

«Se mi vuole gentilmente seguire, ho tre minuti per parlarle del suo incarico presso di noi. Dopodiché mi vorrà scusare, ma un'importante conferenza a Lender mi chiama. Ho una nave che mi aspetta.»

Allora è vero, pensò Anna mentre annuiva e seguiva la donna fuori dalla stanza 129, lungo un corridoio. È successo qualcosa tra Gea e Oriente. Non sono più in guerra fredda.

«Lei è stata scelta per le sue competenze in ambito di estrazione» cominciò la donna dopo essersi seduta dietro una scrivania in un ufficio dall'arredamento minimalista, con pareti prive di quadri, una finestra che dava sulla piazza antistante l'entrata della sede, e un tavolo di lavoro che ospitava solo qualche tavoletta interattiva e una bottiglietta di acqua *Frey*. «Sappiamo che se la cava molto bene con i sistemi informatici oltre a essere biologa e vantare una ricca esperienza in altri ambiti della medicina. L'abbiamo scelta per portare a compimento un progetto iniziato diciassette anni fa, e condotto sui due soggetti di cui le ho parlato nella presentazione che immagino avrà già letto.»

«Sì, l'ho letta attentamente stamattina, nel mio ufficio al primo piano.»

«Benissimo. La consideri la sua nuova casa. Naturalmente può tornare nella sua abitazione a dormire, la notte. Ma se ne ha bisogno, Synaptica è provvista di piccole stanze-ricovero che utilizzano per lo più i dipendenti. Quelli che abitano lontano.»

«Bene.»

«Ogni informazione che le ho già dato o che le sto per dare è strettamente riservata. Come da prassi, non è autorizzata a farne parola con terzi. Domande?»

«Quando comincio?»

«L'incarico è effettivo da subito. Lei avrà a disposizione i nostri archivi, e potrà verificare i progressi compiuti in questi anni di ricerca. Come avrà già appreso dalla lettura del protocollo che le abbiamo consegnato, questi due soggetti sono particolarmente interessanti. Ci troviamo di fronte agli unici due reperti umani vivi provenienti dalla civiltà estinta quasi cinquecento anni fa. Di reperti ossei della *civiltà del Duemila* sono pieni i laboratori, ma qui stiamo parlando di due ragazzi ancora in vita. Abbiamo estratto dalla loro memoria conoscenze di importanza cruciale, ma c'è ancora molto da fare. È una ricerca di estrema importanza.»

Anna seguì il discorso con un'espressione attenta, professionale. Sapeva benissimo chi erano i due ragazzi, le parole di Dana non contenevano alcun elemento di novità. Ma questo non doveva essere neanche lontanamente avvertito dalla direttrice del centro ricerche.

«In che modo si siano salvati dalla fine della loro civiltà, e come siano riusciti a sopravvivere, è materia strettamente riservata e inaccessibile sia a me sia a lei. Quaggiù ci siamo sempre limitati a studiare le loro facoltà cerebrali, ricche di elementi di estremo interesse in quanto prodotti di una civiltà ormai estinta, i cui progressi tecnologici abbiamo studiato e replicato grazie agli innumerevoli ritrovamenti sottomarini.»

«Capisco.»

«Le lascio questa tavoletta, troverà il nominativo della persona incaricata di aggiornarla sulle ricerche. Si farà condurre dal collega in laboratorio e negli archivi. Siamo certi che i ragazzi abbiano ancora molto da dire, la nostra ricerca è a un punto di stallo. Ed è qui che entra in gioco lei. Sono certa che dall'analisi dell'archivio e dall'incrocio dei dati finora ottenuti saprà ottenere nuovi risultati. Mi fido della sua esperienza.»

Dana si alzò, senza attendere una risposta da parte di Anna che si limitò a un sorriso appena accennato mentre afferrava la tavoletta interattiva. Le due donne si strinsero la mano e la direttrice di Synaptica accompagnò Anna fuori dal suo ufficio prima di allontanarsi.

Anna fece un respiro profondo, quindi si lasciò sfuggire un sorriso amaro, mentre accendeva il dispositivo: prima di essere informata sugli studi condotti su Alex e Jenny negli ultimi diciotto anni, forse aveva bisogno che qualcuno la aggiornasse sulla situazione politica del pianeta.

«A sua disposizione, dottoressa.»

L'uomo incaricato di aggiornare Anna a proposito dei diciassette anni di ricerche condotte su Alex e Jenny la raggiunse nel suo nuovo ufficio al primo piano e bussò educatamente prima di entrare. Più giovane di lei, doveva aver da poco superato i cinquanta. Era brizzolato con una leggera stempiatura, un paio di occhiali dalla montatura spessa che poggiavano su un naso curvo, folti baffi grigi e labbra sottili. Indossava il camice arancione dei veterani, come Dana, ma a differenza della direttrice di Synaptica il timbro della sua voce era nasale, fastidioso e poco accogliente.

«Piacere di conoscerla» Anna si alzò dalla sedia in pelle e porse la mano all'uomo.

«Mi chiamo Thierry» rispose lui mentre le offriva una stretta debole. «Dana mi ha chiesto di mostrarle i nostri archivi. Dovendo lavorare a stretto contatto, si ritenga libera dal rigido protocollo sociale e diamoci del tu. Andiamo?»

Anna afferrò la tavoletta interattiva che le era stata consegnata quella mattina dai responsabili del coordinamento risorse, quando il suo incarico aveva avuto ufficialmente inizio. «Posso farti una domanda?»

«Certo.»

«La dottoressa Dana mi ha parlato di questo archivio, ma mi è sembrato di capire che la Lax contenga già tutto il registro delle analisi condotte sui soggetti dal momento della loro...»

Cattura.

«...dell'inizio degli studi. Stamattina, prima di salire al dodicesimo piano per parlare con la direttrice, ho dato una rapida occhiata ad alcune pagine di dati, griglie, curve, valori... mi sembra che ci sia materiale a suff...»

«Dottoressa» Thierry alzò le sopracciglia e la fissò con una punta di spocchia. «Non per contraddirti, i dati che hai esaminato sono importanti ma... non hai visto ancora niente. Ti prego di seguirmi.»

L'uomo uscì dalla stanza con passo svelto, come se stesse andando via e non ci fosse nessuno al suo seguito. Anna lasciò il dispositivo della Lax sul tavolo dell'ufficio, quindi uscì e cercò di stargli dietro.

Attraversarono il lungo corridoio fino agli elevatori, quindi Thierry entrò per primo e preselezionò il piano -5. Nell'eccitazione di salire al dodicesimo per vedere dal vivo i corpi di Alex e Jenny custoditi nella stanza di degenza 129, un paio d'ore prima, Anna non aveva nemmeno notato che la struttura di Synaptica contava anche otto piani sotterranei, per un totale di ventiquattro. A ben guardare, i soffitti di ogni piano non erano più alti di due metri, il che faceva sì che dall'esterno l'edificio sembrasse più ampio che alto.

Il dottore fece strada e si incamminò lungo il corridoio del piano -5. Alle pareti erano appesi grandi quadri con la pianta dell'edificio e una serie di indicazioni di sicurezza, box di vetro blu contenenti estintori Grell e un elenco delle norme antincendio, nonché piccoli pannelli a muro della Darren, la società che riforniva le principali aziende della città e le stazioni sottomarine come Mnemonica.

«Ci siamo quasi» disse Thierry mentre procedeva dandole le spalle.

«La rampa che vedi laggiù porta a un piano intermedio. È lì che siamo diretti.»

«Intermedio?»

«Sì. Ci troviamo al –5, ma la rampa non scende al –6. Non si arriva al laboratorio direttamente con l'elevatore. Bisogna fare questo piccolo tratto a piedi e arrivarci da lì.»

«Ho capito.»

L'uomo arrestò il suo rapido incedere non appena fu sul ciglio della stretta e buia discesa. Quindi si voltò e fissò Anna con un'espressione più seria di quanto fosse richiesto dalla circostanza: «La porta scorrevole alla fine della rampa si apre soltanto con la pressione del dito indice sulla placca apposita. Profili non autorizzati non hanno accesso al laboratorio».

«E il mio profilo è stato…»

«Ovviamente no, dottoressa. Sei arrivata stamattina. Per il momento entriamo grazie al mio microchip. Vedremo di autorizzarti al più presto.»

Thierry si identificò e rimase alcuni secondi in attesa. Una luce arancione lampeggiò in corrispondenza della placca e la porta rientrò nel muro, aprendo il varco per l'accesso al laboratorio. Non appena i due furono all'interno della sala, le luci artificiali poste sul soffitto e sulle pareti – fino a quel momento deboli e soffuse – aumentarono di potenza e illuminarono a giorno l'area.

Thierry puntò dritto verso una parete occupata da un lungo banco digitale sovrastato da uno schermo di almeno tre metri di larghezza. Il pannello era in stand-by e presentava uno sfondo con al centro il logo della Darren dai colori cangianti che alternava diverse gradazioni di blu su una base dorata. Alla pressione di un tasto sul banco, il collega di Anna attivò lo schermo e lo spettacolo ebbe inizio.

«Quello che stai per vedere è un esempio di estrazione. Fino a oggi è stato visto soltanto dai quattro membri di una commissione di Lender, nonché ovviamente da me, la direttrice e alcuni ricercatori di alto livello di Synaptica. È superfluo sottolineare…»

...che il contenuto di queste informazioni è riservato e bla bla e si rischia una segnalazione e bla bla, pensò Anna ignorando il resto della frase. Il suo sguardo era rapito dal fermo immagine introduttivo che aspettava solo di essere messo in riproduzione: una costruzione affascinante, che ricordava di aver visto su un vecchio libro di suo padre. Un volume appartenente alla civiltà estinta nel 2014, recuperato da chissà quale cassa dispersa nei fondali marini in tempi antichi, le pagine intatte e ancora leggibili.

«Siamo intesi» rispose, ma non ascoltava più Thierry da alcuni secondi.

Il collega ruotò una manopola sul banco digitale, le luci nella sala si attenuarono. Poi invitò Anna a sedersi e contemplò con lei il filmato, di tanto in tanto sbirciando con la coda dell'occhio le reazioni meravigliate della donna.

Il video mostrò per alcuni istanti la struttura imponente di una chiesa, ricca di guglie le cui cime si perdevano nel cielo grigio, come aghi piantati nelle dense nubi che coprivano la città. Sembrava osservata dal centro di un'ampia piazza attraversata da gruppi di piccioni in cerca di avanzi di cibo. All'improvviso i contorni dell'inquadratura sfumavano, come angoli consumati di una vecchia fotografia, e un alone scuro si stringeva verso il centro. Aumentava il contrasto tra le tonalità, fino ad avvolgere ogni cosa come un manto di cenere. D'un tratto si sovrapponeva una nuova ripresa. Il punto di vista doveva appartenere a un bambino, perché all'altezza dei suoi occhi si ergeva ora maestoso il portale centrale della facciata della chiesa, e lo sguardo si alzava dalla base fino a seguire i contrafforti orizzontali e perdersi nella contemplazione degli ampi finestroni e delle statue poste sulle mensole. Il movimento discontinuo delle immagini, talvolta a strappi, non faceva pensare a una ripresa ufficiale ma a una soggettiva. E l'aspetto della costruzione ricordava – Anna ci avrebbe giurato – un'importante cattedrale appartenuta alla precedente civiltà che aveva abitato il pianeta Terra. Il collegamento fu tanto rapido quanto sorprendente:

se quello che stava osservando era davvero il risultato di un'estrazione dei ricordi di Alex, aveva di fronte le immagini della Milano del 2014. Un'epoca che i fondali marini avevano riportato alla luce, conservando in certi casi anche intere biblioteche, ma della quale non esisteva alcun filmato. O meglio, non era esistito.

«Ora sentirà anche un frammento di audio originale» bisbigliò Thierry. «Fa parte dei ricordi del soggetto maschile, è rimasto intatto.»

Anna rimase in silenzio, gli occhi attenti e concentrati sullo schermo.

La soggettiva si spostò sulla sinistra, e incontrò una mano adulta. Quindi gli occhi del protagonista si alzarono verso il volto di un uomo.

«Dove andiamo dopo, papà?» domandò una voce di bambino.

L'uomo abbassò lo sguardo e sorrise: «Al Planetario».

Capitolo 13

Sam-en-Kar, anno 393 C.S.

«Continui a rileggerlo, non è vero?»

«Già.»

«Ti stai facendo del male, Alex.»

«Lo so. Ne ho bisogno.»

«Di farti del male?»

«No. Di Marco. Dei suoi racconti.»

Jenny si sedette a gambe incrociate sull'erba ancora bagnata per via del temporale della notte precedente. Era trascorsa una settimana dalla loro visita al capezzale di Marco, e Alex continuava ad andare in giro con quel tomo sotto il braccio. Di tanto in tanto lo apriva e rileggeva una pagina. Una storia tanto assurda quanto, per come era stata fedelmente riportata, credibile. Rilesse ogni episodio più e più volte, e vi ritrovò gli occhi entusiasti e convinti dell'amico. Vi ritrovò le sue sorprendenti idee.

Quelle considerazioni degne di un adulto, e datate 381, quando Marco aveva cinque anni e trascorreva i pomeriggi a calcolare i cicli dei raccolti, stilare calendari e programmare date e ricorrenze delle Stagioni a venire.

L'antologia di incubi e visioni che si ripetevano in continuazione e che trovavano negli anni dal 382 al 384 la concentrazione maggiore.

Gli appunti di viaggio del 385, quando all'età di nove anni Marco aveva messo insieme un fagotto e si era incamminato verso le montagne, mosso sempre dallo stesso desiderio che animava la sua intera vita: quello di vedere oltre.

Le conclusioni tratte nel 388, quando Marco aveva scoperto il sogno proibito dei suoi due migliori amici, quella visione del passato riaffiorata alla memoria, come la definiva lui. Quel maledetto bacio, che continuava a essere motivo di distacco e imbarazzo tra i due, ma che scavava a fondo nell'animo dei ragazzi alla ricerca di un appiglio, di un gancio cui aggrapparsi per trascinarli altrove.

E infine, il secondo viaggio nel 390, l'incontro con Jastel e gli ultimi appunti prima del ritorno a casa.

«Questa non te l'ho letta» disse Alex mentre Jenny raccoglieva un sasso e lo lanciava verso il letto del fiume.

«Se è contenuta in quel diario, l'avrai fatto di sicuro. È da una settimana che...»

«No, Jenny. Questa parte volevo leggertela qui.»

«Alex, ascolta. Mi spieghi perché siamo venuti in questo posto?»

Il ragazzo alzò lo sguardo, stropicciò gli occhi per non essere accecato dal sole e incontrò quelli di Jenny. Rimirò per un istante le montagne in lontananza, dietro la sorella. E il fiume, che scorreva di fronte a loro, sotto allo spuntone di roccia sul quale sedevano in quel momento.

«Perché io e Marco venivamo sempre qui a giocare» disse Alex, mesto, quindi mimò con il braccio destro il lancio di un sasso nel fiume. «Facevamo a chi tirava più lontano.»

Jenny rispose con un sorriso malinconico.

«Mi manca» aggiunse Alex, lo sguardo ora basso sul diario dell'amico, aperto sull'unica pagina che non aveva ancora letto alla sorella. «Mi manca da morire.»

«Lo so» Jenny si alzò e andò a sedersi accanto a lui.

«Ti ascolto, leggi pure.»

«D'accordo.»

❃ ❃ ❃

Nota 46. Il paradosso di Ben.

Ho riflettuto e analizzato attentamente quanto accaduto a Garen qualche giorno fa. Ho confrontato questo nuovo dato con tutto quello che so sulla mia vita parallela grazie a sogni e visioni che mi accompagnano sin dall'infanzia.

Ecco le mie conclusioni.

Io esisto qui, a Sam-en, dove sono nato nel 376 C.S. in seguito a un esperimento ordinato e ideato da me in una realtà parallela, e messo in atto dalla donna di nome Anna che non sono ancora riuscito a trovare. Di questa donna ricordo le straordinarie capacità mnemoniche, che le hanno consentito di studiare e ricordare l'intero patrimonio genetico mio, di Alex e di Jenny e di portarlo via da quella realtà, varcando la soglia tra i mondi e utilizzando le informazioni altrove – cioè qui – per dar vita in laboratorio a tre copie esattamente identiche di noi stessi. Io ricordo chi sono dall'altra parte, i miei amici no. Questo può significare che io, nel mondo che rammento con il nome di Gea, sono ancora vivo, mentre loro sono stati uccisi. Però c'è qualcosa che non torna: il sogno fatto dai ragazzi, quell'unica mia speranza che un giorno si ricordino tutto. Quel bacio. Quello non può che essere un dettaglio appartenente alla realtà da cui provengono, dal momento che qui il caso ha voluto che i miei amici crescessero come fratello e sorella.

Mi mancano diversi tasselli sulla realtà parallela.

Devo recuperarli a tutti i costi. Ricordo di aver avuto una famiglia, un figlio di nome Ben che ha seguito i miei insegnamenti ed è diventato ricercatore. Me lo ricordo più da bambino che da adulto, e questo è dovuto al fatto che io, a un certo punto della sua vita, sono dovuto scappare. Mi sono rifugiato su un'isola. Sta di fatto che Ben, in tenera età, ha imparato un motto di mia creazione, una frase che solo noi conoscevamo. Il nostro piccolo segreto per la felicità, se è vero che la libertà è felicità. Mi sono imbattuto in questo motto una volta ancora, durante il viaggio a Garen, quando ho conosciuto l'uomo che il vecchio Meuron mi aveva suggerito di incontrare. Ho sempre pensato che l'anziano amante di ligala avesse qualche dote fuori dal comune.

Dev'essere un sensitivo, deve possedere doti medianiche, perché ha fatto qualcosa di incredibile. Ha conosciuto un uomo legato a filo doppio con la mia vita. Ne è rimasto colpito, perché ha notato nel suo modo di fare, di parlare, di atteggiarsi, qualcosa che lo avvicinava tantissimo a me, nonostante io fossi un ragazzo e lui un adulto. Dopo averlo conosciuto, e aver sentito quella frase, non ho avuto dubbi. Così come Anna, anche Jastel esiste sia qui sia nella realtà di Gea, e in chissà quante altre. Se è giusto il mio ragionamento, lui è nato in tutte le dimensioni in cui sua madre ha avuto un figlio, così come Anna. Ma di volta in volta, il padre è diverso. In Gea, suo padre sono io. Ho capito che questo lui non può ricordarlo. Non ha consapevolezza delle infinite sfaccettature della nostra vita. È così per tutte le persone che vedo ogni giorno. Non sanno che esistono infinite versioni alternative di loro stessi. E probabilmente, un insegnamento che hanno fatto proprio in questo mondo, si riflette su alcuni dei loro Io alternativi, senza che loro ne sappiano niente. Così come quel motto, che Jastel ripete con fierezza ad alta voce e che forse i suoi clienti conoscono bene. Lui non ci crederebbe mai, ma quel motto gliel'ho insegnato io.

Io, un ragazzo. Lui, mio figlio, un adulto. Questo è il paradosso di Ben, il primo paradosso spazio-temporale in cui mi imbatto da quando sono rinato. Ho amato tanto sua madre, nella realtà di Gea. L'ho sognata spesso: si chiamava Beth, l'ho conosciuta da ragazzo e ci siamo sposati nel giro di un mese. Il mese successivo era incinta. Sono riuscito a ricordare diversi frammenti della nostra vita insieme, negli ultimi giorni. Lei è morta quando Ben aveva nove anni. Non ho avuto il coraggio di fare domande a Jastel, non so se sono pronto a questo. Ma lo sento. Lei è qui. Non so se è ancora viva, forse un giorno tornerò a Garen e avrò il coraggio di incontrarla. Forse potrò ancora perdermi nell'incanto dei suoi occhi. Per adesso, ho informazioni a sufficienza per capire che quello che mi circonda è solo una pellicola trasparente.

Prima o poi riuscirò a vedervi attraverso. Devo solo capire come. Un'ultima cosa non mi è ancora chiara. Anna può varcare la soglia tra le dimensioni parallele, e conservare il ricordo del suo Io alternativo. È per questo che è stata in grado di portarsi dietro, nella mente, tutti quei dati utili alla nostra clonazione. Lei ha un ponte mentale con l'altra parte. Jastel no. Jastel non sa niente di Ben, di se stesso. Perché?

«Tutto questo è pazzesco» osservò Jenny.

«O straordinario» ribatté Alex. «Se fosse vero? Se Marco avesse ragione? Se fossimo stati davvero adottati, e tutto questo in verità...»

La ragazza si alzò, mise le mani sui fianchi e tirò indietro la testa, sospirando.

«Di tutte le superstizioni e credenze che esistono e si stanno diffondendo nella valle, questa è certamente la più affascinante. Ma come può essere vera? Cosa significa che noi esistiamo anche altrove, che forse di là siamo morti perché non ci ricordiamo niente di quella realtà... che vuol dire?»

«Vuol dire che forse dovremmo vedere le cose in maniera diversa» Alex chiuse il diario, raccolse un sasso e si alzò. Quindi lo lanciò in alto e lo vide volteggiare prima di cadere nell'acqua.

«Un sasso, una serie di anelli...» sussurrò.

Jenny aggrottò la fronte mentre il fratello si piegava sulle ginocchia e sceglieva un'altra pietra, questa volta piatta e sottile, a forma di triangolo, e la scagliava verso l'acqua con un lancio orizzontale.

«Un solo sasso» continuò Alex «cinque... sei serie di anelli...»

«Sette» lo corresse lei.

«Giusto, sette.»

«Cosa significa?»

«Me lo diceva sempre Marco. Dobbiamo guardare le cose da una prospettiva differente. L'ultimo rimbalzo è lontano almeno quindici metri dal primo... i cerchi generati dall'uno non andranno mai a sfiorare quelli dell'altro. Moriranno prima.»

«Da una prospettiva differente...» sussurrò lei mentre osservava le perfette geometrie disegnate dal moto delle onde.

Alex si voltò e si avvicinò a Jenny. Quindi la fissò con uno sguardo intenso, mentre i suoi occhi azzurri brillavano sotto la luce del sole.

«E se la nostra vita non fosse un unico percorso? Se questa esistenza, Sam-en, la scuola, le nostre famiglie, fosse solo uno dei rimbalzi?»

«Alex, io...» la ragazza cercò di sfuggire con lo sguardo, come se la vicinanza di Alex la mettesse a disagio.

«Guardami, ti prego. E dimmi che non senti anche tu qualcosa d'inspiegabile. Qualcosa che non appartiene alla nostra vita. Quel sogno di tanti anni fa l'ha riportato a galla. Ma è un sentimento che forse non è nato qui.»

«Temo di non essere in grado di capire ciò che sento...» Il sorriso di Alex si fece convinto, le sue parole vibrarono di un'energia dirompente. «Scommetto la mia stessa vita che da quel giorno ci pensi in continuazione. Perché è quello che accade anche a me. Ci siamo allontanati, ignorati, abbiamo evitato di parlarne. Invece Marco, be'... forse lui l'ha sempre saputo.»

Jenny sospirò, saltò dagli occhi di Alex ai cerchi concentrici nell'acqua. Quando tornò a osservare il fratello, vide l'espressione di chi era in attesa di una risposta importante.

«E va bene, lo faccio» ammise. «Ci penso. O meglio, cerco di non pensarci. È tutto sbagliato.»

«No, Jenny.» Alex tirò le mani della ragazza verso di sé, quindi le appoggiò sul petto. «È tutto vero. Io credo alle parole di Marco, ai suoi racconti, alle sue visioni. Io credo in lui.»

«Ho paura...» le guance di Jenny tremarono mentre cercava di abbozzare un sorriso, gli occhi si fecero lucidi.

«Di che cosa?»

Lei scostò lo sguardo per un attimo e osservò il letto del fiume, nuovamente calmo. Ricordò quei rimbalzi, quegli anelli. Un solo sasso, infiniti riverberi. Una sola mente, infinite vite. Quindi incontrò gli occhi di Alex, che sembravano sprigionare una forza travolgente, una convinzione assoluta e incontrastabile.

«Ho paura di essere innamorata di te.»

Capitolo 14

«Jenny! Alex!» Il grido proveniente dalle loro spalle fece eco in tutta la valle e spezzò la quiete di quell'angolo di Sam-en-Kar. Era la voce di una donna, squillante e acuta. La riconobbero subito, nonostante la grande distanza: si trattava di Seina, la loro madre adottiva.

«Siete qui!» urlò ancora mentre si avvicinava.

Le gote rosse per l'imbarazzo, Jenny mise le mani dietro la schiena, come se avesse qualcosa da nascondere.

«Vi ho cercato per un'ora buona!»

«Eravamo qui al fiume...» disse Alex, mentre notava gli occhi lucidi della madre. «Che è successo?»

La donna si asciugò una lacrima con il polso, quindi ricompose la folta chioma castana raccogliendo i capelli in una coda di cavallo. Solitamente risoluta e poco incline a particolari slanci emotivi, Seina pareva aver perso il suo naturale autocontrollo. La sua scorza dura, che a tratti la faceva apparire quasi scostante, sembrava sgretolata sotto i colpi di un evento imprevisto. E i sottili occhi grigi, di norma inespressivi e freddi, erano adesso carichi di un'emozione nuova, inattesa.

«Dovete venire subito con me.»

D'istinto, Alex chiuse gli occhi. In una frazione di secondo nella sua testa comparve il corpo di Marco, senza vita, steso sul letto della camera in cui avevano passato centinaia di pomeriggi, con il Confessore impegnato in un tipico rituale della tradizione di Sam-en che veniva chiamato saluto finale e un gruppetto di parenti sconosciuti in lacrime. Scacciò questa visione con la rapidità con la quale si era presentata. Per quanto ne sapeva, poteva essere successa qualsiasi cosa. Magari era andata a fuoco la casa, o il loro padre adottivo era finito sotto a un mezzo agricolo.

«È stata Tesse ad avvisarmi poche ore fa» aggiunse Seina, prima di voltare le spalle. «Andiamo.»

Quel nome diede un'ulteriore conferma ad Alex: era successo qualcosa al suo migliore amico. I tre si allontanarono dal fiume e presero una strada sterrata circondata dalla campagna che conduceva in paese. Nessuno osò fiatare, ma Alex e Jenny incrociavano spesso lo sguardo e l'intreccio dei loro pensieri non aveva bisogno di parole. Avevano capito. Dopo anni di diffidenza, di timori, di intime voci cacciate in un angolo del cuore per non dar loro la possibilità di fare eco nell'animo, avevano deciso di crederci. Marco non poteva lasciarli soli proprio adesso.

Quando entrarono in casa dell'amico, incontrarono dapprima il volto provato del padre di famiglia, Fleur. Un uomo di poche parole, esperto agricoltore, apparentemente burbero ma solo a causa di una corporatura tozza e un viso segnato da lunghe cicatrici, profonde rughe e folte sopracciglia. In realtà, una persona dal cuore d'oro. Aveva insistito lui per l'adozione di Marco, impegnando il raccolto di un intero anno nel lontano 376, ma di questo dettaglio era a conoscenza soltanto sua moglie Tesse. Alex e Jenny non avevano mai scambiato con Fleur più di un "buongiorno" o un "arrivederci", e anche in quella circostanza salutarono abbassando il capo, ma senza aprire bocca.

Seina salì con loro al primo piano della villetta, ma si limitò a osservare la scena in disparte. Alex e Jenny entrarono con passo timido nella stanza dell'amico, fecero due passi all'interno della camera e scoppiarono in lacrime di fronte al sorriso furbo di Marco, sdraiato nel letto con il busto appoggiato su due grossi cuscini e la testa rivolta verso di loro. Nessun Confessore impegnato in riti post-mortem. Nessun corteo di parenti in lacrime.

«Dovevo farlo» sussurrò Marco con voce flebile. «Scusatemi.»

Alex corse al capezzale dell'amico e si inginocchiò, quindi abbandonò la testa sul suo petto. «Sei vivo. Sei vivo, dannazione. Credevo di non poter più parlare con te.»

«Avevo del sonno arretrato» scherzò come d'abitudine Marco, che intanto stava offrendo un largo sorriso a Jenny, visibilmente emozionata.

Alex alzò la testa e, sempre in ginocchio, prese la mano dell'amico.

«Tu sei… sei guarito!»

«Non sono mai stato male.»

«Ti avevano trovato vicino al pozzo, quel giorno» gli occhi di Alex si alzarono, quasi stessero visualizzando il lontano ricordo proiettato su una parete alle spalle dell'amico. «Eri privo di sensi. Da allora non ti sei più svegliato. Non ricordi cos'è successo?»

«È stato qualcuno a farti… questo?» incalzò Jenny, mentre Seina alle loro spalle si ritirava per tornare al piano di sotto e parlare con Tesse e Fleur.

Marco si tirò su a fatica con il busto, ma una serie di piccoli crampi muscolari lo costrinse a stendersi.

«Solo a voi posso dirlo… mi raccomando» Marco alzò un sopracciglio in segno di intesa con i due amici.

«Promesso» lo rassicurò Alex, quindi fece un cenno con la mano come per invitarlo a proseguire.

«Sì, è stato qualcuno.»

Jenny sgranò gli occhi: «L'ho sempre sostenuto! Tutti parlavano di una strana malattia ma io… io lo sapevo!»

«Ma chi?» Alex alzò il tono della voce. «Chi è stato quel bastardo?»

«Ce l'avete di fronte» rispose Marco con tono pacato. Jenny si voltò di scatto verso Alex, che la guardò perplesso per un istante prima di rivolgere un'espressione di accusa al suo amico.

«Dì, ci stai prendendo in giro?»

«Nient'affatto.»

«Scusa, fammi capire… stai dicendo…»

«…che mi sono autoindotto questo coma, Alex. Hai capito bene. Ho chiesto un piccolo ausilio medico al vecchio Meuron, sai… un tempo era un erborista. Esperto in farmacia, brillante sperimentatore di medicinali per la cura di…»

«No, no, fermati» Jenny si avvicinò. «Sei stato tu stesso a ridurti così? Per quale motivo? Sei impazzito?»

«Memoria.»

Jenny mise le mani nei capelli e rimase con lo sguardo fisso davanti a sé. «Cosa vuol dire?»

«L'ho capito un giorno» rispose Marco, il tono sereno e le labbra distese in un sorriso, «dopo aver messo insieme qualche altro tassello. Troppi me ne mancavano. L'unico modo era tornare laggiù. Quando ho ricordato Memoria, ho capito cosa mi serviva.»

«Io non so di cosa tu stia parlando, amico» disse Alex, scuotendo la testa «ma questa è bella. Questa è proprio bella. Ti sei quasi ucciso!»

«Era l'unica via. O almeno così speravo, e i fatti mi hanno dato ragione. In uno stato di totale incoscienza e inattività del corpo, con la mente libera di viaggiare, l'unico scenario possibile è Memoria. Ci siamo già stati, ragazzi, ci siamo stati assieme. Non potete ricordarlo, ora. Forse, un giorno…»

«Memoria… è un posto?» chiese Jenny, mentre Alex si alzava e si avvicinava a lei.

«Già. È ciò che rimane quando la nostra mente è viva ma il corpo non risponde ai comandi. Una specie di sogno lucido. Un luogo popolato dai nostri ricordi, e da quelli altrui.»

«Mi spieghi che cosa hai cercato… laggiù?» chiese Alex.

Marco si tirò su nuovamente con il busto, con uno sforzo che gli fece digrignare i denti. Si appoggiò ai bordi del letto stringendo le lenzuola sotto le dita e fissò il vuoto di fronte a sé. «La verità.»

Alex e Jenny non fiatarono, mentre l'amico cercava a fatica di muovere le gambe.

«Pensavo peggio» continuò Marco, gli occhi sempre fissi sul muro di fronte a sé. «Mi hanno per caso sottoposto a massaggi periodici? I miei muscoli non sono atrofizzati come avevo immaginato.»

«So solo che un medico veniva qui da Garen due volte alla settimana…» rispose Alex, senza avere la minima idea di cosa significasse la parola atrofizzato.

«Lo chiederò a mia madre, non ti preoccupare. Credo che per le prossime settimane sarò costretto a usare quella.» Marco lanciò un'occhiata dalla parte opposta della stanza. Sulla destra del tavolo in legno massello, una carrozzella era appoggiata al muro.

Alex si voltò di scatto, e nell'osservare la sedia a rotelle un brivido gli salì lungo la spina dorsale. Avvertì all'improvviso un senso di vuoto, come se il suo corpo stesse precipitando in un burrone, e dovette reggersi alla sponda del letto per non cadere. Jenny lo guardò con aria interrogativa.

«Ora so che siete con me» riprese Marco. «Lo sento dentro. I ricordi affioreranno, ne sono convinto. Anche voi vedrete. Io sono vivo, dall'altra parte. Non so dove siate tenuti voi, ma non ci hanno uccisi. Ho visto il carcere. Ho viaggiato nella memoria del mio carceriere. Ho così tante cose di cui parlarvi…»

«Il carcere?» sussurrò Jenny con un filo di voce.

«Il ponte è intatto, amica mia. Laggiù sono rinchiuso in una cella d'isolamento e ho ottantotto anni, mentre qui tra poco ne compirò diciotto. Non so quanto a lungo potrò vivere in quel posto, ma ora abbiamo tutte le coordinate che ci servono.»

«Per fare cosa?» chiese Alex, stando al gioco e forzandosi a credere alle parole dell'amico.

«Per tornare.»

Capitolo 15

Sede di Synaptica, Marina, Gea

Sola nella stanza di degenza 129, seduta su una sedia verde accanto al lettino di Jenny, Anna osservava la ragazza, ormai donna. Gli occhi socchiusi, come se stesse cercando di aprirli con difficoltà. I capelli castani, lunghi, puliti e profumati dopo il lavaggio programmato per quel mattino a seguito della sessione di estrazioni. Stando all'aggiornamento di Thierry, che l'aveva accompagnata fino al dodicesimo piano per poi dileguarsi, i ragazzi dormivano a causa della somministrazione di alcuni sedativi, come imponeva il protocollo dopo ogni estrazione. Si sarebbero potuti svegliare da un momento all'altro, ma era sconsigliabile forzarli.

Mentre attendeva che Jenny aprisse gli occhi, Anna ripensò alle sorprendenti immagini appena viste. La chiesa. La piazza. La mano adulta. Il volto dell'uomo. Scene da un passato così lontano da sembrare impossibile. Eppure, era lo stesso passato cui apparteneva suo padre Nathan. Il filmato era durato una decina di minuti e aveva offerto agli occhi meravigliati di Anna altri frammenti scelti tra le principali estrazioni. Alcuni più nitidi, altri sfocati, annebbiati. Certe sequenze erano come rovinate, e rendevano le visioni più discontinue o confuse.

Quella più chiara, limpida e intatta raffigurava un lampione accanto a una scaletta. Il lampione era su un molo affacciato sull'oceano, la scaletta scendeva verso una spiaggia. Ogni minimo dettaglio di quell'immagine era stato decodificato e tradotto fedelmente, come se il ricordo non avesse subito l'usura del tempo. E, a quanto le aveva detto Thierry, compariva sia nei ricordi di Alex sia in quelli di Jenny.

Il collega le aveva anche mostrato l'archivio digitale vero e proprio, su un pannello contrassegnato dal numero 1: era il dispositivo che custodiva tutte le estrazioni, numerate e datate. Ne contava settantaquattro. A lei spettava il compito di migliorare quella ricerca.

Una cosa era certa, ma Anna non avrebbe certo potuto parlarne né con Dana né con Thierry: per ottenere qualcosa in più, se quelli – esigui, ancorché straordinari – erano i risultati di ben diciassette anni di analisi, si sarebbe dovuta sospendere la somministrazione del Neurex. Sotto l'effetto di un inibitore sinaptico, era arduo pensare di tirare fuori ulteriori memorie dalla mente dei ragazzi. Ma lei lo sapeva bene: Alex e Jenny erano in possesso di facoltà cerebrali fuori dal comune, il che li rendeva pericolosi. Telepatia, manipolazione del pensiero, lettura dei ricordi altrui erano abilità che anche lei conosceva. Quante volte, a Sam-en, aveva provato una punta di compassione per quelle persone che pendevano dalle sue labbra, per quei clienti indecisi che alla fine si convincevano e compravano, per quei rivali che si erano tirati indietro di fronte a un'asta, o a qualsivoglia contesa. La sua mente era la chiave. Per lo stesso motivo, quella dei ragazzi andava tenuta sotto controllo. Depotenziata, arginata, limitata. Evidentemente, pensava, il giorno della fuga erano stati colpiti a freddo e storditi in modo che non se ne potessero servire per scampare alla cattura.

«Sono la vostra nuova dottoressa» disse Anna con un'intonazione distaccata, professionale, senza sapere se la paziente fosse in grado di sentirla.

Le palpebre della ragazza cominciarono a tremare, e alcune sottili rughe ai lati degli occhi si acuirono per poi spianarsi di nuovo. A un tratto Jenny spalancò gli occhi. La bocca si aprì a metà come in un grido strozzato, ma uscì solo un rantolo, mentre le mani si avvinghiavano al lenzuolo.

Cosa succede..., pensò Anna mentre tirava indietro il busto. Gli occhi di Jenny rimasero fissi sul soffitto per alcuni secondi. Poi i muscoli delle mani si rilassarono pian piano, lasciando la presa. Anche il volto si rasserenò, e le palpebre si chiusero nuovamente. La donna pensò che potesse trattarsi di un effetto collaterale dei sedativi, e si convinse che fosse meglio lasciare in pace la ragazza fino al risveglio. Quindi, improvviso come un brivido di gelo, arrivò un sussurro. Ma non era la bocca di Jenny ad averlo emesso, sebbene provenisse proprio da lei.

Aiutami.

Anna si alzò di scatto, mentre il cuore iniziava a battere con forza nel petto. Per mantenere il controllo sui nervi tirò fuori una cartella clinica poggiata su un tavolino accanto al letto e finse di leggerla. Mentre le parole scorrevano di fronte ai suoi occhi, quella richiesta echeggiava fra le pareti del cranio. *Aiutami.*

Non era la voce di Jenny. Non era una voce.

Era un pensiero. Quando la ragazza aprì gli occhi e si guardò attorno, lei era lì. In piedi, la cartelletta tra le mani, nell'animo la consapevolezza che nessuno avrebbe potuto frugare tra le loro idee. La guardò dall'alto verso il basso, il volto tirato, e disse ancora: «Sono stata incaricata di occuparmi di voi».Ma mentre lo diceva, pensò: *Sono qui, Jenny. Non aver paura.*

La ragazza annuì con un cenno del capo, abbozzando un timido sorriso, mentre la fronte si increspava e la sua memoria correva all'indietro nel tempo per cercare un motivo, una ragione. Un significato dietro all'istintiva fiducia che stava provando nei confronti della dottoressa.

Aiutami, pensò di nuovo Jenny. Quindi spostò lo sguardo verso il lettino di Alex, dove il ragazzo giaceva ancora dormiente. *Aiutaci.*

Quando Anna uscì dalle porte a scorrimento del piano terra di Synaptica, quella sera, il cielo era plumbeo e si respirava un'aria di tempesta. Il vento levava qualche cartaccia e alcune foglie dai marciapiedi e le invitava a una danza confusa, mentre lei si stringeva nella giacca, procedendo dritta per la sua strada. Attraversò a passo lento le larghe vie del centro, alzando di tanto in tanto la testa per rimirare quegli altissimi grattacieli, il vanto dell'architettura della città; spesso, a bordo delle stazioni sottomarine come Mnemonica, le telecamere poste sull'esterno durante la navigazione verso terra, di notte, inquadravano le guglie scintillanti di quei palazzi, prima ancora dei fari segnaletici per l'attracco posti lungo la costa.

Anna non incrociò lo sguardo di alcun passante, ma con la coda dell'occhio li vide tutti. Volti assenti, direzioni senza meta, un esercito di coscienze plagiate. La grottesca conduzione politica che ben ricordava doveva essere arrivata, in quegli ultimi diciotto anni, all'obiettivo prefissato: far sì che ai cittadini piacesse quella vita. Fare in modo che si trovassero a proprio agio in un luogo in cui la loro libertà era confinata e i fabbisogni limitati. Era meglio della guerra. Era meglio della fame. Ricordava che Ian le aveva parlato spesso della condizione dell'uomo, sottolineando il fatto che una rivoluzione non sarebbe mai stata possibile, in un sistema in cui la maggior parte dei cittadini difendeva a spada tratta il programma del Benessere. Nessuno di loro avrebbe mai viaggiato. Nessuno di loro sarebbe stato mai davvero artefice di un cambiamento. Nessuna delle loro opinioni avrebbe mai fatto la differenza. E lo accettavano di buon grado. «È una vita senza senso» diceva sempre Ian. E suo padre Nathan annuiva in silenzio.

Le macchine accodate per strada stavano rientrando lentamente a casa. In fila indiana, ordinate, mentre le prime gocce di pioggia battevano sui parabrezza. A mano a mano che Anna si avvicinava alle strade di periferia, ai palazzi dalle facciate perfette si sostituivano capannoni e piccoli edifici a due o tre piani dalla muratura ricca di crepe e dalle finestre con i vetri incrinati. Come immensi sciami d'api, folate di polvere la investivano in volto. Anna si premette il colletto della giacca contro la bocca, starnutì un paio di volte e continuò a camminare. La pioggia intanto si era fatta insistente e andava a compattare la sua chioma rossa e argentea, mischiandosi alle lacrime che le scendevano dal viso. Piangeva e invocava l'universo circostante, perché potesse rimetterla sulla strada di Ian. Piangeva e ricordava frammenti della sua infanzia in Gea, quando era solo una bambina dagli occhi vispi che imparava a memoria ogni lista di nomi o sequenza numerica le venisse messa di fronte. E Ian, amico e fedele confidente di suo padre Nathan, era sempre lì, con il suo sorriso convinto, lo sguardo carico di energia, di una vitalità e una forza che non appartenevano a quel luogo, a quel tempo.

Se Alex e Jenny erano topi da laboratorio, forse anche Ian era stato risparmiato. Ma poteva anche essere morto per cause naturali, data l'età. Di certo lei non avrebbe potuto chiedere informazioni né a Dana né a Thierry. Ma doveva sapere. A tutti i costi.

All'improvviso si fermò, in corrispondenza di un incrocio. Sulla destra una fila di bidoni della spazzatura emanava un odore nauseabondo. Per terra alcune strisce di gesso erano da sempre un segnale delle forze di polizia di Gea per tratteggiare i contorni delle sagome di alcuni delinquenti o sovversivi freddati alla luce del sole. Quasi un monito, quei corpi stilizzati. Un modo per far sapere alla gente che un malvivente era stato giustiziato, e che non conveniva a nessuno rischiare di essere il prossimo. Anna era a conoscenza dei metodi estremi della polizia. Suo padre aveva visto giustiziare un loro lontano parente sotto i suoi occhi, quando lei era appena adolescente. E le aveva sempre insegnato come evitare anche il minimo rischio che qualcuno dubitasse della sua buona condotta sociale.

Anna non arrestò la sua camminata per soffermarsi sulla fila di bidoni debordanti o sui segni di gesso per terra. Si fermò perché comprese in un istante ciò che doveva fare, in assoluta segretezza, al più presto possibile.

Li devo portare fuori di lì.

Appena giunse a casa, Diletta cominciò a miagolare con insistenza e le girò attorno per alcuni minuti, prima che Anna si rendesse conto che sia la ciotola dell'acqua sia quella dei bocconcini di manzo erano vuote. Leccate e ripulite fino a sembrare nuove.

«Scusami, tesoro, scusami» disse ad alta voce mentre accendeva le luci nel piccolo capannone adibito a laboratorio in cui abitava e faceva esperimenti da sempre. «Provvedo subito.»

Ma il suo pensiero era fisso su un'unica motivazione, che l'avrebbe spinta a passare presto all'azione a costo di mettere a repentaglio la vita sua e dei ragazzi: *Se Alex e Jenny mi riconoscono, e alla prossima estrazione viene fuori il ricordo del nostro ultimo incontro, per tutti quanti sarà la fine. Thierry vedrà che ero a bordo di quell'auto, prima che Ian si imbattesse nel posto di blocco. Vedrà le provette con la saliva dei ragazzi e saprà del patto tra me e Ian. Non posso permettere che accada.*

Quella notte, mentre Diletta dormiva raggomitolata su un cuscino, Anna si sedette al tavolo del laboratorio con un foglio bianco di fronte. Prese una matita e iniziò a tratteggiare un volto di uomo. Man mano che le linee si univano a formare gli occhi, a delineare i contorni della mascella, a definire gli angoli delle labbra e le curve del naso, il suo animo veniva attratto con forza sempre maggiore verso quelle forme a tratti spigolose, a tratti sinuose, e si perdeva in un vortice di ricordi capaci di far sussultare il cuore. Era il volto di Slev. Il sorriso pieno, lo sguardo dolce.

All'apice della concentrazione e della serenità interiore, Anna slittò da una parte all'altra del vortice spazio-temporale, finalmente di nuovo consapevole del meccanismo mentale che permetteva il viaggio tra le dimensioni. Era la sua mente il mezzo. Era lei a ricostruire nel pensiero i più precisi dettagli di una realtà all'apparenza così distante. Così si ristabiliva il ponte. Così era possibile viaggiare.

L'intima sede del suo cuore si ricongiunse con la sua versione alternativa di Sam-en, senza che nessuno potesse ostacolarla. Lo fece perché non c'era tempo da perdere. Era arrivato il momento di trovare Alex, Jenny e Marco. E raccontare loro la verità.

Quando riaprì gli occhi nella sua casa di Garen, Anna era sdraiata nel letto con addosso una vestaglia leggera, e Slev russava accanto a lei. Nel guardarsi attorno e incontrare l'oscurità provò una sensazione improvvisa di turbamento, di crescente disagio. Da un momento all'altro, un attacco di tachicardia e una scarica di pensieri angoscianti la paralizzarono. Gli occhi vitrei di Jenny, scavati nel suo volto cadaverico, mentre Thierry sghignazzava e archiviava la sua cartella clinica. Lo sguardo attonito di Alex, di fronte al corpo esanime della ragazza. L'espressione di disapprovazione di Dana, mentre giudicava il suo operato.

Anna sapeva che cos'era tutto questo. Era il terrore di non riuscire, di non essere in grado di tirar fuori i ragazzi da quella situazione. Di non poterli aiutare.

Appena riprese a respirare con regolarità, si alzò senza far rumore e tirò fuori alcuni vestiti da una cassettiera in legno. Lasciò la camera da letto e si vestì, al buio, prima di abbandonare la casa. A pochi passi dall'abitazione della donna c'era una rimessa di carrozze con alcune stalle, e nessun guardiano a custodia dei cavalli. Anche perché – questo lo ricordava bene – in quei giorni l'attenzione dei suoi concittadini era tutta rivolta all'imminente Girone di Garen, che prevedeva l'utilizzo di purosangue. In quella stalla non ce n'era neanche uno.

Ma qualsiasi puledro era perfetto per partire immediatamente alla volta di Kar.

Capitolo 16

La felicità per il risveglio di Marco dal coma si riversò per le strade del paese di Kar e contagiò un po' tutti, tanto che al ragazzo fu chiesto di tornare tra i suoi compagni di scuola almeno per un giorno, durante il periodo di riabilitazione motoria. Una settimana dopo aver riaperto gli occhi, Fleur e Tesse spinsero la sedia a rotelle di Marco fino al centro del paese, alla Fontana Larga. Era da lì che partivano sempre le lezioni itineranti, tipica usanza di Kar.

I compagni lo accolsero con un entusiasmo sincero, insolito nei confronti di un alunno piuttosto taciturno, che sovente saltava le lezioni per portare avanti i suoi studi privati. Ma le due Stagioni trascorse in bilico tra la vita e la morte avevano scosso maestri e compagni, e rivederlo sano e salvo fu un sollievo per tutti.

Inoltre, il diciottesimo compleanno di Marco era alle porte, mancavano una manciata di giorni. Si era da poco entrati nel 394 del Calendario Sam-en, e Marco compiva gli anni il sesto giorno della Stagione della Luna. O meglio, questo era ciò che i genitori avevano dichiarato ai responsabili degli archivi anagrafici di Kar diciotto anni prima, mentendo, dal momento che le adozioni praticate nelle città di Garen e Tor venivano viste sotto una cattiva luce dagli abitanti della valle. Né la famiglia di Marco, né quella di Alex e Jenny avevano reso noto il fatto. Pertanto, la reale data di nascita dei tre rimaneva un punto di domanda che solo Anna poteva spazzare via. Fino a prova contraria, comunque, i suoi diciotto anni si compivano il sesto giorno dell'anno nuovo.

«Dove li hai messi gli occhiali?» chiese Alex qualche ora più tardi, le mani poggiate sui manubri in alluminio della carrozzella, mentre accompagnava Marco a casa dopo la mattinata di lezioni itineranti, come da accordi presi con i genitori dell'amico.

«Non li uso mai in occasioni speciali. E oggi mi sembrava il caso.»

«Intendi dire che... preferisci non vedere un accidente?»

«Intendo dire...» Marco spalancò un occhio tenendo ferme le palpebre con i polpastrelli, quindi con l'altra mano estrasse una piccola lente trasparente e la mostrò all'amico, poi tolse anche la seconda. «...che uso queste. Ecco, ora non vedo davvero un accidente.»

Alex si fermò, girò attorno alla sedia a rotelle e si inginocchiò di fronte a Marco. Prese una lente fra le dita e la osservò in controluce, le sopracciglia inarcate e la bocca storta in un'espressione perplessa: «Cosa sono questi affari?»

«Lenti, Alex. Lenti a contatto. Alle volte mi stupisco di quante cose non si sanno qui in paese.»

«Perché, dove le fanno?»

«Ci sono svariate ditte a Tor, alcune anche a Garen. Io le ho fregate a Garen, al Centro di Diottrica.»

«Ti pareva.»

«Sì, ma non durante l'ultimo viaggio. Durante quello prima. Solo che ne ho un pacco con venti paia, e le tengo per le occasioni speciali. Al mio compleanno penso di metterle ancora, anche se credo che la mia miopia sia peggiorata.»

«Ma quanto durano?»

«Solo un utilizzo. All'inizio non ti sembra neanche di averle, ma dopo alcune ore danno fastidio. Quando avevo nove anni, scoprii che stavano progettando un modello più resistente, duraturo... che si potesse riutilizzare addirittura per mezza Stagione.»

«Questa non me l'avevi mai detta» Alex si alzò e riprese a spingere la carrozzella, mentre Marco piegava il busto in avanti per massaggiare un polpaccio indolenzito. I crampi lo avevano accompagnato per tutta la mattina, e parevano non volerne sapere di lasciarlo in pace.

«Tu devi venire a Garen con me, un giorno. Ed è solo il primo passo. Ci sono tanti di quei posti là fuori, da vedere...»

«Già.»

«Abbiamo quasi diciotto anni. A quest'età, nelle città oltre le montagne, i ragazzi sono considerati adulti. Lo sapevi?»

«Sono davvero così diverse, le città a nord?»

«Sono il futuro, Alex. Hai visto le mie lenti a contatto. Hai visto le flebo in camera mia.»

«Sì. In effetti è incredibile.»

«Non sono miracoli, sono solo i frutti dell'ingegno dell'uomo. È la scienza.»

Marco sorrise, mentre i due svoltavano dalla via principale in una polverosa stradina che conduceva verso la campagna.

«Ma c'è altro che devi sapere» aggiunse, mentre tirava fuori da una tasca dei pantaloni gli occhiali e li indossava.

Alex fermò la carrozzella e osservò gli occhi decisi dell'amico che lo fissavano dal basso verso l'alto. «Cioè?»

«Ho bisogno di parlare con te e Jenny» rispose. «Solo noi tre. Quanto prima.»

«D'accordo. Quando, domani?»

Gli occhi neri di Marco, profondi e decisi come il tono della sua voce, non vacillarono. Rimasero fissi su quelli di Alex, penetranti e carichi della forza di un fiume che non conosce argini.

«Stanotte.»

L'acqua calda avvolgeva il corpo di Jenny con delicatezza, mentre la schiuma generata da alcune boccette di sapone profumato versate nel bagno galleggiava in superficie e nascondeva la sua intimità.

Era quasi l'ora di cena, ma la casa era avvolta nel silenzio. Seina e il marito Deier dovevano essere ancora alla bottega. Suo padre era fabbro e falegname, aveva un piccolo negozio a Kar e in quei giorni si tratteneva sempre fino a tardi insieme alla moglie, per via di conteggi e inventari periodici. Alex invece, pensò, doveva essere a casa di Marco, o forse era andato a dare una mano ai genitori.

Jenny socchiuse le palpebre. Affondò piano con la testa fino a far arrivare il livello dell'acqua appena sopra il mento, quindi rilassò i muscoli del corpo.

Gli occhi di Alex.

Il suo respiro, il sorriso.

Le dita della mano intrecciate alle sue.

Poteva essere tutto vero? Quel sentimento, quella forza che le toglieva il fiato, assurda da accettare, impossibile da confessare. Eppure era tutto così vivido. Tanto sbagliato quanto reale. Frutto di un desiderio negato, vibrazione di un cosmo sconosciuto. Immersa nell'acqua fin quasi alle labbra, Jenny si passò una mano lungo un fianco, accarezzando la pelle vellutata, liscia, e solleticandola con i polpastrelli. Arrendersi a quel bacio, a un sogno ripetuto alcune volte e poi svanito, credere alle parole di Marco e fidarsi dello sguardo convinto di Alex era come vedere il mondo circostante sgretolarsi, facendo a pezzi la vita che aveva vissuto fino ad allora.

Un rumore improvviso la fece trasalire.

«Scusami.» La sagoma di Alex si stagliò nella penombra, in corrispondenza della porta aperta. Nella fioca luce delle candele che regalavano alla stanza da bagno una tonalità tra il giallo e l'arancione e si riflettevano sull'acqua trovando esigui spazi tra i cumuli di schiuma, Alex osservò il viso imbarazzato di sua sorella, le gote rosse, gli occhi fuggenti.

«Alex...»

«Pensavo che fossi uscita.»

Jenny abbozzò un sorriso nervoso.

«Mamma e papà tornano tardi» continuò il fratello, mentre cercava di guardare ovunque meno che verso la vasca. «Sono passato dalla bottega. Mi hanno detto che possiamo cenare senza aspettarli. Scusami ancora, non ho sentito rumori e...»

«Non ti preoccupare» disse lei, e provò ad accompagnare alle parole un sorriso convincente.

Alex si voltò, senza rispondere, e fece per uscire.

«C'è una cosa» il tono pacato ma fermo di Jenny lo costrinse a girarsi «una cosa di cui volevo parlarti.»

Alex fece qualche passo in avanti, i muscoli del volto tesi, lo sguardo basso. Si fermò di fronte allo specchio, debolmente illuminato dalla luce di una delle candele posta su una mensola di legno, e appoggiò le mani sul lavabo. Il profilo di Jenny si stagliava nello scuro riflesso del vetro, oltre la sua sagoma. «Dimmi.»

«Non mi hai mai risposto» Jenny emerse di qualche centimetro dalla superficie dell'acqua che ora arrivava a bagnarle la base del collo.

«A cosa?»

«Lo sai. Quello che ti ho detto al fiume.»

Alex incontrò gli occhi della sorella nello specchio per un istante, mentre i suoi pensieri tornavano a quella frase, *ho paura di essermi innamorata di te*, che era ancora fonte di turbamento e continui pensieri. Quel giorno, la sorpresa per il risveglio di Marco aveva spazzato via ogni altra preoccupazione. Ma Jenny aveva ragione. Non ne avevano più parlato.

«Per credere a tutta questa storia» continuò Jenny «la tua fiducia nei racconti di Marco, la tua convinzione sull'esistenza del mondo di cui parla… non bastavano. Mi capisci?»

«Penso… immagino di sì.»

«Ero terrorizzata quando ti ho detto…»

«Jenny.» Alex si voltò e appoggiò il fondoschiena al bordo del lavabo. «Io credo alle parole di Marco. Lo sai. Ci credo fermamente.»

«Ma…» Lo sguardo della ragazza si fece interrogativo, e per un attimo sembrò velato di tristezza.

«Ma quello che c'è tra noi due… non so come spiegarmi. Mi spaventa. Mi mette a disagio. Una parte di me adesso vorrebbe avvicinarsi a te, l'altra mi blocca. Mi paralizza.»

Jenny lo fissò intensamente e con un lieve cenno del capo annuì, come se quelle fossero le stesse sensazioni che rendevano il suo animo inquieto.

«Siamo scappati da tutto questo. A lungo. L'abbiamo rifiutato, l'abbiamo negato. Il risultato è che adesso non riusciamo neanche più a guardarci in faccia.»

«Come credi che possiamo andare avanti?»

Jenny spostò lo sguardo verso la coltre di schiuma che galleggiava sulla superficie dell'acqua, scosse piano la testa e cercò la risposta giusta, mentre Alex, intimorito, teneva lo sguardo basso per rispettare l'intimità della sorella.

«Ho bisogno di capire chi siamo davvero» disse lei «e non voglio più vederti così in imbarazzo, o sentirmi a mia volta agitata.»

«Ma io sono in imbarazzo» rispose lui, lo sguardo sempre perso davanti a sé.

«Potresti cominciare a guardarmi negli occhi.»

Alex rimase in silenzio alcuni istanti. Poi sorrise. Alzò la testa, trasse un lungo respiro e obbedì. Jenny sembrava serena nel tono di voce, ma il suo volto raccontava una storia diversa.

«Se sei ancora l'Alex di sempre, quello con cui sono cresciuta, e ci stiamo ingannando... vieni qui.»

«Jenny, io...»

«Ti ricordi che gioco facevamo da bambini, quando eravamo nel bagno assieme?» chiese lei, mentre con i gomiti poggiati sui bordi della vasca si faceva forza e si tirava su con il busto.

«A dire il vero, no» rispose Alex, quindi scostò di poco lo sguardo per evitare di imbattersi nella visione del petto nudo di Jenny.

«Come no? Ci mettevamo l'uno dirimpetto all'altra, poi tiravamo su le gambe, univamo i piedi e spingevamo con tutte le nostre forze, reggendoci con le braccia al bordo della vasca.»

«E chi vinceva?»

«In realtà, credo... nessuno. Però era divertente.»

«Oggi rischieresti di finire fuori dalla vasca!» sghignazzò Alex, poi si voltò nuovamente verso la sorella, che si era lasciata scivolare di qualche centimetro in modo che l'acqua nascondesse i seni.

«Finalmente.»

«Che cosa?»

«Finalmente sei quello di sempre. Quello che scherza, e che riesce a guardarmi in faccia senza vergogna. Ho bisogno di questo, Alex. Che tu sia mio fratello o no, voglio vederti sereno.»

«Credi davvero che non potrei entrare in quella vasca? Che non ne avrei il coraggio?»

Jenny alzò le sopracciglia e rimase per un attimo senza parole. In quei pochi istanti, Alex si tolse la maglietta, quindi fece per sfilarsi i pantaloni. D'istinto, lei voltò il capo dalla parte opposta della stanza.

«Che accidenti ti prende?» chiese lei.

«Hai detto che vuoi sapere chi siamo davvero. Bene. Anch'io.»

Qualche secondo più tardi, Alex era seduto nell'ampia vasca dirimpetto alla sorella. Le gambe cercavano spazio fra quelle di Jenny, le braccia erano appoggiate ai bordi in ceramica. Lei si voltò e gli rivolse uno sguardo minaccioso, mentre la penultima candela accesa andava a morire dietro il volto del ragazzo.

«L'hai fatto davvero...»

«L'ho fatto davvero.»

«Sei pazzo, forse?»

«Cerco solo di combattere l'imbarazzo.»

«Tu sei mio fratello...» disse Jenny, improvvisamente seria in volto, poi lasciò in sospeso un interrogativo che suonava più come una constatazione. «Non dovresti essere nella vasca insieme a me.»

«Se ci pensi...» Alex sorrise e con la mano tirò su un cumulo di schiuma. «...ci è capitato centinaia di volte.»

«Già. Ma eravamo bambini.»

«Di cos'hai paura?»

Jenny affondò con il busto finché l'acqua non le arrivò al mento, e tirò su le ginocchia che spuntarono tra le bolle di sapone.

«Che da un momento all'altro rientrino i nostri genitori.»

«Ma noi stiamo solo giocando...» Alex avanzò con il busto, avvicinò la mano al volto di Jenny e lo investì con un cumulo di schiuma. Appena lei tirò fuori dall'acqua il braccio sinistro per contrattaccare, glielo bloccò con una presa ferrea, quindi iniziò a torturarla con le dita nel fianco, mossa alla quale Jenny non aveva mai saputo opporre resistenza. Era il suo punto debole. Le impediva di reagire e la rendeva una preda facile in balìa di risate isteriche.

«Fermati! Dannazione, fermati!» gridò mentre l'acqua debordava ai lati della vasca.

«Ti piacerebbe...»

«Fermati, mannaggia a te!»

I due si dimenarono nella vasca, l'uno all'attacco dell'altra, mentre anche l'ultima candela si spegneva e liberava in tutta la stanza un intenso profumo di cera.

E fu il buio.

E come in un lampo, Alex e Jenny erano bambini, e giocavano nella stessa tinozza che nei ricordi aveva le dimensioni di una piscina. Liberi, spensierati. Inconsapevoli.

«Tu credi?» chiese lei, sottovoce.

«Cosa?»

«Che stiamo solo giocando.»

Tutto si fermò in un istante. Alex e Jenny si bloccarono in una posa plastica, gli occhi inchiodati l'uno all'altra, i corpi intrecciati sotto la superficie dell'acqua. Alex teneva stretto un polso di Jenny nella mano destra, lei lo cingeva con il braccio passando oltre la schiena. Il fermo immagine di un gioco fanciullesco, congelato per colpa di quegli sguardi, per colpa di una storia che stava tornando con prepotenza a galla. Per colpa di un sentimento reale che continuava a torturarli dentro.

«Dillo» sussurrò Alex, mentre nel buio più nero il suo volto e quello di Jenny erano a pochi centimetri di distanza, i corpi aggrovigliati. «Di' quello che pensi.»

Jenny attese alcuni istanti, ansimando, gli occhi chiusi. Quindi rispose, come se le parole di Alex avessero fatto breccia nel suo cuore e fossero riuscite a spalancare definitivamente quel portone, rimasto chiuso per troppi anni.

«Non penso a niente. Non voglio pensare a niente.»

Lui rimase in silenzio, mentre liberava il polso della sorella dalla morsa e si avvicinava piano con il busto. Affondò il braccio sotto la superficie dell'acqua, quindi appoggiò una mano sul fianco di lei e lo solleticò con le dita prima di abbracciarla. Quando il seno di Jenny sfiorò il petto di Alex, i due volti si ritrovarono l'uno di fronte all'altro.

Le labbra di Alex si appoggiarono delicatamente a quelle di Jenny, mentre il buio e il silenzio facevano da cornice a un istante fuori dal tempo, un momento scritto da qualche parte nel libro del destino e finalmente vissuto, lontano da tutto e da tutti. Contro ogni previsione e ogni preconcetto, al seguito di quell'unica scintilla che da sempre aveva animato le loro vite. Un amore senza regole, senza spiegazioni. Una forza incontrastabile che sarebbe andata oltre ogni schema, oltre qualsiasi imposizione e protocollo. Il vero motore di ogni azione umana, il vettore della forma di energia più pura e dirompente.

I due corpi si agitarono sotto la schiuma ormai quasi completamente dissolta e ridotta a qualche sottile arcipelago biancastro che galleggiava sulla superficie dell'acqua. Soli, lontani dal giudizio degli altri e finalmente consapevoli di chi fossero davvero, Alex e Jenny furono trascinati via da un vortice di emozioni che il loro animo credeva di non aver mai conosciuto. Ma lo aveva fatto. Lo aveva fatto eccome.

Altrove. Lontano da lì.

Dall'altra parte.

Capitolo 17

Era scesa la notte sulla valle di Kar.

Sulla sponda del fiume Laari, al confine più estremo della valle, là dove si ergevano le montagne che cingevano il limite meridionale della città di Garen, una donna e il suo cavallo stavano riposando e recuperando le energie.

Un'unica sosta, stesi sotto gli alberi in una zona boscosa in mezzo alla quale serpeggiava il fiume, mentre la notte aveva la faccia di una mezza luna stupita, e il suono di un coro di gufi.

Poche ore di riposo. Quanto bastava alla mente di Anna per riprendere la strada a ritroso, per abbandonarsi al vortice che l'avrebbe sradicata da Sam-en per riportarla nella sede di Synaptica, in Gea.

Gli occhi del ragazzo erano socchiusi.

I capelli biondo cenere schiacciati sul cuscino, le palpebre tremolanti, cercava di trovare la forza per svegliarsi. L'effetto dei sedativi era scemato nelle ultime ore. Il Neurex, invece, continuava a circolare indisturbato nel suo organismo. Anche la memoria a lungo termine, come quella di Jenny, era seriamente compromessa. Non ricordava più una storia, una successione lineare degli eventi. Emergevano alle volte frammenti che non sarebbero serviti a ricompattare un'esistenza andata in mille pezzi, brandelli che non permettevano di collegare gli eventi del passato, di ricostruirne la sequenza.

La luce del sole filtrava dalle ampie finestre della stanza di degenza, accompagnata da sporadiche folate di vento che agitavano le tendine color panna. Anna era seduta accanto al lettino di Alex, un cavetto tra le mani. Altri sette erano già collegati a piccole ventose poste sulla testa del ragazzo. Tra le dita della ricercatrice c'era l'ottavo. Non appena lo fissò, il pannello posto su un ripiano accanto al letto si accese: comparve sullo schermo un grosso quadrato nero attraversato da bande orizzontali intermittenti. Il ragazzo, intanto, riuscì a fatica ad aprire prima un occhio, poi entrambi.

Quando la vide non aprì bocca. Ma la fissò.

Inespressivo.

Immobile.

«Puoi sentirmi? Puoi sentire la mia voce?» chiese Anna, poi estrasse una cartelletta da sotto il pannello.

Alex aggrottò la fronte, e con uno sguardo interrogativo annuì.

«Bene. Procediamo con la verifica dell'attività a livello dei lobi temporali» aggiunse mentre sfogliava il plico, distogliendo lo sguardo per un attimo dal volto del ragazzo che le evocava ricordi sepolti nel tempo. Le palpebre di Alex sbattevano nervose e, sotto a quelle, le iridi di un adolescente diventato uomo senza rendersene conto; brillavano di un azzurro limpido, in contrasto con le sfumature di bianco e grigio della stanza di degenza.

«Cosa ricordi dell'ultima settimana?» lesse ad alta voce Anna senza alzare lo sguardo.

«Il... il ghiaccio» rispose lui dopo alcuni secondi di silenzio.

«Che sensazione hai provato?»

«Gelo, dolore...» gli occhi di Alex fissarono un punto preciso del soffitto, sulla sua sinistra. «Paura di non uscire dal cubo.»

«Bene. Dimmi ora cosa ricordi di un anno fa.»

Alex rimase con le labbra serrate e scosse piano la testa.

«Non ricordi niente?»

Lui si guardò attorno, poi provò a tirarsi su con il busto. «Non lo so...»

«Devi rimanere sdraiato» disse Anna, fredda, mentre teneva d'occhio lo schermo sul quale si delineavano delle sinusoidi ogni volta che Alex parlava. «Ora dovresti raccontarmi un ricordo della tua infanzia. Puoi farlo?»

Alex era impassibile. Una maschera di disagio e impotenza.

«Non riesci?» insistette la donna.

«Io...»

«Se non riesci non importa, passeremo alla prossima dom...»

«Anna» la interruppe Alex all'improvviso. «Tu sei Anna, non è vero?»

La donna indietreggiò piano con il busto.

Mi ha riconosciuta..., pensò mentre i muscoli del suo corpo si irrigidivano. *Si ricorda di me.*

«Anna... Marco...» ripeté ancora il ragazzo. Il mento gli tremò. Sembrò commuoversi, ma forse era solo una reazione nervosa. Di sicuro, fra le macerie della sua memoria era rimasto qualcosa. Esattamente ciò di cui Anna non aveva bisogno in quel momento.

All'improvviso, alle spalle della donna, la voce nasale di Thierry ruppe l'attimo di imbarazzo che si era venuto a creare.

«Interessante...» disse, il tono saccente e le labbra piegate in un ghigno sottile.

Anna si voltò di scatto, quindi abbassò lo sguardo.

«Dana me l'aveva detto di tenerti d'occhio» riprese Thierry. «Ma non speravo di ottenere informazioni su di te così presto.»

L'uomo rivolse un largo sorriso ad Alex, quindi si voltò per dare un'occhiata a Jenny, che dall'altra parte della stanza teneva gli occhi spalancati ma non fiatava.

Alle spalle di Thierry, oltre la vetrata, Anna intravide un viavai di persone in camice bianco e verde.

«Non capisco» ribatté con fermezza la donna «di cosa stai parlando.»

«Per piacere» Thierry inarcò un sopracciglio. «Sembro uno stupido, forse? Ti ha chiamata per nome. Vi conoscete.»

Anna si alzò e si voltò verso il collega, infastidita, e decise di bluffare: «Ho detto io il mio nome ai pazienti, quando mi sono presentata. Pretendo delle scuse».

Thierry chiuse la porta a vetri della stanza di degenza 129 e si avvicinò a lei. «Tu hai idea di che cosa comporti una mia segnalazione in merito a questa faccenda...»

«Quale faccenda? Sto svolgendo il mio lavoro, seguo punto per punto le indicazioni che mi sono state date.»

«I ragazzi sanno chi sei. Questa stanza è dotata di un sistema di rilevamento audio. Non hai visto telecamere, avrai pensato di poter parlare liberamente. Non era così. E, dottoressa... non hai mai detto il tuo nome in questa stanza. Te lo posso garantire.»

Anna si schiarì la voce, inghiottì la tensione e fissò Thierry con autorità. A un tratto li vide ruotare verso la spessa vetrata che separava la stanza dalla corsia. Dall'altra parte, colleghi in camice grigio percorrevano la corsia armati di plichi, tavolette interattive e scatole di cartone.

«Il turno finisce tra cinquantacinque minuti» disse lui, poi si voltò e fece un passo avanti, arrivando a pochi centimetri dal battito accelerato del suo cuore. Anna increspò la fronte e lo fissò.

«Come, prego?»

Il dottore estrasse un dispositivo dalla tasca interna del camice, una tavoletta più piccola dei modelli standard, che Anna non aveva mai visto. Somigliava a un controllo remoto, di quelli che usavano nelle fabbriche per guidare a distanza i macchinari. Ricordava di averne visti alcuni da piccola.

Thierry digitò qualcosa sullo schermo, poi alzò lo sguardo. «Ora possiamo parlare tranquillamente. Il controllo audio è in modalità d'attesa.»

«Non capisco.»

«Dana è ancora a Lender. Tra un'ora qui non vagherà anima viva, fatta eccezione per la sicurezza. Ma la sicurezza, in assenza di Dana, prende ordini da me.»

Anna si voltò rapidamente verso Alex e incontrò la sua espressione di muto stupore. Fece lo stesso con Jenny, che invece sembrava paralizzata dalla paura e continuava a fissare il soffitto.

«Ci sono poche cose che la direzione di Synaptica non sa di me» continuò Thierry. «Che non ha mai saputo.»

«Di cosa parli?» chiese lei, scuotendo lievemente la testa, confusa.

«Ho una grande passione per gli strumenti musicali. È un vero peccato che non li vendano al pubblico.»

Anna strizzò gli occhi, quasi cercasse la soluzione all'indovinello. Il collega proseguì: «E poi sono un grande amico di un uomo di nome Mark. Gestisce un negozio in periferia. È un ex programmatore della Lax, contrabbanda profili falsi, fa girare auto rubate… ma non l'ha mai beccato nessuno perché ci sa fare con la tecnologia di oggi. È un mago del depistaggio.»

«Se stai cercando di farmi dire qualcosa, io…» Anna alzò la voce, ma si accorse che non era necessario.

«Mark è il cognato di Ben. Ben, il figlio di Ian.»

Quando Thierry pronunciò quel nome, Anna si sentì mancare il fiato. Le pupille si dilatarono, i battiti del cuore aumentarono ancora in intensità e violenza, come se qualcuno stesse prendendo a pugni la sua cassa toracica dall'interno.

«Come fai tu a sapere…» le parole della donna rimasero sospese, mentre le rughe sulla fronte dell'uomo si spianavano, e un placido sorriso addolciva i suoi lineamenti.

«Non l'hai ancora capito, dottoressa?» Thierry si voltò, diede un'occhiata fugace oltre le vetrate. Improvvisamente vivo, determinato, e molto più amichevole del suo sgradevole timbro vocale, ripose la tavoletta nella tasca interna del camice e inchiodò Anna al suo sguardo energico.

«Io sono dalla tua parte» disse con orgoglio, come se non vedesse l'ora di farlo da chissà quanto tempo. «Il resto te lo racconto stanotte.»

Anna si portò una mano al petto e sospirò, quindi chiuse per un istante gli occhi. Poco più di un battito di ciglia, quanto bastava per esultare nell'intimo del suo animo per un simile imprevisto sviluppo delle cose.

Poi li aprì di colpo: «Stanotte?»

«Stanotte. Quando ce ne andremo via di qui.»

Anna si passò le mani fra i capelli e scosse il capo, ma si ricompose subito in modo che nessuno, vedendo il suo insolito comportamento attraverso le vetrate, si insospettisse. Le mani congiunte, sul viso un'espressione determinata e pronta, annuì con un cenno del capo per confermare l'intesa con Thierry e sancire la loro complicità.

Non era ancora il momento di scrivere la parola fine su quella storia.

Capitolo 18

Mentre Anna attendeva con Thierry la fine del turno dei colleghi nella sede di Synaptica a Marina, continente di Gea, e la sua versione parallela si riposava vicino a un fiume al confine settentrionale della valle di Kar, terra di Sam-en, Marco sentì il rumore di un sasso contro la finestra della camera. Quindi afferrò un bastone appoggiato al muro, lo piantò per terra, e si alzò dal letto.

Scese a fatica i primi gradini, mentre con un grido avvisava i genitori dell'arrivo di Alex e Jenny. Tesse gli corse incontro e lo sorresse, mentre Fleur sistemava la sedia a rotelle di fronte al portone della villetta. Quando la madre aprì, i volti sorridenti di Alex e Jenny si stagliarono contro lo sfondo scuro della sera.

«Non state fuori troppo, ragazzi, mi raccomando. È ancora debole» la donna stampò un bacio sulla fronte di Marco e tornò dentro.

Alex si mise alla guida della carrozzella, mentre Jenny ammirava gli addobbi che ornavano i muri esterni della casa, sistemati quel pomeriggio dai genitori di Marco in vista delle celebrazioni del suo compleanno che – ne era sicura – avrebbero fatto convergere in quel punto di Kar un bel po' di persone. Del resto, in paese la sua guarigione era diventata il caso del momento.

«Ho ancora qualche difficoltà… motoria» sussurrò Marco.

«Siamo qui per questo» rispose Alex, e iniziò a spingere.

«Sono contento che siate venuti.»

«Dove andiamo?» chiese Jenny.

«Ho bisogno di parlare con Meuron, e lo farò quando ci saremo salutati. Quindi, se vi va, potremmo andare verso la locanda della signora Doro. Ci fermiamo nella Piazzetta dei Commerci, che ne dite? A quest'ora non ci sarà molta gente.»

«Ai tuoi ordini» rispose Alex mentre si piegava in avanti e dava una pacca sulla spalla all'amico. Quando alzò lo sguardo, un brivido inatteso gli attraversò la schiena.

«Non so perché» disse sottovoce, quasi avesse paura di farsi sentire, «ma ogni volta che vedo questa sedia a rotelle sento qualcosa di strano. Non lo so descrivere, come una sensazione di aver già visto questa scena.»

«Forse perché l'hai già vista» rispose Marco.

I tre avanzarono per le strade del paese a passo lento, il tragitto parzialmente illuminato dalle lanterne poste sull'esterno di alcune abitazioni in legno. Attraversarono il borgo antico, fatto di stretti vicoli che sbucavano di tanto in tanto in piccole piazze, senza passare per le vie del centro commerciale del paese, più ricche di negozi e locande, dove avrebbero rischiato di incontrare amici di famiglia certamente curiosi di capire cosa fosse accaduto a Marco nell'ultimo anno.

«Avete letto il mio diario, quindi sapete a grandi linee cosa mi è successo di recente.»

«Cosa ti è sempre successo…» precisò Alex.

«Già.»

«È pazzesco quello che hai scritto su tuo figlio» mormorò Jenny, lo sguardo dritto davanti a sé, quasi stesse parlando da sola. «È la parte più assurda, onestamente fatico a crederci.»

«So bene che suona inconcepibile ai vostri occhi. Ma è lui. Avrei potuto chiedergli il nome di sua madre, forse un giorno lo farò. Io so di aver amato quella donna. E lo sento ancora, da qualche parte nel mio cuore, anche se qui ho quasi diciotto anni. Riuscite a immaginarlo? Un amore che varca ogni soglia dello spazio e del tempo?»

Alex e Jenny non incrociarono lo sguardo, ma stavano pensando alla stessa cosa. Ciò che era accaduto quella sera tra loro era un sentimento che non conosceva i limiti fisici della realtà circostante.

«Ho visto anche lei, in Memoria. E ora la mia consapevolezza su quanto quella donna abbia significato per me è piena. E quel ragazzo, Ben…» Marco si voltò verso Jenny, mentre in fondo alla viuzza spuntava la Piazzetta dei Commerci. «Quel ragazzo ti ha salvato la vita, tanto tempo fa.»

Marco raccontò, mentre il viso di Jenny era allo stesso tempo meravigliato e incredulo. Le fantasie più variopinte del miglior cantore di storie non avrebbero saputo architettare una vicenda tanto esaltante, piena di insidie e gesti di incredibile coraggio. Sia lei sia Alex, mentre raggiungevano la piazzetta e andavano a sedersi su un muretto semicircolare, seppero di Mnemonica. Della fuga, del sacrificio di Ben, dell'incontro con quel vecchio di nome Ian. Quindi lasciarono che Marco, seduto sulla carrozzella di fronte a loro, percorresse la linea del tempo a ritroso, lo sguardo rapito da mille ricordi e pensieri, la voce rotta dall'emozione nel mettere insieme pezzi di una vita lontana cinquecento anni. Tornarono a Milano. E rividero la fine del mondo.

Alex e Jenny avevano scelto di crederci. E l'unico motivo per farlo era quell'incanto al quale non riuscivano più a sfuggire, quell'attrazione dirompente nata chissà quando, chissà dove.

«Io sono convinto che voi, dall'altra parte, siate vivi» disse Marco, mentre una carrozza trainata da due cavalli attraversava la piazza alzando una nube di polvere.

«Ma ci hai appena raccontato che ci hanno sparato» obiettò Jenny.

«Jastel è inconsapevole di quello che lo circonda. Non ricorda, non può ricordare. Non sa niente di Ben, di se stesso. Voi sì. Non siete una pagina bianca, sulla quale la vita ha ricominciato a scrivere diciotto anni fa. Quel sogno che avete fatto tanto tempo fa è sfuggito al controllo di qualcuno. Quel sogno e quel bacio sono arrivati fino a qui. Sono il vostro legame con il Multiverso». Marco sorrise e si sistemò gli occhiali sul naso. «Ovvero, l'unico motivo per cui mi state ascoltando senza darmi del pazzo, come farebbe chiunque.»

«Cosa credi che stia succedendo in quella che chiami realtà parallela?» chiese Alex, perplesso.

«Lo scoprirò presto. Ora ho le coordinate. E ho finalmente ricordato come si usano. La nostra mente è la chiave.»

Jenny si voltò di scatto verso Marco, sul volto un'espressione inquieta e curiosa allo stesso tempo. Conosceva quella frase. Non ricordava chi l'avesse detta, ma la conosceva.

«Che significa?»

«Siamo noi a ricreare il ponte, se sappiamo dove andare. Sempre che la nostra mente sia in grado di ricostruire quel luogo. E io, quel luogo, l'ho visto.»

«Quale luogo?» domandò Alex.

«Il luogo in cui mi tengono rinchiuso da diciotto anni. Il luogo in cui, se non facciamo qualcosa, presto morirò.»

Capitolo 19

«È ora. I dipendenti stanno per lasciare la sede. Forza, diamoci da fare.»

La voce nasale di Thierry era quanto mai determinata. Lui e Anna avevano delineato le rapide fasi iniziali di quel piano ma alla donna sembrava che, da un certo momento in poi, ogni mossa sarebbe stata quasi improvvisata. Non c'era più tempo per le congetture, però. Era il momento di passare all'azione.

Un segnale acustico risuonò nei corridoi di Synaptica, in ciascuno dei ventiquattro piani della struttura. Era il segnale che determinava la fine dell'orario di lavoro. Da quel momento in poi, chi doveva tornare a casa stava già scendendo verso il piano terra, chi invece pernottava nella struttura – alcuni dipendenti lo facevano, come Dana aveva raccontato ad Anna – si sarebbe rintanato in qualche stretta stanzina per non uscirne fino al mattino successivo.

Il viavai nel corridoio del dodicesimo piano svanì nel giro di una decina di minuti. Alex e Jenny erano svegli, sdraiati nei lettini della stanza 129 e immobili. La doppia faccia di Thierry non era più un segreto neanche per loro, ma non avevano avuto ancora il coraggio di rivolgersi al dottore.

«Sei sicuro di quello che stiamo facendo?» chiese la donna mentre sbirciava oltre le vetrate.

«Sono sicuro di cosa faranno a questi ragazzi, se non li porteremo fuori di qui.»

«Non mi è chiara una cosa: se io non fossi arrivata a lavorare per voi… come avresti fatto?»

«Ma tu sei arrivata» rispose il dottore mentre apriva la porta della stanza. «Chi credi che abbia caldeggiato la tua assunzione? Avevo bisogno di te. Dana mi ha sempre dato carta bianca su questa parte del lavoro. Tu non ci crederai, ma lei non sa molto sul tuo conto. Solo qualche inutile dettaglio della tua storia professionale. Non sa chi è tuo padre. Non sa che cosa sei in grado di fare.»

Anna rimase senza parole. Cos'era in grado di fare, e che ne sapeva quell'uomo?

«Aspettami qui un attimo» disse Thierry prima di allontanarsi. «Faccio un paio di verifiche.»

Lei annuì, quindi si alzò e andò a sedersi accanto a Jenny. La ragazza cercò di abbozzare un sorriso, mentre i loro occhi si incontravano e si comunicavano fiducia e lealtà.

«Non meritate tutto quello che avete subito» sussurrò Anna. Quindi una lacrima le percorse il volto, fino a cadere sul lenzuolo.

«Dove stiamo andando?» chiese Jenny, con un filo di voce.

«Fuori di qui» rispose lei.

Alle sue spalle Alex tossì con forza, poi si schiarì la voce e bisbigliò: «Non so neanche cosa c'è, fuori di qui.»

Thierry tornò di lì a pochi minuti. Si chiuse la porta alle spalle e si rivolse ad Alex e Jenny: «Ci siamo. Mi raccomando, ragazzi, qualsiasi cosa succeda… comportatevi come se foste sedati. Rimanete nei vostri letti in silenzio, fingete di dormire».

Anna prese un lungo respiro, poi si alzò.

Thierry si voltò verso di lei e poggiò le mani sulle sue spalle: «È ora di andare. Sei pronta?»

«Sì» annuì, le mani tremanti. «Credo di sì.»

I due si avvicinarono e si scambiarono uno sguardo d'intesa, quindi lui andò verso il lettino di Alex, lei verso quello di Jenny. Sbloccarono i fermi che impedivano alle rotelle dei lettini di scorrere, poi li spinsero fuori dalla stanza, lungo il corridoio. Di fronte a un addetto alla sicurezza, Anna vide Thierry in azione per la prima volta e avvertì una fortissima scarica di adrenalina. L'uomo in divisa si scansò e il dottore proseguì verso gli elevatori.

«Non prendiamo questi» disse. «Non ci starebbero due lettini. Prendiamo quello riservato al trasporto pazienti.»

«Dov'è?»

«Subito qui dietro» Thierry girò due volte a destra lungo stretti corridoi e si ritrovò di fronte alla porta a scorrimento di un montacarichi. Passò il dito indice sulla placca e, dopo qualche istante di attesa, il mezzo arrivò al piano e la porta si aprì.

«Cos'hai detto a quell'uomo?»

«Che dobbiamo fare delle analisi ai piani sotterranei. Finché siamo dentro, credo che gli addetti alla sicurezza non ci daranno troppi problemi. Come ti ho detto, in assenza di Dana prendono ordini da me.»

«Capisco. Ma non hai l'autorità per portarli fuori dalla struttura.»

Thierry sorrise, mentre la porta si chiudeva automaticamente e il montacarichi iniziava a scendere. «Assolutamente no. È per questo che, se dovessimo incontrare ostacoli... la tua presenza sarà indispensabile.»

Anna corrugò la fronte, quindi rimase alcuni istanti in silenzio, mentre rimboccava il lenzuolo a Jenny e le accarezzava la morbida chioma castana.

«Che cosa intendi?» chiese la donna.

«Io lo so che tu non sei come me» Thierry la inchiodò con lo sguardo, mentre sulla placca lampeggiava il numero sette. «Io lo so che puoi farlo.»

Anna scosse la testa, sul volto un'espressione di perplessità. Confusa, interrogò Thierry con lo sguardo.

«Diciotto anni fa questi ragazzi sono stati colpiti con proiettili sonniferi carichi di benzodiazepine e di una certa quantità di Neurex, per evitare che usassero la loro abilità nella manipolazione del pensiero altrui e fuggissero. Sai, ho conosciuto un uomo che ha subito in una circostanza particolare un plagio mentale dalla ragazza che stiamo trascinando fuori di qui. Si chiama Jonas, lavorava nell'unità di ricerca di Ben, a bordo di *Mnemonica*. Deve aver tentato di fermarli durante la fuga, o qualcosa del genere. Sta di fatto che adesso è un paziente del Manicomio di Roden. Io non ho idea di cosa gli abbia combinato Jenny, ma mi è capitato di visitare quell'uomo, molto tempo fa, durante un tirocinio. Non sta bene per niente...»

Anna vide Thierry sghignazzare e si soffermò a riflettere. Sam-en. L'asta per l'acquisizione della farmacia. La sua opera di convincimento. I contendenti che man mano ritiravano le offerte. E nei mesi successivi, le stesse persone che iniziavano a frequentare il suo negozio, l'aria imbambolata ogni qual volta lei si rivolgeva a loro.

«Va bene, so di cosa parli, anche se io... ma come fai a essere sicuro delle mie capacità?»

«Perché ne hai già dato prova.»

Anna aggrottò la fronte. «Quando?»

«Quando Alex ti ha chiamata per nome, e tu hai cercato di giustificarti con me. Quello era un test nascosto. Era ciò che mi serviva per far partire la fuga.»

«Non capisco...»

«Anna...» Thierry la fissò dritto negli occhi. «Tu mi avevi convinto in pieno. Se io fossi stato davvero intenzionato a segnalarti, quelle tre frasi che mi hai rifilato sarebbero bastate a farmi desistere.»

La donna abbassò lo sguardo e ripensò al momento di terrore che aveva trascorso. «Ma perché allora non ti sei organizzato tempo fa, rivelandoti ai ragazzi e sfruttando le loro capacità?»

«Perché loro sono sotto Neurex, costantemente. E la somministrazione di questo farmaco segue una procedura ben precisa, come avrai letto sull'informativa che ti è stata consegnata. Un meccanismo che prevede il coinvolgimento di ben quattro dottori. È una misura di sicurezza tanto semplice quanto efficace. E io non ho complici qui dentro.»

«Capisco.»

«Per questo mi serviva una persona esterna, insospettabile. E credimi, non ero sicuro che ne fossi in grado finché non hai provato a convincere me.»

Il montacarichi arrestò la discesa, la porta rientrò nel muro e Thierry uscì per primo, spingendo il lettino di Alex. Anna lo seguì con circospezione lungo un corridoio di cui non si vedeva la fine.

Un forte odore di uova marce penetrò nelle narici di Anna, che dovette premere una mano sulla bocca per non cedere all'istinto di vomitare.

«Che piano è questo?» sussurrò.

«–1» rispose Thierry mentre dava un'occhiata ai lettini e si assicurava che Alex e Jenny tenessero gli occhi chiusi. «Dobbiamo arrivare là in fondo e passare dal magazzino.»

Avanzarono per una cinquantina di metri, oltrepassando diverse porte chiuse e vetrate oscurate da tende pesanti. Anna si stupì nel constatare quanto fosse vasta la pianta di Synaptica, che dall'esterno pareva imponente ma non così estesa. Era evidente che, rispetto ai piani visibili dall'esterno, i livelli inferiori della struttura si estendevano in maniera smisurata.

«L'odore che senti è causato dagli esperimenti chimici che si tengono ai piani sottostanti. Vengono su dai condotti di aerazione e arrivano fino a qui. Dal piano 0 in su il sistema funziona diversamente, e non c'è interscambio d'aria tra le due sezioni. Altrimenti, chiunque entrasse dall'ingresso principale di Synaptica si troverebbe a fare i conti con questa fogna.»

Anna annuì in silenzio e continuò a spingere il pesante lettino lungo il corridoio finché un rumore metallico non la fece trasalire.

«Calma.» Thierry scrutò in fondo al corridoio che avevano ormai percorso per metà. «Viene da laggiù. Dev'essere una guardia, ci penso io. Procediamo.»

Così fecero per un'altra decina di metri, poi rallentarono il passo quando un gruppo di quattro uomini in divisa spuntò dal fondo del tunnel. Lo sguardo del dottore si incupì nel constatare che quella indossata dalle guardie non era la divisa canonica degli agenti di sicurezza di Synaptica.

«C'è qualcosa di strano» disse sottovoce. «Non prendere iniziative. Procediamo senza esitazioni.»

Anna strinse più forte le mani sulla sbarra di ferro del lettino di Jenny, e rimase in silenzio. Quando il gruppo fu più vicino, uno degli uomini passò in testa agli altri e mise mano alla cintola, in corrispondenza di una fondina.

I capelli biondi, lunghi non più di un paio di centimetri, il viso pulito e la mascella pronunciata, portava una giacca dai toni verde scuro chiusa fino alla base del collo e un paio di pantaloni neri che finivano dentro a stivali in pelle.

«Identificazione» disse ad alta voce quando fu di fronte a Thierry. Questi avanzò oltre il lettino di Alex e allungò la mano verso l'agente, che estrasse da una tasca un dispositivo nero con una fessura per l'inserimento del dito indice e la lettura del profilo.

Thierry anticipò le parole dello sconosciuto e fece in modo che il suo ruolo venisse fuori con chiarezza: «Non vi ho mai visti da queste parti, noi ci serviamo delle squadre Fenice per la sicurezza della struttura. Vogliate identificarvi a vostra volta, prego.»

L'agente, che aveva sotto gli occhi la scheda di Thierry, rispose con sguardo freddo e tono fermo: «Unità Wusk, siamo stati ingaggiati dalla direzione di Synaptica per affiancare la sicurezza di presidio ordinario nei giorni di assenza della direttrice Dana.»

«Non ho ricevuto alcuna comunicazione» ribatté Thierry.

«Non ce n'era motivo» l'uomo lo raggelò con un'espressione che scavalcava la posizione di potere del dottore all'interno delle gerarchie del centro di ricerca. Quindi con un braccio scostò Thierry e si rivolse ad Anna.

«Dottoressa. Identificazione, prego.»

La donna obbedì senza controbattere, recitando la sua parte mentre il colletto del camice si impregnava di sudore freddo.

«Dove state portando questi pazienti?» domandò la guardia. Gli altri tre addetti alla sicurezza erano sull'attenti, plastici nel loro silenzio.

«Li stiamo port...»

«Ho chiesto a lei?» lo bloccò l'agente. «Non mi pare. Signora, mi dice cortesemente dove state portando i lettini?»

Anna abbassò lo sguardo, alla disperata ricerca di una scusa plausibile, mentre un brivido di gelo le si insinuava nelle ossa e lo spettro della cattura prendeva nella sua testa la forma di una cella buia e maleodorante, ricavata in fondo a uno di quei piani sotterranei.

«Esame radiologico» improvvisò Anna, e cercò un pertugio fra i riverberi color smeraldo delle iridi dell'uomo. «Come da prassi. È sull'ordine del giorno.»

Thierry rimase in silenzio, socchiudendo solo per un attimo le palpebre. L'agente si voltò verso di lui quasi volesse una conferma e attese.

«La dottoressa vi ha risposto» disse a un tratto. «Possiamo andare o volete intralciare il nostro lavoro ancora a lungo? Credo che Dana non sarà felice di sapere...»

«Silenzio» intimò la guardia, mentre i colleghi estraevano le pistole dalla fondina. «In fondo a questo corridoio c'è l'accesso al magazzino, mentre la porticina sulla sinistra conduce alle scale del cortile esterno D6, e non credo che voi vogliate spingere due lettini su per i gradini. Le sale di radiologia sono al nono piano.»

Anna sentì i suoi denti battere per la paura, quindi prese un lungo respiro e avanzò di un passo. «Agente» disse risoluta, incontrando il suo sguardo spietato, «la invito a controllare meglio sulla sua tavoletta interattiva.»

L'uomo increspò la fronte e inchiodò Anna al suo sguardo di ghiaccio, ma allo stesso tempo estrasse il dispositivo da una tasca, come richiesto. Thierry si sorprese ad alzare le sopracciglia in segno di stupore, mentre accanto a lui i colleghi continuavano a tenere la pistola fra due mani, all'altezza della coscia, la canna puntata verso il basso. Sdraiati nei rispettivi lettini, Alex e Jenny non fiatarono, le palpebre serrate. Finsero di dormire mentre ascoltavano ogni attimo di quella conversazione senza avere idea di dove si trovassero.

«Esame radiologico...» disse l'agente ad alta voce, la tavoletta tra le mani; quindi alzò lo sguardo. «Corretto. Ma ribadisco che questo corridoio porta al magazzino, quindi ora voi venite con...»

«Si sbaglia» lo interruppe Anna, con tono sereno, «siamo al nono piano. In fondo al corridoio si svolta a destra e si entra nel reparto di radiologia. Si vede che non è ancora pratico di questa struttura.»

Thierry osservò con la coda dell'occhio i volti dei tre agenti accanto a lui. Sembravano ragazzi di una decina d'anni più giovani di quello che li stava interrogando. Ma, addestrati com'erano, come potevano credere a una storia simile? Con tutta probabilità conoscevano la mappa di quel luogo meglio di lui stesso. Il dottore affondò le mani nelle tasche del camice, pronto al peggio.

«Il nono piano...» disse la guardia, quindi si rivolse confuso verso i colleghi, gli occhi persi nel vuoto. «Siamo al nono piano, giusto?»

I tre gli rivolsero uno sguardo perplesso. Era certamente il veterano dell'unità, pensò Thierry in quell'istante, e forse nessuno di loro avrebbe osato contraddirlo. Una delle pessime usanze di Gea, che poteva tornare dannatamente utile.

Invece, mentre due dei colleghi tacevano, uno fece un passo avanti. I capelli neri corti, il viso incorniciato da una barba tagliata con precisione che partiva dalle basette e si riuniva in un folto pizzo, tra le mani una semiautomatica De-Linn, fissò il collega più anziano con aria di sfida.

«Nient'affatto. Primo piano inferiore. Questa donna mente.»

E puntò l'arma verso Anna.

Fu in quel momento che Thierry, da una tasca del camice, senza attendere un secondo di più tirò fuori la mano chiusa a pugno e scaricò con violenza il contenuto di un involucro trasparente verso il giovane e i due colleghi alle sue spalle. Ne uscì una polvere giallognola, che investì in piena faccia i tre. Il veterano osservò la scena immobile, disorientato, come sotto effetto di allucinogeni.

Mentre i colleghi più giovani si portavano le mani agli occhi e le loro grida di dolore echeggiavano nel lungo corridoio, Anna approfittò dello stato confusionale dell'agente e gli sfilò l'arma dalla fondina. In quell'istante partì un colpo da una delle pistole dei tre, che si agitavano come in preda a convulsioni.

«Via di qui! Via!» gridò Thierry, e con un calcio fece cadere l'agente che si era fatto avanti con spavalderia, contraddicendo il proprio superiore. Poi atterrò anche gli altri due e spinse il lettino di Alex in fondo al corridoio, seguito da Anna.

Quando furono alla fine del tunnel, il dottore si voltò rapidamente prima a destra e poi a sinistra.

«Di qua?» chiese Anna, mentre gli passava la pistola. «Questa tienila tu.»

«Non possiamo più passare dal magazzino» disse Thierry, concitato. «Avranno sentito lo sparo.»

«Ma la scala non…»

«Alex! Jenny!» gridò l'uomo. «In piedi. I lettini rimangono qui.»

I ragazzi spalancarono gli occhi ed ebbero solo il tempo di guardarsi attorno prima che Thierry indicasse loro la porticina sulla sinistra. Dunque scesero dal letto, entrambi avvolti in vestaglie bianche lunghe fino al ginocchio e abbottonate dietro la schiena, e seguirono Anna fino alla scala. In quel momento, un addetto del magazzino spuntò dal fondo del piccolo corridoio a destra, e fece solo in tempo a fissare Thierry negli occhi con sguardo minaccioso prima che il dottore puntasse la pistola e facesse fuoco. Il proiettile si conficcò nella parete accanto al magazziniere, che si diede alla fuga.

Thierry infilò l'arma in una tasca interna del camice e superò la porticina; poi raggiunse la scala e salì fino al piano superiore, dove gli altri lo stavano attendendo. Erano sbucati in un cortiletto pieno di bidoni alti un metro e mezzo, di diversi colori. Si trattava di una zona all'aperto, destinata allo stoccaggio di rifiuti di vario genere. Un cancelletto dalla parte opposta dava sulla strada, e costituiva l'unico accesso per gli Smaltitori, i camion che ogni giorno all'alba passavano a raccogliere il contenuto dei bidoni.

«Rimaniamo in silenzio» disse. «Qualcuno potrebbe affacciarsi alle finestre. Seguitemi.»

I quattro percorsero il perimetro del cortile e raggiunsero il cancelletto. Oltre quello, i passanti, le auto, la vita ordinaria della città di Marina.

«Dobbiamo scavalcare: l'apertura di questo cancello dipende dal profilo, solo gli Smaltitori...»

«Fermi dove siete!» gridò un uomo alle loro spalle, appena sbucato da una porta di metallo che si affacciava sul cortile. Thierry riconobbe uno degli agenti di Fenice, che in un'altra circostanza avrebbe anche potuto prendere ordini da lui, in assenza di Dana. Ma in quel caso aveva una pistola puntata verso di loro, mentre la sua pelata era intrisa di sudore, l'incedere cauto. I ragazzi erano in camice, e qualsiasi guardia impiegata in Synaptica era ben conscia del massimo livello di sicurezza che scattava automaticamente quando c'erano di mezzo i pazienti. Il dottore chiuse gli occhi, consapevole del fatto che se avesse tentato di estrarre la pistola dall'interno del camice, la guardia avrebbe certamente sparato. Alex e Jenny rimasero immobili, la schiena appoggiata al cancelletto chiuso.

«Ma è impazzito?» gridò Anna, sorprendendo tutti. Non sente la sirena?»

L'uomo avanzò di qualche passo, le due mani sulla pistola puntata prima su Thierry, ora sulla dottoressa. La fissò negli occhi, e questo fu il suo passo falso.

«La diffido dal...»

«Si affretti! Insomma, ne va della sua vita, oltre che della nostra! Ascolti la sirena antincendio e l'avviso, dannazione!»

L'uomo alzò lo sguardo e fece una smorfia contrariata. Il suo volto, un attimo prima minaccioso, si fece agitato. Alex e Jenny scambiarono uno sguardo di sorpresa con Thierry. Erano tutti più che certi che in quel momento l'uomo di fronte a loro stava sentendo una sirena echeggiare tra le pareti del suo cranio, e un qualche avviso preimpostato che intimava di evacuare l'edificio al più presto.

«E ci apra questo dannato cancelletto!» insistette Anna. «Vuole che bruciamo tutti, pazienti compresi?»

La guardia obbedì, goffa nel digitare in tutta fretta alcuni codici su una piastra metallica posta sulla destra dell'inferriata.

«Presto, andate!» gridò l'uomo, poi si voltò per guardare un'ultima volta l'interno del cortile e la sequenza di ampie finestre in alto, oltre le quali le fiamme si stavano propagando con furia, ma solo nella sua testa. Quando si girò di nuovo verso la strada, i quattro erano spariti.

Pochi minuti più tardi, sul lato opposto del palazzo, Alex e Jenny alzarono finalmente gli occhi al cielo. La sera stava calando sulla città di Marina come un velo sottile che avvolgeva la miseria, l'inganno e l'ipocrisia con uguale delicatezza. Sotto quel mantello, le mille incognite di una fuga ricominciata senza preavviso.

Ma per quanto assurdo fosse, trovarsi all'esterno di Synaptica, respirare i gas di scarico delle automobili e camminare per le strade di Marina dava loro un'emozione nuova, dimenticata. Una sensazione che riaccendeva la speranza.

L'illusione di poter tornare liberi.

Capitolo 20

«È una follia» sbottò Anna, affannata, mentre si rintanava nell'androne di una casa, la mano stretta in quella di Jenny. Si trovavano sul lato est della struttura di Synaptica. Alle spalle di Thierry, battuta da un misurato traffico pedonale, una piazza con una rotatoria al centro, dalla quale si dipanavano tre arterie che andavano a penetrare la zona più centrale di Marina.

«Seguitemi fino a quel parcheggio» disse il dottore indicando in lontananza.

«Cos'hai fatto a quegli uomini?»

«Una composizione chimica urticante. Se li ho presi bene, la loro vista è seriamente compromessa.» E cominciò a camminare, circospetto, seguito dagli altri.

Quando furono nel parcheggio, protetti da una fila di furgoncini bianchi, Thierry si tolse il camice e lo appallottolò. Poi mise una mano nella tasca dei pantaloni.

«C'è un uomo che ci osserva...» disse Anna sottovoce.

Alex e Jenny si voltarono verso il lato opposto della strada dove un signore sulla sessantina era in piedi, le braccia conserte, il volto cupo e lo sguardo dritto verso di loro.

«Date nell'occhio» Thierry si rivolse ai ragazzi, e con un cenno indicò le vestaglie mediche. «Dobbiamo levarci di torno.»

«Ma come?» chiese Anna, cercando di contenere l'agitazione.

Thierry tirò fuori dai pantaloni una scatoletta rotonda grigia e premette un pulsante. Di fronte a loro, le luci di posizione di un furgone lampeggiarono per alcuni istanti, e si udì il rumore dello scatto della serratura. «Tutti dentro» disse aprendo il vano di carico e indicando ad Alex e Jenny di entrare.

Anna fece il giro opposto e lesse, su una delle due fiancate, la scritta PANNELLI LAX – VOI SIETE LA MENTE, NOI IL BRACCIO. Salì davanti, mentre Thierry si guardava attorno e verificava che non ci fossero poliziotti in giro.

Dopo aver messo in moto, mentre Anna scrutava oltre il parabrezza sporco del furgone, il dottore cercò di smorzare la tensione. «A parte qualche fuori programma, fin qui ho studiato un buon piano, no?» E partì, sul volto un'espressione di nervosa soddisfazione.

Al di là di alcune prese d'aria, il vano di carico era totalmente separato dal mondo esterno.

Quando gli occhi dei ragazzi si abituarono al buio, fu Jenny ad avvicinarsi ad Alex e abbandonarsi al suo petto.

«Siamo...» iniziò, con voce rotta dall'emozione, «siamo fuori.»

Trascorsero alcuni secondi di silenzio, disturbati solo dal rumore delle sospensioni che incontravano qualche buca nell'asfalto.

«Anna, lei...» cominciò Alex mentre accarezzava la chioma di Jenny.

«Io la ricordo. Mi fido di lei, so che è dalla nostra parte. Ma non ho idea del perché. Non so dire quando l'abbiamo conosciuta.»

«C'era anche Marco» rispose Alex, e si morse il labbro per trattenere la commozione mentre il volto dell'amico, sorridente, si stagliava nella sua mente. «Eravamo in fuga anche allora. Ricordo che avevo paura.»

«Che cosa ci hanno fatto, in questi anni...»

L'interrogativo rimase sospeso. Alex fece un respiro profondo, ma non rispose. Piegò la testa e diede un bacio sulla nuca di Jenny, restando a lungo con le labbra delicatamente poggiate sui suoi capelli.

❁ ❁ ❁

«Che cos'è quello?» domandò Anna mentre il furgone passava accanto a una costruzione imponente al centro di una vasta piazza, tanto grande da oscurare buona parte del cielo da quel punto d'osservazione.

«Cosa, la nave?»

«Sì» la donna ammirò la massiccia riproduzione, ben illuminata da file di luci rosse e blu che creavano un alone affascinante attorno alla scritta, stampata a caratteri cubitali sulla fiancata dello scafo: ORIENTE.

«Sei seria? È sempre stato lì, è un simbolo. Da quando Gea... va tutto bene, Anna?»

La donna rifletté per un attimo sull'opportunità di dire qualcosa in più dei suoi ultimi diciotto anni di vita a Thierry, ma preferì tacere. Si soffermò a pensare che i ricordi della sua vita alternativa erano ancora piuttosto oscuri. Conosceva la struttura di quel mondo, le abitudini, la lingua, ma non aveva ancora chiaro il quadro completo dei cambiamenti socio-politici degli ultimi tempi.

«Voglio sapere cosa è successo, Thierry» disse Anna, risoluta. «Come siamo arrivati a questo.»

Il dottore sterzò lentamente e prese una strada più stretta, guidando cauto per non incorrere in infrazioni del codice stradale, attento a osservare ogni incrocio per verificare l'eventuale presenza di auto della polizia.

«La formula» disse, e si schiarì la voce. «È cominciato tutto con la formula. Molte cose sono cambiate da quando abbiamo catturato i ragazzi.»

«Abbiamo?»

«C'ero anch'io» lo sguardo di Thierry era fisso sulla strada, la sua mente tornava a quella notte. «Ai tempi ero uno degli uomini migliori al servizio del governo di questo continente. Rispondevo agli ordini di un individuo senza scrupoli di nome Ivan, che per anni fu in grado di abbindolarmi. Te ne parlerò meglio quando saremo al sicuro. Fai conto che, ecco... qualsiasi cosa tu veda, anzi, qualsiasi cosa tu abbia mai visto attorno a te, da quando sei nata... è sotto il suo controllo.

Ma chiedi a un cittadino qualsiasi chi sia questo Ivan, e nessuno saprà rispondertì.»

«Mi stai dicendo che il governo di Gea, il Benessere e tutto quanto… era retto da questa persona? E che tu ne eri il braccio destro?»

Thierry rallentò in prossimità di un incrocio. Si stava lasciando il centro di Marina alle spalle, mentre la città era illuminata ormai soltanto dalle luci artificiali che andavano a comporre un mosaico di piccoli occhi colorati tra i quali il furgone del dottore si districava con maestria e accortezza. L'obiettivo era di raggiungere la periferia di Marina, prima che una qualsiasi segnalazione rendesse il suo profilo e quello di Anna il target preciso della prossima azione operativa delle forze dell'ordine di Gea.

«Ivan non aveva alcun braccio destro. Era il solo a tenere le redini. Ma si era creato una squadra di professionisti al suo servizio.»

«Quindi tu hai preso parte alla cattura di Alex e Jenny?»

«L'azione è stata militare. Non mi sono esposto, ma ero lì. Alla guida di un fuoristrada che seguiva le camionette. Ho visto tutto. I soldati che intimavano alla jeep di fermarsi, i fari puntati verso i ragazzi e il vecchio… la sparatoria.»

Anna chiuse gli occhi e le sembrò di rivivere la scena, al riparo nella fitta vegetazione che costeggiava la strada battuta dalla jeep di Ian. «Il vecchio?»

Thierry si voltò verso di lei e inarcò un sopracciglio. «Sai bene di chi parlo» disse, e si lasciò scappare un ghigno che per un attimo fece rabbrividire Anna. Le sembrò, per un istante, che la persona con la quale stava fuggendo fosse tutto meno che un amico. Ma forse era solo una resistenza che il suo animo, diffidente per natura, opponeva nei riguardi del dottore.

«Che fine ha fatto?» chiese Anna.

«Quell'uomo è la ragione per cui Ivan è entrato in possesso della formula. La ragione per cui i tre sono stati risparmiati. Il motivo per cui Oriente oggi è una colonia di Gea.»

«Thierry, dimmi che cosa è successo a quell'uomo.»

«Non è ancora morto di vecchiaia, se è quello che vuoi sapere. Al momento è rinchiuso nel Penitenziario di Marina, in isolamento. Da diciotto anni.»

Di quel treno di informazioni sconvolgenti, Anna colse davvero solo l'ultima attesa sentenza. Sul resto avrebbe indagato più tardi. Quello che contava, la sola cosa che si augurava, era sapere che Ian era ancora vivo. Il mento della donna tremò, gli occhi si fecero gonfi e lucidi. Lei, una professionista scaltra, riservata, ligia al dovere e al protocollo per evitare di incorrere in sanzioni, ma allo stesso tempo pronta a scendere sul terreno di battaglia per giocare la sua partita contro il regime. Lei, quella stessa donna che aveva attraversato le pieghe del Multiverso per regalare una nuova vita ai tre ragazzi in una dimensione alternativa pacifica, ora piangeva. Piangeva perché i binari si erano riallineati, perché le strade avevano deciso di convergere. Piangeva, e tremava, perché ora non aveva più dubbi che il suo ritorno fosse necessario.

«So molte cose di te, Anna» disse Thierry. «Conosco il tuo legame con il vecchio Ian.»

Il dottore superò una fila di macchine ferme all'incrocio con la Strada del Porto di Marina, il lungo viale diretto all'oceano e alla zona portuale. Lo attraversò per intero, e sbucò nella strada che costeggiava la distesa d'acqua, i cui colori si fondevano ormai con le tonalità blu scure del cielo. Per un istante i suoi occhi furono rapiti dalla visione di un palazzo che portava l'insegna HORUS – UFFICIO DEL COMMERCIO.

«Ogni volta che vedo quell'edificio capisco il significato della mia stessa vita, del percorso che mi ha portato qui.»

Anna osservò il palazzo oltre il vetro del finestrino e aggrottò la fronte. «Quale, quello? Cos'è successo lì dentro?»

«No. Non lì. A Horus. So che conosci la storia della stazione sottomarina *Mnemonica*. Forse non sai che attraccò al porto di Horus, diciotto anni fa. Prima della fuga del figlio di Ian insieme a Jenny.»

«Ben?» chiese Anna.

«Già, Ben. Il ricercatore. Ebbene, dietro ordine di Ivan fu stabilito un finto appuntamento per la consegna di documenti riservati. Non so per quale motivo, ma Ben scampò all'attentato. Probabilmente tardò di pochi minuti. Il locale dell'incontro saltò in aria, senza che lui fosse all'interno.»

«Non conoscevo questo episodio» disse Anna. «Ma tu cosa c'entri?»

«Io preparai l'ordigno» Thierry scosse la testa, mentre guidava il furgone oltre il palazzo e si lasciava la zona portuale alle spalle.

Anna rimase in silenzio e ripensò ai racconti di Ian a proposito della fuga del figlio da *Mnemonica*.

«Ian è il responsabile di tutto questo» continuò il dottore, quasi seccato. «Se si fosse portato la formula nella tomba, non sarebbe successo niente.»

«Cosa intendi per niente?» Gli occhi di Anna si lasciarono rapire dalla fila di palazzi che caratterizzavano quella zona della città, un quartiere di passaggio tra il centro e la periferia. Enormi blocchi di cemento, anonime facciate, colori imprigionati in scale di grigi. Gli stessi colori spenti che vedeva sui volti delle persone.

«Ivan era il padrone di questo continente, da molto tempo prima della cattura dei tre. Ora, grazie a quella maledetta formula, controlla l'intero pianeta. Ma il vero problema non è neanche questo.»

«Cosa intendi?»

«Il vero problema è la minaccia che incombe sull'intero Multiverso.»

Anna corrugò la fronte, nel sentir nominare un tema del quale credeva che Thierry fosse all'oscuro. Quindi lo interrogò con lo sguardo, mentre oltre il parabrezza del furgone iniziavano a prendere forma i contorni della periferia fatiscente di Marina, composta da casupole a uno, due piani, capannoni industriali dai tetti pericolanti, strade dall'asfalto irregolare e piccoli palazzetti con le facciate puntellate di crepe e le vetrate incrinate.

«Tu sei a conoscenza…»

«Certamente» Thierry non attese che Anna terminasse la domanda. «Non posso studiarlo, non posso vederlo. Ma so tutto, so che la nostra vita quaggiù è una delle tante. E non sono il solo a saperlo, purtroppo. Il potere di Ivan, se vuoi, è limitato a questo pianeta, a questa sola esistenza. La vera minaccia globale è sua figlia.»

Anna rimase colpita dalla rivelazione del dottore. Il volto tirato, si passò una mano nei capelli e scosse lievemente il capo. «Chi accidenti è la figlia di quest'uomo? Perché dobbiamo temerla?»

«Lei...» rispose Thierry, mentre rallentava in prossimità di un incrocio, «è come te.»

Un'espressione di disagio si dipinse sul volto di Anna. Il dottore si girò, gli occhi neri, profondi e determinati, e aggiunse: «La figlia di Ivan può viaggiare».

Anna non ebbe bisogno di ulteriori spiegazioni. Un sorriso convinto e un tono di voce suadente presero forma nel teatro della sua mente. Il viso dai lineamenti dolci, la carnagione olivastra e lo sguardo energico come la sua stretta di mano, deciso come la sua intonazione capace di ammaliare e convincere il più scettico degli interlocutori. Lei stessa ne era rimasta affascinata, lei stessa sapeva che quello non era solo un tratto caratteriale, ma il frutto di un patrimonio genetico alterato.

Di reperti ossei della civiltà del Duemila *sono pieni i laboratori, ma qui stiamo parlando di due ragazzi ancora in vita. Abbiamo estratto dalla loro memoria conoscenze di importanza cruciale, ma c'è ancora molto da fare. È una ricerca di estrema importanza.*

«Dana» disse Anna. E chiuse gli occhi.

Capitolo 21

Un tabellone luminoso affisso su uno dei pochi palazzi con più di cinque piani della periferia di Marina indicava le 20. Thierry era ancora alla guida del furgone mentre Alex e Jenny, seduti nel vano di carico, si tenevano stretti in un abbraccio.

Alcuni senzatetto vagavano per i marciapiedi della periferia, le braccia stanche appoggiate su un carrello colmo di coperte e vestiti, le barbe incolte e il volto bruciato dal sole e dai gas del giorno, che ora avevano lasciato il palcoscenico alle luci artificiali della notte. Male illuminata, in rovina e malfamata, forse la zona verso la quale Thierry stava dirigendo il furgone era la più pericolosa di tutto il continente. L'area in cui si trovavano era esattamente dalla parte opposta rispetto alla zona periferica in cui sorgeva il piccolo appartamento di Anna. Il laboratorio era situato ai confini orientali della città, mentre il quartiere in cui Thierry si stava avventurando sorgeva all'estremità ovest. A sud la città si affacciava sull'oceano, il freddo e profondo letto che aveva custodito la memoria di una civiltà estinta, e donava ancora reperti e segreti di un mondo mai finito del tutto.

«Dove stiamo andando?» chiese Anna.

«In un posto sicuro. Da una persona fidata.»

«Sicuro… in un quartiere come questo? Pieno di balordi? Se ci vede qualcuno?»

«Stai tranquilla» Thierry scrutò in lontananza oltre una fila di lampioni, la metà dei quali erano in frantumi.

«Siamo arrivati. Posso garantirti che qui non ci verrà a trovare nessuno. Almeno per qualche ora.»

Di lì a un centinaio di metri il dottore dapprima rallentò e accostò, quindi proseguì a passo d'uomo fino a svoltare in un vicolo che, agli occhi di Anna, a mala pena sarebbe bastato al transito di un'automobile di piccole dimensioni. La stradina, priva di illuminazione, si inoltrava nel cemento delle costruzioni fatiscenti. Thierry sbucò in un cortile, all'interno di quattro palazzetti bassi. Fioche luci si intravedevano oltre alcune tende, mentre un silenzio quasi irreale era rotto di tanto in tanto dal miagolio di un gatto.

«Scendiamo, non fare rumore» disse. Anna non fiatò, accostò la portiera del furgone senza sbatterla e camminò verso il retro.

L'uomo avanzò nell'oscurità mentre Anna si guardava attorno con circospezione. Sembrava che non ci fosse nessuno nei paraggi, ma lei conosceva la periferia di Marina, e sapeva che da un momento all'altro, in posti come quello, una sagoma nera poteva sbucare dal nulla e minacciarli con un'arma. Non c'era bisogno di essere aggiornata sulla situazione politica per comprendere che il mirabile programma denominato Benessere aveva lasciato le periferie al loro destino, preoccupandosi di tenere sotto controllo la popolazione, ma senza intervenire più di tanto per arginare la microcriminalità di quartiere.

«Via libera» disse Thierry sottovoce. «Facciamo uscire i ragazzi.»

Anna aprì il portellone, con un cenno invitò Alex e Jenny a rimanere in silenzio, infine richiuse piano il vano.

«In questi anni» sussurrò Thierry mentre faceva strada costeggiando la facciata interna di una delle palazzine «si sono moltiplicate le bande, i clan, i giri di spacciatori e contrabbandieri, ma è una realtà limitata alle periferie. In città non hanno alcun potere né raggio d'azione. Li lasciano qui a eliminarsi tra loro, probabilmente.»

«Siamo in buone mani, allora...» bisbigliò Anna.

Il dottore si fermò in prossimità di una porta, quindi tirò fuori dalla tasca dei pantaloni una chiave e la inserì nella toppa. Nessuna serratura automatica, nessuna placca per l'identificazione del profilo digitale. La porta si aprì su un piccolo corridoio illuminato da un'unica lampadina penzolante dal soffitto. Quando furono dentro, Thierry si voltò.

«Le uniche dalla nostra parte.»

Preceduta da Alex e Jenny che si tenevano per mano, Anna seguì il dottore lungo il corridoio, fino a una rampa di scale stretta fra due mura rovinate da crepe e muffa. Si domandò con chi diavolo avesse a che fare. Un chimico al servizio di Ivan, lo spietato dittatore di un governo-ombra che dettava legge da decenni. Quindi un dottore e tecnico stipendiato da Dana, sviluppatore del software di estrazione dei ricordi che aveva visto in azione tra le mura di Synaptica. Ma anche un malvivente, insubordinato al potere, in fuga a costo della propria incolumità… chi era davvero Thierry?

Quando il dottore fu ai piedi della scaletta si guardò attorno, poi mosse i primi passi in una stanza, seguito in silenzio dagli altri.

Su un divano lacerato, immersi in una nube di fumo di fronte a un televisore Darren, sedevano due uomini. Il primo, dell'età di Thierry, aveva la carnagione olivastra, il naso ricurvo e i capelli neri come la pece, tirati all'indietro e legati in una coda di cavallo. Poggiò un sigaro, si alzò e andò incontro ad Anna. Dietro di lui un tizio più giovane, sui venticinque anni, i capelli ricci scompigliati, la camicia sbottonata sul petto glabro, le braccia scolpite con le vene che percorrevano l'epidermide e sembravano lunghi elastici blu tirati sotto la pelle.

«Non hai niente da temere» disse Thierry mentre faceva accomodare la dottoressa nell'angusta stanza. Quando il primo dei due uomini si avvicinò, un sorriso malinconico si spiegò sul suo volto. Gli occhi erano carichi di un'emozione reale, palpabile. Le sembrò che il cuore di quel tizio battesse forte, nel vederla.

«Un lungo ponte fatto di persone i cui destini sono da sempre intrecciati ci lega» esordì l'uomo con un timbro profondo e la voce consumata e roca.

«Ci… ci conosciamo?» balbettò Anna.

«Mi chiamo Mark. Mia sorella è la moglie del povero Ben. So che vi conoscevate sin dall'infanzia. E so che eri molto amica di suo padre, Ian.»

Un groppo salì alla gola di Anna, che non riuscì a rispondere. Chiuse gli occhi per un istante, si rivide bambina. Di fronte a lei, il migliore amico di suo padre, negli anni in cui poteva ancora dirsi un uomo libero.

«Era come un maestro di vita, per me» disse Anna, gli occhi lucidi. Fece un passo avanti, quasi volesse gettarsi tra le braccia dell'uomo e sfogare la sua commozione. Invece si fermò.

Il giovane passò oltre Mark e si avvicinò per presentarsi a lei, e quando fu più vicino Anna notò un tatuaggio a forma di T sul pettorale sinistro.

«Qui sei al sicuro, Anna» disse il ragazzo con occhi sinceri, dello stesso colore dei capelli ricci castani. Il suo volto sembrava sereno ma determinato, all'apparenza più maturo del suo aspetto.

«Come ti chiami?» chiese lei.

«Quinto. La mia vita è dedicata alla Via. Sarò dalla vostra parte fino all'ultimo dei miei respiri.»

«E questi sono i ragazzi di cui vi ho parlato» li interruppe Thierry. «Mark, Quinto, vi prego di portarli nella saletta per la terapia. Ci sono dei vestiti di ricambio nell'armadio, della loro taglia.»

«La terapia?» chiese Anna.

«È indispensabile. Dobbiamo rimediare.»

«A cosa?»

«A diciassette anni di Neurex.»

Mark e Quinto obbedirono e accompagnarono Alex e Jenny in una piccola sala separata dal resto della casa da una tendina lisa e macchiata, mentre il dottore faceva strada e conduceva Anna in cucina.

«Sono adulti ormai, ma continuiamo a chiamarli ragazzi» commentò la donna, con una punta di malinconica ironia.

«Non hanno mai avuto modo di crescere, in questo mondo. Di

diventare davvero adulti. Sono invecchiati, questo sì, tra le mura di Synaptica. Ma hanno ancora gli occhi di due adolescenti.»

Anna scosse la testa, confusa, mentre il dottore si sedeva a un tavolo invaso da briciole, avanzi di cibo, bottigliette di acqua *Frey*. «Ci troveranno, maledizione, ci verranno a pren…»

«Qui non verrà nessuno. Il problema è che non possiamo rimanerci a lungo. Dobbiamo agire. E in fretta.»

Anna si sedette di fronte al dottore. «E allora, cosa facciamo?»

Thierry la guardò dritto negli occhi, poi si voltò e afferrò un pentolino da una mensola. Fece scorrere dell'acqua, lo riempì e lo mise sul fuoco. «Questo mondo è marcio, Anna… corrotto da logiche di cui nessuno è a conoscenza, affossato dalla stessa ignoranza della gente, dall'abitudine malsana di fidarsi dei messaggi mediatici, della propaganda. Tu sei diversa. E lo sono anche i ragazzi. Siete l'anomalia di questo sistema.»

«E lo è anche Dana, a quanto pare. Cosa sai esattamente delle sue facoltà?» Anna alzò gli occhi e vide, oltre la sagoma dell'uomo, un piano cottura, con le classiche piastre a induzione che anche lei possedeva, nel laboratorio dove forse non avrebbe messo più piede.

«Voglio spiegarmi con chiarezza, come sono solito fare. Gradisci un tè?»

«Volentieri.»

«Definisco *potenziati*» riprese Thierry, mentre apriva le ante di un mobile alla ricerca delle bustine, «tutti quegli esseri umani sani, nati da madri sottoposte a mutagenesi inserzionale. Il famoso enzima, endonucleasi del secondo tipo, che fu sperimentato la prima volta nella *società del Duemila*.»

«Quella finita in macerie.»

«Esatto. Quella da cui proveniva tuo padre, Nathan.»

«Dunque io, per te, sono una potenziata. Nathan fece l'iniezione a mia madre, prima che rimanesse incinta. Ma Dana? Hai detto che è come me. Com'è possibile? Era già nata quando Ivan estorse a Ian la formula.»

«Infatti. Teoricamente Dana sarebbe stata una persona come tutte le altre.»

«Tu sai cos'è successo?»

«Ho scoperto qualcosa di incredibile. Qualcosa che anche Ivan stesso ignorava.»

«Sentiamo» Anna appoggiò i gomiti sul tavolo di legno dopo aver scansato un mucchietto di briciole con la mano.

«Questa capacità cerebrale potenziata si trasmette per via genetica ai figli. Ma non a tutti.»

«È ereditaria?»

«Precisamente» rispose Thierry mentre con la pressione di un tasto sulla destra del piano cottura faceva scaldare la piastra sotto il pentolino. «E qui sta il bello. La sede di questo potenziamento – e credimi, mi ci sono voluti anni di studio ininterrotto per capirlo – è un tratto cromosomico che solo le donne posseggono. Mi piace definirla quella gambetta in più che il cromosoma X presenta, rispetto a quello maschile, l'Y.»

«Quindi, secondo il tuo studio, un potenziato è in grado, senza ulteriori iniezioni, di trasmettere le proprie facoltà… alle sole figlie femmine?»

«Esatto» Thierry annuì e stirò le labbra in un sorriso soddisfatto. «Pensa a Ben, il ricercatore. Era figlio di Ian, che proveniva dalla civiltà estinta cinquecento anni fa, come Ivan e Nathan. Ben aveva coscienza del Multiverso? Delle proprie versioni alternative?»

«No, che io sappia.»

«Dana invece sì. Eppure sua madre non è stata sottoposta ad alcuna iniezione, visto che la figlia era già adulta quando Ivan scoprì la formula. Però aveva ereditato ogni facoltà.»

Anna si soffermò a riflettere su quelle parole, e in un attimo la bobina della sua vita si riavvolse, presentando ogni aspetto sotto una diversa luce.

«Dunque, per assurdo… mio padre avrebbe anche potuto evitare di somministrare quell'enzima a mia madre?»

«Proprio così. Tu sei una donna, e in quanto donna… sei un essere superiore. Geneticamente superiore. Saresti stata comunque diversa da tutti gli altri, non c'era bisogno di alcun enzima. Sono arrivato a concludere che quella gambetta in più sia in grado di attivare un gene che evidentemente viene trasmesso anche ai figli maschi, ma in essi non ha modo di esprimersi. Rimane latente.»

Un rumore di passi destò Anna dal pensiero della sua particolare condizione, ma la donna non si spaventò. Si trattava di Mark e Quinto, appena entrati in cucina.

«Tutto a posto di là?» domandò Thierry.

«Si stanno cambiando» rispose Quinto. «Li lasciamo soli qualche minuto. Poi procediamo con la terapia.»

«Abbiamo dato loro qualcosa da mangiare» aggiunse Mark, un elastico tra i denti, mentre si passava le mani tra i capelli corvini e li raccoglieva nuovamente, tirando il più possibile verso la nuca. «Del pane, un po' di formaggio...»

«Come hai fatto a scoprire tutte queste cose?» chiese Anna, gli occhi fissi su Thierry, mentre l'acqua nel pentolino iniziava a bollire e il dottore tirava fuori alcune tazze da una credenza.

«Perché ho lavorato una vita su questo enzima. Sono stato il primo a conoscere la formula, dopo quel baratto. Ivan si fidava di me. Mi aveva plagiato e istruito a dovere. Sono stato a capo di un'intera unità medica, da lui creata per dar vita al suo... esercito.»

«Esercito? Di che gente parli?»

«Erano bambini. Ora sono ragazzi di sedici, diciassette anni. Le loro madri sono state rapite diciotto anni fa, dopo il famigerato baratto, e chiuse in un ospedale, quindi inseminate e infine sottoposte a mutagenesi inserzionale. Da me. I neonati sono stati prelevati dopo il parto e condotti in una struttura diversa...»

«Cosa intendi?»

«Li abbiamo portati in un centro di condizionamento mentale. È lì che è cominciato tutto.»

Anna ricostruì nella mente il disegno di Ivan e rabbrividì al pensiero di quanto accaduto. «Tutto questo è... disumano.»

«Le loro madri sono state uccise il giorno successivo alla nascita dei figli. Ci ripenso con orrore. Ogni giorno. Non pagherò mai abbastanza per quello che ho fatto.»

Mark prese una zuccheriera e la appoggiò sul tavolo mentre Quinto aiutava Thierry a riempire le tazze di tè.

Anna sorseggiò piano la bevanda, quindi fissò il dottore con occhi accusatori.

«Perché lo fai?»

«Che cosa?» rispose l'uomo, ora seduto al tavolo, la tazza tra le mani.

«Tutto questo. Perché?»

«Vedi...» Si alzò. «Ivan è una persona capace di convincere un uomo di colore che la sua pelle è bianca. È stato in grado di tirar su un governo che nessuno conosce perché le stesse persone che lo compongono non hanno coscienza di sé. Sono mentalmente soggiogate, da sempre. E l'esercito di potenziati – i bambini di cui ti ho parlato – ha subito un'educazione basata sul condizionamento, un vero e proprio addestramento mentale, che ha fatto di questa schiera di insospettabili ragazzini il più efficace dei servizi segreti. Questo ha fatto Ivan, e l'ha fatto anche grazie a me, tanto tempo fa.»

«Ti ha condizionato per usarti...»

«Ero un brillante programmatore, con la passione per la chimica. Mi voleva con sé. Mi voleva a capo dei suoi nuclei operativi. Mi ha condizionato per anni. Sono diventato uno dei loro. Uno di quelli al comando.»

«Ma ora cospiri contro il potere. Non capisco come tu ti sia potuto svincolare da questa manipolazione.»

Thierry appoggiò la tazza e trasse un sospiro, quindi scambiò una rapida occhiata con Mark e Quinto, che risposero con un consapevole silenzio.

«Ho scoperto troppo tardi qualcosa che ha cambiato le carte in tavola. Qualcosa di cui non ero a conoscenza. Qualcosa che andava oltre l'umana sopportazione. Per un periodo, niente ha avuto più senso. Dopodiché ho deciso di reagire, e la mia vita è cambiata. Ho iniziato a vedere la realtà attorno a me per quello che era veramente, il castello di plagi subito nel corso degli anni si è pian piano sgretolato. E ha preso forma il mio vero obiettivo.»

«Cos'hai scoperto, Thierry?»

Una lacrima serpeggiò tra le rughe del dottore prima di cadere sul tavolo, in un silenzio fatto di atroci ricordi. I suoi occhi adesso erano quelli di un bambino.

«Il baratto, il patto che strinsero Ivan e Ian al Penitenziario di Marina, risparmiò i tre dall'essere uccisi e dunque furono depennati dalla lista. La lista in cui erano segnati i nomi di tutti i figli della sperimentazione avvenuta cinquecento anni fa. Gli altri furono eliminati nel corso degli anni, uno a uno, per volontà di Ivan. Alcuni andò a ucciderli personalmente. Temeva che sarebbero stati d'ostacolo alla sua ascesa al potere. Altri vennero uccisi e fatti sparire, o furono vittime di attentati e saltarono in aria. Uno di questi era mio padre.»

Anna rimase impassibile di fronte alla rivelazione del dottore. Nel suo petto, i battiti cardiaci salirono d'intensità fino a spezzarle il fiato e costringerla a tossire.

«Fui io a preparare quell'ordigno» concluse Thierry «senza conoscere il nome del destinatario. Ecco perché faccio tutto questo.»

Capitolo 22

La Piazzetta dei Commerci era ormai deserta.

Si era fatto tardi, e per le polverose strade di Sam-enKar non vagavano che poche anime. Marco raccontò tutto quello che sapeva, per la prima volta certo che i suoi amici lo capissero. Che lo ascoltassero davvero.

«I nostri genitori non sanno che siamo qui» disse Alex a un tratto. «Avevano l'inventario al negozio. Forse dovremmo tornare.»

«Prima che ci vengano a cercare» aggiunse Jenny.

«D'accordo. Avete molto su cui riflettere, so che non è facile. Io ho avuto tanto tempo per analizzare tutte queste informazioni, la mia intera vita qui a Sam-en è stata un percorso alla ricerca di chi fossi davvero. Per voi è diverso. E so bene come tutto questo possa essere sconvolgente.»

«Il mondo, così come lo conosciamo, è una bugia» Alex si alzò con un piccolo slancio dal muretto su cui sedeva da almeno un paio d'ore, e lo stesso fece Jenny.

«Forse non è una bugia» aggiunse lei «forse è un altro modo di raccontare la stessa storia.»

«È così.» Marco regalò un sorriso stanco ai due amici. «Come le carte con cui ogni tanto gioca il vecchio Meuron. Le dispone in svariati modi, e ogni volta dà un'interpretazione diversa.»

«Ti portiamo a casa.» Alex rispose al sorriso dell'amico.

«Grazie» disse Marco, sorridente. «Ma lo sai, ho un appuntamento. E poi, che diamine, so spingere questa carrozzella anche da solo!»

Alex e Jenny si congedarono. Li vide allontanarsi per la buia strada che si dipartiva dalla Piazzetta dei Commerci e restò lì, per qualche istante, emozionato ed eccitato allo stesso tempo. Lo sentiva nelle viscere del suo corpo, lo avvertiva su un piano più elevato del pensiero: stava arrivando il momento. Presto molte cose sarebbero cambiate. Presto la ruota avrebbe cominciato a girare vorticosamente. Percepì gli anni trascorsi a Kar come un lungo e doveroso percorso di conoscenza, un sentiero alla ricerca della sua vera natura, uno studio condotto in una biblioteca silenziosa, ben protetta dalle angherie del mondo esterno.

«E a quest'ora, ragazzo dai mille pensieri, ti gingilli per il paese?»

Marco si voltò di scatto, chiamato da quella voce rauca e affascinante, da quel timbro amico che ruppe il silenzio.

«Meuron!» Il ragazzo spinse le ruote della carrozzella e andò incontro all'anziano confidente, che si piegò con il busto per stringerlo in un abbraccio convinto.

«Sento che stai per andare… ancora una volta.»

Marco annuì e indietreggiò fino al lungo muretto circolare che seguiva a tratti la circonferenza della piazza, interrotto soltanto in prossimità delle strade che da lì si dipartivano.

«Sarei venuto a cercarti io, volevo parlarti» disse, raggiante in volto.

«E io ti ho anticipato» rispose Meuron. La debole luce di una lanterna appesa a un arco in pietra a pochi metri da loro si rifletté sulla pelata del vecchio, mentre la sua fronte si spianava per donare un sorriso benevolo, quindi subito tornava crespa, i solchi rugosi intrecciati e profondi. «C'è qualcosa che non va?»

«No, affatto… sto bene. Voglio dire, non cammino ancora come si deve, ma… perché me lo chiedi?»

«Intendo: c'è qualcosa che non va, là fuori?» Meuron fece un rapido movimento con la testa, quasi volesse spingere altrove l'attenzione di Marco. Un cenno impercettibile, che sembrava sradicare l'intero mondo circostante e fuggire oltre.

«Là fuori...» sussurrò Marco, lo sguardo perso nel vuoto.

«Sai bene di cosa parlo.»

«Come hai fatto a trovare Jastel? Lui, lui...» Marco tentennò, quindi si bloccò e non riuscì a terminare la frase.

«Mi capita da sempre. Incontro persone speciali. Sento vibrazioni che alla gente sfuggono. È la mia specialità» sul volto di Meuron comparve un ghigno furbo, lo sguardo si fece malizioso e penetrante.

«Vedi oltre...»

«È così da una vita, caro amico. Mi piace pensare di attrarre, se mi passi la definizione, brandelli di infinito. La vita è un ciclo continuo, un inarrestabile divenire. A una fine segue sempre un inizio, a un morire un rinascere.»

«A volte penso di conoscerti da un'eternità...» bisbigliò Marco, gli occhi fissi su una lanterna.

«E se così fosse?»

Il ragazzo aggrottò la fronte e strizzò gli occhi nel tentativo di comprendere la natura delle parole del vecchio Meuron, che sogghignava felice.

«Nel tuo sorriso, tanti anni fa, ho letto una storia della quale non so individuare il primo capitolo. Come non riesco a fare con la mia stessa vita. C'è qualcosa, in me, che forse c'era all'inizio dei tempi e ci sarà alla fine. È una luce che splende dentro di me. Forse è una luce che splende dentro ognuno di noi, ma non tutti sono in grado di vederla.»

«Cosa intendi, Meuron?»

«Forse... io non esisto.»

Marco sgranò gli occhi. Improvvisamente quella frase era una scritta, una scritta su uno schermo luminoso. Erano le parole di Thomas Becker, l'autore di un saggio sul Multiverso in cui lui, Alex e Jenny si erano imbattuti prima della fine del mondo. D'un tratto l'immagine fu sostituita da quella di un cartomante, stravagante nell'aspetto e bizzarro nella parlata. Tutto fu chiaro, per un istante. Erano *messaggi*, personificazioni di qualcosa di indefinibile come l'energia stessa che fluiva nel cosmo. Erano visioni, incontri su un piano differente della coscienza che prendevano forme conosciute solo perché il cervello aveva bisogno di crederci.

«Sei sempre stato tu...» disse Marco, meravigliato. «Becker, il Veggente Malese, e ora...»

«Non so di cosa parli, ragazzo.»

«Eri tu!»

In un attimo, il mondo esterno svanì. La linea del tempo si ridusse a un minuscolo puntino, come se ogni evento dall'inizio della sua storia fosse in piena sincronicità con i successivi. C'erano solo Marco e il vecchio Meuron, l'uno di fronte all'altro, e attorno a loro il nulla.

«Tu non esisti...» disse il ragazzo.

C'è qualcosa, in me, che forse c'era all'inizio dei tempi e ci sarà alla fine. È una luce che splende dentro di me. Forse è una luce che splende dentro ognuno di noi, ma non tutti sono in grado di vederla.

«La carrozza è quasi giunta a destinazione, Marco. Lo sai, vero?»

Il ragazzo riaprì gli occhi e si destò dal sogno lucido. Si voltò verso Meuron e lo guardò con occhi malinconici.

«Cosa vuol dire...»

«Che è giunta per me l'ora di andare, lo sento.»

«Non dire così. Non posso perderti. Sei l'unico che mi ha sempre ascoltato. Ti voglio bene, Meuron...»

«Anch'io te ne voglio, giovanotto.»

Marco non riuscì più a contenere l'emozione, e si stropicciò gli occhi mentre nascondeva il volto commosso alla vista del vecchio. Quando incrociò nuovamente il suo sguardo, anche l'anziano confidente stava trattenendo a stento le lacrime.

«Non posso pensare di abitare in questo paese e non poterti venire a trovare, Meuron...»

«Ti aspetta qualcosa di grande. Lo so. La tua intelligenza, il tuo spirito, l'energia dirompente che sprigiona il tuo animo... presto saranno determinanti.»

«Quella donna» sussurrò Marco all'improvviso, accorgendosi di quanto stava dicendo solo dopo averlo fatto, «l'ho amata così tanto. E il nostro bambino era il mio orgoglio. Era tutto per me. Tu mi hai riportato da lui...»

Meuron rimase alcuni secondi a fissarlo con un'espressione di curiosità e perplessità, mentre Marco scuoteva la testa, confuso. In quel momento, mondi lontani, vite parallele, pensieri e ricordi si confondevano come colori mischiati su un'unica tavolozza. Non sapeva cosa aveva appena detto a Meuron, ma sapeva che il vecchio avrebbe capito. Come aveva sempre fatto.

«Va' a riposare, ragazzo» disse l'uomo, quindi si alzò a fatica sulle ginocchia doloranti e gli afferrò un braccio. Domani è un giorno importante, saranno tutti felici di celebrarti. Buon compleanno, amico mio.»

Quindi si voltò e si allontanò.

Marco rimase immobile a osservare la figura del vecchio che spariva in lontananza, inghiottito pian piano dall'oscurità. Lo vide camminare per l'ultima volta, lungo il tratto finale del suo sentiero. Per un attimo lo immaginò seduto al tavolo della locanda Doro. Ricordò le loro lunghe passeggiate, senza che nessuno interagisse con il vecchio. Lo rivide mentre gli suggeriva come autoindursi un coma, lontano da orecchie e occhi indiscreti. E ripensò ai suoi genitori, che gli avevano chiesto più volte chi fosse quell'anziano amico di cui lui spesso parlava, ma che mai avevano incontrato. Nel salutarlo per l'ultima volta, quella sera, Marco si chiese se Meuron fosse mai esistito. Se Thomas Becker fosse mai esistito. Se il Veggente Malese fosse mai esistito. O se fossero tutti espressione corporea di un'energia indefinita che solo alcune persone erano in grado di captare.

«Grazie, amico mio. Grazie di esserci stato» disse Marco, salutandolo nel vento gradevole che alzava piccoli mulinelli di polvere dalle strade del paese. Quindi iniziò a spingere la carrozzella verso casa. Le parole di Meuron continuavano a risuonare nella sua testa. Poteva essere anche lui solo un messaggio, filtrato attraverso gli insondabili canali dello spazio e del tempo per giungere a quelli che, come lui, potevano vedere quella particolare luce? Una cosa era certa: così come era già accaduto in passato, questi messaggi erano sempre stati carichi di una straordinaria valenza profetica, e le ultime parole di Meuron lo accompagnarono fino a casa.

Ti aspetta qualcosa di grande. Lo so. La tua intelligenza, il tuo spirito, l'energia dirompente sprigionata dal tuo animo... presto saranno determinanti.

Mentre attraversava il paese, Marco si chiese se a partire davvero, quella sera, non fosse il vecchio Meuron. Ma lui stesso.

Quando rincasò, solo un frinire di grilli disturbava il silenzio. Tesse era ancora in cucina, a pelare una quantità notevole di patate. Si alzò e gli andò incontro, poi lo tirò su dalla carrozzella e lo aiutò a salire in camera.

«Buonanotte, mamma» disse lui quando fu seduto sul letto, le palpebre gonfie per un pianto trattenuto a stento. Tesse sorrise, e in segno di grande rispetto non fece domande e andò a chiudere la finestra.

Il mattino successivo, all'alba, un venticello fresco infastidì il risveglio di Marco. Il ragazzo si alzò, reggendosi a fatica con l'aiuto del bastone, e si accorse che la finestra era aperta. Perplesso, la chiuse. Si voltò verso il tavolo di legno massello per appoggiarsi, e notò un fogliettino giallo accanto a un quaderno di appunti. Si sedette e lo prese fra le dita. Quella che aveva di fronte non era la calligrafia irregolare e scomposta della madre. Non era neanche il tratto pesante del padre, che peraltro non aveva grande dimestichezza con la scrittura. Erano linee e curve armoniose proprie di una grafia femminile, elegante. Il contenuto del biglietto lasciò Marco senza parole.

Sono stata dall'altra parte, dove vi credevo morti.
Ho saputo tutto.
Vi siete venduti per sopravvivere.
Non avete idea delle conseguenze del vostro gesto.
Anna

Capitolo 23

In piedi di fronte a un divano in pelle con i braccioli lacerati e la gommapiuma che debordava dagli squarci, nella piccola stanza di un appartamento della periferia di Marina, Jenny si era appena abbottonata un paio di jeans quando si sentì mancare. Allungò un braccio verso Alex, che si era infilato una camicia su un paio di pantaloni di tela neri. La mano di Jenny si appoggiò al petto nudo di Alex per non perdere l'equilibrio, il busto si piegò in avanti, gli occhi parevano persi nel vuoto. Di fronte a lei, una finestra murata.

«Cosa ti succede?» lui la afferrò per le spalle, poi la strinse a sé.

«Scusami» ansimò. Poi scosse la testa come per scacciare via un brutto pensiero. «Ho ricordato qualcosa di… lascia stare.»

«Parlami» Alex le carezzò i capelli, lo sguardo contrito.

«Ben… il sottomarino…»

«Non so niente di questa storia.»

«Non riesco a ricordare. È stato un attimo. Ero seduta dietro, su un fuoristrada… stavamo scappando. Ricordo una fotografia.»

«Quanto tempo fa?»

«Non lo so. Alex, è tutto così… confuso. Spaventoso. Nella foto c'era una famiglia felice. Due bambine…»

Lui la abbracciò ancora e provò a rassicurarla. Jenny si abbandonò al suo petto e cercò di contenere l'emozione senza nome che aveva preso possesso del suo animo. C'era la rabbia per non riuscire a ricordare il proprio passato. La frustrazione per la ricerca costante di risposte introvabili. L'ansia di sentirsi perennemente in fuga, dopo tanti anni trascorsi nell'imitazione di una vita, anni che ora sembravano pochi giorni.

«Posso?» Quinto scostò la tendina ed entrò.

Jenny fece un passo indietro e si asciugò una lacrima con il polso mentre Alex abbottonava la camicia.

«Tutto bene?»

«Cosa ci succederà?» chiese Alex, risoluto. Quinto andò a sedersi al tavolo dalla parte opposta della stanza. Tirò fuori da una cassettiera due flebo, quindi le collegò al macchinario di fronte a lui, un anonimo cubo grigio con sopra alcuni loghi e una fila di terminali sul fianco destro.

Le flebo cominciarono a riempirsi nel momento in cui il giovane premette un pulsante sul lato sinistro. «Non conosciamo la reazione che farà seguito a questa terapia. Ma è necessaria.»

«Pensavo di non vedere più aghi, fuori da quel posto...» sussurrò Jenny, e strinse le braccia conserte sulla maglia nera a maniche lunghe.

«Sedetevi qui accanto, vi prego. E scoprite un braccio.» Quinto si alzò e fece posto ad Alex. «So che avete paura. Vi chiedo solo di fidarvi di me. Di noi.»

«Anna non ci farebbe mai del male» pensò ad alta voce Jenny, lo sguardo diretto verso la parete dall'intonaco ingiallito.

Appena le bottiglie per la fleboclisi furono pronte, Quinto infilò un ago nell'avambraccio di Alex, lo fissò e vi collegò un tubo trasparente. Poi fece lo stesso con Jenny.

«Come vi ho detto» aggiunse infine «non sappiamo con precisione cosa accadrà. Per anni vi è stato impedito di usare gran parte della vostra intelligenza. Della vostra memoria. Questa terapia dovrebbe rimettere le cose a posto. Ma è la prima volta che viene sperimentata.»

«E dopo...» Alex alzò lo sguardo e incontrò il tatuaggio a forma di T sul petto del giovane. «Cosa accadrà?»

Jenny annuì, quasi volesse ribadire lo stesso interrogativo.

«Cercheremo di cambiare le cose» rispose Quinto, e attese insieme ad Alex e Jenny che la flebo si esaurisse.

«Quando ci muoviamo?» chiese Mark, determinato, le braccia tese e le mani poggiate sullo schienale del divano della sala, su cui sedevano Thierry e Anna. Era trascorsa quasi un'ora dall'inizio della terapia volta a contrastare gli effetti del Neurex.

«Presto» rispose il dottore, mentre la donna rifletteva sul discorso fatto in cucina. Il padre di Thierry era anch'egli un potenziato. Lui, però, non aveva ereditato alcuna particolare facoltà, in quanto maschio. Per un attimo pensò alla discendenza femminile come veicolo per la diffusione di un'intelligenza e sensibilità superiore, capace di cogliere le sfumature degli universi paralleli. La discendenza femminile come chiave di volta del Multiverso. Ne fu meravigliata e spaventata allo stesso tempo. In quel momento, Alex, Jenny e Quinto entrarono in sala.

«Fatto» disse il giovane.

Thierry rispose con un cenno di assenso. «Nel giro di qualche minuto potrebbero esserci delle reazioni significative. Se non vi sentite bene, avvisateci subito.

«Non posso pensare che abbiano passato diciassette anni all'interno di Synaptica» disse Anna.

«Vedi» rispose il dottore «è stato grazie a loro che l'esercito di potenziati è nato e cresciuto.»

Anna lo interrogò con lo sguardo.

«Nei primi anni, abbiamo sperimentato su di loro ogni tipo di condizionamento, per vedere di cosa erano capaci, fin dove potevamo spingerci.»

«Usavate loro come cavie per...»

«Sì, Anna. Ho diretto la maggior parte di questi esperimenti. Il senso di colpa non mi abbandonerà mai. Non c'è modo di espiarlo.»

«Ma ora, quei potenziati, dove sono?»

«L'esercito al servizio di Ivan è come una rete neuronale che serpeggia tra la popolazione, per le strade di questa e di tutte le altre città. Abbiamo educato tanti di quei bambini che oggi nemmeno io saprei dirti quanti sono, né dove stanno. Al raggiungimento dei dodici anni li abbiamo sparpagliati tra la gente.»

«Questi bastardi sono ovunque» aggiunse Mark «non è semplice individuarli.»

«Non definirli bastardi» lo corresse prontamente Thierry. «Quei ragazzi non sono responsabili del destino che la vita gli ha riservato. Non hanno chiesto loro di nascere. Non hanno chiesto loro di subire per l'intera infanzia un condizionamento mentale ininterrotto. Sono solo armi di precisione. Spietate e letali, purtroppo.»

«Perché nessuno è in grado di riconoscerli?» chiese Anna. «Dove vivono?»

«Perché per ordine di Ivan, quando sono stati reinseriti nella popolazione, tutti gli archivi anagrafici sono stati eliminati. Io li ho visti nascere, li ho seguiti per dodici anni, ma oggi ne avranno tra i sedici e i diciassette, e sarebbe difficile anche per me individuarli tutti. Eppure, non sai quante volte, per le strade di questa città, ho incrociato lo sguardo di un adolescente… uno sguardo che ti fissa per qualche secondo di troppo. Che ti penetra, che scava nella tua testa. Ho cercato di opporre resistenza, e sono andato oltre. Ma mi sono chiesto più di una volta se quell'individuo fosse uno dei ragazzi da me allevati e condizionati. Non si sa dove vivono. Sono dappertutto. Sono ombre. Incontrano le persone, ma le persone non si ricordano di loro.»

«Una squadra di servizi segreti di questo genere…» disse Anna, quindi rimase in silenzio per qualche istante, e immaginò di che straordinaria arma si trattasse. «Qual era il bersaglio?»

«Inizialmente Oriente. A Ivan interessava scardinare il sistema politico di quel continente e portarlo al collasso. Dettare legge su Oriente significava avere a disposizione una larga manodopera, controllare giacimenti di petrolio e svariate risorse, essere a capo di una flotta navale superiore a quella di Gea. Vi riuscì in pochi anni, un'operazione strategicamente perfetta.»

«Ora capisco…» Anna rivolse un'occhiata carica di apprensione ad Alex e Jenny.

«Ma quando Dana ha compreso la portata di quest'arma» continuò Thierry «e ha realizzato che a differenza di suo padre lei poteva esplorare infinite realtà parallele…»

«...ha capito che questo mondo era solo una fetta della torta» chiosò Mark.

«Ma i ragazzi non sono stati condizionati anche... altrove. O sbaglio?» domandò Anna.

«L'effetto devastante di quello che abbiamo praticato qui sulle loro menti» rispose Thierry «è certamente latente in ognuna delle loro versioni alternative. È come una malattia di cui si è portatori sani. C'era solo bisogno che qualcuno sbloccasse determinati meccanismi della psiche, e l'esercito sarebbe stato nuovamente pronto all'uso in qualsiasi dimensione parallela. Dana ha capito questo, e se ne sta servendo.»

«Ma è assurdo. Le proporzioni di questa catastrofe sono incontrollabili...» sentenziò Anna, lo sguardo basso sul tavolo.

«Devi vedere una cosa» rispose Thierry, il tono deciso «ma non qui.»

«Cos'hai in mente?»

«Dana tornerà certamente questa notte, o domattina. Quando partirà il turno dell'alba in Synaptica saremo ricercati. E non solo dalla polizia di Gea.» Il dottore si alzò, invitò Anna a fare lo stesso, poi fece scattare un meccanismo che trasformò il divano in un letto a due piazze. «Non abbiamo molto tempo. Cerchiamo di riposare almeno un'ora, prima di andare. Da quando usciremo di qui, non avremo più modo di recuperare energie.»

«Dove siamo diretti?» chiese Quinto.

«Alla bottega di Mark.»

Anna si stese sul letto, accanto a lei si sistemarono Alex e Jenny.

Troppe rivelazioni, troppi sconvolgimenti dell'animo. Il cuore aveva bisogno di una pausa. Di ore, forse, ne sarebbero servite dieci. Ma una, per il momento, era un compromesso accettabile. Mentre Quinto e Mark si addormentavano su un paio di poltrone e Thierry rimaneva vigile in cucina, alle prese con la tavoletta interattiva che portava sempre arrotolata all'interno della giacca, Anna chiuse gli occhi e si abbandonò al silenzio.

Cercò di ricordare, di rievocare elementi di una terra lontana. Delineò nel teatro della sua mente i contorni di un foglietto e le parole che vi aveva scritto sopra. Si concentrò sulla sua firma, che presentava entrambe le A maiuscole, come d'abitudine. Infine rivide la luce della luna che si rifletteva sulle pietre di un pozzo.

Quando aprì gli occhi dall'altra parte, il cavallo si stava abbeverando a un torrente che scorreva nei pressi di Sam-en-Kar, e lei sentiva di aver appena fatto qualcosa di molto importante. Una scarica di lampi dalla sua memoria a breve termine le ricordò quanto avvenuto quella sera.

Il biglietto.

Il messaggio.

La consegna, con una silenziosa e fugace irruzione nella stanza di Marco e un'altra nella villa di Alex e Jenny. Lasciare quel messaggio era come piantare un primo seme per annunciare il suo ritorno. Non poteva essere certa della consapevolezza dei ragazzi riguardo al loro passato. Ma se i tre si fossero riconosciuti nelle sue parole, allora significava che il ponte era intatto. E voleva dire che era tempo di incontrarsi ancora.

Il vortice la riportò indietro con la stessa rapidità con la quale si era affacciata sulla realtà parallela. Si stropicciò gli occhi, mentre dalla parte opposta della stanza il giovane Quinto si stava infilando un paio di pantaloni, e la muscolatura delle sue cosce così come la struttura della schiena e delle spalle lasciavano immaginare che il ragazzo si allenasse costantemente e che quello fosse il risultato di un addestramento fisico non comune.

«Quanto abbiamo dormito?»

«Neanche quaranta minuti.»

Thierry entrò in sala e si avvicinò ad Anna, inginocchiandosi ai bordi del letto.

«Dobbiamo andare» disse sottovoce. «Puoi svegliarli.»

Anna obbedì, mentre il dottore si allontanava e ricompariva con una siringa tra le mani.

Quando Alex e Jenny si tirarono su, gli occhi a mezz'asta, ancora intontiti, Thierry si inginocchiò nuovamente accanto a loro. «Questa è l'ultima, promesso.»

«Un'altra puntura?» chiese Jenny.

«È adrenalina. Contrasta l'effetto soporifero dell'inibitore che vi abbiamo somministrato prima. Sarà una lunga notte, dovete essere al pieno delle vostre energie.»

Praticò l'iniezione, quasi senza che i due se ne rendessero conto. Del resto, il dottore si occupava di loro da quasi vent'anni, e li aveva sottoposti a centinaia di trattamenti.

«Perché andiamo alla bottega di Mark?» chiese Anna mentre lo stesso Mark tirava su la cerniera lampo della giacca, già pronto a uscire, e Quinto beveva un sorso di tè.

«Devi vedere alcune cose. E inoltre, il rifugio sotterraneo del negozio è una sorta di armeria. Quando il sole sorgerà, sarà meglio essere ben muniti.»

«Andiamo» concluse Quinto, poi poggiò la tazza su una mensola e fece strada imboccando la rampa di scale.

Era da poco passata la mezzanotte quando uscirono dal covo e raggiunsero il furgone. Thierry e Anna montarono sul vano di carico insieme ai ragazzi, Mark passò alla guida e Quinto salì davanti con lui. Durante il tragitto, Anna spiegò ad Alex e Jenny alcuni dettagli di cui non erano ancora a conoscenza. Fu quando nominò Ian che Alex iniziò a ricordare. Uno dopo l'altro, come una sequenza di fermo immagine, rotearono nella sua testa le memorie di un passato per troppi anni sepolto. Frammenti di una vita temporaneamente cancellata dall'effetto del Neurex.

Vide il sorriso di un ragazzo dai capelli neri arruffati e gli occhiali spessi. Vide la carrozzella elettrica. E poi una stanza con le pareti occupate da scaffali pieni di libri, un tavolo al centro con tre monitor sempre accesi, e scartoffie ovunque. Sentì la voce dell'amico, non comprese le parole ma seppe che era dalla sua parte. Sempre. Ricordò che era l'unico a credergli. Ricordò che tutto era iniziato con lui.

A un tratto scosse la testa, e nel buio del vano di carico si voltò verso Jenny che lo stava tenendo per mano. Era fredda. Gelida.

«C'era tan-tanta gente» balbettò lei «urlavano… urlavano il mio nome. E io, io… andavo sempre più veloce, una bracciata dopo l'altra… e…»

«Jenny…» Lui le prese il viso tra le mani, quindi la fissò negli occhi, incontrando solo il riflesso di un bagliore nell'iride. «Ho visto Marco. Ero a casa sua…»

«Ho vinto» si sovrappose lei «ho vinto e tutti mi festeggiavano e c'era mio… mio padre. Piangeva.»

«Cosa sta succedendo…» sussurrò Alex.

«L'inibitore funziona» rispose Thierry, la voce decisa ma rotta dall'emozione. «State iniziando a ricordare chi eravate.»

«Dov'è Marco?» chiese Alex timidamente, e all'improvviso il volto del vecchio Ian si stagliò nella sua mente. Era disteso sull'asfalto. Il tono di voce si fece concitato: «È morto, non è vero? Perché noi non siamo morti?»

Anna si avvicinò al ragazzo e poggiò la mano sulla sua spalla: «Alex, ascoltami. Ian… Marco è vivo, Alex. Lo tengono in carcere. Ha ottantotto anni. Ma è ancora vivo».

Incredulo, Alex si gettò fra le braccia della donna e non seppe trattenere la commozione. Anna lo strinse a sé, una mano dietro la nuca, mentre i suoi occhi ormai abituati all'oscurità tornavano a interrogare Thierry: «Potremo mai tirarlo fuori di lì?»

Il dottore rimase impassibile, e protetto dall'oscurità piegò le labbra in una smorfia.

«Un blitz in un Penitenziario tra i più sicuri di tutto il continente, ordito da una banda che probabilmente è già ricercata ovunque, per cavare un quasi novantenne fuori dalla sua cella d'isolamento?»

Anna rimase in silenzio per qualche istante, senza trovare il coraggio di rispondere. Quanto prospettato dal dottore era un'impresa impensabile. Fu lo stesso Thierry a concludere e a sorprenderla una volta ancora.

«Pensavo di farlo stanotte.»

Capitolo 24

La festa per il compleanno di Marco cominciò nel primo pomeriggio e finì al tramonto, riunendo nel cortile della villetta dei suoi genitori adottivi quasi tutti i ragazzi di Kar.

Alex e Jenny si fecero aspettare. Fosse stato per Marco, sarebbero stati invitati solo loro. Invece dovette sorridere, abbracciare, gioire e celebrare quel giorno schermando i suoi pensieri dietro una coltre di falsa accondiscendenza. Non era il giorno del suo compleanno. Era il giorno della sua piena consapevolezza. Il bigliettino di Anna era la riprova che tutto ciò che aveva visto, sognato e ricordato corrispondeva a realtà.

A metà della festa, quando tutti attendevano la torta, alcuni minacciosi tuoni echeggiarono nella valle di Kar, invitando la maggior parte dei ragazzi a rintanarsi dentro l'abitazione del festeggiato. E Marco era lì, presente e assente allo stesso tempo, gli occhi persi oltre le finestre, verso il cancelletto, in attesa dell'arrivo dei suoi amici più cari.

Sua mamma gridò qualcosa – forse voleva servire del tè – ma lui rimase davanti al vetro, seduto sulla sedia a rotelle, la mente in viaggio verso destinazioni sconosciute. Gli altri compagni di scuola si raggrupparono nell'ampio salone mentre lui se ne stava di fronte alla finestra dell'ingresso, sulla quale cominciavano a battere insistenti gocce di pioggia.

A un tratto le sagome di due ragazzi spuntarono dal fondo della strada, oltre il cancello. Alex portava una maglia lunga beige sopra dei calzoni chiari, le mani in tasca, i capelli biondi dal taglio corto che nei ricordi contenuti nel diario di Marco erano sempre a caschetto, con un ciuffo ribelle che cadeva sulla fronte. Jenny indossava un vestito lungo, azzurro chiaro, che scopriva le gambe snelle dalla carnagione dorata; la chioma castana si appoggiava delicatamente sulle spalle larghe, le mani si reggevano a una cinta di cuoio stretta in vita.

Nonostante l'indolenzimento, i continui crampi al polpaccio e l'equilibrio instabile, Marco decise di alzarsi sulle sue gambe. Con l'aiuto del bastone raggiunse la porta d'ingresso. Quindi lo appoggiò allo stipite e uscì.

Una volta fuori alzò gli occhi al cielo, occupato da ammassi di nubi nere sospinte dal forte vento. In pochi istanti la pioggia si fece insistente mentre il ragazzo, noncurante del dolore, attraversava il giardino con passo sereno e superava il tavolo su cui era appoggiata la torta. L'avrebbe dovuta mettere al sicuro, ma tirò dritto verso il cancello. Una volta giunto in prossimità dello stesso, appoggiò una mano sull'inferriata per tenersi in equilibrio, mentre i ragazzi lo guardavano in silenzio al di là della protezione. I loro occhi comunicavano una coscienza nuova, le loro iridi brillavano della luce di un atteso risveglio.

«Avete ricevuto anche voi il messaggio?» chiese Marco, con tono placido e senza intonare la domanda, quasi si trattasse di un'affermazione.

Alex e Jenny annuirono.

«Forse dovremmo tornare indietro» aggiunse, quindi si voltò e camminò verso la porta d'ingresso, le mani affondate nelle tasche, la mente persa in un vortice di pensieri.

La festa sarebbe finita, e con essa una porzione della sua vita alternativa. Qualcosa di importante stava per succedere, come l'animo sensibile di Meuron aveva predetto. Per il momento gli bastava sapere che Anna era stata anche a casa di Alex e Jenny.

Era tornata a prenderli. L'aveva fatto, finalmente. E forse in quel momento li osservava, chissà, magari nascosta dietro una fila di alberi, magari appostata in maniera da non farsi scorgere.

Il cielo infuocato era attraversato da una striscia incandescente, diretta verso il suolo. Dai campi giungevano strazianti le grida dei contadini. Molti di essi fuggivano, senza un'apparente direzione. Altri si inginocchiavano e congiungevano le mani, la testa piegata verso il terreno. Il rumore di centinaia di tuoni sovrapposti rimbombava in ogni luogo e la sua intensità era crescente, inarrestabile.

Quindi un lungomare. I colori delicati del cielo limpido si confondevano con il letto d'acqua, l'abbaiare di un cane echeggiava in lontananza, una bicicletta sfrecciava sul passaggio e saliva sul molo.

E ancora, una cabina di vetro aperta. Le pareti scure di un rifugio, la fioca luce di alcune lampade al neon, la temperatura sempre più bassa.

E infine il gelido asfalto, mentre l'eco di alcuni boati risuonava nell'aria. Il mondo capovolto oltre il profilo maestoso di un furgoncino. E laggiù, tra gli alberi, gli occhi atterriti di una donna. La sua fuga nel bosco.

Jenny si tirò su di scatto con il busto. Ansimava. Scese dal letto e corse lungo il corridoio del primo piano fino alla stanza di Alex. Vi entrò senza bussare, e lo trovò seduto sul bordo del letto, gli occhi vitrei, le dita avvinghiate al lenzuolo. Quando si voltò verso di lei, era terrorizzato: «Ho sognato. Ho avuto...»

«Un incubo» concluse lei. «Anch'io.»

«Come quelli di Marco.»

«Come quelli.» Jenny andò a sedersi accanto ad Alex, e rimasero così per diversi minuti, senza dire una parola. Non ce n'era bisogno.

«Era come essere lì...» Alex chiuse gli occhi. Le grida di un bambino gli fecero venire i brividi.

«È stato terribile. Quelli eravamo noi?»

«Sì, Jenny.»

«Non era Sam-en.»

«No. Era qualcos'altro.»

«Qualcos'altro che abbiamo vissuto... stiamo ricordando tutto.»

Alex mise la testa fra le mani. «In uno di quegli incubi ero su un lungomare e... ho chiamato mamma e papà due sconosciuti. Mi sto chiedendo chi fossero.»

«Marco ha sempre detto il vero.»

Alex e Jenny continuarono a interrogarsi per le ore successive su quanto visto e vissuto in sogno la notte precedente. In alcuni momenti di smarrimento, che li costrinsero a sedersi per non perdere i sensi, altre visioni di un passato sconosciuto o di un presente alternativo illuminarono il teatro della loro immaginazione. Jenny si vide nuotare, mentre le grida di un nutrito gruppo di tifosi la incitavano dagli spalti di un palazzetto. Alex si ritrovò per alcuni istanti in un ripostiglio, di fronte a lui uno scatolone con la scritta CORNICI su un lato.

Sia lui sia Jenny continuarono a farsi domande, senza aprire bocca, fino a tarda sera, quando finsero di andare a dormire.

Dovevano parlare con Marco, non c'era più tempo da perdere. Ma mentre si calavano dalla finestra e atterravano in giardino, diretti a casa dell'amico, qualcuno li osservava nascosto nel buio.

Capitolo 25

«Com'è possibile che sia ancora vivo?» Alex si rivolse a Thierry, perplesso, mentre il suo cervello gettava alla rinfusa ricordi vicini e lontani e gli confondeva le idee. «Quanti anni hai detto che ha ora?»

«Ottantotto» rispose il dottore, immerso nell'oscurità del vano di carico. «Se è per quello, è ancora in vita anche il responsabile della vostra cattura, Ivan. Ne ha novantadue. Sono stato il suo medico personale per anni. Ha la pelle dura, quel maledetto.»

«Ma presto, tutto sarà nelle mani di Dana» chiosò mesta Anna, la mente impegnata nel disperato tentativo di comprendere la portata del disegno universale della figlia di Ivan. Fin dove si sarebbe spinta?

Il furgone rallentò e accostò, i quattro attesero che Mark e Quinto aprissero il vano posteriore. Quando furono all'aria aperta, qualche sporadica goccia stava piovendo dal cielo. La debole luce di un lampione si rifletteva sull'asfalto irregolare e rimbalzava sulle finestre crepate di alcuni negozi e appartamenti al piano terra. La via era deserta. Alcune automobili erano parcheggiate sul marciapiede, le carrozzerie rovinate, le gomme dal battistrada consumato e liscio. I cartelli stradali erano completamente arrugginiti. Diversi bidoni della spazzatura debordavano di rifiuti. L'odore più forte in grado di penetrare nelle loro narici in quel momento era di pollo andato a male.

«Un bel posticino, eh?» ironizzò Mark, quindi si avvicinò all'entrata del suo negozio e aprì un ingresso laterale, secondario. «Venti anni fa le periferie non erano in questo stato. Poi hanno capito che lasciarci come cani a contenderci le ultime carcasse non faceva alcuna differenza. Ed ecco come ci siamo ridotti.»

«Però vi caricano sempre il profilo» commentò Thierry «perché il Benessere regna.»

«Oh, certo» rispose Mark mentre accendeva una luce all'interno del negozio. «Il fondo famiglia riceve l'aggiornamento con regolarità. È quella la loro copertura. E ci sono persone, qui nel quartiere, che gli danno pure ragione. Non sanno nemmeno di chi stanno parlando, e ne difendono l'operato. Seguitemi.»

L'uomo si intrufolò lungo un piccolo corridoio che finiva con una scala a chiocciola, ripida e stretta.

«Io… sono già stata qui» disse Jenny, e gli altri si voltarono di scatto.

«Sì, ci sei stata» rispose Mark. «Me lo ricordo bene. Tu e Ben veniste qui, alla ricerca di un profilo falso e di un'auto rubata. Mi chiesi quanto valesse la tua vita, per fargli compiere una follia del genere. Oggi, pace all'anima sua, il coraggio di cui è stato capace è la mia motivazione. Oggi portiamo a compimento la sua volontà.»

Alex rimase in fondo al gruppo con Anna, e quando tutti furono scesi per l'angusta scaletta, la fermò poggiandole una mano sulla spalla. «Come starà Marco?»

«Ian…» Anna lo chiamò con il nome che le suonava più familiare «è chiuso in una cella d'isolamento dal giorno del baratto che vi ha consentito di sopravvivere. Non so nulla sul suo stato di salute, per me è un miracolo che sia ancora vivo. Credimi, farò di tutto per tirarlo fuori di lì. Thierry e gli altri ci aiuteranno.»

«Perché?» chiese Alex, il tono sommesso.

Anna scosse lievemente la testa. «Che cosa?»

«Perché tutto questo? Perché una tortura del genere?»

«Perché avevano paura di voi.»

✽ ✽ ✽

Mark attivò una fila di neon e fece luce nel rifugio sotterraneo. Una serie di computer occupava un lungo tavolo di legno rivestito di bianco sulla parete opposta, mentre gli altri muri erano invasi da scaffali con oggetti di vario tipo che il suo negozio vendeva o scambiava, come vasi, cornici, pentole e padelle, ma anche matasse di cavi elettrici, arnesi, elmetti di sicurezza e torce.

«Mark» cominciò Thierry «è un ex programmatore della Lax, la ditta che tanto tempo fa realizzò la rete di telecamere che controllava l'intera città e, quando cadde in disuso, brevettò il software per il microchip sottocutaneo che tutti noi portiamo nell'indice. Mark è l'unica speranza che abbiamo per risolvere svariati problemi. Il primo è la disattivazione momentanea dei nostri microchip. Dicevi che sei in grado di farlo, giusto?»

«Sì» rispose l'uomo, e si sciolse la coda. «Qualche tempo fa ho sviluppato un nuovo modificatore, che ho già sperimentato negli scorsi mesi attaccando alcune aziende e boicottando i loro servizi automatici. Posso usare questo baco anche per i profili, il principio è lo stesso. Quando registreranno l'anomalia, perderanno un bel po' di tempo per risolvere il problema. Se ne accorgeranno presto, certo, ma quest'operazione ci darà del vantaggio. A ogni modo, lo disattiverò a caso anche ad altra gente sparsa per Marina, così nessuno collegherà i nostri profili, almeno in un primo momento.

«Bene. Durante l'operazione al Penitenziario sarà importante che nessuno intercetti la nostra presenza.»

«Per questa missione» continuò Mark «ho un'idea migliore. Ma ne parleremo più tardi, mappe alla mano.»

«Perfetto. E ora, ti prego, spegni le luci e fai vedere ai nostri amici il video che ti ho inviato ieri.»

Mark annuì e disattivò i neon. Quindi tamburellò su una tastiera e nello schermo del pannello di fronte al quale si era seduto cominciarono a scorrere delle immagini.

La prima era una pagina di giornale.

Thierry spiegò: «Questo è lo stralcio di un quotidiano nazionale che negli ultimi anni è diventato l'organo di stampa più diffuso e rilevante di tutta Gea.»

Il titolo a caratteri cubitali diceva: DECINE DI DONNE SCOMPARSE A MARINA.

«Si riferisce a quanto mi raccontavi prima...» commentò Anna.

«Esatto. Procedi pure, Mark.»

La seconda immagine era un trafiletto nella parte bassa di un'altra pagina dello stesso quotidiano, ma la data in alto a destra indicava l'anno successivo.

«Capite?» Thierry si lasciò sfuggire un ghigno amaro e cercò lo sguardo di Alex e Jenny. Le immagini di fronte a loro erano chiare. L'articolo parlava del caso delle donne scomparse una decina di mesi prima, e ricollegava l'evento alla scoperta di una setta segreta composta da dipendenti della fabbrica tessile Lysart che avevano deciso di protestare contro il Benessere e dimostrare la loro rabbia con un suicidio di massa.

«Hanno fatto passare quell'abominio per un folle gesto da parte di una setta. Non se n'è più parlato sulla stampa, e non oso immaginare come abbiano reagito le rispettive famiglie. Né come le abbiano messe a tacere.»

«Che schifo...» sussurrò Anna.

«Stiamo parlando di centinaia di donne. Molte furono rapite anche nelle altre città di Gea, ma la concentrazione maggiore è stata qui. E nessuno s'è fatto mezza domanda. Hanno creduto tutti alla versione della stampa.»

Tutti rimasero in silenzio per alcuni istanti, gli occhi fissi sui titoli del giornale.

«Le immagini che state per vedere ora» ricominciò Mark, mentre digitava sulla tastiera, «non sono piacevoli. Non avrei mai voluto mostrarvele. Ma è necessario. Noi oggi siamo qui per questo.»

Si trattava di un servizio realizzato da un telegiornale nazionale e diffuso diciotto anni prima di quel giorno, nell'edizione della sera.

Il video riprendeva dapprima l'aperta campagna, poi una strada statale, quindi finiva con l'inquadrare il corpo di un uomo coperto da un lenzuolo impregnato di sangue, steso in mezzo all'erba. La voce fuori campo diceva: "Un'altra preda degli assalti in autostrada è stata individuata oggi dalle parti di Marina, Gea. L'uomo è stato trovato già privo di vita dalle forze di polizia, a causa di due colpi alla nuca. Si tratta di un brillante ricercatore di nome Ben, impegnato fino a pochi giorni fa sulla Stazione Sottomarina Mnemonica, a capo di un'intera unità di ricerca da svariati anni. Ricordiamo l'appello per i cittadini. Non sostate mai in autostrada senza un valido motivo, potreste incappare in questi aggressori. Se notate qualche anomalia, segnalatela tempestivamente."

Jenny si portò una mano alla bocca, mentre strozzava il pianto in gola. L'uomo che l'aveva tirata fuori dalla stazione sottomarina, che aveva dato la sua vita per metterla in salvo. Era sotto quel lenzuolo. La tinta rossa su cui indugiava la telecamera era il sangue che il figlio di Ian aveva versato per lei. E ogni ricordo tornava vivido come se fosse passata una settimana da quella tragedia.

Alex chiuse gli occhi e non fiatò, mentre Anna si mordeva un labbro: «Non riesco a guardarlo.»

«Credimi, Anna.» Thierry cercò di confortarla modulando il tono della voce su note più profonde e calde. «Rimpiangeranno tutto questo.»

«È questo che fanno, da sempre» commentò Mark. «Sviano. Insabbiano. Nascondono. Travisano la realtà. Agli occhi dei cittadini, non succede mai niente di grave. Ai loro occhi, viviamo davvero nell'Era del Benessere.»

«È indegno» proruppe Quinto, turbato dalla visione di quelle immagini, e colpito dalla reazione emotiva che provocavano ai presenti.

«A capo di svariate istituzioni che mandano avanti questo Paese» riprese Mark «c'è gente che negli anni ha stretto affari con Ivan. Gente senza un minimo di dignità. Li abbiamo identificati tutti. Chi è stato corrotto, chi plagiato. Sono decine di inconsapevoli servi, che oggi tengono le redini del governo e lo venerano come un dio.»

«E voi credete di affrontare tutto questo...» Anna si guardò attorno. «In sei?»

Thierry accese nuovamente le luci nella saletta sotterranea e fissò la donna dritto negli occhi.

«Non siamo in sei, Anna. Credimi: dietro l'apparenza di un mondo succube, la resistenza sta pian piano prendendo forma. E la resa dei conti è arrivata. Non siamo i soli ad aver covato nell'ombra, in questi ultimi anni. Mark è un piccolo re del contrabbando di quartiere, da lui dipende una rete invisibile di persone che stanno pian piano aprendo gli occhi, e che ci possono dare una mano. Quinto è un maestro d'armi e un combattente. Poi ci sono io, che ho accesso ad archivi di importanza cruciale e una decennale esperienza medica, e ci sei tu, con le tue conoscenze nel campo della biologia e della scienza in genere, e la tua mente fuori dal comune. Infine...» Thierry si voltò e indicò in direzione di Alex e Jenny. «...ci sono loro.»

Anna trasse un sospiro e si perse con lo sguardo sul pavimento della saletta sotterranea, seguendo con gli occhi la linea di alcune crepe che tagliavano le mattonelle. Thierry si avvicinò a lei, appoggiò le mani sulle sue spalle e la guardò con occhi sinceri, carichi di determinazione e fiducia.

«E speriamo di poter contare su Ian.»

Capitolo 26

Alex e Jenny raggiunsero la casa di Marco, lanciarono un sasso contro la finestra e destarono la sua attenzione. In pochi minuti l'amico si preparò e uscì dal portone d'ingresso, sulla sedia a rotelle. Alex si mise ai manubri e i tre procedettero scambiando poche parole fino ad arrivare al fiume. Si fermarono in una zona illuminata solo dal riflesso della luna che si specchiava sul letto d'acqua dando vita a una piramide di riverberi dorati. Tutt'intorno regnava il silenzio, interrotto talvolta dal bubolare di alcuni gufi. Marco era seduto di spalle, tra le mani un sasso di grosse dimensioni, la testa girata verso le alture che in lontananza delimitavano la valle.

«Qualsiasi cosa accada, dimmi che saremo tutti insieme.» Jenny aveva un tono di voce nuovo. Maturo, consapevole. Una presa di coscienza che Marco si era augurato per tanti anni, posto che fosse possibile convincere due semplici ragazzi di campagna che il loro mondo non era stretto tra quelle catene montuose e quei fiumi, ma si estendeva oltre i confini della loro stessa immaginazione.

«Te lo prometto» rispose Marco. Quindi si voltò verso il fiume, e l'intonazione si fece cupa. «Le conseguenze. Le conseguenze di quel gesto. Cos'ho fatto...»

«Parli del bigliettino di Anna?» domandò Alex.

«Dobbiamo tornare indietro, tutti noi.» Marco si alzò a fatica e, claudicante, fece alcuni passi verso il letto del fiume. Poi si inginocchiò, mentre Alex e Jenny si avvicinavano e si affiancavano a lui. «Dobbiamo rimediare.»

«Cosa intendi per tornare indietro?» chiese Jenny.

«So esattamente dove sono dall'altra parte. In una cella d'isolamento.»

«Non so neanche cosa sia una cella d'isolamento» rispose Alex, sconsolato. «Ma come...»

«Io credo che varcare la soglia sia possibile. Ma abbiamo bisogno di sapere dove ci troviamo dall'altra parte...» Marco scosse la testa, gli occhi incollati al riflesso della luna sul fiume. «Io so bene dove mi hanno rinchiuso. Ma non ho idea di dove siate voi.»

«Loro sono con me.»

La voce di Anna, tanto lontana nei ricordi quanto familiare nell'animo, fece voltare i tre di scatto. Alex mosse un timoroso passo indietro, mentre Jenny si portava una mano alla bocca e Marco rimaneva impassibile. Fu quest'ultimo a parlare per primo: «Sapevo che saresti tornata, Anna.»

La donna si avvicinò, e la luce della luna si poggiò delicatamente sul suo volto incorniciato dalla folta chioma rossa. Due pesanti borse sotto gli occhi e la pelle secca, rovinata dalla rigida temperatura incontrata fra le alture raccontavano il suo viaggio; l'espressione determinata, il sorriso appena accennato e reso convincente dall'energia dello sguardo narravano la sua storia.

«L'ultima volta che vi ho visti» disse la donna mentre avanzava verso i ragazzi «eravate in fasce.»

«Tu sei la donna che...» iniziò Jenny. «La donna del bigliettino.»

«Sei la persona di cui parlava Marco.» Alex si voltò verso l'amico, e ricordò le pagine del suo diario. «Di cui ha sempre parlato.»

«Ci siamo conosciuti tanto tempo fa» disse lei, gli occhi fissi su Jenny. «In un luogo molto lontano da qui.»

«Cos'ho combinato dall'altra parte?» chiese Marco, attanagliato dal senso di colpa dal momento in cui aveva scorto e letto il messaggio.

Anna si avvicinò, gli poggiò una mano sulla spalla, quindi gli occhi si incontrarono e per un attimo la donna tornò bambina. Si ritrovò su una terrazza mentre il suo maestro di vita, Ian, la interrogava per allenare e sondare la sua straordinaria memoria, chiedendole di nominare una per una le stelle del firmamento. Come un giovane nonno e la sua adorata nipotina. Un mentore e la propria allieva. E ora, per un paradosso spazio-temporale, rimescolate le carte della loro esistenza, una donna e un ragazzo.

«Siete sopravvissuti a caro prezzo, Ian.»

Alex guardò la sorella con aria interrogativa. «Ian?»

«Questo è il mio nome, nel posto da cui veniamo» rispose Marco, il tono pacato, consapevole.

«Che cosa accadrà?» Jenny sistemò una ciocca di capelli dietro l'orecchio e si morse il labbro, inquieta.

«Siamo in fuga» rispose Anna.

Marco mise una mano in tasca e tirò fuori il bigliettino scritto dalla donna. Quindi glielo mostrò: «Voglio sapere le conseguenze di quel gesto.»

La donna raccontò tutto quello che aveva scoperto negli ultimi tempi, da quando il vortice l'aveva risucchiata con forza e si era trovata a confrontarsi nuovamente con la dura realtà di Gea. Parlò ai ragazzi di Synaptica, di Thierry, dell'esercito di potenziati, delle estreme conseguenze del loro gesto di cui aveva accennato nel bigliettino.

«Da quel giorno» concluse Anna «tu sei chiuso in una cella nei sotterranei del Penitenziario di Marina, e loro sono delle cavie.»

«Dovevamo morire...» commentò Marco, lo sguardo perso nel buio oltre alcuni cespugli che, lievemente distinti nella loro sfumatura di colore più chiara rispetto al resto del panorama, sembravano un inquietante corteo di animali deformi, interessati alla loro conversazione. «Ho commesso un errore madornale.»

«Cavie?» Jenny prese per mano Alex. «Cosa vuol dire, Anna? Che cosa ci hanno fatto?»

«Avete subito trattamenti di ogni genere» rispose la donna. «E vi hanno somministrato un farmaco a cadenza regolare, per… per evitare che voi…»

«Per evitare che usassero le loro facoltà, giusto?» Marco fissò una pietra che scintillava sotto la luce della luna e annuì, quasi non avesse bisogno di una risposta. «È per questo che non ricordano quasi niente del posto da cui veniamo.»

«È così» confermò Anna.

«Come facciamo a tornare in quel posto e… rimediare?» chiese Alex, determinato, la mano stretta in un pugno.

«Dovremo separarci. Ian… Marco dovrà isolarsi, trovare la massima concentrazione e ricostruire nella sua mente la cella d'isolamento in cui è tenuto prigioniero. Ci deve riuscire da solo. Io non ho mai visto quel luogo. Mentre, per quanto riguarda voi…»

Alex e Jenny si avvicinarono e intrecciarono con forza le dita delle mani, mentre Anna cercava le parole giuste.

«Memoria condivisa. È l'unico modo. Dovrete ricordare ciò che io ricordo, vedere ciò che io vedo. In questo momento siamo in fuga, nascosti al piano sotterraneo di una bottega situata nella periferia della città di Marina. Insieme ad alcune persone di cui possiamo fidarci. Andiamo.»

«Un momento» disse Alex «che fine faranno i nostri corpi, qui a Sam-en, nel momento in cui… sì, insomma…»

«Nel momento in cui la vostra mente slitterà nella realtà parallela?»

«Sì, Anna.»

«Continueranno a vivere la vita di sempre. Non dovete preoccuparvi. Una parte della nostra coscienza si sta spostando altrove, perché è lì che ci servono tutte le nostre consapevolezze per rimediare a quanto accaduto.»

«Ma io…» intervenne Marco «come farò a incontrarvi, se sono chiuso in un carcere?»

Anna lo fissò con uno sguardo energico. Il tono di voce era fiducioso.

«Non so in che condizioni tu sia, in questo momento, lo ammetto. So solo che sei vivo. Ma se riapriremo gli occhi dall'altra parte, Ian, se ci riusciremo… sappi che stiamo venendo a prenderti.»

Capitolo 27

Ricordate? Abbiamo attraversato un piccolo corridoio, stretti fra due muri coperte da crepe e muffa. Siamo scesi per una scala a chiocciola, i gradini erano poco più che minuscoli spicchi di metallo su cui poggiava metà piede. Al piano di sotto, uno dei nostri amici ha acceso una fila di luci artificiali. Si chiama Mark, è un signore dalla carnagione olivastra, gli occhi neri come il fondo di un pozzo, i capelli corvini, lucidi, tirati in una coda di cavallo. Si è seduto a un tavolo bianco, di fronte a una fila di monitor.

Nella stanzetta in cui ci troviamo le pareti sono occupate da numerosi scaffali. È la merce che Mark vende nella sua bottega. Pentole, arnesi, cavi elettrici attorcigliati, elmetti… Ricordate cosa ci ha mostrato quest'uomo… un titolo di giornale, diceva "Decine di donne scomparse a Marina". Lo vedete? Potete farlo… Con noi ci sono altre due persone. Un ragazzo, di nome Quinto. Giovane, sui venticinque anni. Ricordate il suo fisico atletico, la camicia aperta che lascia intravedere un tatuaggio a forma di T sul petto. I suoi occhi profondi e sinceri, la pelle chiara, i capelli castani ricci e spettinati… E poi c'è Thierry. Lo conoscete da tanti anni. È il dottore che si è occupato di voi dal giorno in cui ci siamo separati… ha una cinquantina d'anni, i capelli brizzolati, la fronte spianata. Porta un paio di occhiali con la montatura spessa e il suo naso è curvo. Ricordate le sue labbra così sottili che sembrano scomparire sotto i baffi grigi, folti. Sentite la sua voce nasale, quasi fastidiosa…

Avete sentito quella voce per anni...

Ora ricordate voi stessi, nei vostri corpi di trentaseienni, così simili nell'aspetto a come siete adesso, ma allo stesso tempo così cresciuti, dallo sguardo maturo... Riuscite a vedere le vostre braccia? Le mani di due adulti, dalla pelle più grinzosa, e poi il volto, qualche ruga d'espressione sulla fronte e ai lati degli occhi... riuscite a guardarvi negli occhi, a ricordare come siete diventati?

«Ricapitoliamo» disse Thierry, scrutando i volti dei suoi complici. Quinto teneva gli occhi fissi sul monitor e sembrava che i suoi pensieri lo stessero portando già in mezzo ai sentieri di quella mappa, in fuga tra i corridoi del Penitenziario. Mark intanto allargò l'immagine di un montacarichi che scendeva sul lato esterno della struttura pentagonale del carcere. Anna si era defilata, un fianco appoggiato a uno scaffale invaso da scatoloni, lo sguardo basso e all'apparenza distratto. Alex e Jenny se ne stavano seduti su un paio di sedie sbilenche, lo sguardo perso di fronte a loro.

«Parcheggeremo il furgone nello spiazzo di fronte all'entrata dell'ala ovest» continuò il dottore, mentre con una bacchetta di legno indicava la mappa. «C'è un punto sicuro, protetto da una fila di alberi, esattamente qui. Nel carcere entreranno Quinto e Mark. Noi rimarremo a bordo.»

«Agli ordini.» Quinto si fregò le mani.

«Entriamo noi perché, fino a prova contraria, al momento i nostri volti non sono sui terminali di ogni agente di polizia di questo continente» disse Mark, e mostrò agli altri un involucro rosa, gommoso, dalla forma cilindrica. «Indosseremo questa protesi in silicone. Sotto la finta pelle ho inserito i profili digitali dei dottori Semel P956354F e Matt K638842S, specialisti di Horus deceduti due giorni fa, modificando i parametri anagrafici e adattandoli ai nostri profili. Trascorrono settantadue ore prima che il profilo di un cadavere venga disattivato e sparisca dai registri, quindi... abbiamo un margine stretto per l'evasione di Ian. O lo tiriamo fuori stanotte, o mai più.»

«Sappiamo dove lo tengono di preciso?» domandò Quinto.

«No. Lo scopriremo quando saremo dentro. Una cosa importante: sono riuscito ad accedere ad alcuni protocolli interni al Penitenziario e ho scoperto che i controlli medici, di prassi, vengono effettuati dai dottori della struttura, non da esterni. Bisognerà convincere il responsabile del braccio. Ce n'è uno per ogni area della prigione. Per farlo ho preparato un documento falso che attesta la nostra qualifica presso la Commissione Medica di Horus e ci consente di verificare lo stato di salute dei pazienti in isolamento da più di un anno. Lo consegneremo alla guardia di turno.»

«Tutto chiaro?» Thierry si voltò in direzione di Anna, che sembrava imbambolata. In quel preciso istante, Alex e Jenny caddero a peso morto dalle sedie, rovinando sul pavimento polveroso.

«Che cazzo sta succedendo?» Mark si alzò e corse a inginocchiarsi vicino a loro. Avevano gli occhi sbarrati, il corpo tremava come se fosse in ipotermia.

«Dell'acqua!» urlò Thierry. Quinto corse dall'altra parte della stanza, dove un frigorifero basso e compatto era appoggiato su un tavolino. Lo aprì e tirò fuori due bottigliette di *Frey*, quindi le lanciò a Mark.

«Ragazzi...» bisbigliò un paio di volte Anna, confusa e intontita, dapprima con un soffio difficilmente udibile, poi sussurrando mentre allungava un braccio verso Thierry. Questi si alzò e la sorresse con prontezza, evitando che lo svenimento costasse anche a lei un tonfo contro le mattonelle della stanza.

Tra le braccia del dottore, Anna bisbigliò: «Ci sono riuscita?»

Thierry scosse la testa, senza capire il senso della domanda. Nel frattempo, Mark mise una mano dietro la nuca di Jenny e le bagnò le labbra. Lei spalancò gli occhi e si ritrasse, quindi sollevò il busto e lo appoggiò alla parete.

«Chi sei?» gridò la ragazza, poi gettò un'occhiata oltre la sagoma di Mark. «Chi è questa gente?»

Alex si fece forza e si tirò su, poi strisciò accanto a lei e ne osservò le fattezze: «Jenny, tu...»

«Alex...» Lei aggrottò la fronte nel riconoscerlo. Diverso. Adulto. «Il tuo viso...»

Lui abbassò lo sguardo, ruotò le mani e si osservò i palmi. Poi con uno scatto del volto cercò Anna.

«Dove siamo?» gridò, gli occhi carichi di apprensione.

La donna si alzò a fatica, camminò fino a mettersi in ginocchio accanto ai ragazzi, e cercò di abbozzare un sorriso rassicurante: «Non avete niente da temere. Ci siamo riusciti. Questo è quello che siete ora. Questa è la vostra vita, tanto quanto lo era quella di Sam-en.»

Alex si voltò ancora verso Jenny e con una mano la tastò, quasi temesse di trovarsi di fronte un'allucinazione.

«Il tuo aspetto...» disse, nel vederla più vecchia di diciotto anni. «Il tuo aspetto è...»

Jenny ricambiò lo sguardo carico di incredulità di Alex, poi si voltò verso le altre persone presenti in quella stanza. Thierry e Mark li osservavano con circospezione, Quinto pareva meravigliato.

«Ti sei sempre chiesto» iniziò Anna, guardando Thierry negli occhi e offrendogli una smorfia di malinconia, «perché Ian avesse barattato la formula della mutagenesi per la sua misera sopravvivenza.»

«Tu lo sai...» disse lui, la fronte increspata ora da file irregolari di rughe.

«Ero lì anch'io.»

«Lì dove?»

«Quando i militari spararono a Ian, Alex e Jenny. C'ero anch'io.»

La donna gettò uno sguardo verso quei ragazzi ormai adulti, quindi si voltò di nuovo verso il dottore. «Dovevo salvarli.»

«Che cos'è successo quella notte?» chiese Thierry, poi si tolse gli occhiali.

«Avevi ragione. Dana è come me. Dana può viaggiare. Può sondare l'intero Multiverso. È quello che ho fatto io, portando con me la conoscenza dettagliata dell'intero genoma di Ian e dei ragazzi. Usando la mia memoria per restituire loro la vita, Thierry. Lontano da qui.

I volti di Mark e Quinto erano due maschere di incredulità, mentre

Alex e Jenny venivano travolti dai ricordi e la loro mente si riappropriava del passato. Mnemonica, il sacrificio di Ben, Gea, la fuga, non erano più bizzarri stralci del diario di Marco nascosto sotto una pila di libri nella sua stanza a Kar, ma frammenti della loro stessa vita alternativa che iniziavano a emergere dall'oceano dell'oblio.»

«Li hai… clonati?» domandò il dottore.

«Diciotto anni fa.»

«Non è possibile…» Thierry alzò gli occhi verso il soffitto, fissò un punto nel vuoto e iniziò a gesticolare, come se di fronte a lui ci fosse un sottile e invisibile mosaico. «Per questo Ian ha fatto di tutto per sopravvivere. Per poter mantenere intatto il ponte mentale con il suo clone… È pazzesco. Tu li hai… li hai riprodotti!»

«Per anni ho pensato che quel giorno li aveste uccisi. Li ho dati in adozione e non li ho più cercati, preferivo che crescessero inconsapevoli… felici, in un certo senso. Ma non è andata così. I ricordi li hanno lentamente condizionati. Lo Ian alternativo è un ragazzo di diciotto anni e porta il suo nome originario, Marco. Sa esattamente cos'è successo al suo alter ego recluso in isolamento.» Anna chiuse per un attimo gli occhi e si trovò di fronte quelli di Ian, lucidi, nel momento del loro addio che lui sperava di trasformare in un arrivederci. *«Se la mia idea è valida»* aveva detto lui diciotto anni prima, prima che Anna afferrasse Diletta per la collottola e scendesse di corsa dal furgoncino per sparire nella boscaglia, *«ci incontreremo ancora.»*

«Straordinario…» commentò Mark. «Assolutamente straordinario.»

«Se tutto è andato come credo» riprese Anna «il vecchio di ottantotto anni rinchiuso nel Penitenziario di Marina sa che stiamo per tirarlo fuori di lì, perché sono stata io a informarlo di questo proprio… pochi minuti fa. E ci sta aspettando.»

«Muoviamoci, allora!» Quinto batté le mani, e lanciò uno sguardo convinto a Thierry, ancora sconcertato dalla rivelazione di Anna.

In quel momento, in una fredda e angusta gabbia di cemento sotto il livello del mare, un vecchio aveva appena aperto gli occhi e sorriso, mentre una nuova consapevolezza maturava nel suo animo, e i ricordi di una lunga e dura vita si mescolavano a quelli di un'altra, più innocente, giovane e pura.

Abbassò lo sguardo per osservare il proprio corpo, senza provare repulsione per la sua pelle grinzosa e per le macchie lungo le braccia e sulle mani. Ne contemplò anzi la muscolatura tonica, i fasci di nervi tirati, ebbe conferma dell'equilibrio mentale e della forza fisica mantenuta nel corso degli anni, laddove un qualsiasi altro coetaneo si sarebbe lasciato morire.

Ian si alzò, mosse qualche passo verso la pesante porta d'acciaio che lo separava dal resto del mondo, quindi appoggiò la faccia contro il gelido rivestimento, il naso schiacciato a pochi centimetri dalla finestrella sbarrata, e rivolse un pensiero diretto a tutta la cittadinanza di Gea, all'intera popolazione di quel mondo alla deriva.

Preparatevi, preparatevi tutti. Preparatevi a svegliarvi.

Capitolo 28

Thierry, Anna, Alex e Jenny risalirono la stretta scala a chiocciola e uscirono all'aperto, mentre nel quartiere periferico di Marina facevano eco gli ululati di alcuni cani. Liberi di gridare la loro disperazione alla luna, sembravano i portavoce dell'intima afflizione del genere umano. Lo sconforto crudo e reale, affossato ogni giorno sotto la maschera dell'asservimento. Mentre raccoglieva in silenzio due borse di pelle nera, Mark rifletté sulla natura dei suoi concittadini, e si chiese se fosse il momento giusto per mischiare le carte in tavola. Se non fosse un'impresa irrealizzabile, come quasi vent'anni prima aveva confessato a Ben, così saldo nei suoi propositi di ribellione.

Quinto lo aiutò a mettere insieme l'arsenale, e scambiò con lui sguardi che valevano più di mille discorsi. Infine i due raggiunsero gli altri in prossimità del furgone. Mark si mise alla guida e, nella concitazione, si dimenticò perfino di chiudere il negozio. Del resto, pensò, il giorno seguente sarebbe stato piuttosto complicato offrire il consueto servizio ai suoi sporadici clienti.

Stretta fra Alex e Thierry nel buio del vano posteriore, Jenny avvertì per la prima volta un senso di pericolo concreto, quando i ricordi di Sam-en, così spensierati e lontani, si insinuarono fra le pieghe della sua coscienza di Gea.

«Ho paura» mormorò, ma stava parlando a se stessa. L'oscurità nascondeva le increspature disegnate attorno ai suoi occhi fragili. Non era pronta per tutto questo. E ci poteva giurare, non lo era Alex, che cercò di confortarla con un abbraccio senza dire niente. Una parte del loro animo era ancora a Kar, un presente alternativo sicuro, un rifugio protetto. Era quella parte di loro ad avere paura.

«Il nostro paese, Kar...» disse Jenny, la testa ora poggiata su una spalla di Alex, «in questo momento mi sembra di aver sognato tutto. Lo sento così distante... È assurdo.»

Lui le carezzò una guancia, poi chiuse gli occhi. Cercò di non pensare a niente, ma più si sforzava di cancellare ogni immagine dalla lavagna della sua mente, più i ricordi tornavano confusi, frammentati, e non era possibile ricondurli a un passato lontano né a un presente alternativo. Erano occhi gonfi di lacrime, erano strade, erano persone con lo sguardo al cielo, e poi ancora sorrisi, sassi che rimbalzavano sul letto di un fiume, pagine di un diario. Era come un caleidoscopio di ricordi perduti che cercava di trascinarlo via di lì, mentre il profumo dei capelli di Jenny lo riportava alla realtà. Alla fuga. Alla paura.

«Possibile che siamo...» continuò lei, e tirò su la testa. «Voglio dire, siamo anche lì? Contemporaneamente?»

Alex congiunse le mani sotto il mento e si appoggiò ai polpastrelli. Non rispose. O forse lo fece, dentro di sé, nel più profondo inconscio. Un luogo di cui Jenny conosceva le coordinate esatte.»

Quando sentì il furgone accostare all'improvviso, Thierry alzò la testa di scatto. Mark e Quinto scesero, girarono attorno al mezzo e aprirono il portellone posteriore. Il primo, mentre tirava la cerniera di una sacca che aveva sistemato vicino al posto occupato da Anna, cominciò: «Ora ascoltateci attentamente, abbiamo poco tempo».

«Dove siamo?» chiese Thierry.

«In un'area deserta, il parcheggio dello spaccio Frey. Sono le due di notte. Dobbiamo fare in fretta.»

«Fare cosa?» chiese Anna, mentre l'interno del vano si riempiva della luce di una fila di lampioni.

«Armarci» rispose Quinto.

Mark tirò fuori una scatola nera di plastica e la aprì. Quindi estrasse alcuni piccoli congegni color carne, di forma sferica, e li distribuì agli altri.

«Questo è un mio brevetto, anche se non penso di andare a depositarlo» rise nervoso, mentre infilava una di queste palline rosa nell'orecchio. Poi accese una centralina nera tonda, delle dimensioni di un anello, e la infilò in una tasca dei pantaloni. «Fate come me. Da questo momento siamo tutti in contatto. Questo aggeggio è allo stesso tempo auricolare e microfono. Sentiamo la voce degli altri, e gli altri sentono noi e tutto quello che accade attorno a noi. La centralina nella mia tasca gestisce il ponte radio.»

«Dovevano farti presidente della Lax» commentò Thierry, meravigliato.

Alex si infilò l'apparecchio acustico e alzò le sopracciglia stupito, nell'ascoltare in lieve differita le parole di Thierry.

«Il rivestimento gommoso fa sì che il materiale aderisca per bene alle pareti del vostro orecchio, e non rischi di scivolare via, di cadervi. Il colore, come vedete...» Mark si voltò e offrì ai presenti il profilo destro «...impedisce a chiunque di scorgere l'intruso a una prima occhiata. Le frequenze su cui trasmettiamo potrebbero combaciare con alcune di quelle utilizzate per le comunicazioni all'interno del Penitenziario, non ho certezza su questo. Dobbiamo rischiare.»

«E ora passiamo alle armi.» Quinto prese la parola, la voce e l'atteggiamento di un soldato. «Non posso mettervi in mano arnesi complicati da caricare e utilizzare, pertanto... ecco una serie di semiautomatiche calibro 45 della Stormo, una delle marche adottate dagli stessi militari di Gea. Hanno tutte una centralina elettronica inserita nella canna, un localizzatore che io e Mark abbiamo modificato in maniera che nessun rilevatore possa segnalarne la presenza. Nemmeno quelli del Penitenziario.»

«Ma io...» balbettò Jenny cercando conforto nello sguardo attento di Alex, mentre Quinto mostrava la pistola. «Cosa vi aspettate che facciamo? Non siamo dei militari.»

«Ma siamo dei ricercati» rispose il ragazzo. «Chiunque di noi può trovarsi da un momento all'altro in una situazione di emergenza. Terremo quest'arma in una fondina sotto la maglia, sperando di non doverla mai estrarre.»

Alex annuì, lo sguardo deciso. Poi, di fronte allo stupore di Jenny, disse: «Spiegaci come si usa.»

Quinto sorrise e mostrò ai compagni la pistola, tenendola nella mano destra.

«Questa parte scorrevole che vedete è il carrello otturatore. Tirandolo in questo modo...» disse impugnando l'arma nella sinistra e spingendo indietro il blocco superiore. «...armate il cane. A quel punto la pistola è carica. Vi basterà premere il grilletto per sparare.»

«Quanti colpi abbiamo?» domandò Anna.

«Otto. Ogni caricatore tiene otto cartucce. Ricordatevi che questa Stormo è una semiautomatica. Per sparare gli otto colpi dovete sempre armare il cane, non basta che teniate premuto il grilletto come si fa con le automatiche. Ho preferito dotarvi di questo modello perché, se capiterà di doversi difendere, ogni colpo è prezioso. Non potevo rischiare che li sprecaste.»

Quinto tirò fuori dalla sacca sei fondine ascellari, quindi si tolse la camicia ostentando il fisico scolpito. Mostrò come indossare la tracolla e vi inserì la sua arma, poi attese che gli altri facessero lo stesso e si rivestì. Thierry passò la pistola a Jenny, che trasse un lungo respiro e si fece forza.

«Qui nelle sacche abbiamo altra roba utile» proseguì «tra cui una mitraglietta che sono in grado di usare solo io. È per questo motivo che, se occorrerà, sarò io a coprirvi le spalle. Se ci troveremo in una situazione critica, nel caso io ordini "giù ora" dovrete immediatamente stendervi faccia a terra.»

«Ma noi... non entriamo?» domandò Alex mentre sistemava la Stormo sotto la maglia.

«Assolutamente no» rispose Mark. «Nessuno deve vedervi in giro.»

Thierry annuì, mentre Mark srotolava una tavoletta interattiva, la accendeva e mostrava agli altri la mappa del Penitenziario, indicando un punto preciso. «Quando noi saremo dentro, portate il furgone fino a qui.»

«Cos'è?» domandò Alex.

«Il cancello d'uscita del cortile.» Mark si rivolse direttamente a Thierry. «All'andata abbiamo un percorso obbligato e controllato. Al ritorno saremo io, Quinto e un detenuto che non vede la luce del sole da diciotto anni. Non possiamo rifare il percorso inverso.»

«Dal cortile è più sicuro?» domandò Anna.

«Come vedete dalla mappa, ogni braccio al piano zero ha un accesso al cortile mediante una porta situata alla fine di un breve corridoio. La struttura è la stessa per tutte le cinque aree del pentagono. Quindi, quale che sia la zona in cui tengono Ian, la via di fuga più rapida è quella.»

Jenny osservò prima lo sguardo concentrato di Alex, poi quello sereno di Quinto, l'espressione seria di Anna, gli occhi vibranti di Thierry e quelli decisi di Mark. Per una frazione di secondo, la mente tornò alle sconfinate valli della terra di Sam-en, al profumo inebriante dell'erba dei campi appena battuta dalla pioggia, al tramonto del sole dietro i rilievi che delimitavano il confine tra Kar e Garen. Mentre Quinto chiudeva la cerniera di una delle sacche, Alex la prese per mano. Avvertì il suo nervosismo e si voltò per guardarla negli occhi. *Siamo assieme, qualsiasi cosa succeda siamo assieme* le disse con il pensiero, e l'energia pura del suo spirito la avvolse come un caldo abbraccio.

«È tempo di andare» sentenziò Mark. «Andiamo a piantare il primo seme di questa rivolta.»

Capitolo 29

Mark accostò il furgone sul lato opposto della strada rispetto al cancello d'ingresso dell'ala ovest del Penitenziario di Marina, in un piccolo parcheggio separato dal marciapiede da una fila di alberi. Erano le due e mezzo di notte e l'aria si era fatta pungente. Dal punto in cui si erano fermati, si riuscivano a scorgere in lontananza alcune sentinelle poste sui tetti della struttura, un vasto edificio dalla forma pentagonale, bucato al centro da un ampio cortile. Le guardie a presidio dei camminamenti si muovevano con passo lento, le mitragliette fra le mani, addosso una divisa che da quel punto d'osservazione appariva scura, con qualcosa di luccicante all'altezza della cintura.

Mark, che era rimasto in silenzio lungo quell'ultimo tragitto, testò l'auricolare per comunicare con gli altri, chiusi nel vano di carico.

«Ci siamo. Mi sentite tutti bene?»

«Sì» risposero in coro.

Quinto aprì il portellone, una ventata gelida investì gli altri all'interno. Lui stesso si abbottonò la camicia fino al collo, poi tirò fuori una giacca nera elegante da una delle borse e la indossò. Mark li raggiunse e fece lo stesso.

«Tu sei Semel… o Matt?» Thierry si rivolse all'amico, che si stava sistemando la coda di cavallo, e i ricordi si riavvolsero per un attimo, tornando al giorno in cui i due si erano stretti la mano, decisi finalmente a smascherare il fantomatico programma del Benessere e dar vita a un risveglio della coscienza collettiva. Quel proposito era adesso realtà. Avevano oltrepassato il punto di non ritorno.

«Semel» rispose Mark, le sopracciglia inarcate sugli occhi accesi, pronti all'azione, mentre passava le chiavi del furgone al dottore. «Tieni.»

«Fate attenzione.»

Mark e Quinto si allontanarono, il passo lento e il cuore galoppante nel petto, diretti verso il gabbiotto sulla destra del cancello, presidiato da due sentinelle. Alle loro spalle si udì il rumore del motore del furgone, nuovamente in moto. Si scambiarono un cenno d'intesa mentre attraversavano la strada. Quando furono a pochi passi dal gabbiotto, una delle due guardie uscì, la mitraglietta ben salda tra le mani. Si rivolse ai due sconosciuti mentre sull'intera zona calava un silenzio spettrale.

«Identificazione» disse, con voce roca, dopodiché tossì. Era un uomo brizzolato, sulla cinquantina, le vene del collo tese come la corda di un arco, il petto gonfio sotto un maglione scuro.

«Prego» Mark alzò il braccio destro e inserì l'indice in un piccolo congegno tubolare che l'uomo teneva in mano, dotato di un display sulla parte superiore che offriva in tempo reale il profilo del soggetto.

«Dottor Semel P956354F...» la sentinella lesse ad alta voce.

«E questo è il mio assistente, il dottor Matt» rispose Mark mentre un soffio di vento gelato si insinuava nel colletto della giacca.

Quinto porse la mano e la guardia verificò, mentre il suo collega usciva dal gabbiotto e si avvicinava: «Dottor... Matt K638842S. Perché siete in visita a quest'ora della notte?»

«Veniamo da Horus, abbiamo un incarico per la Commissione Medica» rispose Mark, con tono freddo, distaccato.

«Siamo partiti alla fine del turno di lavoro» aggiunse Quinto.

La sentinella dai capelli brizzolati non batté un ciglio, mentre il collega più giovane aggrottò la fronte.

«Con chi avete appuntamento?» chiese il veterano.

«Stiamo facendo il giro di tutti i penitenziari. Verifica delle condizioni cliniche dei detenuti con pena capitale.» Mark estrasse un foglio piegato in quattro da una tasca dei pantaloni e lo mostrò alle guardie.

Il soldato più anziano lesse con attenzione e restituì il mandato a Mark.

«Accompagnali» disse al più giovane, che obbedì e li scortò fino al cancello, prima di passare l'indice sopra una placca e far scorrere l'inferriata.

Erano dentro.

Il soldato li condusse attraverso un androne, mentre il cancello si richiudeva alle loro spalle. Né Quinto né Mark dissero una parola, certi che lo scambio di battute con le guardie fosse stato ascoltato tramite auricolari da Thierry e gli altri, chiusi nel furgone parcheggiato dalla parte opposta della struttura e in silenzio.

In fondo alla camminata che costeggiava il perimetro del Penitenziario, un altro soldato dalla stazza imponente e dalla mascella pronunciata andò loro incontro. Confabulò per qualche secondo con la sentinella che li aveva accompagnati fin lì, poi si rivolse a Mark.

«Vi scorto io all'interno» disse, offrendo loro uno sguardo glaciale. «Entriamo da quella porta, venite con me.»

Mark e Quinto lo seguirono oltre il varco e poi lungo un ampio corridoio, dalle mura alte più di tre metri, con larghe finestre sul lato destro che arrivavano a sfiorare il soffitto e si affacciavano sul cortile interno. Sulla loro sinistra, una serie di uffici, le porte chiuse. Nel carcere regnava la quiete. A quell'ora i detenuti dovevano essere tutti sdraiati sulle rispettive brande, e disturbare il silenzio contravvenendo alla rigorosa disciplina, da quelle parti, non doveva essere una buona idea.

Il soldato passò di fronte all'unico ufficio illuminato dall'interno, lo superò e raggiunse la fine del corridoio. Si fermò davanti a una fila di elevatori. Quando entrarono in uno di questi, Mark sollevò lievemente le sopracciglia nel constatare la notevole ampiezza del vano, che nella mappa visualizzata sul pannello non pareva tanto grande. Poteva entrarci senza problemi il suo furgone. Era probabile che questi giganteschi montacarichi venissero usati per trasferire intere sezioni di detenuti in blocco. Peraltro, come aveva avuto modo di vedere sulla mappa, la maggior parte dei carcerati era sistemata nei piani sotterranei, dove i tunnel si intrecciavano in una sorta di labirintica griglia di corsie.

La guardia sfregò il dito su una placca metallica che incorniciava un piccolo display, sul quale apparve la piantina digitale del Penitenziario. Quindi selezionò un settore, e l'elevatore iniziò a muoversi. Il soldato rimase in silenzio, le mani dietro la schiena e lo sguardo in alto, mentre Quinto sentiva che il mezzo non si muoveva solo verticalmente, ma anche orizzontalmente, quasi stesse disegnando una sorta di spostamento a zig zag all'interno della struttura del carcere. Mark si voltò solo una volta verso di lui, lo sguardo carico di tensione. Nessuno di loro aveva mai fatto niente di simile. Un solo, minuscolo errore, e da quel posto non sarebbero più usciti.

«Ora vi condurrò dall'agente di custodia del braccio C, livello E2. Il livello E comprende tutti i detenuti ai quali sia stata comminata una pena a vita, il numero 2 sta a indicare quelli reclusi in isolamento.»

«Sì, signore» rispose Mark, con un eccesso di rispetto che suonò forzato. La guardia non replicò, e fece strada lungo un corridoio stretto che conduceva a un piccolo ufficio protetto da un vetro sporco. L'aria, in quell'ala del Penitenziario, era pregna di un forte odore di ammoniaca che penetrava le narici e bruciava al loro interno.

Il soldato disse qualche parola tramite una fessura nel vetro, quindi si congedò e riprese il corridoio in senso opposto, fermandosi in prossimità dell'elevatore. Mark e Quinto si trovarono di fronte alla cabina dell'agente di custodia, un uomo obeso dal volto sudato e paonazzo, che li osservò con diffidenza per qualche istante e poi si alzò, a fatica, e aprì una porticina laterale.

«Mostratemi il mandato» disse, quasi goffo e scandendo male le parole.

Mark tirò nuovamente fuori il documento e lo porse al responsabile del braccio, mentre Quinto faceva un lungo respiro.

«Non ho avuto alcuna comunicazione a proposito di questa visita» disse l'uomo.

Quinto lanciò un'occhiata a Mark e senza muovere un sopracciglio comunicò tutta la sua agitazione. Quello di fronte a loro poteva essere uno dei tanti dipendenti dalle scarse capacità intellettive che la società di Gea relegava in posti in cui il lavoro routinario avrebbe richiesto soltanto il rispetto di poche fondamentali regole. Personaggi di questo tipo guidavano camion, gestivano archivi, sorvegliavano palazzi. Addestrati a segnalare anomalie, erano piuttosto affidabili. Oppure si trattava semplicemente di una guardia dal fisico non esemplare, ma oltremodo scrupolosa, e di certo scocciata di avere ospiti.

«Stiamo visitando tutti i penitenziari di Gea, secondo la direttiva della Commissione Medica di Horus.» Mark proseguì secondo copione.

La guardia tornò a sedersi di fronte al pannello, picchiettò con gli indici su una tastiera e scosse la testa. Infine uscì nuovamente dal piccolo ufficio.

«Non posso farvi passare» disse, monocorde.

Quinto avanzò di un passo, il fare minaccioso. Poi si contenne: «Siamo venuti apposta da Horus».

«Abbiamo un mandato specifico» aggiunse Mark.

«Signori, qui vige il livello di protezione E2. Non mi basta il mandato. Devo ricevere personalmente una comunicazione tramite Testo, mandata dal suo superiore della Commissione Medica e autenticata tramite sistema Codice. Finché non mi arriva questo tipo di comunicazione, dovrete seguirmi in sala d'attesa e aspettare…»

L'agente scansò Quinto e fece strada fino a una porta a vetri pochi metri più in là. Lo seguirono fin dentro una piccola stanza con un tavolo al centro e quattro sedie attorno. Su una mensola in legno giaceva un microfono, accanto a esso un dispositivo di diffusione audio che Mark conosceva bene, targato Lax.

«Faccio immediatamente le dovute verifiche.» Il responsabile del braccio C chiuse a chiave la porta a vetri e si allontanò, subito raggiunto dalla guardia che li aveva condotti fin lì.

«Maledizione» sussurrò Mark.

Quinto si sedette e piantò i gomiti sul tavolo, la testa poggiata sulle nocche.

La voce di Thierry risuonò nell'auricolare: «Abbiamo sentito tutto. Possiamo falsificare in diretta questa autorizzazione?»

«No» rispose sottovoce Mark mentre lanciava un'occhiata oltre le vetrate e scorgeva le due guardie a colloquio. «Potrei dettarti il documento, ma il sistema Codice è inattaccabile. Verifica con estrema sicurezza la provenienza della comunicazione. E non possiamo modificarlo a distanza con una semplice tavoletta interattiva.»

«Non ci voleva» disse Quinto, lo sguardo basso sul tavolo.

«Siete in grave pericolo» disse Anna, seduta nel vano di carico vicino al portellone semichiuso. «Dovete uscire a tutti i costi di lì...»

Alex e Jenny si guardarono in faccia per alcuni istanti. In silenzio, gli occhi carichi di ansia, consapevoli del fatto che se la missione fosse naufragata non avrebbero più avuto modo di tirare fuori il loro amico dalla cella in cui era rinchiuso da diciotto anni.

Androne. Porta. Corridoio. Elevatori. Braccio C. Livello E2.

Fu un attimo. Nessuno seppe mai cosa si dissero con il pensiero in quegli istanti di palpabile tensione emotiva. Con uno scatto, Jenny balzò fuori dal furgone e iniziò a correre all'impazzata lungo il perimetro esterno del carcere. Alex saltò giù e la inseguì.

«No. No!» gridò Anna dall'interno del vano.

Chiuso nella saletta, Quinto si alzò in piedi di scatto: «Cosa succede?»

«Alex e Jenny sono usciti dal furgone» rispose Thierry mentre scendeva dal mezzo insieme ad Anna «e stanno correndo verso l'ingresso del carcere!»

«Fermateli immediatamente» ordinò Mark voltandosi e dando le spalle alla vetrata. «Si faranno ammazzare!»

Thierry fece uno scatto in avanti, ma Anna gli afferrò un braccio e lo bloccò: «Tu no. Se ti prendono, non hai armi con le quali difenderti».

Il dottore rimase con gli occhi inchiodati a quelli di Anna per alcuni secondi e si chiese di cosa stesse parlando la donna. Poi comprese. Non riguardava le armi da fuoco di cui erano in possesso. Riguardava una possibilità che lui non aveva ereditato. Annuì suo malgrado, chiuse il portellone e rispose: «Sali, raggiungiamoli con il furgone.»

Anna montò sul mezzo e Thierry avviò il motore.

«Dobbiamo fare qualcosa» disse Quinto.

«Ma cosa? Non possiamo uscire da questa stanza, ci hanno chiusi dentro.» Mark si guardò attorno e i suoi occhi incontrarono la nudità della saletta. Priva di finestre, senza librerie o cassettiere, con una sola mensola che ospitava il sistema di diffusione audio, e un tavolo spoglio.

«Sono vetri antiproiettile questi» commentò Quinto. «Non possiamo neanche usare le armi. Dannazione, se li prendono è tutta colpa nostra.»

«L'avevo già testato.»

«Cosa?»

«Quel maledetto documento. Avevo già fatto una prova, nelle carceri di Sirio, un paio di mesi fa. Nessuno mi ha chiesto quella dannata autorizzazione! Ho visitato un detenuto, finto di controllargli pressione arteriosa e riflessi. Una banalissima visita medica. Poi me ne sono andato, così com'ero entrato. Con la pistola non rilevata nella fondina ascellare e il profilo falso nel silicone attorno al mio dito. Doveva funzionare.»

«Come cazzo usciamo di qui...» sussurrò il giovane mentre si guardava attorno. Oltre i vetri, in lontananza, l'agente di custodia e il soldato che li aveva scortati fino a quel livello continuavano a parlare fra loro.

A un tratto Mark disse qualcosa tra sé e sé, poi tirò fuori un piccolo oggetto dalla tasca posteriore dei pantaloni e si avvicinò al microfono.

«Cosa fai?»

«Improvviso.»

Sulla mensola accanto all'altoparlante giaceva un dispositivo rettangolare grigio, alto pochi centimetri, il logo della Lax in rilievo sulla parte superiore. Mark prese fra le dita il microchip esterno che aveva con sé e lo infilò in un'entrata sul fianco del congegno. Un display rettangolare si illuminò sulla testata dell'apparecchio.

Per fortuna me lo porto sempre dietro.» Mark premette dei tasti sulla destra del piccolo schermo.

«Cosa?»

«L'archivio. Questo è un sintetizzatore digitale P21 della Lax, l'ho testato e usato decine di volte quando lavoravo per loro. Legge qualsiasi tipo di formato audio, dalla semplice onda grezza ai documenti compressi.»

«A cosa serve?»

«Alla diffusione di annunci tramite il sistema audio del Penitenziario.»

Quinto fece un passo avanti, un ghigno furbo dipinto in volto.

«Mi stai dicendo che vuoi...»

«Devo distrarre la loro attenzione in qualche modo. Arma la pistola» ordinò Mark, gli occhi infuocati «e preparati a difendere la posizione. Inizia la festa.»

Quando il furgone di Thierry svoltò nella via principale e raggiunse il cancello da cui erano entrati Mark e Quinto, Anna sgranò gli occhi, incredula. Il gabbiotto era vuoto, e le due guardie stavano camminando l'una verso l'altra, sul ciglio della strada, le pistole puntate contro i rispettivi crani.

«Cosa vuol...» disse Anna, prima che i due facessero fuoco nel medesimo istante e crollassero a terra. Il rumore dello sparo fu sordo, ovattato, il risultato dell'uso di pistole silenziate.

«Oh, cazzo» sussurrò Thierry, in un misto di euforia e preoccupazione. «Sono stati i ragazzi, vero?»

«Credo proprio di sì» rispose Anna.

Oltre il cancello, Alex e Jenny stavano percorrendo il gelido e deserto androne a passo spedito, guardandosi continuamente attorno.

Memori della conversazione udita solo un quarto d'ora prima, durante la quale si erano figurati l'intero percorso di Mark e Quinto all'interno del carcere, seguirono la strada che gli suggeriva il loro istinto. Negli occhi avevano ancora i volti intontiti delle due guardie, impotenti di fronte al loro sguardo capace di penetrare fra gli oscuri corridoi della memoria e scavare fino a sradicare ogni loro sicurezza. E quella frase, *il tuo collega è un traditore*, che nel giro di pochi istanti Alex e Jenny avevano fatto viaggiare lungo le sinapsi delle sentinelle, prendendo possesso della loro coscienza per un istante in modo che al cervello arrivasse netto e ineluttabile l'ordine di eliminarsi l'un l'altro. L'errore dei due soldati era stato quello di prestare loro ascolto. Di concedere quei pochi attimi, fatali. Per una frazione di secondo, mentre superava il cancello, Jenny ebbe una sorta di *déjà-vu*. O forse si trattava di un ricordo di quella vita che emergeva dall'oblio. Vide un uomo, all'interno di un elevatore. Qualcuno che aveva cercato di arrestare la sua fuga, tanti anni prima. Qualcuno che aveva pagato con la sua stessa sanità mentale.

«La porta» disse Alex. «È questa. Sono passati di qui.»

«Entriamo» Jenny tirò fuori la Stormo dalla fondina ascellare e la caricò. Poi scambiò un'occhiata di complicità con Alex, che si armò a sua volta. «Dentro non saremo soli.»

Alex sbucò nel lungo corridoio dai finestroni ampi e le altissime pareti e si guardò attorno, la pistola ben salda tra le mani. Jenny, dietro di lui, bisbigliò: «Laggiù.»

Due guardie stavano venendo verso di loro, dal fondo della corsia. Camminavano a passo lento.

«Dobbiamo raggiungere gli elevatori» disse sottovoce Alex. «Ma non può andarci bene una seconda volta.»

Jenny si morse un labbro: «Da qui non possiamo passare, dannazione. Thierry, ci senti?»

«Ragazzi!» La voce del dottore gracchiò nell'auricolare. «Venite via di lì, se vi individuano…»

«Ormai siamo dentro. Dimmi se ci sono altri elevatori oltre

quelli alla fine del corridoio che hanno percorso Mark e Quinto.»

Thierry controllò sulla mappa e rispose: «No. Dovete per forza arrivare in fondo se volete scendere. Tornate indietro, subito. È troppo pericoloso.»

«Nemmeno per sogno» rispose Alex, con un filo di voce quasi impercettibile.

Jenny tacque. Cercò invano di trovare una soluzione, ma l'unica strada possibile era rinunciare. Difficilmente altri militari avrebbero concesso loro il tempo di farsi plagiare, tra quelle mura.

Quando le guardie furono a una decina di metri dalla rientranza della parete dietro la quale erano nascosti, accadde l'imprevisto.

Iniziò con un arpeggio acustico accompagnato da un movimento di archi, in una soave armonia che prese a diffondersi in ogni angolo del Penitenziario di Marina, arrivando perfino ai tetti, sui quali erano montati cinque altoparlanti, uno per braccio.

Thierry e Anna, rintanati nel furgone, si guardarono in faccia stupiti. Mentre una delicata voce maschile iniziava a cantare, i soldati che muovevano verso Alex e Jenny prima aggrottarono la fronte, poi voltarono le spalle, corsero verso l'unico ufficio con la vetrata illuminata da una luce all'interno e vi entrarono.

«Com'è possibile...» disse Alex, gli occhi speranzosi, mentre il brano lo riportava indietro di un'intera vita. Era certo di conoscere quelle note, custodite da qualche parte nei recessi della sua memoria.

«Non lo so» bisbigliò Jenny. «Ma è il momento di correre.»

In quell'istante, il vecchio Ian spalancò gli occhi nell'oscurità della cella d'isolamento mentre la sua memoria tornava indietro nel tempo alla ricerca di quell'incantevole melodia. Non fu il solo. L'intero Penitenziario di Marina si destò. Molti detenuti si affacciarono tra le sbarre della loro gabbia, i volti piacevolmente sconcertati da un evento unico nella storia di quella prigione.

Intanto, al livello E2, la guardia impacciata e il collega dal fisico statuario si precipitarono nella saletta d'attesa.

«Come cazzo vi siete permessi di usare il sintetizzatore?» gridò l'energumeno oltre le vetrate mentre l'altro sbloccava la sicura della porta. Mark e Quinto erano appostati oltre il tavolo, in ginocchio dietro gli schienali di un paio di sedie, le armi pronte allo scontro.

Non appena le guardie furono dentro, Quinto si espose e fece fuoco. Mark allungò un braccio oltre lo schienale di legno, si affacciò e sparò a sua volta. La guardia dal fisico tozzo crollò sulle sue ginocchia, uno squarcio aperto nel petto, mentre l'altra, con uno scatto alla sua sinistra, evitò i proiettili e ruzzolò di lato. Appena fu di nuovo sulle sue ginocchia, rispose al fuoco puntando Quinto, che si gettò faccia a terra. Mentre il soldato dirigeva l'arma contro il suolo per freddarlo, Mark rovesciò con un calcio il tavolo contro di lui, poi caricò la semiautomatica e sparò ancora, aprendo una crepa nel legno. Si udì un tonfo seguito da un istante di irreale silenzio. Quando Mark scostò il tavolo, la guardia era riversa al suolo con il volto intriso di sangue e gli occhi spalancati.

«Via di qui!» gridò a Quinto.

Dopo aver attraversato di corsa l'intero corridoio per raggiungere gli elevatori, Alex e Jenny si fermarono di colpo. Non due ma sei guardie uscirono dall'ufficio illuminato a pochi metri da loro. Le divise blu scuro, scintillanti all'altezza della cintura per via di una placca dorata al centro, le pistole ben salde fra le mani e il passo svelto.

Il sangue si raggelò nelle vene dei ragazzi, mentre i soldati avanzavano armati e la voce cristallina del cantante si produceva in un sublime acuto.

«Gettate immediatamente le armi» intimò uno dei sei uomini.

In quel momento, in anticipo rispetto al suo atteso ritorno da Oriente, Dana raggiunse la stanza di degenza 129 del dodicesimo piano di Synaptica.

E la vide vuota.

Non appena si rese conto di quanto fosse successo, la donna uscì dalla stanza di degenza di Alex e Jenny e si precipitò in fondo alla buia corsia. Passò il dito indice su una sporgenza convessa in plastica illuminata da un led rosso e una voce gracchiò dall'interno di un dispositivo audio: «Sicurezza.»

«Sono Dana. La stanza 129 è vuota. Qualcuno mi spieghi che cosa è accaduto.»

«Direttrice... non l'hanno informata? Un'evasione. Abbiamo trovato quattro agenti delle squadre Wusk nei sotterranei. Uno sembra come drogato, non risponde alle domande. Tre di loro hanno perso la vista, dicono di non essere riusciti a...»

«Chiamatemi Thierry. Immediatamente.»

«Direttrice... pare che Thierry sia con loro. Un magazziniere ha visto scappare il dottore insieme a una donna dai capelli rossi e due pazienti in vestaglia.»

Dana rimase pietrificata, gli occhi fissi sulla parete di fronte a lei, mentre tutt'intorno regnava il silenzio.

«Come è stato possibile» disse, e non suonava come una domanda.

«Siamo costernati, l'avvicendamento di una squadra nuova ha creato dei problemi interni, noi della Fenice eravamo ai piani superiori quando è accaduto il tutto e...»

Dana si allontanò senza ascoltare una parola in più. Il rumore dei tacchi echeggiò in tutto il dodicesimo piano mentre la donna raggiungeva a passo celere gli elevatori, il volto tirato, le labbra serrate e gli occhi accesi di collera. Durante la discesa al piano 0, come spesso le capitava, socchiuse le palpebre e cercò di ricomporsi e contenere la rabbia rifugiandosi in un istante di meditazione. L'episodio le sovvenne spontaneamente, aveva i colori scintillanti della gioventù e l'aspetto esaltante di una nuova scoperta.

Era la prima volta che suo padre la portava a vedere i frutti di anni di intenso lavoro, all'interno di una struttura di cui era ideatore e direttore, sebbene nessuno di questi ruoli figurasse su alcun documento ufficiale. Lei stava per compiere ventisette anni, ma aveva ancora lo sguardo furbo e curioso della bambina che tanto tempo prima seguiva suo padre come un'ombra, anche quando le veniva espressamente vietato. Anche quando le costava punizioni corporali, oppure – e questo forse era anche peggio – l'indifferenza dell'uomo. In quel ricordo c'era anche Thierry, ma era quindici anni più giovane e non portava ancora né gli occhiali né i folti baffi grigi. Accolse suo padre con un goffo inchino, in segno di totale riverenza, poi salutò anche lei e fece strada lungo un ampio corridoio dalle pareti color argento. In fondo c'era una larga porta a scorrimento.

A un tratto il ricordo scattava in avanti, come se mancassero delle parti di quel tragitto nella sua memoria. Ora si trovava seduta su una poltroncina blu, al centro di quelli che parevano spalti di un palazzetto. Suo padre e Thierry confabulavano in lontananza, appoggiati alla ringhiera di un camminamento semicircolare, lo sguardo rivolto verso l'ampia sala sotto di loro. Lei appoggiò i piedi sul sedile di fronte, tirò su le ginocchia e vi affondò i gomiti. Poi osservò. A una ventina di metri da lei, sotto la piccola tribuna, un gruppo formato da almeno centocinquanta ragazzi se ne stava in ginocchio, di spalle, la testa alta verso un megaschermo. Le braccia tese lungo i fianchi, la schiena dritta, non un fiato, non un colpo di tosse. Sull'enorme pannello prese forma un volto umano stilizzato. I contorni di una faccia, appena tratteggiati in maniera grossolana. Il naso e la bocca erano due segni quasi impercettibili. Degli occhi nessuna traccia.

Un altro scatto in avanti. Forse un'ora più tardi.

«Quanto sono rimasti in quella posizione?» chiese Dana mentre tornava a casa con Ivan a bordo di una macchina con un separé che tagliava fuori l'autista dai loro discorsi.

«Almeno tre ore» rispondeva suo padre, la tavoletta interattiva tra le mani, gli occhi impegnati a leggere una comunicazione privata. Il viso duro come la pietra, le sopracciglia inarcate sugli occhi impenetrabili. La barba incolta e ispida, come a volte usava portare.

«Questo rinsalderà la loro disciplina» commentò lei, nel tentativo di destare l'attenzione del padre.

«Nessuno ha chiesto la tua opinione, Dana. E ora, fammi la cortesia di rimanere in silenzio. Ho dei messaggi da leggere.»

❃ ❃ ❃

L'elevatore giunse al piano terra e il rumore della porta scorrevole riportò la direttrice di Synaptica alla realtà.

Sistemò il colletto della giacca e camminò spedita verso il banco dell'accoglienza, una mezzaluna dietro la quale due ragazze sui trent'anni stavano digitando qualcosa su un paio di pannelli Darren.

«Direttrice» esordì una delle due. «Possiamo aiutarla?»

«Nessuno mi ha comunicato quanto accaduto nei sotterranei questa sera.» La voce di Dana si mantenne su toni moderati, senza far trasparire il minimo accenno di irritazione. «Ero di ritorno da Oriente e non ho saputo niente finché non sono entrata di persona in quella stanza di degenza.»

Le ragazze si guardarono in faccia per un istante, imbarazzate.

«Avete una spiegazione?» insistette lei, e abbozzò un falso sorriso.

«In realtà... credevamo fosse compito della sicurezza, non pensavamo che...»

«Prendete le vostre cose» disse Dana, prima di voltare le spalle e lasciare la struttura, «e non fatevi più vedere.»

Capitolo 30

«Thierry, hai sentito?» disse Mark, il cuore in gola, mentre ripercorreva il corridoio del livello E2, seguito da Quinto. «Li hanno beccati, dannazione!» La voce dell'uomo risuonò fastidiosa negli auricolari di Thierry e Anna, appostati nel furgone fuori dal Penitenziario di Marina.

«Io entro» rispose la dottoressa, e cercò in Thierry uno sguardo d'approvazione che non arrivò.

«Vogliamo farci uccidere tutti?» le gridò lui.

La donna scese dal mezzo mentre il brano musicale continuava a deliziare le orecchie dei detenuti, sovrastato ora da una fortissima sirena.

«Hanno dato l'allarme» sbottò Quinto mentre con Mark saliva sull'elevatore. «Siamo fottuti.»

«Thierry, ci sono delle bombe a mano nelle borse» disse Mark. «Sbarazzati delle guardie sui tetti!»

Mentre Anna spariva dietro il cancello d'ingresso, pistola alla mano, il dottore scese dal mezzo, aprì il portellone e prese una delle sacche, poi lo richiuse e portò la borsa con sé. Seduto fra due alberi, mentre sui tetti le guardie iniziavano a muoversi concitate, tirò fuori una manciata di bombe a mano e si preparò all'azione.

Sono troppi, pensò Jenny mentre un soldato avanzava sganciandosi dal gruppo. Lei e Alex si chinarono lentamente per poggiare le armi a terra.

«Voi...» disse l'uomo, la pistola puntata verso di lei «siete i pazienti evasi da Synaptica. I ricercati.»

I pensieri dei ragazzi si intrecciarono per un istante e si comunicarono qualcosa, quindi Alex si tirò su mantenendo la pistola ben stretta fra le dita e passò il braccio oltre al collo di Jenny, tirandola a sé come un ostaggio.

«Bravo» gridò, puntando la pistola alla tempia della ragazza mentre il cuore gli esplodeva nel petto, «ci hai riconosciuti.»

«Cosa credi di fare?» intimò un altro dei sei soldati.

«Abbassate le armi o le sparo. Giuro che l'ammazzo. E renderete conto a Dana di questo errore. Personalmente.»

Gli uomini rimasero fermi per alcuni istanti, mentre Jenny iniziò a sudare freddo. Gli occhi terrorizzati, sebbene fosse stata lei stessa a suggerire questa mossa ad Alex. Il bluff si reggeva su un'unica ipotesi: che l'ordine di Dana fosse di catturarli vivi a ogni costo. Le guardie rimasero immobili, gli occhi spietati, poi una di esse annuì con il capo e iniziarono tutti a gettare le armi a terra.

Fu in quel momento che le sagome di Quinto e Mark comparvero oltre un muro e rimasero immobili di fronte all'assurda scena. Quinto prese a correre verso il gruppo di soldati e il suo grido rabbioso echeggiò in tutto il corridoio insieme all'ululato della sirena. Saltò con invidiabile agilità e atterrò con la scarpa sulla schiena di un militare, mandandolo a terra e togliendogli il fiato. Gli altri si voltarono di scatto e uno gridò: «È una trappola, fate fuoco!»

Nel giro di pochi concitati secondi, Alex e Jenny sfondarono la porta di un ufficio dalle luci spente e si ripararono all'interno. Mark colpì al torace una guardia, mentre Quinto prese fra le mani la testa del soldato appena atterrato e la fece ruotare fino a spezzargli l'osso del collo. Gli altri agenti recuperarono le armi e risposero al fuoco, costringendo Quinto a estrarre la Stormo e difendersi indietreggiando.

Altre due guardie caddero, i corpi ammassati l'uno sull'altro. Mark si barricò dietro la porta aperta di un ufficio, mentre Quinto rimase improvvisamente senza colpi, totalmente esposto di fronte a un altro soldato che gli puntava la pistola contro.

«Muori!» L'uomo, rasato, le spalle larghe su un fisico robusto, fece per premere il grilletto ed esplodere un colpo mirando al petto. In quell'istante, alle sue spalle, Jenny uscì allo scoperto, puntò l'arma e chiuse gli occhi. Il colpo che partì dalla canna della sua pistola fu di estrema precisione e centrò la nuca del soldato.

La sola guardia rimasta, disarmata, tentò un'impossibile fuga, e fu Mark a colpirla a distanza con l'ultimo dei proiettili a disposizione nel suo caricatore.

«Alex! Jenny!» Il grido di Anna giungeva dal fondo del lungo corridoio, mentre Mark e Quinto si riunivano a pochi passi dai cadaveri delle guardie.

«Anna...» Alex venne fuori dall'ufficio e la vide, ma in quell'istante un manipolo formato da una decina di soldati prese forma alle spalle della donna. «No!»

«Ce ne sono altri! Scappiamo!» urlò Mark, e prese per un braccio Jenny.

«Non possiamo lasciarla lì!» Quinto raccolse un'arma da terra e fece alcuni passi in avanti. Cercò di mirare verso l'indistinta massa di agenti alle spalle di Anna e fece fuoco. Questi risposero sparando nella sua direzione.

Anna si trovò nel mezzo. E cadde.

«No!» sbraitò Quinto con tutto il fiato che aveva in gola, poi fuggì insieme agli altri.

Entrarono di corsa nell'unico elevatore pronto al piano 0. Quando furono dentro, Mark selezionò il livello E2.

«L'hanno presa» disse Alex, il volto trasformato in una maschera di terrore. «L'hanno colpita.»

Jenny si strinse nelle sue braccia e scoppiò in lacrime.

«È colpa mia.» Quinto abbassò lo sguardo, sconvolto.

«Non dire sciocchezze!» Mark lo afferrò per le spalle. «Tiriamo fuori Ian e leviamoci di mezzo, o nessuno di noi uscirà vivo da questo posto!»

L'elevatore rallentò fino a fermarsi, la porta scorrevole rientrò e i quattro corsero per il sotterraneo più basso del braccio C, oltre il piccolo ufficio dell'agente di custodia, al di là della saletta dove giacevano i corpi senza vita delle due guardie. Fino all'unica cella presente in quel livello del carcere. Mark arrivò per ultimo, dopo aver sottratto dalle tasche della guardia obesa una tessera magnetica e dopo aver recuperato il microchip con l'archivio audio dal sintetizzatore Lax.

Quando fu di fronte alla pesante porta d'acciaio della cella d'isolamento, inserì la scheda in una fessura al centro di una placca metallica a muro. Attese un paio di interminabili secondi e si asciugò il sudore della fronte con la manica della giacca. La porta sì sbloccò.

A questo punto Mark fece un passo indietro e furono Alex e Jenny ad aprirla.

Lui spinse la porta con entrambe le mani. Lei gli stette accanto, i battiti ormai incontrollabili nel petto. I loro occhi penetrarono nel buio e misero lentamente a fuoco l'immagine di un anziano con una vestaglia bianca addosso, seduto su una branda, lo sguardo basso, le guance scavate e le mani grinzose appoggiate sulle ginocchia.

Ian si voltò piano, e quando incontrò gli occhi di Alex e Jenny sorrise, per niente sorpreso di vederli.

Forza, ragazzi. Usciamo da questa gabbia.

La sua stessa voce risuonò tra le pareti del cranio, echeggiando e roteando in un vortice infinito. Quella frase era lontana un'eternità. Ma non importava. Ora era lui in gabbia. Ed erano loro a tirarlo fuori.

Nel suo sguardo c'era una commozione impossibile da esprimere, nell'espressione del volto c'era la sofferenza diventata abitudine, la speranza divenuta rassegnazione. Ma, da alcune ore, c'era anche una nuova imprevista consapevolezza. Il ponte era saldo, le carte ancora tutte da giocare. A patto di uscire vivi da quel posto.

La preparazione psicofisica con cui aveva affrontato la lunga prigionia era finalmente al servizio della fuga. Si alzò, andò incontro ad Alex e Jenny che lo osservavano commossi e scoprivano ogni attimo di più l'aspetto di un uomo di ottantotto anni, smilzo, il volto segnato da profondi solchi, gli occhi furbi di un ragazzo.

«Non abbiamo tempo» gli disse Alex, ma in quel fugace scambio di sguardi il tempo era un ospite indesiderato. Il loro rapporto non ne conosceva i limiti, la loro amicizia ne superava le barriere.

Uscirono da lì e seguirono tutti Mark, unico a conoscere la strada da quel punto in poi.

«Stiamo per sbucare nel cortile» disse Mark, concitato, mentre correva lungo il corridoio e saliva per una stretta scala. «Mi senti, Thierry?»

«Ti sento» rispose il dottore, appollaiato fra due alberi dalla parte opposta, vicino al cancello principale.

«Dove ti trovi?»

«Lato ovest, dove vi ho lasciati.»

«Lancia le bombe sul tetto da quella posizione! Attireranno le sentinelle. Poi salta sul furgone e posizionati sul lato est.»

«D'accordo.»

Thierry si alzò e si diede da fare. Sganciò in sequenza quattro bombe a mano, gettandole verso il camminamento sul tetto della struttura con tutta la forza che il suo braccio destro poteva sostenere.

Colpì e fece cadere un paio di agenti, mentre altri corsero in direzione della nuvola di fumo che si venne a creare. Poi montò al posto di guida e partì a tutta velocità. La sirena intanto continuava a rimbombare in tutto il quartiere.

In cima alla scala, Mark diede un calcio a una porta di metallo e questa si aprì sull'ampio cortile dove i detenuti trascorrevano l'ora d'aria ogni pomeriggio. I detenuti fortunati, naturalmente. Ian alzò per un attimo gli occhi al cielo e incontrò la mezza faccia stupita della luna, regina del firmamento. Alex e Jenny lo presero per mano e insieme stettero dietro a Mark e Quinto mentre percorrevano il perimetro del cortile costeggiando le pareti dell'ala nord. Dall'altra parte dello spiazzo sbucarono due agenti.

«Mark!» gridò Quinto, e indicò all'amico le guardie che stavano correndo verso di loro.

«Tutti a terra!» urlò Mark. «Alex, passami la tua pistola!»

Alex obbedì, lanciò la Stormo verso l'uomo che la afferrò, caricò il primo colpo e lo esplose in direzione dei due militari. Questi si gettarono al suolo e rotolarono su un fianco, mentre Quinto correva dietro un piccolo magazzino al centro del cortile e vi girava attorno. A una delle pareti era appoggiato un bastone. Il ragazzo lo afferrò, e senza perdere un istante in più si lanciò verso i soldati, cogliendoli di spalle. Il resto del gruppo si rialzò e riprese a correre verso il cancello d'uscita mentre Quinto impartiva una lezione ai soldati con il solo uso del bastone. Il primo fu messo a terra con due rapidi colpi assestati sotto il mento. Il secondo non fece in tempo a puntare la pistola che questa volò per aria, prima che il legno gli si piantasse nello stomaco e gli facesse sputare un fiotto di sangue.

Una guardia appostata sui tetti cominciò a sparare da grande distanza, ma il gruppo era già rintanato nell'androne di fronte al cancello d'uscita. Quinto raggiunse gli altri e si riparò oltre un muro.

«Come lo apriamo?» chiese Alex, affannato.

Mark rispose con un ghigno, quindi parlò fissando il cancello.

«Thierry, mi senti?»

«Sono sul furgone. Dove siete?»

«Al cancello. È ora che tu ci venga a prendere.»

«Agli ordini.»

Il dottore disegnò una curva con il furgone e si posizionò spalle al cancello. Quindi ingranò la retromarcia e schiacciò a fondo il pedale, gli occhi fissi sugli specchietti retrovisori.

I cinque arretrarono subito quando videro la sagoma del furgone venire a tutta velocità verso il cancello, finché il portellone posteriore impattò contro l'inferriata e la sfondò.

«Tutti su!» gridò Mark, mentre dal cortile arrivavano le grida e gli spari di un altro gruppo di soldati armati di pistole e mitragliette.

Thierry balzò giù dal mezzo e spalancò in fretta i portelloni del vano di carico. Scambiò solo uno sguardo fugace con Ian, carico di tensione, poi lo spinse dentro. Dopo aver fatto salire Alex e Jenny, il dottore salì a sua volta e tentò di richiudere il portellone del vano di carico con scarso successo. Lo scontro con il cancello aveva fatto saltare il meccanismo di blocco, così dovette tenere le porte chiuse dall'interno, tirando a sé le maniglie.

Quinto montò davanti, Mark tornò alla guida e in pochi istanti, sotto una scarica di colpi di mitraglietta che rimbalzò tutt'intorno e investì la fiancata destra, il furgone si lasciò il Penitenziario alle spalle e sparì nell'oscurità della notte.

Capitolo 31

«È solo colpa mia» disse Quinto con un filo di voce.

Il furgone di Mark stava attraversando un largo viale delimitato da file di alti lampioni, che tagliava due file di caseggiati di tre piani, le facciate anonime, nessuna luce accesa alle finestre. L'arteria conduceva fuori città, ma entrambi sapevano bene che i caselli situati all'imbocco delle statali sarebbero stati presidiati da posti di blocco. Ora che i volti di Mark e Quinto erano stati protagonisti dello scontro a fuoco sotto le telecamere di sorveglianza del Penitenziario di Marina, l'intero gruppo era iscritto fra i ricercati. E forse, l'ordine di catturare Alex e Jenny vivi non era più così categorico.

«Smettila» gli intimò Mark. «Ci siamo trovati nel mezzo del fuoco.»

«Non dovevo sparare, erano troppi. Dovevo solo fuggire.»

«Hai fatto il possibile, Quinto. L'avrei fatto anch'io.»

«Ho fatto una stronzata!» Il ragazzo non riuscì a trattenere un pianto nervoso e batté un pugno contro il finestrino: «Avrebbero potuto solo catturarla, avrebbero… dannazione, Mark, l'hanno uccisa!»

Nel vano di carico calò il silenzio. Nessuno parlò per diversi minuti, ma tutti pensavano a quella donna dalla chioma rossa e il sorriso malizioso, brillante e piena di coraggio. La donna che diciotto anni prima aveva dato nuova vita ai tre ragazzi, portandoli via dall'incubo. L'allieva che, a costo della sua stessa incolumità, aveva accettato di prendere parte alla missione per tirare fuori il suo maestro dalla topaia nella quale stava consumando la sua vita.

Alex aveva fatto appena in tempo a vederla, quella cella. Quel cubo di cemento, dotato di una branda corta che costringeva il detenuto a rannicchiarsi ogni notte. Quella cavità fredda e dimenticata dal mondo. Era previsto che morisse lì, il vecchio che ora sedeva accanto a lui. «Non doveva entrare» sussurrò.

Jenny lo prese per mano e singhiozzò: «Non posso credere che sia andata così. Non posso credere che lei sia...»

«Non dovevo lasciarla andare» la interruppe Thierry, affranto, il volto fra le mani. «Sono uno stupido.»

«Anna è viva» disse Ian, il tono greve, e tutti si voltarono verso di lui. «Qualsiasi cosa sia accaduta dentro quel carcere.»

Alex scoppiò in lacrime e si gettò fra le braccia dell'amico. Finalmente insieme, dopo un'attesa interminabile, entrambi all'oscuro delle condizioni dell'altro. Entrambi in bilico tra la rassegnazione e la speranza.

«Marco.» Alex si strinse a quel corpo all'apparenza gracile, in realtà nerboruto. «Come stai?»

«Sto bene, amico mio. Ma ti prego... ho vissuto più anni quaggiù, mettendo su una famiglia, educando un figlio e tutto il resto, che nella civiltà da cui proveniamo. Ormai mi sento parte di tutto questo, sono invecchiato qui e... morirò qui. Perlomeno, la parte più spessa e logora del mio cuore. Pertanto, se puoi, chiamami Ian.»

Alex si limitò ad annuire, avvolto dall'oscurità, poi si tirò indietro con il busto. Anche il suo inseparabile amico e unico confidente di Sam-en era di fronte a lui, ma in quel momento era una metà recessiva, schiacciata dalla storia drammatica del suo alter ego. Appoggiò la schiena alla parete del vano e rimase in silenzio.

«Quella deliziosa musica...» disse a un certo punto Ian, con quel tono leggero e ironico che l'aveva sempre contraddistinto. «Com'è stato possibile?»

Gli altri non fiatarono per alcuni istanti, il volto di Anna ancora impresso nella mente, l'animo turbato.

«Il vostro dolore è il mio dolore» continuò il vecchio, di fronte al muro di silenzio e sconforto. «Ma dovete essere forti. Non significa dimenticarla. Significa, da adesso in poi, lottare per lei.»

«È stata un'idea di Mark» sussurrò Thierry.

«Mark?»

«L'uomo alla guida di questo furgone. Non l'hai mai conosciuto... sua sorella è la moglie di tuo figlio Ben.»

Ian annuì, un groppo alla gola. Poi riprese: «Cos'è successo negli ultimi anni? È merito del mare?»

«No. La musica non è mai esistita, quaggiù. A parte le produzioni digitali che accompagnano servizi e pubblicità sui canali televisivi o sui pannelli. Niente di paragonabile.»

«E allora, quel brano... io lo conosco.»

Thierry provò ammirazione per la memoria sconfinata di quell'uomo, che riusciva a ripescare dal passato una canzone così lontana nel tempo. «Tu... lo ricordi?»

«Era un pezzo degli anni Cinquanta» disse Ian, malinconico.

Nell'abitacolo, Quinto rivolse uno sguardo perplesso a Mark, mentre le parole di Ian risuonavano nell'auricolare.

Tenendo gli occhi fissi sulla strada, Mark annuì: «Millenovecentocinquanta».

Quinto gettò un'occhiata fuori dal finestrino, rapito dalle luci della notte che avevano la forma delle insegne dei negozi chiusi. Ripensò per un attimo a quello che era successo al Penitenziario. Quando la musica era partita – e lui stesso ignorava il contenuto di quel file digitale – era rimasto incantato, come chiunque altro. Nonostante la sua concentrazione fosse focalizzata sulla fuga, non aveva potuto fare a meno di meravigliarsi per quanto le sue orecchie stavano ascoltando. Quale potere, quale forza avevano quelle poche, seducenti linee melodiche?

«Lo ricordo molto bene anch'io» disse Alex nel vano di carico. «Non so come sia possibile. Non so molto dell'altra vita.»

Jenny e Ian non risposero, ma sapevano bene che Alex, per altra vita, non intendeva Sam-en. Si riferiva alla loro esistenza interrotta dalla fine del mondo del 2014.

«...ma quel brano...» continuò, quasi eccitato. «Non l'ho dimenticato. Prima, quando ha cominciato a suonare dagli altoparlanti, le note mi hanno come portato via. Per un attimo ho visto... ho visto un uomo, seduto su una poltrona, con la copertina di un vinile tra le mani.»

«Tuo padre...» Jenny lasciò in sospeso quelle parole, quasi sussurrate.

«Sì. Mio padre. Il mio vero padre. La mia vera famiglia. Ricordo un foglio di carta, una serie di vocaboli... le scrivevo male, non era la mia lingua. Accidenti, è assurdo. Mi sembra che sia accaduto ieri! Imparai il testo della canzone a memoria, forse per questo non l'ho mai scordata. È incredibile, ora ricordo perfino cosa mi diceva mio padre a proposito di quel pezzo: era stato scritto negli anni Trenta, ma la versione più famosa era quella di un gruppo degli anni Cinquanta.»

«Sono proprio questi tuoi ricordi così dettagliati il motivo per cui siamo riusciti a estrarla e a riprodurla tanto fedelmente» commentò Thierry, quindi spiegò a Ian quanto era accaduto a Synaptica in quegli anni. Gli parlò del suo software per l'estrazione, grazie al quale anche un brano musicale, che il mare non aveva mai restituito, era tornato alla luce.

«Questa società non permetterebbe mai alle persone di ascoltare o comporre un simile capolavoro della creatività umana...» disse Ian, quindi tossì. Gli altri rimasero in silenzio, mentre nella loro testa continuava a suonare il pezzo con cui Mark aveva destato ogni singolo detenuto all'interno del carcere, e vi si sovrapponeva il volto dolce e coraggioso di Anna, il suo sguardo fiero, specchio di un animo sensibile e temerario.

«E ora, che sarà di noi?» chiese Jenny.

Le rispose Mark, dal posto di guida. La voce roca dell'uomo arrivò a tutti attraverso il ponte radio. «Siamo quasi arrivati.»

«Dove?» domandò Alex, mentre Ian corrugava la fronte davanti a quel dialogo tronco, dal momento che era l'unico senza auricolare.

«Al *dojo* di Quinto.»

Al segnale di via libera di Mark, Quinto aprì il portellone scassato del vano di carico e gli altri scesero. Si ritrovarono in un largo spiazzo. Oltre una fila di macchine parcheggiate si ergeva un palazzo di cinque piani, la facciata segnata da profonde crepe e numerosi vetri rotti. Pareva una costruzione abbandonata, ma qualche debole luce all'interno di alcuni appartamenti suggerì che forse si trattava semplicemente di una delle tante abitazioni fatiscenti della periferia di Marina.

«Cos'è un... *dojo*?» chiese Jenny mentre il gruppetto seguiva Quinto, diretto verso un ampio portone.

«Non lo chiamano più così» rispose Thierry «o meglio, non l'hanno mai chiamato così, nel continente di Gea. Questo termine appartiene alla civiltà da cui venite voi. È un vocabolo di un'antica lingua, il giapponese, di cui sicuramente ricorderete l'esistenza. Significa "posto in cui si segue la Via". Non è altro che la palestra dove ci si allena, dove si studiano le arti marziali. Con la differenza che oggi, qui, i cittadini non possono frequentare queste palestre. Soltanto alcune fasce di abitanti sono ammesse. Quinto, in qualità di ex militare, può farlo.»

«Come sai tutte queste cose sulla nostra civiltà?» domandò Jenny.

Il gruppetto si fermò di fronte all'ingresso. Una scritta campeggiava sopra le loro teste: CENTRO ALLENAMENTI.

«Perché mio padre...» Thierry si voltò verso Ian, che aveva appena infilato la giacca di Mark per proteggersi dal freddo. «...era uno dei ragazzi salvati dalla fine del vostro mondo. Uno di voi. E a quell'epoca, prima che tutto finisse, frequentava un *dojo* di Kendo fuori Milano.»

Ian strizzò gli occhi, mentre i ricordi lo travolgevano. Le cabine, la lista dei figli della sperimentazione, l'esperimento di suo padre. E Milano. La sua Milano.

«Inorridirebbe, il mio vecchio» continuò Thierry «a vedere in cosa si sono trasformati questi posti. Ai suoi tempi, luoghi del genere erano sacri. Era qui che si raggiungeva il perfetto equilibrio tra zen e ken. Tra mente e corpo. E tutto questo seguendo la Via. Seguendo gli insegnamenti del sensei, il Maestro. È rimasto molto, di quella civiltà. Ci siamo sempre chiesti come. I ritrovamenti sui fondali marini sono una spiegazione, ma non ci ha mai soddisfatto del tutto. Quinto ne sa qualcosa. A volte penso che queste filosofie orientali custodiscano il segreto per l'eternità. Che sappiano morire e rinascere, in un ciclo continuo. Forse le loro chiavi sono nei nostri stessi geni.

«Tuo padre… era uno di quei ragazzi…» Lo sguardo di Ian, fisso nel vuoto, si perdeva in fondo alla strada, mentre Quinto tirava su una serranda e invitava gli altri a entrare.

«Ivan li ha uccisi tutti» rispose Thierry non appena i cinque furono dentro «e io convivo da anni con il senso di colpa. Sono stato uno dei suoi uomini, uno dei più fidati. La mano operativa di molti, troppi abomini. Finché ho scoperto chi era mio padre, e svegliato la mia mente.»

La palestra era un'ampia struttura le cui pareti erano interamente rivestite di legno, così come il pavimento e il soffitto, attraversato da spesse e larghe travi. La parete in fondo alla sala presentava una finestra rettangolare che attraversava l'intero muro, con una fitta grata che separava la palestra dal cortile interno del palazzo. Alla parete di destra erano accostate pile di materassini, mentre dalla parte opposta si trovavano strutture in legno alle quali erano appoggiati lunghi bastoni. Alcuni quadri appesi al muro dell'ingresso raffiguravano in maniera stilizzata scene dello stesso combattimento, e Alex si soffermò a osservare che la figura appena tratteggiata dell'uomo più prestante, apparentemente in vantaggio nei primi dipinti in alto a sinistra, soccombeva negli ultimi in basso a destra sotto i colpi del rivale più minuto.

Quinto consegnò a Ian un paio di pantaloni neri di tela, una maglietta con il logo del *dojo* e un maglione grigio e il vecchio, dopo averli indossati in disparte, tornò dagli altri e iniziò: «L'ho ricordato. Non qui… a Sam-en».

«Che cosa?» chiese Thierry.

«Ho visto tutto. La lista… l'omicidio di uno di quegli uomini.»

«So quando l'hai visto» aggiunse Alex. «Quando eri in coma.»

Jenny annuì, e riportò alla mente quelle due Stagioni nella terra di Sam-en, quando chiunque in paese si aspettava da un momento all'altro la notizia dell'avvenuta morte di quel ragazzo.

Thierry alzò le sopracciglia, sorpreso. «Quello che la vostra mente riesce a fare è semplicemente straordinario.»

Il dottore raccontò quello che già aveva detto ad Anna, prima che la missione cominciasse, e tutti appresero le sue scoperte circa la componente ereditaria del potenziamento cerebrale. Mentre raccontava, gli altri si sedettero a gambe incrociate su un largo tappeto al centro del *dojo*. Fu impossibile evitare che il ricordo di Anna irrompesse con violenza nel loro cuore e scardinasse ogni resistenza. Restarono in silenzio, qualcuno non riuscì a trattenere le lacrime, tutti rivolsero il loro pensiero alla donna caduta sotto i colpi dei militari. Ian aveva ragione. Anna poteva viaggiare, quella di Gea non era la sua unica vita. Di fronte all'immensità del Multiverso, la morte perdeva ogni significato. Ma ovunque fosse ora, nelle miriadi di sfaccettature dell'esistenza, era troppo lontana da loro. E la sua assenza pesava come un macigno.

«Questo luogo è sicuro?» Jenny spezzò il silenzio.

«Il posto sì.» Quinto intrecciò le dita delle mani e le fece schioccare. Poi si alzò. «Ma non possiamo escludere che abbiano individuato il furgone e tracciato il nostro percorso.»

«Non riescono a seguire gli spostamenti dei microchip?» chiese Ian.

«No» rispose Mark. «Cioè sì, in teoria. Ma ho disattivato i nostri profili.»

«E lui?» Quinto indicò Ian con un cenno della testa.

«Ho verificato. Il suo era già disattivo. Evidentemente, dopo averlo condannato all'isolamento, hanno cancellato la sua identità dagli archivi.»

«Per loro ero un uomo già morto…» commentò Ian, ma non era

una considerazione amara. Nel suo tono di voce c'era una punta di soddisfazione.

Alex si alzò all'improvviso. «La pagheranno. Pagheranno per le morti di Ben e Anna. Pagheranno per averci rinchiuso in quel posto per tutti questi anni, e per quello che hanno fatto a Ian. Ora siamo qui, e siamo insieme» si voltò verso Jenny e il vecchio amico e scambiò con loro uno sguardo deciso. «Possiamo cambiare le cose.»

Mark si tirò su lentamente, estrasse una tavoletta interattiva tubolare dall'interno della giacca, la srotolò e rispose: «Ha appena emesso il segnale. Era la comunicazione che stavo aspettando. Qualcuno sta per venire a farci visita.»

«Chi?» Jenny si alzò a sua volta.

«Un malvivente, uno di cui è meglio essere amici.»

Capitolo 32

La tavoletta di Mark emise un altro segnale acustico e l'uomo si diresse verso l'entrata del *dojo*. Quinto lo seguì, le chiavi del portone fra le dita.

Alex e Jenny, intanto, contemplavano in silenzio una spada di bambù che Quinto aveva definito *shinai*. Il loro animo custodiva una storia drammatica e senza tempo, forse antica come la storia di quel bastone. Ai loro occhi bastava una frazione di secondo per comunicare. In pochi istanti i loro pensieri si unirono in un solo flusso. *Ci sarà ancora una notte di stelle per noi* si dissero.

Ian si avvicinò, sulle labbra un sorriso affettuoso. «Siamo sempre quei tre ragazzi di campagna» disse, gli occhi lucidi.

«Lo siamo.» Jenny rispose con un'espressione candida e colma di gratitudine. «So che una parte di me è stata diffidente verso le tue teorie. Ti chiedo scusa.»

«Chiunque lo sarebbe stato. Non potevate ricordare.»

«Ma ora non possiamo non ricordare. Da quando ci è stato somministrato quel farmaco… io continuo a vedere scene, persone del passato. Non riesco a cacciarle dalla mia mente.»

«Succede lo stesso anche a me» confermò Jenny. «Senza sosta.»

«State ricordando da dove veniamo. Chi siamo. Chi siamo stati…» Ian allargò le braccia e li strinse al suo petto. Si abbracciarono forte, e in quel frammento di eternità erano tre coetanei, amici scelti dal destino, legati per sempre da un filo invisibile che teneva unite le loro storie.

«Noi sappiamo che Anna è ancora viva» sussurrò. «Vero, ragazzi?»

«Certo.» Gli occhi di Alex erano rossi e gonfi, le lacrime scendevano copiose sulla sua pelle adulta.

Quinto e Mark fecero strada verso il centro della palestra, e di fronte allo sguardo curioso degli astanti presero forma le sagome di un uomo di colore dalla stazza imponente e il viso squadrato, una donna dal volto schiacciato e gli occhi a mandorla, e infine un ragazzo dai capelli lunghi neri, con una benda stretta sugli occhi, e la bocca coperta da un nastro adesivo.

«Ho il piacere di presentarvi Aimar» iniziò Mark «e la dottoressa Sara. Del ragazzo non conosco il nome, ma presto ci dirà questo e altro.»

Il giovane mugugnò qualcosa, mentre la donna dai tratti asiatici avanzò di qualche passo, gli occhi fissi su Ian. Quindi disse, con un filo di voce: «Sei tu…»

Il vecchio la osservò attentamente, la fronte increspata, mentre cercava di capire chi fosse quella signora dai lineamenti del viso così diversi dai suoi. «Ci conosciamo? Ci siamo mai… incontrati?»

«No» rispose la donna, che avanzò fino a tendergli la mano. «Ma ho lavorato per anni al fianco di tuo figlio Ben, nell'unità di ricerca. Eravamo assieme a bordo di *Mnemonica*, siamo stati noi a trovare Jenny e tu sei… mi ha raccontato la tua storia. Solo alla fine, prima di scappare. Era così orgoglioso di te.»

Ian sentì un groppo alla gola e gli occhi si fecero lucidi mentre le immagini della prima spedizione assieme a suo figlio lo investivano con violenza. Per un istante era lì, sotto la superficie del mare, fiero di quell'allievo che da quel giorno in poi sarebbe salito di grado, portando avanti le sue ricerche nelle profondità degli oceani.

«E io di lui» disse mentre stringeva la mano della donna con un gesto leggiadro, elegante, e la portava al volto per sfiorarla con le labbra.

Rimasero tutti in silenzio.

La donna si voltò verso la ragazza, ormai adulta, evasa con Ben da *Mnemonica.*

Jenny non poteva dimenticare. Le analisi sul suo corpo, la riabilitazione, le settimane trascorse a bordo della stazione sottomarina. E quella dottoressa, il cui volto negli ultimi diciotto anni non era cambiato se non per qualche impercettibile ruga d'espressione attorno agli occhi. Bastò fissarla negli occhi per tornare con la mente alla drammatica fuga sottomarina. «Sara...»

Si gettarono l'una fra le braccia dell'altra, mentre il volto amichevole di Ben accompagnava i loro pensieri.

«Sei ancora...» disse Sara, mentre la stringeva forte. «Sei ancora viva.»

«Dove lo porto?» La voce profonda di Aimar tuonò nella sala, mentre l'energumeno teneva la testa del ragazzo sotto la sua presa energica, il collo stretto tra il braccio e l'addome.

«Vieni con me» rispose Quinto «andiamo al piano di sotto. Venite tutti.»

«Non sento più il ritorno audio» disse Thierry, picchiettando con un dito contro l'orecchio destro.

«Ho disattivato la centralina. «rispose Mark. «Ora siamo assieme, non serve. Voglio evitare che si scarichi troppo presto la batteria.»

Quinto fece strada fino a una porticina sul fondo della palestra. Scesero tutti per una scala nel buio più totale, finché il ragazzo attivò le luci nella seconda palestra, al piano inferiore. A differenza del vero e proprio *dojo* di Kendo da cui provenivano, la sala in cui si ritrovarono era una palestra generica, con svariati tipi di attrezzi da allenamento accostati alle pareti. Quinto afferrò una panca per il sollevamento pesi e la sistemò al centro della stanza.

«Sdraialo qui» disse ad Aimar. Questi trascinò il ragazzo dai capelli lunghi fino alla panca e ve lo stese sopra. Quinto gli sfilò la benda dagli occhi e il giovane vide sopra la sua testa un bilanciere appoggiato sul telaio, con due grossi pesi avvitati alle estremità. Mugugnò qualcosa, finché Thierry non si avvicinò per inginocchiarsi accanto a lui e slegare la benda che teneva stretta fra i denti.

Il ragazzo tossì più volte. Poi, con il volto madido di sudore, tirò su il busto e si ritrovò di fronte gli sguardi muti dei presenti. Li osservò e li contò.

«Otto contro uno.» Serrò le labbra in un ghigno e inarcò un sopracciglio. «Complimenti...»

Poi fissò negli occhi Alex, intensamente. Lo inchiodò al suo sguardo e fu chiaro a tutti cosa stesse cercando di fare.

«Perché cazzo non obbedisci» sussurrò tra sé dopo alcuni attimi di sforzo.

Alex rispose con una smorfia di disprezzo: «Se è la mia mente che stai cercando di plagiare, temo tu abbia sbagliato bersaglio.»

Il ragazzo non fece in tempo a riflettere sulle parole che aveva appena ascoltato. Un ago penetrò nel suo braccio, mentre Quinto e Aimar gli tenevano ferma la testa.

«Chi... siete...» digrignò i denti finché Thierry non estrasse la siringa, che ripose in una tasca della giacca.

«Con questo» disse il dottore «dovresti stare tranquillo per un po'.»

«Noi siamo Utopia... ora e sempre...» sussurrò il ragazzo, sbeffeggiando Thierry con un largo sorriso.

«La dose di Neurex che ti ho somministrato servirà a evitare che tu cerchi di fare uso del fenomenale dono di cui sei in possesso. E ho aggiunto un po' di calmante, dato che mi sembri agitato. Per le prossime ore sei una persona normale, contento?»

«Io conosco i tuoi occhi...» rispose lui, mentre Quinto e Aimar allentavano dapprima la presa, quindi si alzavano e rimanevano dietro il bilanciere, pronti a intervenire.

Il giovane rimase seduto sulla panca con il busto eretto, lo sguardo fisso su Thierry. «So chi sei, anche se non ricordo il tuo nome.»

«Certo, ci conosciamo» rispose il dottore, sereno, mentre i suoi ricordi si riavvolgevano e lo riportavano indietro di diciotto anni, quando aveva messo insieme l'esercito di Ivan. La metà marcia del suo animo, il soffocante senso di colpa stretto alla sua gola come un nodo. L'errore cui ora stava cercando di porre rimedio.

«Il mio nome è Thierry. Devi fare uno sforzo.»

Il ragazzo non rispose, ma si perse con lo sguardo oltre la figura del dottore.

«Dicci come ti chiami» continuò Thierry, senza ottenere risposta.

«Si chiama Gerard» disse Aimar «ed è a capo di un nucleo di potenziati che ha avuto la brillante idea di boicottare la mia attività.»

«Questo Gerard» spiegò Mark, lo sguardo fisso su Ian, «insieme ai suoi compagni, ha individuato una serie di commerci clandestini tra Gea e Oriente. Commerci che fanno capo al qui presente Aimar. Dobbiamo ringraziare Sara, che in quei mesi era a bordo della *Mayer*. È stata lei a coprire alcuni illeciti di Aimar e ad aiutarlo a fuggire, quando ha capito lo scopo del suo lavoro.»

«Cioè?» chiese Alex.

«Vedete… in una società civile, noi saremmo i delinquenti» rispose Aimar. «Contrabbandieri, pirati, malviventi. In realtà, questo commercio illegale che portiamo avanti da anni è nato per aiutare i nostri fratelli di Oriente.»

«Non capisco» lo interruppe Ian. «Oriente? Commerciate con Oriente?»

«Mentre tu eri chiuso in isolamento, Oriente è diventata una colonia di Gea. Sotto il controllo di Ivan, la persona che ti ha rinchiuso in carcere e che governa nell'ombra su tutti noi. Pian piano, a Oriente stanno affiancando l'italiano all'inglese, e presto diventerà la prima lingua, unificando i due continenti. A parte il centro di Lender, la capitale, il resto della popolazione vive in condizioni penose. Ma qui, ovviamente, la televisione diffonde solo le immagini del meraviglioso Lender's Park, le riprese aeree del Sunday River, le rassicuranti inquadrature della struttura del Medical Center. Peccato che a Oriente ci siano altre sedici metropoli lasciate allo sbando. I cittadini sono vessati dalle tasse, non hanno assistenza medica. Noi abbiamo cercato di rimediare, costruendo una rete clandestina di scambi che sfrutta alcune falle nei trasporti navali. Finché Gerard e i suoi amichetti ci hanno beccati.»

«Io l'ho aiutato a fuggire» aggiunse Sara «ma molti suoi complici sono stati individuati. Rinchiusi, forse condannati. La rete di Gerard, purtroppo, è molto più potente della rete clandestina di Aimar.»

«Ma voi... cosa pensate di poter cambiare di questo mondo?» mormorò il potenziato.

Aimar si voltò verso di lui e lo freddò con uno sguardo di ghiaccio: «Taci».

Per tutta risposta il giovane gli rise in faccia. Aimar piegò il busto in avanti e sbatté la testa del ragazzo sulla panca, poi afferrò il bilanciere e lo abbassò sul suo collo, inginocchiandosi accanto a lui.

«Io ti ammazzo!» gridò, mentre gli altri osservavano la possente muscolatura della sua schiena, che copriva la visuale del volto paonazzo di Gerard.

«Fermati, Aimar!» intimò Thierry.

Come se non l'avesse sentito, il gigante di colore affondò l'asta del bilanciere sul collo di Gerard. Gli occhi del ragazzo erano iniettati di sangue, sul punto di saltar fuori dalle orbite. In un istante Aimar soffocò un rantolo, si tirò su e gettò il bilanciere contro la parete, lasciando i segni dei due pesanti dischi nel muro.

«Ci serve vivo» disse Thierry risoluto. «Possiamo tracciare i movimenti degli altri potenziati. Può darci informazioni preziose.»

«Branco di schiavi» mormorò Gerard, quindi sputò del sangue per terra. «Siete solo un branco di schiavi.»

Thierry lo guardò con compassione e ripensò alla scuola. Ai dodici anni di condizionamento, alle lezioni. Alle centinaia, migliaia di ore di video, che i bambini erano costretti a vedere con un paio di cuffie in testa, in una sala buia. All'addestramento ipnotico, alle suggestioni, alle psicoinduzioni coatte, ai trattamenti medici che i ragazzi avevano subito per tutto il tempo che avevano trascorso in quella struttura.

Il dottore non avrebbe mai dimenticato quei bambini, quella scuola. E l'insegna beffarda, i cui caratteri dominavano sulla facciata del palazzo e offrivano ai passanti il nome del mirabile progetto di Ivan:

U T O P I A

«Dobbiamo sbrigarci.» Mark si rivolse agli altri. «Non possiamo rimanere qui. Aimar, Quinto, prendete il ragazzo.»

«State perdendo tempo» mormorò Gerard «vi troveranno comunque...»

Thierry si voltò di scatto, contrariato: «Silenzio! Ian si avvicinò a Mark e lo prese in disparte. «Hai disattivato anche i profili di Aimar e Sara?»

«Certamente, prima ancora che arrivassero qui. Prima ancora di venirti a prendere.»

«E il ragazzo?»

«I potenziati non hanno alcun microchip, Ian.»

«Devo capire di chi stiamo parlando.»

Thierry si avvicinò a Mark mentre questi spiegava al vecchio come operava la squadra di agenti segreti al servizio di Ivan. In quel preciso istante, un rumore assordante giunse dal piano di sopra, seguito da una serie di grida.

«Hanno fatto saltare in aria l'ingresso principale!» gridò Quinto, i muscoli paralizzati dal terrore.

«Maledizione!» gridò Mark, quindi lanciò un'occhiata a Thierry, che stava a significare: fuori di qui. Quinto corse dalla parte opposta della sala e raggiunse una porticina bassa, in fondo alla palestra: «Da questa parte, presto!»

Aimar dovette trascinare per le braccia il corpo di Gerard che si lasciò trasportare come un sacco dell'immondizia, senza opporre resistenza. Quinto fece transitare i compagni e uscì per ultimo.

Il gruppo salì per i gradini stretti di una scala e si ritrovò nel cortile interno del palazzo. Sulla destra, la finestra rettangolare affacciata sul *dojo* era illuminata.

Gerard tentò di gridare, ma Aimar anticipò le sue intenzioni e gli assestò un calcio nello stomaco che gli tolse il respiro.

«Seguitemi.» Quinto attraversò a passo svelto il cortile per raggiungere un androne sul lato opposto. Il gruppo gli stette dietro, finché il ragazzo non oltrepassò un cancello semichiuso e si ritrovò sul ciglio della strada. La notte di Marina era fresca e aveva gli occhi di una fila di lampioni lungo la carreggiata.

Quinto scambiò uno sguardo d'intesa con Mark. «Dobbiamo raggiungere il furgone.»

«Andiamo noi» disse Mark, poi si voltò verso gli altri. «Nascondetevi dietro quella torretta.»

Thierry guidò il gruppo fino a una piccola costruzione che si ergeva dalla parte opposta della strada, con la scritta INFORMAZIONI sulla facciata, mentre Quinto e Mark costeggiavano l'edificio per raggiungere il lato opposto e arrivare al parcheggio.

Quando Mark fu all'angolo con la strada dell'ingresso del *dojo*, si voltò rapidamente verso Quinto: «Mi affaccio. Vedo se hanno uomini appostati fuori».

«Stai attento, mi raccomando.»

Mark si sporse leggermente oltre il muro e scrutò in lontananza. Un passante stava attraversando la strada, diversi metri oltre il portone d'ingresso della palestra, ma pareva un innocuo e inconsapevole cittadino. Di fronte all'entrata del Centro Allenamenti era parcheggiato un blindato delle forze dell'ordine di Gea, ma non c'era nessuno alla guida.

Mark si voltò verso Quinto e sussurrò: «Via libera! Muoviamoci.»

I due attraversarono la strada in corrispondenza dell'incrocio tra le due vie, poi si diressero verso il parcheggio che distava un centinaio di metri. Camminarono come due residenti del quartiere, le mani in tasca, fingendo di parlare tra loro. Quando superarono una serie di aiuole che separavano il parcheggio dalla strada, delle voci li fecero voltare. Dall'ingresso del *dojo* erano usciti quattro uomini in divisa, un paio con un fucile a tracolla, due con la pistola in mano. «Controllate quei due laggiù» ordinò uno di questi. Quinto lo sentì e, senza guardare in faccia

Mark, fece uno scatto verso il retro del furgone. Mentre tirava a sé il portellone del vano di carico, gli uomini iniziarono a fare fuoco.

«Riparati dietro un albero!» urlò Quinto mentre tirava la cerniera di una delle due sacche.

Mark non fece in tempo a proteggersi dalla raffica di colpi. Prima che cadesse in ginocchio dietro un pioppo, fu colpito alla spalla e sulla coscia. Il grido di dolore fu udito da tutti i compagni, nascosti dall'altra parte dell'isolato dietro la torretta.

«Maledizione!» gridò Quinto prima di scagliare, da dietro il furgone, le ultime due bombe a mano rimaste verso l'ingresso del *dojo*, alla cieca. Gli ordigni esplosero in rapida sequenza all'impatto con il terreno, e si udirono delle grida strazianti. In un istante il ragazzo decise di esporsi: uscì allo scoperto con una mitraglietta fra le mani e scaricò tutti i proiettili a disposizione verso la nube di fumo attorno agli agenti. Quelli che avevano sparato a Mark e non erano stati colpiti dalle bombe caddero senza avere il tempo di rispondere al fuoco. Altri, che uscirono in quel momento dall'interno del *dojo*, furono investiti dai proiettili ed ebbero solo il tempo di accorgersi di quanto stesse accadendo, prima di crollare al suolo.

«Entra, forza!» gridò Quinto. Mark si avvicinò claudicante al portellone, i pantaloni e la giacca intrisi di sangue, quindi si fece aiutare per salire e infine si accasciò nel vano posteriore. Il ragazzo richiuse senza successo le ante semiscassate del mezzo, poi passò alla guida e mise in moto. In pochi secondi fu dall'altra parte dell'edificio, accostò con una sgommata in prossimità della torretta, scese e fece salire gli altri in tutta fretta.

Thierry si sedette accanto a lui, davanti. «Mark è stato colpito.»

«Sì, dannazione!» Quinto mise in moto e partì a tutta velocità. «L'hanno preso. Dobbiamo medicarlo al più presto.»

«Come cazzo ci hanno trovati?» gridò il dottore.

«Sbarazziamoci di questo mezzo.»

Nel giro di pochi minuti, il silenzio tornò a regnare nel quartiere periferico di Marina.

Capitolo 33

«Che sublime panorama, non trovi?» La voce dell'anziano signore era pastosa e profonda. I suoi occhi si perdevano oltre le ampie vetrate, al sessantacinquesimo piano del grattacielo più alto del centro di Marina. Nessuno dei dipendenti della sede governativa di Gea aveva mai messo piede in quella stanza dal parquet elegante, le pareti occupate da larghe mappe, una vasca idromassaggio al centro della sala e un solido tavolo in legno coperto da un paio di pannelli e alcune scartoffie.

Nel contemplare la città di Marina dall'alto, l'uomo sorrise. Poi mandò giù una pastiglia. Lo faceva sempre all'alba, per tenere a bada la sua galoppante pressione arteriosa. Ma erano le 4.30 di notte.

«Mi vuoi ascoltare?» La donna alle sue spalle insistette. «È una situazione gravissima.»

«Oltre i luccicanti grattacieli e le baraccopoli periferiche» continuò il vecchio «posso sempre contare sulla confortante visione dell'oceano. Il mio più caro amico. Il mio eterno custode. Te l'ho già detto che, quando morirò, voglio essere cremato e sparso nel mare, vero, piccola mia?»

«Non sono più così piccola, padre, se non te ne fossi accorto.»

«Oh, sciocchezze!» L'uomo ruotò la sedia a rotelle. Sul suo volto, i riverberi della flebile luce di una lampada posta sulla scrivania si insinuavano nelle pieghe rugose della pelle, alternandosi alle striature in ombra. La profonda cicatrice diagonale sulla fronte si infiammò per un attimo sotto il poco che rimaneva dei suoi capelli color argento: «Sarai sempre la mia piccola Dana, il mio soldato migliore».

«Padre...» La donna fece una smorfia di disapprovazione. «Non dobbiamo perdere tempo. Sono stata nella sede di Synaptica. I due pazienti sono spariti, i dottori li hanno portati via, e dall'ultimo aggiornamento ho appreso che l'irruzione nel posto segnato dalle coordinate satellitari del nostro uomo è stato un buco nell'acqua. È certo che hanno un gruppo di complici. E ora abbiamo perso le loro tracce.»

Ivan fece un sorriso che rese ancora più nervosa la figlia, mentre azionava la carrozzella elettrica verso di lei.

«Sono a capo di un impero» disse con tono deciso. «Nessuno può andare da nessuna parte. Vuoi per cortesia smetterla di agitarti? Non è da te. Non è da noi.»

Dana abbassò lo sguardo.

«Entro domani questi insulsi rivoltosi saranno carne da macello» concluse Ivan, e si perse con lo sguardo nella contemplazione del panorama oltre il vetro.

«Tu li sottovaluti...» disse la donna, il timbro caldo e ammaliante reso inquieto dall'ansia, per la prima volta da che avesse memoria.

«E tu li sopravvaluti!» Il consueto rantolo di Ivan si tramutò in un ruggito. «Mi meraviglio di te! È questa la donna che vuole estendere il mio brillante programma oltre i confini dell'impero di suo padre? Una donnetta che al primo ostacolo se la fa sotto?»

Dana si conficcò i denti nella carne e cercò di non reagire. Ma le parole di suo padre erano come coltelli piantati in pieno petto.

«Sei solo una donnetta!» gridò l'uomo. Poi prese a colpire la donna sul volto con una tavoletta arrotolata, fino a farla sanguinare.

«Scusami... non sapevo...»

«La bambina deve imparare l'educazione. Se non impara l'educazione significa che ha una cattiva educatrice. La prossima volta che sparisce per un giorno intero ti riterrò personalmente responsabile, e queste ti sembreranno delle carezze in confronto.»

In quell'istante, il volto di una ragazzina di nove anni dai capelli neri a caschetto spuntò dallo stipite della porta della sala e si affacciò timido allo sguardo del padre, seduto su un divano nella penombra. La madre, in ginocchio di fronte a lui, si alzò lentamente e lasciò la stanza.

«Dove sei stata?» Il tono dell'uomo era quanto mai determinato.

«Io, padre... non lo so.»

«Mi stai prendendo in giro? Ti ho chiesto dove sei stata! Rispondimi, o non vedrai la luce del sole per un mese intero!»

«Te lo giuro, non lo so. Ero seduta sul molo, al porto. Mi sono come addormentata e... al mio risveglio ero in un posto completamente diverso. Devi credermi...»

«Non credo a una parola di quello che dici! Dove accidenti ti eri cacciata?»

«È la verità. Quando ho aperto gli occhi il mare era ancora lì, ma la città era diversa. La gente era diversa, parlava un'altra lingua e... e non era un sogno. Era un posto vero.»

«Dirò a tua madre di portarti dal medico. Se mi stai raccontando delle storie, farai una brutta fine, Dana. E ora sparisci dalla mia vista.»

«Ti chiedo perdono, padre» disse la donna. «Hai ragione. Entro domani li cattureremo, e questa volta non saremo clementi.»

«Non sarò clemente.»

«Certo.»

«O meglio, non scenderò a patti come ho fatto diciotto anni fa. Quel manipolo di incoscienti è sul ciglio di un burrone e per la loro vita non provo alcun interesse.»

«C'è anche un nostro ragazzo con loro. Lo hanno visto nei pressi della palestra, quando...»

«Non me ne frega un cazzo! È una pedina. Che lo uccidano, se vogliono! La missione è sacra, i soldati sono sacrificabili.»

Quella sentenza disumana era sulla bocca di suo padre da quando aveva dato ordine a Thierry di dirigere il progetto Utopia. Dana ce l'aveva ben piantata nella mente, e aveva imparato a farla propria.

«Giusto» rispose lei, con un tono di deferenza. «Giusto.»

«Hai altro da dirmi? Altrimenti avrei piacere di godermi in pace la meravigliosa visione del nuovo giorno che si apre sulla mia terra...»

«In effetti, sì.» Dana alzò gli occhi, improvvisamente orgogliosi.

«Sbrigati.»

«Volevo aggiornarti. Sono già stata in più di cinquanta realtà parallele. A essere sinceri ne ho viste a centinaia, ma sono tornata solo dove il progresso tecnologico ha raggiunto un livello perlomeno accettabile, per poter sfruttare a mio vantaggio i mezzi di comunicazione di massa. Dalle mie verifiche, in tutte queste dimensioni i nostri ragazzi esistono, ma il condizionamento nei soggetti è solo latente. Abbiamo un esercito sparpagliato e inutilizzabile.»

«Che strategia hai attuato per trovarli?»

«Il tuo simbolo è il richiamo perfetto.»

«Spiegati» Ivan la guardò scocciato. «In fretta.»

Un semplice battito di ciglia, e Dana tornò con la mente ai sorprendenti scenari in cui si era mossa negli ultimi tempi. Si rivide passeggiare sotto l'alto porticato che cingeva la vastissima piazza Atmen, al centro della città di Braik. Portava una lunga gonna nera e un maglione spesso, il giorno in cui era riuscita a manipolare il sistema di diffusione video dei megaschermi pubblicitari, all'ora in cui il sole tramontava dietro l'imponente Orologio di Sey-Aht-Jamel. Uno di questi enormi pannelli era al centro della piazza, e avrebbe attirato la curiosità del più distratto dei cittadini. Dana si sorprese a incontrare di nuovo il suo aspetto nel riflesso della vetrina di un negozio di abbigliamento. Il suo viso era diverso. I tratti somatici solo in parte simili a quelli del suo alter ego di Gea. Nel vedersi pensò che doveva aver ereditato quei lineamenti più spigolosi da un padre che non poteva essere Ivan. Ma aveva anche mantenuto gli occhi profondi e scuri della madre, i capelli lisci e sottili della donna che l'aveva data alla luce in ogni dimensione parallela da lei visitata. Quando si voltò, le spalle rivolte alla vetrina del negozio, vide il primo seme della sua chiamata a tutto schermo sul gigantesco monitor. Era il volto senza occhi, stilizzato. Sotto di esso, quella scritta, in una lingua che gli abitanti di Braik non avrebbero potuto comprendere: NOI SIAMO UTOPIA. ORA E SEMPRE.

Mentre il padre la osservava seccato nel silenzio della sala al sessantacinquesimo piano, lei chiudeva gli occhi ancora. E li riapriva all'interno del prestigioso Teatro Onaide, vanto architettonico della città di Slidea, mentre sedeva in compagnia di un uomo su una poltroncina blu. Le luci ancora accese, il palco vuoto in attesa dell'inizio dello spettacolo. Appoggiato sul sedile accanto al suo c'era il quotidiano del giorno. Lo prese, sfogliò alcune pagine, poi ebbe conferma dell'effetto del suo operato. Un riquadro pubblicitario in basso a destra in ventunesima pagina ospitava il volto senza occhi, e lo slogan appena sotto. Il resto del quotidiano era scritto in una lingua che mescolava caratteri a lei familiari con complessi ideogrammi.

Uno dopo l'altro, senza che lei riuscisse a controllarle, si imposero altre visioni, frammenti di ricordi, suggestioni impossibili da tradurre in parole al padre che la guardava contrariato.

Si vide a colloquio con un ragazzo dalla testa rasata a zero e le braccia tatuate. Si ricordò il suo nome – Dybren – e la sua totale devozione alla causa. Rammentò che era stato lui a trovarla, perché aveva sentito qualcosa. Perché quel simbolo incontrato per caso aveva dato un senso a incubi che lo tormentavano dall'infanzia. Incubi in cui si ripeteva sempre lo stesso slogan, in una lingua a lui sconosciuta: "Noi siamo Utopia. Ora e sempre."

Si ritrovò a parlare con un gruppo di ragazzi, i primi raggiunti dalla sua massiccia operazione di sfruttamento dei mezzi di comunicazione di massa per risvegliare nei potenziati la loro natura latente. Si rivide nella penombra di uno scantinato, mentre impartiva i primi ordini, discuteva strategie e assegnava ruoli operativi a giovani insospettabili complici che da quel momento in poi avrebbero formato la sua personale squadra di servizi segreti.

«Mi stai facendo perdere tempo...» disse Ivan, destandola da quel vortice di ricordi.

«Scusami, padre. Il tuo lavoro eccellente nella formazione di quei ragazzi si sta rivelando prezioso. Lo slogan e il simbolo sono mezzi straordinariamente efficaci per comunicare con il loro inconscio.»

«Ora sì che sembri mia figlia» tagliò corto Ivan. «Vedremo se ti dimostrerai all'altezza.»

«Padre…» Dana si avvicinò a un tavolino in legno, quindi prese due calici e vi versò del liquore. «Vogliamo brindare al Benessere, prima di salutarci?»

Ivan abbozzò un sorriso, mentre azionava la carrozzella e si avvicinava al ripiano. Dana gli porse un bicchiere, poi fece tintinnare il bordo del suo contro quello del padre.

«Al nostro dominio su questa terra» disse lui, e trangugiò la bevanda.

«No, spiacente» rispose lei, un sorriso enigmatico in volto. «Al mio dominio su qualsiasi terra.»

Fu l'ultima immagine che Ivan riuscì a distinguere nitidamente.

Il resto furono colori confusi, pareti e mobili sottosopra, suoni e parole mescolate, mentre una risata echeggiava nella stanza al sessantacinquesimo piano del grattacielo più alto di Marina, e si moltiplicava all'infinito tra le pareti del suo cranio.

«Tu…» riuscì a dire il vecchio in un rantolo.

«Non ho tempo per darti retta. Devo ricompattare la squadra.»

Ivan cadde a terra, e con la guancia destra schiacciata sul parquet della suite osservò sua figlia con gli occhi carichi di terrore, i capillari accesi di sangue. *I miei uomini*, pensò lui. Dana percepì le sue parole.

«Non sono più i tuoi uomini da un pezzo.» La donna gli sorrise cinica. «Guardati bene. Non vali più niente.»

Lui tenne gli occhi spalancati per qualche altro secondo di angoscia, mentre un nodo si stringeva alla gola e gli strozzava il respiro, decretando la fine della corsa.

«Non hai mai davvero creduto in me.» Dana si inginocchiò accanto al corpo del padre e gli sussurrò all'orecchio. «Era l'unica cosa che desideravo.»

Capitolo 34

«Stai perdendo troppo sangue, dobbiamo medicarti» disse Aimar mentre il furgone guidato da Quinto sfrecciava nel silenzio della notte per le strade di Marina. Qualche debole goccia di pioggia batteva sul parabrezza. Le strade erano deserte, ma di lì a poco si sarebbero ripopolate. In lontananza, un alone chiaro si stava alzando dalle colline. Era la luce di un nuovo giorno, pronta a illuminare ogni loro mossa.

«Prova a vedere lì dentro» rispose Mark indicando una borsa.

L'energumeno tastò nel buio e trovò la sacca, dunque frugò tra le armi e pescò una cintura che fungeva da cartucciera. Sfilò i proiettili e li gettò nella borsa, poi la strinse energicamente sotto il ginocchio di Mark, a pochi centimetri dalla ferita.

«Ti aiuto a spogliarti» disse.

«È troppo buio qui dentro…» rispose Mark, mentre con il braccio sinistro cercava di levarsi la giacca. «Alex, prendi la mia tavoletta dalla tasca interna e accendila, ti prego.»

Il ragazzo obbedì e inclinò lo schermo del dispositivo in modo da illuminare la spalla destra di Mark, squarciata e sanguinante, mentre gli altri osservavano in silenzio. Pareva che qualcuno, con un artiglio, avesse sradicato uno spesso lembo di pelle dal braccio dell'uomo, aprendo un cratere purpureo che lasciava intravedere vene e fasci di nervi, fino allo sfondo perlaceo dell'osso.

«Brucia, maledizione!» gridò Mark, quindi batté più volte il braccio sano contro le pareti del vano di carico.

«Sei stato fortunato» rispose Aimar. «La pallottola non è rimasta dentro. Ti ha solo sfiorato.»

«Mi ha sfiorato bene...»

«Già, ma non dobbiamo toglierla. Quella nella gamba invece è dentro. Ho bisogno di alcool, di una lama, delle garze...»

«Dobbiamo fermarci» disse Jenny.

«Neanche per sogno.» Mark addentò il pugno della mano sinistra e affondò il morso. «Ci staranno alle calcagna.»

«Abbiamo già perso per strada Anna» tuonò la voce roca e greve di Ian. «Non possiamo perdere anche te.»

Quinto accostò il furgone di lì a pochi istanti, salendo con una ruota sul bordo di un marciapiede di fronte a una stazione di servizio. Thierry scese, andò sul retro e aprì il portellone.

«Questo mezzo non è più sicuro» disse.

«Siete spacciati comunque» commentò Gerard, sdraiato accanto a Sara. Aimar si voltò e gli sferrò un pugno in faccia.

«Avanti, fuori di qui.» Aimar sollevò di peso Mark e lo trascinò con sé.

«Spac... ciati...» Gerard sputò un fiotto di sangue e guardò storto l'energumeno di colore mentre gli passava davanti.

«Vuoi stare zitto?» Aimar gridò in faccia al ragazzo.

«C'è un distributore notturno di medicinali, in questa zona?» domandò Aimar, questa volta a voce bassa. «Dobbiamo fare qualcosa, o non arriverà a domattina.»

«Possiamo controllare sul dispositivo di Mark» rispose Thierry. «Ma adesso scendete tutti e seguiteci.»

Quando raggiunsero la stazione di servizio, Thierry fece strada agli altri e camminò fino a uno spiazzo protetto da una fila di cespugli. Da quel punto non si vedeva la strada principale. Di fronte a loro si dispiegava una lunga e polverosa striscia di terra cosparsa di erbacce, che costeggiava un parchetto. Il palazzo più vicino era a tre o quattrocento metri. In lontananza, le luci dell'alba stavano salendo, mentre l'orizzonte era coperto da un lieve lenzuolo di nebbia e l'aria si era fatta afosa. L'accenno di pioggia caduto poco prima sulla città si era subito soffocato, senza dar vita a un vero e proprio temporale.

«C'è un distributore a un chilometro» disse Thierry dopo aver controllato sulla tavoletta di Mark.

«Vado io» rispose prontamente Aimar, quindi diede un'occhiata alla mappa interattiva sul dispositivo.

«Non da solo» si accodò Quinto, e nell'avvicinarsi a Thierry sussurrò: «Se hai un'altra dose di Neurex usala, non vorrei che il ragazzo creasse problemi in nostra assenza.»

«Va bene, andate. Ma fate presto. Ci conviene trovare un rifugio più sicuro, prima che cominci l'orario di lavoro.»

«Non sarebbe un vantaggio confonderci tra la folla?» domandò Jenny. «In pieno giorno potremmo riuscire a...»

«Sarebbe rischiosissimo» la bloccò Thierry. «Le nostre facce nella notte hanno fatto il giro di tutti gli apparecchi elettronici del continente. E in questa topaia dobbiamo avere paura che un cittadino qualsiasi ci segnali, piuttosto che sia la polizia a trovarci. Al sorgere del sole, dovremo essere lontani da qui. Non abbiamo più di un'ora prima che la gente esca per andare a lavorare.»

Quinto e Aimar si allontanarono a passo svelto, mentre Thierry e gli altri confabulavano sul da farsi. Alex e Jenny passeggiarono costeggiando i cespugli, senza allontanarsi dal gruppo. Quella che li circondava sembrava la quiete prima della tempesta.

«Quel ragazzo» disse Alex, lo sguardo basso, «è solo una vittima...»

«Chi, Gerard?»

«Gerard. Mi chiedo che cosa sappia della sua stessa vita.»

«Tutto questo è folle.» Jenny scosse la testa e diede un calcio a un pezzo di vetro, poi si fermò, gli occhi fissi a terra, e con la punta della scarpa separò alcune schegge ammucchiate in mezzo alle sterpaglie. «Se penso alla nostra vita, non mi sembra tanto diversa dai cocci di quella bottiglia.»

Alex tacque e lasciò che le parole di Jenny trovassero posto nella confusione dei suoi pensieri.

«Ridotta in mille pezzi» continuò lei.

Lui la prese per mano e fece un sorriso amaro. «Preferiresti vivere la vita di una persona normale?»

«Alex, io ti guardo e vedo un uomo di trentasei anni, con gli occhi e il cuore di un ragazzo. Il ragazzo che ho scoperto di amare. Chi sei tu? Chi è quello che credevo mio fratello?»

Lui si voltò verso il gruppetto e vide Thierry inginocchiato, intento a praticare un'altra iniezione di Neurex a Gerard.

«Sono sempre io, Jenny.» La afferrò per le spalle e la fissò negli occhi. «Ovunque andiamo, qualsiasi coccio di bottiglia tu osservi sarà lo specchio delle nostre anime intrecciate. Credo che sia così da sempre.»

Jenny alzò lo sguardo e incrociò i suoi occhi sinceri, li fissò mentre si avvicinava al petto e vi poggiava la testa sopra. Quindi sussurrò: «Se significasse perderti per sempre, non percepire più ogni tuo pensiero… no, non vorrei una vita da persona normale.»

Alex abbassò la testa e la affondò nella chioma di Jenny. Lei tirò su il capo e lo fissò intensamente prima di chiudere gli occhi e appoggiare delicatamente le sue labbra a quelle del ragazzo. Per quanto tortuoso fosse il sentiero, per quanto rischioso ogni passo, il loro legame era la prova che si trattava della strada giusta, della loro Via. Dovesse anche condurre alla morte.

Si baciarono, e non vi fu più nient'altro che il loro sentimento eterno. Rimasero abbracciati finché la voce di Ian ruppe il silenzio. «Sapevo che ci saremmo incontrati ancora. Ho aspettato diciotto anni al buio per ritrovarvi.»

«Come sei riuscito a sopravvivere?» Alex si voltò verso l'amico, le dita della mano intrecciate a quelle di Jenny.

«Perché speravo di riabbracciare i miei amici» sorrise. «Perché ci credevo.»

In pochi minuti Quinto e Aimar tornarono dal distributore e il contrabbandiere di colore si fece aiutare da Thierry nell'estrazione della pallottola dalla gamba di Mark. Questi si cacciò in bocca un pezzo di stoffa per gridare il suo dolore senza attirare l'attenzione sul gruppo, mentre il bossolo conficcato nella carne veniva rimosso. Thierry disinfettò in fretta la ferita e la coprì con un triplo giro di garza. Poi iniettò una soluzione antinfiammatoria direttamente in vena. Il viso di Mark, dalla pelle olivastra, era ormai una maschera cerea intrisa di sudore.

«È quasi l'alba» disse Thierry mentre Alex, Jenny e Ian si riunivano al gruppo nel polveroso spiazzo protetto dai palazzi. Alcune finestre sulle facciate si illuminarono come occhi curiosi pronti a spiare la loro prossima mossa.

«Come ci muoviamo?» domandò Quinto.

«È tempo di avvisare tutti i nostri contatti.» Thierry afferrò la tavoletta di Mark.

«Già fatto.» L'uomo si sciolse la coda e lasciò libera la chioma liscia, corvina. La pelle del viso iniziò a riprendere un pallido colorito.

«Di cosa state parlando?» domandò Sara.

«Se tutto va come pensiamo...» Gli occhi di Quinto erano impazienti. «...da adesso in poi ne vedremo delle belle.»

«Quello che fino a ieri ha covato nell'ombra dell'ipocrisia di questo Paese» disse Mark, e tossì con forza, «oggi verrà finalmente alla luce.»

In quel momento, la tavoletta interattiva emise un segnale, Thierry digitò qualcosa sul display e annuì soddisfatto.

«Buone notizie?» chiese Alex.

Il dottore ruotò lo schermo e lo mostrò agli altri, fiero: «Lo spettacolo è già cominciato.»

Quella che il gruppo si trovò davanti era la foto di uno dei grattacieli del centro di Marina. La struttura affusolata e slanciata prendeva nella parte alta le prime luci dell'alba, riflettendole sulle ampie vetrate che davano sugli uffici amministrativi. La parte bassa, invece, era in fiamme.

«Chi è il responsabile?» chiese Jenny, negli occhi un barlume di speranza.

«Una cellula di dissidenti con la quale siamo in contatto da parecchio tempo» rispose Mark «guidata da un tale di nome Sant. Quest'uomo ha scontato dieci anni di carcere per una condanna ingiusta. Un caso di frode finanziaria. Ai tempi lavorava per una compagnia assicurativa. Naturalmente non aveva commesso lui l'errore, ma serviva un capro espiatorio.»

«In galera c'è finito lui» continuò Thierry, gesticolando nervoso e picchiettando l'indice della mano destra sul palmo aperto della sinistra, «e il caso è stato montato per farne uscire puliti i veri responsabili. Gente al soldo di Ivan. Ebbene, il palazzo che avete visto nella foto è la sede della compagnia assicurativa per cui lavorava Sant. A quest'ora gli uffici sono chiusi e il grattacielo è sgombro.»

Jenny aggrottò la fronte. «Ma ci sarà pur qualcuno nel palazzo… guardie, addetti alle pulizie…»

«Dobbiamo metterlo in conto.» Aimar guardò in faccia uno per uno gli altri. «Quest'oggi verrà sparso del sangue, amici miei. Non tutti l'avranno meritato.»

«Cosa puoi dirci a proposito dei tuoi?» domandò Thierry.

«Sono pronti. Al mio segnale, affonderanno la *Mayer*. Si metteranno in salvo grazie a una serie di scialuppe in arrivo dall'isola di Limen. Con tutta probabilità, sarà lì che andranno dopo l'attentato. A festeggiare. Se dovessero seguirli fino all'isola, state certi che troveranno una degna accoglienza. Quel posto è fuori da ogni giurisdizione. E non è abitato da gente amichevole.»

Me lo ricordo bene, pensò Ian mentre nella sua mente scorrevano alcune immagini del suo autoesilio, dell'erboristeria che aveva tirato su e del piccolo bunker dalle temperature glaciali che aveva ricreato molti metri sotto terra, per custodire la cabina con il corpo di Alex.

«Il mondo sta per assistere alla fine dell'Era del Benessere» commentò Thierry, lo sguardo fiero, quasi sognante. «Tra l'esplosione in questo palazzo e il casino che succederà sulla *Mayer*, avremo modo di muoverci con maggiore agilità.»

«Resta il fatto che siamo dei ricercati» osservò Alex.

Il dottore si avvicinò a lui e gli mise una mano sulla spalla: «Entro stasera, te lo garantisco, ci saranno tanti di quei ricercati che le forze dell'ordine di Gea perderanno il conto».

Un altro segnale destò l'attenzione di Mark, che tambureggiò con le dita sul display.

«Questa dovrebbe piacervi» si rivolse ad Alex e Jenny, e mostrò loro la prima pagina del quotidiano interattivo di Gea, uno strumento d'informazione totalmente asservito al governo e manipolato dai sottoposti di Ivan.

«Occupata la sede di Synaptica, Marina…» lesse ad alta voce Jenny. «Un manipolo di rivoluzionari è al momento asserragliato all'interno della struttura di ricerca medica più all'avanguardia della metropoli. La polizia sta circondando il palazzo, siamo in attesa di aggiornamenti in tempo reale.»

«Non insabbiano più?» ironizzò Quinto. «O abbiamo infiltrati in quella redazione?»

«Non avete neanche idea» commentò Gerard, mentre strisciava per terra, «di quello che state facendo…»

Aimar lo colpì in faccia con la punta dello stivale, quindi schiacciò la testa del prigioniero sotto la suola. «Tu devi smetterla di parlare, una volta per tutte.»

Thierry afferrò l'energumeno per un braccio: «Calma, stai tranquillo… abbiamo bisogno di lui.»

Gerard sputò un grumo di sangue per terra, quindi, con le mani piantate tra le erbacce, cercò di tirarsi su, invano. Aimar lo osservò con disprezzo, mentre il ragazzo tossiva e continuava a sfidare il suo sguardo. Ian provò compassione per lui, nel constatare che aveva più o meno la stessa età del suo alter ego di Sam-en. Quanto erano stati diversi, i due percorsi. Quanto distante il significato di quelle due giovani vite. Si meravigliò nel fare questo ragionamento con la coscienza di un anziano e i pensieri di un ragazzo appena diciottenne.

Aimar si voltò per un istante verso gli altri, e non si rese conto di cosa il potenziato stesse per fare. Fu Jenny a gridare e richiamare l'attenzione dei compagni. Ma era troppo tardi. Gerard teneva un pezzo di vetro tra le mani, la testa schiacciata per terra mentre dal collo sgorgava un fiume color rosso vivo. L'ultimo messaggio che volle mandare al mondo intero, prima di chiudere gli occhi per sempre, fu un ghigno. Era una smorfia di sfida, che lentamente si contorceva fino a divenire un'agghiacciante espressione di terrore. Alex osservò il ragazzo morire, lo fissò negli occhi e per una frazione di secondo avvertì un intimo interrogativo, profondo quanto le ferite che il condizionamento infantile aveva lasciato nella mente del giovane: *perché?*

«Maledizione. Maledizione!» gridò Mark.

Sara si portò le mani al volto, mentre Ian abbassava lo sguardo, quasi volesse mostrare rispetto per quel tragico epilogo. Fu in quel momento che Alex trasse la conclusione del ragionamento appena fatto, e la enunciò a voce alta: «Dall'altra parte possono scegliere».

Thierry si voltò di scatto: «Come dici?»

Alex chiuse gli occhi. Aveva sentito tutto, all'inizio di quell'assurda notte, quando Thierry aveva raccontato ad Anna la storia dei potenziati.

L'effetto devastante di quello che abbiamo praticato qui sulle loro menti è certamente latente in ognuna delle loro versioni alternative. È come una malattia di cui si è portatori sani. C'era solo bisogno che qualcuno sbloccasse determinati meccanismi della psiche, e l'esercito sarebbe stato nuovamente pronto all'uso. Dana ha capito questo, e se ne sta servendo.

«Dall'altra parte possono rinunciare al loro destino» dichiarò Alex. «Qui non hanno potuto farlo.»

«Ma certo...» sussurrò Jenny, gli occhi rapiti dal fiume di sangue che sgorgava dal collo di Gerard.

Mark annuì lentamente con il capo e aggiunse: «Se ci fosse un modo...»

Thierry si inginocchiò sul cadavere, avvicinò il palmo della mano al volto di Gerard e abbassò con delicatezza le palpebre. Poi si voltò verso il gruppo: «Quei ragazzi sono una sorta di coscienza collettiva condizionata. Nessuno di noi è in grado di cambiarli.»

Capitolo 35

Dall'ampia finestra del sessantacinquesimo piano, Dana vedeva l'intera città di Marina dispiegarsi sotto il suo sguardo, ai piedi del suo unico e inarrestabile volere. Non c'era più una scala gerarchica, né un padrone cui rendere conto. Nel suo incontrastabile delirio di onnipotenza, si era appena sbarazzata di un vecchio di novantadue anni che forse sarebbe morto per cause naturali, di lì a poco. Un vecchio che non l'aveva mai capita.

Ivan fu visto cadere dalla cima del grattacielo più alto di Marina e spappolarsi al suolo, ma a godere del macabro spettacolo furono solo quattro addetti alla sicurezza del palazzo e un paio di donne delle pulizie che stavano lucidando le vetrate di un hotel di fronte all'ingresso della sede governativa. Nessuna autopsia avrebbe dimostrato la reale causa di morte di Ivan, dal momento che l'obitorio era diretto da un nucleo di uomini che adesso prendeva ordini da sua figlia. Mentre il vecchio volava a tutta velocità verso il duro asfalto, Dana si allontanò dalla suite che presto sarebbe diventata il suo ufficio personale. Scese una decina di piani a piedi, mentre gli orologi digitali appesi alle pareti sopra gli elevatori indicavano le cinque del mattino. Quindi raggiunse una porta, sfregò l'indice su una placca rotonda ed entrò. Si trovò in una sala adibita ad archivio, che custodiva la memoria cartacea di tutti i documenti amministrativi, legislativi e politici di Gea. I sottoposti di Ivan, al comando di un governo di senza-volto che si rivolgeva alla popolazione esclusivamente grazie a comunicazioni digitali e discorsi riprodotti da voci automatiche, non mettevano mai piede lì dentro. Tutto ciò che quella stanza custodiva era facilmente reperibile sugli archivi digitali.

Dana si chiuse all'interno e, senza accendere la luce, camminò tra gli scaffali fino a una finestra. Quindi si affacciò, senza esporsi troppo. Sotto il suo sguardo carico di apprensione, la base di un grattacielo a poche centinaia di metri di distanza era in fiamme, e le grida di alcuni passanti arrivavano fino alle sue orecchie, ovattate, strazianti. Estrasse dalla tasca interna della giacca scura un piccolo auricolare sagomato e lo portò all'orecchio. Quindi sganciò dalla cintura la tavoletta interattiva arrotolata e la attivò. In pochi secondi selezionò il nome di un contatto da una cartella denominata PRIVATO e attese che questi rispondesse alla chiamata.

«Kory X856, agli ordini.» La voce metallica dell'uomo risuonò fastidiosa nell'orecchio di Dana. Gracchiante, come sporcata da un'interferenza.

«Vorrei capire per quale oscura ragione un palazzo del centro sta bruciando davanti ai miei occhi.»

L'uomo lasciò trascorrere alcuni istanti di silenzio, ma Dana non si scompose.

«Non lo sappiamo, mia signora. Stiamo cercando anche noi di...»

«Pretendo un rapporto immediato, o solleverò lei e i suoi colleghi da ogni incarico.»

«Mi perdoni. Stiamo facendo il possibile per capire cosa sia successo.»

In quell'istante, la tavoletta di Dana aprì in automatico la prima pagina del quotidiano interattivo, che mostrava un dispiegamento di polizia di fronte all'entrata di Synaptica.

«E questo...» sussurrò Dana. Poi trasse un lungo respiro.

«Mi scusi?»

«Ho di fronte agli occhi la notizia che un gruppo di rivoltosi ha appena occupato la sede di Synaptica. Ne è al corrente?»

L'uomo esitò, quindi rispose, quasi balbettando: «Ne... ne siamo al corrente.»

«È tutto quello che ha da dire?» Dana perse la pazienza e batté una mano contro il vetro della finestra. «Io la faccio deportare nelle miniere di Sirio insieme ai suoi inutili colleghi! Come posso fidarmi di uomini che mi informano in colpevole ritardo e non hanno una risposta ai miei quesiti?»

«Una risposta ce l'ho, in realtà, mia cara» disse la voce metallica.

Dana inarcò le sopracciglia di fronte a quella totale mancanza di rispetto. «Chi le ha dato il permesso di rivolgersi a me in questa maniera?»

L'uomo lasciò partire una goffa risata, quindi rispose: «La testa del contatto da lei chiamato al momento sta rotolando sul tappeto, di fronte ai miei occhi. Il permesso di rivolgermi in questo modo a lei, be'... me lo sono preso da solo.»

Dana sentì il corpo irrigidirsi e avvertì una fitta al petto. Chiuse gli occhi per un attimo, sperando di svegliarsi da quell'incubo. Oltre il vetro, a qualche centinaio di metri di distanza, mentre il sole sorgeva oltre le colline a nord, una donna si stava gettando da una finestra del palazzo, ora completamente in fiamme.

«Come ha detto...»

«Si prepari ad assistere alla fine sua e del suo programma. A proposito, si senta libera di portare i miei saluti al suo vecchio.»

«Chi diavolo è lei?» gridò la donna, le sopracciglia inarcate e le mani strette a pugno.

«Per quello che importa, mi chiamo Paul. Mia madre è stata uccisa davanti ai miei occhi tanti anni fa, perché il suo nome era su una lista. Chieda a suo padre, lui sa di chi sto parlando...»

Dana pensò all'espressione lucida e consapevole di Ivan, quando tanti anni prima le aveva raccontato di come si fosse sbarazzato di tutti i possibili rivali, persone che come lui erano nate nella *civiltà del Duemila* e possedevano una mente fuori dal comune. La sua rapida ascesa al potere era una strada lastricata di sangue.

«Lei è un uomo morto» sentenziò Dana.

«Si sbaglia. Non mi sono mai sentito così vivo.»

La comunicazione si interruppe.

Dana si appoggiò con un braccio al vetro, poi avvicinò la testa finché la fronte non si posò sul polso. Gli occhi erano ipnotizzati dalle fiamme che stavano inghiottendo il palazzo, i riflessi rossi e arancioni catturati dal vetro della finestra sembravano estendersi, per un gioco di riverberi, a tutta la città. Parevano annunciare il tracollo. La mente continuava a torturarla, riproponendo in un'insopportabile cantilena le parole di quell'uomo. Si rese conto in un attimo che aveva appena avvelenato l'unica persona cui avrebbe chiesto un consiglio per gestire una situazione tanto critica.

Per un istante pensò a Thierry e concluse che chiunque, potenzialmente, avrebbe potuto tradire la causa. Poteva fidarsi ancora di qualcuno? In linea teorica, tutte le istituzioni erano dirette da uomini al soldo di suo padre, che prendevano ordini anche da lei da diversi anni e mangiavano da sempre nel piatto comune. La polizia era sotto il loro totale controllo, e poi c'era l'esercito di potenziati, forse la più fedele squadra di agenti segreti di cui disponeva. Si sarebbe rivolta a loro. Non c'era tempo da perdere.

In pochi minuti Dana fu al piano terra, attraversò l'ampia hall del grattacielo e, senza guardare in faccia nessuno, sparì oltre le porte scorrevoli. Nessuno osò fermare l'incedere rapido e determinato di quella donna in tailleur grigio scuro, lo sguardo fermo e risoluto, mentre si lasciava alle spalle l'ingresso del palazzo e saliva sul suo fuoristrada nero.

Il sole si stava alzando in cielo insieme a una pesante afa che rendeva il respiro faticoso, e avvolgeva la città sotto una cappa insopportabile. Dalle strade iniziavano a giungere i rumori della giornata di lavoro appena iniziata.

«C'è un posto in cui possiamo nasconderci» Mark distolse lo sguardo dal cadavere di Gerard, la cui testa era immersa in una pozza di sangue.

«Dove?» chiese Thierry.

«Tra pochi minuti aprirà la linea suburbana, ma le prime corse sono pressoché vuote. Entro mezz'ora, un'ora al massimo, i treni saranno pieni di impiegati.»

«Vuoi scendere giù?» chiese Quinto.

«Conosco le piante di quei tunnel sotterranei. E qui vicino c'è la fermata di Sparta. Venite con me.»

Ian si avvicinò all'uomo, che si sfilò un braccialetto dal polso per legarsi di nuovo i capelli in una coda. «Come stai? Pensi di farcela?»

«Sì, Ian.» L'ex programmatore della Lax gli offrì un sorriso convinto. «Devo farcela.»

Seguito dal gruppo, Mark girò attorno alla stazione di servizio e tornò sulla strada. Il furgone era ancora nello stesso posto in cui l'avevano parcheggiato. *Le forze dell'ordine di Gea devono essere impegnate su altri fronti*, pensò Aimar, le immagini del grattacielo in fiamme impresse nella mente.

Attraversarono tutti la strada, poi imboccarono la via traversa per duecento metri, infine svoltarono a sinistra. Un palo arrugginito offriva il cartello con la S che indicava l'accesso alla linea suburbana, una rete sotterranea di treni che copriva l'intera città, fino alle periferie.

«Se incrociamo qualcuno, tenete lo sguardo basso» disse Thierry mentre seguiva Mark lungo la scala che portava ai tornelli. Quando furono in prossimità del passaggio a pagamento, Quinto passò in testa al gruppo e sfregò la protesi con il profilo digitale falso su una placca, e appena la sbarra si alzò rimase in mezzo al passaggio, facendo transitare tutti gli altri. Poi avanzò, e la sbarra si riabbassò alle sue spalle. Un'insegna luminosa indicava le due possibili direzioni. A destra, una scala portava alla banchina del treno per MARINA EST. A sinistra, i led rossi componevano la scritta FORO.

«Da che parte?» chiese Quinto.

«È indifferente, dal momento che dovremo infilarci nel tunnel. Scendiamo di qui.» Mark prese la scala di sinistra.

Quando il gruppo raggiunse il piano sotterraneo, Sara sussurrò: «Laggiù.»

Due uomini passeggiavano in fondo alla banchina che costeggiava i binari. L'insegna sopra le loro teste comunicava un'attesa di sei minuti prima dell'arrivo del treno successivo. Mark procedette con cautela, seguito dagli altri.

«Forse dovremmo sparpagliarci, per non dare l'idea di essere tutti insieme» suggerì Ian.

Mark si voltò verso il resto del gruppo. «Dobbiamo aspettare che passi il treno, non possiamo rischiare di farci travolgere. Quindi d'accordo, dividiamoci lungo la banchina. Mi raccomando, se arrivano altre persone… non incrociate lo sguardo di nessuno. Appena sarà passato il treno, lasciate che eventuali passeggeri scendano e imbocchino le uscite, poi raggiungetemi sotto l'orologio.»

Gli altri annuirono e si separarono in tre gruppetti, mentre i due uomini in fondo alla banchina continuavano a dar loro le spalle, intenti a selezionare delle bevande da una fila di distributori automatici.

Alex e Jenny rimasero nel tratto iniziale della banchina con Ian, che si sedette su una panca sotto a un gigantesco poster dell'acqua *Frey*, mentre Aimar e Quinto, le sacche con il resto dell'artiglieria in spalla, avanzavano verso la fine della banchina. Sara, Thierry e Mark rimasero al centro, seminascosti in un passaggio che conduceva a una rampa di scale.

Quando i due sconosciuti si voltarono, un paio di lattine in mano, videro Aimar e Quinto che confabulavano a testa bassa. Si sedettero su una panca, sorseggiando la bevanda. In quel momento, un gruppo composto da due donne e un signore piuttosto grassoccio scese per le scale e mosse i primi passi sulla banchina. All'arrivo del treno mancavano tre minuti. Il trio passò di fronte alla panca sulla quale sedeva Ian. Quindi proseguì verso il centro della banchina, là dove si apriva il passaggio interno. Fu una delle due donne a incrociare per qualche istante lo sguardo di Thierry. La signora si voltò, ma aveva un'aria perplessa. Disse qualche parola agli altri due e l'uomo tirò fuori una tavoletta interattiva dalla tasca dei pantaloni.

«Ti ha riconosciuto?» mormorò Sara.

«Non lo so, dannazione. L'ho guardata per un istante, una frazione di secondo…»

«Merda.» Mark si mise le mani sui fianchi e si guardò attorno.

«Non possiamo rischiare.» Thierry cercò di controllarsi e fece un lungo respiro. «Se verificano sulla tavoletta e ci segnalano, siamo finiti.»

Mark frugò con la mano in una tasca della giacca, quindi premette un pulsante. Gli auricolari si riattivarono nel giro di un paio di secondi.

«Ascoltate» disse «il trio al centro della banchina potrebbe aver individuato Thierry. Stanno parlando tra loro, hanno una tavoletta in mano. Dobbiamo impedire che lo segnalino.»

Trascorsero alcuni istanti di silenzio, rotto dalla voce di Quinto. «Sta… sta andando Ian.»

Il vecchio camminò a passo lento fino al centro della banchina, seguito con lo sguardo da Alex e Jenny, che avevano udito la conversazione negli auricolari e gli avevano riferito tutto. Thierry scostò lo sguardo, mentre Mark e Sara tenevano d'occhio il trio di sconosciuti che maneggiava la tavoletta. Dall'altra parte della banchina, Aimar e Quinto poggiarono le sacche a terra, pronti a intervenire con la forza se ce ne fosse stato bisogno.

«Sofisticati questi nuovi modelli, non trovate?» iniziò Ian, quando raggiunse il gruppo.

Le due signore si voltarono e finsero di non averlo sentito, in pieno accordo con il protocollo sociale di Gea. L'uomo fece un passo indietro e rimase in silenzio, ma lo scrutò da capo a piedi.

«Che deprecabile maleducazione, non rivolgere la parola a un anziano signore…» disse ancora Ian, e con gli occhi inchiodò il volere dell'uomo di fronte a sé. Passò una frazione di secondo, forse. Ma in quel lasso di tempo Ian vide sessant'anni di solitudine. Un tavolo apparecchiato per una persona. Uno specchio sporco che restituiva l'immagine di un fisico sfatto. Un letto a una piazza, al centro di una stanza spoglia. Un pannello che offriva servizi di vario genere al cittadino, aperto su una pagina di intrattenimento sessuale. Poi vide gli occhi severi di una donna anziana.

Il signore di fronte a lui distolse l'attenzione e si guardò attorno, spaesato. Le donne, intanto, continuavano a dar loro le spalle, timorose.

«Mi creda» sussurrò Ian, e i suoi occhi per un attimo erano gli occhi della madre di quell'uomo, «lei disapproverebbe. Così come disapprova che lei non abbia mai trovato una donna e paghi delle prostitute.»

Sara e Mark osservarono tutta la scena senza riuscire a udire il dialogo e rimasero senza parole. Dopo pochi secondi Ian si allontanò dal trio e camminò verso di loro, e quando fu vicino a Sara la prese per mano, le sorrise e le porse la tavoletta interattiva dello sconosciuto.

«Dalla a Thierry» disse, sereno, «digli che è tutto a posto.»

Le luci del treno, nel frattempo, fecero capolino dal fondo del tunnel. Nessuno osò fiatare, i due uomini seduti vicino ai distributori continuarono a bere la loro bibita senza proferire verbo; Quinto e Aimar ripresero in mano le borse di pelle.

Thierry arrotolò il dispositivo dopo aver controllato che non fosse stata inviata alcuna segnalazione, e trasse un sospiro di sollievo. Poi attese l'arrivo del convoglio, che si fermò e ripartì dopo una breve sosta. Scesero poche persone e imboccarono subito le rampe senza incrociare il loro sguardo.

In un attimo, la banchina tornò deserta.

Capitolo 36

Dana spalancò la porta del seminterrato con un calcio. All'appartamento si accedeva percorrendo una rampa fino alla base di una palazzina di tre piani, in quella zona grigia e anonima della città che portava dal centro alle periferie. Le serrande all'interno del locale erano abbassate, l'aria viziata. Un misto di fumo, sudore, cibo andato a male.

«Alzati» disse la donna, mentre premeva un interruttore e faceva luce nella stanza. Su un letto matrimoniale erano avvinghiati i corpi di un ragazzo e una ragazza, nudi, le gambe intrecciate fra le lenzuola. La ragazza si tirò su con il busto. I capelli cascavano arruffati sulle palpebre semichiuse. Ai bordi del letto giacevano svariate bottiglie di vetro, il pavimento era disseminato di vestiti.

«Ti aspetto fuori» intimò Dana, quindi si rivolse alla ragazza. «Tu sparisci.»

«Ma lei chi è?» bofonchiò quella, mentre il ragazzo si svegliava a fatica. «Non può entrare qui, è proprietà privata e… lei è passibile di segnalazione!»

Dana scostò lo sguardo, scocciata, quindi infilò la mano destra nell'interno della giacca, estrasse una Stormo calibro 9 silenziata e colpì due volte al petto la ragazza.

«Che cazzo… Dana!» gridò lui tirandosi su di scatto, gli occhi fuori dalle orbite. «Perché?»

«Alzati e vestiti, Stan. Immediatamente.» Dana si voltò e uscì dall'appartamento, poi attese con la schiena appoggiata al muro esterno, mentre controllava gli aggiornamenti sul dispositivo. Il ragazzo si infilò una camicia, un paio di slip e dei calzoni grigi, di tela. Quindi uscì a piedi nudi.

«Perché l'hai fatto?» chiese Stan mentre si abbottonava la camicia sul petto glabro. Il suo viso dalla mascella pronunciata era segnato da alcune cicatrici all'altezza degli zigomi, mentre i capelli castani, lievemente mossi, arrivavano fino al collo. Il taglio a mandorla degli occhi e il naso schiacciato suggerivano che qualche suo antenato, forse un centinaio di anni prima, quando ancora i continenti non erano in guerra fredda, dovesse essersi trasferito da Oriente a Gea. Lui invece era nato e cresciuto a Marina, fino a dodici anni aveva vissuto nella scuola di Utopia e aveva subito il condizionamento mentale sotto la direzione di Thierry. Dopodiché era diventato un'ombra. Nel corso degli anni, Stan era partito più volte per Oriente, aveva partecipato a operazioni di sabotaggio, ordito attentati contro politici del continente avversario, lavorato come spia e plagiato la gente mediante la manipolazione dei sistemi di comunicazione. La sua giovane età, come quella dei suoi compagni, era stata un punto a favore, un vantaggio. Insospettabili, all'apparenza innocenti e incoscienti, quei ragazzi avevano sovvertito l'ordine delle cose, fino alla caduta di Oriente.

«Perché tu ora raduni tutti i tuoi compari, ripristini la rete, ed entri in azione. Non voglio distrazioni. Non farmi credere che te ne freghi qualcosa di quella ragazza.»

«Va bene, parla.»

«Ed evita di andare con le quindicenni…»

«Io faccio quello che mi pare quando non lavoro per voi. Lei non c'entrava.»

«Tutto c'entra, Stan. Non lo capisci? Qualsiasi disattenzione, qualsiasi minimo errore o negligenza ci hanno portato negli anni a perdere il controllo sulla gente. E oggi paghiamo il conto.»

«Spiegati.»

Dana mostrò al ragazzo la foto del grattacielo in fiamme: «Che ne dici?»

Lui afferrò la tavoletta, e in quel momento il quotidiano interattivo si aggiornò di nuovo.

«Oh, cazzo» disse lui, portandosi una mano alla bocca.

Dana gli strappò il dispositivo e vide l'immagine della *Mayer*, una delle navi più solide della flotta di Marina, sotto il titolo: ATTACCO TERRORISTICO NELL'OCEANO.

«Perfetto» commentò lei. Quindi si morse il labbro e si ravviò i capelli, rimanendo con le mani conficcate nella chioma per alcuni istanti, come alla ricerca di una soluzione che si faceva sempre più oscura.

«Che sta succedendo, Dana?» chiese Stan, preoccupato. In diciotto anni di vita e di servizio non aveva mai visto niente di simile.

«Muoviti» Dana fissò il muro di fronte a sé. In un attimo rivide Ivan soffocare dopo aver mandato giù l'ultimo bicchiere di liquore, e rivide lo sguardo falso di Thierry, che di recente aveva indossato una maschera e covato in segreto la rivolta. Di quanta gente disponeva? Con l'appoggio di quanti cittadini stava facendo tutto questo? Era il capo o un complice di una simile rivolta?

«D'accordo» commentò Stan. L'espressione sul viso di Dana era sufficiente a dipingere la gravità della situazione.

«Entro un'ora vi voglio tutti nel parcheggio del Sigma.»

«Il centro commerciale in periferia? Perché lì?»

«Perché in questi giorni è chiuso. Non ci saranno macchine nel sotterraneo. Nessun dipendente, nessuna guardia. Devo parlarvi e non avremo molto tempo.»

Dana si allontanò, mentre Stan correva all'interno dell'appartamento, si sedeva a un tavolo invaso da fogli di carta e libri e attivava il pannello.

In quel preciso istante, la *Mayer* cominciò ad affondare. Pochi minuti più tardi, il grattacielo in fiamme nel centro di Marina venne giù come un castello di carte al primo soffio di vento. Altre esplosioni furono udite dalla polizia asserragliata di fronte alla sede di Synaptica, mentre la popolazione iniziava a riversarsi per le strade diretta al posto di lavoro, e non tutti si erano resi davvero conto di cosa stesse succedendo in città. Cominciarono a riempire i mezzi di trasporto, come facevano ogni giorno, mentre chi era in possesso di una tavoletta interattiva raccontava agli altri qualcosa a proposito dei recenti avvenimenti, e contro ogni protocollo sociale di Gea iniziavano a formarsi capannelli di persone, sui treni come per le strade. Mentre tutto ciò accadeva, Mark e gli altri avevano già costeggiato il lato sinistro del tunnel della linea suburbana per qualche decina di metri, e si erano infilati in un tetro e maleodorante anfratto che conduceva a una piccola porta. Mark l'aveva aperta e aveva raggiunto una stanzetta con un tavolo spoglio al centro, le pareti occupate da quadri elettrici, e una fila di banchi digitali sormontati da pannelli a muro che trasmettevano in diretta le immagini della banchina.

«È la resa dei conti» disse, lo sguardo radioso.

Thierry si avvicinò e sussurrò: «Quella cosa che hai fatto al Penitenziario...»

«Vuoi il bis?» ridacchiò Mark.

Il dottore gli rispose con un ghigno sottile. Lui intanto si sfiorò la spalla con il palmo della mano, mentre una serie di fitte sotto il ginocchio in corrispondenza della ferita gli facevano digrignare i denti. Si accorse che stava sudando freddo. Cercò di farsi forza, poi estrasse dalla tasca dei pantaloni il microchip e lo inserì in una fessura sull'estremità sinistra del banco.

«Cos'avete in mente?» domandò Sara.

«Da questo strumento di controllo partono gli annunci automatici che i nostri amati politici ci propinano ogni giorno sulla suburbana. Slogan, pubblicità, informazioni... un mucchio di inutile paccottiglia digitale, buona a rimbambire la gente.»

Quinto annuì, pregustando il momento.

«Questa mattina daremo loro qualcosa di più gustoso.» Mark tenne lo sguardo inchiodato al dispositivo, sul quale picchiettò con le dita. «Questa mattina il Benessere siamo noi.»

«Ma qui dentro... non ci lavora nessuno?» Jenny si guardò attorno, mentre il rimbombo di un treno in arrivo nella stazione di Sparta faceva tremare la terra sotto i loro piedi per qualche istante.

«È tutto automatizzato» spiegò Thierry, le labbra serrate in un sorriso scaltro, «ma sì, qualcuno potrebbe entrare da quella porta, da un momento all'altro. E saremo ben lieti di accoglierlo.»

Aimar soffocò una risata, mentre carezzava con i polpastrelli il carrello otturatore della Stormo che Quinto gli aveva consegnato poco prima, al parchetto dietro la stazione di servizio.

«Preparati, Sara» intervenne Ian, una mano appoggiata sulla spalla della donna dagli occhi a mandorla. «Preparati ad ascoltare qualcosa di sublime. Qualcosa dei nostri tempi.»

«Ci siamo» rispose Mark, quindi premette un tasto sul dispositivo.

Gli altoparlanti posti in alto sopra il display che segnalava i minuti di attesa prima del prossimo treno gracchiarono, quindi lo spettacolo cominciò.

Tutti quelli che erano appena scesi dal vagone alzarono la testa, come chiamati dalla delicata introduzione. Nessun cittadino di Gea si stupiva o reagiva in alcun modo agli avvisi automatici, quand'anche fossero accompagnati da uno di quei jingle digitali prodotti solo per fungere da loop pubblicitario, con l'unico intento di conficcarsi nella testa delle persone per veicolare uno slogan. Ma questa volta era diverso, e se ne accorsero tutti.

«Guardate...» disse Mark e chiuse gli occhi mentre la timbrica cristallina del cantante disegnava incantevoli melodie che si riverberavano non solo sulla banchina, ma in tutta la rete suburbana. Chiunque fosse seduto o in piedi a bordo di un treno di Marina stava ascoltando quel brano, e si stava facendo delle domande. «Guardate sul pannello...»

«Pazzesco.» Alex scosse la testa, meravigliato, mentre osservava i volti degli abitanti di Marina sullo schermo e quella canzone lo riportava indietro di cinquecento anni.

«Ora me la ricordo parola per parola... era il brano preferito di mio padre. Si intitolava *Smoke gets in your eyes.*»

«Un'ottima scelta.» Thierry gli diede una pacca sulla spalla.

Alex rimase in silenzio, mentre si sforzava di tornare al punto di partenza di quella storia. Cosa ricordava di suo padre, della sua famiglia? Le note di quel brano lo trascinarono in un passato sepolto e perlopiù dimenticato. Vide i suoi genitori ballare, nel salotto di casa, a Milano. Li vide felici. Felici come non erano mai stati. Osservò Valeria e Giorgio Loria con gli occhi di un bambino, l'animo innocente e inconsapevole. Come pagine bruciate dalla Storia, affiorarono così alla mente immagini accartocciate e annerite fino a divenire cenere. La cenere di un mondo finito, di cui lui, Jenny e Marco erano l'eccezione. Il disequilibrio. La luce ancora viva.

«Questo mondo ha dimenticato l'incanto» commentò a bassa voce Ian, mentre una lacrima serpeggiava sul suo volto. Per un attimo perse l'equilibrio, mentre immaginava gli occhi di Ben, il figlio che non avrebbe più rivisto. Fu Sara a sorreggerlo.

Mark lo guardò commosso, partecipe della sua vibrante emozione, mentre l'acuto finale del cantante accompagnato da un trionfo di archi rimbombava ovunque, fuori da quel gabbiotto. «Questo mondo non ha mai conosciuto l'incanto.»

«Comprenderanno tutto questo?» domandò Sara sulle ultime note del brano.

«Queste persone sono cresciute e hanno vissuto sotto il programma politico del Benessere» rispose Thierry. «Abituate a difendere i loro stessi oppressori, a considerare giusto quello che gli spacciano da sempre per giusto. Ma io credo in questa città. Io so che non siamo gli unici.»

«Lo sai…» Mark fissò Jenny negli occhi. «…quando Ben ti portò via da Mnemonica e passò dalla mia bottega, mi chiese perché io non fossi d'accordo con i suoi propositi di ribellione, dal momento che capivo la natura del suo pensiero e lo condividevo. Gli risposi che in questa società era un'impresa far ragionare un collega o amico sullo schifo in cui viveva, figurarsi motivarlo a una rivolta. Mi chiedo ancora oggi se quelle persone nello schermo siano pronte. Se siano in grado di capire che stiamo facendo tutto questo per loro.»

Quinto batté il pugno destro sull'altra mano aperta. «Ce la possiamo fare, Mark! Quando la resistenza ha cominciato a formarsi, abbiamo seguito un ideale. Eravamo in pochi. Oggi la gente sta iniziando ad aprire gli occhi, e la nostra rete è solida.»

«Ma la loro ha un vantaggio enorme...» disse Alex.

«I potenziati di Ivan» aggiunse Jenny.

In quel momento, Mark strabuzzò gli occhi di fronte a un messaggio privato che lampeggiava in alto a destra sulla tavoletta. Il mittente era un tassista che lavorava prevalentemente nel centro di Marina. Un informatore.

IVAN SUICIDATO GRATTACIELO CENTRALE.
POLIZIA SUL POSTO. ATTENTI.

«Temo che i potenziati non siano più al servizio di quell'uomo» disse Mark, gli occhi fissi sulla tavoletta. «Ora sono al servizio di Dana.»

Capitolo 37

Il parcheggio del Sigma era un vasto spazio sotterraneo che si estendeva per ottomila metri quadri, illuminato da lunghe file di tubi al neon che riflettevano la loro luce color azzurro elettrico sulla pavimentazione lucida. Il fuoristrada di Dana tagliò fra le colonne che reggevano la base del centro commerciale, disposto su tre piani e dotato anche di una smisurata area di sosta esterna. Il Sigma sorgeva nella periferia a sud-ovest, non troppo distante dal Porto di Marina, e al momento era chiuso per ristrutturazione.

Il mezzo di Dana arrestò la sua corsa e si fermò di fronte a una fila di carrelli. La donna lanciò un'occhiata oltre il finestrino. C'erano delle moto, qualche auto scassata, e decine di ragazzi di diciassette anni sparpagliati nel sotterraneo. Molti di loro se ne stavano per conto proprio, altri avevano formato dei piccoli capannelli e confabulavano di fronte alle immagini di una tavoletta interattiva. Appena Dana uscì dalla jeep, il vociare si placò e scese un silenzio innaturale. La donna camminò con passo svelto fino a trovarsi di fronte allo schieramento disordinato.

Stan fece qualche passo avanti, emergendo dalla folla con autorità. Si voltò verso gli altri e senza dire nulla, senza gesticolare, li invitò a compattarsi. Poi si voltò verso Dana. «Al suo comando...»

«Quanti siete?» chiese lei.

«Tutti quelli che sono riuscito a riunire in così poco tempo.»

«Iniziamo.»

Stan arretrò, mentre la donna congiungeva le mani e socchiudeva gli occhi. Davanti alle sue palpebre abbassate, la devozione. Più di cento ragazzi completamente rapiti dalla sua presenza, dall'eco del suo pensiero. Nessuno osò fiatare mentre lei penetrava quelle giovani e straordinarie menti, da sempre al servizio della causa. Un gruppo di giovani cresciuti per più di metà della loro vita nella disciplina e poi restituiti alla città, che li aveva trasformati in ribelli, emarginati. Invisibili alla società, solitari e senza padrone finché non avessero sentito una volta ancora quella voce, ipnotico richiamo della loro intima natura.

«Noi siamo Utopia. Ora e sempre.»

La voce di Dana echeggiava nel sotterraneo e rimbalzava contro le colonne, magnetica e persuasiva, ricca di un fascino al quale non si poteva opporre resistenza.

«Oggi piangiamo la scomparsa di mio padre, colui che ha dato vita alla scuola in cui si sono forgiati i vostri animi. Ha deciso di togliersi la vita, e questo risparmierà i suoi occhi dalla visione di quanto sta accadendo per le strade.»

Gli sguardi dei giovani erano concentrati, attenti. Non un accenno di commozione, ma un profondo senso di rispetto per quell'uomo che ai loro occhi era leggenda. Alcuni annuirono con il capo, altri rimasero con le braccia conserte, i pugni stretti, gli animi pronti.

«Altrove, nelle realtà parallele, stiamo già conquistando i favori della gente. Stiamo iniziando a riconoscerci, a operare insieme...» il tono di voce di Dana era squillante, fiero. «Per un mondo migliore. Ovunque. Perché le persone non abbiano più niente da temere e tutto sia sempre sotto controllo. Tutto.»

L'esercito rimase in deferente silenzio. Ciascuno di quei ragazzi avrebbe dato la sua stessa vita per portare avanti il progetto. Così come aveva fatto Gerard, quel mattino, sacrificando la propria per evitare che Thierry e i suoi se ne servissero.

«In città sta accadendo qualcosa di terribile. Gruppi sfuggiti al controllo stanno mettendo a dura prova le nostre risorse. Avrete visto le immagini. Ebbene, ora tocca a voi. Sappiamo che a capo di questa sommossa c'è un traditore. Il suo nome è Thierry, era il medico responsabile di Utopia. Alcuni di voi lo ricorderanno. Ha portato via due pazienti di nome Alex e Jenny dalla sede di Synaptica, e aiutato un uomo di quasi novant'anni chiamato Ian a evadere dal Penitenziario di Marina. Dietro al rapimento di queste tre persone c'è un piano ben preciso. Thierry si serve sicuramente di complici addestrati ed è sostenuto da una rete clandestina. Individuate queste persone...» Dana fece una pausa, lasciando in sospeso il suo discorso, e fissò la folla come se avesse di fronte un'unica coscienza collettiva. «...E impedite loro di minare le fondamenta del Benessere. I nostri concittadini ci saranno riconoscenti, grazie a voi non avranno più niente da temere.»

La donna abbassò lo sguardo, le mani nuovamente congiunte, e trasse un profondo respiro. Pensò intensamente al simbolo di Utopia, quello stemma che fungeva da richiamo per i suoi uomini. Il volto senza occhi, dipinto su ogni parete della struttura di Utopia. L'immagine verso la quale i ragazzi radunati di fronte a sé, sin dall'infanzia, si rivolgevano in meditazione. Lo visualizzò nella mente, e fu certa che il suo esercito stava facendo lo stesso. Nessuno aprì bocca, ma tutti pensarono al medesimo motto, ripetuto migliaia di volte nel corso degli anni: *Noi siamo Utopia. Ora e sempre.*

Quindi la donna si allontanò, mentre il gruppo di ragazzi si divideva in piccoli capannelli per organizzarsi. Lei li osservò un'ultima volta, allo stesso tempo orgogliosa e preoccupata, poi montò sul fuoristrada e lasciò il parcheggio. La sua tavoletta, appoggiata sul sedile del passeggero, lampeggiò ancora. Il messaggio non lasciava adito a interpretazioni. Il mittente era un capitano della flotta navale di Marina, suo amico e fidato consigliere dai tempi della conquista di Oriente.

LA MAYER STA AFFONDANDO.
L'ATTIVITÀ PORTUALE È SOSPESA.
HO BISOGNO DI PARLARTI AL PIÙ PRESTO.
CAPITANO MAGGIORE DESNER

Dana salì per una rampa e si lasciò alle spalle il sotterraneo.

Mentre la figlia di Ivan guidava in direzione del Porto di Marina, Aimar e Quinto uscirono dal gabbiotto nel tunnel della linea suburbana, dopo essersi accordati con Mark e Thierry sul da farsi.

Percorsero il tratto che li separava dalla banchina con la schiena attaccata al muro, facendo attenzione a dove mettevano i piedi. Il camminamento era largo una trentina di centimetri, un treno era appena transitato e restava manciata di minuti per raggiungere l'imbocco del tunnel. La scarsa illuminazione non era un dettaglio a loro favore, ma raggiunsero la fine del tratto in tempo.

Prima di saltare sulla banchina, Quinto sganciò dalla cintura un tubetto metallico carico di gas a effetto fumogeno, e lo lanciò verso le persone in attesa del successivo convoglio. Il cilindro si attivò all'impatto con il terreno, liberando il gas. Per una manciata di secondi, nessuno nell'arco di una ventina di metri comprese cosa stesse succedendo. Qualcuno tossì, altri fecero qualche passo indietro, lontano dai binari. I due, dopo aver indossato una mascherina a protezione della bocca, sgattaiolarono tra la gente e salirono le scale, infine uscirono all'aria aperta. Attorno a loro, il viavai per le strade era uno degli ostacoli con cui fare i conti.

«Dove gli hai detto di fermarsi?» chiese Aimar.

«Proprio qui, fuori dall'imbocco di Sparta. Non possiamo esporci troppo a lun…»

«Eccolo, è lui.» L'uomo di colore fece un passo indietro mentre una macchina dai vetri scuri accostava davanti a loro. Entrambi gettarono la mascherina in un cestino della spazzatura, quindi saltarono su in un attimo e il mezzo sparì nel traffico.

In quel momento, nell'angusta sala comandi all'interno del tunnel, Alex si avvicinò a Jenny, quindi chiamò a sé il vecchio Ian.

«Cosa starà succedendo a Sam-en?» chiese.

«Siamo al sicuro, laggiù» fu la risposta del vecchio.

«E Anna è ancora viva...» disse Jenny, lo sguardo basso.

«Anna è viva ovunque» ribatté Ian. «Questo è il suo tempo. La sua morte in questa dimensione non è che una goccia nell'infinito oceano della sua esistenza.»

«Ma se lei è stata capace di clonarci, a Garen...» Alex si incupì. «...non potrebbe farlo altrove? Non potrebbe farlo ovunque?»

«A che scopo?» chiese Jenny. «Non credo che sarebbe la scelta giusta. A volte mi chiedo se il nostro sia un dono o una condanna.»

Ian sorrise e poggiò una mano sulla spalla della ragazza. «Mi sono fatto la stessa domanda, forse un milione di volte. Vedete, ormai, quaggiù... io sono un vecchio. Presto incontrerò la morte, e non mi opporrò alla sua mano. Lascerò che mi prenda, che mi porti con sé. La sto aspettando da tempo.»

«Potremmo vivere in eterno?» chiese Alex. «Anna potrebbe...»

«Non devi avere paura della morte, amico mio» lo interruppe Ian, il tono solenne. «Il nostro tempo è stato cinquecento anni fa. Questa non è la nostra epoca. E abbiamo già visto che cosa significhi ingannare il ciclo della natura. Quando anche il tempo sarà domato, anche del tempo si farà mercato...»

«Cosa significa?» chiese Jenny.

«Sembra un paradosso, ma l'ho imparato dal nostro peggior nemico, tanti anni fa, in carcere. Chi brama il potere, chi cerca di opprimere gli altri e di allargare il suo dominio sul mondo, cerca quelli come noi. Da sempre. Siamo sopravvissuti all'estinzione della nostra razza, e abbiamo portato con noi il segreto della nostra diversità. State vedendo con i vostri occhi come simili facoltà, nelle mani sbagliate, possano avere effetti devastanti. In ogni mondo possibile.»

«Allora moriremo, prima o poi...» sussurrò Alex, tra sé.

«E sarà giusto così. Sia qui, che a Sam-en. Ma la vita è un ciclo continuo, la morte è solo l'inizio di una nuova storia. Non dobbiamo temerla. Siamo fatti di energia. Non sarà il semplice declino del corpo a porre fine al nostro fluire nell'eternità.»

«L'energia è eterna?» Jenny fece un passo verso Alex.

«Così come la natura.» Ian abbozzò un sorriso. «È un viaggio senza fine. Un continuo crescere, trasformarsi, morire e rinascere. Io sono il vecchio Ian, che ha avuto una splendida famiglia quaggiù, e una vita travagliata. E sono Marco, il ragazzo che ha domato il tempo e permesso la nostra sopravvivenza oltre la fine del mondo del 2014. Ma sono anche quel diciottenne di Sam-en, che convive da sempre con il senso di colpa. Oggi siamo qui per rimediare, per riportare l'equilibrio. Per far sì che tutto torni ad avere il giusto significato e la gente di questo tempo sia finalmente libera. Non è né un dono né una condanna. È la nostra strada. E la percorreremo insieme.»

Capitolo 38

Dana costeggiò la strada parallela al lungomare, poi svoltò in una viuzza e parcheggiò il fuoristrada di traverso, sul marciapiede. Scese, alzò lo sguardo e vide un ammasso di nubi salire minaccioso da sud, diretto verso la città. Le sembrò per un attimo di vedere, in quell'incombente ma innocua fatalità, l'unione delle cellule in rivolta contro il potere centrale. Non avrebbe mai pensato di poter subire un simile attacco, dal momento che la popolazione era sotto controllo da decenni. Ma né lei né Ivan avevano fatto i conti con persone che riuscivano a vedere oltre, a comprendere il loro disegno. Non avevano fatto i conti con il disequilibrio.

Dana camminò fino al lungomare e raggiunse il Porto di Marina, avvolto da una cappa afosa e insopportabile. Il Capitano Maggiore Desner la aspettava con la schiena appoggiata a una ringhiera, in mano una pipa. A dispetto dell'altisonante carica che ricopriva, Desner era un uomo di bassa statura, il viso pulito, gli occhi sovrastati da due folte sopracciglia. Le gote arrossate, sembrava un bambino nel corpo di un adulto. Si tolse il cappello in segno di saluto, e scoprì un'importante stempiatura.

«La *Mayer*?» esordì Dana, dopo aver ricambiato con un cenno del capo.

«Entro un paio d'ore colerà a picco.»

«Uomini a bordo?»

«Pochi, non era un viaggio di piacere. Abbiamo perso una quantità ingente di rifornimenti.»

«Hai per caso paura di morire di fame, Desner?» Dana rimase alcuni istanti a osservare l'immensa distesa d'acqua, sulla quale batteva la luce del primo sole del mattino.

«Tuo padre dov'è?» chiese l'uomo, quindi diede una boccata di pipa.

«È morto» rispose lei, sfuggendo agli occhi interrogatori del capitano.

«Sono costernato, Dana.» L'uomo tossì, quindi diede un'altra boccata. «Ti porgo le più sincere condoglianze. Dev'essere opera delle stesse persone, suppongo...»

«In realtà pare un suicidio» bluffò Dana. Quindi il suo sguardo si rinvigorì. «Ma vedo che cominci a capire...»

«Cosa?»

«La gente. Il popolo. Non sono loro in rivolta. Abbiamo a che fare con gruppi isolati. La massa è e sarà sempre dalla nostra parte, specialmente se cambiamo un po' le carte in tavola.»

«Cosa intendi?»

«La maggior parte delle persone stamattina è andata a lavorare, come se niente fosse. Hanno letto o leggeranno le notizie, ma sono certamente all'oscuro di quello che hanno in mente i rivoltosi.»

«Naturalmente. Ma stanno tramando contro il potere politico. Hanno attaccato il centro di Marina e affondato una nave. Quanto a lungo credi che i cittadini di questo continente continuino a non porsi alcuna domanda?»

«Oh, Desner, se la porranno di sicuro. Specialmente quando l'obiettivo degli attacchi diventerà... civile.»

L'uomo sfilò la pipa dalle labbra e socchiuse le palpebre, scrutando il volto di Dana improvvisamente raggiante, illuminato da una nuova e spaventosa motivazione.

«Perdonami, temo di non aver inteso, tu vorresti...»

«Hai capito benissimo. Mi serve il tuo aiuto, subito.»

«Per fare che cosa?»

Dana rimirò l'orizzonte e immaginò lo sviluppo degli eventi per come stava prendendo forma rapidamente nella sua testa. «Far bruciare una scuola.»

Lo sguardo di Desner si fece torvo. «E vuoi che sia io a condurre un'operazione simile?»

«Tu non sei lo stesso che ha trasportato cibo guasto a Lender, partecipato al trasporto di schiavi, gestito commerci ai tempi della guerra fredda...»

«Non era la stessa cosa, Dana...»

«Non ti farai proprio oggi degli scrupoli morali? Ricorda che la tua posizione, la tua ricchezza, e il rispetto che tutti ti tributano da sempre, sono dovuti alla mano generosa di mio padre.»

Desner si tolse il cappello, quindi passò una mano sulla fronte, come per asciugarsi il sudore.

«Mi stai chiedendo di far saltare in aria... dei bambini?»

«Esatto.»

«Ma è un atto di una viltà inaudita, disumano e...»

«Bravissimo» lo interruppe Dana. «Hai appena usato le parole di cui mi servirò nella mia prima conferenza stampa. Da oggi, questo mondo ha un nuovo capo. Non più senza volto, non più nell'ombra. E la prima cosa che farò sarà diffondere in diretta nazionale, questa sera, la foto di quel traditore di Thierry, che avrà sulla coscienza qualche centinaio di piccoli innocenti.

«Perché dovrei fare una cosa del genere...» Il Capitano lasciò in sospeso la frase, senza intonare una vera e propria domanda.

«Perché da domani sarai il mio Primo Consigliere. Sarai la persona più influente nella scala gerarchica di questo continente. Dopo di me, s'intende. Se hai alternative più valide, sei libero di sparire dalla mia vista per sempre.»

Il Capitano abbassò lo sguardo e seguì con gli occhi la sua lunga ombra, che lo faceva apparire slanciato a dispetto di un fisico tozzo e per nulla atletico. Una volta ancora, nella sua vita, decise di dimenticare la morale e focalizzare il fine. Ivan era morto, e tutta la stima che il vecchio aveva nei suoi confronti se n'era andata con lui. Ora il capo era Dana. E quello era il primo ordine ufficiale che la donna gli dava.

«D'accordo» rispose dopo essersi messo di nuovo il cappello in testa. «consideralo fatto.»

«Così si parla, Desner. Quando il sole sarà alto nel cielo, voglio ricevere l'aggiornamento del quotidiano interattivo e vedere che hai svolto con efficacia la tua funzione. Da domani, Thierry e quella banda di traditori del Benessere rischieranno di essere linciati dalla gente comune non appena metteranno il muso fuori dalla fogna in cui si sono nascosti. Non dovremo neanche fare lo sforzo di dargli la caccia.»

Dana si voltò e lasciò il capitano solo con i suoi conflitti etici, da sempre in una posizione di netta inferiorità rispetto alla sua sete di danaro e di gloria.

All'interno della stanzetta ricavata nel tunnel della linea suburbana, il gruppo di Thierry si era ricompattato di fronte al dottore.

«Quando torneranno Quinto e Aimar?» chiese Jenny, mentre Mark controllava gli aggiornamenti sul dispositivo.

«Non torneranno qui» rispose Thierry. «Avevano appuntamento con un ufficiale del Porto di Marina. Uno dei nostri, di nome Lars. È anche grazie a lui che gli uomini di Aimar sono riusciti a sabotare la *Mayer*. Ha coordinato le operazioni a distanza.»

«Li raggiungeremo al porto?» domandò Ian.

«Prima dobbiamo uscire di qui senza farci segnalare.»

Il rumore di un mazzo di chiavi fece girare tutti di colpo verso la porta dalla quale erano entrati.

«C'è qualcuno» sussurrò Thierry, e tirò fuori la Stormo dalla fondina. «Quinto ha cambiato il caricatore anche a voi?»

Gli altri risposero affermativamente, la mano già pronta sotto l'ascella.

«Oh, cazzo» disse lo sconosciuto dopo aver spalancato la porta d'ingresso della sala comandi, quando si trovò tre semiautomatiche puntate addosso. I capelli rossi a caschetto, si guardò attorno in preda al panico. «I-io… sono solo un addetto ai quadri elettrici, i-io…»

«Non ti vogliamo fare del male» improvvisò Mark. «Ma adesso ci dai una mano a uscire di qui.»

«Faccio tutto quello che dite, ma non sparate, vi prego. Sono diventato papà di una bambina, proprio l'altro ieri. Vi scongiuro…»

«È una cosa meravigliosa…» disse Ian. L'uomo lo guardò perplesso.

«Chiudi la porta» ordinò Thierry.

«E adesso, cortesemente, togli la corrente a tutta la linea.» Mark sorrise e rimase in attesa, mentre il tizio si avvicinava ai quadri elettrici, le mani tremolanti, il viso paonazzo.

«Da qui posso solo t-togliere la co-corrente alla stazione di Sparta» balbettò l'uomo. «Non posso impedire ai treni di viaggiare sui b-binari.»

«Va benissimo, a noi basta che la banchina sia completamente buia. E così le scale. E così anche il piano superiore, dove ci sono i tornelli.»

«Subito.»

«Come ti chiami?» domandò Thierry, cercando di non intimidire ulteriormente il malcapitato.

«Nicolò.»

«Bene, Nicolò. Tu hai una macchina?»

«Veramente, no» rispose lui. «A volte mi muovo con il furgone della ditta.»

«Meglio ancora» commentò Mark. «Dov'è parcheggiato?»

«Nella rimessa, fuori dalla fermata della suburbana. Ma non si può entrare senza…»

Mark gli afferrò un braccio: «Ti do io il permesso.»

Thierry scambiò con gli altri un sorriso furbo, quindi si voltò nuovamente verso l'uomo, che stava tirando giù alcuni interruttori. «Non c'è tempo da perdere. Andiamo. Sarai tu a guidare.»

In pochi istanti, tutte le luci all'interno della stazione di Sparta si spensero. Nessuna alimentazione per i display che segnavano l'attesa del prossimo convoglio, per i distributori automatici, per i neon che illuminavano la banchina. Buio completo sulle scale e al piano superiore. Mentre il gruppo usciva dal gabbiotto, e percorreva il tunnel diretto alla banchina, la gente in attesa del treno iniziò a mormorare e protestare.

Cinque minuti più tardi, Thierry e gli altri erano a bordo di un furgone grigio con una scritta sulla fiancata che recitava: OPERA ELETTRICA – MARINA.

Capitolo 39

Il furgone si confuse con il traffico mattutino di Marina mentre Mark, seduto accanto al guidatore, picchiettava sulla tavoletta interattiva. Si rese conto di come l'informazione, da pochi minuti, avesse iniziato a utilizzare il termine "attacco terroristico" per definire quanto stava succedendo in città. Le immagini del grattacielo distrutto dalle fiamme in centro erano impressionanti. Una nube di polvere si alzava per una ventina di metri disegnando una cupola grigia sopra cumuli di macerie. Piloni di cemento e lastre d'acciaio roventi accatastate a formare una piramide di detriti, resti umani in mezzo a montagne di polvere, scheletri di automobili. La macabra scena veniva riflessa e amplificata dalle vetrate dei palazzi circostanti, che ne moltiplicavano l'orrore. Tutt'intorno era un viavai di pompieri, polizia e giornalisti. Una fila di transenne era stata disposta a protezione per evitare che i cittadini si avvicinassero troppo.

Mark si voltò verso il vano di carico, che a differenza del suo furgone, non era separato dall'abitacolo del guidatore. «Ci metteremo un po' ad attraversare la città.»

«Non ti preoccupare, qui siamo al sicuro e non sanno che stiamo usando questo mezzo» rispose Thierry.

Dalla tasca portaoggetti della portiera spuntava un cappellino nero, Mark lo afferrò e se lo mise in testa: «Permetti, vero?»

L'uomo alla guida annuì, quindi deglutì come se avesse un macigno in gola: «Chi siete? P-posso saperlo?»

«Amici tuoi» Mark si schiarì la voce, poi si voltò ancora verso gli altri. «Abbiamo bisogno di provviste, non possiamo reggere tutto il giorno così. Inoltre siamo stanchi, quindi datemi retta: chi di voi vuole approfittare di questo tragitto, si stenda e recuperi le energie.»

«E tu?» chiese Sara, seduta tra Alex e Ian nel vano di carico.

«Avrò tempo per dormire, dopo. Ora non me lo posso permettere.»

«La ferita?»

«Non ci penso.»

In quel momento la tavoletta di Mark emise un segnale acustico. Era un messaggio di Quinto:

SIAMO PORTO.
INDIVIDUATO DESNER.
5 MINUTI E LO CARICHIAMO IN AUTO.
QUINTO

Mark chiuse la finestra di Testo, quindi selezionò di nuovo il quotidiano interattivo, su cui apparve un titolo a caratteri cubitali: IL BENESSERE HA FINALMENTE UN VOLTO.

Mark lesse il trafiletto con una smorfia di disgusto dipinta in faccia.

Marina – Questa sera, alle ore 19, in diretta nazionale su ogni televisore, pannello e dispositivo elettronico di Gea, il Benessere incontrerà finalmente i suoi elettori. Dopo anni di grande fiducia e partecipazione, di progresso tecnologico e avanzamento sociale, il fruttuoso programma politico che ha reso Gea il luogo sicuro in cui amiamo crescere i nostri bambini mostrerà il suo volto. Il volto della donna che ha reso possibile tutto questo. La madre di ogni nostro ideale, che ha deciso di rivelarsi ai suoi fedeli cittadini in un momento così delicato, a seguito dei recenti attacchi terroristici nel cuore di Marina. Per l'occasione, i turni di lavoro si arrestano con due ore di anticipo.

Mark scosse la testa, quindi si contorse e allungò un braccio verso il vano posteriore. Porse la tavoletta a Thierry, e bastò un cenno del capo per indicare all'uomo che c'era qualcosa di importante da leggere. Il dottore si concentrò per qualche istante sulla notizia, e dopo essere arrivato all'ultima parola ricominciò dalla prima. Così per tre volte, incredulo.

Nel frattempo, Alex si era addormentato con la testa appoggiata sulle gambe di Jenny, che non riusciva a prendere sonno e accarezzava delicatamente i capelli biondi del ragazzo. Dopo diciotto anni di reclusione in Synaptica presentavano dei riflessi color cenere ed erano un po' più lunghi sul collo, con un ciuffo ribelle sulla fronte.

Jenny provò a chiudere gli occhi, sentì il battito del cuore tambureggiare dalle parti dell'orecchio destro in un fastidioso e incessante ritmo, ma non si addormentò. Sfiorò i capelli di Alex con le dita e pensò che l'unica cosa che desiderava più di ogni altra era sparire, fuggire lontano da tutto, vivere in pace e svegliarsi ogni mattino accanto a lui. Senza aver più paura.

Di fronte a loro, anche Sara stava cercando di riposare, la testa poggiata su una spalla di Ian. Il vecchio, invece, approfittò del silenzio per trovare rifugio nella meditazione, come era stato per diciotto lunghi anni nella cella d'isolamento del Penitenziario di Marina. Questa volta, però, un ponte lo trascinava con forza lontano da lì. Era la sua terra, era il profumo dell'erba che cresceva rigogliosa a ridosso del fiume. Era il sole, alto in cielo sopra la gente di Sam-en-Kar, splendente e supremo nel suo governare le Stagioni e dettare i tempi dei raccolti.

Fu un attimo.

Aprì gli occhi dall'altra parte, e vide per prima cosa una sella. Poi prese forma la stazza imponente di un cavallo. Infine il volto di una donna. Per qualche istante a Ian parve di galleggiare tra due dimensioni lontane. Da una parte sentiva i rumori della strada, mentre il furgone guidato da Nicolò si divincolava nel traffico. Dall'altra udiva la voce di quella donna, così dolce e rassicurante. Quella donna dai lunghi capelli rossi, e gli occhi di chi aveva ancora speranza.

«Sono stata a Marina. Mi tengono sotto osservazione in un ospedale.»

«Vuoi dirmi che non ti hanno uccisa?»

«No, Ian. Sono gravemente ferita. E sono nelle loro mani. Ma sono viva.»

Ian spalancò gli occhi e tirò su il busto, poi cominciò a gesticolare, come se dovesse indicare qualcosa di fronte a sé. Improvvisamente sbottò: «È viva!»

Jenny lo fissò perplessa, mentre Alex si destava dal sonno: «Chi? Di che parli? Hai avuto un incubo?»

«Nessun incubo. Sono stato a Kar. Ho parlato con Anna.»

Mark, seduto accanto a Nicolò, si voltò verso il vano di carico.

«A Sam-en, certo...» disse Alex mentre si metteva a gambe incrociate di fronte al vecchio. «A Sam-en è viva. È qui che l'hanno uccisa, ed è qui che noi...»

«No, no! Ascoltami. Ascoltatemi tutti. Sono stato dall'altra parte, ero con lei. Mi ha detto che la tengono in ospedale. Qui, a Marina. Non l'hanno uccisa, ma è gravemente ferita.»

Jenny e Alex rimasero senza parole. Nei loro occhi, il corpo di Anna che rovinava al suolo del Penitenziario sotto i colpi dei militari.

Thierry dapprima sorrise, gli occhi lucidi, quindi incupì lo sguardo e si rivolse a Mark: «Non possiamo lasciarla nelle mani di Dana».

«Di cosa state parlando, d-dannazione?» esclamò all'improvviso Nicolò, mentre rallentava in prossimità di un incrocio.

Mark aggrottò la fronte: «Presto lo saprai».

«Stasera alle 19» aggiunse Thierry. «In diretta nazionale.»

Mark si voltò verso il finestrino e vide una fila di persone di fronte al dispositivo per la verifica del profilo digitale installato nel muro tra due negozi, poi percorse con gli occhi tutta la strada, incontrando qualche barbone, uomini in giacca e cravatta, bidoni della spazzatura e lampioni arrugginiti.

La tavoletta suonò ancora, e Mark lesse il messaggio ad alta voce: «Preso Desner. Siamo parcheggiati. Macchina vicino porto. Quinto».

«Digli di farsi scortare da Lars agli studi televisivi» suggerì Thierry. «Appuntamento alla vecchia stazione tra venti minuti. Ho un'idea.»

Mark fece un cenno di assenso e compose il messaggio cifrato su Testo, preceduto da alcuni codici criptati che avrebbero impedito a chiunque di intercettarlo.

«È viva…» sussurrò ancora Jenny, gli occhi chiusi, mentre Alex la teneva fra le braccia.

Lui sorrise e le accarezzò delicatamente il volto. «Andrà tutto bene» disse sottovoce.

Ti amo, pensò la ragazza, e glielo disse con gli occhi.

Capitolo 40

L'auto dell'ufficiale Lars era parcheggiata in una viuzza senza uscita a pochi passi dal Porto di Marina. Le serrature bloccate, i vetri oscurati, accostata vicino a una fila di bidoni arancioni per la raccolta di materiale elettrico di scarto, targati MARINA – SMALTIMENTO RIFIUTI 16B. Il cielo era un'anonima lingua grigia stretta fra i palazzi del vicolo, mentre l'afa era sempre più opprimente.

«Io… non so di cosa stiate parlando!» Il Capitano Maggiore Desner cercò di divincolarsi dalla presa di Aimar più volte, ma a ogni tentativo il suo braccio destro si piegava sempre di più dietro la schiena. Un'altra mossa poco scaltra e si sarebbe spezzato.

Quinto armeggiò con la tavoletta interattiva, alle prese con il messaggio di Mark.

«Metti in moto» disse a un tratto, rivolto al complice al volante. «Andiamo alla vecchia stazione.»

Lars accese il motore e partì. Il suo volto dal naso adunco e i baffi folti si rifletté sullo specchietto retrovisore. Scambiò un cenno d'intesa con Aimar, che sedeva dietro, una mano sulla nuca di Desner, l'altra avvinghiata al suo braccio destro. Il volto dell'uomo di colore sembrava una scultura in legno, imperturbabile nonostante lo sforzo.

«Da quanto tempo fai il doppio gioco?» disse il prigioniero rivolto al guidatore, ma le parole gli si strozzarono in gola. «Tu sapevi della *Mayer*.»

Lars diede ancora un'occhiata allo specchietto, i suoi occhi sereni incontrarono quelli iniettati di sangue del suo superiore. Gli rispose con un tono di assoluta calma: «E tu sapevi che i quattrocentomila deportati che in questi anni abbiamo caricato a Lender e condotto qui sarebbero finiti nelle miniere di Sirio. O nelle fabbriche a sud di Delta, per essere sfruttati una quindicina d'anni e poi lasciati morire nelle loro catapecchie, con i gas che hanno respirato tutti i giorni».

Desner non rispose. Aimar lo fissò con uno sguardo impietoso e mollò la presa. «Nessuna punizione sarà mai sufficiente.»

L'auto guidata da Lars attraversò la zona del porto e imboccò una bretella che girava attorno alla città. In quella zona di Marina la situazione sembrava tranquilla, ma durante il tragitto Quinto notò a distanza un paio di posti di blocco, che segnalò prontamente all'ufficiale in modo che prendesse strade alternative per evitarli.

«Ditemi che cosa volete» bofonchiò Desner «e lo avrete.»

«Pensi di essere nella posizione di negoziare?» Aimar strinse le dita attorno al polso del Capitano con maggiore forza e gli strappò un grido di dolore.

«Dannazione!» L'uomo sbottò tra un colpo di tosse e l'altro. «Io non c'entro niente! Io ho sempre e solo eseguito ordini dall'alto. Come chiunque altro, in questo Paese!»

«Già, siete proprio tutti innocenti» Quinto si voltò e frugò nelle tasche di Desner. Ne estrasse un cilindro lungo come metà della sua tavoletta arrotolata. Era una versione compatta, più costosa ma anche più pratica, utilizzata da chi se la poteva permettere. Quando la attivò, un messaggio campeggiava a tutto schermo. Era arrivato da pochi minuti, non era firmato e proveniva da un identificativo criptato:

LA CONFERENZA È INDETTA PER LE 19.
MI ASPETTO CHE TU FACCIA IL TUO DOVERE ENTRO LE 13.

«Chi ti ha scritto questo messaggio?» chiese Quinto dopo averlo letto ad alta voce agli altri. «Parla.»

Desner tenne lo sguardo basso. Un paio di gocce di sudore percorsero la fronte e caddero sul tappetino dell'auto.

«Parla, ho detto! È Dana? È un suo sottoposto?»

«Voglio garanzie» mormorò Desner, la testa reclinata e gli occhi fissi davanti a sé, quasi stesse parlando con il rivestimento in pelle del sedile. «O non saprete niente.»

«Hai la garanzia che non ti spezzerò il collo con una sola mossa» ruggì Aimar. «Parla.»

«Ti conviene dar retta a queste persone» suggerì Lars, sempre controllato, senza alzare la voce, mentre faceva attenzione a guidare a velocità moderata per non dare nell'occhio. Quando uscì dalla bretella per riprendere le strade interne di Marina, diretto alla vecchia stazione, il traffico si fece più intenso.

«Cosa farete di me quando avrete raggiunto il vostro scopo?» chiese Desner, la bocca impastata. «Se non ho garanzie, tanto vale che mi uccidiate subito.»

«Tu devi dirci chi ti ha scritto questo messaggio» rispose Quinto «e che cosa si aspetta che tu faccia entro le 13.»

«Ascolta, Desner» intervenne Lars, quindi si rivolse al suo superiore sbirciando nello specchietto, e questo gli restituì uno sguardo minaccioso. «Tanti di noi hanno commesso errori, al servizio di questo sistema politico. Alcuni per mantenere la propria posizione, altri per salire di grado o arricchirsi. Altri ancora per timore di essere puniti, degradati, o peggio, fatti sparire. Ma ora siamo qui. Le cose stanno per cambiare.»

Quinto si voltò, in attesa di una risposta di Desner che intanto tirava su il busto e si ricomponeva.

«Chi vi guida ha le ore contate» iniziò il Capitano, il tono profondo, poi tossì con forza. «E così voialtri.»

«Sai che non hai più alcuna speranza» insistette Quinto. «Devi collaborare.»

«Voglio garanzie, ve l'ho già detto.»

«Bene» rispose Lars. «Un sottoufficiale alle mie dipendenze è a casa tua, in questo momento. L'incolumità di tua moglie dipende da un nostro messaggio. Ti basta come garanzia?»

«Tu menti» grugnì Desner.

«Sei libero di non crederci, non è un mio problema» disse Lars, sempre serafico. «Quinto, dai l'ordine di uccidere la donna.»

Il ragazzo annuì, quindi prese la tavoletta in mano, aprì una cartella di Testo e cominciò a digitare.

«Dannazione, no!» Desner si morse il labbro, nervoso, con le spalle al muro come mai gli era capitato prima in decenni di servizio.

«"Mi aspetto che tu faccia il tuo dovere entro le 13". Cosa vuol dire?»

«Questa mattina bisogna portare a termine una missione» ammise il Capitano. «Ordini di Dana.»

«Spiegati.»

Desner alzò le sopracciglia e prese un lungo respiro. «Salterà in aria una scuola.»

Aimar corrugò la fronte e scosse piano il capo, poi si voltò verso Quinto che non seppe cosa replicare. Calò un istante di gelo, mentre l'auto di Lars prendeva una via secondaria e si lasciava alle spalle il traffico intenso.

«E di questa tragedia risponderete voi» concluse Desner.

Pochi minuti più tardi, l'auto di Lars transitò di fronte alla vecchia stazione, una costruzione vecchia un centinaio di anni e ormai diroccata. Dai binari oltre il sottopasso del fatiscente edificio, ai tempi in cui Ivan era ancora in fasce, transitavano i primi treni diretti a Sirio, perlopiù carichi di minatori.

«Dev'essere quello» disse Quinto non appena individuò il furgone guidato da Nicolò, accostato in un piccolo parcheggio semideserto dalla parte opposta dello spiazzo. Lars parcheggiò vicino al mezzo e si guardò attorno: la zona era pressoché abbandonata, ma la delicata situazione imponeva la massima cautela. Bastava lo sguardo di un passante per segnalare la loro posizione.

Aimar scese dall'auto, la testa dell'ostaggio stretta sotto il braccio destro. Quinto lo seguì. Prima di avanzare verso il camioncino grigio con la scritta OPERA ELETTRICA – MARINA sulla fiancata, Lars si voltò verso Desner, un ghigno beffardo dipinto in volto.

«Giusto perché tu lo sappia, capitano... non c'è nessun sottoufficiale a casa di tua moglie.»

Un intenso quanto fastidioso odore di disinfettante pervadeva l'aria e penetrava nelle narici con violenza, costringendo Dana a coprirsi il naso e la bocca con una mano. La donna salì al secondo piano della clinica privata Alma e disse qualcosa alla caposala, dunque proseguì lungo un corridoio spoglio, lasciandosi alle spalle il tanfo. Quando fu di fronte alla stanza 21, vi entrò senza bussare.

La donna era sdraiata nel letto, il braccio sinistro attaccato alla flebo, la testa rialzata da un paio di spessi cuscini posti sotto il collo. Quando lei entrò stava riposando, ma il cigolio della porta la destò dal sonno e le fece ruotare gli occhi verso il corridoio.

«Ci si incontra di nuovo, dottoressa...» disse Dana, la consueta timbrica suadente e magnetica, lo sguardo energico di chi siede sullo scranno e può esercitare senza ostacoli la sua sovranità.

Anna non rispose.

«Non mi saluti nemmeno?» continuò lei, mentre si sedeva su una seggiola accanto al letto.

«Non ho niente da dirti.»

«Una mente brillante come la tua... dovrebbe essere una miniera di informazioni. Dovevo accorgermene la prima volta che ti ho vista.»

«Se cerchi informazioni puoi tornare da dove sei venuta.»

Dana sogghignò e fissò Anna con aria spavalda: «È davvero un peccato che tu lavori per quella gente. Staresti meglio al mio fianco».

«La giostra non gira più» ribatté Anna, ma a ogni sillaba che usciva dalla sua bocca corrispondeva una fitta nel mezzo della schiena.

«Credimi, girerà ancora per molto, moltissimo tempo.»

«Tu fai male a uno solo di loro» continuò Anna, mordendosi le labbra per il dolore, «e io ti verrò a cercare. Ovunque. Sai bene cosa intendo.»

Dana si alzò e fece qualche passo verso la finestra. Tirò leggermente una tendina color panna, ricamata con motivi floreali, quindi gettò lo sguardo oltre le case, oltre i grattacieli del centro che parevano le guglie di un'unica grande chiesa situata nel mezzo della città. Una chiesa simile a quella che aveva ammirato sui pannelli di Synaptica, estratta dai ricordi di Alex. Gli occhi di Dana seguirono il contorno disegnato dall'orizzonte, confuso con la distesa d'acqua che custodiva la memoria di una civiltà così distante e così vicina allo stesso tempo.

«Io sto offrendo a tutti il Benessere» disse orgogliosa. «Che ti piaccia o no. Una società sotto controllo è una società sana.»

Anna guardò fissa davanti a sé: «Tu farnetichi».

«Un sondaggio che abbiamo diffuso tramite pannelli qualche tempo fa ha dimostrato che questo programma politico ha reso migliore la vita del 98,7% delle famiglie.»

«Non hanno alternative. Come pensavi che votassero?» Anna cercò di spostarsi sul fianco destro, ma il dolore la trafisse come una pugnalata tra le costole. «La vostra è una dittatura.»

«Lascia troppo spazio alle idee della gente, falli interagire più del dovuto, e avrai un popolo ingovernabile. Mio padre lo diceva sempre. Il nostro protocollo sociale è vincente.»

«Tuo padre si accorgerà ben presto che…»

«Mio padre è morto.»

Anna chiuse gli occhi e pensò che il delirio di onnipotenza della figlia di Ivan doveva essere arrivato al suo apice, ora che il vecchio era fuori gioco. Ecco perché ostentava tanta sicurezza. Non doveva rendere più conto a nessuno. Ora c'era solo lei, l'intero Multiverso di fronte ai suoi molteplici occhi. E una sete insaziabile di potere, di controllo.

«La vostra ribellione disorganizzata vi si ritorcerà contro» continuò Dana. «Povero Thierry, presto il suo sarà il volto del nemico pubblico.»

«Di cosa parli?»

«Questa sera mi annuncerò al mio popolo, dottoressa. Ed è solo l'inizio di un'operazione che si estenderà ben oltre i confini di questa terra. Un'operazione di fronte alla quale siete impotenti e minuscoli microbi. *Sai bene cosa intendo.*»

La donna si voltò e fece per lasciare la stanza, mentre il viso di Anna era una maschera di sofferenza e incredulità.

«Tu sei malata...» sussurrò.

Dana si voltò di scatto e si avvicinò al lettino. Piegò il busto in avanti, le sopracciglia inarcate e minacciose, e allungò una mano verso il volto di Anna, immobile nel letto senza alcuna possibilità di reagire.

«Cosa credi di...» le parole di Anna rimasero sospese, mentre le dita della mano di Dana le afferravano il mento e le facevano ruotare la testa verso la parete opposta, dove un televisore giaceva su un ripiano spoglio.

«Ore 19, dottoressa, mi raccomando. Tutto il mondo vedrà la sua nuova regina. Non perderti lo spettacolo.»

Capitolo 41

Nicolò e Mark scesero dall'auto e quest'ultimo andò incontro a Quinto. L'area parcheggio non era lontana da una zona industriale occupata perlopiù da capannoni. In mezzo a quei fabbricati sorgeva quello che tutti chiamavano Edificio 9. Si ergeva e spiccava fra gli edifici del quartiere e sulla sua cima dominava un enorme numero nove che la sera splendeva di un intenso blu elettrico.

All'interno del palazzo erano ospitati gli studi televisivi del canale principale della televisione di Gea. Una televisione istituzionale al servizio del governo, il cui palinsesto offriva prevalentemente notiziari, pubblicità e programmi didattici per bambini e adolescenti.

«Chi è quello?» chiese Quinto.

«Si chiama Nicolò» rispose Mark «è un addetto ai quadri elettrici della linea suburbana. Il furgone è suo.»

«È dei nostri, quindi» il ragazzo irrobustì il petto e gli addominali si gonfiarono sotto la maglietta.

«Non ha molta scelta.»

«Sentite, i-io...» balbettò l'uomo «vi lascio il furgone e le chiavi. Fatemi andare a casa, ve ne prego. Ho una bambina appena nata...»

Mark e Quinto si guardarono in faccia per alcuni istanti, muti, mentre le parole di Nicolò restavano sospese e dietro di lui si radunavano Ian, Alex, Jenny, Thierry e Sara.

«Sparisci» Mark gli diede una pacca sulla spalla «e vai a dire a tua moglie che il padre di sua figlia è stato un eroe, per un'ora della sua vita.»

Nicolò sorrise, tentando di farfugliare un "grazie" che non uscì mai dalla sua bocca.

Un grido improvviso spezzò l'irreale silenzio nell'area parcheggio della zona industriale di Marina. Era una voce maschile, giovane.

«Laggiù!»

Tutti si voltarono, compreso Desner, unico a sorridere alla visione di almeno cinquanta adolescenti che si avvicinavano dal fondo della strada. A urlare era stato Stan, uno dei più fidati ragazzi di Dana. Avanzò in testa al gruppo, i capelli lunghi sciolti, il fisico asciutto e gli occhi del cacciatore che aveva appena individuato la preda.

«I potenziati...» sussurrò Alex mentre intrecciava le dita della mano a quelle di Jenny, entrambi seminascosti dietro agli altri. Lei non rispose. Continuò a guardare di fronte a sé, immobile, il volto impietrito in una maschera di terrore.

«Ora» iniziò Stan, ancora distante, «per prima cosa lasciate andare il Capitano.»

Con un gesto rapido, Aimar estrasse da un fodero agganciato alla cintura un coltello, quindi lo premette sulla gola di Desner, tenendolo stretto nella morsa del braccio.

«Dovrai uccidermi!» gridò.

Mark trasse un lungo respiro, mentre Ian osservava la scena impotente. Accanto a lui Sara e Thierry, immobili. Il minimo gesto o tentativo di reazione e tutto sarebbe finito in un attimo nel sangue. Per una manciata di secondi calò il silenzio nell'area parcheggio della vecchia stazione, ma gli occhi del gruppo di potenziati alle spalle di Stan erano come decine di armi puntate dritte al petto e pronte a sparare. Lentamente si disposero a semicerchio di fronte a loro.

«Come preferisci» ribatté Stan. In quel momento, dal fondo dello spiazzo presero forma le sagome di due camionette delle forze dell'ordine di Gea dalle fiancate nere lucenti. I motori rimbombarono tutt'intorno mentre si avvicinavano, i freni stridettero sull'asfalto quando arrestarono la loro corsa a pochi metri dai potenziati. Scesero una decina di agenti dalle divise nere, le mitragliette puntate verso Thierry e i suoi.

Stan fece un cenno con la mano aperta a uno dei militari per ordinargli di attendere. Poi scorse i volti dei suoi compagni in rapida sequenza. Ragazzi e ragazze di diciassette anni che non avevano in comune l'abbigliamento, né la corporatura o il colore della pelle. Solo un obiettivo. Un bersaglio da scovare e un'unica vera arma di cui servirsi, chiusa tra le pareti del loro cranio.

In un attimo tutti stavano fissando Thierry e i suoi con gli occhi di un felino pronto ad attaccare.

Trascorsero una manciata di secondi, e Aimar mollò la presa. L'energumeno di colore sgranò gli occhi, mentre il coltello gli cadeva di mano. Avvertì all'improvviso una profonda sensazione di vuoto. I ricordi di una vita trascorsa sulle navi gli saltavano alla mente e subito svanivano, quasi venissero sradicati dalla sua testa.

Thierry sentì una fitta improvvisa penetrare tra le meningi. Come di fronte a una scarica di lampi, vide il volto stilizzato dell'uomo senza occhi, simbolo di Utopia. E la faccia obbediente di quei bambini che ogni giorno seguivano ogni suo dettame. Vide una fila di provette, e la scritta synaptica in rilievo sulla porta di legno di uno studio. Si domandò cosa stesse accadendo e provò a gridare, ma gli uscì solo un debole rantolo.

Sara cadde sulle ginocchia. Lo sguardo basso, le mani piantate sull'asfalto, si lasciò andare a una risata isterica. Nella sua mente, gli occhi sinceri di Ben che le raccontava i propositi di fuga dalla stazione sottomarina. E poi la dettagliata piantina di Mnemonica, appesa alle pareti della sala in cui l'unità di ricerca analizzava il corpo di quella ragazza ritrovata nei fondali marini. Cercò di tirarsi su, ma la testa era pesante. I muscoli del collo inchiodati. Le parve di non potersi più muovere fino alla fine dei suoi giorni. E continuò a sghignazzare senza riuscire a controllarsi, le lacrime ora mescolate alle risa.

Mark sentì un'onda di calore avvolgerlo all'improvviso con la furia di un vento di tempesta. Gli tremarono le mani, mentre rimaneva immobile e un brivido gli percorreva la spina dorsale. Rammentò il sorriso di sua madre, aggraziato e dolce. Era vecchia, in quel ricordo. La fronte attraversata da file di rughe profonde, la pelle allungata sotto gli occhi stanchi, le macchie scure vicino alle tempie e i capelli color argento, sottili e fragili, che parevano sul punto di spezzarsi. *È finita* disse lei, e suonò come un'ultima, fatale carezza.

Quinto chiuse gli occhi e visualizzò il Tao. Simbolo della filosofia di vita in cui credeva da sempre, eterno emblema di un'esistenza votata alla meditazione, allo studio delle arti marziali come strumento di disciplina del corpo e della mente. Lo vide sgretolarsi di fronte al suo sguardo impotente, mentre si scontrava con una forza di cui non conosceva l'origine. Una forza alla quale era impossibile opporsi.

Nicolò sentì il primo vagito della sua bambina. Vide il suo corpicino fragile sdraiato in una culla rivestita da una morbida coperta gialla e rossa. Si rivide con il busto chinato su di lei, a controllare per la centesima volta che respirasse bene. E poi provò la terribile sensazione che tutto questo stesse per sparire dalla sua testa. Cancellato. Rimosso per sempre. L'immagine sbiadì fino a dissolversi, il gemito si perse in lontananza.

Nessuno fiatò, in quegli istanti. Desner non ebbe neanche il coraggio di muovere un passo. Gli agenti alle spalle dei potenziati si scambiarono qualche sguardo di perplessità, ma erano stati portati lì da Stan e dai suoi, e in quel momento Stan e i suoi erano la voce di Dana. Era loro il comando.

Siamo sotto assedio, pensò Ian mentre gli altri cedevano alla violenza mentale dei potenziati. Un'arma che avrebbe potuto condurre alla follia.

Fermi e impassibili di fronte agli sguardi famelici di quel gruppo di divoratori di ricordi e idee, manipolatori di sogni e speranze, anche Alex e Jenny rischiarono di soccombere. Si aggrapparono alle memorie più pure, ai sorrisi e alle voci di un'infanzia lontana, al profumo dell'oceano e all'incanto del firmamento. Si chiusero in un passato impenetrabile, scrigno di tesori preziosi, rifugio di sentimenti mai sopiti. Alex vide le tre stelle della Cintura di Orione, si concentrò su quella piccola porzione di cielo che da sempre illuminava la notte degli uomini, qualunque civiltà alzasse gli occhi per ammirarla. Nella mente di Jenny si stagliarono i contorni del Triskell, un simbolo che ricordava di aver posseduto, ma non sapeva dire quanto tempo prima. Lo portava al collo, in quel ricordo. Lo afferrava tra pollice e indice. Lo avvicinava alla bocca, il capo lievemente inclinato in basso, gli occhi chiusi.

Alex e Jenny riuscirono a voltarsi appena verso Ian, a un tratto, e scorsero il suo sguardo deciso. Non era diretto a loro. Non era diretto nemmeno a Stan o a qualcun altro di quei giovani. Era diretto verso l'unico bersaglio realmente scoperto.

Trascorse una frazione di secondo, durante la quale il vecchio rimase con la schiena dritta e la testa alta, il petto in fuori e le braccia conserte. Nella più totale concentrazione, figlia di diciotto anni di isolamento dal mondo. Diciotto anni di disciplina e allenamento psicofisico. Una concentrazione diretta in quel momento verso un obiettivo preciso.

Bastò un battito di ciglia.

I militari alle spalle dei potenziati sgranarono gli occhi, poi alzarono le mitragliette e, nell'irreale silenzio che avvolgeva ogni cosa, cominciarono a fare fuoco di fronte a loro. Una scarica interminabile di proiettili. Una furia improvvisa e inaspettata, un frastuono assordante.

«Via di qui!» Ian si voltò e gridò con tutto il fiato che aveva in gola. Poi sollevò di peso il corpo di Sara, in ginocchio a pochi metri da lui.

Alex e Jenny si diedero alla fuga mentre un polverone si levava da terra e alzava una cortina fumosa tra loro e il gruppo di potenziati. Decine di grida di dolore echeggiarono nell'area di sosta della vecchia stazione, ora soffocate e sorde, ora strazianti.

Thierry spalancò le palpebre e gli parve per un istante di ridestarsi da un incubo. Si girò di scatto e la prima cosa che vide fu la sagoma di Desner in un goffo tentativo di fuga, senza sapere da che parte fosse più conveniente dirigersi. Il dottore fece un balzo in avanti e lo afferrò per un braccio, trascinandolo a sé, mentre accanto a lui l'imponente stazza di Aimar crollava al suolo in un bagno di sangue.

«Via, via!» gridò ancora Ian, e iniziò a correre tenendo per un braccio Sara mentre Mark assisteva impotente alla fine dell'ufficiale Lars, colpito da una serie di proiettili in pieno petto.

Si diedero alla fuga mentre l'area parcheggio era un inferno di sangue, terra e polvere, e le figure indistinte dei potenziati cadevano a una a una sotto i colpi dei militari. Thierry spinse Desner nel vano di carico del furgone, mentre gli altri salivano in tutta fretta e Mark passava alla guida. Quinto montò davanti, negli occhi il volto atterrito di Aimar che incontrava la morte. Digrignò i denti e batté un pugno contro il finestrino.

Le ruote del mezzo lasciarono una scia nera sull'asfalto e continuarono a stridere per svariati secondi mentre Mark sterzava verso l'unica via di fuga. Il furgone si lasciò presto alle spalle l'orrore. Qualche minuto più tardi, la polvere calò sull'asfalto intriso di sangue nell'area di parcheggio della vecchia stazione di Marina. Decine di giovani corpi giacevano ammassati a terra. Un manipolo di militari osservava la scena quasi senza comprendere cosa fosse successo. Nella loro testa risuonava ancora l'ordine perentorio impartito da quella voce sconosciuta, penetrata con forza nel cervello per prenderne possesso e servirsene. La voce di un vecchio che si era addestrato per anni nel buio, nella privazione e nel silenzio. La voce di una mente superiore. Mentre all'interno del mezzo guidato da Mark scendeva il silenzio, e tutti ripensavano a quanto appena accaduto e ai volti dei loro complici caduti sotto i colpi dei militari, nel centro di Marina un altro grattacielo crollò come un gigantesco castello di sabbia avvolto da un'impressionante colonna di fumo e di fiamme.

«Dannazione» bisbigliò Quinto. «Aimar, lui…»

«Saremmo morti tutti» rispose Mark. «Ci stavano… controllando.»

«Ho dovuto farlo.» La voce del vecchio Ian giunse dal vano di carico, grave e consapevole. «Era l'unico modo per uscirne vivi.»

Thierry gli porse la mano. «Ci hai salvato la vita. Non so come sia stato possibile, ma…

«Hanno commesso un errore» lo interruppe Ian, lo sguardo fisso di fronte a sé, quasi stesse rivedendo la scena. «Se fossero venuti da soli, non avrei potuto fare niente. Ma sono spie. Nient'altro che spie. Non sono addestrati per uccidere, ma per individuare e manipolare.»

«Hanno coinvolto la polizia di Gea perché l'ordine è di eliminarci» osservò Sara.

Quinto digrignò i denti: «È la prima volta nella mia vita che mi sento del tutto impotente. Sembrava che mi stessero leggendo dentro, che stessero… portando via dei pezzi».

Mark gli mise una mano sulla spalla, mentre con l'altra guidava il furgone in mezzo a una fila di anonimi stabilimenti dai capannoni bianchi. Quinto scosse la testa, poi si voltò verso il vano di carico e incrociò lo sguardo di Desner. «Tu… non credere che mi sia dimenticato di te.»

Mark aggrottò la fronte: «Cosa avete saputo dal capitano?»

«Entro le 13 quest'uomo ha l'ordine di far saltare in aria una scuola.»

«Che cosa?» all'interno del vano Thierry si alzò, quindi camminò ricurvo fino a inginocchiarsi di fronte all'uomo in divisa. «Parla. È vero?»

Desner piegò la testa di lato e sfuggì allo sguardo del dottore.

Questi gli conficcò il pollice e il medio nella gola: «Parla, ho detto!»

«È così» spiegò Quinto. «Ordine di Dana. Vuole che la nostra rivolta si macchi del sangue di quei bambini.»

Ian si schiarì la voce, poi si figurò nella mente l'agghiacciante scenario. «Vuole che sembri opera nostra.»

«Dobbiamo impedirlo» disse Alex.

Desner continuò a tossire finché Thierry non mollò la presa. Poi si lasciò scappare un ghigno e lo fissò con disprezzo: «Avete rapito la persona sbagliata».

«Cosa cazzo vuol dire?» gridò Mark dal posto di guida, lo sguardo sulla strada, mentre superava l'ultimo dei fabbricati della zona industriale.

«Credete che vada a piazzare personalmente le cariche? È già tutto pianificato, l'ordine è già stato impartito. Mi dispiace, siete arrivati tardi.»

Thierry osservò il viso paonazzo di Desner e scosse la testa. Si portò le mani al volto, conscio di cosa significasse una tragedia del genere.

Il Capitano rispose con una sentenza disumana, di una crudeltà inaudita e senza appello: «Quella scuola brucerà».

Capitolo 42

Dopo aver lasciato l'ospedale, Dana raggiunse un palazzo defilato dal centro di Marina e salì fino al settimo piano. La struttura era di proprietà della sua famiglia, che utilizzava gli appartamenti dei livelli più alti per parlare lontano da orecchie indiscrete, prendere accordi, negoziare e chiudere affari.

Dana passò l'indice su una placca all'altezza degli occhi accanto alla porta con il numero 72 in ottone, affisso in alto al centro. Quando entrò, le luci dell'appartamento si accesero automaticamente, sfumando dal blu elettrico all'azzurro chiaro. Il pavimento dell'ampia sala era ricoperto da tappeti raffiguranti scene di caccia, e sulla destra stava un tavolo di vetro con sei sedie in pelle nera. Dalla parte opposta, quattro poltroncine bordeaux erano disposte a cerchio attorno a un tavolino nero lucido. Uno schermo piatto occupava l'intera parete di destra. Agli altri muri erano affisse mensole bianche, sottili, perlopiù spoglie.

Passò accanto al tavolo, vi poggiò sopra il dispositivo srotolato, poi prese posto su una delle poltroncine e attese l'arrivo delle persone da lei convocate. Si trattava del direttore della prima rete televisiva nazionale e del capo della polizia. Per la prima volta dava ordini a quegli uomini in assenza di suo padre.

Mancavano meno di otto ore alla sua consacrazione sul grande schermo. Lo stomaco brontolava, ma non c'era tempo per mangiare.

Forse quella notte, dopo essersi annunciata al mondo. Forse il giorno dopo. Con quella diretta si sarebbe imposta come vertice non solo di Gea, ma anche di Oriente. Il passo successivo, su un pianeta ormai sotto il suo totale controllo, era far partire delle navi per il continente sconosciuto che le carte segnalavano a ovest di Gea. Laggiù, a quanto le raccontava sempre suo padre, la vita non era mai ricominciata. Gli occhi di quella terra, che Ivan definiva "continente americano", si erano spenti nel 2014 del precedente calendario e non si erano più riaperti. Era tempo di andare a colonizzare anche tutta quella zona potenzialmente ricca e fruttifera. Ma quello che a Dana interessava di più, una volta riportata la calma nella città di Marina, era dedicarsi alle realtà parallele del Multiverso ed estendere il suo controllo ovunque fosse possibile.

La tavoletta interattiva emise un segnale, Dana si alzò lentamente e diede una sistemata alla giacca prima di andare ad aprire.

«Dana» esordì con deferenza un uomo alto e rachitico, stretto in un abito elegante nero, da cerimonia. Gli occhi spenti, scavati, il viso pallido. Lei si chiese se gli rimanessero pochi giorni di vita, o se fossero i recenti avvenimenti ad aver dipinto l'orrore sul suo volto.

«Ho saputo di Ivan» l'altro, più basso e tarchiato, la pelata lucida e gli occhi vispi, le regalò un sorriso di conforto. «È una terribile notizia.»

«Specie in questo momento» aggiunse il primo.

«Sam, Oliver… entrate, vi prego» disse lei.

I tre si accomodarono, mentre lo sguardo di Dana si perdeva oltre la finestra e veniva rapito da un ammasso di nubi nere che il vento stava spingendo verso la città.

Fu il direttore della rete a cominciare: «Mi hanno informato della tua idea di manifestarti al pubblico. Ne sei proprio sicura?»

«Certo, Sam. Il mondo da oggi ha bisogno di questo.»

«Tuo padre approverebbe?» chiese Oliver.

«La sua approvazione non è più richiesta» Dana si alzò, quindi camminò lentamente verso la finestra. Il volto severo di Ivan si sovrapponeva alla panoramica di Marina dispiegata sotto i suoi occhi.

«Non posso trattenermi molto» disse Oliver «ho già dato ordine alle squadre di organizzarsi per presidiare la sala conferenze. Mi hai chiesto uno sforzo immane in poche ore, me ne devo occupare anche personalmente.»

«I giornalisti?» Dana si voltò, la schiena appoggiata alla finestra chiusa.

«Ci pensa Giada, la mia assistente. Avrai la sala piena. La portata di questa ribalta mediatica sarà globale. Non ci sarà città qui a Gea o a Oriente che non assisterà al tuo discorso.»

«Gli altri canali?» Dana interrogò Sam con fermezza.

«Faranno quello che diciamo noi, come hanno sempre fatto. Sarà una trasmissione a reti unificate.»

«Bene. Mi raccomando, Sam, voglio che il messaggio sia mondiale, potente, convincente» Dana fissò negli occhi entrambi i sottoposti e li inchiodò allo sguardo intenso, penetrante. Avrebbero fatto qualsiasi cosa per lei, com'era sempre stato con suo padre. «Posso assicurarvi che diffonderò il messaggio più efficace possibile per unire una volta ancora il nostro popolo sotto l'egida del Benessere. Ma ho bisogno della vostra massima professionalità per raggiungere questo scopo.»

I due si congedarono con sottomessa riverenza e uscirono, lasciando Dana sola nell'appartamento al settimo piano. Lei tornò alla finestra, si avvicinò lentamente e appoggiò con delicatezza il viso sul vetro. I suoi occhi si persero oltre il conglomerato urbano, oltre la cappa di inquinamento che gravava sulla città, al di là delle nere nubi e dell'oceano che bagnava Marina a sud. Viaggiarono al di là di quel pianeta, lontano da quella gente.

Per qualche istante, le immagini dei mondi visitati durante la sua intera vita si alternarono nel riflesso del vetro, specchiandosi nel suo animo. Universi lontani, talvolta simili a quello di partenza. Altre volte molto differenti.

Vide il volto senza occhi campeggiare sui megaschermi nelle piazze. Lo rivide tornare nei riquadri sui giornali. Ascoltò lo slogan ideato da suo padre, "Noi siamo Utopia, ora e sempre", diffuso nelle radio, negli apparecchi telefonici, nelle televisioni. Lo immaginò penetrare nelle menti ignare delle persone come un serpente che si insinua nella fitta boscaglia.

Chiuse gli occhi per un istante e rivide se stessa sotto altre sembianze, a passeggio lungo strade alternative. La chiamavano con un nome diverso. Parlavano una lingua diversa. Vide case, figli, mariti, famiglie sconosciute. Osservò lo sviluppo imprevedibile della vita, le deviazioni casuali dell'esistenza. E il progresso tecnologico, i limiti della natura umana, la potenza della comunicazione.

Contemplò l'infinito, il peso del corpo ormai ridotto a un velo agitato dal vento. Infine riaprì gli occhi, fece un respiro profondo e si trovò nuovamente di fronte la città di Marina, il cielo e l'oceano fusi all'orizzonte, l'incedere sinistro di un cumulo di nubi ad annunciare l'imminente acquazzone.

Si voltò, raccolse le sue cose e lasciò l'appartamento. Era tempo di presentarsi al suo popolo. Di guardare negli occhi ogni cittadino di Gea e di Oriente con la dolcezza di una madre e l'autorità di un capo. Era tempo di dare una spiegazione riguardo ai recenti avvenimenti, di rassicurare le persone e di mostrare loro il vero volto del nemico.

Capitolo 43

L'Istituto di Prima Formazione Omicron saltò in aria alle 12.52 minuti.

In tutto il quartiere si udì un boato mai sentito prima dagli abitanti di Marina. Uno schianto di proporzioni impensabili, seguito da un'immensa nuvola di fumo a forma di fungo che si liberava nell'aria. Decine di giornalisti accorsero immediatamente sul luogo dell'attentato e definirono un cordone di telecamere attorno alle transenne piazzate dagli agenti di polizia. I genitori degli alunni della scuola ricevettero la notizia sul posto di lavoro e si precipitarono sulla scena della tragedia, mentre la pioggia iniziava a cadere copiosa sulla città di Marina, tra le grida disperate delle madri e le lacrime dei padri, tra il cinismo degli organi di stampa e l'inutile prontezza delle forze dell'ordine e dei pompieri.

In pochi minuti le immagini della scuola in fiamme fecero il giro dei notiziari sulle tavolette interattive e sui pannelli di ogni ufficio di Gea: DISUMANA VIOLENZA fu il titolo principale del primo articolo completo a riguardo, corredato dalle terribili immagini della Omicron ridotta a una montagna di macerie fumanti e dello strazio sul volto dei genitori. E come Dana aveva ordinato, l'attentato alla scuola divenne l'ennesimo atto di vile terrorismo dall'inizio di quella giornata.

Nelle ore successive iniziarono le operazioni di soccorso, per verificare se fosse possibile estrarre qualche corpo dai resti dell'edificio crollato, mentre la polizia ordinò ai genitori delle vittime di rientrare in casa e di attendere nuove comunicazioni da parte del governo di Gea. Vi fu qualche tentativo di protesta, ma non ebbe alcun successo. La zona tornò sgombra a metà pomeriggio. Decine di madri e padri disperati tornarono a casa senza una spiegazione. Attesero la trasmissione di quella sera in diretta nazionale nella speranza che portasse loro delle risposte. Nella speranza di dare un nome all'orrore.

Dana lasciò il fuoristrada in un parcheggio all'aperto, oltre una sbarra bianca e blu che si alzò non appena la donna avvicinò il dito al lettore laser di una colonnina. Quando uscì dal mezzo, i suoi occhi si alzarono e seguirono il profilo del palazzo di fronte a lei, che rifletteva come uno specchio oblungo la realtà circostante, deformata.

Conosceva la destinazione: undicesimo piano, Sala Omega. Nel corso degli anni, suo padre aveva indetto numerose conferenze in quel posto, ma il palco non era mai servito a niente. I giornalisti invitati si sedevano sulle comode poltroncine in pelle bordeaux e si confrontavano con i filmati proiettati sul megaschermo. La voce fuori campo era sempre automatica, e recitava programmi e comunicazioni stilate dagli uomini al soldo di Ivan, quelli che lavoravano per lui nei grattacieli in centro. Gli stessi che, poche ore prima, si erano recati sul posto di lavoro trovandosi di fronte alle macerie.

Dana entrò in un elevatore e raggiunse l'undicesimo piano, poi attraversò un lungo corridoio e il rumore dei tacchi sul pavimento bianco in resina annunciò il suo arrivo. Due uomini si precipitarono fuori da una porta in lontananza, le andarono incontro e salutarono con un cenno del capo, sull'attenti.

«Siamo nei tempi?» chiese lei.

«Sì, signora, tutto procede alla perfezione» rispose uno dei due, un ragazzo giovane, prestante, il viso pulito e gli occhi verdi. Sulla testa un berretto con la scritta SICUREZZA.

«Bene. Comunicatemi il programma.»

L'altro si schiarì la voce e cominciò: «Ora sono le 17.04. Alle 17.30, ingresso tecnici. Disporranno le macchine da presa e si collegheranno a una regia che è già stata allestita nelle scorse ore al primo piano, in galleria. Alle ore 18, ingresso giornalisti. Entro le 18.30 saranno tutti seduti al proprio posto in sala. Lei è attesa al trucco per le 18.35. Alle 18.40 effettueremo una prova audio con la regia esterna».

«Quella degli studi?»

«Esatto. La trasmissione viene coordinata dall'Edificio 9. Il banco che abbiamo in galleria serve solo per gestire le telecamere e i microfoni, ma stacchi e inquadrature vengono comandati a monte. Mi diceva nel messaggio che ha un filmato con sé.»

«Certamente» Dana mise una mano nella tasca interna della giacca e ne estrasse un microchip. «È tutto qui dentro.»

«Lo facciamo caricare subito nell'archivio, così che dalla regia possano trasmetterlo quando le sarà gradito.»

«Eccellente.»

«Contiamo di essere operativi per le 18.50. Alle 19 inizia la diretta, preceduta da un annuncio automatico ciclico, a reti unificate, che interromperà la programmazione dei singoli canali.»

«Deve filare tutto liscio» Dana fissò negli occhi i due ragazzi. «Questa trasmissione darà inizio a un nuovo corso delle cose.»

I due annuirono con il capo, poi accompagnarono la donna in una sala d'attesa dove era stato allestito un tavolo ricco di cibo e bevande. Dana si fece servire solo un bicchiere d'acqua, e dopo essersi seduta srotolò la tavoletta interattiva. Aggiornamenti in tempo reale la informarono che Synaptica era ancora occupata, che il centro era stato interamente transennato dalla polizia dopo il crollo dei due grattacieli, e che i genitori dei bambini dei quali lei aveva ordinato la strage stavano manifestando il loro dolore di fronte alle macerie della Omicron, con grida strazianti, scenate e momenti di tensione sedati dalle forze dell'ordine. Una comprensibile insubordinazione al protocollo sociale figlia di un momento di pesante crisi, uno strappo sul quale l'imminente discorso avrebbe cucito una pezza definitiva.

Dana selezionò un contatto e lo chiamò, gli occhi fissi su un vassoio di salatini. La voce di un uomo risuonò dall'altoparlante del dispositivo: «Comandi, mia signora».

«Daniel, esigo che la trasmissione di questa sera venga proiettata in tutte le piazze di Marina. E avvisi i suoi colleghi nelle altre città.»

«Signora, assolutamente, certo… ma è piuttosto tardi per allestire quanto lei…»

«Su ogni cartellone pubblicitario di questo Paese. Si metta al lavoro.»

Dana spense il dispositivo e si adagiò su una poltrona, in mano il bicchiere ancora pieno d'acqua. Chiuse gli occhi, e le fiamme divamparono nel teatro della sua mente. Le avrebbe spente, a una a una, ne era certa. I cittadini avrebbero visto in lei la speranza, e a seguito del suo discorso i genitori dei bambini bruciati vivi nella scuola si sarebbero scagliati contro i rivoltosi coordinati da Thierry. Quanti mai potevano essere, in fondo? Si erano integrati bene nel sistema, avevano preparato quell'attacco nell'ombra, ma il loro numero era certamente esiguo rispetto alla totalità della popolazione. Dunque bastava diffondere il giusto messaggio. Mostrare alla gente la mano dell'assassino.

Mancavano meno di due ore alla diretta televisiva che avrebbe cambiato il mondo.

Capitolo 44

Alle cinque di quel pomeriggio i lavoratori di Gea tornarono a casa. Per le strade di Marina la gente pareva preoccupata, insicura, bisognosa di spiegazioni e rassicurazioni come non era mai stata. Nel corso della giornata, tutti avevano appreso quello che era successo in centro: due grattacieli crollati, l'intera area transennata e sotto presidio militare. Molti sapevano della *Mayer* e dell'occupazione di Synaptica, nonché dell'attentato alla Omicron. Non tutti avevano visto le immagini di quelle catastrofi, ma ciascun cittadino era al corrente dell'ordine governativo di rincasare e sedersi di fronte al televisore, puntuali, per seguire la trasmissione a reti unificate. Un evento senza precedenti nella Storia recente del pianeta.

Mentre salivano le scale di un palazzo o aspettavano un elevatore o varcavano la soglia del proprio appartamento, in netto contrasto con la situazione di tensione e paura, molti sentirono risuonare nella testa una voce suadente, un'armonia sconosciuta e meravigliosa. Per quanti avessero preso la metropolitana nell'ora di punta del mattino, durante il sabotaggio da parte di Mark, da tutto il giorno quel brano vecchio mezzo millennio era diventato un piacevole tormento, un tema incastrato nei ricordi a breve termine che di tanto in tanto ripartiva da capo senza chiedere il permesso. Affascinante, inviolabile, eterno.

Sdraiata nel letto, i muscoli delle gambe indolenziti e la schiena attraversata da fitte lancinanti, Anna riaprì gli occhi verso le sei e quaranta, dopo un breve e turbato sonno. Era sudata, le braccia addormentate. Impiegò qualche minuto per mettere bene a fuoco la stanza d'ospedale. A un tratto un'infermiera di colore entrò nella camera, le sorrise in maniera fredda e accese la televisione. Si limitò a dire, con una lieve punta di inspiegabile eccitazione: «Mancano pochi minuti».

Anna ricordò le parole di Dana: *«Tutto il mondo vedrà la sua nuova regina. Non perderti lo spettacolo»*.

Più i minuti scorrevano in alto a destra sullo schermo, più il cuore di Anna aumentava il battito. Sempre più frequente, sempre più intenso.

Quando il sangue riprese a irrorare bene gli arti superiori, Anna si tirò su a fatica. Appoggiò la testa al cuscino e guardò per un attimo il soffitto. Poi socchiuse le palpebre. Rivide il volto sorridente di Slev, dietro il bancone della loro farmacia di Garen. Sorrise ai suoi occhi dolci, pietre preziose incastonate in un roccioso e squadrato viso, solo all'apparenza scuro, con quella folta barba che lei aveva sempre sperato si tagliasse, un giorno. Quanto l'amava. Quanto lo sentiva lontano.

«La trasmissione comincerà tra un minuto esatto, cittadini di Gea, l'attesa sta per finire» disse una voce metallica che proveniva dalla televisione.

Anna scosse la testa, quasi volesse scacciare il dolce ricordo di Slev per tornare alla realtà. Cercò di non pensare a niente, durante quel minuto, mentre fissava lo schermo bianco con il conto alla rovescia. Ma pensò a tutti. Alle culle di Alex, Jenny e Marco lasciate di fronte al portone del Centro di Solidarietà. A Ian che chiacchierava amabilmente con suo padre Nathan in un salotto. A Dana che la accoglieva nel suo ufficio in Synaptica con modi eleganti e al timbro nasale di Thierry che le rivelava di essere dalla sua parte. Al tatuaggio a forma di T sul petto di Quinto, alla scarica di colpi alle sue spalle nel corridoio del Penitenziario di Marina, quando era certa che quelli fossero i suoi ultimi attimi di vita. Infine pensò al musetto furbo di Diletta, la sua anziana micia. Chissà da quanto non mangiava, chissà se era andata a cercare del cibo in giro per il quartiere. Chissà se sentiva la sua mancanza.

Il primo piano del sorriso smagliante di Dana la destò dalla sequenza incontrollata di visioni. Era lì, a tutto schermo, in quel piccolo televisore posto su un ripiano di legno.

Era lì, ospite nelle case di tutti gli abitanti del pianeta. Lo sguardo fiero. Le iridi raggianti. Lì, su ogni pannello pubblicitario, nelle piazze, agli angoli delle strade, su qualsiasi tavoletta interattiva. Era il Benessere che finalmente prendeva il volto di un'affascinante donna dagli occhi scuri e intensi, la voce calda e ammaliante pronta a risuonare ovunque. Pronta a farsi amare dal suo popolo.

«È con un'emozione immensa nel cuore» iniziò Dana «e un senso del dovere e della responsabilità ben saldo nell'animo, che oggi mi annuncio a voi, cittadini di Gea e Oriente. Avete da sempre sostenuto questo programma, siete stati la nostra forza, le colonne portanti del nostro intento politico. Ognuno di voi. Questa sera, in una giornata segnata da notizie terribili qui nella città di Marina, da cui vi parlo, possiamo stabilire finalmente un dialogo vero. Qualcosa che sogno da tempo, e che da qualche secondo è realtà.»

Anna rivolse uno sguardo schifato alla televisione e spostò l'attenzione verso la parete. All'angolo con il soffitto si era addensata della muffa. Dana, intanto, continuò. Fece la conta dei danni subiti dalla città di Marina nelle ultime ventiquattro ore, poi ordinò che fosse trasmesso un filmato.

La ripresa aerea della Omicron mostrò le macerie di un edificio ridotto in poltiglia dall'esplosione dell'ora di pranzo. Inquadrata dall'alto, la scuola era niente più che un mucchietto di sabbia grigia, circondato dal dolore dei genitori e dalla presenza massiccia delle forze dell'ordine. Dana enumerò i dati della catastrofe, denunciando la morte di tutti quei bambini al suo pubblico. Lo fece mostrando uno sguardo commosso, partecipe. Si rivolse a padri e madri di quei bambini con il cuore in mano, finché alle sue spalle comparve a tutto schermo una fotografia.

«E questo, signori, è l'uomo che stiamo cercando. Il suo nome è Thierry, è un medico. Ed è il responsabile di questa rivolta. Avete di fronte agli occhi il volto del terrore, e vi assicuro che, mentre vi parlo, l'intero esercito di poliziotti di Gea gli sta dando la caccia. A lui e ai suoi complici. Quelli che hanno affondato la *Mayer*, una delle nostre navi migliori. Quelli che hanno fatto crollare i grattacieli nel centro della città, che hanno occupato la sede di Synaptica. Quelli...» Dana fece una pausa voluta e fissò idealmente negli occhi ciascun cittadino di Gea «che hanno ucciso i vostri figli.»

Uno stacco inquadrò la sala, gremita in ogni ordine di posto dai giornalisti invitati a presenziare al discorso. I loro volti erano accondiscendenti, sembravano annuire e concordare su ogni singola parola. Poi di nuovo la donna, di nuovo la sua ingannevole quanto suadente voce: «Vi promettiamo che troveremo quest'uomo, e non dovrete più avere paura. Assicureremo alla giustizia anche i suoi complici, e per questo abbiamo bisogno di voi. Come è sempre stato in Gea, segnalate qualsiasi anomalia. È importante. Questi spregevoli individui potrebbero tentare di attirarvi nella loro rete, di far sì che vi uniate a loro. Segnalateli immediatamente. Avete visto di cosa sono capaci. Sono gli occhi di quei bambini che non vedranno mai più la luce del sole a chiedervi il massimo impegno, da domani in poi. Gea tornerà a essere il posto che conosciamo, dove regna e regnerà sempre il Benessere».

Ha vinto lei, pensò Anna, il volto impietrito. Disgustata da quella bieca e riprovevole recita. In ansia per i suoi compagni, di cui aveva perso ogni traccia.

Fu in quel preciso istante che accadde l'impensabile. La musica iniziò piano, entrando con delicatezza nelle case e negli animi di ciascun abitante del pianeta. Cominciò a suonare ovunque, si alzò gradualmente di volume e lasciò spazio alla voce. La voce che molti avevano già udito.

Il volto di Dana, in primo piano su qualsiasi schermo, pannello o tavoletta del pianeta, si congelò in un'espressione plastica, un mezzo sorriso finto accompagnato da una fronte improvvisamente corrugata.

Anna sgranò gli occhi e cercò di tirarsi su con il busto.

Una voce fuori campo iniziò: «Sto parlando a voi, cittadini di Gea, da una piccola saletta buia. Non mi sono studiato un discorso, per farvi capire chi avete di fronte. Lascerò che parlino immagini e suoni di una realtà che, da domani, tutti noi impareremo pian piano a cancellare dalla nostra memoria».

«Mark!» gridò Anna, la voce rauca, sul volto un'espressione di sorpresa.

Il primo piano di Dana scomparve dal televisore, sostituito dalle immagini della Omicron che bruciava su quelle note senza tempo. Improvvisamente iniziò un dialogo a due voci, una comunicazione telefonica sporcata da lievi interferenze, e l'inquadratura tornò sul volto di Dana, paralizzato.

«Desner?»

«Sì, Dana. Sono io. Ho fatto quello che dovevo fare.»

«Eccellente, Desner. Eccellente.»

Dana alzò lo sguardo verso la regia, situata nella galleria al primo piano.

«Fermate subito questo audio» disse a denti stretti e con una mano a cupola sul microfono di fronte a sé, cercando di mantenere il contegno.

«Le immagini della scuola in fiamme sono su tutti i notiziari.»

«Capitano, mi auguro che i tuoi uomini sappiano mantenere il più assoluto riserbo sull'operazione.»

Lo sguardo di Dana si fece minaccioso, mentre i pugni si serravano e il pubblico formato dai giornalisti rumoreggiava.

«Nessuno è al corrente del fatto che l'ordine è partito da te. Tranne il sottoscritto.»

«Puoi ritirarti, Desner. Ottimo lavoro.»

Dana abbassò lo sguardo, mentre il suo viso era il più imbarazzante manifesto della vergogna. Dalla regia al primo piano nessuno poteva impedire quella comunicazione: l'audio era stato diffuso direttamente dalla regia centrale e due uomini, in quel momento, erano seduti in una stanza buia con un banco digitale ricco di lucine colorate di fronte agli occhi.

«Ti porgo il mio devoto saluto.»

«E tu porgi il mio a tua moglie, voglio augurarmi che guardiate insieme la trasmissione di stasera.»

Mark avvicinò la bocca al microfono e tenne il dito pigiato su un pulsante che permetteva alla sua voce di entrare nelle case di tutti gli spettatori.

«Questa donna e il suo defunto padre, che non avete mai avuto il piacere di vedere in televisione ma ha segretamente governato questo continente per decenni, non sono stati solo la causa della strage di stamattina, per la quale era previsto che voi credeste a un finto mandante. Sono stati la causa di ogni male da quando esiste il Benessere. Oggi riuscirete con difficoltà a capirlo, ma pian piano riacquisterete la vostra libertà. La vostra dignità. Lentamente aprirete gli occhi su quella che oggi vi può sembrare una constatazione assurda: il Benessere è stata la vostra gabbia. Ma è tutto finito.»

Mark si voltò verso Thierry e con un cenno del capo lo invitò a parlare. Il dottore socchiuse gli occhi per un istante, poi trasse un lungo respiro e si fece coraggio.

«La voce che sentite» iniziò «è quella della persona di cui poco fa avete visto la foto. Il promotore di questa rivolta. Il mio nome è Thierry, ho lavorato per metà della mia vita al servizio di un uomo spietato di nome Ivan. Il padre di Dana. Ogni programma politico, ogni legge, ogni proibizione vi sia mai stata imposta, era opera del suo infernale ingegno. Quest'uomo è stato in grado di manipolare a livello inconscio non solo me, ma centinaia di persone che negli anni lo hanno aiutato nei suoi propositi. Io sono il primo dei colpevoli, e sono qui per ammetterlo. Ho capito troppo tardi quello che mi era stato fatto, mi sono macchiato di crimini contro l'umanità e mi autoconsegnerò alla polizia per scontare la mia pena, ma solo quando quella di Gea sarà finalmente una polizia libera.»

Dana si portò le mani al volto, muta e immobile di fronte al leggio al centro del palco. Qualche giornalista era già in piedi, e inveiva contro di lei. Decine di occhi la accusavano. E nelle case dei suoi amati elettori, in quella manciata di minuti, qualcosa stava iniziando a cambiare. Pian piano, la coscienza collettiva stava entrando in una nuova Era. Ci sarebbe voluto tempo. Ma quella trasmissione sarebbe stata la prima pietra scalfita dal muro della dittatura, destinato a venire giù come i grattacieli nel centro di Marina che l'avevano rappresentata.

«Vorrei concludere rassicurando tutti i genitori dei bambini dell'Istituto di Prima Formazione Omicron» disse Thierry, un improvviso groppo alla gola. «Siate felici, abbracciatevi e gioite. Dana non è riuscita nel suo abominevole intento. I vostri figli sono al sicuro ai magazzini Darren. Vedrete ancora i loro sorrisi, perché gli occhi dei vostri piccoli non hanno mai smesso di brillare. Nel mio animo spero che le loro iridi riflettano una nuova luce, da domani. La luce di un'umanità cresciuta, consapevole, finalmente libera. Andate a prenderli. Avranno sentito la vostra mancanza.»

Mark osservò gli occhi lucidi di Thierry e il mento iniziò a tremargli. Allontanò la bocca dal microfono e sorrise. Si abbracciarono, mentre i tecnici legati alle sedie alle loro spalle li guardavano con ammirazione, comprendendo finalmente lo scopo di quell'irruzione.

Quando Thierry smise di parlare, Dana indietreggiò lentamente, gli occhi fissi sulla folla minacciosa che aveva di fronte. Si voltò verso l'imbocco delle quinte sulla sua destra, e scorse gli sguardi impietosi di due poliziotti che la condannavano senza appello.

Quindi si voltò verso sinistra, e vide gli assistenti che l'avevano accolta quel pomeriggio scuotere la testa e dedicarle uno sguardo sprezzante. Ma soprattutto, dietro di loro, vide gli occhi pietrificati di un potenziato. Uno dei suoi.

La rivoluzione della coscienza collettiva di quel mondo era già in atto.

Dana rimase immobile alcuni istanti, mentre un brivido le attraversava la schiena. Poi cadde a terra.

Mentre Anna, commossa, si copriva il volto con il lenzuolo nella stanza d'ospedale, Jenny, a due isolati dall'Istituto di Prima Formazione, al riparo sotto il tetto del capannone 3 nel complesso dei magazzini Darren, sorrise agli occhi di un bambino dai capelli biondi a caschetto e lo prese per mano. Poi alzò lo sguardo verso i suoi compagni, mentre Quinto arrotolava la tavoletta interattiva e Alex e Ian si stringevano in un forte abbraccio.

«Andiamo a casa, tesori miei» disse Jenny, il volto attraversato da una lacrima.

Capitolo 45

I genitori degli alunni della Omicron accorsero in tutta fretta ai magazzini Darren. Ancora increduli, si radunarono di fronte a una fila di capannoni grigi, mentre il temporale infuriava su Marina con maggiore violenza, e ai lampi seguivano tuoni a breve distanza. Tutt'intorno era un confondersi di luci artificiali e pioggia, mentre i capannoni sembravano gigantesche e desolate cupole. Il logo della compagnia produttrice di pannelli dominava sopra il cancello d'ingresso.

A un tratto, alcune sagome presero forma in lontananza. Un lampo illuminò a giorno il quartiere e mostrò per un istante i volti di un vecchio con un bambino in braccio e di una coppia più giovane che ne teneva per mano altri due. Poi di nuovo il buio, la fitta pioggia e le folate di vento gelido che scuotevano i manifesti pubblicitari e sollevavano fogliame e detriti da terra. Il gruppo di genitori si ammassò di fronte al cancello, qualcuno gridò. Altri esultarono.

Un altro lampo, un altro fulmine nel cielo, e alle spalle di quelle sagome ne apparvero altre più basse. Decine. Quinto passò in testa al gruppo e camminò a passo svelto verso il cancello. Quando arrivò in prossimità dell'inferriata, passò una scheda metallica sopra una placca e una luce rossa iniziò a lampeggiare nel mezzo del nubifragio. La folla oltre le sbarre indietreggiò in silenzio mentre il cancello si apriva. Poi esplose, nel riconoscere i volti dei bambini oltre lo sguardo emozionato di Quinto.

Madri e padri corsero incontro ai piccoli con il respiro mozzato, nel cuore l'emozione di chi pensava di aver perso per sempre una ragione di vita, nell'animo la consapevolezza che qualcosa, quella notte, era cambiato davvero. Strinsero i figli al petto e non ci fu bisogno di parole di fronte alle dimostrazione di un legame che superava i confini dello spazio e del tempo. Ian, Alex e Jenny assistettero alla scena in silenzio, il cuore carico di emozione e orgoglio, mentre Quinto si avvicinava a Nicolò e lo abbracciava.

«È arrivato il momento che tu torni a casa» disse il ragazzo. «E che racconti a tua moglie e a tua figlia che non sei stato un eroe per un'ora. Lo sei stato fino alla fine.»

«È stato un onore aiutarvi» rispose il tecnico della linea suburbana, mentre la pioggia nascondeva le sue lacrime. «Da domani vedrò la vita con occhi diversi. Siamo stati tutti ciechi troppo a lungo.»

«Questo mondo avrà bisogno di tempo per scacciare via condizionamenti durati decenni» commentò Ian in tono solenne, mentre appoggiava la schiena al cancello e i suoi occhi inseguivano le luci dei lampioni lungo la strada. «Ci vorrà uno sforzo notevole, ma una prima pesante pietra è stata posta. Starà alla gente ricostruire.»

Il temporale continuò a imperversare per tutta la notte, spazzando via decenni di menzogne, complotti, soprusi, e purificando la città dal putrido volto del Benessere. Si abbatté sulle macerie nel centro di Marina, simbolo di un potere politico ormai sepolto sotto le sue stesse rovine.

Il Capitano Maggiore Desner camminò per ore sotto la pioggia. Ripensò a ogni attimo di quella sconvolgente giornata, finché arrivò al porto, dove aleggiavano i suoi ricordi più intensi. Il temporale batteva con insistenza sulla nera distesa d'acqua di fronte a lui mentre, i gomiti poggiati sulla ringhiera di un molo affacciato sull'oceano, ripensava all'ultima strategia, all'estremo tentativo che gli era valso la libertà.

«Credete che vada a piazzare personalmente le cariche? È già tutto pianificato, l'ordine è già stato impartito. Mi dispiace, siete arrivati tardi. Quella scuola brucerà.»

Ricordava bene le sue parole. E ancora meglio la carta giocata subito dopo per riuscire a scampare una morte annunciata.

«A meno che non andiate subito là, e facciate evacuare i bambini prima dell'esplosione.»

«Parla!» aveva gridato Thierry. Dicci il nome della scuola.

«Solo se mi lasciate andare.»

«Ti do la mia parola» il dottore gli aveva offerto la mano.

«Che garanzie ho?»

«Ho lavorato una vita per Ivan. Mi sono macchiato di crimini forse peggiori dei tuoi. Non puoi far altro che credermi. Così come io crederò che non mi stai dando il nome di un'altra scuola.»

«Istituto di Prima Formazione Omicron» aveva detto lui, e si erano stretti la mano. Poi, in un lucido attimo di umanità, aveva tirato fuori un portatessere e ne aveva sfilata una. «C'è un magazzino a pochi isolati da lì. È il numero 3, del complesso Darren. Non è operativo al momento. Il cancello si apre con questa scheda magnetica. Teneteli lì dentro finché le cose non torneranno alla normalità.»

La scuola era saltata in aria all'orario prestabilito. Ma era completamente vuota. Desner era rimasto con Thierry e Mark, e poco dopo l'attentato aveva chiamato Dana, come da accordi. L'ex ingegnere della Lax dalla lunga coda di cavallo aveva registrato e archiviato tutto sullo stesso microchip che aveva usato al Penitenziario e nella stazione di Sparta.

«Desner?»

«Sì, Dana. Sono io. Ho fatto quello che dovevo fare.»

«Eccellente, Desner. Eccellente.»

Quella conversazione suonava nella testa del capitano come una cantilena, mentre osservava le onde frangersi sugli scogli sotto la struttura del molo. Era la telefonata che l'aveva reso un uomo libero. E Thierry aveva mantenuto la parola. Ma sotto gli schiaffi di un vento freddo e violento che pareva il giudice spietato dei crimini e delle crudeltà umane, il Capitano Maggiore Desner rivisse in pochi attimi la sua intera esistenza e, lontano da tutto e da tutti, si dichiarò colpevole. Nessuno lo vide cadere dal molo. Nessuno udì il rumore della sua testa che si fracassava sugli scogli. Avrebbe smesso di piovere, prima o poi, com'era giusto che fosse. Per gli uomini senza macchia che servivano ogni giorno il Benessere, inconsapevoli e sinceri, per cui la famiglia era l'unico e solo rifugio di una vita di privazioni, sarebbe tornato il sereno.

I cittadini di Gea meritavano di vedere splendere finalmente il sole. Ma con gli occhi raggianti di chi, adesso, non era più cieco.

Capitolo 46

Il temporale cessò di infierire sulla città di Marina prima dell'alba. Quello che si stava per svegliare era un mondo senza padrone, e per questo motivo instabile, fragile, bisognoso di nuove regole. Mark e Thierry partirono nel cuore della notte verso il *dojo* di Kendo dove li avrebbero aspettati Quinto, Ian, Alex, Jenny e Sara.

Al *dojo* il gruppo del dottore si radunò insieme ad altri militanti, amici coraggiosi e validi complici che durante la giornata avevano contribuito a dar sfogo alla rivolta. Quale fosse la tappa successiva, nessuno all'interno della palestra poteva dirlo. All'inizio di quell'impresa, non c'era una di quelle persone disposta a scommettere sulla riuscita della stessa. Erano tutti animati da grande volontà, da una convinzione piena. Ma non avevano pensato al giorno dopo.

E il giorno dopo era lì, con il chiarore dell'alba che accarezzava dolcemente il risveglio della città, con un arcobaleno incantevole che avvolgeva tutti come un'aura protettiva, simbolo di una serenità ritrovata. La tempesta era finita, e con essa la dittatura invisibile di un uomo vecchio mezzo millennio e di sua figlia.

«Che ne sarà di Dana?» chiese Jenny, seduta per terra a gambe incrociate di fronte agli altri, la schiena appoggiata al muro vicino a una struttura in legno che ospitava dodici *shinai*, la spada di bambù usata nel Kendo.

«Al momento si trova al Penitenziario» rispose Thierry. «E non credo ne uscirà presto.»

«E i suoi uomini?» chiese Alex. «I potenziati?»

«Sono stati loro» Mark si avvicinò e mise una mano sulla sua spalla «a trascinarla in carcere. Dana è rimasta sola, Alex. Voleva mostrare alla gente il volto del nemico. E l'ha fatto. Ha mostrato se stessa.»

«Esiste sempre una chiave» aggiunse Thierry «per sbloccare le porte di una mente, anche la più condizionata e asservita al potere. Dana voleva uccidere dei bambini. Degli innocenti. I potenziati hanno capito finalmente che il volto senza occhi, simbolo di Utopia, era il loro.»

«Erano ciechi...» osservò Quinto.

«Cosa accadrà nelle dimensioni parallele...» chiese Ian, ma più che una domanda sembrava un pensiero rivolto a sé.

«Quello che abbiamo fatto qui» rispose Thierry «si ripercuoterà ovunque. Le fiamme di questa rivolta saranno negli occhi di quei ragazzi, il loro passato tornerà a galla. Ovunque lo slogan di Utopia sarà penetrato nelle loro menti, acquisirà da oggi in poi un significato nuovo. Finalmente conoscono la loro storia.»

«Questo sistema ci ha condizionati tutti» disse Mark, lo sguardo basso sulla pavimentazione in legno «in un modo o nell'altro. Dimenticare non sarà facile. E forse neanche giusto.»

La tavoletta nella tasca della giacca di Thierry emise un segnale acustico e il dottore si rivolse verso Ian. «Sono arrivate delle persone che credo tu abbia piacere di incontrare.»

«Come dici...» sussurrò il vecchio, stupito.

Thierry si voltò verso l'ingresso del *dojo* e andò ad aprire il portone. Abbracciò una signora, accompagnata da due ragazze, poi fece strada e da lontano allungò un braccio per indicare Ian. Questi cercò di riconoscere i volti, invano. Quando la signora fu a pochi passi da lui, trascorsero alcuni momenti di silenzio. Tutti osservarono la scena curiosi, nessuno osò aprire bocca.

Una delle due ragazze, dai folti capelli ricci, le lentiggini sparse attorno al naso e gli occhi grandi, di un blu intenso, si rivolse timidamente a Ian: «Piacere di conoscerti, nonno».

Il mento dell'uomo tremò, e in un attimo la sua intera vita si riavvolse su se stessa, una diapositiva dopo l'altra, fino a riportare alla mente una fotografia che suo figlio Ben teneva sulla tavoletta interattiva, come sfondo fisso. Nello scatto di vent'anni prima c'erano sua moglie Loren e le piccole Melissa e Lara, le nipotine che Ian non aveva mai conosciuto. Ora erano lì, di fronte ai suoi occhi, e finalmente poteva riconoscere il viso armonioso di Loren, attraversato da qualche ruga e velato di malinconia.

Ian le prese con gentilezza le mani, quindi la guardò e non seppe trattenere le lacrime. Portò quelle dita vicino al cuore, le intrecciò alle sue e infine riaprì gli occhi.

«Lui è qui con noi, sempre...» disse.

La donna si abbandonò al suo petto, le figlie si avvicinarono per unirsi in un unico abbraccio.

Alex e Jenny uscirono dal *dojo* e camminarono a passo lento fino al parcheggio. Si tennero per mano sotto la luce del nuovo giorno che faceva brillare le pozzanghere e si rifletteva sull'asfalto lucido. Non dissero una parola mentre passeggiavano assieme. Avevano bisogno di riposare, di mangiare qualcosa, di ripensare a tutto quello che era accaduto. Di ripartire da zero.

«Ciao» disse a un tratto una voce sopra le loro teste.

Alzarono gli occhi verso una fila di balconi. Affacciata a una ringhiera c'era una bambina dalle treccine bionde, doveva avere tre o quattro anni. Indossava un vestito bianco e rosa ed era a piedi nudi.

«Ciao» risposero in coro.

«Voi siete fidanzati?» chiese.

Jenny mise una mano a visiera sulla fronte, quindi rispose: «Sì... lo siamo».

«Da quanto tempo?» domandò la bimba.

Alex e Jenny si guardarono in faccia in silenzio, per diversi secondi.

Chiusero gli occhi e videro una sala buia, il soffitto del Planetario di Milano puntellato di costellazioni e nebulose, le loro dita intrecciate. Lì dove era cominciato tutto.

«Da prima che nascesse il mondo» rispose Alex.

«Cosa vuol dire?» chiese la piccola, inginocchiandosi e infilando la faccia nella ringhiera.

Jenny sorrise: «Vuol dire che siamo anime gemelle, tesoro».

«Anime gemelle...» commentò lei, perplessa.

«Non farci caso» scherzò Alex.

«Come ti chiami?» domandò Jenny, divertita.

«Stella. E voi?»

«Io sono Jenny.»

«Io Alex. Non devi prepararti per andare a scuola, Stella?»

La bimba sorrise e si tirò su. «Papà dice che fuori è pericoloso... non so se oggi andrò a scuola.»

«Non c'è alcun pericolo là fuori, piccola, fidati di noi» rispose Alex. «Qualcosa è cambiato.»

Nelle ore successive, il *dojo* pian piano si svuotò. Molti tornarono a casa per riposare. Ian decise di accompagnare Loren e le due nipoti, e trascorrere con loro qualche giorno nella serena e rassicurante compagnia di quella parte così preziosa della sua famiglia. Ben era in ogni discorso, in ogni pensiero, e lui si chiese se fosse una buona idea parlare alla sua famiglia di Jastel e della sua locanda. Ma preferì evitare.

Sara fece un'attenta ricerca e chiamò tutti gli ospedali di Marina fino a trovare quello in cui era tenuta Anna. Decise di andare a trovarla, e trascorse diversi giorni al suo capezzale, in attesa che si ristabilisse. Otto giorni più tardi, Anna tornò al suo laboratorio nella periferia di Marina. Diletta non c'era, e una delle finestre era aperta. Dovette accettare il fatto che la sua micia fosse scappata in cerca di cibo, di affetto. E poi, visti i venti lunghi anni che pesavano sulle sue zampe, era meglio pensarla in giro per il quartiere a frugare nei cassonetti, ma poter sperare che fosse ancora viva. Anna riposò per un giorno intero, sognò il volto sorridente di Dana che si trasformava in una maschera di terrore, sognò svariati epiloghi diversi di quell'avventura, sognò Slev che le serviva da dietro il bancone della loro farmacia a Garen un antidolorifico per le gravi lesioni riportate alla schiena.

Si svegliò solo il mattino successivo, quando un musetto umido le solleticò la guancia. Lo sguardo della gattina sembrava accusarla di averla abbandonata. Ma intanto era di nuovo lì con lei. Vecchia, stanca, inseparabile. Sarebbe rimasta fino alla fine.

Nicolò, che era rincasato dopo aver tirato fuori i bambini, la mattina successiva restò a casa dal lavoro. Rimase tutto il tempo in compagnia della moglie, ribadendo all'infinito quanto la loro neonata fosse incredibilmente bella. Si affacciava sulla culla di continuo, come qualsiasi padre nei primi giorni di vita di un figlio. Ogni respiro di quella creatura era una carezza al suo cuore. E quando la piccola apriva gli occhietti, alla ricerca della mamma e del suo latte, Nicolò le ripeteva che suo padre era stato un eroe. E non per un'ora. Per un giorno intero.

La mattina successiva si recò puntuale al lavoro. Nella sala comandi all'interno del tunnel suburbano era rimasto in memoria il brano trasmesso da Mark. Nicolò non perse tempo. Mentre la banchina cominciava ad affollarsi, *Smoke gets in your eyes* suonò ancora. Era un nuovo modo di iniziare la giornata, un nuovo modo di arricchire la vita di quelle persone. Quasi un inno a una ritrovata libertà. Nessun protocollo sociale. Nessuna segnalazione. La gente non ne aveva ancora la certezza, e ci sarebbe voluto del tempo per modificare abitudini radicate da decenni, ma finalmente ci si poteva guardare in faccia, tra perfetti sconosciuti, e scambiare un parere spontaneo su quella splendida musica.

Thierry e Mark, dopo aver riposato fino a pomeriggio inoltrato, si ritrovarono la sera nella bettola di periferia e misero a punto alcune mosse. Era urgente che qualcuno convocasse nella stessa stanza le persone più in alto in diverse piramidi dal vertice corrotto e manipolato. Solo una democratica assemblea avrebbe potuto gettare le basi per una ricostruzione, e il loro pacco di prove contro Dana e i suoi sottoposti era il materiale da cui partire per comprendere cosa fosse davvero accaduto in quegli anni, e ripartire. Niente più condizionamenti, niente più ricatti.

Qualche giorno più tardi, quando Thierry si trovò faccia a faccia con Oliver, il capo della polizia da sempre al servizio di Ivan, e gli confessò di volersi costituire per i crimini commessi in passato, questi aggrottò la fronte e gli tese la mano. «Quell'uomo e sua figlia hanno plagiato l'intera nazione. Me compreso. Lei e i suoi uomini li avete fermati. Non credo che sbatterla in carcere sia la soluzione migliore. In realtà, ne avrei un'altra in mente.»

Dopo aver salutato gli altri, Alex e Jenny decisero di rimanere a dormire nel *dojo*. Quando anche Quinto si congedò, raggiunsero il piano inferiore, accatastarono dei tappetini e si sdraiarono, dopo aver spento le luci della palestra. Rimasero abbracciati per ore, mentre scaricavano l'enorme stanchezza psicofisica. Dormirono fino all'alba del giorno successivo, spostandosi di tanto in tanto sul fianco opposto, per tornare infine abbracciati. Si svegliò per prima Jenny, con la testa appoggiata sul petto nudo di Alex. Aprì lentamente gli occhi e si chiese che mondo fosse, che vita fosse. Quale strada, quale destino.

Alex sentì il suo respiro sul collo e, gli occhi ancora chiusi, sorrise. «È tutto finito per davvero.»

«Sì, amore mio» rispose lei, quindi lo baciò delicatamente sulle labbra, indugiando qualche secondo mentre lui le accarezzava i capelli.

«Cosa sarà di noi, adesso?»

Jenny si scostò e tirò su il busto, mentre una debole luce filtrava dalla fessura di una serranda semichiusa sulla parete opposta, e illuminava una fila di attrezzi ginnici.

«Questo mondo potrebbe essere un bel posto in cui vivere. Non trovi?»

Alex mise le mani dietro la testa, quindi ricordò i suoi amici di Samen, la famiglia adottiva, il fiume, la camera di Marco. Da quelle parti, i loro alter ego avrebbero continuato a vivere una vita protetta, al sicuro.

«A pensarci bene, non mi interessa affatto dove siamo. Basta che tu sia al mio fianco.»

Jenny sorrise, poi si gettò su di lui e gli scompigliò i capelli.

«Credi che potrei mai lasciarti da solo?»

«Non saprei. Sai, è la prima volta che penso a noi due da… adulto.»

«Be', ci sono dei vantaggi ad avere quest'età.»

«Vantaggi?»

Jenny esitò un istante, quindi continuò: «Hai mai pensato che potremmo… vivere insieme?»

Alex non rispose. Rimase in silenzio, lo sguardo dritto verso il soffitto, mentre Jenny gli dava dei pizzicotti sul petto.

«Io non ricordo quasi niente dei miei veri genitori» proseguì lei. «E a Sam-en siamo fratello e sorella. La nostra identità è andata distrutta. Il Multiverso è stato il nostro segreto, il nostro potere e la nostra condanna. Per una volta vorrei vivere una vita normale. Vorrei poter progettare qualcosa di concreto, fosse anche solo…»

«Che cosa?»

«Una famiglia, Alex.»

Il ragazzo tirò su il busto e la prese per mano.

«Quando ho visto quei bambini abbracciare i loro genitori» disse lui, le immagini delle macerie della Omicron ben nitide nel teatro della sua mente, «ho pensato che quella fosse la forma di amore più pura e incondizionata. Nei volti di quei padri e quelle madri ho visto rinascere la vita. Avevano dato per morti i loro bambini, e quando li hanno visti uscire dal capannone della Darren…»

«…per loro è stato come ricominciare a respirare» concluse Jenny.

«Proprio così. Tutto questo mi ha colpito al cuore. Mi ha fatto riflettere.»

«Credi che sarebbe possibile…» Lei gli mise le braccia intorno al collo, quindi si avvicinò con il busto, lasciando la frase in sospeso.

«Credo di volerlo con tutto me stesso» rispose lui, più serio e determinato che mai.

«Io e te? Una famiglia vera?»

«Io e te, Jenny.»

Alex avvicinò il viso a quello della ragazza, quindi le sfiorò la punta del naso con il suo. Rimase in silenzio, gli occhi chiusi, e per un attimo il tempo si fermò.

Erano entrambi su un molo. Mano nella mano, gli occhi persi nell'immensa distesa d'acqua di fronte a loro.

«Sei venuto, finalmente...» disse Jenny, gli occhi esultanti, radiosi.

Alex si guardò attorno. I gabbiani volavano leggiadri nel cielo, mentre le nuvole si diradavano e il sole tornava a battere sul pontile e sulle onde in un attimo fuori dal tempo e dallo spazio, un frammento dell'immaginazione che si fondeva con mille realtà, mille storie.

«Io sono sempre stato qui.»

«Ti va di passeggiare insieme a me in questa vita, Alex?» Jenny sorrise, e agli occhi del ragazzo quello era l'angolo felice del Multiverso, il rifugio, la protezione e l'incanto.

La giusta destinazione.

In quel momento la videro, in fondo al molo. Così tenera nel suo abitino lilla che lasciava scoperte le gambette sode. Così allegra nel saltellare sulla banchina e atterrare con le ginocchia piegate, la testa rivolta verso di loro in cerca di approvazione, i capelli arruffati sulla fronte e quegli occhi grandi, intensi come il mare e brillanti come le stelle. Si voltò verso di loro e fece un largo sorriso.

«Non lascerei la tua mano per niente al mondo, Jenny.»

Riaprirono gli occhi, e dovettero riabituarsi al buio della palestra.

Non dissero niente per qualche secondo, mentre i loro visi continuavano a sfiorarsi, e le labbra si univano delicatamente, per poi separarsi e quindi avvicinarsi ancora.

«Hai visto anche tu, vero?» sussurrò Jenny.

Alex le sistemò una ciocca di capelli dietro l'orecchio, quindi rispose: «Il molo. Sì, l'ho visto anch'io».

«Secondo te cos'era?» Jenny chiuse gli occhi, mentre lui la baciava sulla fronte.

«Forse era il futuro.»

Un anno dopo

L'appuntamento era per la mezzanotte, ma arrivarono tutti con largo anticipo. Alcuni di loro non si vedevano da mesi, altri da pochi giorni. Per tutti, l'emozione di ritrovarsi ancora nello stesso posto era qualcosa che faceva tremare le mani e battere più forte il cuore.

Anna li stava aspettando nell'ampia hall dell'edificio, seduta su una poltrona. Indossava un tailleur blu, i capelli rossi raccolti in una lunga coda. Quando le porte scorrevoli si aprirono, si alzò di scatto e andò incontro ai primi arrivati. Il sorriso sui volti di Mark e Thierry le fece venire un nodo alla gola.

«È così bello rivedervi...» disse commossa mentre li abbracciava.

«La nuova sede è meravigliosa, Anna» osservò Mark, guardandosi attorno. Una mezzaluna in vetro fungeva da banco della reception, anelli di poltrone circondavano tavoli triangolari di cristallo e un gigantesco pannello luminoso alle loro spalle mostrava la mappa del palazzo offrendo una panoramica dei reparti. «Come procede?»

«Abbiamo faticato all'inizio, ma adesso finalmente le cose cominciano a funzionare. Ho una squadra valida. Questo posto darà finalmente risultati utili per tutti.»

«Tu, direttrice di Synaptica» commentò Thierry. «Chi l'avrebbe mai detto?»

In quel momento, l'ingresso si aprì ancora. Entrarono Alex e Jenny, individuarono il gruppetto e si avvicinarono.

«Tu devi ancora venire a installarmi quello stereo nella casa nuova...» scherzò Alex mentre abbracciava Mark.

«Stai parlando con il mio Consigliere, mica con un tecnico qualsiasi» ribatté Thierry, divertito.

«Sappiamo che senza Mark non esci più nemmeno di casa, Governatore» ironizzò Alex «ma io voglio lui per il mio impianto. Lui e il suo archivio di vecchi brani rubati dalla nostra memoria...»

«A parte gli scherzi» lo interruppe Jenny «ci farebbe piacere farvi vedere la casa, un giorno di questi. Ora che ci siamo ritrovati, sapete...»

«Verremo senz'altro» Mark le prese la mano, quindi con un cenno del capo indicò Thierry e lo canzonò sottovoce. «Anche se questo signore adesso ha la responsabilità politica di non mandare in rovina questo Paese... troveremo un buco nella sua agenda.»

«Sono così contenta per voi» disse Anna rivolta a Jenny, quindi si girò verso i due uomini, da diversi mesi rispettivamente Governatore e Primo Consigliere del continente di Gea.

«Vi porto i saluti di Quinto» disse Mark «non so se lo sapete, ma si è trasferito a Lender, Oriente. Dice che laggiù è pieno di testimonianze delle antiche tradizioni in cui crede da sempre. Sono rimaste sepolte troppo a lungo, bandite, rese inaccessibili. La dottoressa Sara è partita con lui.»

Alex annuì soddisfatto, quindi chiese: «Quando arriva Ian?»

«Ian è già qui» rispose Anna. «Ci aspetta giù, nella Sala Memoria.»

«Perdonami, Anna» Thierry corrugò lievemente la fronte «ma io non sono sicuro di aver capito il motivo per cui oggi siamo qui. A parte il fatto di rivederci, naturalmente. Che cosa ha in mente Ian?»

«È in partenza» gli rispose Alex.

«Non abbiamo mai smesso di frequentarci, in quest'ultimo anno» aggiunse Jenny. «Gli abbiamo fatto compagnia, l'abbiamo ospitato, a volte siamo andati a sbirciare la nostra vita di diciottenni, sapete...»

«Nella realtà di Sam-en» precisò Anna.

«Esatto. So che qui in Gea per un periodo è stato ospite della famiglia di Ben, ma in questi ultimi mesi ha cominciato ad accusare una certa insofferenza.»

«Ovvero?» domandò Mark, perplesso.

«Sapete com'è lui… assetato di informazioni, maniaco dello studio, dell'approfondimento. Quando abbiamo festeggiato il suo ottantanovesimo compleanno, ci ha rivelato il suo proposito. Siamo rimasti senza parole.»

«Un proposito del quale aveva discusso prima con me» concluse Anna. «E che oggi vedrà la sua attuazione. Seguitemi.»

Mark e Thierry si scambiarono uno sguardo carico di curiosità, negli occhi un velo di apprensione, mentre seguivano la donna attraverso l'ampia sala, fino a una fila di elevatori. Entrarono nel primo, e la donna selezionò dalla mappa digitale un quadrato che recitava SALA MEMORIA.

«Volevo congratularmi con te, Thierry» disse Alex mentre l'elevatore scendeva «per quanto hai fatto nell'ultimo anno. Oggi, Gea è un posto migliore. Lo credevo impossibile. Lo vedi negli occhi delle persone. Si sono svegliati.»

«È bastato far capire alla gente che c'era altro per cui vivere. Che la loro libertà non finiva dove Ivan e Dana avevano piazzato un recinto. Ci vorrà molto tempo per tornare a un'umanità consapevole della propria natura, ma ci arriveremo.»

«Intanto, perlomeno, hanno iniziato ad ascoltare buona musica» scherzò Jenny.

Mark le diede una pacca sulla spalla. «È tutto merito dei vostri ricordi. Voi siete il ponte con la civiltà passata, e speriamo che questa riesca in parte ad assomigliarle, pian piano…»

«Come procede con i microchip?» chiese Alex.

«Bene, ormai metà della popolazione se l'è fatto disinstallare con una rapida operazione chirurgica. L'altra metà è ancora in coda per l'intervento. In ogni caso sono tutti disattivi, non trasmettono più alcun segnale. E stiamo pensando di battere una nuova moneta. Vera, tangibile, non un freddo cumulo di cifre su un pannello.»

«Siamo arrivati» lo interruppe Anna «venite con me.»

Il corridoio che il gruppetto attraversò era uno stretto tunnel illuminato da file di lampade tubolari al neon che avvolgevano l'ambiente in un'atmosfera dalla tonalità blu elettrica. In fondo al passaggio, una porta con uno schermo in alto al centro.

Anna si avvicinò al piccolo pannello e lo sfiorò, quindi una banda rossa orizzontale salì su e giù fino a completare la scansione del suo viso. La porta rientrò nel muro.

«Questa è la Sala Memoria» disse. «Solo io posso accedere a questa stanza, come avete potuto notare.»

«Dove siamo, Anna?» chiese Thierry, perplesso, mentre si guardava attorno. La sala era buia, illuminata solo dalla luce artificiale di una parete di pannelli che al momento trasmettevano immagini dai colori cangianti, fasci di luci che passavano dal viola al blu, dall'azzurro al verde. Al centro della sala c'era una grossa cabina, le pareti in vetro, la base in acciaio.

«Siamo al binario uno» disse la voce roca e pastosa di Ian, quando il vecchio uscì da una porticina sul lato opposto della sala.

«Ian» Mark gli andò incontro con le braccia aperte, quindi lo abbracciò e rimase alcuni secondi in silenzio, stringendo il corpo esile e all'apparenza fragile di quell'uomo di ottantanove anni.

«Il binario uno?» chiese Thierry, mentre porgeva la mano a Ian.

«Sì» disse lui, e salutò Alex e Jenny con un largo sorriso. «Siete nella mia stazione di partenza. Oggi è il giorno.»

Alex prese la mano di Jenny, quindi iniziò a fare respiri più profondi. Sapeva cosa stava per accadere, ma avrebbe desiderato di vedere quella scena il più tardi possibile.

«Non voglio che questo momento duri troppo a lungo e che stiate male» proseguì Ian, mentre si avvicinava alla cabina e poggiava la mano su un bordo. «Questo è un addio, amici.»

«Eravamo pronti» Jenny si avvicinò e poggiò la sua mano su quella del vecchio «ma adesso che siamo qui, è davvero dura.»

«Sarete felici, avrete una splendida famiglia. E mi penserete spesso, lo so. Se vorrete parlare con me, lo sapete, c'è il nostro piccolo angolo di rurale serenità, a Sam-en-Kar. Dovete ancora assaggiare quel delizioso ligala, o sbaglio?»

Alex restò in disparte, si morse il labbro e trattenne il magone, mentre Thierry scuoteva la testa. «Sono l'unico che non sta capendo cosa succederà qui oggi?»

Ian si voltò verso di lui, mentre Jenny faceva qualche passo indietro.

«Io sono vecchio, Thierry. Molto vecchio. E molto stanco. Presto le mie cellule moriranno, e io con loro. Per questo oggi parto.»

«Parti... per dove?»

«Memoria.»

Alex chiuse gli occhi, Jenny gli prese di nuovo la mano e la sentì tremare.

«Tra poco mi sdraierò in questa cabina, che verrà riempita di acido solfidrico. Anna chiuderà l'involucro a tenuta stagna, quindi attiverà le funzioni per la criostasi dalla piccola sala comandi da cui sono uscito prima. Ci salutiamo adesso, perché entro breve quaggiù farà un discreto freddo.»

«Tu stai...» cominciò Mark, meravigliato. «Tu...»

«Io sto partendo per un viaggio a ritroso nella Storia del mondo. Non so quanto tempo avrò a disposizione, ma ho chiesto ad Anna di non tirarmi più fuori da questa cabina. Da oggi in poi, le mie cellule invecchieranno molto lentamente, ma invecchieranno. Sono destinato a morire, amici, come tutti. Ma trascorrerò gli ultimi anni della mia esistenza in Memoria. Lo sapete, laggiù gli occhi delle persone sono come portali per accedere ai loro ricordi. Andrò indietro nel tempo, finché vi riuscirò. Ho bisogno di sapere, di conoscere. La fine del nostro mondo, quel presunto asteroide che ho sempre considerato come un proiettile carico di nuova vita, destinato ad azzerare la civiltà per farla al contempo rinascere. E la fine della civiltà precedente, se mi sarà possibile. E di quella prima.»

Nessuno osò interrompere le parole di Ian, che fissava il vuoto di fronte a sé, quasi stesse immaginando il percorso che lo attendeva.

«Scendo in questo abisso con la consapevolezza di potercela fare. Di trovare delle risposte. Le troverò per voi.»

«Per noi?» chiese Thierry. «Ma… hai detto che non uscirai più da quella cabina.»

«Io no. Ma le mie visioni, le mie scoperte… saranno l'eredità che lascerò a voi e alle generazioni dopo di voi.

Anna avanzò di qualche passo, sorrise e fissò il volto confuso di Thierry. «Il software di tua creazione, quello per l'estrazione dei ricordi. Lo useremo. Da questa sera, il viaggio di Ian sarà materia di studio. Vedremo il passato con i suoi occhi. Forse impareremo qualcosa in più su noi stessi.»

Thierry rimase impassibile, sbatté le palpebre lentamente e comprese la portata di quell'esperimento estremo. Quindi fece un lungo sospiro. «Quando quella cabina si chiuderà, tu sarai…»

«Morto?» Ian sorrise, mentre faceva cenno ad Alex di avvicinarsi. «Non ci pensare nemmeno. Diglielo un po', amico, quanta vita c'è laggiù…»

Alex si gettò tra le sue braccia, senza rispondere.

Gli occhi gonfi, il mento e le mani tremanti, i muscoli improvvisamente deboli, non riuscì neanche a stringere a sé l'anziano compagno di un'avventura senza tempo, del viaggio attraverso le infinite biforcazioni del Multiverso. In quei pochi istanti prima di salutarlo per sempre cercò di non pensare a niente, di sentire il respiro del suo migliore amico per l'ultima volta. Ma non vi riuscì. Un'immagine fece breccia e si impose nella mente, senza che ci fosse modo per scacciarla. Erano assieme, sdraiati nel letto a casa di Marco, a Milano, quasi mezzo millennio prima di quel momento, in un'altra realtà, un'altra vita.

«Ora dormiamo, Alex, altrimenti domani l'aereo partirà senza di te.»

«Jenny esiste, ne sono sicuro… la troverò, vero?»

«Certo che la troverai, amico. Devi solo crederci.»

Alex si liberò dall'abbraccio lentamente, quindi si asciugò le lacrime sfregando i polsi sugli occhi. «Addio, Marco» gli disse, pronunciando quel nome che lo riportava indietro di un'eternità.

«Addio, amico mio.»

* * *

Poco più tardi, il gruppo uscì dalla stanza e lasciò Anna alle prese con l'attivazione del processo di criostasi. Quando anche lei fu nel corridoio e la porta della Sala Memoria si chiuse alle sue spalle, nessuno fiatò. Ripercorsero il tunnel fino all'elevatore, ognuno con la mente assorta in mille pensieri, e appena furono dentro la donna selezionò un riquadro che diceva LOGGIA DI IAN.

Anna, Alex, Jenny, Thierry e Mark uscirono dall'elevatore e la donna fece strada in una sala ristorante delimitate da ampie vetrate, quindi si avvicinò a una colonna vicino a un bancone semicircolare e premette un pulsante. Le finestre si aprirono e il gruppo la seguì sulla vasta terrazza. Soffiava un vento gradevole, quella sera. Una brezza che saliva dal mare, e dolcemente accarezzava i sogni dei cittadini di un mondo nuovo.

«Come vedete, ho intitolato questo posto al nostro amico» disse Anna, avanzando verso una ringhiera oltre la quale si stagliava il profilo della città. Tutti tacquero, mentre gli occhi si perdevano oltre la balaustra e volavano sulle guglie dei nuovi grattacieli del centro, e poi giù fin per le strade, sui tetti dei palazzi, e poi ancora più in là, verso la periferia rinnovata e resa vivibile grazie a un preciso piano di riqualificazione. Volarono tra i pensieri e i sogni di un mondo appena sveglio, pronto ad accogliere nuove verità, a stabilire nuovi obiettivi, considerare orizzonti più ampi. Un mondo neonato, finalmente curioso.

«Senza di lui, niente sarebbe stato possibile» continuò Anna. «Ci ritroveremo qui per ricordarlo, amici miei, ogni volta che ne sentirete il bisogno.»

«Nell'ultimo anno sei stata in altri… mondi?» domandò Alex.

«Vuoi sapere se Dana è ancora una minaccia?»

«Non lo è?»

«Non possiamo saperlo, Alex. Ma io credo che Dana sia sempre più sola. L'Utopia di suo padre, e la sua, sono ormai solo l'eco di una catastrofe che non scomparirà mai dalla memoria più profonda dei ragazzi di cui si sono serviti.»

❋ ❋ ❋

Alex e Jenny si allontanarono in silenzio e camminarono fino alla ringhiera. Vi appoggiarono sopra le mani e si sporsero lievemente in avanti, lo sguardo rapito da una luna quasi piena, che dall'alto osservava le azioni umane senza giudicarle. Solitaria, silenziosa e velata da sempre di un fascino cupo e misterioso. Un susseguirsi di luce e oscurità, con quegli enormi crateri a definire un volto quasi umano, congelato in un'espressione di stupore. Lei era sempre stata lì, muta compagna dei loro pensieri.

Quando si voltarono, Anna, Thierry e Mark si erano defilati, e sedevano attorno a un tavolino. Mentre Anna si avvicinava a un piccolo banco digitale, Alex prese Jenny per mano.

«La vedi?» le chiese, mentre indicava con gli occhi il cielo.

«Sì» rispose lei dopo aver scrutato il firmamento e incontrato le tre stelle vicine della Cintura di Orione. «La vedo.»

«Non ci abbandona mai.»

Anna premette un pulsante e l'incantevole musica – quella degli anni Trenta, ma resa famosa da un gruppo degli anni Cinquanta – iniziò a risuonare tutt'intorno mentre Alex e Jenny, sotto lo sguardo sereno di Thierry e il sorriso convinto di Mark, si stringevano in un dolce abbraccio. Lei appoggiò la testa al suo petto, lui seguì le note tenendola stretta a sé, e ondeggiando piano. Le fattezze di due adulti, il cuore di due ragazzi. Gli occhi lucidi di un bambino e di una bambina che si tenevano per mano al Planetario di Milano, sotto un oceano di stelle, il giorno in cui tutto ebbe inizio.

Nell'aria fresca della sera, una voce lontana mezzo millennio cantava un sentimento eterno e innegabile.

«Mi concede questo ballo, signorina?» chiese Alex.

Jenny si asciugò una lacrima, prese un lungo respiro e alzò gli occhi verso il suo destino. «In tutti gli universi possibili.»

Epilogo

Cammino su una spiaggia che pare non avere mai fine.

L'acqua che mi bagna i piedi è millenaria custode di vita, eterna biblioteca genetica che conserva la Storia dei mondi. Come vorrei penetrare i suoi ricordi, allo stesso modo in cui scavo le profondità degli animi umani. Sono in viaggio da un'eternità, ma a dire il vero, quaggiù, non esiste cronologia. Tutto accade in un istante, nell'attimo in cui la mente viene rapita da una scintilla. Cammino nel silenzio della notte e mi pare di udire le note di un pianoforte, in lontananza. Un accompagnamento malinconico, dalle dinamiche appena accennate. Forse è l'eco dei ricordi di qualcun altro. Oppure solo l'ennesima sovrapposizione.

Ho letto negli occhi di migliaia, forse milioni di persone. Ho vissuto nel loro passato, ho attraversato i nodi delle vite con la stessa destrezza di chi, per guadare un fiume, salta da una pietra all'altra. Finché non ho capito cosa mancava per rendere completo il mosaico.

Quale inatteso tassello.

È accaduto poco tempo fa, in una piazza gremita. Attorno a me, l'intenso viavai di persone, culture, sogni e speranze. Intrecci di vite, grovigli di storie. Seduto a un tavolo all'aperto di una *brasserie*, tenevo la penna conficcata in mezzo al foglio, senza sapere cosa annotare. Sotto la carta, un quotidiano francese datato 1988. Ero come perso nella contemplazione degli sguardi delle persone, immobilizzato, cristallizzato dalla sincronicità dei tempi. Giunto in quell'angolo di Multiverso dopo aver cavalcato ricordi sconosciuti, di portale in portale, ossessionato dalla sete di sapere. Ma se negli altri casi ho indagato esistenze altrui, come un'entità eterea e impalpabile, un intruso nascosto, questa volta ero in possesso del mio corpo, non solo osservatore ma protagonista degli eventi. Ero in un *mio* ricordo. Ma io, nella civiltà che ha visto la fine con lo schianto dell'asteroide, nel 1988 non ero ancora nato.

Stavo per decidermi a tradurre in parole questa matassa di dubbi, per cercare di scioglierla, quando al tavolo di fronte a me si è seduta una coppia. E il mio respiro si è fermato. Avranno avuto sì e no vent'anni, io forse qualcuno in più. Lei così raffinata nel suo cappotto beige lungo fino al ginocchio, i guanti neri, lo scialle attorno al collo. Lui così elegante nel suo abito da sera, la giacca aperta su una camicia blu scuro, un foulard color panna legato sotto il mento. Li ho riconosciuti e non sono stato capace di muovere un solo muscolo della faccia, per diversi istanti. Li ho osservati ordinare da bere, mentre il sole andava a morire dietro i palazzi e l'aria si faceva pungente, e la gente in piazza cominciava a diradarsi, a riprendere la via di casa. Li ho visti scambiarsi sguardi che valevano più di mille parole, li ho sentiti dire poche battute. D'un tratto mi sono alzato. Così, all'improvviso, quasi non fossi io a deciderlo.

Mi sono avvicinato al loro tavolo, ho schiarito la voce e destato l'attenzione dei due ragazzi. Lui si è voltato di scatto, i suoi occhi azzurri hanno sorriso nel vedermi. «Non puoi stare qui» mi ha detto. Ma sembrava divertito. E così lei: «Già, che ti viene in mente?». All'inizio non ho capito. Poi qualcuno ha gridato «Stop!», da lontano. Mi sono girato verso il punto da cui proveniva la voce e ho visto le telecamere. «Sei entrato in campo, dannazione!» ha gracchiato la voce di un uomo in un megafono.

Me ne sono tornato al tavolino, frastornato e confuso. Un'ora più tardi ho seguito i due ragazzi fino a una roulotte, parcheggiata in una viuzza a pochi passi dalla piazza. Ho chiesto loro cosa stesse accadendo, e ho appreso che non mi trovavo nella Parigi del 1988. Ero all'interno di un set cinematografico allestito alle porte di Milano, nel 2017. Ho cercato di controbattere, ho detto loro che non era possibile. Li ho chiamati per nome – Alex e Jenny – e mi hanno domandato se volessi un autografo. «Questa città è bruciata nel 2014» ho gridato. «Tutto il mondo è… non lo ricordate?»

Mi hanno cacciato dalla roulotte. E non solo. Il ricordo si è sgretolato nel giro di pochi istanti, accartocciandosi su se stesso come una fotografia data alle fiamme. Avrei dovuto assecondarlo, viverlo, so che è così che funziona in Memoria. Invece ho cercato di cambiarlo, di interagire con esso. Mi ha risputato indietro, di nuovo qui, di nuovo con i piedi a fondo nella sabbia. E così sono ripartito, sono tornato lì decine di volte, a recitare il mio ruolo di comparsa, a vedere il cielo limpido di una Milano intatta, a chiedermi continuamente il perché.

Cammino senza sosta ormai da giorni, sebbene qui il tempo non abbia alcun significato. Cammino e annego tra gli interrogativi. L'asteroide sarebbe caduto in ogni dimensione possibile, questo ci avevano detto. Questo credevamo.

Poco fa ho alzato gli occhi al cielo notturno. Io, difensore della scienza, schiavo della ragione. Li ho alzati e ho chiesto una spiegazione, non sapendo nemmeno chi stessi implorando. Il firmamento mi ha risposto. O forse mi sono risposto da solo, ammirando la costellazione di Andromeda. L'ho guardata con occhi diversi. Ho pensato alla relatività del mio limitato punto di vista. Da questa spiaggia, le stelle prendono una forma, danno origine a un'immagine che nei secoli è stata legata a un mito e ha acquisito una sua storia. Una storia che tutti conoscono. Ma se io osservassi gli stessi soli da un diverso punto nella galassia, cosa vedrei? Non vedrei Andromeda, non vedrei questa particolare composizione. Vedrei i medesimi attori impegnati su un altro set.

Così ho provato a guardare alla nostra storia, all'impensabile avventura che ha unito le mie strade e quelle di Alex e Jenny, spostando il punto di vista. Ho pensato al nostro percorso, ho pensato che la nostra mente è la chiave. Che l'universo stesso è la manifestazione empirica del nostro pensiero, che la materia è plasmata dalle nostre intenzioni, dalla volontà e dalla convinzione. In un istante ho riascoltato le profezie di Thomas Becker – l'allucinazione, il messaggio che avevo personificato con le sembianze e l'atteggiamento di un vecchio professore – e ho capito che quelle premonizioni erano radicate nel mio Io. Ho ritrovato il vecchio Meuron di Sam-en, anche lui nient'altro che l'espressione delle mie visioni.

Ho sempre parlato da solo. Ho sempre visto me stesso.

Immobile di fronte alle onde del mare più cupo, con la luna piena in ascesa sopra la confusa linea dell'orizzonte, alle porte del mio addio. L'orizzonte degli eventi, il punto di non ritorno, questo è la spiaggia su cui mi ritrovo. Sono alla fine del percorso. Lo sento. Ora sì, ora mi è tutto chiaro.

Ho lanciato io il dado dalle infinite facce.

Questa è la mia realtà. L'incubo. La sfida. La creazione.

Il mio Multiverso.

Tutto ciò che è stato e che sarà – orrore, salvezza, fine, rinascita – si è originato dalla mia mente, dalla concatenazione di tutte le scelte possibili. Solo ora capisco perché esiste una Milano intatta. Una Milano in cui Alex e Jenny possono crescere insieme, amarsi, vivere la loro storia. Senza di me.

Dal momento in cui ho visto, nei recessi dell'inconscio, la fine della civiltà, influenzando così il mio futuro e quello della mia gente in un drammatico effetto farfalla, tutte le versioni di Alex e Jenny la cui strada si è intrecciata alla mia hanno seguito lo stesso destino. La nostra amicizia è stata la loro condanna. Ero io il Veggente Malese, io la voce nella testa di Alex mentre da bambino dipingeva scene di morte e distruzione. Ero io la profezia. Per questo motivo i ragazzi che ho incontrato sul set di quel film francese sono vivi e vegeti. E il pianeta è intatto. Lì, accidenti se è così, non è caduto alcun asteroide. Laggiù, semplicemente, non ci siamo mai conosciuti. Ho lavorato come comparsa in una pellicola, e loro erano gli attori principali. Ci saremmo solo sfiorati, in quell'universo. Non sarebbero entrati in contatto con la mia creazione. La mia inconsapevole follia.

Ho passeggiato all'infinito, a piedi nudi su questa spiaggia, a volte incredulo dei miei stessi ragionamenti, a volte preoccupato di impazzire nell'inseguire una risposta, o perso in un labirinto di paradossi.

Poi sono ripartito, e ho trovato altre versioni della nostra *civiltà del Duemila*. Dimensioni salve, dove nessun corpo roccioso ha impattato contro il pianeta Terra nell'anno 2014. Dove io stesso sono diventato adulto nello sviluppo degli eventi deciso da qualcun altro. Non avevo mai considerato il punto di vista. Non avevo mai osservato Andromeda da una diversa prospettiva. Non avevo mai aperto davvero gli occhi. Ho percorso linee temporali alternative, e in ognuno di questi posti Alex e Jenny erano estranei. Li ho cercati, a volte anche trovati, ho scambiato con loro uno sguardo di diffidenza mentre il ricordo collassava e separava le nostre strade per sempre. Non era la mia griglia, l'intreccio delle circostanze influenzate dalle mie scelte. Ero comparsa, non protagonista. Estraneo a me stesso.

Sono ancora qui, su questa spiaggia. A riflettere sul mio Io, a comprendere la natura dell'esistenza e a pensare che la mia è la storia di chiunque altro. Siamo noi a decidere il futuro del nostro percorso, a tracciare la Via. Ogni ambizione, ogni ferreo credo, porta a un mutamento nel corso dei nostri eventi. E contagia chiunque sia attorno a noi, in quel determinato angolo di Multiverso e in tutti i suoi snodi.

Ognuno di noi è capace di plasmare la sua realtà. Di erigere ponti e grattacieli, di rendere possibile l'impossibile. Non esistono causa ed effetto. Esiste un potere al di là dell'umana immaginazione. Che si tratti di generare un sorriso in uno sconosciuto o di procurare una catastrofe di proporzioni mondiali, non fa differenza.

Ognuno di noi è il suo stesso Dio.

Seduto a gambe incrociate sulla sabbia umida ho compreso che la mia vita, come forse quella di chiunque altro, è un continuo alternarsi di luce e oscurità. Un perenne conflitto tra lo yin e lo yang della nostra natura, come direbbe il buon Quinto, in accordo con il suo pensiero taoista.

Ho combattuto, in tutte le realtà possibili, per salvare me e i ragazzi da un destino che la mia mente aveva scritto, un dado che io stesso avevo lanciato. Forse solo un'assurda sfida alle nostre capacità. Il desiderio di sprofondare nell'abisso più nero. E da lì risalire, crescere, elevarci a uno stadio superiore della coscienza.

Quanto vorrei abbracciarli ancora una volta, i miei amici. Li ho messi in pericolo, li ho messi in salvo, li ho messi alla prova. Altrove, per quello che ho visto, hanno potuto vivere assieme una vita serena, laddove il caso li ha fatti incontrare, laddove siamo completi estranei. In un'altra griglia. Ma qui, nel mio Multiverso, hanno davvero lottato per rimanere insieme. Hanno fatto del loro sentimento la unica e sola ragione per rialzarsi, per crederci, per rischiare la vita. Oltre ogni barriera del tempo, contro ogni destino avverso. Sono stati attori della mia storia. Attori straordinari. Amici inseparabili.

Sono pronto ad andare.

Cammino lentamente verso la luna, mentre l'acqua fredda del mare mi avvolge e sale dalle caviglie ai polpacci. Il mio viaggio finisce qui. Si chiude il volume delle mie ricerche, la fiammella si spegne per sempre e libera uno sbuffo di fumo, destinato a diradarsi nell'aria.

C'è silenzio, quaggiù. Un silenzio che mai ho udito. Il silenzio della notte dei tempi, confine estremo e limite inviolabile. Non si torna indietro. Tutto si fa pian piano più scuro, l'acqua è ora una tavola immobile. Anche la superficie lunare riflette le tonalità della fine. La percepisco. La attendo, curioso di sapere cosa troverò dietro quella porta.

Ora so chi sono. Ora so chi siamo. Tutti noi, prestigiatori del nostro cosmo, manipolatori del destino, disegnatori di mappe. Non crediamo di esserne davvero capaci, rinchiusi all'interno delle invisibili gabbie che ci hanno eretto attorno, ma è così, ormai ne sono consapevole: quello che intimamente, nel sotterraneo più recondito della nostra anima, là dove nessuno potrà mai avere accesso, crediamo con convinzione che avvenga…

…sta già avvenendo.

Indice

Prefazione alla nuova edizione 3

Multiversum 7
Memoria 259
Utopia 501